AMITAV GHOSH

Bengalisches Feuer

ODER DIE MACHT DER VERNUNFT

Roman

Aus dem Englischen von
Dirk van Gunsteren

Rowohlt

Die Originalausgabe erschien 1986 unter dem Titel
«The Circle of Reason» bei Hamish Hamilton Ltd., London
Redaktion Thomas Überhoff
Umschlagillustration Hilary McManus
Umschlagtypographie und Einbandgestaltung
Nina Rothfos

1. Auflage März 1989

Satz Janson (Linotron 202)
Gesamtherstellung Clausen & Bosse, Leck
Printed in Germany
ISBN 3 498 02448 5

Für meine Eltern

Danksagung

Für ihre Hilfe und Ermutigung möchte ich, neben vielen, vielen anderen, Mukul Kesavan, Hari Sen, Radhika Chopra, Supriya Guha, K. Jayaram, Felix Padel, Veena Das und meiner Schwester Chaitali (die mir mehr geholfen hat, als sie ahnte) danken.

Anmerkung des Übersetzers:
Ich danke Frau Brigitte Grabitz und Herrn Hans-Otto Köhler für ihre Hilfe bei der Übertragung indischer und arabischer Wörter und Redewendungen.

Eine Reihe von Begriffen sind nicht übersetzt worden, da dies kulturelle Eigenarten verwischt hätte, oder sie bedürfen näherer Erläuterung. Dies geschieht in einem alphabetisch geordneten Glossar am Ende des Buches.

D. v. G.

Erster Teil

SATWA: VERNUNFT

I

Köpfe

Der Junge sei kaum angekommen gewesen, sagten die Leute später, da sei Balaram auch schon ins Haus gerannt, um seine Klauen zu holen.

Vor dem großen Haus hatten sich eine Menge Leute eingefunden, die das bestätigen konnten: Jungen in kurzen Hosen, an denen alle Knöpfe abgerissen waren, zahnlose, verschleierte Witwen, ein paar Männer, die an diesem Tag keine Arbeit gefunden hatten und nun auf der Erde kauerten und sich kratzten. Torudebi drohte und schimpfte, aber keiner von ihnen rührte sich vom Fleck. Schließlich geschah es ja nicht jeden Tag, daß jemand Neues in Lalpukur ankam – besonders unter so ungewöhnlichen Umständen (die natürlich jeder kannte).

Wenn die Leute Jahre später – genauer gesagt: dreizehn Jahre später – unter dem großen Banyanbaum in der Mitte des Dorfes saßen und über die Geschehnisse sprachen, waren sie sich weitgehend einig, daß mit der Ankunft des Jungen eigentlich alles angefangen hatte. Manche meinten, das hätten sie beim Anblick dieses Kopfes gleich gewußt. Das zu glauben, war nicht ganz leicht. Aber immerhin war es ja tatsächlich ein außergewöhnlicher Kopf: Er war riesig, viel zu groß für einen Achtjährigen und seltsam uneben, da mit Beulen und Höckern übersät.

Jemand sagte: Er sieht aus wie ein von Pilzen überwucherter

Stein. Aber Bolai-da, der seine Fahrradwerkstatt verlassen hatte und der Rikscha, die Toru-debi und den Jungen vom Bahnhof nach Hause brachte, den ganzen Weg bis zum Haus auf seinen bambusdünnen, krummen Beinen nachgerannt war, widersprach dem entschieden: Nein, nicht wie ein Stein. Eher wie eine *alu*, eine Kartoffel, eine riesige, frisch ausgegrabene, knollige Kartoffel. Also nannte man ihn Alu, und dabei blieb es, obwohl er einen anderen, althergebrachten Sanskrit-Namen hatte: Natchiteka. Natchiteka Bose. Aber jeder nannte ihn nur Alu, und niemand konnte bestreiten, daß der Name paßte.

Es traf sich bemerkenswert gut, meinte Bolai-da – eigentlich schon ein bißchen zu gut –, daß Balaram, der seit Jahren all seine freie Zeit damit verbrachte, Köpfe zu untersuchen und zu vermessen, mit einem Neffen gesegnet war, der den ungewöhnlichsten Kopf besaß, den man je gesehen hatte. Kein Wunder, daß er beim Anblick des Jungen sogleich ins Haus rannte (obwohl er damit gut noch etwas hätte warten können, denn schließlich sollte der Junge ja bei ihm leben).

Den Leuten tat der Junge natürlich leid. Vor kaum einer Woche waren seine Mutter und sein Vater (Balarams Bruder) bei einem Autounfall ums Leben gekommen. Es war gewiß schwer, nach einen solchem Schock zu einer Tante und einem Onkel zu ziehen, die er bis dahin nie gesehen hatte.

Jedermann wußte, daß der Junge seinen Onkel nicht kannte. Seit dem Tag, vierzehn Jahre vor Alus Ankunft in Lalpukur, an dem Balaram sein Erbteil genommen hatte und in das Dorf gezogen war – ohne, wie sein Bruder ihm nachgeschrien hatte, auch nur einen einzigen Gedanken an das darniederliegende Familiengeschäft zu verschwenden –, hatten die Brüder sich nicht einmal mehr Briefe geschrieben. Später hatte Balarams Bruder, mit jener boshaften Klarsicht, wie sie Verwandten eigen ist, sogar in seinem Testament verfügt, Balaram dürfe von seinem Tod nichts erfahren und auch nicht zu seiner Bestattungszeremonie eingeladen werden. Aber, sagten die Leute zu ihren Kindern und nickten weise, der Tod hat seine eigene Ironie: Letztlich war es doch Balaram, zu dem dieses mehr oder weniger hilflose Waisenkind kam.

Und nach alldem von einem wildfremden Onkel begrüßt zu werden, der sich mit etwas, das wie eine riesige Adlerklaue aussieht, auf einen stürzt!

Aber in Wirklichkeit war es ja nur Balarams Klaue. Die Dorfbewohner kannten sie schon lange und wußten daher, daß sie harmlos war; aber sie wußten auch, daß ihr Anblick einem beim ersten Mal gehörige Angst einjagte. Es war eine Art Instrument mit drei Armen aus gut geglättetem und poliertem Holz, die sich am Ende zu einer dünnen Spitze verjüngten und durch ein mit einer Gradeinteilung versehenes Gelenk miteinander verbunden waren. Balaram hatte es, kurz nachdem er die Phrenologie für sich entdeckt hatte, selbst entworfen. Es war nach seinen Angaben in Kalkutta angefertigt worden und hatte eine Stange Geld gekostet. Trotzdem war es ein einfaches Instrument – nur ein Greifzirkel zum Vermessen von Schädeln. Auf den ersten Blick sah es allerdings aus, als diene es ausschließlich dazu, Augen auszustechen.

Als Balaram mit der Klaue in den ausgestreckten Armen auf ihn zukam, wich der Junge zurück, und seine Knie unter den gestärkten schwarzen Shorts zitterten. Zu seinem Glück wandte sich Toru-debi, die eben die Rikscha bezahlt hatte, in diesem Augenblick dem Haus zu. Ein Blick auf die Klaue, und sie wußte, was er vorhatte. Mit einem Schrei sprang sie die vier Stufen zur Tür hinauf und entriß ihrem Mann das Instrument. Niedergeschlagen ließ er den Kopf hängen und fuhr sich mit den Fingern durch das dichte weiße Haar. Schon wieder? rief sie und schob ihn ins Haus. Fängst du schon wieder damit an? Noch dazu bei deinem eigenen Neffen, und dabei hat er noch nicht einmal den Fuß über unsere Schwelle gesetzt!

Erst als sie die Tür des Studierzimmers hinter Balaram geschlossen hatte, kehrte sie zurück, um den Jungen zu holen. Er stand auf den Stufen, die zur Tür hinaufführten, und starrte mit seinen großen, verwunderten Augen die Leute, die schwankenden Kokospalmen und die grünen Reisfelder dahinter an. Sie nahm ihn an der Hand und führte ihn ins Haus, und mit einer letzten, wütenden Gebärde zu den Schaulustigen draußen schloß sie die Tür hinter sich und verriegelte sie.

Im Haus aber ergriff sie Panik. Sie zog ihn über den Hof zu der rauchigen, rußgeschwärzten Küche und rief: Nonder-ma, Nonder-ma.

Zahnlos vor sich hinmurmelnd kam Nonder-ma aus der Küche gehumpelt. Sie ging tief gebeugt, nur noch ein Bündel alter, mürber Knochen, und ihren handgewebten weißen Witwensari hatte sie so nachlässig gewickelt, daß die schlaffen, bis zu ihrem faltigen Bauch herabhängenden Brüste zu sehen waren. Gib ihm Milch, gib ihm Milch, rief Toru-debi. Ihr war eingefallen, daß Kinder angeblich Milch mögen. Mürrisch murmelnd gab Nonder-ma ihm einen Messingbecher, und dann brachte sie ihr Gesicht so nah an seines, daß er die grauen Punkte in ihren Augen sehen konnte, und musterte ihn eingehend. Er hat es an der Leber, brummte sie. Sieh dir seine Augenlider an. Wahrscheinlich hat er auch Verstopfung.

Der Junge stellte den Becher ab und sah weg. Sei still, Nonder-ma, sagte Toru-debi, hielt ihm den Becher hin und schnalzte ermunternd mit der Zunge. Aber er rührte ihn nicht mehr an.

Was wollte er denn dann? Was treiben achtjährige Jungen? Was wollen sie? Toru-debi, die selbst kinderlos geblieben war, verstand nichts von Kindern. Kinder gehörten zu einer anderen Welt. Zu einer Welt ohne Nähmaschinen. Sie säumten nicht, sie steppten nicht, sie machten weder Ketten- noch Kreuzstiche. Was *machten* sie eigentlich?

Den ganzen Morgen hatte sie damit zugebracht, sich zu sorgen. Was würde ein achtjähriger Junge, der im lärmenden, aufregenden Gewimmel Kalkuttas aufgewachsen war, wohl von Lalpukur halten, hatte sie sich gefragt, als sie in der Fahrradrikscha saß und unter dem quakenden Wehklagen der Ballhupe die mit rotem Staub bedeckte Dorfstraße hinunter gefahren wurde, vorbei an dem großen, wie zu einer Säulenhalle gewölbten Banyanbaum, unter dem Tee ausgeschenkt wurde und an dessen Stamm sich Bolai-das noch nicht reparierte Fahrräder in dunkle Nischen schmiegten, vorbei am windschiefen Schuppen der Apotheke, wo sich die jungen Männer des Dorfes abends trafen, um Zeitungen zu lesen, Karten zu spielen und Palmwein zu trinken, vorbei an den von Wasserhyazinthen überwucherten und von sich neigenden Palmen beschatteten Teichen, durch die samtig grünen Felder mit jungem Reis, bis zu dem drei Meilen entfernten kleinen Bahnhof aus roten Backsteinen.

Sobald sie dort angekommen war, stellte sich indessen die weit dringlichere Frage, wie sie den richtigen Jungen finden sollte. Und als sie ihn schließlich sah, mit seinem Kartoffelkopf, neben sich ein paar Gepäckstücke und eine ungeduldig wartende Verwandte, da geriet die Macht der Singer-Nähmaschine, die ihre Gefühlswelt nun schon so lange und so unangefochten beherrschte, gefährlich ins Wanken. Zehn Jahre früher hätte sie die Nähmaschine vielleicht ganz und gar aus ihrem Herzen verbannt, aber jetzt, in mittleren Jahren, fiel es ihr zunehmend schwerer, mit unerwarteten Ereignissen fertig zu werden. Außerdem hatte die Singer zu ihrer Mitgift gehört – am Morgen nach ihrer traumatischen Hochzeitsnacht hatte sie sie zum ersten Mal gesehen, und die Maschine war mehr ihr Kind, als es der Neffe ihres Mannes je sein würde. Auf dem Rückweg zum Haus begann sie, dem Jungen zu erklären, sein Onkel habe nicht kommen können, weil er zu beschäftigt sei (was eine Lüge war: In Wirklichkeit hatte Balaram Angst gehabt – er hatte nicht den Mut aufgebracht, dieses Kind seines Bruders in der unpersönlichen Atmosphäre eines Bahnhofs zu begrüßen), aber das schien ihn nicht zu interessieren, und so erzählte sie ihm beglückt von den Kleidern, die sie ihm auf ihrer Maschine nähen würde.

Damit war das Verhältnis zwischen Toru-debi und Alu umrissen. Nach seiner Ankunft sollte die Liebesbeziehung zwischen ihr und ihrer Maschine immer wieder durch kurze Anfälle von Sorge um den Jungen unterbrochen werden. Hatte er gegessen? Hatte er sich gewaschen? Wo war er?

In Wirklichkeit aber blieb die alltägliche Arbeit, ihn zu waschen (denn es war klar, daß er noch nie zuvor einen Brunnen gesehen hatte) und ihm das Essen zuzubereiten, an Nonder-ma hängen. Natürlich beklagte die sich darüber; aber andererseits hatte Nonder-ma sich immer schon beklagt – seit dem Tag, an dem sich Nondo, ihr erstgeborener und einziger Sohn, mit allem, was sie besaß (und das war nur sehr wenig), ihrer Tyrannei entzogen hatte, nach Kalkutta geflohen war und ihr für den Rest ihres Lebens nichts weiter gelassen hatte als den Fluch seines Namens.

Alles in diesem Haus, murrte Nonder-ma oft, bleibt an mir hängen – kochen, fegen, waschen, alles. Und jetzt auch noch der Junge. Und wofür? Für ein paar Rupien, kaum genug, daß ich mir einmal im Jahr einen neuen Sari kaufen kann.

Du undankbares Lügenweib, schimpfte Toru-debi dann. Andauernd gebe ich dir Geld – ich tue alles für dich, und trotzdem hörst du nicht auf, dich zu beklagen. Glaubst du vielleicht, ich hätte einen Geldbaum?

Und überhaupt erledigte die kleine Maya Debnath, die nicht älter war als Alu und jeden Tag von den Hütten ihres Vaters durch den Bambuswald zum Haus kam, den größten Teil der Wäsche und der Putzarbeiten. Außerdem, sagte Toru-debi, was mußt du denn eigentlich für den Jungen tun? Aber dabei war sie doch etwas unsicher, denn sie hatte keineswegs eine klare Vorstellung davon, was der Junge brauchte.

In Wirklichkeit machte Alu Nonder-ma gar nicht sehr viel Arbeit, nicht einmal in seinem ersten Jahr in Lalpukur, denn wenn er nicht in der Schule war, beschäftigte er sich damit, das Haus zu erkunden.

Dafür brauchte er sehr, sehr lange, denn das Haus quoll von Räumen nur so über. Der Grundriß war einfach (Balaram hatte ihn selbst entworfen): Den Mittelpunkt bildete ein großer, quadratischer Hof, dem die überhängenden Äste eines riesigen Mangobaums Schatten spendeten. Dieser Hof war auf allen Seiten von Zimmern umgeben, die auf einem einige Fuß hohen Fundament standen. Eine kühle, offene Veranda, die sich rings um den Hof zog, verband sie. Darüber senkte sich tief ein rotes, von Bambuspfosten gestütztes Ziegeldach, so daß die Sonne nie in die Zimmer schien. Drinnen war es stets kühl und grün, denn die unzähligen Blätter der Kokospalmen, Zitronen- und Bananenbäume, die das Haus umgaben, filterten das Licht.

Die Küche und die Vorratsräume befanden sich jenseits des

Hofes, gegenüber der Eingangstür. Von einer kleinen Tür neben der Küche schlängelte sich ein Pfad zu einem Brunnen und weiter zu einem Teich, der von einem leuchtend gelben Bambusdikkicht eingefaßt war. Ein Seitenflügel gehörte Toru-debi, der andere Balaram. Jeder von ihnen umfaßte vier Zimmer. Die vierte, der staubigen roten Straße zugewandte Seite des Hauses war für Besucher bestimmt. Sie hatte als einzige zwei Etagen: Direkt über der Eingangstür befand sich ein kleines Zimmer, das vom Hof aus über eine morsche Holztreppe zu erreichen war.

In jenen frühen Tagen konnte gewöhnlich niemand mit Sicherheit sagen, wohin Alu verschwunden war. Manchmal fand man ihn in Toru-debis Zimmer mit den ständig brennenden Glühbirnen, dem schweren, mit einem Moskitonetz behängten Bett, den Hügeln aus Truhen und Stoffresten, der Nähmaschine und den vom Rauch der Räucherstäbchen geschwärzten Bildern von Ma Kali, Ma Durga und Ma Saraswati, die hoch oben auf den Kisten standen (um in diesem Zimmer zu beten, mußte man Sportler sein, pflegte Balaram zu sagen); manchmal fand man ihn in dem riesigen, zur Straße gelegenen Raum, der mit verstaubten Möbeln vollgestellt war und für Gäste bereitgehalten wurde, die nie kamen; oder in Räumen, in denen es würzig nach in Steinguttöpfen eingelegtem Gemüse roch; oder in Zimmern, in denen sich alte Zeitungen, englische Zeitschriften und Schnittmuster stapelten; oder in anderen voller Kornvorräte, in denen Ratten quiekten und Schlangen blitzschnell davonglitten; oder in wieder anderen, zur Hälfte mit Brennholz und Kohlen angefüllten; oder in noch anderen, die nichts als Staub enthielten und auf Grund von wer weiß was für Hoffnungen freigehalten worden waren.

Und dann war da, an einer Ecke des Hofes, natürlich noch Balarams Studierzimmer.

Lange Zeit konnte Balaram Alu nicht dazu bewegen, auch nur in dessen Nähe zu kommen, und er bereute es bitter, daß er bei der Ankunft des Jungen so übereilt dem Impuls nachgegeben hatte, sein Instrument zu holen. Es war geradezu eine Folter für ihn, daß dieser außergewöhnliche Schädel immer in quälender Distanz, knapp außerhalb seiner Reichweite blieb.

Er wußte nicht, daß Alu, wenn Balaram nicht zu Haus war oder länger in der Schule zu tun hatte, häufig in das halbdunkle, staubige Zimmer schlich, sich in Balarams riesigen Ohrensessel setzte und die verstellbaren Armlehnen im rechten Winkel nach außen klappte, so daß sie aussahen wie die Flügel eines Flugzeugs. Und wenn er davon genug hatte, durchstöberte er das Zimmer, sog den Geruch vergilbenden Papiers ein und betrachtete die Reihen der Buchrücken in den hohen Regalen mit den Glastüren.

Erst viele Monate später betrat Alu das Zimmer auch, wenn Balaram sich darin aufhielt, und selbst dann stand er, oft stundenlang, lediglich an der Tür und sah hinein, während Balaram in seinem bequemen Sessel saß und las. Balaram wartete ab, und seine Geduld wurde reich belohnt, denn als das Vertrauen des Jungen schließlich so gewachsen war, daß Balaram seinen Schädel abtasten konnte, wußte er sofort, daß Alus Kopf genug Material für ein lebenslanges Studium bot.

Zunächst war Balaram, wie er sich eingestehen mußte, verwirrt. Der Kopf des Jungen gab ihm Rätsel auf, und zwar aus ganz und gar ungewohnten Gründen, während die meisten Köpfe gerade wegen ihrer ebenmäßigen Form rätselhaft waren. Oft wiesen sie keinerlei Besonderheiten auf, nicht einmal die kleinsten Höcker oder Unebenheiten, die auf bestimmte Anlagen oder Organe hindeuteten. Mit einem Wort: Die meisten Köpfe waren fade, ja ausgesprochen langweilig.

Bei Alu hingegen lag der Fall völlig anders; es war, als nehme man an einer Hochzeitstafel Platz, nachdem man jahrelang nichts anderes gegessen hatte als gekochten Reis. Sein Kopf strotzte nur so von Höckern, Knoten und Vertiefungen, einer deutlicher ausgeprägt als der andere, und allesamt so verteilt, daß sie den Erkenntnissen der Phrenologie spotteten. Diese Beulen und Höcker wuchsen frohgemut und in imponierender Zahl überall auf seinem Kopf und schienen nicht im mindesten geneigt, sich auf bestimmte und erkennbare Organe zu beziehen. Das alles war sehr verwirrend und sehr aufregend – eine Fülle neuen, stimulierenden Materials, das Balaram später dazu bewegte, eine Abhandlung «Über die Unbestimmtheit der Dispositionen des Gehirns» zu schreiben. (Er schickte diese Abhandlung an die Gesellschaft für Naturgeschichte in Bombay und an die Asiatische Gesellschaft in Kalkutta, aber unerklärlicherweise fand sie keine Beachtung.)

Später, als Alu alt genug war, um es zu verstehen, sagte Balaram oft zu ihm: Wenn du Spurzheim oder Gall lesen würdest, müßtest du dir einen anderen Kopf suchen – mit diesem Durcheinander könntest du gar nicht leben.

Da war zum Beispiel diese ausgeprägte, brillenförmige Erhebung, die hinten und an den Seiten einen großen Teil von Alus Kopf einnahm. Sie begann knapp über dem Haaransatz und zog sich über den Schädel, hörte jedoch kurz vor den Ohren auf. Genauer gesagt: Sie bedeckte die Squama occipitalis, war besonders deutlich über den seitlichen Bereichen der Sutura lambdoidea zu erkennen und war über dem Asterion symmetrisch ausgebildet. Sie sah eigentlich recht harmlos aus, wenn auch nicht gerade schön, bereitete Balaram jedoch einige schlaflose Nächte. Sie war ausgedehnt genug, um eine große Zahl von Organen zu enthalten, allerdings nicht so klar umrissen, daß man hätte sagen können, welche. Aber das Schlimmste daran war, daß sich diese Erhebung am heikelsten Teil des Kopfes befand, denn alle Begründer der Wissenschaft von der Phrenologie waren sich darin einig gewesen, daß die Merkmale, die auf die niedrigsten und am wenigsten wünschenswerten Neigungen hindeuteten, allesamt an den seitlichen und rückwärtigen Partien des Schädels zu finden seien. Balaram wußte nur, daß sich in diesem Höcker möglicherweise etwas Teuflisches zusammenbraute – Destruktivität vielleicht, vermischt mit Sinnlichkeit oder Verschlossenheit und verstärkt durch Streitlust oder Habsucht. Wenn es ihm nicht gelang, diese Organe zu identifizieren und zu bekämpfen, dann war es nur noch eine Frage der Zeit, bis sie den armen Jungen zu einem entsetzlichen Verbrechen trieben.

Aber schließlich wendete sich alles zum Guten, denn Balaram entdeckte, daß sich unter dieser Erhebung nichts Ärgeres verbarg als Philoprogenitivität oder Kindesliebe, Adhäsion oder Freundschaft und, bedauerlicherweise, Streitlust. An der Schädelbasis deutete sogar einiges auf Vitalität hin, aber alles in allem gehörte Balaram zu denjenigen, die die Existenz eines Vitalitätsorgans eher bezweifelten.

Insgesamt war das alles nicht sonderlich ermutigend, aber dennoch konnte er nicht umhin, erleichtert zu sein, daß die Erhebung Destruktivität, Verschlossenheit, Habgier und all die anderen moralischen Gefahren, die rings um das Ohr lauerten, so sauber ausgespart hatte. Erst viel später, als Alu älter war, entdeckte Balaram knapp über seinem Haaransatz die schwellende Knospe der Sinnlichkeit oder, um es mit einem drastischen Wort zu benennen, den Sexhöcker. Als er dies in sein Notizbuch schrieb, empfand er verlegene Bestürzung; zweifellos hatte das etwas mit Selbstbefleckung zu tun. Seit dieser Zeit gab er sich die größte Mühe, nicht dorthin zu sehen.

Was den Rest von Alus Kopf betraf, so dauerte es Jahre, bis die Bedeutung gewisser Erhebungen sich Balaram auch nur ansatzweise enthüllte, und manche blieben ihm für immer ein Rätsel. Alles in allem jedoch war er sich mehr oder weniger sicher, daß die Charakterfelder, die Selbstachtung, Eitelkeit und Vorsicht beherbergten, deutliche Vertiefungen aufwiesen. Andererseits fand er eine hübsche Wölbung auf dem Charakterfeld der Güte, knapp unterhalb des Scheitelpunktes. Das Scheitelfeld selbst mit seiner Ansammlung von Punkten, die auf eine religiöse Disposition hindeuteten, war zu Balarams Erleichterung vollkommen glatt. Und die beiden ausgeprägten, hornartigen Höcker zu beiden Seiten des Scheitelpunktes bedeuteten wahrscheinlich Festigkeit, Hoffnung und die Fähigkeit zu staunen, während die Vertiefungen an den Schläfen fast sicher auf einen Mangel an Poesie und Witz hinwiesen (Fähigkeiten, denen Balaram keine Träne nachweinte). Der merkwürdigste Teil dieses eigenartigen Kopfes aber war die Stirn, denn geheimnisvollerweise war sie überall dort, wo die höheren Wahrnehmungs- und Reflexionsfähigkeiten angesiedelt zu sein pflegten, vollkommen flach, mit Ausnahme eines rätselhaften Höckers in der Mitte der Stirn, am

Haaransatz. Diese Erhebung konnte alles mögliche bedeuten – Sprache, Entwicklungspotential und Sinnfälligkeit.

Viele, viele Jahre vergingen, bevor Balaram ihre wahre Bedeutung entdeckte.

Balaram wünsche sich oft, Alus Physiognomie besser entschlüsseln zu können, aber das Gesicht des Jungen verriet nur sehr wenig. Es war ein kompaktes Gesicht von jenem Typus, den Kretschmer schildförmig genannt hatte: an den Seiten gerade, mit einem runden Kinn, großen Augen und vollen Lippen. Die Nase war von der Art, die im Barbarini-Manuskript als lunar bezeichnet wird: kurz mit einer stumpfen Spitze. Aber das waren lediglich Klassifizierungen; daraus ließ sich nichts ableiten. Niemand, der dieses Gesicht betrachtete, hätte den Jungen hübsch oder häßlich nennen können. Wenn es überhaupt eine Bezeichnung gab, die auf ihn zutraf, so hätte sie lauten müssen: *normal*. Alu war stämmig gebaut, weder groß noch klein, weder besonders hell- noch auffallend dunkelhäutig, und so hätte man nichts Außergewöhnliches an ihm feststellen können – wenn nicht sein Kopf gewesen wäre.

Später, als er viel älter war und auf dem Boden sitzen mußte, weil er für die Armlehnen des Ohrensessels zu schwer geworden war, tätschelte Balaram ihm oft den Kopf am Charakterfeld der Güte und wunderte sich laut darüber, wie es sein konnte, daß sie so verschieden waren. Immerhin waren sie ja Blutsverwandte, und das hätte man doch eigentlich an bestimmten Schädelmerkmalen erkennen können müssen. Es konnte kein Zweifel mehr darüber bestehen, pflegte er zu sagen, daß die Schädelform und damit der Charakter in gewissem Grade erblich war. War das nicht der Grund gewesen, warum man Lombroso so gefeiert hatte – weil er nachgewiesen hatte, daß Charaktereigenschaften vererbt werden? Und hatte das nicht 1915 in Amerika zur Verabschiedung eines Gesetzes über die Zwangssterilisation von Gewohnheitsverbrechern geführt?

Aber – Gesetz hin, Gesetz her – es gab keine erkennbaren Ähnlichkeiten zwischen Alu und Balaram. Balarams Kopf war lang, schmal und edel geformt. Er war hinten und an den Seiten glatt und zeigte, mit Ausnahme von zwei kaum wahrnehmbaren Erhebungen über dem Sitz der Eitelkeit, keine Spur niederer Gefühle oder Anlagen. Das war nicht immer so gewesen. Als Balaram begonnen hatte, sich mit der Phrenologie zu beschäftigen, hatte er einige Anzeichen für das Vorhandensein von Sinnlichkeit an sich festgestellt. Balaram war schon immer ausgesprochen prüde gewesen. Seine Entdeckung hatte ihn derart peinlich berührt, daß es ihm innerhalb weniger Wochen gelungen war, durch Reiben eine recht große Vertiefung an seinem Hinterkopf zu schaffen. Balarams Physiognomie entsprach ganz genau seiner Schädelform. Er hatte ein schmales, asketisches Gesicht mit klaren Zügen, einer dünnen, scharfen Nase und großen, verträumten Augen. Seine hohe, breite Stirn wölbte sich majestätisch und wurde von einem großen, widerspenstigen Schopf silbergrauer Haare gekrönt. Es war eine bemerkenswerte Stirn: Sie glänzte, sie leuchtete, sie wirkte wie ein Lampenschirm für seine deutlich hervortretenden Höheren Anlagen, als da waren: Sprachbegabung, räumliches Denken, Talent für den Umgang mit Zahlen und alles, was sonst noch dazugehörte. Selbst im Ruhezustand war es ein bemerkenswertes Gesicht. Manchmal, wenn Balaram sich für etwas begeisterte, leuchtete es mit einer so strahlenden, zielgerichteten Intensität, daß jeder, der ihn in diesen Augenblicken sah, es für immer in Erinnerung behielt.

Nachdem er angefangen hatte, sich ernsthaft Gedanken über Charakter und Vererbung zu machen, fragte sich Balaram oft, wie sein Kind aussehen würde. Einmal, bei einem seiner häufigen Besuche in Kalkutta, schnitt er dieses Thema gegenüber Gopal Dey, seinem ältesten und besten Freund, während eines Spaziergangs im Ziergarten der Nationalbibliothek an. (Damals, unter dem Bibliotheksdirektor B. S. Kesavan, war der Garten noch schön gewesen – kein verwilderter, bürokratisierter Sumpf wie heute.) Gopal war müde. Er hatte einen arbeitsreichen Tag am Hohen Gerichtshof hinter sich, und nachdem er stundenlang juristische Schriftsätze studiert hatte, war er nicht in der Stimmung, über das Aussehen von Balarams nicht-existenten Kindern zu spekulieren. Auf jeden Fall war das ein schwieriges Problem. Wenn Balaram Kinder gehabt hätte, wären sie aller Wahrscheinlichkeit nach auch Toru-debis Kinder gewesen, und im Gegensatz zu dem schmalen, asketischen Gesicht Balarams deutete das von Toru-debi mit seinen weichen, runden Wangen und den vielen Grübchen auf eine sympathisch widerspenstige Plumpheit hin, auch wenn ihre Augen, im Kontrast zum Rest ihres Gesichtes, mit den Jahren, die sie an ihrer Nähmaschine verbracht hatte, einen Ausdruck nadelspitzer Konzentration angenommen hatten.

Toru-debi hatte es nie zugelassen, daß Balaram ihren Schädel untersuchte, und würde es auch nie tun, aber jahrelang hatte Balaram ihren Kopf jeden Morgen nach dem Bad, wenn ihre Haare noch naß waren und glatt anlagen, studiert und war mit ihm so vertraut wie mit seinen Modellköpfen aus Plastik. Es war ein großer Kopf mit einer nicht unbeträchtlichen kranialen Kapazität, mehr oder weniger gleichmäßig gerundet, mit Ausnahme ausgeprägter Wölbungen am Median über der großen Fontanelle, an den Feldern, die die religiöse Disposition beherrschen, und einer weiteren über dem Hinterhauptsbein. Diese letztere gab ihm Rätsel auf: Es hatte eine Zeit gegeben, da er sie ohne zu zögern als Philoprogenitivität gedeutet hätte, als bemerkenswert gut entwickelte Kindesliebe. Aber im Lauf der Jahre hatte er bemerkt, daß sie sich immer mehr zur Seite, zum Asterion hin verschoben hatte, bis sie schließlich etwas vollkommen anderes vermuten ließ. Manchmal interpretierte er sie als Beständigkeit, aber irgendwie wurde er den Verdacht nie los, daß es sich hier in Wirklichkeit um das bislang unklassifizierte Organ der Hartnäkkigkeit (oder, schlicht und ergreifend, um verdammte Sturheit) handelte. Was den Rest des Schädels betraf, so vermutete er stark ausgeprägte schöpferische Fähigkeiten beziehungsweise mechanisches Geschick (denn das war selbst beim Nähen erforderlich), war sich jedoch nie ganz darüber im klaren, wo der Sitz dieser Eigenschaft eigentlich war. Und dann war da natürlich noch die Schwellung über dem Gehörgang, die er nur als Destruktivität deuten konnte. Es ließ sich nicht leugnen, daß ihr Gesicht, das gewöhnlich Ruhe und Ausgeglichenheit verriet (hauptsächlich weil sie die Existenz einer Welt außerhalb ihres Nähzimmers kaum zur Kenntnis zu nehmen schien), sich stark veränderte, wenn sie zornig wurde. Dann war sie zu allem fähig.

Wenn du und Toru ein Kind hättet, sagte Gopal barsch, wäre es wahrscheinlich ein ganz gewöhnliches.

Meinst du wirklich? sagte Balaram enttäuscht und wandte sich ab, um die verschwenderische Stuckfassade der Nationalbibliothek zu betrachten.

Gopal hatte nie an Phrenologie oder Physiognomik oder Balarams Vererbungstheorien geglaubt und im Lauf der Jahre eine eindeutig feindselige Haltung ihnen gegenüber eingenommen. Der Auslöser hierfür war vielleicht eine ihrer ersten Auseinandersetzungen über dieses Thema gewesen. In einem Ausbruch, den er seitdem schon oft bereut hatte, hatte Balaram damals gesagt: Dich sollte man in Methylalkohol konservieren. Du bist eine echte Entdeckung: der erste und einzige lebende Mensch mit einem phlegmatischen Organ.

Gopal war nicht sehr eitel. Schon damals, lange bevor er seine Jugend endgültig hinter sich gelassen hatte, war er klein und füllig, und das wußte er. Und er wußte auch, daß sein breites Gesicht mit den kindlichen Pausbacken freundlich wirkte, aber mehr auch nicht. Phlegmatisch allerdings war er nicht; das würde jedem sofort klarwerden, der sich die Mühe machte, seine blitzenden Augen hinter den goldgefaßten Brillengläsern zu betrachten. Aber das war eben der Ärger mit Leuten wie Balaram: für sie kam erst die Theorie und dann die Wirklichkeit.

Ein gutes Beispiel hierfür war Balarams Theorie über Dantu.

Dantu, ihr gemeinsamer Freund und Verbündeter während ihrer schwierigsten Zeit auf dem College, war kurz nach seinem Abschlußexamen verschwunden. (Eigentlich hatte er schon seit dem Unfall nur noch sehr wenig Kontakt zu Balaram gehabt, aber das war eine andere Geschichte.) Ein Jahr nach dem College hörten sie, er habe eine gute Stellung bei einer Teehandelsgesellschaft gefunden. Schon bald darauf aber verloren sie ihn wieder aus den Augen. Sie fragten sich oft, was aus ihm geworden war, aber diesmal schien er sich wirklich in Luft aufgelöst zu haben.

Dann aber, mehr als zwanzig Jahre später, verkündete Balaram eines Tages, er sei aufgrund seiner neuentdeckten Theorien davon überzeugt, daß Dantu ein *sadhu* geworden sei, daß er das weltliche Treiben hinter sich gelassen habe und mit nichts weiter als einer Bettelschale das Land durchwandere. Warum? Ganz einfach – wegen seines spitzen Kopfes natürlich und wegen seines hageren, hohlwangigen Gesichts und seiner beiden vorstehenden Schneidezähne, die ihm seinen Spitznamen eingetragen hatten. Es ist sein Bregma, sagte Balaram. Ich weiß jetzt, daß es die Gottesfürchtigkeit war, die seinem Schädel diese spitze Form gegeben hat. Außerdem sah er schon immer aus wie ein Heiliger.

Unsinn, sagte Gopal, allerdings nur zu sich selbst, denn er wußte, wie empfindlich Balaram war, wenn es um seine Theorien ging. Unsinn. Dantu hat sich immer viel mehr für Politik interessiert als für Religion – nur daß es in deiner Theorie eben kein politisches Organ gibt.

Und richtig: Etwa ein Jahr später erschien ein Zeitungsartikel, in dem es um einen Shri Hem Narain Mathur ging (das war Dantus richtiger Name), der irgendwo in Nord-Bihar verhaftet worden war, weil er die besitzlosen Landarbeiter zum Kampf um gerechte Löhne aufgewiegelt hatte. Gopal schnitt den Artikel aus und zeigte ihn später Balaram, sagte aber nicht, wie er es eigentlich vorgehabt hatte: Mit Gottesfürchtigkeit haben Streikaufrufe herzlich wenig zu tun. Wo bleibt jetzt deine Theorie?

Das war eben der Grund, warum die Phrenologie nichts weiter war als ein Haufen Unsinn – nur Theorie und keine Fakten. Das hatte er – wie er immer wieder betonte – schon gesagt, als Balaram ihm das Buch *Praktische Phrenologie* gezeigt hatte, das er an einem Stand für antiquarische Bücher in der Collegestreet entdeckt hatte.

Zufällig wissen wir genau, wann das geschah: am 11. Januar 1950 um 16 Uhr 30. Wir kennen das Datum, weil dies der Tag war, an dem Madame Irène Joliot-Curie, der Trägerin des Nobelpreises für Physik und Tochter von Pierre und Marie Curie, den Entdeckern des Radiums, in Kalkutta ein triumphaler Empfang bereitet wurde.

Balaram war damals sechsunddreißig. Er arbeitete als Redakteur für den *Amrita Bazar Patrika*, der zu jener Zeit noch Kalkuttas beste englischsprachige Zeitung war. Diese Tätigkeit hatte er fast vierzehn Jahre lang, nämlich seit er das College verlassen hatte, ausgeübt, und deswegen kannte man ihn in der Redaktion recht gut. Wahrscheinlich gestattete man ihm deshalb, den Reporter zum Flughafen zu begleiten.

Natürlich hatte Balaram schon Pläne für diesen Tag gemacht, seit die Zeitungen das Datum bekanntgegeben hatten, an dem Frau Joliot-Curie auf dem Rückweg vom Wissenschaftskongreß in Delhi in Kalkutta ankommen sollte. Auch andere berühmte Wissenschaftler wurden in Kalkutta erwartet: Frédéric Joliot, Irène Joliot-Curies Ehemann, der sich den Nobelpreis mit ihr geteilt hatte; J. D. Bernal, der englische Physiker, dem später selbst der Nobelpreis verliehen werden würde; und Sir Robert Robinson, der hervorragende Chemiker und Präsident der Royal Society.

Aber von all diesen Leuchten der Wissenschaft kam es Balaram nur auf eine einzige Person an, und das war Madame Irène Joliot-Curie. Mit dreizehn Jahren hatte er zum ersten Mal etwas über die Curies gelesen. Das Radium hatte seine jugendliche Phantasie beflügelt; die Verleihung des zweiten Nobelpreises an Marie Curie hatte er mit einem Feuerwerk gefeiert. Für ihn war Irène Curie eine zum Leben erwachte Legende, ein Teil der geheimen Welt seiner Kindheit, eine Verkörperung der lebendigen Tradition der Wissenschaft. Mit Freuden hätte er seine Stellung aufgegeben, nur um sie zu Gesicht zu bekommen.

Am 9. Januar, zwei Tage vor der geplanten Ankunft, ging Balaram zum Nachrichtenredakteur und bat ihn, mit dem Reporter zum Flughafen fahren zu dürfen. Ich werde dann weniger Schwierigkeiten mit der Schlagzeile und dem Vorspann haben, fügte er erklärend hinzu. Der Nachrichtenredakteur, der immer sehr beschäftigt war, sah kaum auf: Ja, natürlich, tun Sie das. Nur um sicherzugehen, fragte ihn Balaram am zehnten noch einmal. Ja, ja, fuhr ihn der Nachrichtenredakteur an, das haben wir doch schon längst geklärt, oder nicht?

Gemessen an der schwülen Hitze, die normalerweise in Kalkutta herrschte, war es am 11. Januar bitter kalt – der kälteste Tag, den die Stadt seit Jahren erlebt hatte. Vorsichtshalber zog sich Balaram zwei Pullover, einen Mantel und einen neuen Schal an. Am Flughafen Dum-Dum wies man ihn auf die beiden Physiker Meghnad Saha und Satyen Bose hin, die er in seiner Jugend als Helden verehrt hatte und die nun in der wartenden Menge standen. Aber Balaram, der damit beschäftigt war, den Himmel abzusuchen, bemerkte sie kaum. Als er die silberne Dakota-Maschine mit dem Emblem der *Star Lines* auf den Tragflächen entdeckte, hüpfte er, fast außer sich vor Aufregung, mit fliegenden Mantelschößen auf und ab. Der Reporter, für den Berühmtheiten schon lange nichts Besonderes mehr waren, wies ihn ziemlich scharf zurecht: Können Sie nicht mal einen Moment stillstehen?

Madame Joliot-Curie stieg als erste aus. Sie hatte einen warmen grauen Mantel an und trug eine Stofftasche in der Hand. Sie war größer, als er erwartet hatte, und hatte ein ausgeprägtes Kinn, graues Haar und helle, scharfblickende Augen. Als nächster kam ihr Mann. Er lächelte und hatte das Ende seiner Krawatte in den Bund seiner zerknitterten Hose gesteckt. Und schließlich trat, mit der ihm eigenen Ungezwungenheit und Leichtigkeit, gepflegt, elegant und den Hut in der Hand, J. D. Bernal aus der Maschine. Balaram versuchte, ihn nicht anzusehen. Aber natürlich war es nicht Bernals Schuld. Der Unterschied zwischen ihm und Irène Joliot-Curie war nicht der Unterschied zwischen zwei Individuen. Es war etwas, auf das sie keinen Einfluß hatten; es war ein geographischer Unterschied, ein räumlicher Unterschied, es war der Unterschied zwischen zwei grundverschiedenen Traditionen – die eine hatte den bis zur Erschöpfung arbeitenden Louis Pasteur und Marie Curies revolutionären Forschungseifer hervorgebracht, während das Produkt der anderen Tradition solche cleveren, leidenschaftslosen, eleganten Schlafwandler waren. (Was J. D. Bernal betraf, so tat Balaram ihm damit natürlich Unrecht, aber das wußte er damals noch nicht.)

Zusammen mit den Reportern eilte Balaram auf die drei Wissenschaftler zu, die neben dem Flugzeug standen. Undeutlich hörte er, daß einer der Reporter zu Professor Joliot sagte, er sehe müde aus.

Wir sind in großer Höhe geflogen, antwortete Professor Joliot, über dreitausend Meter hoch, und das ist nicht spurlos an uns vorübergegangen. Er wandte sich seiner Frau zu und lächelte. Sie nickte und fuhr sich mit dem Handrücken über die Stirn. Es durchfuhr Balaram wie ein Blitz, als er bemerkte, daß sie ihn direkt ansah.

Er wußte, daß er etwas sagen mußte. Er wußte, daß Professor Joliot unrecht hatte: Dreitausend Meter Höhe machten einer Curie nichts aus. Für die Curies waren die höchsten Höhen des menschlichen Vorstellungsvermögens etwas ganz Alltägliches.

Eifrig beugte Balaram sich vor und strich sich eine widerspenstige schwarze Locke aus der Stirn. Aber, Sir, sagte er vernehmlich, ohne sich seiner Worte ganz bewußt zu sein, *Sie* müßten große Höhen doch gewöhnt sein.

Es war nichts weiter als ein alberner Impuls gewesen – das merkte er in dem Augenblick, als er es aussprach. Seine Bemerkung war bedeutungslos. Aber es war zu spät. Einen Augenblick lang herrschte peinliche Stille, und dann brachen alle, angeführt von Professor Joliot, in Gelächter aus. Selbst Madame Joliot-Curie lächelte.

Balaram empfand jede Salve dieses Gelächters wie einen Peitschenhieb. Er wandte sich zum Gehen; seine Augen brannten vor Demütigung. Sie waren alle gleich, diese Wissenschaftler, alle. Es hatte irgend etwas mit ihrer Wissenschaft zu tun. Menschen, Gefühle, Humanität – nichts war ihnen wichtig. Er bahnte sich einen Weg durch die Menge und rannte und rannte, bis er das Dorf Dum-Dum erreicht hatte.

Wieder in Kalkutta, ließ er sich mit dem tosenden Verkehr die Dharmotolla hinuntertreiben, weg von den Bussen und Straßenbahnen auf der Esplanade. Der Gedanke, seine Demütigung noch zu verstärken, indem er wieder ins Büro oder nach Hause zu Toru-debi ging, war ihm unerträglich. Er lief einfach, wohin seine Füße ihn trugen, und unweigerlich trugen sie ihn zur Collegestreet. Bald befand er sich, in Gedanken immer noch mit der erlittenen Schmach beschäftigt, auf vertrautem Terrain, umgeben von heruntergekommenen Fassaden, dem Gebimmel der Straßenbahnen und Studenten, die sich an den Bushaltestellen und den Straßenständen mit hohen Stapeln gebrauchter Bücher drängten. Ein Stück vom schmiedeeisernen Eingangstor zum Presidency College entfernt nahm er geistesabwesend ein altes, zerlesenes Buch in die Hand und kaufte es. Es hieß *Praktische Phrenologie*.

Er ging zur Dilkhusha Cabin in der Harrison Street, fand einen ruhigen Tisch und bestellte eine Tasse Tee. Nach einer Weile schlug er das Buch auf und überflog einige Seiten. Dann begann er, mit wachsender Erregung zu lesen.

Um vier Uhr nahm er eine Straßenbahn zum Hohen Gerichtshof. Er fand Gopal in seinem Büro. Er war beschäftigt, aber Balaram zerrte ihn hinaus an den Strand, zu einem Teeausschank, der einem Bihari gehörte. Hier, sagte er und zeigte ihm das Buch. Sieh mal, was ich entdeckt habe.

Gopal war nicht sonderlich erbaut darüber, um Viertel nach vier nachmittags aus der Arbeit gerissen zu werden, besonders da am nächsten Tag ein wichtiger Steuerfall zur Verhandlung stand. Er blätterte in dem Buch, betrachtete mit Abscheu die Fotografien von kriminellen Prototypen und gab es Balaram zurück.

Balaram, sagte er mißmutig, du hast dich nie mit Naturwissenschaft beschäftigt. Du hast keine Ahnung von Anatomie. Leute wie du und ich wissen einfach nicht genug über diese Dinge. Wir sollten die Finger davon lassen.

Was macht das schon? erwiderte Balaram. Die Naturwissenschaften basieren auf Ideen, wie alles andere auch. Hast du mir je gesagt, ich solle aufhören, mich für Geschichte zu interessieren? Habe ich von dir je verlangt, keine Romane mehr zu lesen?

Gopal sah auf seine Uhr. Es war halb fünf, und er war spät dran. Mir kommt das vor wie ein Haufen Unsinn, sagte er.

Verstehst du denn nicht? fragte Balaram. Er stotterte vor Erregung, und seine Augen leuchteten. Habe ich es dir nicht immer schon gesagt? Der Ärger mit all diesen Wissenschaftlern und ihren Wissenschaften ist doch, daß es keine Verbindung zwischen innen und außen gibt, zwischen dem, was die Leute denken, und dem, wie sie sind. Verstehst du das nicht? Das hier ist anders. Innen und außen, Geist und Körper, was man tut und was man ist, ist in dieser Wissenschaft *eins*. Begreifst du nicht, wie *wichtig* das ist?

Ich glaube, sagte Gopal ungerührt, wenn du mit dieser Wissenschaftssache weitermachen willst, solltest du dir lieber heute abend Madame Curie anhören, wenn sie das Institut für Kernphysik eröffnet. Und jetzt muß ich gehen.

Balaram ging wirklich hin, und Gopal ebenfalls. Sie standen weit hinten in der Menge, hinter Gruppen von jubelnden Schülern und Studenten, und sahen zu, wie sie das Band durchschnitt. Umgeben von Ministern, Gouverneuren und billigem Pomp wirkte sie deplaziert – eine einfache Hausfrau in einem schmucklosen Kleid. Balaram lauschte ihr aufmerksam, als sie von der Bedeutung der Kernphysik sprach und von den sich daraus ergebenden neuen Perspektiven für das Wohl der Menschheit.

Aber dann stieß Gopal ihn in die Rippen, zwinkerte ihm zu und erinnerte ihn damit unfreundlicherweise an eine kleine Niederlage: Einmal, vor etwa dreieinhalb Jahren, hatte nämlich ein arg beschäftigter Chefredakteur Balaram gebeten, einen Aufmacher zu texten. Nach langem, gründlichem Nachdenken hatte er geschrieben: Kernbombe abgeworfen – Hiroshima ausradiert. Der Chefredakteur war damit nicht einverstanden gewesen. ‹A-Bombe›, sagte er, sei besser als ‹Kernbombe›. (Es dauerte noch einige Jahre, bis die Zeitung eine hausinterne Sprachregelung zu diesem Thema fand.) Und außerdem hatte Balaram den falschen Schrifttyp verwendet. Absurderweise wurmte ihn das noch jahrelang.

Balaram musterte Madame Curie genau und ging bald darauf, ohne sich von Gopal zu verabschieden. Am nächsten Morgen, auf dem Weg zum Nachrichtenraum, hielt ein Mann in grauer Hose und einem blauen Pullover ihn auf. Er war noch ziemlich jung, etwa Ende Zwanzig, schätzte Balaram. Können Sie mir sagen, wo hier die Anzeigenabteilung ist? fragte er nervös. Sein Bengali hatte einen leichten, aber unverkennbaren ländlichen Akzent.

Warum? fragte Balaram und lächelte.

Ermutigt durch seine Freundlichkeit, lud der junge Mann ihn zu einer Tasse Tee ein. Froh über diese Gelegenheit, das Betreten des Nachrichtenraums noch etwas hinauszuschieben, nahm Balaram die Einladung an. Als sie im Teeausschank saßen, zeigte der junge Mann Balaram seine Anzeige. Er suchte einen Lehrer für eine Volksschule in einem Dorf namens Lalpukur, etwa hundert Meilen nördlich von Kalkutta, in der Nähe der Grenze.

Es sei ein ganz neues Dorf, erklärte der junge Mann. Die meisten der Einwohner seien Flüchtlinge aus dem Osten. Seine Familie sei die einzige in der Gegend, die Land besitze.

Und woher stammen Sie, Sir? fragte er Balaram.

Ich bin auch aus Ost-Bengalen, antwortete Balaram. Aus Dhaka.

Ich verstehe, sagte der andere. Einige Leute aus unserem Dorf sind ebenfalls von dort. Jedenfalls, fuhr er fort, habe er nach einem naturwissenschaftlichen Grundstudium eine Lehrerausbildung gemacht. Jetzt, da die Zeit gekommen sei, sich um eine Stellung zu kümmern, habe er sich entschlossen, lieber selbst eine Schule zu eröffnen – und zwar in Lalpukur, wo eine Schule wirklich nötig sei und er ein Auge auf sein Land haben könne. So habe er ein geregeltes Einkommen und könne gleichzeitig etwas Sinnvolles tun. Außerdem – warum solle man für jemand anderes arbeiten, wenn man ebensogut sein eigener Herr sein könne?

Aber er brauche noch einen zweiten Lehrer – allein werde er die Arbeit nicht schaffen können. Mit vor Begeisterung leuchtenden Augen sah er Balaram an: Sie können sich gar nicht vorstellen, wie versessen diese Kinder darauf sind, etwas zu lernen.

Als Balaram sich von dem jungen Mann verabschiedet hatte und den Nachrichtenraum betrat, begrüßten ihn seine Kollegen breit grinsend mit Applaus. Er stellte fest, daß einige Morgenzeitungen in ihren Berichten seine Frage an Frédéric Joliot – und das anschließende Gelächter – erwähnt hatten.

Er bat sogleich um einen Tag Urlaub und verließ die Redaktion. Warm eingepackt in seine Pullover ging er hinunter zum Hooghly und sah den Booten zu, die langsam flußabwärts fuhren. Den ganzen Nachmittag stand er dort, und dann ging er zum Gerichtsgebäude.

An diesem Tag hatte Gopal Geduld mit ihm, denn sein schrecklicher Kummer stand ihm nur zu deutlich ins Gesicht geschrieben. Sie machten einen langen Spaziergang durch die große Parkanlage Maidan. Auf halbem Weg blieb Balaram stehen und wies mit einer ausladenden Geste auf die Hochhäuser und den tosenden Verkehr von Chowringhee. An einem Ort wie diesem, sagte er, können die Leute nicht nachdenken über den Unterschied zwischen dem, was sie sind, und dem, was sie sein sollten. Nichts kann die Leute hier ändern. Weder die Wissenschaft noch die Geschichte, noch die Vernunft. Nichts. Hier kann man ihnen nichts beibringen. Jedenfalls nicht wirklich, nicht so, daß sich irgend etwas *ändert*.

Wie kommst du darauf, fragte Gopal, daß du jemandem etwas beibringen kannst?

Ich habe das Buch gelesen, das ich dir gezeigt habe, antwortete Balaram. Hier – er fuhr mit den Händen über die oberen Schläfenpartien und die Seiten seines Kopfes – hier: Hoffnung, Fähigkeit zu staunen, Idealismus *und* Festigkeit. Alles, was man braucht, um ein guter Lehrer zu sein.

Er ging nach Hause und hatte zehn Tage lang Streit mit Torudebi. Eine Woche darauf waren sie in Lalpukur. Den Namen des jungen Mannes erfuhr er erst dort. Er hieß Bhudeb Roy.

Wie anders Bhudeb Roy damals gewesen war! Seine Squama occipitalis war zwar nicht vollkommen flach gewesen, aber ganz gewiß auch nicht jene wulstige Huldigung an den Zeugungstrieb, in die sie sich nach der Geburt seines fünften Sohnes verwandelt hatte. Auch besaß er damals noch nicht jene ausgeprägten eiförmigen Höcker über dem Asterion und dem Gehörgang, die von Streitlust und Destruktivität zeugten.

Balaram mußte sich oft eingestehen, daß ein guter Teil seiner Rekonstruktion des jungen Bhudeb lediglich auf Mutmaßungen beruhte. Immerhin war inzwischen viel Zeit vergangen, und damals, als er Bhudeb Roy kennenlernte, hatte er die Phrenologie gerade erst entdeckt. Aber er besaß ein gutes Gedächtnis, und wenn er später darüber nachdachte, wußte er auch, warum ihm dieser schüchterne junge Mann auf Anhieb so sympathisch gewesen war: Ihre Köpfe waren sich damals bemerkenswert ähnlich gewesen – der eine fast ein Spiegelbild des anderen. Es wäre unmöglich gewesen, ihre Scheitelpartien, den Sitz der Hoffnung und des Gewissens, ohne Instrumente voneinander zu unterscheiden. Und er war absolut sicher, daß er am ersten Tag, in dem Teeausschank vor dem Gebäude des *Amrita Bazar Patrika*, deutliche Anzeichen für eine Schwellung in der Mitte des Stirnbeins, vor der Kranznaht und direkt über dem Sitz der Güte, bemerkt hatte, und eine weitere erstaunliche Wölbung an den Schläfen, über dem Sitz des Idealismus.

Aber andererseits, pflegte Balaram später zu Gopal zu sagen, kann eine Wissenschaft nur Aussagen über den Stand der Dinge machen, nicht aber darüber, wohin sie sich entwickeln werden.

Der Idealismus an Bhudeb Roys Schläfen welkte dahin, weil er nie wirklich an irgend etwas glaubte. Selbst später, als sich der Sitz der Ordnung unterhalb seiner Augenbrauen vorwölbte und in ihm die Begeisterung für gerade Linien weckte, ließ er nie *wirkliche* Leidenschaft erkennen. Wenn dem so gewesen wäre, hätte Balaram ihm alles verziehen. Aber es war nicht so. Diese obszönen kleinen Schwellungen, behauptete Balaram, waren nichts weiter als schwammartige Auswüchse, die sich vom toten Gewebe seines Kopfes ernährten.

Und in Bhudeb Roys jungen Jahren war die Schädelpartie direkt über und neben dem Obelion auch nie so abstoßend angeschwollen gewesen wie später.

Moment mal, unterbrach Gopal Balaram dann. Eitelkeit und Eigendünkel hast du erst an ihm bemerkt, *nachdem* er angefangen hatte, überall in der Schule seine Portraits aufzuhängen.

Aber wenn Balaram bei diesem Thema erst einmal in

Fahrt war, ließ er sich nicht mehr so leicht unterbrechen. Sieh dir nur die Haut rund um seine Sutura squamosa an, sagte er. Ein regelrechtes Monument der Habgier und der Heimlichtuerei. Aber an diesem Punkt erhob Gopal energischen Einspruch. Er wußte ganz genau, daß Balaram erst von Bhudeb Roys Habgier im oberen Bereich des vorderen Teils der Sutura squamosa sprach, seit er entdeckt hatte, daß Bhudeb Roy von den Eltern eines jeden Kindes, das in die Schule aufgenommen wurde, fünfzig Rupien kassierte. Und was die Heimlichtuerei über dem vorderen Teil der Sutura squamosa betraf, so war er ganz sicher, daß sie Balaram erst aufgefallen war, nachdem er erfahren hatte, daß Bhudeb Roy noch eine weitere kleine, aber beständige Einnahmequelle besaß: Die Polizei im nächsten Dorf bezahlte ihn für monatliche Geheimberichte, die er über praktisch jeden in Lalpukur verfaßte. Das ist doch ganz natürlich, erklärte Balaram ihm einmal. Lalpukur liegt im Grenzgebiet, und die Polizei bekommt Geld vom Hauptquartier, um an Informationen heranzukommen. Wenn sie es nicht irgendwie ausgeben, werden die Mittel dafür gestrichen, und sie können nichts mehr davon abzweigen. Und außerdem muß man sagen, daß sie sich im Einklang mit gesicherten phrenologischen Erkenntnissen befanden, als sie sich entschieden, Bhudeb Roy zu ihrem Informanten zu machen: Seine kraniale Kapazität ist enorm – es kann kein Zweifel daran bestehen, daß er schlau wie ein Fuchs ist –, und seine Sutura squamosa ist genau richtig.

Aber, wandte Gopal ein, die hast du doch erst bemerkt, *nachdem* du von seinen Verbindungen zur Polizei gehört hast. Was kommt denn nun zuerst – die Handlung oder das phrenologische Organ?

Balaram gab ihm keine richtige Antwort. Statt dessen sagte er: Sag doch selbst – habe ich in irgendeinem Punkt unrecht?

Auf diese Frage konnte Gopal nur schweigen. Er hatte Bhudeb Roy bei seinem ersten Besuch in Lalpukur kennengelernt, kurz nachdem Balaram dorthin gezogen war. Damals hatte ein ziemlich durchschnittlich aussehender junger Mann mit schütterem Haar und einem großen, liebenswürdigen Gesicht vor ihm gestanden. Er war schon damals untersetzt, aber keineswegs fett gewesen und hatte in seinem gestärkten weißen *dhoti* und seiner *kurta* sogar über eine gewisse Grazie verfügt.

Als Gopal ihn Jahre später wiedersah, zuckte er zusammen, wie es jeder tat, der zum ersten Mal dieses riesige, flächige Gesicht über dem unförmig aufgedunsenen Hals sah. Seine Augenhöhlen hatten sich vorgewölbt, als wollten sie einen Henker erschrecken, aber seltsamerweise waren die Augen selbst zu winzigen, undurchsichtigen, rotgesprenkelten Scheibchen geschrumpft. Sein Mund war zu einem gähnenden, alles verschlingenden, speichelverkrusteten Abgrund geworden, der sich über die ganze Breite des riesigen Kinns zog. Die Oberlippe war praktisch verschwunden, während die Unterlippe sich nach oben wölbte, so daß sie fast die Nasenspitze berührte. Der Schädel schimmerte kahl bis auf ein paar drahtige Haare, die er vergeblich über die knotigen Schwellungen an der Seite seines Kopfes zu kämmen versuchte. Die Ohren standen im rechten Winkel vom Kopf ab und bewegten sich manchmal wie Bananenblätter im Wind. Auch sein Körper hatte sich verändert: Die Beine hatten sich in zwei Fleischsäulen mit Grübchen verwandelt, und die Arme waren so lang geworden, daß die Hände in Höhe der Knie baumelten. Und über dies alles – denn Bhudeb Roy ging gewöhnlich vornübergebeugt – wölbte sich sein Bauch, eine gewaltige, vollgefressene, behaarte Fleischmasse, die den dünnen Stoff der *kurta* fast zum Zerreißen spannte.

Erst mit der Entdeckung der Kriminologie, behauptete Balaram, habe er eine Wissenschaft gefunden, die Bhudeb Roy gerecht wurde. Und selbst Gopal mußte zugeben, daß tatsächlich eine bemerkenswerte Ähnlichkeit zwischen Teilen von Bhudeb Roys Physiognomie und Lambrosos Fotografien von gewaltigen Kinnladen und spitz gewölbten Jochbeinen, von rasiermesserdünnen Oberlippen und Schweinsäuglein bestand, die ein trauriges Zeugnis von den kriminellen Neigungen ihrer Besitzer ablegten. Kein Wunder, sagte Balaram, daß die Wahl der Polizei ausgerechnet auf ihn gefallen ist.

Balarams Entdeckung sollte jedoch zu einem Dilemma führen.

Kurze Zeit nachdem er Gopal diese Fotografien gezeigt hatte, erschien Bhudeb Roy eines Abends in seinem Haus, um ihn um einen Gefallen zu bitten. Daran war nichts Ungewöhnliches. Um der Schule willen war Balaram immer höflich zu Bhudeb Roy gewesen. Und Bhudeb Roy hatte seinerseits immer großen Respekt vor Balarams Wissen gehabt, einen Respekt, den er nie verlor. Damals hatte er sogar etwas an den Tag gelegt, das zumindest Gopal für eine tiefe Zuneigung zu Balaram hielt. Balaram jedoch sah das anders. Nein, sagte er einmal zu Gopal, all seine kleinen Freundschaftsdienste und Gefälligkeiten haben nichts mit *mir* zu tun. Sie sind nichts weiter als ein Teil seiner Trauer um seine verlorene Jugend.

Bhudeb Roy kam zu Balaram, weil ihm vor kurzem ein sechster Sohn geboren worden war. Die Astrologen hätten sich den Jungen bereits angesehen, vertraute er Balaram an und neigte ihm seinen knotigen Kopf zu, aber ihre Prognosen seien nicht gut gewesen, und er mache sich Sorgen. Die Handleser würden erst etwas sagen können, wenn die Hände des Jungen ein wenig gewachsen seien. Und bis dahin, sagte er und verzog seine gummiartige Unterlippe zu einem Lächeln, kann ich es ja mal mit der Phrenologie versuchen. Immerhin ist das ja eine Wissenschaft, und ich bin ein Mann, der an die Zukunft glaubt. Es sollte niemand sagen können, daß Bhudeb Roy die Gelegenheit, das erste nach den Prinzipien der Phrenologie untersuchte Baby in Bengalen, vielleicht sogar in ganz Asien, zu haben, ungenutzt verstreichen ließ.

Balaram antwortete mit einem vagen Gemurmel auf seine Bitte. Da ihm bekannt war, daß die kriminelle Physiologie erblich war, wollte er schon instinktiv ablehnen. Was sollte er Bhudeb sagen, wenn sein Sohn genauso war wie er? Und in diesem Moment lächelte Bhudeb auch noch und versicherte ihm: Du wirst das kleine Schweinchen mögen – er ist genau wie ich.

Aber gleichzeitig fühlte Balaram sich geschmeichelt. Es war das erste Mal, daß man ihn wie einen Arzt oder wie einen Chirurgen konsultierte. Irgendwie war das mehr als ein Triumph seiner Wissenschaft – es war ein persönlicher Sieg. Außerdem würde Bhudeb schrecklich beleidigt sein, wenn er sich weigerte.

Also willigte er ein. (Später schlug er sich dafür so fest auf seine vermaledeite Eitelkeit, daß er blutete.)

Am nächsten Tag packte Balaram, ohne Toru-debi etwas zu sagen, seine Instrumente und – zu Referenzzwecken – das Werk von Combe in eine Tasche und machte sich den Pfad hinunter, der an seinem Haus vorbeiführte, auf den kurzen Weg zu Bhudeb Roys Haus. Bhudeb Roy lag rücklings auf einer Matte unter einem Mangobaum in seinem Garten. Sein Bauch, dem er mit einem Palmwedel sanft Luft zufächelte, wölbte sich über ihm wie ein Segel in einer steifen Brise. Als er Balaram sah, kam er mühsam auf die Beine. Gefolgt von seinen fünf Söhnen führte er ihn in sein erst kürzlich gebautes, pfauengrünes Haus.

Balarams schlimmste Ahnungen bestätigten sich, als er das Kind, das wutentbrannt schrie, weil man es aus seinem abendlichen Schlummer geweckt hatte, in der Wiege liegen sah. Irgendwie schaffte er es, sich ein Herz zu fassen und eine oberflächliche Untersuchung vorzunehmen. Das war nicht leicht, denn das Kind, das ganz und gar nicht damit einverstanden war, von einem Fremden auf den Arm genommen zu werden, schrie und wehrte sich mit einer Kraft, die nichts Gutes verhieß. Schließlich machte es Balarams Hemd naß, worauf dieser es beinahe fallen ließ. Er beschloß, seine Untersuchung abzuschließen, wusch sich die Hände und packte seine Instrumente ein. Er hatte genug gesehen.

Nun? fragte Bhudeb Roy, als er ihn hinausbegleitete, und lächelte sanft. Was meinst du? Dann sah er Balarams grimmiges Gesicht und fuhr zurück.

Was ist los? rief er. Schnell, Balaram-babu, sag doch, was ist denn? Wortlos ging Balaram weiter. Warte, rief Bhudeb Roy ihm nach, Balaram-babu, warte. Ich lasse Tee kommen, Plätzchen, Fisch, das Abendessen – was du willst...

Mit gerunzelter Stirn ging Balaram weiter, durch den Garten, auf den kleinen Pfad zu. Bhudeb Roy raffte seinen *dhoti* und watschelte ihm eilig nach. Seine fünf Söhne folgten ihm. Warte doch, jammerte er noch einmal. Sag mir, Balaram-babu: Was ist denn nur?

Erst auf halbem Weg zu seinem Haus blieb Balaram stehen. Als Bhudeb Roy ihn eingeholt hatte und heftig keuchend und vor Anstrengung bebend vor ihm stand, sagte Balaram: Ich weiß nicht, wie ich es dir sagen soll, Bhudeb-babu. Ich hoffe, daß du mich nicht mißverstehst. Das Objekt der Untersuchung, ich meine: dein Sohn, weist ausgeprägte Erhebungen über dem Asterion und über der Schläfenmuskulatur oberhalb der Ohren auf. Außerdem sind seine Wangen- und Jochbeinbogen bereits so außergewöhnlich stark entwickelt, daß ich dir, zu meinem größten Bedauern, nur sagen kann: Er entspricht fast exakt der phrenologischen Struktur des typischen Mörders. Durch strenge Erziehung mag es dir vielleicht gelingen, ihn soweit zu bändigen, daß er lediglich ein Schwerverbrecher wird – aber mehr auch nicht, fürchte ich. Bete, Bhudeb-babu, denn ich weiß, daß du an die Wirksamkeit von Gebeten glaubst. Bete also, daß du nicht sein erstes Opfer wirst.

Hager und hochaufgerichtet wandte Balaram sich ab. Sein weißer Haarschopf wehte in der leichten Brise, als er seinen Weg fortsetzte, während Bhudeb Roy mit einem gequälten Schrei in den Staub sank.

Am nächsten Morgen stellte Toru-debi fest, daß in der Nacht sechs von ihren Kokospalmen gefällt und alle Zitronenbäume entwurzelt worden waren. Nonder-ma, die immer alles wußte, erzählte ihr die ganze Geschichte.

Als sie gehört hatte, was geschehen war, pflanzte Toru-debi sich mitten im Hof auf. Breitbeinig, in der hocherhobenen Hand einen riesigen Mörserstößel, stand sie da und rief: Hör zu. Wenn mir noch einmal zu Ohren kommen sollte, daß du mit deinen Instrumenten dieses Haus verlassen hast, dann räume ich dein Studierzimmer aus! Diese Bücher haben dich verhext, und jetzt versuchst du, mich mit in den Abgrund zu reißen. Aber das werde ich nicht zulassen.

Balaram blieb in seinem Studierzimmer und verriet durch nichts, daß er sie gehört hatte. Er wußte, daß es Zeiten gab, in denen die Streitlust so sehr von ihr Besitz ergriff, daß Widerspruch zwecklos war. Dann war es das beste zu tun, was sie sagte.

Von diesem Tag an stellte Balaram seine Abendspaziergänge durch das Dorf, bei denen er immer die Klauen und seine Instrumententasche dabeigehabt hatte, ein. Seine Notizbücher mit den Aufzeichnungen der Beobachtungen, die er im Lauf eines Jahrzehnts in mühseliger Kleinarbeit an über dreihundert lebenden Köpfen des Dorfes gemacht hatte, setzten Staub an. Balarams Studierzimmer verwandelte sich in eine Gefängniszelle, und seine Abende schienen nicht enden zu wollen.

An diesen langen Abenden versuchte Balaram, die Sache von einem rationalen Standpunkt aus zu betrachten, aber trotzdem brachte er es nicht über sich, Bhudeb Roy zu vergeben. Viel konnte er jedoch nicht machen: Die Vernunft ist keine gute Waffe, wenn man Rache nehmen will.

Wie Bhudeb Roy den Zwischenfall sah, blieb ein Rätsel. Einen Monat später, als sein jüngster Sohn an einer beidseitigen Lungenentzündung gestorben war und Toru-debi Balaram zu einem Beileidsbesuch gezwungen hatte, war er so höflich wie eh und je. Aber Balaram ließ sich nicht täuschen. Er sah die Streitlust wie eine Kartoffel auf Bhudeb Roys Hinterkopf wachsen, und insgeheim hatte er Angst.

Etwa ein Jahr später kam Alu in Lalpukur an.

Bhudeb Roy war also auf seltsam verschlungene Weise für die Begeisterung mitverantwortlich, mit der Balaram Alu begrüßte. In dem Augenblick, in dem er ihn sah, wußte Balaram, daß seine Abende nie mehr öd und leer sein würden.

Obwohl es lange dauerte, bis der Junge es zuließ, daß Balaram ihn untersuchte, genoß er, als sie einmal damit begonnen hatten, diese Sitzungen mit Balaram fast ebensosehr wie Balaram selbst. Um gar nicht erst den Verdacht aufkommen zu lassen, es sei dabei so etwas wie Zufall im Spiel, stellte Balaram einen Stundenplan für diese Untersuchungen auf. Da Alu zu dieser Zeit in die vierte Klasse der Schule von Lalpukur ging, beschloß Balaram, ihn dreimal wöchentlich frühmorgens vor der Schule und dreimal pro Woche nach der Schule zu untersuchen. Die Sonntage waren frei. Diesen Stundenplan, bei dem die Tage, um Abwechslung zu schaffen, jede Woche getauscht wurden, hängte

Balaram spät an jedem Sonntagabend an die Tür seines Studierzimmers. Allerdings hielten sich weder er noch Alu sklavisch daran. In jenen Tagen hielt sich Alu immer irgendwo in Balarams Studierzimmer auf – er durchstöberte die Bücherregale, blätterte in einer staubigen Ecke in Büchern oder döste, an die geschwungenen Beine des Sessels gelehnt, vor sich hin.

Ein besseres Studienobjekt hätte Balaram sich nicht wünschen können. Trotzdem bereitete ihm etwas Sorgen.

Vielleicht liegt es an seinem Bregma, sagte er zu Gopal. Er ist so vollkommen ungerührt. Nichts, aber auch gar nichts scheint auf ihn Eindruck zu machen.

Sie saßen an einem Tisch mit einer schmutzigen Marmortischplatte in Nizam's Restaurant hinter dem New Market in Kalkutta. Die zwischen Küche und Tischen hin und her eilenden Ober in ihren *lungis* machten so viel Lärm, daß Gopal sich vorbeugen mußte, um Balaram verstehen zu können.

Er ist doch noch ein Junge, Balaram, sagte er und schob sein Kebab mit dem Zeigefinger hin und her. Du kannst nicht erwarten, daß er sich genauso für die Phrenologie begeistert wie du.

Aber dennoch machte Balaram sich Sorgen. Es war nicht normal, daß ein zehnjähriger Junge so teilnahmslos war. Alu zeigte keinerlei Emotionen, ganz gleich, um was es ging. Beispielsweise war es offensichtlich, daß er auf seine teilnahmslose Weise die Schule haßte – wenn es so etwas wie teilnahmslosen Haß überhaupt gab. Nie schlug er ein Schulbuch auf, nie schrieb er auch nur ein einziges Wort in sein in dicke Pappe eingebundenes Heft. Zwar ging er gehorsam in die Schule, aber immer als letzter, so als warte er darauf, daß ein Wunder die Schule von Lalpukur vom Erdboden tilgte.

Balaram war das immer äußerst peinlich, und es würde noch schlimmer werden, wenn sein eigener Neffe, der dieselbe Schule besuchte, in der er unterrichtete, die Prüfungen nicht bestand. Bhudeb Roy, dessen Söhne irgendwie immer alle Preise gewannen, die die Schule zu vergeben hatte, sorgte dafür, daß Balaram das nie vergaß. Nicht sehr helle, dein Alu, sagte er, was, Balaram-babu? Vielleicht solltest du es einmal mit einer Tracht Prügel versuchen.

Balaram starrte ihn an, bis er den Blick seiner kleinen, glanzlosen Augen abwendete.

Das war es ja gerade: Er war intelligent, auch wenn es nicht gleich ins Auge fiel. Darüber konnte kein Zweifel bestehen. Jemand, der so viel las wie er, mußte einfach über eine gewisse Intelligenz verfügen.

Wieviel er las! Eigentlich viel zuviel für einen Zehnjährigen. Er las fast alles, was ihm in Balarams Studierzimmer in die Hände fiel: Bücher über Geschichte, Geographie, Geologie, Naturgeschichte, Biologie... Alles mögliche. Und das nicht nur in Bengali. Er hatte erstaunlich schnell Englisch gelernt. Und dann hatte Balaram versucht, ihm ein bißchen Französisch beizubringen, und zwar genauso, wie er selbst es sich beigebracht hatte: mit Hilfe einer Grammatik und eines Taschenwörterbuchs. Alu hatte so schnell gelernt, daß Balaram, aus Angst, den Jungen zu verwirren, beschlossen hatte, damit wieder aufzuhören. Aber dann hatte er ihn eines Tages unter Zuhilfenahme des Taschenwörterbuches selbständig ein französisches Lehrbuch lesen sehen.

Auch ein paar andere Sprachen hatte er gelernt. Bolai, der Fahrradmechaniker, der in der Armee gedient hatte und irgendwo im Norden stationiert gewesen war, hatte ihm Hindi beigebracht. Und den Dorfdialekt, den Balaram, nach sechzehn Jahren in Lalpukur, immer noch nur mit Mühe verstehen konnte, sprach er fließend.

Die meisten Leute in Lalpukur stammten ursprünglich aus dem abgelegenen Distrikt Noakhali im äußersten Osten Bengalens, in der Nähe der burmesischen Grenze. In den Jahren nach der Umwandlung Ost-Bengalens in Ost-Pakistan waren sie in einem spärlichen, aber stetigen Flüchtlingsstrom nach Indien gekommen. Die meisten von ihnen hatten alles zurückgelassen außer ihrem Dialekt. Es war ein nasales Singsang-Bengali, das mit Gott weiß was für Ausdrücken aus dem Burmesischen und den Sprachen der östlichen Hügelregionen durchsetzt war. Viele von ihnen hatten die Sprache West-Bengalens gelernt, aber dadurch war ihnen ihr angestammter Dialekt nur um so mehr ans Herz gewachsen – er war ein Zeichen ihrer gemeinsamen Herkunft und eine Geheimwaffe, mit der man Fremde verwirren konnte. Sie behaupteten, für jemanden, der nicht in Noakhali geboren war, sei es unmöglich, sie zu verstehen, wenn sie schnell sprachen. Und doch beherrschte Alu ihre Sprache schon nach zwei Jahren so fließend, daß alle im Dorf sich hüteten, über Balaram zu reden, wenn er vorbeiging.

Aber immer war er ungerührt, nie zeigte er auch nur die Spur eines Gefühls. Vielleicht, sagte Balaram nachdenklich, könnte ich versuchen, ihn am Hinterhauptsbein zu massieren, dort, wo der Sitz der Gefühle und Empfindungen ist.

Balaram! rief Gopal. Du wirst dieses Hinterhauptsbein oder wie das heißt in Ruhe lassen. Du bildest dir etwas ein. Das letzte Mal, als wir in Lalpukur waren, hat Toru mir selbst gesagt, daß er wegen seiner Verehrung für dich Schwierigkeiten in der Schule hatte. Das ist doch ein Gefühl, oder? Gopal stellte sein Glas Wasser ab und sah Balaram anklagend an. Der nickte zögernd.

Eines Nachmittags, als Balaram gerade die Schule verlassen wollte, hörte er aus einem der Klassenzimmer Geschrei und lautes Gelächter. Er blieb stehen, denn eigentlich sollten die Schüler um diese Zeit schon auf dem Heimweg sein. Bald merkte er, daß der Lärm aus seinem eigenen Klassenzimmer kam. Auf dem Weg dorthin hörte er, daß aus dem Geschrei ein hoher, spöttischer Kindergesang geworden war: Balara-hams Hu-hund, Balara-hams Hu-hund...

Als er das Klassenzimmer betrat, stoben die Jungen auseinander. Er sah vier von Bhudeb Roys Söhnen durch das Fenster verschwinden. Der fünfte aber, ein stämmiger, dicklicher Bursche mit dem Anflug eines Schnurrbarts, blieb ruhig zwischen den umgestürzten Bänken stehen und sah ihm mit einem leichten, höhnischen Lächeln direkt ins Gesicht. Dann wandte er sich ab und schlenderte vor sich hin pfeifend aus dem Klassenzimmer. Balaram bemerkte, daß er auf der Wange einen tiefen Kratzer hatte.

Und dann sah Balaram Alu, der auf dem Boden lag und an eine umgeworfene Bank gefesselt war. Er hatte eine Platzwunde am Kinn, und seine Nase blutete. Balaram mußte ihn mit einem Messer losschneiden. Als sie aus der Schultür traten, hörte Balaram jemanden rufen: Balara-hams Hu-hund – geh schön mit ihm nach Hause. Er fuhr herum, sah aber nur ein paar Beine im Bambusdickicht verschwinden.

Aber das Merkwürdige war, sagte Balaram, daß er selbst dann kein Wort gesagt hat. Er hat nicht geweint, er hat sich nicht einmal beklagt. Die ganze Sache schien ihm nichts auszumachen.

Vielleicht, sagte Gopal nachdenklich, vielleicht versucht er immer noch, über den Schock hinwegzukommen, den er durch den Verlust seiner Eltern erlitten hat.

Erstaunt ließ Balaram sein Kebab sinken. Er starrte Gopal an. Daran habe ich noch gar nicht gedacht, sagte er schließlich.

Ja, sagte Gopal. Das sieht dir ähnlich.

Als Balaram an jenem Abend nach Lalpukur zurückkehrte, saß Alu in einer Ecke des Studierzimmers und las. Sobald er sich bequem in seinen Sessel gesetzt hatte, rief Balaram ihn zu sich. Alu gehorchte und hielt ihm seinen Kopf hin. Er war etwas verwirrt, denn es war Sonntag, der freie Tag.

Nein, sagte Balaram, heute nicht. Er klopfte auf die Armlehne des Sessels, und Alu setzte sich darauf.

Alu, sagte Balaram verlegen, man darf nicht immer über die Vergangenheit nachgrübeln. Man muß an die Zukunft denken. Die Zukunft ist wichtig, nicht die Vergangenheit. In der Zukunft hat man alle Möglichkeiten. Man kann die Welt verändern.

Er betrachtete das Gesicht des Jungen. Alu, sagte er, willst du die Welt nicht verändern? Der Junge sah ihn ruhig an. Seine Augen waren noch größer als sonst. Er sagte nichts.

Wie soll einer die Welt verändern, fragte Balaram, wenn er keine Leidenschaft besitzt?

Der Junge gab keine Antwort. Plötzlich fühlte Balaram sich von den weit aufgerissenen Augen und dem Schweigen des Jungen seltsam berührt. Es schnürte ihm die Kehle zu, und in seiner Verlegenheit griff er zu Vallery-Radots *Pasteurs Leben*, das immer in Reichweite auf einem Tisch neben seinem Sessel lag, und begann, ihm das Kapitel vorzulesen, in dem jener Wendepunkt der Weltgeschichte beschrieben wird, als Louis Pasteur – am 6. Juli 1885 – all seinen Mut zusammennahm und, auf die Gefahr hin, seinen Ruf und seine Existenz als Wissenschaftler zu verspielen (denn an Feinden hatte es ihm nie gemangelt), eine Pravaz-Spritze aufzog und den armen, todgeweihten, zehn Jahre alten Joseph Meister, der am selben Tag von einem tollwütigen Hund gebissen worden war, mit seinem bislang unerprobten Gegenmittel impfte.

Als er aufhörte zu lesen und das Buch sinken ließ, sah er, daß Alu Tränen in den Augen standen.

Vielleicht hatte ich unrecht, sagte Balaram eine Woche später zu Gopal. Vielleicht ist mit seinem Hinterhauptsbein alles in Ordnung. Trotzdem – ich muß sichergehen.

Aber dazu kam es nie. Er vergaß die Sache für ein paar Tage, und danach hätte er gar nichts unternehmen können, selbst wenn sie ihm wieder eingefallen wäre. Aber da hätte er es wahrscheinlich ohnehin nicht mehr für nötig gehalten.

Es war die Woche der Herbsternte. Bhudeb Roy, der eine neue, sehr ertragreiche Getreidesorte gesät hatte, brachte in diesem Jahr eine überaus gute Ernte ein. Sie kam ihn auch sehr billig, denn die meiste Arbeit taten die Jungen aus drei Schulklassen, denen er angedroht hatte, sie würden im Falle der Weigerung ihre Prüfung nicht bestehen. Außerdem gebe es dafür einen guten Grund, entgegnete er auf Balarams halbherzigen Protest. Die Erntearbeit war ein Teil des Botanik-Praktikums – die Schule von Lalpukur hatte schon immer Wert auf ein ausgewogenes Verhältnis zwischen der Vermittlung von theoretischem und praktischem Wissen gelegt.

Auch in anderer Hinsicht war es ein gutes Jahr für Bhudeb Roy. Er brauchte kein Geld für die Auszeichnungen auszugeben, die die Schule jährlich ihren besten Schülern verlieh, da seine fünf Söhne alle Preise gewonnen hatten. Außerdem hatte er noch einen Sohn bekommen, und die Prognosen der Astrologen waren recht erfreulich.

Das Schicksal meinte es so gut mit ihm, daß er in einem Anfall von Aberglauben in der Schule verkündete, er – mit anderen Worten: die Schule – werde dieses Jahr zum Dank eine besonders üppige Saraswati-Puja abhalten. Was konnte einer Schule angemessener sein als eine Feier zu Ehren der Göttin der Gelehrsamkeit?

Balaram fand indessen heraus, daß Bhudeb Roys Motive nicht allein spiritueller Natur waren. Er hatte nämlich auch vor, den Schulinspektor des Distrikts einzuladen und gehörig zu beeindrucken. Sollte ihm das gelingen, dann war alles möglich – ein Zuschuß, eine Ernennung...

Und so machte Bhudeb Roy sich daran, sein triumphales Fest auszurichten. Eine fast zwei Meter hohe Statue von Ma Saraswati mit rotierenden elektrischen Lichtern hinter den Augen und einem Heiligenschein aus Aluminiumfolie wurde in Naboganj, der nächsten größeren Stadt, in Auftrag gegeben. Bolai-da, der in der Armee gelegentlich den Küchendienst versehen hatte, schloß seine Werkstatt und übernahm die Zubereitung der Speisen. Zwei Ziegen und die Fische eines ganzen Weihers wurden für das Fest gemästet. Ein großes, buntes Zelt mit einer niedrigen Empore für die Statue der Göttin wurde auf dem Schulhof aufgebaut und der gelehrteste Pandit von Naboganj verpflichtet, bei der Zeremonie den Vorsitz zu führen.

So großartig waren die Vorbereitungen, daß Bhudeb Roy es nicht übers Herz brachte, seine Sondereinladung auf den Schulinspektor zu beschränken. Er schickte schließlich allen wichtigen Beamten des Distrikts eine Einladung: dem Distriktrichter, dem Polizeichef, ja selbst dem landwirtschaftlichen Berater. Vor seinem geistigen Auge sah er schon eine ganze Reihe funkelnder Dienstjeeps vor seiner Schule parken.

Schon aus Gründen der Schicklichkeit (und weil der Schulinspektor gewiß nach den anderen Lehrern der Schule fragen würde) mußte er Balaram ebenfalls einladen.

Bhudeb Roy war ein wenig enttäuscht, als der große Tag schließlich kam. Nur der Schulinspektor erschien, und das auch bloß mit dem Bus und staubbedeckt. Aber da hatte Bhudeb Roy schon so viel Spaß an der ganzen Veranstaltung, daß er sich durch einen so kleinen Rückschlag nicht übermäßig aus der Fassung bringen ließ. Er geleitete den Schulinspektor zu einem besonderen Sessel und machte sich dann daran, Gruppen verschüchterter, frisch gewaschener Schuljungen ins Zelt zu winken. Seine fünf Söhne, die er für diese Gelegenheit mit Bambusstöcken ausgerüstet hatte, waren draußen nicht weniger beschäftigt als er, und zwar damit, die Dorfbewohner – bis auf einige Auserwählte – fernzuhalten.

Als die Lichter eingeschaltet wurden, bemerkten einige, daß Ma Saraswati, die sonst – auf ihrem weißen Schwan, in einer Hand die achtsaitige Vina, in der anderen ein Buch – immer so heiter und schön aussah, diesmal einen etwas gequälten Gesichtsausdruck hatte. Aber niemand wagte, etwas zu sagen, und bei dem ganzen Durcheinander hatte ohnehin niemand Zeit, groß darüber nachzudenken.

Balaram machte sich spät auf den Weg. Toru-debi war mit einem neuen Schnitt für einen nahtlosen Petticoat beschäftigt und hatte sich rundweg geweigert, ihn zu begleiten. Auch Balaram verspürte keine Lust zu gehen – jedenfalls behauptete er das –, aber die Pflicht rief, und ihm blieb nichts anderes übrig, als dem Ruf Folge zu leisten.

Die Zeremonie hatte bereits begonnen, als er in der Schule eintraf. Vor dem Zelt verharrte er und hörte von drinnen den eintönigen Singsang des Pandits. Er holte tief Luft und trat ein.

Einen Augenblick lang verschlug es ihm den Atem, und er blieb, die Augen auf die Statue der Göttin geheftet, wie angewurzelt stehen. Dann hob er die Hand und rief: Halt!

Der verdutzte Pandit hielt mit offenem Mund mitten im Mantra inne. In der knisternden Stille wandten alle sich um und folgten mit ihren Blicken dem ausgestreckten Zeigefinger, der auf Ma Saraswatis von innen hell erleuchteten Kopf deutete. Es ließ sich nicht leugnen: Sie sah eindeutig aus, als habe sie Migräne. (Dafür gab es einen einfachen Grund: Bhudeb Roy, der der Versuchung, ein paar Paisa zu sparen, nicht hatte widerstehen können, hatte sich geweigert, einen Aufpreis für eine spezielle Isolierung der Glühbirnen im Kopf der Statue zu bezahlen, und infolgedessen war der Ton gesprungen, als man die Lichter einschaltete.)

Aller Augen waren jetzt jedoch auf Balaram gerichtet. Noch einmal rief er: Halt! Er rannte durch das Zelt und sprang, ohne seine schmutzigen, diesen heiligen Ort entweihenden Sandalen auszuziehen, auf die Empore. Der Pandit fiel vor Schreck in Ohnmacht.

Balaram zögerte einen Augenblick. Seine ausgestreckte Hand schwebte über dem Kopf der Gottheit. Dann riß er ihr die Perücke aus gefärbten Baumwollfäden herunter und entblößte so den nackten tönernen Schädel. Er zeigte auf den Kopf, in dem die Lichter tapfer weiterflackerten, und wandte sich dem Publikum zu. Dies, rief er der gebannt lauschenden Menge zu, ist nicht Saraswati.

Dies ist nicht das Sinnbild der Gelehrsamkeit, sagte er und klopfte mit den Knöcheln auf den Ton. Dies ist Eitelkeit.

Das Quietschen des Sessels, auf dem der Schulinspektor gesessen hatte, zerriß die Stille. Er marschierte hinaus, ohne Bhudeb Roy auch nur eines einzigen Blickes zu würdigen. Bhudeb Roy blies die Zeremonie ab, und man sagte, er habe bei dem folgenden Festmahl keinen Bissen gegessen.

Du hast dich gerächt, warf Gopal Balaram später vor, und deswegen war das, was dann geschah, nur die gerechte Strafe.

Nein, widersprach Balaram. Ich habe nur die Wahrheit gesagt. Es war Eitelkeit, genau da, wo sie hingehört, über dem Obelion.

Aber damals, als dies alles sich zugetragen hatte, lag selbst in der Wahrheit kein Trost. Am Morgen nach der Feier mußte Toru-debi feststellen, daß die Oberfläche des Teiches, in dem sie ihr morgendliches Bad nehmen wollte, mit toten Fischen bedeckt war. Fast genau zur selben Zeit hörte Alu, der in der Küche frühstückte, Schreie aus dem Bambuswald hinter dem Haus. Er schob die Messingschale von sich und stürzte durch die Hintertür aus dem Haus.

Von der Hintertür führte ein Pfad am Brunnen vorbei und

durch dichtes Bambusgestrüpp zu drei einsamen und recht weit entfernten, in einer Senke gelegenen Hütten. Dort lebte Maya Debnath mit ihrem Vater und ihrem Bruder. Sie benutzte diesen Pfad jeden Morgen, wenn sie zu Balarams Haus ging.

Alu rannte so geräuschlos wie möglich den Pfad hinunter. Wieder hörte er die Stimmen. Eine von ihnen gehörte Maya. Sie war schrill vor Angst. Alu verließ den Weg und arbeitete sich im Bogen durch das Bambusgestrüpp vor.

Dann sah er sie: Maya stand, umringt von Bhudeb Roys fünf Söhnen, mitten auf dem Weg. Der jüngste von ihnen, der kaum sechs Jahre alt war, klammerte sich an die Shorts seines ältesten Bruders.

Maya war damals elf, ein paar Monate jünger als Alu, aber einen guten Kopf größer als er und kräftig gebaut. Sie hatte einen roten Sari an, der ihre schwellenden Brüste kaum bedeckte. Er war alt und fadenscheinig, reichte nicht einmal zu ihren Knöcheln und ließ die Schultern frei. Sie hielt einen sechs Fuß langen Bambusstock in den Händen. Ihr entschlossenes, rundes Gesicht und ihre leicht schrägstehenden Augen waren dunkel vor Wut. Die Spitze des Stocks, den sie ruhig in der Hand hielt, war auf den ältesten Jungen gerichtet. Aber Alu sah, daß sie Angst hatte: Auf ihrem Kinn und ihren nackten Schultern glänzte Schweiß. Bhudeb Roys ältester Sohn umkreiste sie außerhalb der Reichweite des Stocks mit drohend erhobenen Fäusten. Mach keinen Ärger, sagte er. Hör auf meinen Rat. Geh nicht mehr zu dem Haus. Wenn du es doch tust, werden du und dein Vater Schwierigkeiten bekommen.

Versuch doch, mich daran zu hindern, erwiderte Maya verächtlich. Du wirst sehen: Alles, was du davon haben wirst, ist ein Loch in deinen Shorts, und zwar da, wo es am meisten weh tut.

Alu blieb nur einen Augenblick stehen. So schnell er konnte rannte er durch das Bambusdickicht zu den drei Hütten, in denen Maya und ihre Familie lebte.

Mayas Bruder und Vater waren Weber. Ihr Bruder, Rakhal, war erst sechzehn, gehörte aber schon zu den größten Jungen des Dorfes und war bekannt für seinen geschickten Umgang mit dem

Bambusstock. Für ernste Auseinandersetzungen besaß er einen besonderen, an einem Ende mit langen Nägeln versehenen Stock. Den hatte er sich selbst gemacht, nachdem man ihm bei einem Kampf eine Messerwunde an der Wange beigebracht hatte. Die Narbe hatte er immer noch. Gewöhnlich war sie kaum zu sehen, denn Rakhal war von Natur aus ein sanfter, verträumter Junge. Wenn er aber wütend wurde, trat die Narbe hervor und leuchtete in einem unheimlichen Blutrot.

Alu fand ihn am Webstuhl sitzend, wo er gelangweilt und mechanisch an den Schnüren des Webschützen zog. Alu schüttelte ihn und zeigte auf seinen Kampfstock, der neben dem Webstuhl stand. Er versuchte, etwas zu sagen, war aber so außer Atem, daß er kein Wort hervorbrachte. Ein Blick auf seine geweiteten Augen sagte Rakhal alles. Er sprang auf, zurrte seinen *lungi* fest, packte seinen Kampfstock und rannte, gefolgt von Alu, los.

Schon von weitem sahen sie, wie Bhudeb Roys ältester Sohn das Ende von Mayas Stock zu fassen bekam. Sie sahen, wie die anderen Jungen sich auf Maya warfen und wie sie unter ihrem Gewicht zu Boden ging. Rakhal brüllte und schwang seinen Stock, so daß er pfiff wie eine Drachenschnur in einem Sturm. Die Jungen blickten auf und sahen ihn, wie er mit dem Stock in der Hand, die rote Narbe leuchtend wie eine Fahne, auf sie zukam, und im nächsten Augenblick rannten sie alle davon, und Maya erhob sich langsam aus dem Staub.

Rakhal blieb stehen, sah ihnen nach, während sie geräuschvoll im Bambusdickicht verschwanden, und spuckte aus. Er warf einen kurzen Blick auf Maya, um sich davon zu überzeugen, daß sie unverletzt war, und machte sich wieder auf den Rückweg zu den Hütten. Alu blieb allein mit ihr zurück.

Plötzlich überkam ihn eine überwältigende Verlegenheit. Er schob seine Hände tief in die Taschen seiner Shorts und begann, eilig zum Haus zurückzugehen. Maya blieb ihm auf den Fersen. Als sie nur noch einen Schritt hinter ihm war, lachte sie und sagte: Warum mußtest du *ihn* rufen? Hattest du Angst? Alu beschleunigte seine Schritte, aber sie blieb dicht hinter ihm. Hattest du Angst? Warum gibst du es nicht zu, kleiner *babu*? Alu, der so schnell er konnte mit steifen Beinen ausschritt, hielt es nicht mehr aus. Er rannte los und verschwand im Haus.

Als Maya dort ankam, stand Toru-debi, die gerade erst vom Teich und seinem Teppich aus toten Fischen zurückgekehrt war, im Hof und hörte Nonder-ma zu. Als sie die zerzauste und staubbedeckte Maya sah, winkte sie sie zu sich.

Nachdem sie die ganze Geschichte gehört hatte, ging Toru-debi zum Brunnen und wusch sich. Sie ölte und kämmte ihr Haar und kleidete sich in einen neuen Sari. Derart mit Sauberkeit gewappnet, trat sie in Balarams Studierzimmer.

Wortlos begann sie, seine Bücher aus den Regalen auf den Boden zu werfen. Balaram versuchte nicht einmal, sie davon abzuhalten. Er verließ leise das Studierzimmer und schloß sich in seinem Schlafzimmer ein.

Selbst mit Mayas und Nonder-mas Hilfe brauchte Toru-debi lange, um die Bücher in den Hof zu tragen. Aber sie leistete gründliche Arbeit. Schließlich war das Studierzimmer so leer wie ein ausgeblasenes Ei. Kein Fetzen Papier, kein Stück von einem Einband erinnerte mehr an Balarams Bibliothek.

Nachdem sie den riesigen Bücherberg auf dem Hof mit Kerosin übergossen hatte, zündete Toru-debi ein Streichholz an und setzte ihn in Brand. Alu, der hinter einer Tür verborgen gestanden hatte, sah die prasselnden Flammen um den Bücherhaufen tanzen. Dann bemerkte er etwas und sprang vor. Toru-debi sah ihn und rief: Was hast du da in der Hand?

Die Hände hinter dem Rücken versteckt, wich Alu zurück, als sie auf ihn zukam. Sie versuchte ihn festzuhalten, aber es gelang ihm, ihr zu entschlüpfen. Er hörte Mayas Stimme dicht an seinem Ohr: Gib es mir. Ein Sari raschelte, und er spürte die warme, betörende Festigkeit ihrer Brüste an seiner Schulter.

Als Toru-debi ihn schließlich zu fassen bekam, waren seine Hände leer. Maya war verschwunden.

Am Abend, als von Balarams Büchern nichts weiter übrig war als ein Haufen Asche und ein paar auf dem Hof verstreute versengte Einbände, schlich Alu in sein Studierzimmer. Balaram saß zusammengesunken im Sessel und raufte sich die Haare. Alu kletterte auf die Armlehne, holte ein Buch hervor, das in seinem Hosenbund versteckt gewesen war, und legte es Balaram in den Schoß. Dann schlang er seine Arme um Balarams Hals.

Das Buch hieß *Pasteurs Leben*.

Diesmal war es Balaram, der weinte.

2

Eine pasteurisierte Welt

Nach und nach erfuhr Hilfsinspektor der Polizei Jyoti Das die ganze Geschichte. Im Verlauf einer weitschweifigen und leicht nostalgischen Schilderung von Balarams Leben in Lalpukur erzählte ihm Bhudeb Roy von Balarams Auftritt bei der Saraswati-Puja. Obwohl inzwischen zehn Jahre vergangen waren, konnte er sich noch sehr deutlich an den Zwischenfall erinnern.

Es war das erste Anzeichen von Balarams Untergang, sagte Bhudeb Roy. Er sagte es mit einer Spur von Bedauern, denn selbst jetzt, nach all diesen Ereignissen, konnte er von Balaram nie ohne Respekt sprechen. Aber dann fiel ihm wieder ein, daß er mit einem HI der Polizei sprach, und zwar aus einem bestimmten Grund, und so fügte er hinzu: Aber so war er schon immer – verwirrt. Ein verwirrter Extremist. Es hat viele Jahre gedauert, bis ich es gemerkt habe, und da war es dann zu spät. Da war er von seinem gefährlichen Kurs nicht mehr abzubringen. Ein Extremist – ohne Achtung vor der Ordnung. Ein schrecklich verwirrter Extremist.

Nach all den Ereignissen des Tages war HIP Das müde und etwas durcheinander. Es war das erste Mal gewesen, erzählte er seiner Mutter später, daß er seine Dienstwaffe im Ernst, mit der Absicht zu töten, hatte ziehen müssen. Natürlich hatte man ihnen auf der Polizeiakademie beigebracht, mit solchen Situationen fertig zu werden. Dennoch war es irgendwie etwas anderes, wenn es dann tatsächlich soweit war. Mit einer Verlegenheit, die eines Polizeioffiziers nicht würdig war, hatte er festgestellt, daß seine Handgelenke zitterten, bevor er auch nur einen Schuß abgegeben hatte, und er konnte nicht umhin, froh zu sein, daß er von seiner Waffe letztendlich doch keinen Gebrauch hatte machen müssen. Er hatte kaum damit gerechnet, daß ihm eine Leuchtpatrone alle Arbeit abnehmen würde. Als sein Blick wieder auf Bhudeb Roys riesiges Gesicht fiel, schreckte er hoch. Aber, Bhudeb-babu, sagte er, wenn Sie damals schon so dachten, warum haben Sie dann nichts unternommen? Warum haben Sie nicht dafür gesorgt, daß er von hier verschwand?

Sie verstehen nicht, antwortete Bhudeb Roy. Sie verstehen nicht, Inspektor-shaheb. (Hilfsinspektor, Hilfsinspektor, korrigierte ihn Jyoti Das.) Ich konnte kaum etwas tun. Er gehörte ja schon zum Dorf. Er lebte seit sechzehn Jahren hier, und das auch noch als Schulmeister. Er hatte hier ein Haus. Was konnte ich schon tun? Wer weiß, was die anderen Dorfbewohner getan hätten, wenn ich versucht hätte, ihn aus Lalpukur zu vertreiben? Sie wissen ja, wie sie sind – einfache Leute...

Jyoti Das sah in das große, aufgedunsene Gesicht mit den kleinen, blinzelnden Augen und den schraubstockartigen Kinnladen und zuckte innerlich zurück. Er hatte keine andere Wahl, als Bhudeb Roys ‹Kooperation› und Gastfreundschaft anzunehmen, aber er brachte es nicht über sich, diesen Mann zu mögen.

Von der Verbrennung von Balarams Büchern erfuhr Jyoti Das einige Monate später in einer kleinen Polizeistation im Süden Kalkuttas ganz zufällig durch Gopal Dey. Als man Gopal in das Vernehmungszimmer führte, fand er ihn auf Anhieb sympathisch. Anfangs war Gopal höchst entrüstet und regte sich mächtig auf. Volle fünf Minuten lang zitierte er Gesetze, Paragraphen und Ausführungsbestimmungen. Aber nachdem Jyoti Das ihm die Hand geschüttelt und eine Tasse Tee angeboten hatte, nahm Gopal ruhig auf einem Holzstuhl ihm gegenüber Platz. Es dauerte nicht lange, und er begann zu reden. Nach ein paar Minuten wußte Jyoti Das, daß er nichts Wichtiges zu sagen hatte, aber er hörte ihm dennoch zu, denn die zerstreute, onkelhafte Art des Mannes gefiel ihm. Und außerdem hatte er ohnehin nichts Besseres zu tun, als in sein schmuddeliges Büro zurückzukehren und sich anzuhören, was sein Chef, der stellvertretende Oberinspektor, ein begeisterter Gärtner, über Karotten und Blumenkohl zu sagen haben würde.

So lauschte er also mit halbem Ohr, als Gopals aufgewühlte Gedanken zu jenem Tag zurückwanderten, an dem Balaram ihm von der Verbrennung seiner Bücher erzählt hatte. Das war 1967, und Alu war damals elf gewesen. Elf. Jyoti Das war im Januar 1964 elf geworden. An seinem Geburtstag war sein Vater, ein kleiner Finanzbeamter, mit ihm und seiner Mutter in den Alipore-Zoo in Kalkutta gegangen. Er hatte sich extra dafür frei genommen (und damit, wie er sich später bei Jyotis Mutter beklagte, seinen letzten Urlaubstag vergeudet).

Den ganzen Morgen über gingen sie gelangweilt von Käfig zu Käfig und sahen sich fratzenschneidende Paviane und räudige Hyänen an. Jyotis Vater beschwerte sich in einem fort über das Gedränge der Menge und die Gruppen von jungen Burschen mit ihren blökenden Transistorradios, über die kriecherischen Bettler, die vermutlich nur eingelassen worden waren, weil sie den Kontrolleuren am Eingang einen Teil ihrer Einnahmen abgaben, über die Jungen, die mit Stöcken die Affen malträtierten, über die unfähige Verwaltung, die ergrauten weißen Tiger und andere bemitleidenswerte Tiere, deren fortschreitende Inzucht an ihren Namen abzulesen war, die wie Bezeichnungen aufeinander folgender Generationen von Computerchips klangen: tigon, litigon... litiligon, titilitigon... Wohin sollte das führen? Wo sollte das noch alles enden?

Sie ließen die weißen Tiger hinter sich und begaben sich in einen relativ ruhigen Teil des Parks auf der anderen Seite des kleinen Sees, der den Mittelpunkt des Zoos bildete. In der Nähe eines Geheges mit Helmkasuaren und chinesischen Silberfasanen entdeckte Jyotis Vater ein Imbißlokal, wo man an Tischen im Schatten sitzen konnte. Er ließ sich an einem Tisch nieder und bedeutete Jyotis Mutter, Platz zu nehmen. Einen

Augenblick später waren sie eingehüllt in das Dröhnen eines Transistorradios, und eine Gruppe junger Männer kam vorbei. Sie hielten sich an den Händen und tanzten eine Mischung aus einem Twist und einem *bhangra*. Zwei von ihnen stritten sich um eine in ein Taschentuch gewickelte Flasche Rum. Es kam, wie es kommen mußte: Unter brüllendem Gelächter gerieten sie ins Stolpern, und die Flasche zerschellte auf dem Asphalt.

Jyotis Vater sah sie haßerfüllt an, wischte sich nervös den Schweiß von der Stirn und murmelte: Chaos – das ist alles, was bleibt. Chaos, Chaos. Das Unbehagen in seiner Stimme drang, wie immer, in Jyotis Bewußtsein und wirbelte dichte Wolken von Angst auf. Er sprang auf und rannte zum Geländer am See. Dort sah er, das chaotische Branden des menschlichen Lebens hinter sich lassend, einen schimmernden, samtigen Teppich aus Enten, Kormoranen und Störchen, der den See bedeckte. Irgendwo in dieser Vogelschar entdeckte er ein Purpurreiherpaar, das die langen Schnäbel in den Himmel reckte und die farbenprächtigen Flügel ausstreckte. Er hatte gehört, daß die beiden Vögel jedes Jahr den ganzen Kontinent überflogen, um an diesem See zu überwintern – an *diesem* See und keinem anderen. Nun, da er sie in Fleisch und Blut vor sich sah, war er starr vor Staunen, und während er sie betrachtete, ergötzte er sich an dem Frieden, der Ordnung und der heiteren Gelassenheit, die ein Naturgesetz von so weitreichender und unwandelbarer Wirkung gewährte. Er hätte stundenlang dort bleiben können, aber schon bald hörte er wieder die Stimme seines Vaters hinter sich: Immer träumt er, dieser nichtsnutzige Junge. Hat keinen Sinn für Arbeit. Er wird seine Prüfungen nie bestehen... Und dann wurde er am Kragen des T-Shirts, das er zum Geburtstag bekommen hatte, weitergezerrt.

Sie gingen heim, und Jyoti wurde wie immer zum Lernen in sein Zimmer geschickt. Aber an jenem Tag, während er, um die Zeit totzuschlagen, mit seinem Bleistift herumkritzelte, nahmen die Linien vor seinen Augen eine neue, wellenförmige, muskulöse Gestalt an. Er malte ein Blatt voll, warf es weg und versuchte es wieder und wieder, bis schließlich deutlich ein mit gestrecktem Hals fliegender Purpurreiher zu erkennen war. Dann stand sein Vater wieder hinter ihm, um zu überprüfen, ob er wirklich arbeitete: Nie lernt er, er wird durchfallen. Die Schande, die Schande für die Familie... Aber Jyotis Zeichnung war bereits unter einem Schreibheft versteckt. Er wußte, von ihm wurde erwartet, daß er das Versagen seines Vaters ausglich und es, wenn irgend möglich, sogar weiter brachte als seine erfolgreichen Onkel – der eine ein Ingenieur in Düsseldorf, der andere Staatssekretär in Delhi –, und zwar, indem er sich den Prüfungen für Beamtenanwärter unterzog und eine Laufbahn im gehobenen Dienst einschlug – ob in der Verwaltung, bei der Polizei oder bei der Bahn, spielte keine Rolle. Hauptsache, sein Name stand im Staatsanzeiger und er erhielt eine richtige Beamtenteuerungszulage, die ihm die Inflation vom Hals hielt. Er wußte jedoch auch, daß er sich seine eigene, private Welt bewahren konnte, indem er sich fügte – denn weder sein Vater noch der Staatsdienst konnten es mit der Vision von Purpurreihern an einem klaren Wintermorgen aufnehmen.

Brauchen Sie das genaue Datum? fragte Gopal, denn der junge Beamte in Zivil hatte sich plötzlich aufgesetzt. Ich könnte versuchen, mich zu erinnern.

Nein, nein, sagte Jyoti Das schnell. Er lächelte. Ich schreibe ja nur einen Bericht, keine Biographie.

Eine Biographie?

Nicht einmal Gopal wäre, bei aller Liebe, die er für seinen Freund empfand, auf den Gedanken gekommen, Balarams Biographie zu schreiben. Einmal, im Scherz, hatte er es ihm vorgeschlagen: Balaram, dir passieren so viele merkwürdige Sachen – irgend jemand sollte mal deine Biographie schreiben. Vielleicht tue ich es.

Balaram hatte die Idee ganz ernsthaft in Erwägung gezogen. Er hatte sein Haar zurückgestrichen und eine volle Minute lang mit geschlossenen Augen ganz still dagesessen. Dann hatte er in einem Ton, der keine weitere Diskussion zuließ, gesagt: Du hast unrecht. Niemand könnte meine Biographie schreiben, weil mir nie etwas Wichtiges passiert. Es gäbe nichts, über das man schreiben könnte.

Gopal war ein bißchen gekränkt gewesen, weil Balaram seinen Scherz ernst genommen hatte, und hatte erwidert: Das spielt überhaupt keine Rolle. Denk nur an Dr. Johnson – dem ist *nie* irgend etwas passiert.

Balaram hatte mit der siegessicheren Gewißheit eines begabten Kindes gelächelt und gesagt: Wie sollte jemand eine Biographie über die Entdeckung der Vernunft schreiben können?

Gopal hatte geschwiegen, aber natürlich war Balaram im Unrecht gewesen, und das wußte er auch genau. Die Vernunft entdeckt sich selbst durch Begebenheiten und Menschen.

Balarams Geburtstag zum Beispiel. Niemand wußte genau, wann der war. Weil der Familienastrologe, nachdem er das Horoskop des Neugeborenen erstellt hatte, irgend etwas von ‹Unheil› gesagt hatte, war das Datum von seinen Eltern immer geheimgehalten worden. Balaram wußte nur, daß er im Jahre 1914 geboren war.

Die Auswahl eines Geburtsdatums in diesem Jahr fiel schwer, denn die Vernunft hatte damals einen schweren Stand gehabt. Balaram hätte, wie es viele seiner Freunde auf dem College getan hätten, etwa ein Datum wählen können, an dem in Bengalen einer der vielen Terroranschläge gegen die britische Herrschaft verübt worden war. Im weit entfernten Europa gab es da auch noch den Tag, an dem der erste Weltkrieg mit seinen blutigen Schlachten und Massakern ausgebrochen war. Oder jenen Tag Anfang August 1914, an dem ein amerikanischer Richter in San Francisco bei der Verhandlung über den zweiten jemals von einem Hindu gestellten Einbürgerungsantrag Zuflucht zur Frühgeschichte nahm und entschied, daß Hindus aus den höheren Kasten Arier und daher frei und weiß seien. Zugleich war da ein weiterer Tag im August, an dem die Kolonialregierung von Kanada sich auf eine andere Version der Frühgeschichte stützte und sich weigerte, die achttausend Inder an Bord der *Kamagatamaru* in Vancouver an Land gehen zu lassen, nachdem sie entschieden hatte, daß die in Kanada seit altersher bestehende Rassenreinheit nicht durch asiatische Immigranten gefährdet werden sollte. Und fast zur selben Zeit begann die britische Regierung eine Kampagne zur Rekrutierung von Indern, die in einem Expeditionskorps zusammen mit Algeriern, Vietnamesen und Senegalesen der westlichen Welt helfen sollten, sich vor sich selbst zu schützen.

Aber Balaram entschied sich für keines dieser Daten. Er litt schon, wenn er nur von diesen Ereignissen las, denn für ihn waren sie Abgründe, die den Aufstieg der Menschheit zur Vernunft hemmten. Statt dessen schwankte er zwischen den mehreren Dutzend Tagen im Mai und Juni, an denen Jagadish Chandra Bose in einem Laboratorium in Süd-London einem staunenden, vom Klang des Säbelrasselns in Europa fast tauben Publikum aus Wissenschaftlern, Dichtern und Politikern demonstrierte, daß selbst eine so unsensible Pflanze wie eine Karotte imstande ist, Qualen der Angst und des Schmerzes zu empfinden.

Aber, sagte Gopal einmal zu ihm, wenn ein Astrologe nicht zufällig eine bestimmte Bemerkung gemacht hätte, wärst du nicht in der Lage gewesen, dir deinen Geburtstag auszusuchen.

Balaram zeigte sich darüber erstaunt. Astrologie ist kein Zufall, antwortete er. Ganz im Gegenteil.

Gopal beharrte nicht auf seinem Standpunkt. Er wußte ja, daß Balaram sich verstellte: daß er die Wissenschaft entdeckt hatte, war ja lediglich auf eine zufällige Laune seines Vaters zurückzuführen.

Balaram war in Dhaka geboren, damals die Hauptstadt von Ost-Bengalen, heute die von Bangladesh. Sein Vater, ein wohlhabender Holzhändler, war von dem kleinen Dorf Medini-mandol im nahegelegenen Distrikt Bikrompur nach Dhaka gezogen. Er verdankte seinen Wohlstand der Gefälligkeit seiner Verwandten in Burma, die es ihm ermöglichten, Geschäftsverbindungen mit den Besitzern ausgedehnter Teakwälder zu knüpfen. Außerdem war er sehr konservativ. Als ihre Nachbarn in dem alten Kayet-tuli-Viertel in Dhaka schon lange elektrisches Licht besaßen, benutzte man in dem Haus, in dem Balaram aufwuchs, noch immer Kerosinlampen. Dann plötzlich, im Jahr 1927, als Balaram dreizehn war, änderte der Vater seine Meinung und ließ zahlreiche Glühbirnen installieren.

Das war der Wendepunkt, und irgendwie war er tatsächlich die Folge eines Zufalls. Wenn Balaram schon als Kind an diese Glühbirnen mit ihren spiralförmigen Leuchtfäden gewöhnt gewesen wäre, wenn sie ihren Einzug in sein Vaterhaus nur ein Jahr vor oder nach seinem dreizehnten Lebensjahr, jenem verzauberten Jahr, in dem die ganze Welt zum ersten Mal wirklich lebendig wird, gehalten hätten, dann hätte ihre Magie ihn niemals so berührt. Sein Bruder zum Beispiel, der damals zehn Jahre alt war, verschwendete kaum einen Gedanken an sie – ganz im Gegensatz zu Balaram. Von dem Augenblick an, in dem er zum allerersten Mal einen dieser großen, unhandlichen Schalter betätigt hatte, war er fasziniert. Von da an las er alles über Elektrizität. Er las Bücher über die Chinesen und über Benjamin Franklin, und Edison wurde einer seiner ersten Helden. In der Schule bombardierte er den Physiklehrer mit Fragen.

Aber es war bereits zu spät. Seine Lehrer waren zu der Überzeugung gekommen, er habe eine Begabung für Geschichte, und diese neue Begeisterung für die Naturwissenschaften werde sich schon geben. Balaram versuchte es auf jede nur mögliche Weise, aber seine Lehrer – in jenen Tagen waren bengalische Lehrer allwissend – erlaubten ihm nicht, auf den naturwissenschaftlichen Zweig überzuwechseln. Also bezog Balaram sein Wissen weiterhin aus Büchern.

Als er mit sechzehn die Abschlußprüfung eigentlich durch puren Zufall mit einer Reihe von Auszeichnungen bestand, beschlossen seine Lehrer, daß er auf das Presidency College in Kalkutta gehen müsse, um Geschichte zu studieren. Sie erzählten ihm von dem legendären Philologieprofessor Suniti Chatterji, der ein paar Dutzend Sprachen perfekt beherrschte, und von einem brillanten jungen Philosophen namens Radhakrishnan, der erst kürzlich zum Professor ernannt worden war (und Jahrzehnte später Präsident der Republik werden sollte).

Balaram hörte sie schweigend an, und sie deuteten sein Schweigen als Einverständnis. Aber er dachte nicht an *ihr* Kalkutta mit seiner Philologie und Philosophie und Geschichte. Er hatte seine eigene Vorstellung von Kalkutta. Für ihn war es die Stadt, in der Ronald Ross den Erreger der Malaria entdeckt und in der Robert Koch nach jahrelangen Anstrengungen schließlich die Typhusbakterien isoliert hatte. In Kalkutta hatte Jagadish Bose erstmals die außerordentlich lebendigen, organischen Muster demonstriert, nach denen Metall auf Belastung reagiert, und dort hatte er einer ungläubigen Welt auch zum ersten Mal vorgeführt, daß Pflanzen ebensosehr mit Gefühlen belastet sind wie Menschen.

Balaram hatte auch vom Presidency College gehört. Dort hatten zwei junge Männer bei Jagadish Bose gelernt: Satyen Bose, mit dessen Namen man später, nach der Publikation der Bose-Einstein-Statistik, die Hälfte der Elementarteilchen im Universum verbinden sollte, und Meghnad Saha, dessen These von der Ähnlichkeit zwischen Sternen und Atomen den Grundstein für einen ganzen Bereich der Astrophysik gelegt hatte.

Und natürlich war da noch der alles überragende C. V. Raman, dessen stille Forschungen in den baufälligen Laboratorien der Gesellschaft zur Förderung der Naturwissenschaften in Kalkutta zur Entdeckung eines Effekts bei der molekularen Streuung von Licht geführt hatte, der schließlich nach ihm benannt wurde. 1930, als Balaram sich darauf vorbereitete, aufs College zu gehen, tauchten in den Zeitungen bereits Spekulationen auf, denen zufolge Raman demnächst für den Nobelpreis vorgeschlagen werde.

Lange bevor seine Lehrer mit ihm darüber sprachen, wußte Balaram, daß er nach Kalkutta, auf das Presidency College, gehen würde.

Sein Vater aber wollte nichts davon hören. Von frühester Kindheit an hatte man ihn vor der sittlichen Verderbtheit dieser Stadt gewarnt, und außerdem war da noch die Frage der Kosten. Die Universität von Dhaka, sagte er, habe einen guten Ruf, und wenn etwas gut genug für Dhaka sei, sehe er keinen Grund, warum es nicht gut genug für seinen Sohn sein solle (und immerhin stimmte es ja, daß Satyen Bose damals dort lehrte). Sein

Vater verstand Balaram einfach nicht. Es überstieg sein Begriffsvermögen, daß Balaram vorhatte, sich auf eine Pilgerfahrt, auf eine Suche zu begeben, mit der Absicht, den Weg, der Jagadish Bose und Meghnad Saha von ihrer Heimat Bikrompur an das Presidency College in Kalkutta geführt hatte, nachzuvollziehen.

Nicht einmal als Balarams Lehrer drohten, die lokalen und überregionalen Zeitungen mit Briefen zu bombardieren und darin jene reichen Männer anzuprangern, die die junge Nation ihrer hoffnungsvollsten Talente berauben wollten, gab Balarams Vater nach. Aber dann griff wieder der Zufall ein. In diesem Jahr brachen an der Universität von Dhaka Unruhen aus. Das Haus eines Dozenten in der Nachbarschaft von Balarams Elternhaus wurde von einem Mob angegriffen.

Schließlich und gerade noch rechtzeitig lenkte Balarams Vater ein. An dem Tag, als Balaram, begleitet von einem Onkel, in Kalkutta eintraf, verkündeten die Zeitungen, C. V. Raman habe den Nobelpreis erhalten.

Balarams Onkel brachte ihn bis zu den beiden Pförtnerhäusern vor dem nur ein paar Schritte von der College Street entfernt gelegenen Eden Hindu Hostel, wo Balaram wohnen sollte. Er warf einen Blick auf das reich verzierte Mauerwerk der Fassade, die ehrfurchtgebietenden barocken Pilaster und die langen Reihen der mit Jalousien versehenen Fenster, wünschte Balaram hastig alles Gute und ließ ihn stehen.

Balaram mußte sich in dieser neuen Welt allein zurechtfinden. Sein einziger Trost war, daß Professor C. V. Raman nicht mehr als ein paar hundert Meter entfernt sein konnte.

Das Innere des Eden Hindu Hostels war noch imposanter als die Fassade. Im Zentrum des Gebäudes befand sich ein riesiger rechteckiger Lichthof, der von dreistöckigen Säulenkaskaden umgeben war. Balaram ging durch einen hohen, hallenden Korridor um dieses Rechteck herum. Nach dem gewohnten bunten Durcheinander in Dhakas Kayet-tuli-Viertel flößte ihm diese Atmosphäre Furcht ein.

Nachdem er eine halbe Stunde lang durch die Korridore geirrt war, fand er schließlich sein Zimmer und machte sich ans Auspacken. Die wenigen Bücher, die er mitgebracht hatte, fanden ihren Platz im Bücherregal, und die Gläser mit eingelegten Früchten und Süßigkeiten, die ihm seine Mutter mitgegeben hatte, stellte er ordentlich nebeneinander auf das Fensterbrett. Dann zog er seinen *dhoti* hoch bis zum Knie, ging auf Zehenspitzen zur Tür und spähte den Gang auf und ab. Es war niemand zu sehen. Er trat aus dem Zimmer und ging rasch durch den Korridor, wobei er sich möglichst im Schatten hielt. Er schlich die Treppe hinunter und kam zu einer Ecke. Einen Augenblick lang hielt er inne, dann gab er sich einen Ruck, richtete sich entschlossen auf und ging weiter. Erst als er schon um die Ecke gebogen und es bereits zu spät war, bemerkte er eine Gruppe Studenten, die im Gang standen. Zwei von ihnen trugen europäische Kleidung – weite Hosen und kragenlose Hemden. Die anderen hatten, wie er selbst, *dhotis* und lange *kurtas* an, aber ihre *kurtas* sahen anders aus, irgendwie schicker.

Er zögerte kurz, aber sie hatten ihn bereits bemerkt, und er beschloß, nicht noch mehr Aufmerksamkeit auf sich zu lenken, indem er wieder umkehrte. Als er auf sie zuging, sah er, daß der Korridor nicht breit genug war, um ungehindert an ihnen vorbeizukommen. Er merkte, daß sie ihre Unterhaltung unterbrochen hatten und ihn mit deutlichem Interesse musterten, und spürte, wie sein Magen sich nervös verkrampfte.

Er beschloß, mutig zu sein, trat auf sie zu und sagte: Entschuldigen Sie, könnten Sie mir sagen, von wo ich den besten Blick auf Professor C. V. Raman habe?

Die jungen Männer sahen einander verwundert an. Höflich sagte einer von ihnen: Wie war das bitte? Er trug europäische Kleidung und eine goldgefaßte Brille und hatte glänzendes, öliges Haar, das in der Mitte gescheitelt war. Sein Name soll hier ungenannt bleiben, denn er wurde später ein prominenter, wegen seiner Bestechlichkeit berüchtigter Politiker im Kongreß. Möglicherweise drückt er sich noch heute in irgendeinem Vorort von Kalkutta herum.

Balaram räusperte sich. Ich wollte nur wissen, ob Sie mir sagen können, von wo ich Professor Raman gut sehen kann.

Die Verwunderung auf ihren Gesichtern wuchs. Balaram kam der Gedanke, daß sie vielleicht seinen Dhaka-Akzent nicht verstanden. Stotternd vor Verlegenheit wiederholte er seinen Satz noch einmal ganz langsam.

Sie brachen in wieherndes Gelächter aus. Mit einer Handbewegung gebot Mittelscheitel ihnen zu schweigen. Er strich sich ernst übers Kinn und sagte: Hast du denn schon eine Eintrittskarte?

Eine Eintrittskarte?

Aber ja. Und die sind sehr teuer. Überhaupt – warum willst du denn C. V. Raman sehen? Meistens wollen die Dörfler zuerst den Hohen Gerichtshof und das Museum besichtigen. Ich wußte noch gar nicht, daß C. V. Raman ebenfalls auf dem Programm steht.

Ich bin aus Dhaka, Sir, sagte Balaram.

Ah, ich verstehe, sagte Mittelscheitel. Ist dasselbe. Jedenfalls – möchtest du nicht erst das Museum und den Hohen Gerichtshof sehen?

Im Augenblick nicht, glaube ich, sagte Balaram und wich langsam zurück. Später vielleicht. Im Augenblick möchte ich lieber...

Nein, warte. Mittelscheitel faßte ihn am Ellbogen. Du mußt, du mußt dir einfach das Museum ansehen. Wie kannst du am Presidency College studieren, wenn du das Museum nicht gesehen hast? Er zwinkerte den anderen zu und wandte sich wieder an Balaram: Und wie kannst du dir das Museum ansehen ohne Museumsübungen?

Wieder brachen die anderen in Gelächter aus. Balaram sah den jungen Mann mit dem Mittelscheitel verwundert an. Museumsübungen? Was ist das?

Mittelscheitel rieb sich das Kinn. Wir werden es dir zeigen, sagte er. Umsonst, weil du hier neu bist, obwohl die meisten anderen sich das teuer bezahlen lassen. Ich hoffe, du bist uns dafür dankbar.

Balaram wurde in die Mitte des Rechtecks geführt. Mittelscheitel hob Balarams rechte Hand, kehrte seine Handfläche nach außen und erklärte: So mußt du dich hinstellen, wenn du die Bilder und Statuen von Buddha betrachtest. Natürlich mußt du dazu deine *kurta* und dein Unterhemd ausziehen. Also bitte – zieh sie aus.

Balaram versuchte sich loszumachen. Später vielleicht, sagte er. Vielleicht ein andermal. Vielen Dank für all die Informationen, aber jetzt muß ich gehen.

Zieh die Sachen aus, sagte Mittelscheitel noch einmal. Er verdrehte Balarams Hand ein wenig. Verzweifelt sah Balaram sich um. Die anderen standen im Kreis um ihn herum. Es gab kein Entkommen. Mit zitternden Händen und vor Scham weichen Knien zog Balaram seine *kurta* und sein Unterhemd aus. Seine Brust war geradezu rührend nackt und schmal. Er sah auf seine Füße und versuchte, ihr Gelächter zu überhören.

So ist es recht, sagte Mittelscheitel unverändert ernst. Und wenn du dann in den Saal mit den griechischen Statuen gehst, mußt du den Rest natürlich auch noch ausziehen.

Ein Chor von Gelächter und ermunternden Rufen antwortete ihm. Entsetzt wollte Balaram etwas sagen, aber seine Kehle war so trocken wie gebrannter Ton. Ich glaube, Griechenland werde ich mir für nächstes Jahr aufsparen, brachte er schließlich heiser stotternd heraus. Vielen Dank auch, und wenn ich jetzt...

Für nächstes Jahr? Mittelscheitel schien höchst konsterniert. Wie kannst du am Presidency College studieren, wenn du dir Griechenland für nächstes Jahr aufsparen willst?

Balaram wollte sich zurückziehen, aber Mittelscheitel gab den anderen einen Wink, und mit Schreien der Begeisterung stürzten sie sich auf ihn und zerrten an seinem *dhoti*. Balaram taumelte, als sie den Knoten aufrissen. Mit der Kraft der Verzweiflung wehrte er ihre Hände ab. Er kämpfte darum, wenigstens ein paar Lagen Stoff anzubehalten. In seinem Kopf war nur ein einziger Gedanke: daß seine Unterhosen schmutzig waren und daß es besser wäre, tot zu sein, als mit schmutzigen Unterhosen in der Mitte dieses großen, rechteckigen Lichthofes zu stehen.

Ein Glück, sagte er später, daß man für einen *dhoti* so viel Stoff braucht.

Dennoch war es nur eine Frage der Zeit. Mit jeder Sekunde wurde ihm mehr Stoff entrissen.

Genau in dem Augenblick, als Balaram sich an das letzte bißchen weißen Baumwollstoff klammerte, erschien Gopal. Ein einziger Blick genügte, und er wußte, was hier gespielt wurde. Er rannte durch den Lichthof und stürzte sich auf Mittelscheitel und dessen Freunde. Mit aller Kraft stieß er zwei von ihnen beiseite und stellte sich mit ausgestreckten Armen über Balaram. Er war sehr wütend. Seine Brille war ihm auf die Nasenspitze gerutscht. Laßt ihn in Ruhe! rief er. Warum könnt ihr die neuen Studenten nicht in Frieden lassen? Geht doch auf die Straße, wenn ihr Streit sucht!

Mittelscheitel lachte und klopfte sich die Hände ab. Na gut, von mir aus kannst du ihn jetzt bemuttern. Zeig ihm C. V. Raman. Aber paß auf – laß ihn vor dem Laboratorium nicht allein, sonst stecken sie ihn womöglich noch in ein Reagenzglas. Er legte seinen Freunden die Arme auf die Schultern, und gemeinsam gingen sie, noch immer von Lachanfällen geschüttelt, davon.

Balaram bückte sich und wickelte sich die paar Stoffetzen, die ihm geblieben waren, sorgfältig um die Hüften, um seine Unterhosen zu verbergen. C. V. Raman? fragte Gopal begierig. Du interessierst dich für C. V. Ramans Arbeit? Balaram antwortete nicht. Er war so wütend und durcheinander, daß er Gopal kaum hörte.

Aber als er schließlich wieder klar denken konnte, Gopals Frage verstand und seine freudige Erregung spürte, da wußte Balaram, daß er einen Freund gefunden hatte.

Später an jenem Tag holte Gopal Balaram ab, um ihn zu einer Tasse Tee einzuladen. Er war in Begleitung eines anderen neuen Studenten, eines schmächtigen, bebrillten, schüchternen Jungen aus Lucknow, dessen zwei vorstehende Schneidezähne ihm bereits den Spitznamen Dantu eingetragen hatten. Sie gingen ein Stück die Straße hinunter zur Konditorei Puntiram. Puntiram war damals noch nicht das Wunder aus Neon und Plastik, das es heute ist, sondern ein kleines Cafe, ein bißchen heruntergekommen, aber ruhig. Ein guter Ort, um sich zu unterhalten.

Sie aßen *rosogollas*, so süß und locker, wie man sie nur bei Puntiram bekam, und tranken starken Tee mit Milch, und Gopal erzählte ihnen von einer Gesellschaft, die er und einige andere aus dem Eden Hindu Hostel vor kurzem gegründet hatten. Offiziell hieß sie ‹Gesellschaft zur Verbreitung von Naturwissenschaft und Rationalismus unter den Völkern Hindustans›, aber meistens nannten sie sich selbst einfach ‹Die Rationalisten›.

Balaram und Dantu schoben ihren Mitgliedsbeitrag – acht Annas pro Person – über den Tisch, sobald sie ihren Tee ausgetrunken hatten.

Später waren sich Gopal und Balaram oft uneins über die Umstände ihrer ersten Begegnung. Gopal vertrat die Auffassung, daß es sich hier um einen Zufall, eine glückliche Fügung des Schicksals gehandelt habe. Balaram dagegen war völlig anderer Meinung. Es habe einfach zu gut gepaßt. Sie wären sich ohnehin begegnet, denn das Studentenheim sei in fünf Flügel unterteilt gewesen, und ihre Zimmer hätten sich auf demselben Flügel befunden. Ein Zufall aber hätte niemals eine so bezeichnende Situation schaffen können wie jene, in der sie sich zum ersten Mal begegnet seien. Laute das Motto der Rationalisten denn nicht: ‹Die Vernunft rettet den Menschen aus der Barbarei›?

Einige Tage später lieh Gopal Balaram ein Buch, das er kurz zuvor bei Chakerbutty & Sons in der College Street gekauft hatte. Es war eine Ausgabe von Mrs. Devonshires Übersetzung von René Vallery-Radots *Pasteurs Leben*.

Er sollte es noch bereuen, Balaram dieses Buch geliehen zu haben. Denn etwa ein Jahr darauf hätte er nicht sagen können, ob er mehr verwirrt oder mehr verletzt war, als eben jener Balaram, sein bester Freund, den er aus den Fängen der Barbarei errettet hatte, sein eigenes, mit seinem mühsam ersparten Geld gekauftes Buch in eine Waffe gegen ihn verwandelte.

In jenem Jahr war Gopal zum Vorsitzenden der Rationalisten gewählt worden. Kurz nach der Wahl berief er eine Versammlung ein. Es war eine wichtige Versammlung, denn im Studentenwohnheim war kürzlich eine Naturwissenschaftliche Vereinigung gegründet worden, und viele der Rationalisten waren in

Versuchung, ihre Mitgliedschaft niederzulegen und der Vereinigung beizutreten. Gopal hatte beschlossen, dieser Gefahr rechtzeitig zu begegnen.

Der Unterschied zwischen der Naturwissenschaftlichen Vereinigung und ihrer eigenen Gesellschaft, erklärte Gopal den Rationalisten, sei, daß man sich hier nicht nur mit den Naturwissenschaften beschäftige, mit etwas also, das in der Abgeschiedenheit von Laboratorien betrieben werde und seinen Sinn in sich selbst trage. Er selbst studiere nicht Naturwissenschaften, sondern Englische Literatur. Das Ziel ihrer Gemeinschaft sei vielmehr die Anwendung rationaler Prinzipien auf alle Bereiche des Lebens – auf ihr eigenes Leben, auf die Gesellschaft, die Religion, die Geschichte, auf alles, ganz gleich, was es sei. Und eben dies mache die Rationalisten so einzigartig.

Dieser Aufgabe – der Anwendung des Rationalismus auf alle Bereiche – mußten sie sich nun zuwenden. Und dafür habe er einen Plan.

Als Junge, fuhr Gopal fort, habe er mit seinem Vater einige der Heiligen Schriften studieren müssen. Später, als er begonnen habe, sich mit Naturwissenschaften zu beschäftigen, habe ihn etwas – er habe damals nicht gewußt, was – verwirrt. Jetzt, da er wesentlich mehr gelesen habe, wisse er, was ihn damals so durcheinandergebracht habe: Es könne kein Zweifel mehr daran bestehen, daß es einige höchst sonderbare Parallelen zwischen den Vorstellungen der alten Hindu-Weisen und den Erkenntnissen der modernen Naturwissenschaft gebe. Wenn das wahr sei – und viele hochgelehrte Autoritäten seien davon überzeugt –, dann sei das der definitive Beweis dafür, daß diese uralten und durch und durch rationalen Ideen jahrhundertelang durch verschlagene Priester und Brahmanen zugunsten ihrer eigenen Interessen verfälscht worden seien. Es sei daher *dringend* notwendig, daß die Gesellschaft den Massen Hindustans zeige, auf welche Weise sie täglich durch die selbsternannten Hüter der Religion getäuscht und betrogen würden.

So sei es zum Beispiel gesichert, daß die Pandits und Brahmanen die uralte hinduistische Vorstellung von Gott, von Brahma, entstellt hätten, indem sie Tausende von Gottheiten und Idolen schufen, um schneller Geld zu machen. So wie ein Geschäftsmann neue Filialen eröffnen könne, so sei jede neue Gottheit eine sichere Einnahmequelle für die Priester gewesen. Und was den echten Brahma betreffe, so sei er ohne Attribute, ohne Form – nichts als eine Wesenheit, die allem und nichts innewohne.

In Wirklichkeit, flüsterte Gopal, ist Brahma nichts anderes als das Atom.

Hier hielt er inne und warf einen Blick ins Publikum, das ihm gebannt lauschte. Einige seiner Zuhörer klatschten versehentlich. Mit erhobener Hand gebot er Ruhe. Und es ist ebenfalls ohne jeden Zweifel erwiesen, sagte er, daß das Ei, aus dem nach der hinduistischen Mythologie die Welt geschlüpft ist, nichts anderes war als eine Art von kosmischem Neutron.

Dieser Satz wurde mit einem Beifallssturm und Hochrufen begrüßt. Lächelnd genoß Gopal den Applaus. Als er verklungen war, fuhr er fort: Wenn wir die Wahrheit verbreiten wollen, müssen wir hier, in dieser Gesellschaft, anfangen. Ich schlage daher vor, daß wir von nun an all unsere Versammlungen mit einem Gruß und einem Gebet an das Kosmische Atom beginnen.

Ringsum nickte man zustimmend. Dann stand Balaram auf. Aber du weißt doch, sagte er, daß Atome und dergleichen heute bereits überholt sind. Seit Professor Satyen Bose seine berühmte Abhandlung publiziert hat, sind alle Elementarteilchen, die seiner Statistisk unterliegen, in Bosonen umbenannt worden. Sollten wir also nicht lieber das Kosmische Boson ehren?

Es erhob sich ein Murmeln der Zustimmung. Gopal nickte zögernd. Ja, sagte er, es kann nur gut sein, mit den neuesten Erkenntnissen Schritt zu halten.

Aber, fuhr Balaram verschlagen lächelnd fort, du weißt sicherlich auch, daß alle anderen Teilchen Enrico Fermis Statistik gehorchen und daher als Fermionen bezeichnet werden. Sollten wir also nicht auch dem Kosmischen Fermion unsere Ehrerbietung erweisen?

Bestürztes Stimmengewirr erfüllte den Raum. Nur Dantu lachte, verstummte jedoch bald angesichts der gerunzelten Stirnen, die sich ihm zuwandten. Alle Anwesenden boykottierten schon seit langem sämtliche englischen oder anderen ausländischen Erzeugnisse, und viele hatten jeden Fetzen Tuch aus Lancaster, der sich in ihrem Haus gefunden hatte, öffentlich verbrannt. Bosonen, made in Kalkutta, konnten ihrer Verehrung sicher sein – aber italienische Elementarteilchen...?

Nein, nein, sagte Gopal. Wir können uns nicht vor allem und jedem verneigen. Ich glaube, wir sollten es bei den Bosonen belassen. Und jetzt setz dich, Balaram.

Balaram setzte sich.

Ihre nächsten beiden Versammlungen begannen mit dem feierlichen Gesang: Heil Dir, o Kosmisches Boson. Gopal brachte eine halbe Versammlung damit zu, seine Kommilitonen zu ermahnen, ihre Briefe nach Hause mit *Heil*, *Kosmisches Boson* anstatt mit der heiligen Silbe *Om* zu beginnen. Dann gingen sie die Epen durch und versuchten, rationale Erklärungen für verschiedene magische Ereignisse, Objekte und Wesen zu finden. So kam man beispielsweise zu dem Schluß, daß es sich bei dem Sudarshan-chakra, dem legendären Feuerrad, in Wirklichkeit um ein frühzeitliches Feuerwerk gehandelt hatte, und Gopal erhielt viel Beifall für seine geniale, durch und durch vernünftige Erklärung, die besagte, daß Jatayu, der mythische, klauenbewehrte Vogel aus dem Ramayana, kein Hirngespinst der Alten, sondern lediglich einer der letzten überlebenden Flugsaurier gewesen war.

Balaram meldete sich bei keiner dieser Versammlungen zu Wort. Er saß neben Dantu in einer Ecke und rutschte unruhig hin und her.

Bei der nächsten Versammlung hielt Gopal die Rationalisten dazu an, einen rationalen Ersatz für die abergläubischen Beschwörungen zu finden, die die Brahmanen bei Hochzeiten sangen. Während andere eifrig Vorschläge machten, wurde Balarams Unruhe so groß, daß er regelrecht auf seiner Matte herumzappelte. Schließlich gab Dantu ihm einen Rippenstoß und flüsterte: Na los, sag es ihnen.

Balaram holte tief Luft und sprang auf. Das ist doch unwichtig! rief er. Das ist doch vollkommen unwichtig!

Gopal sah ihn fassungslos an. Wie meinst du das?

Ich meine, daß es unwichtig ist, was die Brahmanen und die Rishis und die Mythen sagen. Was hat das mit den Naturwissenschaften oder mit der Vernunft oder mit den Massen Hindustans zu tun? Wem ist damit geholfen, wenn die Massen nicht mehr *He Bhagwan*, sondern *Heil Dir, Kosmisches Boson* sagen? Wird das ihre Krankheiten heilen? Wird es ihnen den Magen füllen? Wird es dazu führen, daß die Engländer von hier verschwinden?

Das genügt, Balaram, sagte Gopal. Vergiß nicht, wo du bist. Mach nicht so ein Geschrei – ich glaube, du bist nicht recht bei Sinnen.

Entgeistert rief Balaram: *Ich* bin nicht recht bei Sinnen?

Hilflos hob Gopal die Hände. Na gut, dann sag uns doch, was *du* tun würdest.

Balarams schmales Gesicht schien vor Eifer noch schmaler zu werden. Er strich sich das Haar aus der Stirn und sah Gopal in die Augen. Es geht nicht darum, *was* ich tun würde, sagte er, sondern *wie* ich es tun würde. Das hier ist nichts. Nur Gerede. Leeres Gerede. So hätte Pasteur es genannt. Erinnerst du dich an Pasteur? Erinnerst du dich an das Buch, das du selbst mir gegeben hast?

Lautlos ließ Gopal sich auf eine Matte sinken.

Weißt du noch, wie Pasteur dazu kam, sich für Naturwissenschaften zu interessieren? Nicht, weil er über das Kosmische Atom nachgedacht hat, sondern weil sein Vater ein armer Gerber war. Und weißt du noch, warum er seine vielversprechenden Studien über die Kristallographie aufgab? Weil die französischen Brauer zu ihm kamen und ihn fragten: Warum wird unser Bier sauer? Diese Frage, die ihm von einfachen Leuten gestellt wurde, führte zu der Entdeckung von etwas, das er das ‹unendlich Kleine› nannte – mit anderen Worten: den Keim.

Hat irgend etwas die Welt so sehr verändert wie die Entdekkung des Keims? Hat es je einen größeren Einschnitt in der Geschichte gegeben als jenen Augenblick, der die Menschen von der Verantwortung für ihren Körper befreite und alle Krankheiten als eine Folge der Tücke der Elemente erklärte?

Und wie ist es zu dieser Entdeckung gekommen? Nicht durch Überlegungen über das Kosmische, sondern durch die Suche nach einer Antwort auf die alltäglichen Probleme einfacher Leute.

Zu wem gingen die Seidenraupenzüchter Europas, als ihre Seidenraupen von einer Krankheit befallen wurden und ganze Landstriche verarmt und dem Elend preisgegeben waren? An wen wandten sie sich, als ihre Kinder hungrig an ihrer Brust hingen und die Grundlage ihrer Existenz auf den Feldern verkam? An niemand anderen als an Pasteur. Sie gingen zu ihm und sagten: Rette uns. Und als er ihr Elend sah, hätte nichts in der Welt ihn davon abhalten können.

Das ist der Grund, warum es immer noch Seide gibt.

Und was hat ihn unter Einsatz seines eigenen Lebens dazu angetrieben, die Welt von der Tollwut zu befreien?

Nichts anderes als die alltäglichen Qualen hilfloser Kinder und ihrer Mütter. Das ließ ihn durchhalten, als alle Welt lachte und sagte: Pasteur ist verrückt – er ist von einem seiner Hunde gebissen worden.

Warum? Warum hat er das getan? Was hat ihn dazu getrieben?

Nicht Gerede über die Vernunft, nicht das Kosmische Atom. Es war die Leidenschaft – eine Leidenschaft, die dem Einfachen und Alltäglichen entsprang. Eine Leidenschaft für die Zukunft, nicht für die Vergangenheit. Das hat ihn zum größten Menschen seiner Zeit gemacht, denn es ist die Leidenschaft, die Menschen groß macht.

Gopal räusperte sich nervös. Na gut, Balaram, sagte er. Aber was können *wir* tun? Wir sind keine Naturwissenschaftler. Wir können keine Heilmittel entdecken.

Balaram zögerte. Langsam sagte er: Ich weiß nicht. Wie soll ich das wissen? Aber wenn all diese Dinge, über die wir reden – Vernunft, Wissenschaft, und so weiter – eine Bedeutung haben sollen, dann müssen sie die Kraft haben, die Leute in Bewegung zu bringen, sonst sind sie sinnlos. Wen bewegt denn schon ein Kosmisches Atom? Die alltäglichen Dinge, die im wirklichen Leben geschehen, sind es, die die Leute bewegen. Daran müssen wir denken, wenn wir irgend etwas erreichen wollen. Und wir müssen hier anfangen, im Presidency College, im Hindu Hostel, bei unseren Kommilitonen. Wenn wir es nicht schaffen, sie dazu zu bringen, daß *sie* ihr Leben ändern, daß *sie* den Weg der Vernunft gehen, was haben wir dann den Massen Hindustans zu sagen?

Er hielt inne und fuhr zusammen, als habe er erst jetzt gemerkt, daß alle Anwesenden ihn anstarrten. Verwirrt sah er sich um. Dann lief er hinaus. Dantu folgte ihm.

Während er Balaram nachsah, hatte Gopal eine Vorahnung: eine Vorahnung der Katastrophe, die Balaram auf sich selbst und sie alle herabbeschwören würde, wenn es je dazu kommen sollte, daß man ihm den Vorsitz der Gesellschaft übertrug. Mit einer für ihn ungewöhnlichen Entschiedenheit beschloß Gopal, alles zu tun, was in seiner Macht stand, um das zu verhindern.

Nach dieser Versammlung verlor Gopal bei den Rationalisten erheblich an Ansehen, während das von Balaram, nicht zuletzt durch Dantus diskrete Unterstützung, zunahm. Dennoch bekämpfte Gopal für den Rest des Jahres Balarams Einfluß auf die Gesellschaft mit allem, was ihm zu Gebote stand. Das gelang ihm, wenn auch nur knapp, und die Rationalisten verbrachten das Jahr mit der ungefährlichen Tätigkeit, Teile der großen Epen umzuschreiben. Aber Gopal wollte nur noch dieses Jahr auf dem College bleiben. Er hatte vor, danach auf die Universität zu gehen, um Jura zu studieren.

In diesem Jahr wurden Balaram und Gopal, vielleicht infolge ihrer Meinungsverschiedenheiten über die Zukunft der Rationalisten, bessere Freunde als je zuvor. An dem Tag, an dem Gopal das Studentenheim verlassen mußte, half Balaram ihm beim Pakken. Gopal merkte, daß Balaram nicht weniger niedergedrückt war als er. Er sah jedoch auch, daß sein Freund von der Energie einer neu entdeckten Freiheit erfüllt war, und dies erfüllte ihn mit furchtbaren Ahnungen.

Aber er konnte nichts mehr tun, um Balaram vor sich selbst zu schützen.

Vier Jahrzehnte später, lange nachdem sich dieses erste Gefühl bestätigt hatte, war Gopal wieder von derselben Vorahnung erfüllt.

Eines Nachmittags, etwa drei Jahre nachdem Toru-debi Balarams Bibliothek in Flammen hatte aufgehen lassen, sprach Gopal in seinem Anwaltszimmer im Gebäude des Hohen Gerichtshofes gerade mit einem Klienten, als sein Bürodiener erschien, um ihm zu sagen, daß Balaram gekommen sei. Gopal war überrascht, denn es war nicht Sonntag, und Balaram kam an Werktagen nur selten nach Kalkutta. Aber Gopal mußte seinen Klienten noch am selben Tag vor Gericht vertreten, und so sagte er seinem Boten, er möge Balaram bitten, im Vorzimmer zu warten.

Nach der Verhandlung kehrte Gopal sehr zufrieden mit sich in sein Anwaltszimmer zurück, denn der Richter hatte ihm ein Kompliment über seine Beweisführung gemacht. In seinem Zimmer fand er Balaram vor, der stirnrunzelnd auf und ab ging. Gopal klopfte sich rasch die Hände ab und ließ sich auf seinen Schreibtischstuhl fallen. Nun, Balaram, sagte er, wie hast du den Nachmittag verbracht?

Spielt das eine Rolle? fuhr Balaram ihn an.

Gopal hielt inne. Er war ein bißchen verwundert über Balarams Gereiztheit; es geschah nur selten, daß dieser die alltäglichen Ärgernisse, die dem Rest der Menschheit so zusetzten, überhaupt zur Kenntnis nahm. Also ließ Gopal von seinem Bürodiener Tee und Kekse bringen und erzählte zufrieden von seinem Klienten und dessen Fall. Balaram hörte ihm mit offensichtlicher Ungeduld zu und zog dabei wahllos Bücher aus dem Regal.

Gopal brach seine Erzählung ab, als er den rechten Augenblick für gekommen hielt, und sagte: Was ist los, Balaram?

Ich mache mir Sorgen um Alu, sagte Balaram und fuhr sich durch das Haar. Wahrscheinlich liegt es am Zusammenwachsen von Asterion und Sutura sagittalis. Eine verhängnisvolle Kombination: Unnachgiebigkeit plus Streitlust. Dabei konnte nur Halsstarrigkeit herauskommen.

Der Junge hatte aufgehört, zur Schule zu gehen. Er las immer noch, wenn ihm ein Buch in die Hände fiel, und sein Talent für Sprachen hatte eher noch zugenommen, aber wenn das Thema

Schule angesprochen wurde, schien ihn nichts von seinem Entschluß abbringen zu können. Er sagte nie etwas – er ging einfach nicht hin. Alle hatten mit ihm geredet und ihm Vorhaltungen gemacht, aber ohne Erfolg. Er sagte einfach nichts.

Er hatte offenbar einen Entschluß gefaßt, und für einen Vierzehnjährigen besaß er eine ungewöhnliche Entschlossenheit. Schuld daran war dieses Asterion. Und es war kein Mittel dagegen bekannt. Aber es mußte eines geben. Es mußte eine Lösung geben.

Was tut er denn dann, fragte Gopal, wenn er nicht in die Schule geht?

Das weiß niemand genau, antwortete Balaram. Aber die Leute sagen, daß er die meiste Zeit in Shombhu Debnaths Hütten verbringt.

Shombhu Debnath? sagte Gopal. Wer ist das?

Oh, sagte Balaram, du kennst ihn nicht? Seine Glabella und seine Stirnhöhlen sind bemerkenswert. Ich habe ihn nie untersucht, und jetzt wird es wohl auch nie dazu kommen, aber selbst aus der Entfernung fällt es einem sofort auf. Es ist nicht nur seine Glabella. Die Ränder der Augenhöhlen über den Trochleen gehören zu den schönsten, die ich je gesehen habe. Es ist ungewöhnlich, daß man so viele wahrnehmbare Eigenschaften in einem einzigen Exemplar vereint findet – du weißt schon: individuelle Ausprägung, Größe, Färbung. Er hat auch eine interessante Stirn und gute Schläfen. Du würdest sie mögen – viel Witz, Hoffnung, Poesie und die Fähigkeit, sich zu wundern.

Ja, sagte Gopal, aber wer ist er, und was macht er?

Er ist Weber, antwortete Balaram in Gedanken versunken. Vor zwei Jahren ist er nach Lalpukur gekommen. Du kennst wahrscheinlich seine Tochter Maya. Sie arbeitet vormittags in unserem Haus. Er hat auch noch einen Sohn namens Rakhal, dem er auch das Weben beigebracht hat.

Und was macht Alu bei einem Weber? fragte Gopal verwundert.

Ich weiß es nicht. Vielleicht schaut er den beiden beim Weben zu.

Tja, sagte Gopal, du mußt Alu erklären, daß er keinen Beruf erlernen kann, wenn er nicht in die Schule geht.

Was? Entgeistert sah Balaram ihn an. Wie könnte ich so etwas behaupten? Das wäre falsch, das wäre unmoralisch. Kinder gehen in die Schule, um einen ersten Einblick in das geistige Leben zu bekommen, nicht um einen Beruf zu erlernen. Wenn ich glauben würde, daß meine Tätigkeit als Lehrer nur dazu diente, ihnen einen Beruf zu verschaffen, würde ich sofort damit aufhören.

Gopal sah ihn mißmutig an. Balaram, sagte er, je älter du wirst, desto einfältiger wirst du auch. Was meinst du wohl, warum man Kinder in die Schule schickt?

Balaram sank auf einen Stuhl, stützte seinen Kopf in die Hände und sah Gopal unverwandt an.

Gopal kam zu dem Schluß, daß Balaram Ablenkung brauchte. Also schlug er vor, ins Kino zu gehen. Zu Gopals Verwunderung hatte Balaram in jenem Jahr ein großes Faible für indische Filme entwickelt. Immer wenn er nach Kalkutta kam, sah er sich einen, manchmal sogar zwei an. Er fuhr oft nach Naboganj, das nicht weit von Lalpukur entfernt lag, um ins Kino zu gehen, und manchmal nahm er auch Alu mit. Gopal hatte Schwierigkeiten, diese neue Leidenschaft zu verstehen. Nachdem er, weil Balaram darauf bestanden hatte, einige solcher Filme über sich hatte ergehen lassen, war sein Bedarf daran ein für allemal gedeckt. Aber an diesem Abend überlegte er es sich anders; selbst drei Stunden Langeweile waren besser, als Geburtshelfer für Balarams Sorgen zu spielen.

Also ließ er seiner Frau durch den Bürodiener ausrichten, daß er später als sonst kommen würde, und dann nahmen sie sich ein Taxi zum Menoka-Kino, das in der Nähe der Seen lag. Der Film hieß *Aradhana*. Die Schlange vor der Kasse war mehr als eine halbe Meile lang. Sie mußten ihre Eintrittskarten zum zehnfachen Preis bei einem Schwarzhändler kaufen.

Als sie drei Stunden später wieder ins Foyer traten, lächelte Balaram schief, und seine Augen glänzten feucht. Aber nun war Gopal gereizt, denn die drei verschwendeten Stunden reuten ihn. Er folgte Balaram zu einer Bank im Park bei den Seen.

Wie kannst du bloß diese grellen Melodramen ertragen? sagte er verärgert zu Balarams Rücken.

Aufgebracht drehte Balaram sich um. Grelle Melodramen?

So viel durchschaubarer Unsinn, sagte Gopal. Keine Story, keine Handlung, nur stundenlanges Weinen und Händeringen. Nicht einmal die Dialoge haben auch nur entfernt etwas mit der Wirklichkeit zu tun. Die ganze Zeit werden bloß Reden geschwungen.

Wirklichkeit? rief Balaram. Kann man denn die Wirklichkeit mit dem Zollstock messen und zurechtstutzen? Was du da gehört hast, war Rhetorik. Wie kann Rhetorik wirklich oder unwirklich sein? Rhetorik ist Sprache, die ihre Muskeln spielen läßt. Du kannst das nicht verstehen – du hast zu viele Jahre damit verbracht, Romane zu lesen, die in Salons spielen und in einer Sprache geschrieben sind, deren Geschichte ihr Wissen um sich selbst zerstört hat. In Wirklichkeit ist dein Geist nichts weiter als eine Müllhalde der westlichen Welt.

Angesichts dieses ungerechten Urteils blieb Gopal die Luft weg. *Mein* Geist? sagte er. Und was ist mit deinem? Was ist mit dir? Du verbringst dein Leben damit, Bücher über Pasteur zu lesen und wie er im 19. Jahrhundert französisches Bier haltbar gemacht hat. Was ist mit all diesen Büchern, die du liest – diese Bücher von verrückten Europäern über die Schädelform von Sträflingen? Wie kannst *du* behaupten, *mein* Geist sei eine Müllhalde...?

Balaram war rot angelaufen. Er sprang auf. Sei still, Gopal! Kein Wort mehr. Du weißt nicht, was du redest. Die Wissenschaft gehört nicht irgendeinem Land. Die Vernunft gehört nicht irgendeiner Nation. Beides gehört der Geschichte – der Welt.

Balaram drehte sich um, schleuderte einen Stein ins Wasser und stolzierte davon. Warte, Balaram, rief Gopal ihm nach, hör doch...

Als Balaram antwortete – Ich werde dir beweisen, daß du unrecht hast –, war er schon ein ganzes Stück entfernt, und Gopal blieb allein mit seinen üblen Vorahnungen zurück. Während der nächsten acht Monate hörte und sah Gopal nichts von Balaram. In dieser Zeit schickte er drei Briefe nach Lalpukur. Sie blieben unbeantwortet. Er schickte ein Telegramm: Kable schnellstmöglich Befinden. Auch hierauf erhielt er keine Antwort. Er machte sich ernstlich Sorgen und begann zu überlegen, ob er seine Fälle für einige Tage liegenlassen und kurz nach Lalpukur fahren sollte.

Eines Tages Mitte Juli, als Gopal zu Hause war und wie jeden Abend seinen Tee trank, hörte seine Frau die Türglocke. Als sie Balaram vor der Tür stehen sah, stieß sie einen Freudenschrei aus. Noch bevor er über die Schwelle treten konnte, bestürmte sie ihn mit Fragen nach Toru-debi und Alu, aber er ließ sie einfach stehen und marschierte schnurstracks zur Veranda.

Die Hände in die Hüften gestemmt, blieb er in der Tür stehen und sah Gopal an. Ich habe den Beweis, verkündete er. Ich habe aus Alu einen Weber gemacht.

Sofort vergaß Gopal seine Erleichterung darüber, Balaram wohlbehalten wiederzusehen. Angesichts der Tatsache, daß ein gebildeter, belesener Mann seinen eigenen Neffen gedrängt hatte, ein einfacher Arbeiter zu werden, blieb ihm vor ungläubigem Staunen der Mund offen stehen.

Balaram war entzückt über Gopals Verwunderung und sagte: Ja, das war die Lösung – das Beste, was ich tun konnte. Ich habe lange gebraucht, um das zu erkennen, aber schließlich ist es mir gelungen.

Gopal nahm noch immer völlig verblüfft seine Brille ab und rieb sie an seiner Weste. Aber warum? fragte er. Warum?

Es sei die Schwellung auf Alus Stirn gewesen, knapp unterhalb des Haaransatzes. Er habe all diese Jahre gebraucht, um ihre Bedeutung zu erkennen. Spurzheim habe sich geirrt: Der Sitz der Begabung für das Mechanische sei nicht das Pterion, und diese Begabung sei auch keineswegs eine bloße Neigung. Daher dürfe man sie nicht mit Freßlust und Gewinnstreben in einen Topf werfen. Die Begabung für das Mechanische sei die höchstentwickelte der menschlichen Eigenschaften – sie erst mache dieses zweibeinige Wesen zum Menschen, zum Hüter der

Vernunft. Und wo sonst solle der Sitz dieser Eigenschaft sein, wenn nicht am höchsten Punkt der Stirn?

Sobald diese Schwellung identifiziert gewesen sei, habe alles andere einen Sinn bekommen: Alus riesige Hände, seine gedrungene, stämmige Statur, ja selbst die geheimnisvolle Kraft, die ihn zu Shombhu Debnaths Hütten ziehe. Er habe seinem Schicksal eben nicht ausweichen können.

Sobald er, Balaram, die Wahrheit erkannt habe, habe er seine Instrumente, unter den Kleidern verborgen, aus dem Haus geschmuggelt und sei zu Shombhu Debnath gegangen. Monatelang habe er die Abende damit verbracht, Shombhu Debnaths Webstühle, die Entfernung zwischen den Schützenschnüren und den Händen des Webers, zwischen den Pedalen und dem Sitz zu vermessen. Er habe so lange daran gearbeitet, bis jeder Irrtum ausgeschlossen gewesen sei. Die Berechnungen hätten sogar noch mehr Zeit in Anspruch genommen. Und als die Arbeit schließlich abgeschlossen gewesen sei, habe er, zitternd vor Erwartung, seine Berechnungen mit Alus Maßen verglichen.

Seine Intuition habe sich in allen Details als richtig erwiesen: Alus Körper, seine Hände, seine Beine, seine Arme, ganz zu schweigen von der Schwellung auf seiner Stirn, hätten genau seinen Berechnungen der Proportionen entsprochen, die den idealen Weber ausmachten. Erst als Balaram gewußt habe, daß er sich nicht getäuscht hatte, habe er den Jungen zu Shombhu Debnath gebracht und gesagt: Nimm ihn in die Lehre.

Und der Junge?

Der Junge sei überglücklich gewesen. Er habe nichts anderes gewollt.

Aber warum? Warum Weben?

Was denn sonst, wenn nicht Weben? Der Mann am Webstuhl ist das Sinnbild des Homo faber – ein Wesen, das wie kein anderes vermittels seines Geistes seine Welt gestaltet. Die Maschine ist des Menschen Fluch und Segen, und keine Maschine hat das Menschliche so sehr hervorgebracht wie der Webstuhl. Dieses Gerät hat nicht getrennte Welten geschaffen, sondern eine einzige, denn es hat eine Unterteilung der Welt nie zugelassen. Der

Webstuhl erkennt keine Kontinente und keine Länder an. Er hat die Welt und ihre blutbesudelten Ironien von Anbeginn der Menschheit zusammengehalten.

Er hat die Teilung der Vernunft nie zugelassen.

Seit der Zeit, da die Menschen ihre ersten Häuser und Städte erbauten, haben sie gewebt und mit Stoffen gehandelt. In den Gräbern der Pharaonen fand man indische Stoffe. Überall in Indien stößt man auf Stoffe aus China. Die ganze Welt des Altertums war von der Geschäftigkeit des Stoffhandels erfüllt. Die Seidenstraße, die von China durch Zentralasien und Persien zu den Häfen des Mittelmeers und von dort zu den Märkten Afrikas und Europas führte, verband die Kontinente unzählbare Jahrhunderte lang. Sie schuf Imperien und Epen, Städte und Abenteuerromane. Ibn Battuta und Marco Polo waren nichts als Reisende auf Straßen, die im Lauf von Jahrhunderten von unbekannten, unbesungenen und lediglich mit Tuchballen bewaffneten Händlern sicher gemacht worden waren. Es war der Hunger nach indischen Chintz- und Kalikostoffen, nach Brokaten und Musselinen, der zur Gründung der ersten europäischen Niederlassungen in Indien führte. Über die Jahrhunderte hinweg verband der ergiebige Handel mit Stoffen in all ihrer Fülle und Vielfalt die Mittelmeerländer mit Asien, Indien mit Afrika, die Arabische Welt mit Europa.

Man denke nur an Baumwolle. Heute ist das leicht, aber das war nicht immer so.

Baumwolle, *Gossypium indicus*, war Indiens Geschenk an die Welt. Schon 1500 v. Chr. wurde in der Umgebung der Städte im Industal Baumwolle angebaut. Aber schon bald darauf begann sie, ihr Netz um die Welt zu spinnen. Um 700 v. Chr. hatte sie König Sennacherib von Mesopotamien darin gefangen und wenig später Herodot in Griechenland erreicht. Ihr Vordringen nach Osten ging langsamer vonstatten, doch waren ihre Eroberungen in jenem Teil der Welt nicht weniger umfangreich.

Wohin sie auch kam – überall bereitete es den Menschen Schwierigkeiten, über sie nachzudenken. Nur die ältesten indoeuropäischen Sprachen konnten sie als etwas Eigenständiges begreifen, und schon damals war dieser Gedanke so schwierig, daß die Bewohner aller Kontinente vom einmal gefundenen Begriff kaum abzuweichen wagten. In Sanskrit hieß Baumwolle *karpasia*, im Persischen *kirpas*. Ihr griechischer Name lautete *karbassos*, die Römer nannten sie *carbasus*, und das Hebräische verdankt ihr das Wort *kirpas*.

Aber das konnte nicht von Dauer sein. Die Baumwolle veränderte die Welt zu schnell, stellte zu hohe Ansprüche, erforderte zu viel Subtilität. Die englische Sprache kann sich glücklich schätzen. Sie hat ein Wort, *cotton*, das immerhin die Vermutung nahelegt, Baumwolle sei etwas, das sich von allem anderen unterscheidet. Dagegen sind viele Sprachen, wie auch das Deutsche mit seinem Wort *Baumwolle*, für immer dazu verurteilt, jenen Irrtum zu wiederholen, dem schon Sennacherib und Herodot erlagen, als sie dachten, Baumwolle sei eine Abart der Wolle. Aber selbst die Engländer übernahmen ihr Wort, wie so vieles andere, was sie zu einem Kulturvolk machte, von den Arabern, die das Wort *kutn* gebrauchten. (Welch eine subtile Ironie liegt darin, daß einige Jahrhundert später Tausende von ägyptischen Fellachen zu Sklaven der Baumwollspinnereien von Lancashire wurden.) Die Araber wiederum hatten ihr Wort jedoch von den Akkadiern übernommen, die Baumwolle *kitinu* nannten und damit den Kampf bereits verloren hatten, denn dieses Wort war abgeleitet von *kitu*, mit dem man im Akkadischen nichts anderes bezeichnete als ganz gewöhnlichen Flachs.

Was sagt die Tatsache, daß sie sich so vollkommen von einer derart simplen Sache wie Stoff beherrschen lassen, über die Menschen aus?

Als die Weltgeschichte an einen Wendepunkt kam, waren Baumwolle und Stoff die treibenden Kräfte; der Homo faber strebte seinem eigenen Untergang entgegen.

Vielleicht lag der Beginn dieser Entwicklung im 16. Jahrhundert, als William Lee in England den Spannrahmen erfand. Dann kamen Arkwright mit seiner Feinspinnmaschine und Kay mit seinem Schnellschützen.

Die Maschine hatte den Menschen verrückt gemacht.

Lancashire stieß Berge von Tuch aus, und in ihrem Bestreben, die Märkte aller Kontinente für dieses Tuch zu öffnen, verwandelten die einst stoffhungrigen und friedlichen Engländer, Holländer und Dänen in Kalkutta und Chandarnagar, Madras und Bombay ihren Handel in eine Garotte, mit der sie eben jene Weber und Webtechniken erdrosselten, für deren Entdeckung sie Ozeane überquert hatten. Millionen von Afrikanern und halb Amerika wurden durch die Baumwolle versklavt.

Und dann veränderte die Webkunst den Homo faber abermals, und zwar mit Hilfe des Computers. Als Charles Babbage Mitte des 19. Jahrhunderts seine erste Rechenmaschine konstruierte und die Informationen auf Lochkarten speicherte, leitete er seine Erfindung weder von Schriftsystemen noch von der Mathematik, sondern vom Flachwebstuhl ab. In der Seidenweberei haben die Chinesen schon um 1000 v. Chr. Lochkarten zur Fachbildung durch die Kettfäden benutzt. Sie gaben dies Geheimnis (unfreiwillig) an die Italiener weiter, die es, mit der Einführung des Flachwebstuhls, wiederum in ganz Europa bekannt machten. Basile Bouchon aus Lyon fügte 1725 eine Rolle mit perforiertem Papier hinzu, auf dem das Muster gespeichert war, und im Jahre 1801 erfand Joseph Jacquard seine automatische Vorrichtung zur Bildung des Fachs, die auf demselben Prinzip beruhte. Babbage kam durch den Jacquard-Webstuhl auf den Gedanken, eine Rechenmaschine zu konstruieren, und Hollerith, der sich die erste Lochkartenmaschine patentieren ließ, war wiederum durch Babbages Apparat zu seiner Erfindung angeregt worden. Wieder einmal hatte der Webstuhl über Jahrhunderte und Kontinente hinweg in das Schicksal des Homo faber eingegriffen.

Wer weiß, welche neuen Schrecken auf uns warten?

Die Geschichte des Webens ist, jedenfalls teilweise, eine blutrünstige Geschichte – eine Geschichte von Gier und Zerstörung. Jedes Stück Stoff trägt die Spuren einer blutigen Vergangenheit. Aber sie ist die einzige Geschichte, die wir haben, und in der Geschichte liegt sowohl Hoffnung als auch Verzweiflung.

Und so ist auch Weben Hoffnung; es ist der lebendige Ausdruck der Hoffnung, daß diese Kunst, da sie die Welt einst geeint und mit ihrer Vielfalt gesegnet hat, dies auch ein zweites Mal tun wird. Weben ist Hoffnung, weil es zu keinem Land, keinem Kontinent gehört.

Weben ist Vernunft, die die Welt verrückt und gleichzeitig menschlich macht.

3
Krieg

Kriege sorgen dafür, daß die Leute beschäftigt sind. Im allgemeinen haben die Zuschauer am meisten zu tun. Manche sind damit beschäftigt, den Armeen bei ihrem Geschäft des Mordens und Massakrierens, des Plünderns und Brandschatzens zu helfen. Andere sehen die Blutrinnsale auf sich zukommen und sind vor die Wahl gestellt, sie entweder aufzuwischen oder ihnen ihr eigenes Blut hinzuzufügen.

Die Bewohner von Lalpukur konnten ihre Augen nicht davor verschließen, daß sich auf der anderen Seite der Grenze ein Krieg zusammenbraute; dafür sorgten ihre dort lebenden Verwandten. Wenn sie zu Bett gingen, begleitete sie oft der trommelnde Klang entfernten Gewehrfeuers. Aber alles in allem ging der Krieg an Lalpukur vorbei. Und im Gegensatz zu manchen ihrer Nachbarn brachten die Bewohner von Lalpukur nicht die Energie auf, sich freiwillig am Kampf zu beteiligen. Der Grund dafür war, daß diese Leute zu melancholisch waren. Vor Jahren, bei einem anderen Gemetzel, hatte die Heimaterde sie ausgespien. Erst Hunderte von Meilen von ihrem angestammten Wohnort entfernt waren sie zur Ruhe gekommen, und nun war ihnen keine Wut mehr geblieben. Ihre einzige Leidenschaft war die Erinnerung – eine Sehnsucht nach einem Land, in dem das Grün grüner, der Reis weißer, die Fische größer als Boote waren; wo die Namen der

Flüsse klangen wie der Raga Megh Malhar an einem regnerischen Tag – der Meghna, der Dholeshshori, der Kirtinosha, der Shitolokhkha, der majestätische Arialkha, dessen Wasser bis zum Horizont reichte. Flüsse, die aus Tibet, aus dem Himalaja den Reichtum eines ganzen Kontinents in ihr Land brachten. Flüsse, die ihren Reichtum freigebig verteilten und so breit waren wie Seen, so breit, daß man von einem Ufer das andere nicht sehen konnte.

Lalpukur konnte nicht am Krieg teilnehmen, weil es zur Hölle der Sehnsucht verdammt war.

Melancholiker sind nicht zum Zorn, sondern zur Trauer berufen. Im Bedarfsfall berechnen sie ihre Dienste nach einem Stundentarif und verkaufen einen bitteren Trost. Und alles, was Lalpukur zu bieten hatte, war eine Art von Trost – ein Zufluchtsort. Daß Lalpukur jemals ein Schlachtfeld werden würde, war ausgeschlossen; es konnte nie etwas anderes sein als eine Müllhalde für den Abfall, den der Wahnsinn von Tyrannen erzeugt.

Lange bevor die Welt Wind bekam vom Völkermord in Bangladesh, begann Lalpukur anzuschwellen. Es wuchs und wuchs. Zuerst kamen Brüder mit verbrannten Rücken und abgeschnittenen Hoden. Dann kamen Vettern und Vettern von Vettern. Und dann spielte der Verwandtschaftsgrad keine Rolle mehr; Grenzen wichen dem Druck von Millionen von Menschen, die sich in panischer Flucht vor einer Armee von wilden Tieren befanden.

Bald schossen rings um das Dorf Bambushütten wie Pilze aus dem Boden. Der große Banyanbaum in seinem Zentrum verwandelte sich in einen regendurchlässigen Zufluchtsort für Dutzende von Familien und ihre zusammengeschnürten Habseligkeiten. Lalpukur platzte aus allen Nähten, es ergoß sich über seine Grenzen und stieß auf die eine Achtelmeile entfernte Bezirksstraße. Auf Bhudeb Roys Reisfeldern wuchsen Hütten aus Wellblech und Kistenholz. Er hatte nichts dagegen. Im Gegenteil – er war sehr hilfsbereit und stellte sogar ein paar schneidige junge Burschen an, die in den Barackensiedlungen für Ordnung sorgten. Er hatte entdeckt, daß mit Mieten für Flüchtlingsbaracken mehr Geld zu verdienen war als mit Reis. Der Teeausschank unter dem Banyanbaum erweiterte sein Angebot um Reis und Gemüse, und Bolai-da begann, ein Lager für Wellbleche und Weißblechplatten aus alten, flachgehämmerten Kerosinkanistern anzulegen. Bald machten Fahrradreparaturen den kleinsten Teil seiner Einnahmen aus.

Alle waren geschäftig, und Balaram, auch wenn er es nicht wußte und es ihm, hätte er es gewußt, auch egal gewesen wäre, war dankbar dafür. Wenn die Leute nicht so beschäftigt gewesen wären, hätte seine Entscheidung, Alu bei einem Weber in die Lehre zu geben, womöglich erhebliche Kritik und sogar regelrechten Widerstand hervorgerufen. Trotz allem fanden die Bewohner von Lalpukur aber noch Zeit zum Klatschen: Wie war es möglich, daß ein Lehrer seinen Neffen aus der Schule nahm und ihn als Lehrling zu einem Weber schickte (und dabei brauchten Lehrer doch nicht einmal Schulgeld zu zahlen)? Was hatte das zu bedeuten?

Unter dem Banyanbaum gingen die Gerüchte um: Alu war aus der Schule geflogen, weil er eine Prüfung zuviel nicht bestanden hatte; Balaram wollte in Kalkutta eine Stoffabrik aufmachen, mit Alu als Vorarbeiter. Soviel jedenfalls war sicher: Es steckte irgend etwas Geheimnisvolles dahinter.

Aber dann wurde Lalpukur erneut von Wachstumsschmerzen gepackt, und die Leute hatten wieder alle Hände voll zu tun.

Was Balaram betraf, so war Toru-debi der einzige Mensch, um den er sich wirklich Sorgen machte. Aber auch Toru-debi war beschäftigt: Sie hatte ihren nahtlosen Unterrock vollendet und arbeitete verbissen an einem Schnittmuster für eine Bluse ohne Knöpfe. Es vergingen Wochen, bevor sie von Alus Lehre erfuhr, und dann schnitt sie das Thema nur ein einziges Mal an. Das mit den Büchern hat nicht gereicht, sagte sie resigniert. Ich kann deinen Kopf nicht ändern. Aber das macht nichts – du selbst wirst dieser Sache ein Ende bereiten.

Balaram konnte kaum glauben, daß er so glimpflich davongekommen war. Er tat einen Seufzer der Erleichterung; endlich konnte er sich mit ganzer Kraft dem neuen Problem widmen, dem er sich so plötzlich gegenübersah.

Durch den außerordentlichen Lauf der Ereignisse im Dorf hatte Balaram Alu tatsächlich fast vergessen. Kurz nachdem die Flüchtlinge begonnen hatten, nach Lalpukur zu strömen, hatte Balaram sich ihre Hütten und Baracken angesehen. Er war entsetzt gewesen: Die Leute aßen inmitten des Kots ihrer Kinder; die Wellblechdächer waren schwarz von Fliegen; in den Gassen liefen die Ratten frech zwischen den Menschen umher; es gab weder eine Kanalisation noch sauberes Wasser, und die Luft war voller Keime, die alle möglichen Krankheiten übertrugen.

Balaram wußte nur eine einzige Lösung: Karbolsäure. Nichts anderes würde auch nur annähernd so wirksam sein. Und die Karbolsäure war gewissermaßen *historisch* legitimiert. Die einzige Alternative, die Balaram kannte, waren Desinfektionsmittel auf Quecksilberbasis, und irgendwie brachte er es nicht über sich, sie einzusetzen. Denn hatte nicht Robert Koch sie entwickelt, jener große Widersacher, der Pasteur ebenso grundlos wie beharrlich bekämpft hatte, bis er schließlich die Wahrheit nicht mehr leugnen konnte? Und waren sie nicht irgendwie minderwertig, da Koch sie doch bloß praktisch durch Zufall entdeckt und geglaubt hatte, ihre Wirkung sei eine andere als ihre tatsächliche? Außerdem waren sie wahrscheinlich ohnehin zu teuer. Nein, es mußte Karbolsäure sein, jenes meisterhafte Geistesprodukt von Lister, dem Freund und Jünger Pasteurs.

Und so startete Balaram eine Kampagne. Er ging in die Barackensiedlungen und warnte die Menschen vor dem schnellen Tod, den sie auf sich herabbeschworen. Er hielt Versammlungen ab und drängte sie, für die Anschaffung von Karbolsäure zu spenden, was immer sie erübrigen konnten. Die Leute hörten ihm zu, denn sie wußten, daß er Lehrer war, aber sie zögerten. Erst als er mit etwas eigenem Geld einen Fonds gegründet hatte, steuerten sie ein paar Annas und Paisas bei. Bald war genug zusammengekommen, um eine ansehnliche Menge Desinfektionsmittel zu kaufen. Dann begann Balaram, unterstützt von einigen Freiwilligen, sehr systematisch jeden Quadratzentimeter der neuen Siedlungen zu desinfizieren.

Bolai-da sagte eines Tages, als er ihn sah: Das ist ein ganz neuer

Balaram-babu. Das stimmte – Balaram, antiseptisch und eingehüllt in einen stechenden Desinfektionsmittelgeruch, war noch nie so glücklich gewesen.

Bhudeb Roy unternahm, wie er HIP Jyoti Das später erzählte, nichts, um Balaram zu stoppen, und zwar, weil er damals selbst einer der meistbeschäftigten Männer im Dorf war. Aber er beobachtete ihn argwöhnisch, denn ihm war sofort klar, daß Balaram etwas im Schilde führte. Es mußte mehr als ein zufälliges Zusammentreffen sein, daß er seine Desinfektionsaktion in Angriff genommen und gleichzeitig seinen Neffen zu Shombhu Debnath in die Lehre gegeben hatte.

Die Verbindung zu Shombhu Debnath war es denn auch, die Bhudeb Roy wirklich beunruhigte. Sie bereitete ihm solche Sorgen, daß er sogar Zeit fand, mit Balaram über diese Sache zu sprechen.

Eines Tages wurde Balaram in Bhudeb Roys Büro in der Schule bestellt. Er folgte der Aufforderung nur ungern, denn er haßte dieses Zimmer. Fünf Portraits von Bhudeb Roy starrten einem von den schmalen Wänden des Zimmers entgegen. Unter zweien von ihnen – das eine ein Foto von Bhudeb Roy, der, angetan mit einem schwarzen Talar, seine Bakkalaureus-Urkunde in den Händen hielt, und das andere ein Bild von ihm in Darjeeling, auf dem seine massige Gestalt vor dem Hintergrund des Himalaja graziös an einem Geländer lehnte – glimmten zum Zeichen der Verehrung Räucherstäbchen.

Balaram brachte es nicht über sich, in diesem Zimmer Platz zu nehmen. Stocksteif auf die Lehne eines Stuhls gestützt, sagte er: Ja?

Setz dich doch, Balaram-babu, sagte Bhudeb Roy. Balaram schüttelte den Kopf. Wie du willst, sagte Bhudeb Roy und schob sich mit dem kleinen Finger ein Stück Tabak in den Mund. Beim Kauen bewegte sich seine Kinnlade hin und her.

Balaram-babu, sagte er, was du tust, ist deine Sache, und ich will mich nicht einmischen, aber ich muß an das Wohl der Schule denken. Glaubst du, jemand wird seine Kinder in eine Schule schicken, in der sie von einem Mann unterrichtet werden, der seinen eigenen Neffen zu einem Weber in die Lehre gegeben hat? Denk mal darüber nach, Balaram-babu. Ich überlasse die Entscheidung dir, aber vielleicht solltest du auch deine Zukunft in dieser Schule im Auge behalten.

Balaram drehte sich um und wollte hinausgehen, aber Bhudeb Roy rief ihm nach: Warte, Balaram-babu. Hast du dir überlegt, was du tust? Du bringst seine Gesundheit ernstlich in Gefahr. Leute wie wir sind für diese Art von Arbeit nicht geschaffen. Er wird krank werden, und daran wirst du schuld sein. Er wird das Wasser dort trinken müssen und vielleicht sogar dort essen. Wie du weißt, bin ich kein Anhänger des Kastenwesens, aber ihr Essen ist schmutzig. Sehr schmutzig. Hast du daran gedacht?

Das hatte Balaram nicht. Besorgt blieb er stehen. Du meinst, sagte er, in ihrem Essen könnten Keime sein?

Ja, ja, sagte Bhudeb Roy, Keime.

Aber, sagte Balaram und dachte angestrengt nach, ihr Essen wird bestimmt von Maya zubereitet, und Maya kocht manchmal auch für uns. Das kann doch kein großer Unterschied sein.

Bhudeb Roys winzige Augen bekamen einen harten Ausdruck. Er erhob die Stimme. Balaram-babu, du beschwörst eine Katastrophe auf dich herab. Ich warne dich: Halte dich fern von diesem Shombhu Debnath. Weißt du denn überhaupt, was für ein Mensch das ist? Du liebe Zeit, er ist ja nicht einmal ein guter Weber.

Balaram sah sich gezwungen, sich auf dem Absatz umzudrehen und aus dem Zimmer zu gehen. Es wäre nicht schicklich gewesen, Bhudeb Roy zu zeigen, daß er lachte.

Man konnte von Bhudeb Roy nicht erwarten, daß er Shombhu Debnath gegenüber unbefangen war.

Einst, vor langer Zeit, hatten auf einem Stück Land hinter Bhudeb Roys Haus einige Brennpalmen gestanden. Sie waren an einen Palmweinhersteller verpachtet und brachten jedes Jahr eine hübsche Summe ein.

Aber dann weigerte sich der Palmweinhersteller, seine Pacht weiter zu bezahlen. Er beklagte sich, seine Töpfe seien jeden

Morgen leer, und daher verdiene er an diesen Palmen nichts mehr.

Das war ein ereignisreiches Jahr. Bhudeb Roy hatte Parboti-debi geheiratet und nach Lalpukur gebracht, und etwa zur selben Zeit war Shombhu Debnath nach Lalpukur gekommen.

Der Palmsaftzapfer war ein zwar ständig betrunkener, aber pfiffiger alter Mann. Bhudeb-babu, sagte er bedeutungsvoll, wenn Sie Palmsaft wollen, warum haben Sie mir dann nichts gesagt? Sie werden sich noch verletzen, wenn Sie auf diese Bäume klettern.

Mit gerötetem Gesicht fragte Bhudeb Roy: Wie meinst du das?

Der alte Mann nickte zu den Vorhängen hin, hinter denen Bhudeb Roy die Ehe vollzogen hatte, und flüsterte mit Verschwörermiene: Sie ist ein bißchen trocken, was? Er wurde hinausgeworfen.

Aber es fand sich kein anderer Pächter für die Palmen. Bald wußte jedermann im Dorf, daß die Töpfe, die man an den Palmwedeln aufgehängt hatte, um über Nacht neuen Palmsaft aufzufangen, morgens gewöhnlich leer waren. An den Palmen lag das allerdings nicht. Den ganzen Tag über sonderten die Kerben im Stamm frischen milchigen Saft ab.

Für Bhudeb Roy hatte diese Angelegenheit etwas zutiefst Beschämendes. Er wurde eingedeckt mit guten Ratschlägen, wie man Ehefrauen behandeln mußte. Alle waren voller Anteilnahme: Er war schließlich noch zu jung verheiratet, um durch seine Frau zur Trunksucht getrieben zu werden. Bhudeb Roy konnte nur mit den Zähnen knirschen. Es stimmte zwar, daß er seine Parboti nicht immer verstand, aber sie war so sanftmütig wie jede andere Frau im Dorf.

Bhudeb Roy beschloß, hinter die Lösung dieses Rätsels zu kommen. Er kaufte in Naboganj eine riesige Taschenlampe, und dann legte er sich eines Nachts in seinem Zimmer auf die Lauer, wobei er Parboti-debis Knöchel nervös umklammert hielt. Er entdeckte etwas, das ihm das Blut in den Adern gefrieren ließ.

Spät in der Nacht, in der pelzigen Schwärze vor dem Morgengrauen, drang ein schauerliches Geräusch aus dem Brennpalmenhain und legte sich um das Haus. Es klang wie ein heiseres Jammern, wie ein hohes, dahingleitendes, schluchzendes Wehklagen. Bhudeb Roys Gelenke verwandelten sich in Pudding. Er zog das Moskitonetz unter seiner Matratze fest und hielt sich die Ohren mit einem Kissen zu.

Lächelnd sah Parboti-debi ihm zu. Es ist, als ob die Nacht einen riefe, nicht? sagte sie.

Verwundert fragte Bhudeb Roy: Hast du das schon mal gehört?

Ja, antwortete sie. Ich höre es jede Nacht. Sie lächelte. In jener Zeit ging sie mit ihrem ersten Sohn schwanger (der mit dem Anflug eines Schnurrbarts und dem dicken Wanst eines alten Mannes). Damals war sie eine imposante Erscheinung, noch weit entfernt von der schmächtigen, verwelkten, von ihrer Fruchtbarkeit gebeugten Frau, zu der sie später wurde. Sie war groß (größer als Bhudeb Roy) und hielt sich kerzengerade, die Haut ihres Gesichtes war frisch und faltenlos, und ihr Haar schimmerte wie bemaltes Glas. Sie hatte eine tiefe, volltönende, sehr angenehme Stimme. Man sagte, sie habe früher gern gesungen. Dem hatte Bhudeb Roy jedoch ein Ende gemacht: In meinem Haus dulde ich kein Gekreische, und außerdem brauchst du deine Kraft für deine Kinder.

Warum hast du mir nichts davon gesagt? fragte Bhudeb Roy.

Du hattest ja keine Lampe, sagte sie und lächelte unschuldig.

Von da an schlief Bhudeb Roy mit zwei Kissen auf seinem Kopf. Eines Nachts erwachte er und stellte fest, daß Parboti-debi nicht da war. Das Zimmer war erfüllt vom rauhen Widerhall des entfernten Geheuls. Bhudeb Roy biß sich auf die Finger, kroch zu einem Fenster und leuchtete mit seiner Lampe hinaus. Der Lichtstrahl fiel auf Parboti-debi, die in ihrem weißen Nachtsari stocksteif im Mangohain hinter dem Haus stand.

Bhudeb Roy kam zu dem Schluß, daß es an der Zeit sei, etwas zu unternehmen. Wehklagen waren schlecht für Schwangere. Also beschloß er, Bolai-da, der Urlaub von der Armee hatte, in seine Dienste zu nehmen und zusammen mit ihm das Geheimnis zu ergründen.

Das erwies sich als Fehler. Zu spät mußte Bhudeb Roy erkennen, daß Bolai-das wahre Leidenschaft der Klatsch war.

Schon damals war Bolai-da dünn und hatte geradezu groteske O-Beine, aber erst viel später sackte sein Gesicht traurig nach einer Seite wie nasse Pappe. Weil er der einzige Soldat im Dorf war, bezweifelte damals niemand, daß er den Mut eines ganzen Rudels Löwen besaß. Es hieß, er könne einem Sardar-ji in die Augen sehen. Einem echten, mit einem richtigen Turban und allem. Einmal habe er einen über zwei Meter großen Pathanen samt Schnurrbart und Patronengürtel einfach niedergeschlagen. Alle waren sich einig, daß das Geheul schon beim Anblick Bolai-das verstummen werde.

Diese Geschichten flößten Bhudeb Roy Mut ein. Er bewaffnete Bolai-da mit einem Knüppel und kaufte neue Batterien für seine Lampe. Dann schloß er Parboti-debi in ihr Zimmer ein und sagte ihr, sie solle sich die Ohren zuhalten und beten, falls das Heulen wieder ertönen sollte. Sie sah sehr besorgt aus, und das schmeichelte Bhudeb Roy. Aber sie sagte kein Wort.

Bhudeb Roy und Bolai-da hüllten sich in Decken, begaben sich zum Mangohain und warteten. Mit unheimlicher Pünktlichkeit trieben in der schrecklichen Schwärze der letzten Nachtstunden wehklagende Laute durch das Wäldchen. Bhudeb Roy stieß Bolai-da an. Bolai-da stieß Bhudeb Roy an. Feigling, sagte Bhudeb Roy. Ich dachte, du hättest einen über zwei Meter großen Pathanen niedergeschlagen.

Um die Wahrheit zu sagen, Bhudeb-babu, stieß Bolai-da zwischen klappernden Zähnen hervor, war das ein Bus, in dem ich zufällig saß.

Sie hielten sich aneinander fest und krochen vorwärts, auf die Palmen zu. Als sie nur noch einen oder zwei Meter entfernt waren, schwang sich das Geheul plötzlich auf und explodierte zu einem Meteoritenschauer hoher Töne. Bhudeb Roy sprang zurück. Irgendwie verfingen sich seine Füße in einer Schlingpflanze. Mit einem gellenden Aufschrei fiel er zu Boden.

Das Wehklagen erstarb. Dann hörten sie eine Stimme, eine enttäuschenderweise nur allzu menschliche Stimme, die lallend, aber dennoch klar verständlich rief: Kommt rauf, kommt rauf, bevor nichts mehr da ist.

Es war Bolai-da, der die Lampe aufhob und damit in die Krone der Palme leuchtete. Er spuckte aus und lächelte Bhudeb Roy an. Doch Bhudeb Roy sah ihn nicht, denn er hatte sich, den Kopf zwischen den Armen, im Unterholz verkrochen.

Bhudeb-babu, sagte Bolai-da, Sie können herauskommen. Es ist nur Shombhu Debnath.

Er richtete den Lichtstrahl auf die Palme. Shombhu Debnath hatte den Stamm mit den Knien umklammert und einen Arm um einen der fächerförmigen Palmwedel gelegt. In der anderen Hand hielt er einen Palmsafttopf. Bis auf einen *gamcha* aus Baumwolle, den er um seine mageren, knochigen Lenden geschlungen hatte, war er nackt.

Bhudeb Roys Kinnladen zuckten krampfhaft. Er mußte husten, denn er hatte Gras in den Mund bekommen. Shombhu Debnath? stieß er spuckend hervor. Was macht der hier?

Gottes Milch trinken, antwortete Shombhu, und singen.

Was? fuhr Bhudeb Roy auf.

Den Raga Lalit natürlich, sagte Shombhu verwundert. Was sonst könnte man zu dieser Nachtzeit singen?

Komm sofort mit dem Topf herunter, brüllte Bhudeb Roy.

Warum? Hier oben ist der Saft frischer. Näher bei Gott. Er fängt so häßlich an zu gären, wenn man ihn auf die Erde bringt, wo es Menschen und Geld gibt.

Dieb! Bhudeb Roy stürzte sich auf die Palme. Dieb, Dieb, du mieser kleiner Dieb!

Am folgenden Tag ließ er sämtliche Palmen fällen. Das war das einzige Mal, daß er eine seiner Einkommensquellen zerstörte.

Man war allgemein der Meinung, daß Bhudeb Roy unrecht hatte. Shombhu Debnath war kein Dieb. Wenn er es gewesen wäre, warum hätte er dann singen sollen, während er dort oben in den Palmen hockte? Außerdem wußte jeder, daß man, wenn man in seinen Palmen ausgeleerte Palmsafttöpfe fand, nur zu Rakhal zu gehen brauchte, der den Schaden dann ersetzte (allerdings natürlich nur, wenn Rakhal an dem Tag zufällig gerade Geld hatte).

Die Leute, die Shombhu Debnath und seine Familie bereits in Noakhali gekannt hatten, sagten, er sei schon immer so gewesen: unstet, unberechenbar, mit einer Vorliebe für große Höhen. Auch ein bißchen verrückt – das war der Grund, warum er sang.

Nur diejenigen, die ihn nicht gut kannten, waren überrascht, als er mit zwölf Jahren zum ersten Mal aus der Geborgenheit der dicht zusammengedrängten Hütten seines Vaters, seiner Onkel und seiner Vettern am Rand des Festlands von Noakhali gegenüber der Insel Siddi – wo der Meghna zum Bamni wird, bevor er sich ins Meer ergießt – verschwand.

Wie alle Debnaths webten auch seine Verwandten einfache Baumwollstoffe. Sie stellten dicke weiße Stoffe, karierte *lungis*, grobe Baumwoll*gamchas* und dergleichen in großen Mengen her. Es war die reine Plackerei: Man schob die Webschiffchen endlose Jahre lang hin und her, bis man einen krummen Rücken hatte. Mit Webkunst hatte das nicht viel zu tun, und Shombhu beherrschte die Technik bereits als Kind. Seine Mutter war keineswegs überrascht, als er verschwand. Sie hatte es geahnt – sie hatte es in seinen Händen gesehen. Er hatte wunderschöne, kräftige Hände mit langen Fingern, die schneller als das Auge und immer in Bewegung waren.

Aber nicht einmal sie hatte auch nur die leiseste Ahnung von seinen Plänen. Das hatte niemand, denn Shombhu wollte das Unmögliche vollbringen.

Als Kind hatte Shombhu, wie alle anderen Kinder in dem kleinen Dorf, die Geschichten und Legenden über die Boshaks von Tangail in der Nähe von Dhaka gehört. Jeder kannte die Legenden, die sich um sie rankten: Seit Jahrhunderten hatten die Boshaks mit ihren fein gewebten Stoffen ganze Kontinente beherrscht. Aber nicht nur ihre Webtechnik war legendär, sondern auch die Verschwiegenheit, mit der sie ihre Handelsverbindungen und die Berufsgeheimnisse ihrer Kaste hüteten. Ein Boshak konnte einen Außenstehenden ebensowenig in die Lehre nehmen wie ein Mann das beste Stück Land seiner Familie verschenken konnte. Die wenigen, denen es dennoch gelungen war, Einblick in die Geheimnisse der Boshaks zu bekommen, verschwanden in den Festungen ihrer Familien – sie heirateten Boshak-Mädchen, lebten in ihren Häusern, aßen ihr Essen und ließen alle Erinnerungen an ihr vorheriges Leben zurück. Und wenn es einen gab, vor dem jede noch so kleine Lücke in der Abwehr der Boshaks vermauert wurde, so war das ein Debnath – ein verachteter Weber grober Baumwollstoffe.

Der zwölfjährige Shombhu Debnath fand eine Möglichkeit, in diese Verteidigungsanlage einzudringen. Er ging von seinem Dorf zum Fährhafen von Shahebghata und fand ein Boot, das ihn den Meghna hoch und den Padma hinunter nach Tangail brachte. Dort gab er sich als Waise aus und wurde in die Familie eines Meisterwebers der Boshak aufgenommen, die in einem Dörfchen außerhalb der Stadt lebte. Jahrelang arbeitete er für nichts weiter als sein Essen und ein paar Kleider. Er lernte schlichten und anscheren, und wie die Söhne des Meisterwebers wurde er in die Kunst des Lochens von Jacquard-Lochkarten eingeweiht. Er erlernte die Feinheiten ihrer *jamdani*-Webtechniken. Er lernte sogar, die feinen Webeblätter aus Bambus herzustellen, die das Kernstück ihrer *jamdani*-Webstühle waren und als einzige das feine Seidengarn halten konnten, ohne es zu zerreißen. Damit beherrschte er eine Kunst, derer sich selbst unter den Boshaks nur wenige rühmen konnten, denn die Anfertigung der Webeblätter war das Vorrecht der Bédé, einer Kaste von umherziehenden Bootsleuten und Armreifenherstellern.

Und er lernte ihre Lieder, melancholische, gefühlvolle Lieder, die von Liebe und Sehnsucht handelten. Alle sangen: Er selbst und die Söhne des Meisterwebers und alle anderen – sie sangen, jeder an seinem Webstuhl, in dem Schuppen mit dem Blechdach sitzend, sangen sie im Takt des rhythmischen Klapperns der Schnellschützen und des hellen Klirrens der kleinen Rietnadelgewichte, die von den Jacquard-Webstühlen herabhingen.

Shombhu vergaß sein kleines Heimatdorf; er hatte keine andere Familie mehr als die des Meisterwebers.

Aber das Ende war abzusehen. Eines Tages lernte der Meisterweber einen Kaufmann aus Noakhali kennen. Die Tränen liefen ihm über die Wangen, als er Shombhu noch am selben Tag zur Rede stellte. In jener Nacht floh Shombhu geradewegs zurück nach Noakhali, in den sicheren Kreis der Hütten, die plötzlich wieder aus der Vergessenheit aufgetaucht waren.

Aber mit den Tränen hatten sich auch die Flüche des Meisterwebers in ihn eingebrannt. Schombhu bezahlte für seinen Verrat – er bezahlte den furchtbaren, verzehrenden Preis für ein nutzloses Geheimnis.

Mit dem Geschenk des Feuers in den Händen kam er in sein Dorf und mußte feststellen, daß seine Welt ihr Fleisch lieber roh verzehrte. Wir wissen, was wir wissen, sagten sie, als er versuchte, sie die Geheimnisse des *jamdani* zu lehren, und mehr wollen wir gar nicht. Die Krähe fällt vom Himmel, wenn sie versucht, ein Pfau zu sein.

Auch Shombhu hatte seine verbrannten Bücher.

Damals begann Shombhu, sich für Brennpalmen zu interessieren. Bald hörte er ganz auf zu arbeiten. Eines Tages war er dann wieder verschwunden. Diesmal war seine Familie erleichtert.

Er verließ das Dorf mit einer Gruppe von Sängern – Wanderern, die ihr Leben damit zubrachten, von Dorf zu Dorf zu ziehen. Sie lebten von Almosen, tanzten und sangen von ihrer Liebe zu Shri Krishna. Was sie von den Grundbegriffen der Musik wußten, brachten sie Shombhu bei: die Stimmungen und die Tageszeiten, die aufsteigenden und absteigenden Tonfolgen einiger grundlegender Ragas wie Bhairavi, Asavari, Desh, Yaman Kalyan und Lalit. Der Unterricht dauerte jedoch nie sehr lange. Meistens verloren seine Lehrer mitten in der Lektion das Interesse. In ihren Augen war Technik unwichtig; all ihre *bhajans* und Lieder mündeten in den immer gleichen ekstatischen Gesang: Hare Rama, Hare Krishna, Krishna, Krishna, Hare, Hare.

Eines Tages, lange nachdem die Umwälzungen jenes Jahrzehnts seine Familie verschlungen hatten, tauchte Shombhu mit ausgetrockneter und unheilbar heiserer Kehle und in Begleitung einer kränklichen Ehefrau wieder in Lalpukur auf. Einige der Leute im Dorf erkannten ihn und halfen ihm ein wenig, im Gedenken an seine verschwundene Familie. In deutlicher Entfernung vom Dorf rodete er ein Stück Land und errichtete ein paar Hütten. Er baute sich sogar einen Webstuhl. Seine Frau erholte sich lange genug von ihrer Krankheit, um ihm einen Sohn zu schenken. Aber beim zweiten Mal verließ sie ihre Kraft, und sie starb bei Mayas Geburt.

Danach hörte Shombhu praktisch auf zu arbeiten. Er webte gerade genug, um sich und seine Kinder am Leben zu erhalten. Als Rakhal etwa acht Jahre alt war, lehrte er ihn, den groben Baumwollstoff seiner Vorfahren zu weben, und überließ es ihm, diese Arbeit, so gut er konnte, in den Griff zu bekommen. Die einzige Hilfe, die er Rakhal zuteil werden ließ, bestand darin, ihn gelegentlich mit einem heiseren Raga Jaijaiwanti aufzumuntern. Maya hörte ihm zu, und als sie ihm gerade bis zum Knie ging und durch die Armut bereits gewitzt war, dachte sie an ihren Hochzeitstag und kam zu dem Schluß, daß ein heiser gesungener Raga Jaijaiwanti als Mitgift ihr keinen Ehemann einbringen würde. Also beschloß sie, Toru-debi, die im nächstgelegenen Haus wohnte, um Arbeit, irgendeine Arbeit, zu bitten.

Shombhu war im Mark seiner stolzen Armut getroffen und verbot es ihr: Shombhu Debnaths Tochter eine Dienerin? Aber gegenüber ihrer weiblichen Entschlossenheit und praktischen Vernunft war er machtlos, und so bekam sie ihren Willen.

Aus Rache brüllte Shombhu Debnath den Raga Bhairavi von den Wipfeln der Bäume und sprach kein Wort mehr mit Balaram.

Aber Balaram beobachtete ihn, besonders nachdem er erfahren hatte, daß Shombhu aufgehört hatte zu weben. Balaram konnte nur vermuten, welche Reichtümer sein Schädel bereithielt, aber selbst aus der Entfernung spürte er, wie eine Theorie in ihm Gestalt annahm.

Balaram hatte Gopal nicht die ganze Wahrheit gesagt. Alus Organ war nicht das einzige, das er identifiziert hatte. Alu war nur *ein* Teil des erkannten Musters, das er erkannt hatte. Der andere war Shombhu Debnath.

Shombhu Debnath war groß, gespenstisch schwarz und mager wie ein Skelett. Meist war er bis auf einen dünnen Lendenschurz nackt und zeigte stolz die drahtigen Muskeln an seinem ganzen Körper, ein Vermächtnis seiner Jahre als Weber und Vagabund. Sein Gesicht war ein fleischgewordenes heiseres Crescendo des Raga Bhairavi: ein buckliger Abhang mit vollen Lippen und einer knolligen Nase, der von den an den Augenwinkeln scharf hervortretenden Wangenknochen in eine zerklüftete Lichtung auslief; die Augen waren blutunterlaufen, aber glänzend, und die unruhig aufragende Stirn war von langem, verfilztem Haar gekrönt, das sich schlangengleich zu einem Knoten wand. Das sei sein eigenes eingeflochtenes Bächlein, pflegte er zu sagen, ein schwacher Abklatsch von Shivas Ganges.

Ich weiß, was du bist, sagte Balaram, nachdem die Belange der Wissenschaft und seine Entdeckung des Organs der mechanischen Begabung an Alu ihm genügend Mut eingeflößt hatten, um sich Shombhu Debnath und seinen Webstühlen aufzudrängen.

Was? sagte Shombhu argwöhnisch.

Du bist ein Lehrer, sagte Balaram. Und darum mußt du Alu in die Lehre nehmen.

Shombhu lachte: Ich habe keinem außer meinem Rakhal jemals etwas beigebracht, und in Naboganj stellen sie die Stoffe, die er gewebt hat, aus, wenn sie etwas zu lachen haben wollen. Ich habe seit Jahren nicht mehr gewebt.

Aber das ist genau der Grund, warum du nicht mehr gewebt hast, sagte ein gutgelaunter Balaram, der sich seiner Sache nun sicher war. Du bist kein Weber – dafür hast du nicht die richtigen Organe. Alles an dir beweist, daß du ein Lehrer bist.

Um zu zeigen, daß es ihm ernst war, zog er fünf Zehn-Rupien-Noten aus der Hosentasche und drückte sie Shombhu in die Hand. Hier, sagte er, dein Kopfgeld – dein erstes Lehrgeld. Entsetzt schüttelte Shombhu die dargebotene Hand, aber das Geld klebte daran fest. Statische Elektrizität, sagte Balaram. Shri Krishnas kosmisches Spiel, sagte Shombhu. Das Spiel der Götter, über das wir Sterbliche uns kein Urteil erlauben dürfen.

So hatte Alu also seinen Willen durchgesetzt und erschien eines Morgens in Shombhu Debnaths Hof, nicht mehr als Besucher, sondern als strebsamer Lehrling, gewaschen und gestriegelt, mit geöltem Haar und wißbegierig. Aber die Dinge entwikkelten sich nicht nach seiner Vorstellung. Keine Willkommensumarmung durch den Meister, keine Botschaften handwerklicher Weisheit. Als Shombhu Debnath ihn sah, verzog er das Gesicht zu einem fratzenhaften Lächeln, das seine vom Rauch der Wasserpfeife geschwärzten Zähne entblößte, und sagte: Jetzt ist es mit dem Frieden hier vorbei. Dann nahm er seine Wasserpfeife und verschwand blubbernd im Bambusdickicht. Man stelle sich Alu vor: Er ist jetzt fünfzehn, kräftig gebaut, mit breiten Schultern. Er trägt blaue Shorts, und sein Kopf ist noch immer riesig, wenn auch die Buckel nicht mehr so ausgeprägt sind. Einsam und verlassen steht er auf dem Hof und lauscht auf das sich entfernende Blubbern einer Wasserpfeife. Der Hof ist nicht einer von der großen Sorte, aber ruhig und friedlich und beschattet von den überhängenden Zweigen eines Brotfruchtbaums. Es ist ein einfacher, viereckiger Hof aus gestampfter Erde, an drei Seiten von Hütten umgeben. Jede Hütte besteht nur aus einem einzigen, großen, kühlen Raum. Die Wände sind aus Lehmziegeln, und das darauf ruhende gewölbte Dach aus Bambus und Stroh sieht aus wie ein umgedrehtes Boot. In der einen Hütte wohnt Maya, eine zweite teilen sich Rakhal und sein Vater, und die kleinste dient als Küche. Am hinteren Ende des Hofs steht ein offener Schuppen, dessen schräges Strohdach von Bambuspfählen gestützt wird. Hier, in einer Grube, deren Ränder einem bis zur Hüfte reichen, stehen die beiden Schnellschützen-Webstühle, die Shombhu Debnath gebaut hat. An einem dieser Webstühle sitzt Rakhal. Er sieht, wie enttäuscht Alu ist, und ruft ihm mißmutig zu: Meinst du, er wird dir je etwas beibringen? Glaubst du, er weiß, wie man einem etwas beibringt? Sieh dir doch an, was er mir beigebracht hat. Hau ab, solange du noch kannst. Du verschwendest hier nur deine Zeit. Rakhal denkt an seine eigene Jugend und Kraft, beides vergeudet am Webstuhl, während er doch statt dessen in Naboganj Kung Fu lernen könnte.

Weder an diesem noch am nächsten oder übernächsten Tag gab der Wald Shombhu Debnath preis. Schließlich war es Maya, die Alus erste Lehrerin wurde.

Zuerst brachte sie ihm bei, wie man Garn stärkt – eine mühselige, übelriechende Arbeit. Er verbrachte Tage damit, das Garn zum Trocknen aufzuhängen, nachdem er es in Kübel mit dickflüssiger Reisstärke getaucht hatte. Dann zeigte sie ihm, wie man das gestärkte Garn mit Hilfe eines Spinnrads auf Spulen wickelte: Kinderarbeit – man mußte das Rad mit einer Hand in Bewegung halten, mit der anderen das Garn straffziehen und darauf achten, daß es gleichmäßig aufgespult wurde. Eine öde, eintönige Arbeit. Selbst die Geschwindigkeit, mit der Alu perfekt oval geformte Garnspulen wickelte – mehr als hundert am Tag, viel mehr, als Rakhal verarbeiten konnte –, war kein Trost.

Wo steckte Shombhu Debnath? Wo steckte der Shombhu, der früher einmal auf der Schwelle seiner Hütte gesessen und bis tief in die Nacht hinein von den Stoffen erzählt hatte, die ihm in der Hütte des Meisterwebers in Tangail beschrieben worden waren? Von *Abrawan*-Musselins, die so rein wie ein Bergquell und unsichtbar waren, wenn man sie in klares Wasser tauchte; von *Shabnam*-Musselins, die, wenn man sie ins Gras legte, mit dem Morgentau verschmolzen; von Stoffen, die nur aus Luft zu bestehen schienen und von denen fünfzehn Meter nicht mehr wogen als zwei Hände voll Reis und die doch dichter gewebt waren als die festesten Wollstoffe, mit vierhundert Kettfäden pro Zoll. Dieser schamlose, schamlose, ungreifbare Stoff, der ein getreues Abbild der Natur schuf und verflucht wurde von jener aus dem Palast ihres Vaters gejagten Prinzessin, die, in dreißig Meter davon gekleidet und doch in ihrer ganzen nackten Schönheit für jedermann sichtbar, im Thronsaal ihres Vaters erschienen war. Wo steckte dieser Shombhu Debnath?

Wann, wann würde Shombhu Debnath endlich anfangen, ihm etwas beizubringen?

Nie, sagte Maya und wiegte sich vor und zurück, während sie neben Alu hockte und ihm beim Aufspulen des Garns zusah. Rakhal hat recht: Er wird dir nie etwas beibringen.

Alus Hand rutschte ab, und im nächsten Augenblick waren seine Finger und das Spinnrad in ein Gewirr von Fäden verstrickt. Verärgert begann er, das Garn zu entwirren. Maya sah ihm zu und saugte an ihrer Lippe. Dann zischte sie: Wozu willst du das alles eigentlich lernen? Das ist echte Arbeit – du wirst es nie lernen. Geh lieber zurück in deine Schule und zu deinen Büchern.

Alu hatte den größten Teil des Garns um seine Hand gewikkelt. Er biß einen Knoten durch und spuckte aus, als er die metallische Schärfe von Stoffarbe und Stärke schmeckte. Hast du gehört? sagte Maya. Geh nach Hause – das hier ist echte Arbeit. Du wirst sie nie lernen.

Alu hatte das Garn entwirrt und fest um seine Hand gewikkelt. Er begann, es in Schlingen auszulegen, so daß er wieder von vorn anfangen konnte. Du bist stolz darauf, daß du Garn aufspulen kannst, was? sagte Maya, und ihre dunklen Augen blitzten. Weißt du auch, was das ist? Das ist Kinderkram. Kinder können das mit acht Jahren. Das ist es, was du machst: Kinderkram – auch wenn dir schon das Haar aus dem Hemd wächst.

Unsicher fuhr Alu mit seiner verschwitzten Hand über den Rand des Spinnrads und setzte es versuchsweise in Gang. Ein kleiner Junge, zischte Maya, der mit seinem Spielzeug spielt. Warum ziehst du nicht deine Shorts aus und legst dich wieder in dein Kinderbettchen?

Da wurde Alu plötzlich wieder zum Kind und warf das Spinnrad um. Er sprang auf und stieß sie zu Boden. Zitternd sah er zu, wie sie sich aufrappelte und den Staub von ihrem verschlissenen roten Sari klopfte. So ist es richtig, schrie sie. Schlag mich nur. Du wirst es nie zu irgendeiner richtigen Arbeit bringen.

Sie spuckte in den Staub. Alu sah, daß sie sich mit dem Zipfel ihres Saris über die Augen fuhr. Sie drehte sich um und rannte in ihre Hütte. Rakhal hatte seinen Webstuhl verlassen. Er lehnte an einem Stützpfeiler des Schuppendachs und sah Alu zu. Es stimmt, sagte er. Du bist wirklich in Schwierigkeiten. Du stehst zwischen zwei Verrückten, und wer weiß schon, was ein Verrückter vorhat oder was eine Ziege frißt? Maya hat recht – du solltest sehen, daß du hier wegkommt, solange du noch kannst.

Aber am Ende dieses Monats, als Balaram Maya pünktlich das Lehrgeld für ihren Vater übergab, brachte sie die Geldscheine zu

Shombhu, hielt sie in beiden Händen und sagte: Die werde ich jetzt zerreißen.

Warum denn? fragte Shombhu. Durch das Lehrgeld hatte er Geschmack am Arrak gefunden, und er war keineswegs geneigt, sich diese Banknoten zerreißen zu lassen.

Weil es gestohlenes Geld ist, sagte Maya. Du wirst dafür bezahlt, ihm das Weben beizubringen, und du hast ihm nichts beigebracht.

Shombhu riß ihr das Geld aus den Händen und stürmte vom Hof. In dieser Nacht hörten sie ihn irgendwo auf einem weit entfernten Ast eine leidenschaftliche, mißtönende Interpretation des Raga Kelenga zum besten geben.

Am nächsten Morgen saß er, seine Wasserpfeife rauchend, im Hof und wartete auf Alu.

Zuerst das Anzetteln – ohne Kettfaden kein Schußfaden.

Andere Weber, die nur einen oder zwei Webstühle besaßen, ließen sich ihre Kettfäden meist von Zulieferern schlichten und anzetteln. Nicht so Shombhu Debnath. Irgendwo hatte er sich ein Spulengatter und eine Zetteltrommel besorgt, mit denen er seine Kettbäume selbst anzettelte.

So lernte Alu, die Garnspulen so auf die unzähligen Spindeln im Spulengatter zu setzen, daß das Garn gleichmäßig auf die Zetteltrommel gewickelt wurde; er lernte, Muster zu erzeugen, indem er verschiedenfarbige Garnspulen auf verschiedene Spindeln des Spulengatters setzte; er lernte, das Garn durch ein wie ein Tennisschläger aussehendes und mit Hunderten metallener Ösen versehenes Holzbrett zu fädeln, damit sich das Garn beim Aufwickeln auf die Trommel nicht verhedderte; er lernte, die Trommel zu drehen, so daß sie das Garn aufnahm wie ein See, in den sich ein Wasserfall ergießt. Und so weiter: Oft war es mühselig – leere Garnspulen mußten ausgewechselt, das Garn durch die Ösen im Brett geführt, die Enden gerissener Fäden miteinander verzwirbelt werden.

Es waren Tage beschwerlicher, das Auge verwirrender Arbeit erforderlich, um einen Kettbaum richtig anzuzetteln. Aber manchmal floß die Arbeit dahin wie eine Art von Musik: wenn die Trommel sich gleichmäßig drehte, die Nabe in der Halterung klapperte und das Garn durch die Ösen im Brett schoß wie ein Fluß durch seine Stromschnellen.

Und dann, eines Tages, führte Shombhu ihn endlich an einen Webstuhl. In seinem Eifer hätte Alu sich am liebsten gleich auf die Bank gesetzt, aber Shombhu hielt ihn an der Schulter fest. Er lächelte sein rissiges, verfärbtes Lächeln: Erst mußt du lernen, was was ist.

Die Sprache hat die Maschine, wie den Menschen, in Fesseln gelegt.

Und so ging ein weiterer Monat mit einer anderen Arbeit dahin.

Shombhu Debnath hockt, Alu neben sich, vor dem Webstuhl. Er zeigt mit seinem Stock auf einen schweren Weberbaum. Er öffnet den Mund, er will etwas sagen, aber siehe, der Webstuhl hat seine Zunge gefesselt. So viele Namen, so viele Wörter – Wörter, die bei dem Rühren, durch das die Welt entstanden ist, miteinander vermischt worden sind: Tangail-Wörter, vermengt mit Noakhali-Wörtern, gewürzt mit Naboganj-Wörtern, aufgekocht mit englischen Wörtern (die er während seiner Wanderjahre wer weiß wo aufgelesen hat). Wörter, Wörter – in diesem Dorf wimmelt es von Wörtern, und doch sind es zu wenige, um von der Welt und der Maschine zu sprechen. Solch ein Reichtum, solch eine Bedrängnis: Um zu überleben, muß man sich doppelt soviel Mühe geben, muß Wörter hervorstoßen, wie sie gerade kommen, und hoffen...

Kol-norod, ruft Shombhu und deutet mit seinem Stock. *Kol-norod* auf Noakhali, *nata-norod* auf Tangail: Warenbaum.

Er richtet den Stock auf das andere Ende des Webstuhls: *bhim-norod* auf Noakhali, *pancha-norod* auf Tangail: Kettbaum. Verstanden? Also gut – er deutet mit dem Stock wieder auf den Warenbaum – auf Tangail?

Alu zögert, und den Bruchteil einer Sekunde später rötet sich eine Strieme auf seinem Rücken. Shombhu Debnath lächelt: Du wirst dich sehr anstrengen müssen. Wir haben das alles mit der Muttermilch eingesogen.

So viele Wörter, so viele Dinge. Bei einem Webstuhl verändert sich der Name eines Weberbaums alle paar Zentimeter. Warum? Jeder Nagel hat eine eigene Bezeichnung, jede Seilschlinge, jede kleine Öse, jedes kleine Bambusstäbchen an der Litze. So ein Webstuhl ist das reinste Wörterbuch. Warum? Wörter haben doch keine Funktion, jedenfalls keine mechanische. Nein, das kommt daher, daß der Weber beim Weben auch Wörter macht. Er begibt sich ins Reich der Dichter, indem er Dinge benennt, die unsichtbar sind. Darum hat der Webstuhl der Sprache mehr Wörter, mehr Metaphern, mehr Redewendungen geschenkt als alle Armeen von Schreiberlingen auf der Welt zusammengenommen.

Und so ging es weiter.

Es war hart, aber nach einem Monat konnte Alu, dessen Rükken nunmehr mit Narben übersät war, die Bezeichnung für jeden Nagel, jede Fuge am Schnellschützen-Webstuhl aufsagen. Und Shombhu Debnath konnte ihm schließlich nicht mehr verweigern, in die Grube mit dem Webstuhl zu steigen.

Weben ist eigentlich eine simple Sache. Es ist lediglich die Technik, einen Querfaden, den man Einschlag- oder Schußfaden nennt, im rechten Winkel zwischen lange, parallel angeordnete Fäden, die man Kettfäden nennt, zu legen. Zu diesem Zweck genügt es, die Kettfäden zu teilen, so daß der Schußfaden hindurchpaßt, und die Lücke dann wieder zu schließen, um ihn festzuhalten. Das ist alles, und es gilt für alle Stoffarten (außer für die gepreßten und gewalkten Materialien wie Filz, die, allen Wörterbüchern zum Trotz, *keine* Stoffe sind), zu allen Zeiten und in allen Gegenden der Welt. Die Unterschiede zwischen den Maschinen sind so verwirrend wie alle anderen äußeren Merkmale; es gibt Blindschützen-Webstühle und Rapier-Webstühle und Strahlwasser-Webstühle und Rundwebstühle. Aber diese Unterschiede sind lediglich mechanischer Natur, sie betreffen nur Geschwindigkeit, Menge und Qualität. Das, was Stoff ausmacht – die Verbindung von Fäden durch Überkreuzen –, hat sich seit der Frühgeschichte nicht verändert.

Es ist wirklich kinderleicht, sagte Alu mit dem Überschwang

des Eroberers. Er brauchte nicht mehr als einen Tag, um es zu lernen, es war nur eine Frage der Koordination: Man zieht an der Schützenschnur, und der Webschütze mit dem Schußfaden schießt durch das Fach, man tritt auf das rechte Pedal, und die Kettfäden schließen sich über dem Schußfaden, man zieht einmal am Webeblatt, und wieder hat man ein winziges Stück Stoff gewebt, und dann zieht man wieder an der Schützenschnur... Es ist wie ein Tanz, hin und zurück, Hände und Füße im Einklang.

Ja, sagte Shombhu Debnath. Einfacher weißer Stoff, wie du ihn jetzt webst, ist ein Kinderspiel. Das wirst du schon erkennen, falls du je darüber hinauskommst.

Alu beachtete ihn nicht. Endlich hielt er den Lohn seiner Mühen in Händen: fünf Meter Stoff. Maya schnitt ihn für Alu vom Warenbaum ab. Du wirst es nie lernen, sagte sie, während sie ihn zusammenfaltete. Setz dich lieber wieder an deine Bücher. Aber sie lächelte.

Gemessenen Schrittes, den zusammengefalteten Stoff unter dem Arm, ging Alu vom Hof. Als er den Bambuswald erreicht hatte, begann er zu rennen. Er stürzte in Balarams Studierzimmer und rief: Hier, das erste Stück Stoff, das ich gewebt habe. Aber Balaram war nicht da. Er badete gerade das Dorf in Desinfektionslösung.

Aber das machte nichts, denn Alu war schon ganz in seinen Traum versunken. Es dauerte kaum eine Woche, bis er das Weben von einfachem weißen Stoff beherrschte. Gegen Ende der Woche hatte der Webstuhl, schneller klappernd als je zuvor, einen wahren Wasserfall von Stoff ausgestoßen.

Aber Shombhu Debnath verzog nur den Mund. Er betrachtete den Ballen, den Alu gewebt hatte und schnaubte: Wie alt bist du?

Fünfzehn, sagte Alu. Ich werde bald sechzehn.

Schäm dich, sagte Shombhu. Wir haben bessere Stoffe gewebt, als wir noch nicht einmal zehn waren.

Aber wieder lächelte Maya.

Gegen Ende der Woche ließ Shombhu Debnath Alu schon farbige Stoffe weben. Zuerst die einfachsten, bei denen der Schußfaden eine andere Farbe hatte als die Kettfäden – und die sich im Grunde also nicht von den einfarbigen unterschieden. Dann kamen echte Muster: Karomuster, bei denen die Schußfäden zweimal pro Zoll gewechselt werden mußten; dann bordierte Streifen und schließlich sogar Karos mit Borte.

Alu lernte schneller, als Shombhu Debnath ihn lehren konnte. Mit wunderbarer Mühelosigkeit stieß sein Webstuhl wahre Regenbögen von Stoff aus.

Er war schnell, zu schnell – so schnell, daß Maya mit dem Aufspulen von Garn nicht nachkam. Sie bat Rakhal um Hilfe. Aber Rakhal lehnte stolz ab – er hatte keine Zeit. Endlich war er beschäftigt. Er hatte genug Geld gespart, um am Bruce-Lee-Kung-Fu-Unterricht (täglich neunzehn Uhr, Kursgebühr wöchentlich) in der Nähe des alten Banyanbaums von Poramatola in Naboganj teilnehmen zu können. Nach dem Unterricht arbeitete er selbst wie ein Besessener, um Geld für den Bus und die Gebühren für Monate im voraus zu verdienen. Also mußte die enttäuschte Maya Garnspulen an Familien mit vielen kleinen Kindern verteilen, damit Alu genug Garn für den hungrigen Rachen seines Webstuhls hatte.

Und Alu webte immer schneller. Seine Hände rasten wie Kolben; der Schnellschütze wurde zu einem schattenhaften Schemen aus Holz, und das Klopfen, mit dem er an den Schlag stieß, stieg zu einem hellen Jaulen an. Endlich staunte Maya; ein solches Arbeitstempo hatte sie noch nie gesehen, und in jener Nacht tanzte Alu den ganzen Heimweg durch den Bambuswald.

Alu war stolz wie ein Pfau. Er wollte auf sich aufmerksam machen, die Federn seines Könnens spreizen. Aber Lalpukur schäumte und warf Blasen wie Zement in einer Betonmischmaschine, und Balaram war damit beschäftigt, die davoneilenden Ränder des Dorfes mit Eimern voll Karbolsäure zu verfolgen, indes sein weißes Haar im keimfreien Wind flatterte. Toru-debi kämpfte mit den Tücken ihrer knopflosen Bluse, und was Shombhu Debnath betraf, so blieb er wieder ganze Tage lang verschwunden, und in diesem gärenden, schäumenden Chaos wußte niemand, wohin er ging.

Alu blieb nichts anderes übrig, als sich auf Quantität zu verlegen. In zwei Wochen webte er fünfundsiebzig grellbunte *lungis*. Das war etwas Greifbares. Nachdem er den fünfundsiebzigsten *lungi* vom Warenbaum geschnitten hatte, legten Maya und er die Stoffe im Hof aus und warteten bis spät in die Nacht auf Shombhu Debnath.

Aber als Shombhu Debnath schließlich außer Atem und feucht vom Abendtau erschien, zeigte er sich unbeeindruckt. Er tat den Teppich aus Stoff mit einer Handbewegung ab: einfache Muster – das brachte jeder kleine Junge zustande.

Dann zeig mir, wie man bessere macht, gab Alu zurück.

Zu schnell, sagte Shombhu Debnath, du bist viel zu schnell.

Gleichwohl brachte er Alu, wenn er gerade einmal nicht verschwunden war, bei, wie die Litzen des Webstuhls für gemaserte, geflammte Stoffe eingestellt werden mußten: Dabei wurden die Kettfäden über die ganze Breite des Streichbaums nicht abwechselnd, sondern paarweise angehoben und nicht mit einem, sondern mit zwei Schußfäden gekreuzt. Er zeigte ihm, wie man verwirrende spektroskopische Muster webt, spiralförmige Kombinationen aus acht, zehn, zwölf Farben. Er zog das grobe Garn ab, mit dem Alu begonnen hatte, und scherte stattdessen feines, zartes Baumwollgarn an – achtzig, hundert, hundertzwanzig Kettfäden pro Zoll. Paß auf, sagte er, dieses Garn reißt, wenn der Webschütze es nur berührt.

Alus Webstuhl verschlang dieses Garn schneller, als Maya und all ihre bezahlten Helfer es aufspulen konnten. Nach zwei weiteren Wochen hatte Alu hundertzwanzig *lungis* gewebt.

Sie betrachteten den Stapel mit demselben Entsetzen, mit dem sie auf den mürrischen Zorn eines Brotfruchtbaumes reagiert hätten, der die Erde in achtloser Verschwendung an einem einzigen Tag mit mehr Früchten bombardierte, als ein ganzer Distrikt in einer Woche verzehren konnte. Wer sollte so viel Stoff kaufen? Es war genug, um mehrere Stoffläden bis zur Decke damit vollzustopfen.

Schließlich fand Rakhal eine Lösung für dieses Problem.

Hör zu, sagte er zu Alu. Ich werde deinen Stoff in Naboganj verkaufen. Ich fahre sowieso jeden Tag dorthin, wegen des Kung-Fu-Unterrichts, und ich kenne mich in Naboganj aus. Du würdest nie einen so guten Preis dafür bekommen können wie ich. Mit mir legt sich keiner an. Aber du mußt mir ein Zehntel des Geldes geben, das du durch mich verdienst, und außerdem verlange ich, daß du meinen Unterricht bezahlst. Du wirst es dir leisten können.

In Ordnung, sagte Maya. Das wäre also geklärt.

Rakhal sprang hoch in die Luft. Er zog das rechte Bein an, während das andere waagrecht nach vorn schoß. Seine steif ausgestreckte Hand fuhr seitwärts durch die Luft und krachte gegen einen der Bambuspfosten, die das Dach des Webschuppens stützten. Eine Ecke des Daches sackte ein und hing schräg herab. Die Narbe auf Rakhals Wange leuchtete plötzlich scharlachrot auf. Aus den Tiefen seines Bauches stieg ein Schrei auf, der eine Wolke von Vögeln erregt kreischend aufflattern ließ.

Das gefällt ihm, erklärte Maya.

Ja, grinste Rakhal, das gefällt mir. Er schlug mit der Handkante gegen einen anderen Bambuspfosten. Das Dach stürzte zur Hälfte ein und begrub den Webstuhl unter Stroh. Und ich werde euch ein Geheimnis verraten, sagte er. Bald werde ich nie mehr am Webstuhl sitzen müssen. Ich bekomme Arbeit – eine andere Arbeit. Ich werde reich sein.

Sag's uns, riefen Alu und Maya wie aus einem Munde, sag's uns, Rakhal-da, sag's uns sag's uns sag's uns.

Nein, sagte Rakhal geheimnisvoll und mit zusammengekniffenen Augen. Das darf keiner wissen.

Während der folgenden zwei Wochen bekamen sie ihn nur sehr selten zu Gesicht. Jeden Morgen machte er sich, ein paar *lungis* unter dem Arm, auf den Weg und kehrte erst spät ohne sie zurück. Eines Abends jedoch brachte er ein größeres, schwereres Bündel mit als das, welches er morgens mitgenommen hatte. Es enthielt keinen Stoff, soviel war sicher. Ohne Alus und Mayas neugierige Blicke zu beachten, trug er es behutsam auf den

Schultern über den Hof und verschwand in seiner Hütte, wo er es unter dem Dachstroh verbarg. Am nächsten Tag ging er nicht nach Naboganj. Gegen Mittag sahen Alu und Maya ihn mit dem Bündel in den Bambuswald gehen. So spät gehst du in den Wald, Rakhal-da? rief Alu. Hast du Verstopfung?

Rakhal würdigte ihn keiner Antwort, und so verstand es sich von selbst, daß Alu und Maya ihm heimlich folgten.

Sie fanden ihn in einem Dickicht, einer kleinen Festung aus Bambus, die ihn fast völlig verbarg. Er saß mit gekreuzten Beinen auf einem Fleckchen Gras. Rings um ihn her waren Haufen aufgeschichtet: alte Flaschen und Blechdosen, ein pirolgelbes Pulver, rostige Nägel und Metallspäne, zerbrochene Rasierklingen, Stoffetzen und andere stahlgraue und undefinierbare Pulver. Er war emsig damit beschäftigt, Flaschen mit Pulvern und Metallteilen zu füllen und die Hälse mit Stoff zu verstopfen.

Rakhal hörte etwas rascheln und sah auf. Er blickte in vier große, neugierige, staunende Augen, die ihn aus dem Bambusgestrüpp anstarrten. Verschwindet, knurrte er. Das hier ist geheim.

Was ist das, Rakhal-da? fragte Alu.

Haut ab, rief Rakhal. Aber sie waren weit außerhalb seiner Reichweite, und er hatte eine zur Hälfte gefüllte Flasche auf dem Schoß.

Was ist das, Rakhal-da? fragte Alu noch einmal.

Rakhal zögerte und legte einen Finger an die Lippen. Ohne daß er es wollte, schwoll ihm vor Stolz die Brust.

Das sind Bomben, sagte er. Bomben.

Bomben! riefen sie beide gleichzeitig.

Ja, sagte er lächelnd, Bomben. Er sah sie besorgt an. Natürlich nur ganz einfache, fügte er schnell hinzu. Glaubt nicht, daß ich das nicht wüßte. Das ist ja nur ein Anfang. Wie man die komplizierteren macht, kriege ich später gezeigt.

Alu und Maya blickten ihn schweigend an. Irgendwo muß man ja anfangen, sagte er entschuldigend. Bald werde ich bessere machen.

Aber was hast du mit ihnen vor, Rakhal-da? fragte Alu.

Geld verdienen, antwortete er. Es gibt einen guten Markt dafür. Wegen des Krieges.

Was für ein Krieg? sagte Alu.

Nicht der da, antwortete Rakhal mit einer abfälligen Handbewegung in Richtung des östlichen Horizonts, hinter dem Bambuswald. Es wird auch in den Städten gekämpft. Dort brauchen sie Bomben. Ihr werdet schon sehen – ich werde reich werden.

Sie antworteten nicht. Maya hielt sich einen Zipfel ihres Saris vor den offenen Mund. Alu starrte auf die vor Rakhal aufgeschichteten Haufen und biß sich auf die Lippen. Mit einem Mal fuhr Rakhal herum, nahm eine Flasche und warf sie hoch in die Luft.

Alu und Maya sprangen auf und rannten durch den Bambuswald davon. Sie hörten, wie die Flasche, ohne Schaden anzurichten, irgendwo hinter ihnen zerschellte, und sie hörten Rakhal lachen. Sie war leer..., rief er ihnen nach. Aber sie blieben erst stehen, als sie den sicheren Hof erreicht hatten.

Keuchend ließ Alu sich auf die Bank am Webstuhl fallen. Er hatte keine Zeit für Bomben. Endlich, nach tagelangem Drängen und Streiten und Widerstreben, hatte Shombhu Debnath versprochen, ihm die *jamdani*-Webtechnik beizubringen.

Die erste Lektion war eine Enttäuschung. Shombhu Debnath drückte ihm eine sechs Zoll lange, am Ende mit einem Haken versehene Stahlnadel in die Hand. Mach dich damit vertraut, bis du ihn so gut kennst wie deinen eigenen Schwanz, sagte er. Nein – besser, denn du wirst ihn öfter gebrauchen als deinen Schwanz. Dies wird von nun an dein Gott sein. *Kamthakur*. Der Gott der Arbeit. Der Gott des *jamdani*.

Alu drehte den Haken in seinen Händen hin und her. Sieht nicht gerade wie ein Gott aus.

Wart's ab, sagte Shombhu Debnath und lächelte. Falls du *jamdani* je lernst, wirst du es schon herausfinden.

Es sah lange so aus, als würde Alu es nie lernen. Seine Hände, die sich zu sehr daran gewöhnt hatten, mit rasender Geschwindigkeit zu arbeiten, stellten sich ungeschickt an, als Shombhu Debnath ihm beizubringen versuchte, mit dem *kamthakur* kurze

Stücke farbigen Garns parallel zum Schußfaden in die Kettfäden einzuziehen. Jede ungeschickte Bewegung hatte zur Folge, daß die Kettfäden rissen und er sich eine Stunde lang abmühen mußte, die ausgefransten Enden der Fäden miteinander zu verzwirbeln. Und jedesmal, wenn das geschah, pfiff Shombhu Debnaths Stock durch die Luft, und Alu hatte eine neue brennende Strieme auf der Schulter und sah das triumphierende Lächeln: Ich habe es dir ja gesagt. Du wirst es nie lernen. Du hast es nicht im Blut.

Und dann, wenn er den Webschützen mit leichter Hand durch das Fach hätte gleiten lassen sollen, um das eingezogene Garn mit dem Schußfaden zu fixieren, jagte er, aus reiner Gewohnheit, den Schützen hindurch und zog das Webeblatt so kräftig an wie ein Steinmetz, der einen Vorschlaghammer schwingt, und das mühsam eingezogene Stück Garn sah aus wie eine dünne Schliere, anstatt sich erhaben wie ein Flachrelief vom restlichen Stoff abzuheben. Und wieder pfiff der Stock, wieder gab es Striemen, wieder hieß es: Du wirst es nie lernen.

Alu achtete nicht auf die Schmerzen in seinem Rücken und mühte sich, seine Hände ruhig zu halten. Es war ein bitterer Kampf: Noch einmal von vorn anfangen zu müssen, nachdem er den Webstuhl bereits gemeistert hatte. Die Kunst bestand darin, Geduld zu haben. Maya drängte ihn, nicht lockerzulassen, und er kämpfte mit sich, bis sein Geschwindigkeitsrausch nachließ. Langsam und unter Schmerzen, die seine Gelenke gefühllos zu machen schienen, wurden seine Finger immer geschickter und gewandter. Unter den Schlägen von Shombhu Debnaths Stock lernte er, mit den kleinen Stücken farbigen Garns Muster – wenn auch anfangs nur kleine, geometrische Verzierungen – zu weben. Blinzelnd und mit trüben Augen beugte er sich über den Webstuhl und hatte nach zwei Wochen zermürbender Arbeit einen einzigen, sechs Meter langen Sari mit einem Figurenornament fertiggestellt.

Und Shombhu Debnath sah ihm über die Schulter, während er am Webstuhl saß und der Stock schlagbereit über den Knöcheln seiner Finger schwebte, und trieb ihn zu immer größeren

Anstrengungen an. Er begann mit den klassischen Mustern, den *butis* der *jamdani*-Webtechnik: dem *tara-buti*, einem einfachen Stern, und dem herzförmigen *pan-buti*. Er ließ Alu die Muster auf Papier vorzeichnen und zeigte ihm, wie man das Papier unter die Kettfäden hielt, so daß sein *kamthakur*, den er zwischen den Tausenden von feinen Kettfäden hindurchsteckte, die richtige Stelle nie auch nur um eine Fadenbreite verfehlte.

Alus *butis* kamen perfekt, genau, makellos vom Webstuhl.

Shombhu Debnath hörte auf, seine Arbeit zu überwachen, und begann, wieder in den Wäldern zu verschwinden. Jede Woche aber ließ er ein nachlässig gezeichnetes Muster auf Alus Webstuhl zurück. Nach diesen hingekritzelten Botschaften webte Alu das *poddo-buti*, den Lotos, und das komplizierte *ghor-buti*: endlose Reihen stilisierter Häuser, Abstraktionen von Obdach und Frieden. Seine Mühe wurde von Rakhal mit krachenden Schlägen auf die Schulter belohnt: Die Händler von Naboganj waren bereit, für diese Stücke das Eineinhalbfache dessen zu zahlen, was sie sonst für seine Stoffe boten. Endlich Geld, eine Menge Geld.

Und dann zeichnete Shombhu Debnath eines Morgens als letzte Herausforderung ein Muster auf, das den ganzen Webrahmen einnahm. Alu kam tagelang kaum zum Schlafen. Schließlich aber hatte er sechs Meter Stoff mit dem *lokhkhobira-buti*, dem schwindelerregenden Punktmuster der Hunderttausend Diamanten, gewebt.

Gib mir noch eins, gib mir noch ein *buti*, irgendwas noch Schwierigeres, bat Alu und kniete zu Füßen seines Meisters.

Shombhu Debnath wandte sich ab: Ich habe dir nichts mehr beizubringen. Für dich ist die Zeit gekommen, aus einem Lehrling zum Weber zu werden. Kunstfertigkeit ist nicht alles – du wirst nie mehr davon besitzen als jetzt. Technik ist nur der Anfang. Die Welt ist jetzt deine Herausforderung. Sieh dich um und versuche, sie mit deinem Webstuhl zu fassen.

Alu sah sich um.

Bomben-*buti*? Zu langweilig, zu einfach: Flaschen, Metallsplitter und Blutspuren. Flüchtlings-*buti*? Zuviel Wellblech und windschiefe Weißblechplatten. Manche Winkel waren mit dem *kamthakur* nicht möglich. Kriegs-*buti*? Zuviel Chaos – der Webstuhl verlangt Ordnung. Desinfektionslösungs-*buti*? Eimer in der Luft?

Statt dessen webte Alu sechs Meter Stoff mit majestätischen, sänftentragenden Elefanten – Herren über die Welt, die ihre Rüssel über Dörfer schwangen.

Politik-*buti*. Nichts lag näher, denn in eben jener Woche war Bhudeb Roy dem Ruf des Volkes gefolgt, hatte einen prächtig geschmückten Elefanten bestiegen und war durch Lalpukur und die Dörfer der Umgebung geritten, um seinen Eintritt, seinen Kopfsprung, seinen triumphalen Aufbruch in die Politik zu verkünden. Hunderte waren ihm gefolgt, waren, sich stoßend und drängelnd, dem Elefanten nachgerannt und hatten sich um die Scheiße gebalgt. Elefantenmist war ein guter Dünger.

Gespannt breitete Alu die sechs Meter Stoff mit dem Politik-*buti* vor Shombhu Debnath aus.

Shombhu Debnaths gerötete Augen blitzten auf. Er stürzte sich auf den Stoff und riß ihn in der Mitte durch. Er warf ihn auf den Boden und trampelte mit seinen nackten Füßen darauf herum. Er spuckte auf ihn, putzte sich die Nase damit und versuchte, sich zu erbrechen. Als er sich beruhigt hatte, war von dem Stoff nichts mehr übrig. Baumwolle und Schweiß für fünfhundert Rupien waren zu Staub geworden.

Dreck, sagte er, Dreck; häßlicher als dieser Bhudeb Roy, und schmutziger. Er lächelte Alu an, nicht triumphierend, sondern traurig: Du wirst *jamdani* nie lernen können, weil *jamdani* tot ist, wie die Welt, die es hervorgebracht hat. Es gibt keine Schönheit; sie wird *erschaffen*, wie die Wörter oder Festungen – von Rednern und Zuhörern, von Angreifern und Verteidigern, von denen, die Stoffe weben, und denen, die sie tragen. Aber jene Welt ist dahin. *Jamdani* ist heute nur noch ein Spielzeug für die Frauen von Fabrikbesitzern und *mahajans*. Hör auf damit – niemand kann für sich allein ein Ding schön machen. Keiner würde ihn verstehen. Nur ein Verrückter würde es versuchen. Hör auf damit! Du wirst nichts weiter sein als ein Spielzeughersteller, wenn du weiter deine Politik-*butis* webst, mit diesen Elefanten und dem Abschaum, der auf ihnen reitet.

Plötzlich bekamen Shombhu Debnaths Augen einen tückischen Ausdruck; er öffnete den Mund und entblößte Zähne, von denen Speichel tropfte wie von Fängen. Nein, sagte er. Das kann ich nicht zulassen. Warte. Warte einen Augenblick. Ich hole dir ein Messer. Damit kannst du dir die Daumen abschneiden und sie mir geben. Ich werde sie in Senföl mit Chilis einlegen und sie aufhängen, damit das ganze Dorf sehen kann: Alu ist endlich ein Mann geworden.

Alu drehte sich um und rannte, weg von Shombhu Debnaths blutunterlaufenen Augen, seinen speicheltropfenden, schwarzen Zähnen, dem aschgrauen Haarknoten, der auf seinem Kopf thronte wie eine brütende Kobra, zurück zu seinem Webstuhl, wo er sich in Sicherheit fühlte. Dort saß er eineinhalb Tage lang und kratzte mit seinem *kamthakur* über den Stoff. Und dann, eines Morgens, während das Dorf vom Dröhnen ostwärts fliegender Flugzeuge erbebte, begann sein Webstuhl wieder zu klappern.

Als Maya von Balarams Haus zurückkehrte, hatte er zwei Reihen fertig. Er rief sie zu sich und schob die Litze hoch, damit sie das neue Muster begutachten konnte.

Was ist das? sagte sie und betrachtete den Stoff: straffe, hervortretende Formen mit kleinen Spitzen. Sie sahen aus wie grüne Mangos an einem Baum.

Was glaubst du, was das ist? fragte Alu.

Ich weiß nicht, sagte Maya. Also was?

Das ist Maya-*buti*.

Maya-*buti*. Sie hob die Hand vor den Mund und wurde von einem unterdrückten Lachen geschüttelt.

Was ist los? sagte Alu. Magst du es nicht? Immer noch hielt sie sich die Hand vor das Gesicht.

Na gut, sagte Alu. Er nahm ein Messer und beugte sich über den Webstuhl, um den Stoff abzuschneiden. Maya sprang vor und hielt seine Hand fest. Nein, rief sie. Nicht abschneiden.

Alu setzte sich wieder auf die Bank, und sie zog ihre Hand

langsam zurück. Mit geballten Fäusten wandte er sich ab. Maya, rief er.

Was?

Meinst du, wir könnten heiraten, wenn ich mit Balaram reden würde?

Heiraten? flüsterte Maya. Sie sank neben ihm auf die Knie. Wie können wir denn heiraten? Du bist erst sechzehn – kaum erst aus den Shorts heraus.

Wie meinst du das? sagte Alu aufgebracht. Von den Jungen im Dorf, die in meinen Alter sind, ist die Hälfte schon verheiratet.

Ja, sagte Maya, aber ihre Onkel sind keine Lehrer.

Das hat nichts zu sagen. Ich werde mit ihm reden.

Nein, sagte Maya traurig. Ich kann nicht heiraten. Noch nicht. Erst wenn Rakhal verheiratet ist. Sie sprach lauter, um das Dröhnen eines weiteren Bombergeschwaders zu übertönen: Wer würde sich um ihn und Vater kümmern? Und dann hörten sie eine Stimme, ein heiseres, durchdringendes Geheul. Maya sprang zurück und drehte sich um, und einen Augenblick später stolperte Shombhu Debnath auf den Hof. Betrunken schwankend überquerte er ihn und lehnte sich an einen der Dachpfosten des Webschuppens. Er näherte sein Gesicht dem Alus, bis Alu den Dunst von Palmwein auf seiner Haut spüren konnte. Schlechte Zeiten für deine *butis*, sagte er. Im Radio haben sie den Krieg erklärt, richtigen Krieg mit Armeen und Flugzeugen.

Aber Shombhu Debnath sollte unrecht behalten – nicht was den Krieg, sondern was die *butis* betraf.

Mit dem Krieg verwandelte sich der Flüchtlingsstrom, der sich über die Grenze ergoß, in eine gewaltige Flut. Die Barackensiedlungen rund um Lalpukur wuchsen mit einer solchen Geschwindigkeit, daß Balaram und seine Eimer mit Karbolsäure nicht mehr mitkamen. Balaram ging das Geld aus. Die neuen Flüchtlinge besaßen kaum noch Körper; sie hatten nicht einmal mehr die Kraft zu lachen, als er sie um Spenden bat.

Balaram gab auf. Erschöpft stolperte er, einen Eimer in der Hand, in sein Studierzimmer. Er nahm den Eimer auf den Schoß und starrte auf seinen trockenen Boden. Er griff hinein, benetzte seine Finger mit den letzten verwässerten Tropfen des Desinfektionsmittels und strich sich damit über die Stirn. Besiegt, sagte er. Besiegt von dreckigem Geld.

Aber am selben Tag übergab Rakhal Alu mehr Geld als je zuvor. Die rührigen Händler von Naboganj (die Gesetzen gehorchten, welche kein Krieg außer Kraft setzen konnte, und so geschäftig waren wie eh und je) hatten sich über Maya-*buti* ihre eigenen verbissenen Schlachten geliefert, und aus ihren sonst doppelt verschlossenen Kassen waren Ströme von Geld geflossen. Und so arbeitete Alu, wie er noch nie zuvor gearbeitet hatte, und Balaram hatte genug Geld für eine neue Desinfektionsoffensive.

Wie verschlungen, sagte Balaram, als er Alus Geld nahm, sind doch die Wege der Vernunft.

Später war das ein Rätsel. Hilfsinspektor Jyoti Das verirrte sich in diesem Labyrinth aus Ursachen und Wirkungen. Während er seinen Bericht schrieb, stieß er in der Akte auf einen Zeitungsausschnitt, ein vergilbtes Stück Papier, das vielleicht von einem gewissenhaften Beamten dort abgelegt worden war. «Lehrer sagt Bakterien den Kampf an – Tausende gerettet», stand da. In dem Artikel wurde behauptet, während andere Dörfer im Grenzgebiet von Krankheiten heimgesucht worden seien, sei Lalpukur frei von Ansteckungskeimen geblieben, und zwar aufgrund der Bemühungen eines gewissen Balaram Bose, eines Lehrers, der das Dorf hektoliterweise mit einem Antiseptikum getränkt habe.

Selbst billige Desinfektionsmittel kosteten Geld. Wie hatte er sich das leisten können? wunderte sich Jyoti Das. Immerhin war Lalpukur nicht Kalkutta mit seinen Spendenaufrufen, seinen Frauenvereinigungen, die alten Schmuck einschmelzen ließen, und seinen begeisterten Schuljungen, die kleine Fähnchen an Kragen hefteten und damit ihren Beitrag zur Kriegsbegeisterung leisteten.

Er selbst war damals auch in der Schule gewesen, hatte sich aber nicht in die Phalanx der Spendensammler einreihen lassen. Ihn hatten andere Sorgen bewegt. Was würden die Purpurreiher in diesem Winter machen? Wohin würden sie jetzt gehen, da kreischende Flugzeuge über ihrem Winterquartier kreisten und die Luft erfüllt war von dem Staub, den Kriegstreiber und Kriegshelden aufwirbelten? Die Reiher hatten sich als robuster erwiesen, als er gedacht hatte. Sie standen wie immer erhaben am Ufer des Sees im Zoo, unberührt vom Zwist der Menschen.

Aber das Desinfektionsmittel...

Extremisten haben Geld, sagte der Stellvertretende Oberinspektor geheimnisvoll räsonierend. Es kommt über die Grenze. Darum sind sie ja auch Extremisten.

Jyoti Das war mit dieser Erklärung nicht ganz zufrieden. Er befragte Bhudeb Roy, nicht ohne einen gewissen Vorwurf in der Stimme, denn der einzige Hinweis auf Balaram in Bhudeb Roys Berichten aus jener Zeit war eine kurze Notiz, in der es hieß, Balaram habe in böswilliger Absicht Bhudeb Roys bestes Kohlfeld zerstört, indem er es mit Desinfektionslösung begossen habe.

Wie kommt es, Bhudeb-babu, sagte Jyoti Das, daß in Ihren Berichten nichts über diese Sache mit der Seuchenbekämpfung und so weiter steht?

Ich war damals beschäftigt, sagte Bhudeb Roy und lächelte milde. Mit politischen Angelegenheiten.

Aber sagen Sie mir, Bhudeb-babu, beharrte Jyoti Das, woher hatte er das Geld für das Desinfektionsmittel?

Wer weiß? sagte Bhudeb Roy mit einer vagen Handbewegung. Damals herrschte ein solches Durcheinander – der Krieg schien mitten in unserem Dorf geführt zu werden.

Ja? Und? bohrte Jyoti Das nach.

Aber er bekam nie eine Antwort. Bhudeb Roy wollte nicht darüber sprechen. Der Krieg kam mit voller Wucht, sagte er kurz angebunden. Er brach über uns herein.

So war es. Er brach herein nach einem Tag angstvoller Stille; Nebel hatte bis mittags über dem Dorf gelegen, und ein Gefühl zunehmender Erwartung war durch die Hütten und Häuser geschlichen und hatte, so spürbar und prickelnd wie grober Jutestoff, in der Luft gehangen.

Es war ein Tag, an dem die Leute dicht beieinander in ihren

Häusern und Baracken kauerten. Obwohl niemand einen Grund dafür hätte nennen können, wollte niemand nach draußen gehen, wo die Finger des Nebels nach einem griffen. Vielleicht war es die Stille: das plötzliche Verstummen des gewohnten, meist weit entfernten Knatterns der Gewehre.

Im Lauf des Tages wurde es nur noch schlimmer. Am frühen Abend kroch der Nebel wieder aus den Teichen, und eine lautlose, übelriechende Feuchtigkeit legte sich auf das Dorf. Sie drang in jeden Winkel. Sie kroch in Alus Webstuhl, so daß die Kettfäden aneinander klebten und Alu langsam arbeiten und die Fäden immer wieder mühsam voneinander trennen mußte. Normalerweise hätte er aufgehört zu arbeiten, aber einem gierigen Händler in Naboganj war eine Lieferung versprochen worden, und die Arbeit mußte fertig werden.

Als das trübe Zwielicht immer mehr der Dunkelheit wich, brachte Maya ihm eine Kerosinlampe, die sie an einen Nagel im Webschuppen hängte. Wo ist Rakhal? fragte Alu.

In Naboganj, antwortete sie.

Und dein Vater?

Sie wies mit dem Kopf auf seine Hütte. Ich glaube, er ist da drin und schläft, sagte sie.

Sie ging in die Küche und hielt ein Streichholz an den Docht einer Lampe. Er wollte nicht brennen. Sie schüttelte die Lampe und versuchte es noch einmal. In diesem Augenblick durchbrach das Dröhnen eines Flugzeugs den feuchtkalten Nebel und ließ den Hof erbeben. Die Lampe fiel ihr aus den Händen und zerbrach. Die Flammen tanzten kurz über dem verschütteten Kerosin, bevor sie erstarben. Eine Sekunde lang stand Maya wie gelähmt da und starrte auf das geschwärzte Öl. Dann raffte sie ihren Sari und rannte über den Hof zum Webschuppen.

Was ist los? fragte Alu und sah von seiner Arbeit auf.

Ich habe Angst. Sie streckte die Hand aus und legte sie auf seine Schulter. So stand sie eine Weile und sah ihn an. Dann stieg sie hinab auf die Bank, und Alu spürte die Berührung ihrer Oberschenkel und roch ihre rauchige Wärme. Er hob die Hand und strich über ihre Wange. Mit einem Mal drehte sie sich um, legte ihre Beine um ihn und setzte sich auf seinen Schoß. Sie schmiegte ihr Gesicht an das seine, und ihr Körper hob und senkte sich im Rhythmus seiner Beine, die die Pedale des Webstuhls bedienten. Hör nicht auf, flüsterte sie beschwörend. Wenn du aufhörst, wacht er auf.

Alu zog wieder an der Schützenschnur, und der Webschütze fuhr durch das Fach, während sie an den Knöpfen seiner Hose zerrte, sie abriß und ihre Hände hineinzwängte. Hör nicht auf, zischte sie wieder. Und dann schob sie mit einer Bewegung ihrer Hüften den dünnen Sari bis zur Taille hoch. Sie schlang die Arme um seinen Hals, preßte ihre Knie an seine Rippen und ließ sich auf ihn sinken.

Hör nicht auf, keuchte sie ihm ins Ohr, schneller, und der Webschütze raste hämmernd zwischen den gespreizten, zuckenden Kettfäden hin und her, und der Stoff ergoß sich feucht und mit Webfehlern aus dem Webstuhl, in einer Woge lustvollen Überflusses schoß er heraus, bis, mit einer Explosion, die eine Sturmböe durch den Bambuswald jagte und die Wipfel der Mangobäume versengte, der Himmel zerriß und der Nebel über dem Dorf grellrot aufleuchtete und Hunderte glühender Funken niederregneten.

Bevor Alu und Maya auf dem Hof waren, rannte das ganze Dorf schon stolpernd durch den Nebel. Die beiden bahnten sich einen Weg durch das trübe Zwielicht der Bambusdickichte, fielen über Stümpfe und Schößlinge und halfen sich gegenseitig auf. Als sie den Rand des Unterholzes erreicht hatten, hörten sie, daß jemand krachend durch das Bambusgehölz auf sie zukam. Das Geräusch wurde lauter, und sie blieben stehen, hielten sich an den Händen und spähten in den grauen Nebel. Es war nichts zu sehen außer den schwankenden Umrissen der Bambusstämme. Dann waren die Schritte ganz dicht bei ihnen, und Maya schrie.

Ich bin's nur, keuchte Shombhu Debnath und rang nach Luft.

Ich dachte, du wärst zu Hause, im Bett, sagte Maya fassungslos.

Nein, sagte er und lächelte gerissen. Ich gehe jetzt nach

Hause. Geht nur. Lauft. Seht es euch an. Ein Flugzeug ist abgestürzt, genau auf die Schule.

Er stolperte weiter in die Dunkelheit hinein, und sie rannten aus dem Bambuswald, auf die Straße und mit dem Rest des Dorfes zur Schule, und sie lugten über die Schultern derer, die vor ihnen dort angekommen waren, und erhaschten einen Blick auf den brennenden Flugzeugrumpf, der sich wie ein abgebrochener Pfahl in die Erde gebohrt hatte.

Völlig reglos, mit gekreuzten Beinen, das Gesicht von den Flammen hell erleuchtet, saß Parboti-debi neben dem Wrack. Sie schien die Menge der Schaulustigen gar nicht wahrzunehmen und starrte in den Himmel. All ihre Verhärmtheit war verschwunden, und auf ihrem Gesicht lag ein heiteres, dankbares Lächeln.

4
Die Zeichen der neuen Zeit

Das Flugzeug glich einem vom Himmel auf Lalpukur gefallenen Ausrufezeichen. Ein paar Tage nach dem Absturz war der Krieg zu Ende, und bald darauf kehrten einige der Flüchtlinge in das neue Land jenseits der Grenze zurück, und die anderen gingen in die Städte oder verteilten sich auf dem Land. Binnen kurzem waren sie so gut wie vergessen.

Den Absturz aber vergaß niemand in Lalpukur.

Die professionellen Deuter von Vorzeichen waren sich sogleich uneins; seit langer Zeit, seit sich nämlich die Numerologen mit den Astrologen gegen die Handleser verbündet und sowohl die Einführung eines Lizensierungssystems als auch die Gründung einer Gewerkschaft sabotiert hatten, die unabhängig von den dabei verwendeten Methoden einheitliche Honorare für Voraussagen garantieren sollte, hatte eine offene Auseinandersetzung in der Luft gelegen. Nach dem Absturz nahmen die Dinge eine neue Wendung. Die Numerologen rissen die Führung des Lagers, das das Ende der Welt für gekommen hielt, an sich und überhäuften die Handleser und ihre Theorie, dies alles seien Zeichen einer neuen Zeit, mit Hohn und Spott. Aus wessen Hand lest ihr einen Flugzeugabsturz? mokierten sie sich. Aus Gottes Hand etwa? Die Astrologen, die diesmal vorsichtshalber neutral blieben, zogen sich auf einen konservativen Standpunkt zurück und vertraten die Ansicht, daß dieses Unglück nichts zu bedeuten hatte: Flugzeugabstürze, Stürme und Erdbeben waren im *Kaliyug* etwas ganz Normales. Was sollte man vom Zeitalter des Bösen schon anderes erwarten?

Aber sie irren sich, sagte Balaram, als er Gopal die ganze Geschichte auf seiner Veranda in Kalkutta erzählte. Warum sollte so etwas passieren, wenn es keine Bedeutung hat? Natürlich hat es eine Bedeutung, aber sie muß rational ergründet werden – nicht mit dem Hokuspokus dieser Steinzeitscharlatane.

Balaram hielt inne und warf Gopal einen herausfordernden Blick zu. Allerdings glauben manche Leute ja, sagte er, es wäre rational, anzunehmen, daß Ereignisse *keine* Bedeutung haben.

Gopal wandte sich ab und blies mißmutig auf seinen Tee. Für Balaram reichten vierzig Jahre nicht aus, einen Streit zu vergessen.

Balaram lag, beide Beine in Gips, so daß sie aussahen wie zwei riesige gekochte Eier, in einem chaotischen, lauten Krankensaal zweiter Klasse der Universitätsklinik. Wenn er gewollt hätte, hätte er ein Einzelzimmer haben können. Dantu und die anderen, die von dem Balkon im ersten Stock hinunter zu dem Blumenbeet geeilt waren, in dem Balaram lag und sich vor Schmerzen krümmte, hatten versucht, ihn dazu zu überreden. Sie wußten, daß sein Vater genug Geld besaß. Aber zwischen Schmerzensschreien hatte Balaram noch hervorstoßen können: Nein, mein Vater darf nichts davon erfahren. Und so lag Balaram also in der zweiten Klasse, und Dantu hatte beschlossen, seinem Vater nichts von diesem Unfall zu schreiben.

Unfall – so nannte er es. Es gab jedoch andere (angeführt von Mittelscheitel und seinen unbußfertigen Freunden), die bei dieser schicksalhaften Versammlung am Treppenabsatz im ersten Stock des Presidency College dabeigewesen und eher geneigt waren, ihn als Narrensturz zu bezeichnen.

Es vergingen fast zwei Tage, bis Gopal davon erfuhr. Eines Abends klopfte Dantu, dessen hageres Gesicht angespannt und verstört aussah, an die Tür seines Zimmers. Gopal, sagte er flehentlich und fuhr sich bekümmert mit der Zunge über die

Zähne, könntest du nicht mitkommen, wenn ich Balaram besuche? Ich möchte nicht allein zu ihm gehen – angesichts dessen, was ich ihm zu sagen habe.

Mitkommen? Wohin? fragte Gopal erstaunt.

Ins Krankenhaus natürlich.

Krankenhaus? rief Gopal. Was soll das heißen?

Dantu nahm seine Brille ab und blinzelte ihn kurzsichtig an. Weißt du das denn noch nicht? Er schlug sich auf den Oberschenkel. Aber natürlich, rief er, keiner hat daran gedacht, es dir zu sagen. Ich war zu sehr mit Balaram im Krankenhaus beschäftigt, und die anderen Rationalisten … tja, es gibt jetzt keine anderen Rationalisten mehr. Diejenigen, die nicht der Naturwissenschaftlichen Vereinigung beigetreten sind, sind vollauf damit beschäftigt, sich nicht in der Öffentlichkeit sehen zu lassen.

Gopal packte ihn am Arm und zog ihn ins Zimmer, und kurz darauf rannten sie fast den ganzen Weg zum Krankenhaus. Als sie am Fußende des Bettes standen, lächelte Balaram Gopal zwischen den beiden weißen Gipsbergen hindurch an, und Gopal sank auf einen Stuhl.

Balaram musterte sie gelassen: Nun? Er bekam keine Antwort. Gopal schnappte hilflos nach Luft und starrte auf die riesigen Gipsröhren. Schließlich war es Dantu, der das Schweigen brach.

Balaram, sagte er unvermittelt, ich wollte dir nur sagen, daß ich jetzt auch bei den Rationalisten austrete.

Balaram nickte, als habe er bereits damit gerechnet, und Dantu, der eine Auseinandersetzung erwartet hatte, sah sich unversehens den Wind aus den Segeln genommen. Ich hab's dir doch gesagt, begann er lahm. Ich hab dir doch gesagt, daß es nicht funktionieren würde, daß es eine verrückte Idee ist.

Balaram zuckte die Schultern und lächelte. Ich mußte es aber versuchen, oder? Dantu verzog das Gesicht und schlug einen Trommelwirbel auf dem rostigen Bettgestell.

Und, Dantu? fragte Balaram. Trittst du jetzt auch der Naturwissenschaftlichen Vereinigung bei?

Dantu schnaubte verächtlich. Du solltest mich besser kennen, Balaram. Er wollte noch etwas sagen, hielt aber inne und fuhr nachdenklich mit der Fußspitze über den Boden. Dann tat er einen tiefen Seufzer und tätschelte Balarams Gipsbeine. Na gut, Balaram, sagte er, dann werde ich jetzt gehen.

Warte, rief Balaram schnell. Er griff unter sein Kopfkissen und zog ein in zerfetztes braunes Papier eingebundenes Buch hervor. Gib mir etwas zum Schreiben, sagte er zu Gopal, und begann, als der ihm seinen Füller gereicht hatte, etwas auf das Vorsatzblatt zu schreiben.

Als er fertig war, hielt er Dantu das Buch hin. Das ist für dich, sagte er ernst. Paß gut darauf auf – stell es in dein altes Bücherregal.

Das Buch klappte in Dantus Händen auf, und er sah, daß es *Pasteurs Leben* war. Er biß sich auf die Lippen, legte Balaram die Hand auf die Schulter und drückte sie. Keine Sorge, sagte er. Ich werde aufpassen. Er hob das Buch zu einem kurzen Gruß und eilte hinaus.

Verlier es nicht, rief Balaram ihm nach. Eines Tages wirst du es brauchen – eines Tages wird es dir helfen, dich an die Vernunft zu erinnern.

Es ist alles meine Schuld, sagte Gopal später und rang die Hände. Ich, nur ich bin dafür verantwortlich. Ich hätte es nicht zulassen dürfen.

Was hättest du denn tun können? sagte Balaram.

Ich weiß nicht. Aber ich hätte es nicht zulassen dürfen. Ich wußte, daß es passieren würde – ich wußte es. Ich hätte nie zulassen dürfen, daß du Vorsitzender der Rationalisten wirst. Ich habe es kommen sehen: Ich wußte, daß du dich und die Gesellschaft in eine Katastrophe stürzen würdest, wenn du je ihr Vorsitzender werden solltest.

Balaram brach in Gelächter aus, aber einen Moment später, als der Schmerz seine Beine durchfuhr, verzog er das Gesicht. Glaubst du wirklich, stöhnte er, daß du irgend etwas hättest ändern können? Da täuschst du dich. Weder du noch ich hätten irgend etwas ändern können. Es ist geschehen, weil es geschehen mußte. Es hat einen Sinn – für mich jedenfalls.

Mein Gott, dachte Gopal, jetzt holt er zu einem Vortrag aus, und das in seinem Zustand. Laut sagte er: Balaram, fang bitte nicht wieder mit einer von deinen Theorien an. Das, was passiert ist, hat keinen Sinn. Es war bloß ein Unfall. Du hättest nicht davonlaufen und springen sollen. Sie hätten dir gar nichts getan. Du hast nur für einen Augenblick den Kopf verloren. Es war ein Unfall. Und jetzt brauchst du Ruhe.

Balaram griff sofort den Widerspruch auf: Wenn es nur ein Unfall war, warum sagst du dann, daß du es nicht hättest zulassen sollen? Niemand kann Unfälle verhindern.

Verwirrt fuhr Gopal ihn an: Sei nicht albern, Balaram. In deiner Verfassung solltest du dich nicht herumstreiten. Es *war* ein Unfall. Das sagen alle. Und Unfälle geschehen zufällig. Der Zufall hat keinen Sinn – deswegen nennt man ihn ja Zufall.

Balaram lachte vergnügt in sich hinein und verzog wieder das Gesicht. Ein Ereignis, sagte er, ist immer das, was man darin sieht. Und auch du glaubst nicht wirklich daran, daß es ein Unfall war. Er hatte einen Sinn, und du kennst ihn. Du hast es gerade selbst gesagt: Ich hätte nicht davonlaufen sollen. Ich hätte ihnen die Stirn bieten sollen. Jetzt weiß ich es, und das nächste Mal *werde* ich ihnen die Stirn bieten, denn die Vernunft hat nichts zu fürchten.

Balaram, sagte Gopal mißmutig, es war nur ein Unfall.

Es war kein gewöhnlicher Unfall, sagte Balaram. Der beste Beweis dafür ist, daß es einen Mann getroffen hat, der in der Lage ist, den größten Nutzen daraus zu ziehen. Also gut, erklär mir doch mal folgendes: Wenn dieses Flugzeug ein ganzes Land, einen ganzen Bundesstaat, einen ganzen Distrikt, ein ganzes Dorf zur Auswahl hatte, warum ist es dann ausgerechnet auf Bhudeb Roys Schule gestürzt, bloß ein paar Meter von seiner Frau entfernt? Warum?

Warum? wiederholte Gopal.

Weil das Flugzeug ein Geschenk des Himmels war.

Und von Anfang an bewies Bhudeb Roy, daß er nicht zu denen gehörte, die ein solches Geschenk nicht zu nutzen verstanden.

Nachdem er Parboti-debi in seinem Haus in Sicherheit gebracht hatte, kehrte er zur Schule zurück und übernahm sofort das Kommando über die Dorfbewohner, die kopflos versuchten, das Feuer zu löschen. Unter seiner Anleitung verwandelte sich das lichterloh brennende Wrack bald in einen zischenden, dampfenden Haufen Metall. Daß mehr als die Hälfte der Schule niederbrannte, konnten sie jedoch nicht verhindern. Als schließlich die letzten Funken ausgetreten waren, standen nur noch einige Räume, unter anderem auch Bhudeb Roys Büro.

Bhudeb Roy zögerte keinen Augenblick. Er ließ die schneidigen jungen Männer kommen, die in den Barackensiedlungen die Mieten kassierten. Gleichzeitig schickte er seine Söhne aus, noch ein paar mehr anzuwerben. Innerhalb einer halben Stunde hatte er zwanzig willige und hungrige junge Rekruten. Er rüstete sie mit dicken Holzknüppeln aus und wies sie an, die Dorfbewohner vom Schulgelände zu vertreiben. Als das geschehen war, postierte er sie rings um die Schule und befahl ihnen, sie während der Nacht zu bewachen.

Am nächsten Morgen nach dem Frühstück begab er sich zur Schule und nahm eine sorgfältige Inspektion vor, um sich davon zu überzeugen, daß sich während der Nacht niemand an dem Flugzeug zu schaffen gemacht hatte. Dann ließ er seinen Schreibtisch aus dem Schulhaus holen und stellte ihn behutsam in den Schatten der Überreste der Veranda. Er zwängte sich dahinter, schlug ein Kassenbuch auf und ließ durch seine Söhne verkünden, er sei bereit, Angebote entgegenzunehmen.

Bald strömten die Dorfbewohner in Scharen herbei, und Bhudeb Roy war froh, daß er in weiser Voraussicht eine Privatarmee aufgestellt hatte, die für einen geordneten Ablauf der Dinge sorgte. Unter den wachsamen Augen seiner schneidigen jungen Männer wurden die Gebote auf ordentliche, disziplinierte Art und Weise gemacht.

Bolai-da fand, daß die Metallteile des Rumpfes ein gutes Dach für seinen expandierenden Fahrrad- und Eisenwarenladen abgeben würden. Sie würden gleichzeitig eine Art Werbung sein: Die Leute würden einiges in Kauf nehmen, um einen Laden zu sehen, dessen Dach aus einem Flugzeug bestand. Und außerdem ging das Geschäft im Augenblick so gut, daß er sich diese Ausgabe leisten konnte. Also machte er ein Eröffnungsangebot von fünfhundert Rupien. Aber andere hatten denselben Gedanken gehabt. Auf lange Sicht würden guter Stahl oder Aluminium oder was es sonst war, jedenfalls poliert und industriell hergestellt, billiger kommen als Wellblech. Schließlich hielt Bolai-da länger durch als die anderen – er ließ sich ein wenig hinreißen vom Anblick all dieses silbrig schimmernden Metalls und der kabbalistischen Aufschriften aus Zahlen und Buchstaben, aber es kostete ihn fast tausend Rupien.

Auch Teile der Flügel verkauften sich gut: Man kaufte sie, um sie als ordentliche kleine Brücken über Gräben und Kanäle zu legen. Bhudeb Roy gelang es, aus den beiden Flügeln fünf Brükken zu machen. Er verkaufte sie für je vierhundert Rupien. Danach waren noch guterhaltene Teile aus Glas zu haben, außerdem Gummi und ein ganzer Haufen Schrauben und Muttern.

Bhudeb Roy machte an diesem Tag einen guten Schnitt. Als am Abend alles, auch das kleinste Stück, verkauft war, stapfte er nach Hause und rieb sich dabei die dicken Speckfalten an seinem Nacken. Er ließ seine Söhne in sein Zimmer kommen und verteilte Geldbündel. Als sie begierig das knisternde Papier betasteten, lächelte er. So ist es richtig, sagte er, und seine winzigen Augen traten hervor. Man weiß nicht, was Geld ist, bevor man es nicht in Händen gehabt hat.

Später ließ er die etwa zwanzig jungen Männer vor seinem Haus antreten und übergab ihnen ihre Prämien. Sie hatten kaum damit zu rechnen gewagt, daß sie so bald schon so viel Geld bekommen würden. Sie brachen in Jubelrufe aus – *jug-jug-jiyo*, Bhudeb-dada, *jug-jug-jiyo* – und rannten zu ihren Hütten und Baracken, um ihren Familien etwas zu essen zu kaufen. Das war vielleicht der einzige Mißton an diesem Tag, denn als Bhudeb Roy schnaufend die Stufen zu seinem Balkon hinaufgestiegen war, um ihre Dankbarkeitsbekundungen in angemessener Form entgegennehmen zu können, waren sie schon verschwunden. Er mußte feststellen, daß sein Winken und Nicken nur noch einem leeren Hof galt. Aber er ließ sich davon nicht die Stimmung verderben; er würde ihnen schon noch Benimm beibringen. Im

Augenblick empfand er nichts als Wohlwollen für die Welt. In seiner Hochstimmung befahl er sogar einem seiner Söhne, einen Sack mit Kokosnüssen in Balarams Haus abzugeben.

Siehst du, sagte Toru-debi beim Abendessen in der Küche zu Balaram, auf seine Weise mag Bhudeb-babu dich wirklich. Er respektiert dich, er sucht deine Freundschaft. Er ist ein netter Mensch, auf seine Weise, wie alle anderen auch. Wenn du nur ein bißchen weniger lesen und dafür die Welt ein bißchen besser kennen würdest.

Balaram runzelte die Stirn und würdigte sie keines Blickes. Sie wandte sich Alu zu, der mit dem Essen fertig war, still auf seinem Sitzkissen saß und sich die Finger ableckte. Sag du es ihm, beschwor sie ihn. Sag du es ihm – auf mich hört er ja nicht. Warum kann er nicht einfach leben und leben lassen? Warum können wir nicht in Frieden leben wie alle anderen?

Balaram biß grimmig in einen gebratenen Fischkopf. Toru-debi sah ihn hilflos an.

Nachdem Alu sich die Hände gewaschen hatte, ging er wieder in die Küche. Balaram hatte sich in sein Studierzimmer zurückgezogen. Mach dir keine Sorgen, sagte Alu zu Toru-debi. Es wird schon nichts passieren. Sie biß sich auf die Unterlippe, schüttelte den Kopf und versuchte, ihre Tränen zurückzuhalten. Es *wird* aber etwas passieren, sagte sie. Ich weiß es, ich hab es im Traum gesehen. Aber trotzdem werde ich tun, was ich kann, um es zu verhindern. Ich werde es versuchen, solange ich kann.

Und so beschloß Toru-debi am nächsten Abend, Parboti-debi aufzusuchen. Toru-debi war schon lange nicht mehr aus dem Haus gegangen, und es war Jahre her, daß sie jemanden besucht hatte.

Nachdem sie einen Sari ausgesucht und ihr Gesicht gepudert hatte, machte sie sich auf den Weg zu Bhudeb Roys Haus und murmelte dabei vor sich hin: Erst werde ich sagen: Parboti, wo hast du nur gesteckt? Ich habe dich ja seit... seit Monaten nicht gesehen. Na ja, und so weiter. Und dann: So schöne Kokosnüsse... Und dann: Möchtest du ein paar Blusen? Ich werde dir welche nähen. Sechs Blusen.

Einer von Bhudeb Roys Söhnen, der auf dem Tor hin- und herschwang, entdeckte sie, wie sie den Pfad hinunter auf das Haus zukam, in einem weißen Sari und einer pfauengrünen Bluse, in der Hand eine braune Einkaufstasche. Ihr Haar hing verfilzt herunter, und ihr Gesicht sah aus wie eine streifige weiße Maske. Er rief seine Brüder, die sogleich herbeigerannt kamen und sie kichernd beobachteten.

Sie führten sie in ein Zimmer, das mit Bildern von Bhudeb Roy geschmückt und mit abgedeckten Sofas vollgestellt war. Ihre leere Einkaufstasche an sich gedrückt, setzte sie sich und sagte: Parboti...?

Sie ist krank, sagte der älteste Junge und strich über seinen Schnurrbart. Sie kann nicht herunterkommen.

Umgeben von den Jungen wartete Toru-debi zehn Minuten lang. Man ließ ihr eine Tasse Tee und Kekse bringen. Was soll ich nur tun? dachte sie und zog an den Knoten in ihrem Haar. Soll ich gehen? Soll ich bleiben? Wie soll ich es Parboti sagen? Sie trank ihren Tee so schnell, daß sie sich die Zunge verbrannte, und stürzte hinaus. Unter dem Balkon blieb sie stehen und rief hinauf: Parboti, ich werde dir sechs Blusen nähen. Sag das Bhudeb-babu. Das geht in Ordnung. Sechs Blusen.

Als sie, die Tasche schwingend, sorgenvoll nach Hause zurückging, dachte sie: Ich habe getan, was ich konnte. Jetzt liegt alles in Ma Kalis Händen. Bald darauf saß sie wieder an ihrer Nähmaschine und lauschte ihrem beruhigenden Klappern, und die Blusen waren vergessen.

Einige Tage später erfuhr das ganze Dorf, das Bhudeb Roy von einer Versicherungsgesellschaft einige tausend Rupien für den niedergebrannten Teil der Schule erhalten hatte. Das überraschte alle. Nur sehr wenige wußten, was eine Versicherung war, und fast niemand hatte je davon gehört, daß es die Möglichkeit gab, Gebäude zu versichern. Und ganz gewiß hatte keiner geahnt, daß die Schule versichert gewesen war. Die Frage, die unter dem Banyanbaum, beim Teeausschank und in Bolaidas Laden immer wieder gestellt wurde, war, *wann* Bhudeb Roy das Gebäude versichert hatte.

Bald erschien eine neugierige Menge täglich zur Audienz bei Bhudeb Roy.

Er genoß das sehr, aber um jeglichem Mangel an Disziplin vorzubeugen, sorgte er dafür, daß die Männer, die er bezahlte, stets in der Nähe waren. Man bat ihn, Streitfälle zu schlichten und Fragen zu klären, und hatte Gelegenheit, viele seiner Ansichten über die Welt zu hören, aber niemand wagte es, ihm die entscheidende Frage zu stellen.

Schließlich einigte man sich allgemein darauf, daß dies Bolai-das Aufgabe war, denn seit er Bhudeb Roy auf seiner Expedition zu den Brennpalmen begleitet hatte, nahm man an, zwischen ihm und Bhudeb Roy bestehe eine besondere Beziehung. Die Leute ermunterten und drängten Bolai-da, aber es dauerte eine Weile, bis er genug Mut gesammelt hatte. Eines Abends schließlich, als ihn wieder einmal viele Finger in den verlängerten Rükken stießen, räusperte sich Bolai-da. Damals hatten die Jahre sein Gesicht schon unwiderruflich wie eine Mondsichel ausgebeult und an einer Seite absacken lassen. Sein Unterkiefer hatte sich gegenüber dem Oberkiefer um einen Zoll verschoben, so daß er aus dem Mundwinkel sprechen mußte. Sag mir, Bhudeb-babu, sagte er und blinzelte vor konzentrierter Anstrengung, *wann* genau hast du die Schule eigentlich versichert?

Bhudeb Roy kaute langsam auf einem Stück Tabak und antwortete: Genau fünfzehn Tage vor dem Absturz.

Seine gebannt lauschende Zuhörerschaft schnappte nach Luft. All die Jahre hätte er das tun oder lassen können, und ausgerechnet fünfzehn Tage vor dem Absturz hatte er sich dazu entschlossen.

Bolai-da schluckte und fuhr sich mit der Zunge über die Zähne. Sag uns, Bhudeb-babu, sagte er, *wußtest* du es?

Bhudeb Roy gab keine Antwort. Er sah in die Ferne, und sein mächtiger Unterkiefer schob sich unablässig hin und her, während sich sein Mund langsam zu einem Lächeln verzog.

An jenem Abend gingen sie in ehrfurchtsvollem Schweigen zu Bolai-das Laden zurück. War das möglich? Nein, es konnte nicht sein. Nicht einmal Bhudeb Roy hätte ein Flugzeug ganz allein abschießen können. Aber andererseits, sagte Bolai-da und wiegte seinen Kopf, konnte es kein bloßer Zufall sein.

Am nächsten Tag nahm Bhudeb Roy das Geld, das er von der Versicherung bekommen hatte, mietete einen Lastwagen und fuhr mit seinen Söhnen und seinen zwanzig jungen Männern nach Naboganj. Er kaufte ihnen T-Shirts und ein paar Schlagringe und verteilte erneut Prämien. Auf dem Rückweg durch das Dorf wirbelte der Lastwagen eine triumphale Staubwolke auf, während Bhudeb Roy, umgeben von seinen Söhnen und den jungen Männern, gewichtig auf der Ladefläche thronte und die Huldigungen entgegennahm: *jug-jug-jiyo*, Bhudeb-dada, *jug-jug-jiyo*.

All die anderen hungrigen jungen Männer, die unter dem Banyanbaum saßen und über Möglichkeiten nachsannen, Geld für eine Fahrrad-Rikscha aufzutreiben, packte der Neid, als sie die bunten T-Shirts vorbeifahren sahen. Sie verfluchten das Schicksal, das ihre einstigen Freunde bevorzugt und sie selbst dazu verurteilt hatte, so hungrig wie eh und je unter dem Banyanbaum zu sitzen. In jener Nacht baten sie Bolai-da: Sprich du mit Bhudeb-babu. Auf dich hört er. Sag ihm, daß er noch ein paar Männer braucht. Bolai-da öffnete seinen schiefen Mund, seufzte tief und schüttelte den Kopf: Nein, nein, wie könnte ich das tun? Und außerdem – warum ich? Aber natürlich schmeichelte es ihm, daß sie ihn zu ihrem Sprecher auserkoren hatten, und daher brauchten sie nicht lange, um ihn dazu zu überreden, ihren Zug zu Bhudeb Roys Haus anzuführen.

So marschierten sie dann mit brennenden Fackeln die Straße hinunter und riefen: *jug-jug-jiyo*, Bhudeb-dada, *jug-jug-jiyo*. Die zwanzig jungen Männer, die auf Bhudeb Roys Veranda herumlungerten, hörten sie, als sie auf den roten Sandweg abbogen, der zum Haus führte. Sie erkannten sofort die drohende Gefahr, packten ihre Knüppel und Schlagringe und rannten zum Tor wie ein Rudel Wölfe, das seine Beute verteidigt. Bhudeb Roys Söhne, die nicht so windschnittig gebaut waren wie ihre Kameraden, stolperten keuchend hinterher.

Maul halten, verdammte Scheißwichser, sonst weckt ihr noch

den Boss! Haltet die Fresse und verpißt euch mit eurem Geplärr, ihr Hosenscheißer, ihr stinkendes Diebsgesindel!

Aber wie aus dem Nichts erschienen auch in den Händen derer, die Bolai-da gefolgt waren, Rasiermesser, Knüppel und Fahrradketten. So hielten die beiden Gruppen, zumindest für den Augenblick, auf Abstand und bedachten einander lediglich mit einem Schwall von Verwünschungen und Beleidigungen. Jede schob ihren Anführer vor, schaffte es aber gleichwohl, irgendwie den Eindruck zu erwecken, daß sie ihn eigentlich zurückhalten wollte.

Bolai-da trat vor. Er verzog überheblich das Gesicht und zischte aus dem Mundwinkel: Mit so welchen, wie ihr seid, wollen wir nichts zu tun haben. Wir wollen mit Bhudeb-babu sprechen.

Bhudeb Roy, der auf den Tumult hin in den Garten geeilt war, hatte den letzten Satz vernommen. Laßt sie herein, rief er. Ich werde sie anhören.

Erfüllt von dunklen Vorahnungen machten die zwanzig jungen Männer Platz. Dabei mußten sie allerdings ein paar Knüffe austeilen und Haare ausreißen. Als Bhudeb Roy die Menge sah, rollte er die kleinen Augen und knurrte: Was ist denn jetzt schon wieder, Bolai? Bolai-da lächelte sein gewinnendstes Lächeln und sagte: Bhudeb-babu, diese jungen Burschen suchen auch Arbeit. Sie sind genausogut wie die anderen. Warum nehmen Sie nicht auch sie in Ihre Dienste?

Bhudeb Roy ließ seinen Blick über die zerlumpten jungen Männer wandern und lächelte. Er legte einen Arm um Bolai-das Schultern und führte ihn beiseite. Weißt du, Bolai, flüsterte er so laut, daß es bis in den letzten Winkel des Gartens zu hören war, was dieses Dorf braucht, ist ein Tritt in den Hintern, etwas, das es in Gang bringt. Ich habe es mit Güte und Überredung versucht, aber das funktioniert nicht. Es ist etwas mit der Grundeinstellung dieser Leute nicht in Ordnung. Sie sind unwissend wie du, nicht gebildet wie ich. Sie brauchen einen Tritt in den Hintern. Aber dafür muß es Leute geben, die treten, und andere, die ihren Hintern hinhalten. Verstehst du, was ich meine? Wenn jeder treten wollte, was würde dann aus dem Hintern werden? Verstehst du mich?

Bolai-da dachte angestrengt nach und nickte. Aber dann sagte er: Können Sie ihnen nicht irgend etwas zu tun geben, Bhudebbabu? Wovon sollen sie leben? Auch sie brauchen Arbeit.

Bhudeb Roy dachte einen Augenblick nach und strich sich über seine riesige, flache Stirn. Seine Finger berührten eine Wölbung darauf, und plötzlich breitete sich ein Lächeln dämmernder Erkenntnis auf seinem Gesicht aus. Sie sollen gerade Linien machen, sagte er. Wenn man vorankommen will, ist nichts so gut wie gerade Linien. Eine gerade Linie ist die kürzeste Verbindung zwischen zwei Punkten. Sag ihnen das: Das Gebot der Stunde sind gerade Linien.

Zufrieden und verschlagen lächelnd schoben die zwanzig jungen Männer Bolai-da und die anderen aus dem Garten.

Irgendwann in jener Woche entdeckte Balaram erstmals die abstoßenden Höcker der Ordnungsliebe, die auf Bhudeb Roys Augenbrauen wuchsen.

Etwa zehn Tage später bemerkte man zwei Jeeps voller uniformierter Männer, die von der Hauptstraße auf den unbefestigten Feldweg abbogen, der zum Dorf führte. Lange bevor sie den Banyanbaum erreicht hatten, lag das Dorf wie ausgestorben da. Den Männern in den blauen Uniformen schien das nicht aufzufallen. Die Jeeps fuhren geradewegs bis zur Schule, und die Uniformierten schwärmten aus, untersuchten den Krater, den das Flugzeug geschlagen hatte, und hoben hier und da Schrauben, Muttern und Metallteile auf. Dann heulten die Motoren auf; die Jeeps wendeten und fuhren zu Bhudeb Roys Haus.

Niemand erfuhr je ganz genau, was dort geschah, aber im Lauf der nächsten beiden Tage gingen die blau uniformierten Männer auf dem kürzesten Weg zu den mit Blechplatten gedeckten Läden, den mit gehärtetem Stahl überbrückten Kanälen und den mit schimmernden Schrauben verzierten Rikschas und sammelten noch das kleinste Stück Metall ein, das das Flugzeug in das Dorf gebracht hatte. Man registrierte lediglich, daß sich, als die Jeeps wieder abfuhren, blau uniformierte Arme aus den Fenstern reckten und Bhudeb Roy freundlich zuwinkten, der seinerseits fröhlich lächelnd zurückwinkte.

Natürlich wurde Bolai-da ausersehen, die Delegation der Dorfbewohner anzuführen, die zu Bhudeb Roys Haus marschierten, um ihr Geld zurückzufordern. Am Tor wurden sie von den zwanzig jungen Männern aufgehalten, die sich Bolai-da herausgriffen und ihn ins Haus führten. Bhudeb Roy empfing ihn in einem verdunkelten, leeren Raum. Seine kleinen, vorstehenden Augen wirkten plötzlich sehr bedrohlich. Was willst du? fuhr er Bolai-da an.

Tja, Bhudeb-babu, brachte Bolai-da mit einiger Mühe heraus, eigentlich dachten wir bloß, da wir Ihnen ja all das Geld für diese Flugzeugteile bezahlt haben und da die jetzt wieder eingesammelt worden sind..., wir sollten unser Geld vielleicht – äh – zurückbekommen. Kein Gewinn, kein Verlust – wir wären quitt, und alles wäre wie vorher.

Bhudeb Roys Gesicht verfinsterte sich. Er riß den Mund auf, als wolle er seine Zähne in Bolai-das mageren Hals schlagen. Sei froh, brüllte er, daß du nicht wegen Diebstahl von Regierungseigentum im Gefängnis sitzt. Weißt du auch, wem du das verdankst? Mir. Mir. Mir. Soll ich dir Anwaltskosten berechnen? Das würde dich noch ärmer machen. Du und deine zwielichtigen Freunde – wenn ihr wüßtet, was gut für euch ist, würdet ihr anfangen, gerade Linien zu ziehen, anstatt am Banyanbaum herumzulungern und nichts anderes zu tun, als aufmüpfig zu sein und asoziales Zeug zu denken.

Einer der jungen Männer führte Bolai-da schleunigst wieder hinaus. Die anderen Burschen begannen, ihre Stöcke aneinander zu schlagen und ihre Schlagringe zu polieren, und wenig später eilte die ganze Abordnung gehorsam und friedlich die Straße hinunter zum Dorf.

Niemand sprach mehr davon, daß er sein Geld zurückhaben wollte. Von da an, so sagte man, zwitscherten die Vögel in Lalpukur nur noch mit Bhudeb Roys Erlaubnis und unter Aufsicht seiner zwanzig jungen Männer.

Und dann, einige Monate später, sah jemand Parboti-debi, die eine Weile verschwunden gewesen war, auf der Veranda ihres Hauses sitzen. Sie war eindeutig schwanger.

In jener Nacht wurden unter dem Banyanbaum Kalender aller Art zu Rate gezogen – Kalender, die sich an der indischen, der islamischen und gregorianischen Zeitrechnung orientierten, regierungsamtliche Kalender und solche, die Reklameaufdrucke trugen. Der Schluß, zu dem man aufgrund der indischen Kalender kam, wurde durch die islamischen Kalender bestätigt und durch die gregorianischen nicht widerlegt. Dennoch konnte man es nicht glauben. Man weckte die älteste Hebamme des Dorfes und trug ihr das Problem vor. Auch sie war sich absolut sicher.

Das Flugzeug hatte das Kind gezeugt. Eine andere Möglichkeit kam nicht in Frage. Niemand glaubte, das Bhudeb Roy noch in der Lage war, ein weiteres Kind zu zeugen (obwohl das Gerücht ging, es vergehe kaum eine Nacht, ohne daß er es versuchte). Es mußte das Flugzeug gewesen sein. Auf jeden Fall war es in der Nacht des Absturzes passiert, was auf dasselbe herauskam. Der Himmel hatte eingegriffen. Das Flugzeug war ein gigantischer, verchromter Penis, den die Götter auf Bhudeb Roys Frau hinabgeschleudert hatten – eine Art metallischer, himmlischer Stärke, die geschickt worden war, um Bhudeb Roys alterndem Glied die nötige Steifheit zu verleihen.

Bolai-da führte eine weitere ehrfürchtige Delegation zu Bhudeb Roy an. Seien Sie großzügig, Bhudeb-babu, bat er. Erlauben sie ihr, sich zu zeigen. Wenn sie die Gabe besitzt, sollte sie dann nicht auch den Rest des Dorfes daran teilhaben lassen? Die unfruchtbaren Frauen des Dorfes würden Ihre Frau und Sie selbst verehren, wenn sie sich nur bereit erklären würde, ihnen die Hand aufzulegen. Vielleicht könnten Sie sogar Geld dafür verlangen.

Bhudeb Roy gefiel dieser Vorschlag so gut, daß er kicherte. Nichts hätte ihm mehr gefallen, als seine weltliche Macht durch ein Element des Übernatürlichen untermauert zu sehen. Später schwor Bolai-da, daß Bhudeb Roy sofort ins Haus gegangen sei, sich eine geschlagene halbe Stunde lang mit Parboti-debi gestritten und sie gedrängt habe, mit der Abordnung ins Dorf zu gehen.

Aber dieses eine Mal zeigte sich die sonst so fügsame Parboti-debi unnachgiebig. Sie weigerte sich zu gehen. Enttäuscht zogen die Dorfbewohner wieder ab, und während der ganzen Schwangerschaft wurde Parboti-debi nicht mehr gesehen.

Als das Kind zur Welt gekommen war, ließ Bhudeb Roy süßes Gebäck bringen und lud das ganze Dorf ein, damit es das Baby sehen könne, und niemand hegte mehr irgendwelche Zweifel daran, daß die Götter ihre Hand im Spiel gehabt hatten.

Es war ein Mädchen, und man wußte sehr gut, daß Bhudeb Roy sich schon lange eine Tochter gewünscht hatte. Und sie war schön, viel schöner als jedes Kind, das Bhudeb Roy ohne himmlische Hilfe hätte zeugen können. Das Kind war offenbar kränklich, aber dennoch das schönste, das man je gesehen hatte, mit Augen wie flüssige Kohle, einer Haut wie Milch und Honig und Haaren wie gelocktes Ebenholz.

Wie alle anderen sah Bhudeb Roy in der Geburt des Kindes ein Zeichen. Wahrscheinlich war dies der Augenblick, da er zum erstenmal daran dachte, die Schule zu schließen. Irgendwie hatte er den Unterricht in den zwei oder drei Räumen, die noch standen, fortgesetzt. Es war jedoch schon seit langem offensichtlich, daß die Schule ihm nur Zeit stahl, die er eigentlich für die Politik, seine Kinder, die Anhäufung von Geld und für das Dorf gebraucht hätte.

Aber als er dann schließlich eine Entscheidung traf – seit der Geburt war kein Jahr vergangen, und das Kind kränkelte immer noch –, kostete ihn das ungeheure Anstrengung. Immerhin hatte er einen großen Teil seines Lebens der Schule gewidmet; sie war das Vermächtnis einer Jugend, von der er noch immer nicht lassen wollte. Auch seine Eitelkeit spielte eine Rolle: Er genoß es, die Gänge entlangzugehen und die Bilder von sich zu betrachten, und er genoß die Komplimente der Besucher.

Die Tränen, die an jenem Tag, an dem er die Dorfbewohner in die Schule einlud, um seine letzte Rede als Schuldirektor zu halten, über seine Wangen rollten, waren daher echte Tränen des Schmerzes. Sie flossen in Strömen, als seine zwanzig jungen Männer die Leute hereinließen. Und durch den Tränenschleier sah er die Tränen seiner Zuhörer. Seid nicht traurig, weinte er und zeigte mit tröstender Hand auf die girlandengeschmückten Bilder von sich, die hinter dem Rednerpult aufgehängt worden waren. Diese Bilder werden nicht verschwinden. Sie werden euch näher sein als je zuvor. Sie werden überall hängen, wo ihr seid: im Banyanbaum, in euren Häusern, in euren Läden. Ihr werdet immer in meiner Nähe sein.

Und als er der schweigenden Menge, die ihn wie gebannt ansah, Vorwürfe zu machen begann, flossen die Tränen noch heftiger. Ich konnte es nicht ändern, rief er. Es mußte einmal ein Ende haben. Es war eine gute Schule, aber diese Zeiten sind vorbei. Eine neue Zeit ist gekommen. Die Zeiten des Lehrens sind vorbei. Die Zeit ist gekommen, dem Volk zu dienen.

Die Zeit für gerade Linien bricht an, sagte er, und die Tränen auf seinen Wangen trockneten. Das Schlimme an diesem Dorf ist, daß es hier nicht genug gerade Linien gibt. Seht euch Europa an, seht euch Amerika an, seht euch Tokio an: gerade Linien – das ist das Geheimnis. Alles ist gerade. Die Straßen sind gerade, die Häuser sind gerade, die Autos sind gerade (außer den Rädern). Die Leute gehen sogar gerade. Und das ist es, was wir brauchen: gerade Linien. Alles hat seine Zeit und sein Zeitalter, und unser Zeitalter ist das der geraden Linien.

Er hielt inne, und sein Blick schweifte über die Menge. Unausweichlich, mit unfehlbarer Sicherkeit fiel er auf Balaram, Bhudeb Roys *Alter ego*, seinen Doppelgänger, seinen Zwilling, der so lange zusammen mit ihm in derselben Schule unterrichtet hatte, und unter den Anwesenden war nicht einer, der nicht geschworen hätte, daß Bhudeb Roy Balarams Zustimmung suchte.

Aber Balaram sah weg. Er trug einen Ausdruck angespannter Konzentration zur Schau, und er hatte den Kopf schräggelegt, als lausche er einer Stimme. Diese Stimme aber gehörte nicht Bhudeb Roy.

Glaubst du, daß ihm damals dieser Gedanke kam? fragte Alu Gopal eines Tages, als alles vorüber war und er sich in Kalkutta versteckte.

Ja, sagte Gopal traurig, das hat er mir selbst erzählt. Irgendwie war das ganz naheliegend – er mußte sich ja etwas einfallen lassen. Immerhin bedeutete die Schließung der Schule, daß er kein Einkommen mehr haben würde. Aber so, wie Balaram veranlagt war, war das natürlich das Letzte, an was er dachte. Er hatte schon damals keinen Zweifel daran, daß Bhudeb Roy die wahren Gründe für die Schließung der Schule verschwieg. Er war fest davon überzeugt, daß es in Wirklichkeit etwas mit der Karbolsäure oder dem Desinfektionsmittel oder was immer es sonst war zu tun hatte. Das hat er mir gesagt. Er sagte: Bhudeb Roy lebt in ständiger Todesangst; nichts auf der Welt fürchtet er so wie Karbolsäure. Sein ganzes Leben wird bestimmt durch seine Angst vor Desinfektionsmitteln. Er fürchtet sie, wie er alles fürchtet, was wahr und rein und ein Kind der Vernunft ist. Er schließt die Schule, weil er glaubt, daß das meiner Arbeit mit den Desinfektionsmitteln ein Ende setzen wird.

Natürlich kam mir das alles sehr seltsam vor, und darum sagte ich: Aber Balaram, sei doch vernünftig.

Balaram war sehr aufgebracht. Er sagte: Ich kenne diesen Mann. Ich bin mit ihm alt geworden. Ich habe gesehen, wie Idealismus und Hoffnung und die Fähigkeit, sich zu wundern, bei ihm verschwunden sind, bis sie nur noch Vertiefungen auf seinem Schädel waren, und ich habe gesehen, wie sich seine Sutura squamosa aufgebläht hat wie ein toter Hund in einem Straßengraben. Und das eine weiß ich: Er lebt in Angst vor der Karbolsäure, und er wird alles tun, was in seiner Macht steht, um meine Vorräte zu vernichten. Aber auch ich habe meine Lektion gelernt, und ich werde es ihm nicht leicht machen. Bis zum bitteren Ende werde ich ihn bekämpfen, und ich weiß auch wie. Ich wußte es in dem Moment, als er anfing, von geraden Linien zu sprechen.

An dem Tag also war ihm dieser Gedanke gekommen. An dem Tag also waren die Fronten schließlich klargeworden.

(Gopal hatte, wie alle romantisch veranlagten Zuschauer, immer schon die Neigung gehabt, die Dinge zu dramatisieren.)

An dem Tag also war Balaram der Gedanke gekommen, die Schule der Vernunft zu gründen.

5
Die Schule der Vernunft

Die Leute waren immer überrascht, wenn sie entdeckten, daß Balaram echtes Organisationstalent besaß.

Die Rationalisten zum Beispiel, und sogar Dantu, waren höchst erstaunt über die Energie, die Entschlossenheit und die Detailbesessenheit, die er zeigte, als er sich nach seiner Wahl zum Vorsitzenden ernsthaft an die Arbeit machte. Viele von ihnen bewunderten ihn unverhohlen. Das allein war schon eine beachtliche Leistung, denn als Balaram ihnen kurz nach der Wahl seine Pläne unterbreitete, hatte es noch ganz anders ausgesehen. Damals waren sie geradezu entsetzt gewesen.

Es war ein schockiertes Schweigen eingetreten, und dann hatte einer heiser gestammelt: Eine Kampagne gegen schmutzige Unterhosen? Balaram hatte heiter genickt, während seine schweigenden Zuhörer sich zweifelnde Blicke zugeworfen hatten. Die Stimmung war noch gedrückter geworden, denn niemand hatte gewußt, was er dazu sagen sollte. Es war wie ein Blitz aus heiterem Himmel gekommen: Nach den Verneigungen vor dem Kosmischen Boson und den Enthüllungen über mythologische Feuerwerke war schmutzige Unterwäsche ein schwerverdaulicher Brocken.

Aber Balaram, wissen wir denn ... Ich meine: Gibt es irgendeinen konkreten Anhaltspunkt dafür, daß Pasteur schmutziger

Unterwäsche so viel Bedeutung beimaß, wie du anscheinend glaubst?

Darauf hatte Balaram eine Antwort parat: Nein, es gibt eigentlich keinen direkten Anhaltspunkt dafür, aber wie ihr wißt, werden die Ansichten großer Männer über dieses etwas... ungewöhnliche Thema von den Biographen oft unterschlagen. Dennoch kann es, glaube ich, keinen Zweifel daran geben, daß Pasteur ihm große Bedeutung beimaß. Wir wissen zum Beispiel, daß er, wenn er sich zu Tisch setzte, seinen Teller und sein Glas in die Hand nahm, beides genau untersuchte und dann mit seinem Taschentuch sorgfältig abwischte, um alle Keime zu beseitigen. Das tat er immer und überall – ganz gleich, ob er bei einem König oder einem Tellerwäscher zu Gast war. Um kleinkarierte gesellschaftliche Konventionen hat Pasteur sich nie gekümmert. Wenn ihm sauberes Geschirr so wichtig war, brauchen wir nicht viel Phantasie, um uns auszumalen, wie er über Unterwäsche dachte.

Aber die meisten Mitglieder der Gesellschaft waren keineswegs überzeugt. Von den hinteren Reihen kam die gequälte Frage: Aber warum muß es eine Kampagne gegen Unterwäsche sein? Könnten wir uns nicht etwas anderes ausdenken? Wie wäre es mit einer Kampagne, die das Ziel hat, den Leuten die Grundbegriffe der Hygiene oder so was in der Art zu vermitteln?

Zum allgemeinen Erstaunen erregte sich der sonst so sanftmütige Balaram über diesen Vorschlag so sehr, daß er sich mit der Faust in die Handfläche schlug. Versteht ihr denn nicht? rief er beschwörend. Das ist doch genau der Punkt, um den es geht. Die Grundbegriffe der Hygiene sind genau dasselbe wie das Kosmische Boson oder der letzte Flugsaurier. Diese Sachen sind wie interessante Bücher, die man durchblättern und wieder ins Regal stellen kann, ohne daß man das Bedürfnis verspürt, sich selbst oder sein Leben irgendwie zu ändern. Genau das ist es aber, was wir *nicht* wollen – davon haben wir genug. Wir wollen etwas, das uns unmittelbar berührt, etwas, vor dem keiner von uns die Augen verschließen kann, etwas, das uns ein neues Bild von uns selbst vorhält und uns sagt: Sieh her! So mußt du werden! Vielleicht werden wir nicht viel erreichen, aber wenigstens einen Anfang können wir machen. Alles, was wir wollen, ist, die Leute zum Nachdenken zu bringen. Und was wäre ein besserer Ansatzpunkt als der Körper und seine Bekleidung? Vor dem Körper und dem, was man anzieht, kann niemand die Augen verschließen. Wenn wir im Geist der Menschen den Keim des Nachdenkens säen, werden ihre Kleider und ihre Glieder den Rest erledigen. Sie werden ihnen eine tägliche Erinnerung, eine ständige Mahnung sein und sie aus ihrer Selbstzufriedenheit aufrütteln.

Aber Balaram, hüstelte ein neues Mitglied mit schamrotem Gesicht, denk doch nur einmal daran, wie peinlich das ist. Wie können wir in der Öffentlichkeit von Unterwäsche sprechen? Was sollen die Leute von uns denken?

Balaram schenkte ihm ein nachsichtiges Lächeln. Unser Gefühl der Peinlichkeit wird das erste Zeichen unseres Sieges sein. Wenn diese Sache uns peinlich ist, dann *gerade weil* sie uns so sehr betrifft – *gerade weil* die öffentliche Erörterung des Themas Unterwäsche bedeutet, daß wir uns selbst in einem neuen, anderen Licht sehen. Niemandem von uns war es peinlich, über das Kosmische Boson zu reden – eben weil es uns so wenig bedeutet hat. Aber hier ist es etwas anderes, und aus diesem Grund sollten wir damit rechnen, ja sogar darauf hoffen, peinlich berührt zu sein.

Und in diesem Augenblick, als der Antrag schon so gut wie beschlossen war, stand Dantu auf. Balaram, sagte er, jeder hier weiß, daß wir Freunde sind. Jeder hier kennt meine über alle Zweifel erhabene Überzeugung, daß niemand geeigneter ist als du, Präsident dieser Gesellschaft zu sein. Aber heute – und ich wollte, es wäre nicht so –, heute muß ich sagen, daß du in dieser Sache meiner Meinung nach vollkommen und gänzlich unrecht hast.

Balaram warf einen schnellen Blick in die Runde. An den aufmerksamen Gesichtern ringsum erkannte er, daß alles in der Schwebe hing und daß seine Antwort über die Zukunft seines Vorhabens entscheiden würde. Er faltete die Hände und lehnte sich zurück: Warum?

Weil ich mich nur zu gut an das erinnern kann, was du in eben diesem Raum einmal zu Gopal gesagt hast. Du hast gesagt: Wird irgend jemand irgendeinen Nutzen davon haben, wenn die Völker Hindustans anfangen, *He Boson* zu beten anstatt *He Ram*? Ich glaube, du solltest dir heute dieselbe Frage stellen. Wird irgend jemand irgendeinen Nutzen davon haben, wenn die Studenten in diesem College anfangen, ihre Unterwäsche nicht nur täglich, sondern sogar stündlich zu waschen? Wird das für irgend jemanden irgendeinen Unterschied machen? Schmutz lauert nicht in der Unterwäsche. Es ist die Welt, die Welt der Menschen, die den Schmutz erst möglich macht. Wie kannst du hoffen, die Körper der Menschen zu verändern, ohne die Welt zu verändern?

Ein schmerzhaft langer Augenblick verstrich. Dann sagte Balaram in großem Ernst: Warum denken wir immer daran, die Welt zu ändern, und nie daran, die Menschen zu ändern? Es ist doch so: Wenn wir es schaffen, einen Menschen, nur einen einzigen Menschen dazu zu bringen, daß er sich fragt: Wie kann *ich* ein besserer, sauberer Mensch werden?, dann *werden* wir die Welt verändert haben, und zwar auf die beste nur mögliche Weise.

Dantu zögerte, hin- und hergerissen zwischen seiner Überzeugung und der Loyalität zu Balaram. Er spürte, daß Balaram die anderen auf seine Seite gezogen hatte.

Du machst einen Fehler, Balaram, sagte er schnell, einen schrecklichen Fehler – du wirst schon sehen. Damit setzte er sich wieder auf die Matte und lehnte sich mit dem Rücken an die Wand.

Es gab keine weiteren Einwände. Eine kleine, aber begeisterte Gruppe erbot sich, Balaram bei der Organisation der Kampagne zu helfen. Dantu sagte nichts mehr zu diesem Thema. Einmal, ein paar Tage später, als Balaram mit ihm darüber sprechen wollte, murmelte er bekümmert: Es wird nicht funktionieren, Balaram – du wirst schon sehen. Ich hoffe nur, daß nichts Schlimmes passiert. Dann eilte er weiter zu einer Vorlesung und ließ Balaram mitten auf dem Gang stehen.

Es gab noch einige andere Skeptiker unter den Rationalisten, die hinter vorgehaltener Hand flüsterten, dies sei nur wieder einmal eine von Balarams exzentrischen Ideen. Er werde überhaupt nichts zustande bringen – wie könne irgend jemand eine Kampagne für saubere Unterwäsche organisieren? Es sei alles nur leeres Gerede; und wenn es je so weit kommen sollte, werde er es gar nicht erst schaffen, irgendwelche konkreten Schritte zu unternehmen.

Balaram bewies ihnen das Gegenteil.

Er begann damit, daß er sich das Hirn zermarterte, um einen einprägsamen Namen für seine Kampagne zu finden. Nach einigen Tagen des Nachdenkens hatte er einen: Die Mission gegen Ungewaschene Trikotagen. Die Mehrheit der Rationalisten war begeistert. Manche von ihnen gingen so weit zu sagen, diese Bezeichnung ergebe eine geradezu geniale Abkürzung. Einer der Sprach- und Literaturwissenschaftsstudenten aber wandte ein: ‹Trikotage› ist ein veraltetes Wort; darunter kann sich keiner etwas vorstellen. Balaram tat diesen Einwand ab: Um so besser – das wird sie neugierig machen.

Er beschloß, die Kampagne mit einer öffentlichen Kundgebung zu starten. Die Wahl des Ortes bereitete zunächst Schwierigkeiten. Einige der Rationalisten waren der Meinung, daß die Versammlung in einem Hörsaal abgehalten werden sollte. Balaram zog den Vorschlag ernsthaft in Betracht, entschied sich dann aber dagegen. Hörsäle, sagte er, sind nicht besser als Bücherregale; sobald man einen betritt, weiß man, daß alles darin tot ist. Statt dessen beschloß er, die Versammlung am oberen Absatz der breiten Treppe abzuhalten, die von der Säulenhalle im Hauptgebäude des Presidency College zu der breiten Veranda im ersten Stock hinaufführte. Dort wird uns niemand übersehen können, sagte er. Ihr werdet sehen: Zu Hunderten werden sie kommen.

Danach schrieb Balaram kleine Zettel, auf denen die Versammlung angekündigt wurde. Er hielt den Text absichtlich vage. Auf den Zetteln stand lediglich: Versammlung der Mission gegen Ungewaschene Trikotagen – kommt, seht, hört und beginnt ein neues Leben. Darunter schrieb er klein, aber gut leserlich das Datum und die Uhrzeit.

Während der nächsten zwei Wochen hängte Balaram die Zettel aus, allerdings immer nur ein paar auf einmal. Einige klebte er an Pfeiler oder andere Stellen, wo sie ins Auge fielen, aber immer nahm er sie nach wenigen Stunden wieder ab. Gelegentlich ließ er einen oder zwei in ein paar ausgesuchten Zimmern des Eden Hindu Hostels zurück. Je weniger es davon gibt, erklärte er, desto mehr Aufmerksamkeit werden sie erregen.

Es funktionierte. Ein paar Tage vor der Versammlung hatte heftige Neugier das College und das Studentenwohnheim erfaßt. Die Rationalisten hatten strikte Anweisung, nichts zu sagen, aber wie Balaram es vorausgesehen hatte, konnten es sich ein paar von ihnen nicht verkneifen, dunkle Andeutungen zu machen, die wiederum die allgemeine Spannung anheizten.

Als es schließlich so weit war, mußten selbst die skeptischsten Rationalisten zugeben, daß sie unrecht gehabt hatten. Die Kundgebung war, noch bevor sie begonnen hatte, ein Triumph für Balaram. Auf der Treppe drängten sich nicht weniger als hundertfünfzig Studenten. Mittelscheitel und seine Freunde standen deutlich sichtbar mitten in der Menge. Sie benahmen sich so überheblich wie eh und je, aber sie waren auch neugierig. Als Balaram, zitternd vor Nervosität, aber ungeheuer stolz auf einen Stuhl stieg, um die Versammlung zu eröffnen, wuchs die Menge noch immer. Diese Kundgebung war der beste Beweis für sein Organisationstalent.

So war es zu erklären, daß Balaram vielleicht der einzige in Lalpukur war, den der Erfolg der Pasteur-Schule der Vernunft *nicht* überraschte. Er wußte seine Fähigkeiten sehr gut einzuschätzen.

Als ihm die Idee zu der Pasteur-Schule der Vernunft gekommen war, hatte Balaram keinen Zweifel daran gehabt, daß es ihm gelingen würde, diese Schule auf die Beine zu stellen. Dennoch war er klug genug gewesen, um zu wissen, daß er hart würde arbeiten müssen, bis andere seinen Optimismus teilten. Das hatte er aus seiner Erfahrung mit den Rationalisten gelernt.

Und er sollte recht behalten. Als Balaram ihm die Idee unterbreitete, lachte Shombhu Debnath ihm ins Gesicht. Sie täuschen sich, Balaram-babu, sagte er heiser, Sie könnten gar nicht falscher liegen. Ich bin kein Lehrer. Ich könnte ganz bestimmt nicht an einer Schule unterrichten.

Balaram war entschlossen, geduldig zu sein. Die Mitwirkung des Webers war unerläßlich. Er warf einen Blick auf Shombhu Debnaths leeren Hof, auf den die Abendsonne Lichtflecke warf, und dachte kurz nach. Er packte die Kante des wackligen Stuhls, den man ihm gebracht hatte, und beugte sich hinunter zu Shombhu Debnath, der auf der Erde kauerte. Du bist ein sehr guter Lehrer, sagte er und deutete auf Alu, der im Webschuppen saß und arbeitete. Sieh dir nur an, wie gut du Alu unterrichtet hast. Es ist deine Pflicht, auch andere zu unterrichten. Hier im Dorf gibt es so viele, die nichts zu tun haben und nicht wissen, wie sie Geld verdienen sollen. Du kannst und mußt es ihnen beibringen. Du bist es nicht nur ihnen, sondern auch dir selbst schuldig. Es ist deine Berufung – dein Kopf beweist es. Du *kannst* deine Begabung nicht verschwenden. Du könntest ihnen dein Handwerk beibringen, und gemeinsam könnten wir sie mehr als ein Handwerk lehren. Wir könnten ihnen zeigen, daß dies der Beginn eines neuen Abschnitts der Geschichte ist.

Shombhu Debnath schnaubte verächtlich. Lassen Sie mich mit Ihrer Geschichte in Ruhe, sagte er und stocherte mit einem Grashalm zwischen seinen geschwärzten Zähnen. Ich will nichts damit zu tun haben. Immer wenn Leute wie Sie anfangen, von einem neuen Abschnitt in der Geschichte zu reden, kann man sicher sein, daß das Leuten wie mir nichts als Ärger einbringt.

Er stand auf und sah weg. Nein, Balaram-babu, sagte er, Sie verschwenden Ihre Zeit. Es hat keinen Zweck, weiter darüber zu reden.

Plötzlich stutzte er, und seine geröteten Augen verengten sich. Hat diese Sache irgendwas mit Bhudeb Roy zu tun? fragte er scharf.

Ganz sicher nicht, antwortete Balaram.

Aber diese... Schule wird doch genau neben Bhudeb Roys Haus stehen? Ich meine, die Schule wird in Ihrem Haus sein, oder?

Balaram nickte eifrig. Shombhu Debnath lächelte. Seine roten

Augen strahlten Balaram an. In Ordnung, sagte er. Vielleicht werde ich in Ihrer Schule unterrichten. Schaden wird es mir ja wohl nicht. Warum also nicht?

Überglücklich sprang Balaram auf. Er hatte sich darauf eingestellt gehabt, daß Shombhu Debnath erst nach tagelangen Diskussionen überzeugt sein würde; dieser schnelle Erfolg war ihm geradezu in den Schoß gefallen. Er klopfte Shombhu Debnath auf den nackten Rücken. Du hast die richtige Entscheidung getroffen, Shombhu-babu, sagte er, von Freude überwältigt. Einen besseren Start könnte unsere Schule gar nicht haben.

Shombhu Debnath war der wirklich entscheidene Unsicherheitsfaktor in Balarams Plänen gewesen. Der Rest war klar. Die Schule der Vernunft sollte jedem in Lalpukur offenstehen – Männern wie Frauen, Jungen wie Mädchen, Menschen jeden Alters, wobei jedoch die Analphabeten bevorzugt werden sollten. Die Schule sollte aus zwei Hauptzweigen bestehen. Nach langer, sorgfältiger Überlegung hatte Balaram beschlossen, den einen ‹Abteilung für reine Vernunft› und den anderen ‹Abteilung für praktische Vernunft› zu nennen: So würden abstrakte und konkrete Vernunft, diese beiden bedeutenden Spielarten menschlicher Geistestätigkeit, unter einem Dach vereint sein. Alle Schüler würden verpflichtet sein, am Unterricht in beiden Zweigen teilzunehmen. In der Abteilung für reine Vernunft würde man ihnen die Grundbegriffe des Lesens, Schreibens und Rechnens sowie einige Kenntnisse der Geschichte von Wissenschaft und Technik vermitteln. Balaram würde der Leiter und wahrscheinlich auch der einzige Lehrer dieser Abteilung sein. In der Abteilung für praktische Vernunft würden die Schüler Weben und Schneidern lernen (letzeres allerdings war noch ungewiß, denn es hing davon ab, ob Toru-debi mitmachte). Alu und Maya sollten die Grundbegriffe des Webens vermitteln – die Techniken des Stärkens, Aufspulens, Anscherens und des Webens grober Stoffe –, während Shombhu Debnath Weben für Fortgeschrittene unterrichten sollte. Shombhu Debnath würde der Leiter der Abteilung für praktische Vernunft werden, aber Toru-debi sollte, falls sie einverstanden war, eine eigene Unterabteilung bekommen. Balaram selbst würde der Schuldirektor sein beziehungsweise, wie er es auszudrücken beliebte, der Born der Vernunft.

Jeder Schüler würde sich für zwei Jahre verpflichten müssen. Da man davon ausging, daß die Schüler weiterhin ihr Land bearbeiten oder ihren Lebensunterhalt auf andere Weise würden verdienen müssen, während sie an der Schule eingeschrieben waren, würde der Unterricht am späten Nachmittag oder am frühen Abend abgehalten werden. Unterricht während der späten Abendstunden konnte man dann immer noch in Erwägung ziehen.

Aber eine andere Frage beschäftigte Balaram: Sollte man Schulgeld verlangen? Der Gedanke behagte ihm nicht. Damit werden wir unsere Kosten nicht decken können, sagte er, und manche werden sich davon abschrecken lassen.

Shombhu Debnath kratzte sich am Kopf. Das Geld ist gar nicht so wichtig, sagte er. Wichtig ist etwas anderes: Wenn Sie kein Schulgeld verlangen, werden Sie sehen, daß niemand kommen wird, und die Leute werden Sie auslachen. Die Leute nehmen nie etwas ernst, wenn sie nichts dafür bezahlen müssen. Es wird dasselbe sein wie mit diesen Lastwagenladungen von Bibeln, die die Missionare verteilen und die nur zum Verheizen taugen.

Also beschlossen sie, ein Schulgeld von vier Rupien pro Monat zu verlangen; dieser Betrag war nicht so groß, daß er jemanden abschrecken würde, aber auch nicht so klein, daß man ihn nicht als ernsthafte Investition betrachten konnte.

Hauptsächlich aber würde sich die Schule selbst finanzieren, und zwar durch den Verkauf der von den Schülern im Unterricht gewebten Stoffe und durch Schneiderarbeiten. In diesem Bereich würde sich auch Rakhal nützlich machen können. Wenn er einverstanden war, würde man ihn zum Verkaufsleiter der Schule ernennen und ihm die Aufgabe übertragen, sich um den Absatz der Stoffe in Naboganj zu kümmern. Balaram war ein wenig besorgt, man werde ihm vielleicht Vetternwirtschaft vorwerfen, weil jedes Mitglied von Shombhu Debnaths Familie einen Posten in der Schule bekleidete; aber andererseits, so rechtfertigte er sich, sei Rakhal für diese Aufgabe besser geeignet als jeder andere – es gebe nur wenige in Lalpukur, die Naboganj und seine Marktverhältnisse so genau kannten wie er, und er habe seine Fähigkeiten bereits beim Verkauf von Alus Stoffen unter Beweis gestellt.

Mit dem Geld für die Stoffe und die nach Maß gefertigten Kleidungsstücke würde man Garn, Textilfarben und möglicherweise weitere Webstühle kaufen (auch etwas, um das Rakhal sich würde kümmern müssen). Außerdem sollten die Gehälter der Lehrer davon bezahlt werden. Balaram war fest entschlossen, jedem, der in der Schule unterrichtete oder arbeitete, ein ordentliches Gehalt zu zahlen. Ich spreche nicht von Almosen, sagte er. Wir wollen, daß jeder hart arbeitet, und für ein Almosen strengt sich niemand besonders an.

Falls nach Abzug der Gehälter und der Ausgaben für neues Garn und so weiter noch Geld übrig sein sollte, würde man es gleichmäßig auf die Schüler verteilen. Bei realistischer Betrachtung war Balaram jedoch bereit zuzugeben, daß dies fürs erste nicht sehr wahrscheinlich war.

Was die Räumlichkeiten betraf, so war dieses Problem bereits gelöst. Hinter Balarams Haus war genug Platz für eine strohgedeckte Bambushütte, in der der Unterricht im Weben stattfinden würde. Dort ließen sich leicht ein paar Webstühle aufstellen. Wenn Toru-debi bereit war zu unterrichten, würde sie ihre Kurse wahrscheinlich in einem der Räume des Hauses abhalten. Und für Balarams Unterricht standen noch genügend andere Räume sowie der Innenhof zur Verfügung.

Sie würden natürlich etwas Startkapital brauchen, aber auch für dieses Problem hatte Balaram eine Lösung gefunden. Er hatte etwas Geld auf der Bank – genug, um die erste Zeit zu überbrükken. Selbstverständlich stellte dieses Geld nur einen Kredit dar, den die Schule ihm, sobald alles gut lief, wieder zurückzahlen konnte.

Wie du siehst, ist im Grunde alles ganz einfach, sagte Balaram und sah Shombhu Debnath in die Augen. Einfach und schön:

Wissen, das Hand in Hand geht mit Arbeit, und zwar mit einer Arbeit, die die höchste Vollendung der praktischen Vernunft repräsentiert. Unsere Schule wird die vollkommene Verkörperung, die Essenz der Vernunft darstellen. Und daher kann sie natürlich nur nach Louis Pasteur, dem größten Streiter für die Vernunft, benannt werden.

Shombhu Debnath lächelte und wandte seinen Blick ab. Aber das ist noch nicht alles, oder? sagte er. Sie haben doch noch etwas anderes im Sinn, etwas, von dem Sie mir nichts erzählt haben. Sie haben dieses Karbolzeug, auf das Sie so große Stücke halten, noch mit keinem Wort erwähnt. Welche Rolle spielt das eigentlich dabei?

Balaram zuckte schuldbewußt zusammen. Für den Augenblick reicht das, sagte er. Bevor man an das Ende denkt, muß man sich um den Anfang kümmern.

Nachdem er die erste größere Hürde überwunden hatte, nahm Balaram die weiteren Schritte mit doppelter Energie in Angriff. Er war sich schon die ganze Zeit ziemlich sicher gewesen, daß er auf Alu und Maya zählen konnte, und es stellte sich heraus, daß er sich in ihnen nicht getäuscht hatte. Sie waren sogleich einverstanden. Selbst Rakhal nahm sein Angebot bereitwillig an. Was Balaram nicht wußte, war, daß Rakhal gerade eine Phase der Angst und Verwirrung durchmachte. Seine Einkünfte waren zu einem Nichts zusammengeschrumpft, seit der Markt für selbstgebastelte Bomben in Naboganj plötzlich und unerwartet zusammengebrochen war. Einige seiner Stammkunden hatten ihn mit der Begründung fortgeschickt, das politische Klima habe sich verändert. Seine Freunde flüsterten ihm zu, die großen Produzenten hätten sich darangemacht, die kleinen Unternehmer zu verdrängen, und es ging das Gerücht um, die Kriegsreserven seien plötzlich auf den Markt geworfen worden. Rakhal wußte nichts davon, und es war ihm auch egal. Seine neuerworbenen Fertigkeiten hatten ihn mit großer Befriedigung erfüllt, und nun waren sie mit einem Schlag überflüssig geworden. Und als sei das noch nicht genug, hatte man ihn aus der Kung-Fu-Schule, die so lange der Mittelpunkt seines Lebens gewesen war, ausgeschlossen, weil er in seiner Zerstreutheit den Lehrer (der sich größerer Fähigkeiten rühmte, als er tatsächlich besaß) zweimal bewußtlos geschlagen hatte. Niemand sonst wollte gegen ihn antreten. Er sei, sagten die anderen Schüler, einfach zu vergeßlich; er könne sich einfach nicht merken, daß sie ja nur zur Übung kämpften. Der einzige Trost, der Rakhal geblieben war, bestand darin, daß er sich in Naboganj gelegentlich in der Vormittagsvorstellung einen Kung-Fu-Film ansah, und selbst das hätte er sich nicht leisten können, wenn er nicht einen bestimmten Prozentsatz von dem Erlös aus dem Verkauf von Alus Stoffen bekommen hätte (und der war nicht sehr hoch). Balarams Angebot kam zu einem Zeitpunkt, als Rakhal sich gerade darauf einstellte, der Tatsache ins Gesicht zu sehen, daß er entweder die Zigaretten oder die Filme aufgeben oder, was noch schlimmer war, Alu um einen Kredit angehen mußte. Als Balaram ihm von dem Posten erzählte, für den er ihn ausersehen hatte, konnte Rakhal sein Glück kaum fassen.

Balaram jedoch stand vor dem immer noch ungelösten Problem, wie er Toru-debi dafür gewinnen sollte, in der Schule zu unterrichten. Zweimal setzte er dazu an, aber beide Male verließ ihn der Mut, und seine Versuche endeten in unzusammenhängendem Gestammel. Zu seiner großen Überraschung war sie, als er sie schließlich fragte, nicht nur bereit, sondern geradezu begeistert. Er hatte kaum ausgeredet, als sie auch schon aus dem Zimmer stürzte, um in alten Schnittmustern zu wühlen und ihre ersten Unterrichtsstunden vorzubereiten.

Ein verheißungsvollerer Anfang war kaum vorstellbar. Nun ging es nur noch darum, vor Balarams Haus eine Hütte für Shombhu Debnaths Webstühle zu bauen, ein paar Tafeln, Griffel und vielleicht einige Wandtafeln zu kaufen sowie einen ausreichenden Vorrat an Garn anzulegen.

Balaram beauftragte Shombhu Debnath, Rakhal und Alu mit dem Bau der Hütte. In Ordnung, sagte Shombhu Debnath. Ich werde mich darum kümmern. Aber sobald sie mit der Arbeit angefangen hatten, verbrachte er die meiste Zeit damit, auf seinen Fersen zu hocken und heimlich den roten Sandweg im Auge zu behalten, der an Balarams Haus vorbeiführte, während Rakhal und Alu die Hütte entwarfen und bauten. Es war eine sehr einfache Konstruktion – langgestreckt und rechteckig, mit Wänden aus dünnen, quadratisch geflochtenen Bambusmatten. Diese nagelte man auf Pfosten, die im Abstand von zwei Fuß in die Erde gerammt wurden. Die Pfosten stammten aus dem Bambusdickicht hinter Balarams Haus. Nur die geflochtenen Matten und das Stroh für das Dach mußten gekauft werden, und diese Ausgabe belastete das Budget nur mit ein paar hundert Rupien.

Balaram bot Rakhal und Alu an, ihnen beim Bau der Hütte zu helfen, aber sie lehnten ab, denn es war so gut wie sicher, daß er sich dabei verletzen würde. So mußte Balaram sich damit begnügen, auf den Stufen vor dem Eingang zu seinem Haus zu sitzen und ihnen zuzusehen.

Rakhal und Alu arbeiteten zügig, und die Hütte wuchs schnell empor. Nur einmal wurden sie unterbrochen. Bhudeb Roy hatte den Bau von seiner Veranda aus beobachtet. Er war ebenso neugierig wie mißtrauisch. Eines Tages, kurz bevor er seinen monatlichen Bericht an die Polizeistation schickte, beschloß er, Nachforschungen anzustellen. Gefolgt von einigen seiner Söhne ging er auf dem staubigen roten Sandweg auf Balarams Haus zu.

Shombhu Debnath sah ihn kommen und kletterte auf einen Baum. Wie geht es Ihnen, Bhudeb-babu? rief er hinunter. Kriegen Sie ihn noch hoch, oder wollen Sie uns mit noch ein paar Flugzeugen beglücken? Sind noch welche unterwegs?

Bhudeb Roy hörte nicht hin, aber seine Söhne warfen ein paar Steine in den Baum. Shombhu Debnath lachte gackernd.

Balaram saß auf den Stufen vor seinem Haus. Als er Bhudeb Roy auf den zum Haus führenden Fußweg einbiegen sah, fühlte er sich plötzlich sehr geschmeichelt. Er erhob sich schnell und sah sich um. Dann eilte er zu einem Faß mit Karbolsäure, das noch an der Hauswand stand. Er pflanzte sich davor auf und breitete schützend die Arme aus.

Bhudeb Roy sah ihn, lächelte höflich und ging in weitem Bogen um die Hütte herum auf ihn zu. Komm nicht näher, fuhr Balaram ihn an, als er nur noch wenige Meter entfernt war.

Bhudeb Roy blieb stehen und sah ihn verwundert an. Was ist los, Balaram-babu? sagte er. Ich wollte dich nur fragen, ob du vorhast, Vieh zu kaufen. Diese Hütte...

Balaram starrte ihn zornig an. Nein, ich will eine Schule gründen.

Bhudeb Roys Herzlichkeit war wie weggeblasen. Seine kleinen Augen nahmen einen harten Ausdruck an. Hast du dieses Stück Land gekauft? sagte er.

Mit angespanntem Gesicht sah Balaram ihn an. Er achtete auf jede seiner Bewegungen. Nein, antwortete er.

Bhudeb Roy strich sich über sein gewaltiges Kinn und entblößte lächelnd die Zähne. Dann muß ich dir leider sagen, daß du hier nicht bauen darfst. Diese Hütte wird widerrechtlich auf regierungseigenem Land errichtet.

Balaram stand hoch aufgerichtet da und strich sich das silbergraue Haar aus dem Gesicht. Bhudeb-babu, sagte er, Pasteur hat sich nicht durch irregeleitete, abergläubische Menschen davon abhalten lassen, sein Laboratorium in Villeneuve l'Etang zu bauen. Für uns gilt dasselbe. Wenn die Regierung ihr Land will, soll sie Klage beim Bezirksgericht einreichen. Mehr habe ich dir dazu nicht zu sagen.

Wir werden sehen, sagte Bhudeb Roy mit zusammengebissenen Zähnen. Wir werden sehen. Er drehte sich um und ging zurück zu seinem Haus. Geben Sie auf sich acht, rief Shombhu Debnath ihm von seinem Ast aus nach. In Ihrem Alter mutet man sich leicht zuviel zu.

Zitternd ging Balaram ins Haus. Er kehrte mit einer alten, löchrigen Decke zurück und warf sie über das Faß mit Karbolsäure.

Am nächsten Abend suchte Alu Balaram in seinem Studierzimmer auf. Balaram machte sich im kalten Licht einer nackten Glühbirne Notizen. Er freute sich, Alu zu sehen, denn es war lange her, daß er zu ihm in sein Studierzimmer gekommen war. Er lächelte und klopfte aus jahrelanger, schon wieder halb vergessener Gewohnheit auf die Armlehne seines Sessels. Komm her, sagte er. Komm und setz dich. Dann fiel ihm ein, daß Alu schon lange zu schwer für die Armlehne des Sessels geworden war, und er hielt mitten in der Bewegung inne und deutete auf einen Stuhl. Setz dich, sagte er. Nimm dir den Stuhl.

Alu schien ihn nicht zu hören. Er stand vor dem Lehnsessel, sah zu Boden und trat von einem Fuß auf den anderen. Was ist los? fragte Balaram erstaunt. Suchst du ein Buch?

Nein, sagte Alu und kratzte sich am Kopf.

Was denn dann? *Science Today?*

Ich will... platzte Alu heraus, ich will heiraten.

Oh! sagte Balaram. Er fuhr sich mit der Hand durch das Haar. Das ist eine Entscheidung, die weitreichende Folgen haben wird. An dieses Problem müssen wir wissenschaftlich herangehen und uns Gedanken über die richtige Persönlichkeitsstruktur und so weiter machen. So etwas darf man nicht übers Knie brechen...

Balaram verstummte; vor seinem geistigen Auge tauchte plötzlich ein Arbeitsfeld voller enormer Anstrengungen und Risiken auf. Nervös fuhr er fort: Das erfordert große Mühe. Du solltest besser mit deiner Tante darüber sprechen. Vielleicht weiß sie ein Mädchen. Vielleicht könnte sie eine Anzeige in der Zeitung aufgeben. Ich glaube nicht, daß ich bei so etwas eine große Hilfe bin.

Nein, nein, unterbrach ihn Alu, ich habe ja schon eine Frau. Verwirrt hielt er inne. Ich meine, ich weiß schon jemanden. Ein Mädchen. Das wollte ich sagen.

Du meinst...? Balaram sah ihn ungläubig an. Du meinst... Liebe? Eine Liebesheirat?

Alu kamen vor Verlegenheit fast die Tränen. Ja, sagte er, und seine Stimme klang wie ein halb ersticktes Blöken. Ich will Maya heiraten. Maya Debnath.

Balaram sprang auf und umarmte ihn. Er drückte ihn an seine Brust und fuhr ihm mit der Hand über den buckligen Kopf. Ich bin sehr froh, Alu, sagte er mit belegter Stimme. Sehr froh und sehr glücklich. Sie ist ein gutes Mädchen. Ihr habt... Ihr habt den Segen des Kosmischen Bosons, wie Gopal sagen würde.

Er hielt inne und ließ die Arme sinken. Aber ich weiß nicht, fuhr er nachdenklich fort, was Toru dazu sagen wird. Du weißt schon – Maya arbeitet hier, und Frauen haben in diesen Dingen ihre eigenen Ansichten. Aber das macht nichts. Das sind nichts als Vorurteile. Wir werden sie schon herumkriegen...

Plötzlich kam Balaram ein Gedanke, und er unterbrach sich mitten im Satz. Mit gerunzelter Stirn begann er, auf und ab zu gehen. Alu sah ihm schweigend zu. Nach ein oder zwei Minuten blieb Balaram vor ihm stehen und sagte: Vielleicht solltest du noch ein bißchen warten, Alu. Du weißt ja, wie das bei Hochzeiten so ist. Überall Leute. Dutzende von Gästen werden hier ein und aus gehen, und wir können nicht jeden im Auge behalten. Es ist nicht sicher genug. Der Karbolsäure könnte etwas passieren.

Er beugte sich zu Alu vor und flüsterte: Hast du gestern Bhudeb Roy gesehen? Ist dir aufgefallen, wie er das Faß mit der Karbolsäure angeschaut hat? Ich kenne ihn – er führt etwas im Schilde. Er überlegt, wie er an die Karbolsäure herankommen könnte. Wir müssen vorsichtig sein. Sehr vorsichtig. Wir müssen ein Auge auf ihn haben. Es gibt nichts, was er nicht tun würde, um die Karbolsäure in seinen Besitz zu bringen.

Aber er hat das Faß doch gar nicht beachtet, sagte Alu verwundert. Er ist gekommen, um mit dir zu sprechen.

Mit einer Handbewegung hieß Balaram ihn schweigen. Was weißt du schon? flüsterte er zornig. Du bist zu jung. So macht er es immer. In Wirklichkeit wollte er nur an die Karbolsäure herankommen. Er fürchtet sie wie der Fuchs das Licht. Er fürchtet sie, weil sie sauber ist. Er ist zu allem fähig... Nein, im Augenblick wäre es zu unsicher, in diesem Haus eine Hochzeit zu feiern. Es wäre ihm ein leichtes, seine Männer hier einzuschleusen. Nein, Alu, du mußt noch etwas Geduld haben. Warte, bis die Schule richtig steht – dann werden wir dir eine Hochzeit ausrichten, an die du dich dein Leben lang erinnern wirst.

Aber..., begann Alu.

Nein, unterbrach ihn Balaram. Er drückte ihm die Schulter. Hör auf mich – nur dieses eine Mal.

Na gut, sagte Alu widerstrebend.

Balaram führte ihn zur Tür des Studierzimmers. Er klopfte ihm auf den Rücken und sagte: Nur ein paar Monate. Mehr nicht. Im Augenblick müssen wir an die Schule denken.

Eine Woche später war die Hütte fertig, und nach zwei weiteren Wochen hatte man die Webstühle aufgestellt, die Tafeln und das Garn gekauft und einem Schreiner den Auftrag gegeben, zwei Wandtafeln zu bauen. Balaram und Alu hatten ein Schild gemalt und es auf dem Dach der Hütte befestigt. Darauf stand, die Pasteur-Schule der Vernunft sei eröffnet und nehme Anmeldungen entgegen.

Die Neuigkeit sprach sich herum, und in den nächsten Tagen fanden die meisten Leute in Lalpukur den einen oder anderen Vorwand, um den staubigen roten Sandweg hinunterzugehen und einen argwöhnischen Blick auf die neue Schule zu werfen. Aber keiner von ihnen trat ein. Es gab nicht eine einzige Einschreibung. Die Hütte sah nicht aus wie eine Schule. Sie hatte nicht einmal die entfernteste Ähnlichkeit mit den vertrauten ziegelgedeckten, gelben, von Korridoren durchzogenen Gebäuden, die man sich vorstellte, wenn man an Schulen dachte. Sie sah auch überhaupt nicht so aus wie die wellblechgedeckten Garagen, in denen in Naboganj die Handels- und die Wirtschaftsschule untergebracht waren. Diese Hütte sah aus wie etwas ganz anderes; vielleicht steckte etwas Übles dahinter, vielleicht auch nicht. Bei aller Neugier war jedenfalls niemand bereit, der erste zu sein, der es herausfand.

An diesem kritischen Punkt in der Geschichte der Schule, als ihr Schicksal auf Messers Schneide stand und sie drohte, der Vergessenheit anheimzufallen, erwies sich Rakhal als Retter in der Not. Er hatte, nachdem er beim Bau der Hütte geholfen hatte, vorübergehend das Interesse an der Schule verloren. Dann sah er eines Tages Alu und Maya niedergeschlagen auf dem Hof neben den leeren Gruben für die Webstühle sitzen und trübselig vor sich hin starren.

Als er von den Schwierigkeiten erfuhr, in denen sich die Schule befand, brach er in Gelächter aus. Warum habt ihr mir das nicht früher gesagt? fragte er. So eine einfache Sache, und ihr sitzt da mit langen Gesichtern und Tränen in den Augen. Wartet nur – morgen werden eine Menge Leute vor der Schule stehen.

Und so war es. Man konnte vielleicht nicht gerade von einer

Menge sprechen, aber was Balaram betraf, so war er ebenso zufrieden, als wenn es eine gewesen wäre. Rakhal war zum Banyanbaum gegangen und hatte dort ein paar von seinen alten Kumpels getroffen. Er hatte ein paar Schläge auf den Rücken ausgeteilt und einige Arme umgedreht. Bolai-da, der der Schule aufgeschlossen gegenüberstand, hatte ein paar aufmunternde Worte von sich gegeben, und das hatte gereicht. Am nächsten Morgen betraten sechs ängstliche junge Männer die Schule.

Die Pasteur-Schule der Vernunft hatte den Lehrbetrieb schließlich doch noch aufgenommen.

Nachdem einige den ersten Schritt getan hatten, brachten auch die Schüchterneren den Mut auf, ihrem Beispiel zu folgen. Nach ein paar Wochen hatte die Schule zweiundzwanzig Schüler. Immerhin gab es, wie Balaram wußte, in Lalpukur viele, die nichts zu tun hatten – Leute, die ihre langen Tage damit verbrachten, davon zu träumen, einen Beruf zu erlernen. Nach ein paar Monaten hatte die Schule achtundvierzig Schüler, viel mehr, als sie eigentlich aufnehmen konnte, und Balaram sah sich genötigt, die Einschreibung für beendet zu erklären und neue Schüler abzuweisen. Die Schule der Vernunft war voll: Die Schüler waren zehnjährige Jungen, Familienväter, die als Tagelöhner arbeiteten, junge Männer, die sparten, um heiraten zu können, und Greise mit runzligen Gesichtern, die für die Landarbeit zu alt und gebeugt waren. Auch Frauen gab es, junge und alte. Sie hatten ihr anfängliches Mißtrauen überwunden, nachdem eine fünfundzwanzigjährige, verzweifelte und zu allem entschlossene junge Witwe, die drei Kinder hatte und auf die Großzügigkeit eines launischen Vetters angewiesen war, ihnen mit gutem Beispiel vorangegangen war. Balaram tat sein Bestes, sie zu ermutigen, und als die Einschreibung abgeschlossen war, waren unter den Schülern achtzehn Frauen. Alle bis auf zwei hatten sich für Toru-debis Schneiderkurs entschieden.

Bald produzierte die Schule mehr Stoff, als Rakhal allein verkaufen konnte, so daß er hin und wieder auf die Hilfe von Freunden zurückgreifen mußte (die in Balaramas Register als Stellvertretende Verkaufsdirektoren geführt wurden). Der Schneiderkurs brachte sogar noch bessere Erträge als der Webkurs; es kamen Aufträge aus allen Dörfern in der Umgebung von Lalpukur, denn durch Mund-zu-Mund-Propaganda standen die angefertigten Kleider in dem Ruf, gut verarbeitet zu sein. Nach sechs Monaten hatte die Schule eine beachtliche Summe eingenommen. Als Balaram alles zusammengerechnet hatte, machte er keinen Hehl daraus, daß er neidisch war. Ich wollte, sagte er wehmütig zu Alu und Shombhu Debnath, ich wollte, die reine Vernunft würde auch etwas Greifbares hervorbringen – etwas, das man verkaufen könnte, um den Leuten ihren wahren Wert vor Augen zu führen.

Aber er war auch hocherfreut. Nachdem ausstehende Gehälter bezahlt und neue Vorräte an Garn und anderen Dingen angelegt worden waren, blieb immer noch eine hübsche Summe übrig. Ein Teil davon wurde für die Anschaffung eines neuen Webstuhls und einer gebrauchten Nähmaschine für die Schule verwendet. Der Rest floß in einen Fonds, mit dessen Hilfe die Schüler nach dem Schulabschluß ihre eigenen Nähmaschinen und Webstühle kaufen sollten. Als dieser Fonds eingerichtet wurde, hielt Balaram den Schülern einen kleinen Vortrag. Ihr werdet nicht ewig auf dieser Schule sein, sagte er, und ihr müßt an die Zukunft denken. Vielleicht meint ihr, daß ihr das Geld jetzt lieber in euren Taschen hättet, aber das würdet ihr später nur bereuen. Eines Tages werdet ihr anfangen müssen, für euch selbst zu arbeiten, und wenn ihr dann keine Maschinen habt, werden eure Fähigkeiten euch nichts nützen. Dann werdet ihr mir dankbar sein für diesen Fonds.

Die Schüler klatschten. Balaram ließ seinen Blick über den Hof schweifen, auf dem lauter lächelnde Schüler standen, und war von Stolz erfüllt. Anschließend wurden alle mit Tee in Tonschalen bewirtet. (Nonder-ma war stundenlang damit beschäftigt gewesen, Tee zu kochen.) Der Hof hallte wider von Gelächter und fröhlichem Optimismus.

Die Schule ist ein voller Erfolg, sagte Balaram zu Shombhu Debnath und zeigte auf den Hof. Ein größerer Erfolg, als wir uns je haben träumen lassen.

Shombhu Debnath grunzte. Er hatte sich zur Feier des Tages einen weißen Baumwollschal um die nackten Schultern gelegt, aber um die Hüften trug er wie immer seinen roten Lendenschurz. Er sah Balaram verschmitzt an. Aber das ist doch noch nicht alles, Balaram-babu, oder? Ich kann mir nicht vorstellen, daß diese Art von Erfolg Ihnen reicht. Sie haben noch etwas anderes im Sinn, stimmt's?

Balaram drehte sich abrupt um und ließ ihn stehen. Was haben Sie vor, Balaram-babu? rief Shombhu Debnath ihm nach. Wann werden sie es uns sagen?

Er erfuhr es erst einige Monate später.

Das erste Schuljahr näherte sich seinem Ende. Einige der begabteren Schüler im Webkurs waren über die groben Stoffe hinaus und hatten angefangen, ziemlich kompliziert gemusterte Saris zu weben. Der Schneiderkurs hatte mehr Aufträge, als er bewältigen konnte, und die Auftragsliste schien ständig zu wachsen. Bis auf zwei Schüler hatten alle die von Balaram ausgearbeitete kleine Prüfung bestanden. Als Rakhal ihm das Geld ausgehändigt hatte, das die Händler in Naboganj ihm für die monatliche Stofflieferung bezahlt hatten, und Balaram die Buchführung abgeschlossen hatte, stand fest, daß die Schule einen beträchtlichen Gewinn erwirtschaftet hatte.

Wieder berief Balaram eine Versammlung ein. Die Kurse an diesem Abend fielen aus, und alle Schüler drängten sich fröhlich auf dem Hof und erwarteten eine Wiederholung der vorherigen Schulversammlung. Anfangs war sie das auch. Balaram gab bekannt, wieviel man eingenommen hatte, und erklärte, wieviel Geld für Gehälter aufgewendet worden und wieviel genau in den für die Schüler bestimmten Fonds geflossen war. Aber als er das Endergebnis verlas, stellte sich heraus, daß ein Überschuß von dreitausend Rupien blieb.

Eine seltsame Stille trat ein. Balaram machte plötzlich ein feierliches Gesicht. Heute, sagte er, muß ich euch etwas sehr Schwieriges erklären. Ich muß euch von einem Traum erzählen. Die Schule, so wie sie heute dasteht, hat nur zwei Abteilungen. Aber als ich zum ersten Mal von ihr träumte, als mir zum ersten

Mal der Gedanke kam, diese Schule zu gründen, da sollte sie noch einen dritten Zweig haben. Und jetzt ist die Zeit gekommen, euch von diesem dritten Zweig zu erzählen, denn jetzt haben wir endlich genug Geld, um den Traum zu verwirklichen. Laßt es mich so ausdrücken: Die praktische Vernunft und die reine Vernunft sind herrliche, wunderbare Dinge, und was wir in dieser Schule bis jetzt schon erreicht haben, ist, auch wenn es sich für mich nicht schickt, das zu sagen, auf eine Art herrlich und wunderbar. Die praktische und die reine Vernunft sind wie zwei Hälften eines Rades: Ohne die eine ist die andere unvollständig und nutzlos. Aber auch ein Rad ist, für sich allein, nutzlos – es kann nicht von allein rollen. Wenn man es sich selbst überläßt, fällt es nur um. Und genauso ist auch unsere Schule in Gefahr, wie ein Rad, hinter dem nichts steht, umzufallen und sich in Selbstgefälligkeit und Blasiertheit zu verlieren. Es stimmt: Wir haben gute Gewinne erzielt, aber eine Schule ist kein Laden, keine Fabrik. Eine Schule muß, wie die Vernunft, ein Ziel haben. Ohne ein Ziel verkommt die Vernunft zu einer bloßen Taschenspielerei und reflektiert immer nur sich selbst, wie die Spiegel in einem Spiegelkabinett. Dieses Ziel soll der dritte Zweig unserer Schule geben. Er wird uns helfen, nie zu vergessen, daß wir unsere Bildung, unser durch das Lernen erworbenes Wissen nicht nur für eigene Zwecke einsetzen dürfen, sondern daß es unsere *Pflicht* ist, es zum Wohle aller anzuwenden. Darum habe ich mich entschlossen, den neuen Zweig ‹Abteilung für den Vormarsch der Vernunft› zu nennen. Das wird uns daran erinnern, daß unsere Schule noch einen weiteren Aspekt hat: die kämpferische Vernunft.

Die meisten Schüler waren während Balarams Rede in gleichgültige Langeweile versunken. Ein gedämpftes Murmeln lag über dem Hof. Balaram erhob seine Stimme. Die erste Aufgabe der Abteilung für den Vormarsch der Vernunft, erklärte er, sei, das Dorf zu desinfizieren – und zwar so gründlich, daß nicht einmal eine Spur der Verderben bringenden Keime zurückbleiben würde. Und zu diesem Zweck würden die restlichen dreitausend Rupien für den Kauf von Karbolsäure verwendet werden.

Hier und da wurde gemurrt: Die meisten Schüler hätten das mit ihrer Hilfe erwirtschaftete Geld viel lieber in die eigene Tasche gesteckt. Aber es gab andere, die neugierig waren, und einige der jüngeren Studenten erinnerten sich, Balaram während des Krieges und danach mit Eimern voll Karbolsäure hantieren gesehen zu haben; das hatte ausgesehen, als mache es Spaß – es gestattete einem, das Haus seines Nachbarn mit einer stechend riechenden Flüssigkeit zu besprengen. Über Mangel an Freiwilligen konnte Balaram sich also nicht beklagen: Vierzehn Schüler boten sich an, ihn nach Naboganj zu begleiten und ihm zu helfen, die Karbolsäure nach Lalpukur zu bringen.

Am nächsten Morgen rief Balaram seine Freiwilligen in aller Frühe zusammen und eilte, ohne gefrühstückt zu haben, nach Naboganj. Wozu die Eile? schimpfte Toru-debi. Deine – wie heißt sie noch? – kämpferische Vernunft wird schon nicht den Bus verpassen, wenn du eine Stunde später aufbrichst.

Wir müssen uns eben *wohl* beeilen, erwiderte Balaram kurz angebunden und verließ fast im Laufschritt das Haus. Am Nachmittag kehrte er mit seinen Freiwilligen auf einem gemieteten Lastwagen zurück, der mit Säcken voll Karbolpulver und einem kleinen Arsenal von Sprühgeräten, Wasserpistolen und Plastikeimern hoch beladen war. Er ließ seine Helfer sogleich ans Werk gehen. Sie rollten ein paar ausgewaschene Ölfässer in das Stück Garten vor dem Haus, das neben der Hütte mit den Webstühlen lag. Balaram zeigte ihnen, wie man das Karbolpulver in Wasser auflöste. Als sie damit fertig waren, gab er ihnen genaue Anweisungen. Am nächsten Tag um vier Uhr nachmittags sollten sie sich in der Schule einfinden. Um diese Zeit unterrichtete er gewöhnlich Lesen und Schreiben, aber diesmal würde der Unterricht eben ausfallen.

Am nächsten Tag war Balaram schon früh auf. Mit vor Erregung fiebrig glänzenden Augen ging er nervös in seinem Studierzimmer auf und ab. Sein fein geschnittenes, schmales Gesicht war angespannt, und immer wieder strich er sich den weißen Haarschopf aus der Stirn. Schon lange vor vier Uhr stand er vor dem Haus, sah den Weg hinunter und wartete ungeduldig auf seine Freiwilligen. Alu, der beschlossen hatte, ihn zu begleiten, ging kurz darauf hinaus und leistete ihm Gesellschaft. Um halb fünf hatten sich erst sechs der vierzehn Helfer eingefunden. Balaram war außer sich. Wo bleiben die anderen? schrie er einen der Schüler an, einen fünfzehnjährigen Jungen, der keine Schneidezähne mehr hatte.

Der Junge war bestürzt. In der Schule hatte Balaram noch nie zuvor jemanden angeschrien. Vielleicht sind sie am Banyanbaum, sagte er entschuldigend und saugte an seinen Eckzähnen. Wußten Sie das denn nicht, Balaram-babu? Bhudeb Roy-shaheb hält heute unter dem Banyanbaum eine Versammlung ab, eine richtige Mikrofon-und-Lautsprecher-Versammlung. Er will den ersten Spatenstich für eine Straße tun, eine absolut gerade, breite und schwarze Teerstraße vom Banyanbaum bis zu seinem Haus. Seine Männer holen alle Leute aus dem Dorf zu der Versammlung. Wir mußten uns verstecken und über die Reisfelder herkommen.

War das ein Zufall gewesen? Hatte das zu Balarams Plänen gehört? Hatte er es gewußt?

Er muß es gewußt haben, sagte Alu einige Monate später in Kalkutta zu Gopal. Er muß gewollt haben, daß es passiert – warum hätte er es sonst so eilig haben sollen?

Damals aber gab Balaram durch nichts zu erkennen, daß er von der Versammlung gewußt hatte. Mit ruhiger Entschlossenheit sagte er: Dies ist nur eines der Hindernisse, die uns auf dem Weg der Vernunft erwarten. Dann gab er Wasserpistolen, Sprühgeräte und mit Karbolsäure gefüllte Kübel und Eimer aus und setzte sich an die Spitze seiner freiwilligen Helfer.

Wohin gehen wir, Sir? fragte einer der Schüler.

Zum Banyanbaum, antwortete Balaram. Das ist die schmutzigste Stelle des ganzen Dorfes.

Aber als sie nur noch einige hundert Meter von dem Baum entfernt waren und das Summen der Menge und Bhudeb Roys Stimme, die aus den Lautsprechern dröhnte, hören konnten – Diese Straße wird ein Beispiel sein, ein Beispiel für das Gebot der Stunde: Geradlinigkeit und harte Arbeit –, wurde Balaram unsicher. Alu sah, daß er zögerte, und zupfte ihn am Ärmel. Laß uns umkehren, sagte er. Noch ist es Zeit. Wir brauchen das hier nicht zu tun.

Balaram blieb stehen und setzte seinen Eimer ab. Auch die Freiwilligen, die ihm folgten, hielten an. Balarams Gesicht war schweißüberströmt. Alu merkte, daß mit dem Blut auch der Mut aus seinem Gesicht wich. Komm, sagte Alu. Laß uns umkehren...

Aber bevor er den Satz beenden konnte, tauchte Shombhu Debnath an Balarams Seite auf. Überrascht hielt Alu inne; Shombhu Debnath war nicht dabeigewesen, als sie von der Schule aufgebrochen waren.

Sie kehren schon um, Balaram-babu? rief Shombhu Debnath. Er lachte und sah aus geröteten Augen in die Balarams. Soll das heißen, daß der Vormarsch der Vernunft von einem einzigen Keim aufgehalten wird? Kommen Sie.

Er blinzelte Balaram zu, löste sein ascheverschmiertes Haar und wand es zu einem festen Knoten. Er band sein rotes Tuch los und befestigte es wieder wie einen Lendenschurz. Dann ging er zu einem der Freiwilligen, entriß ihm Eimer und Sprühpistole und machte sich auf den Weg zum Banyanbaum. Mit schamrotem Gesicht folgte Balaram ihm. Alu trottete hinterher. Die anderen Freiwilligen jedoch blieben zurück.

Die Menge, die sich unter dem Banyanbaum versammelt hatte, war für Lalpukurs Verhältnisse groß, wenn auch nicht riesig. Etwa achtzig Leute waren auf dem offenen Platz um den Baum zusammengekommen. Manche hockten auf dem Boden und stocherten zwischen den Zähnen, andere lehnten sich aneinander oder an die dicken, knotigen Luftwurzeln des Baumes. Bhudeb Roys Söhne und die zwanzig jungen Männer standen ringsum und versperrten alle von dem Platz wegführenden Wege. Neben dem gewaltigen Stamm, zwischen Bolai-das Werkstatt und dem Teeausschank, war eine kleine Plattform aus Holz errichtet worden. Direkt über ihr hing an einem Ast des Baumes ein fast lebensgroßes, mit ungelenker Hand auf Pappe gemaltes Portrait von Bhudeb Roy. Der Maler hatte offenbar versucht, einen Kompromiß zwischen Bhudeb Roy und einem berühmten Schauspieler zu finden, mit dem Ergebnis, daß Bhudeb Roys Mund und seine winzigen Augen grotesk verzerrt mit schwülstiger Zärtlichkeit lüstern auf die Menge herabgrinsten. Bhudeb Roy stand, mit Blumengirlanden üppig behängt, unter dem Portrait und brüllte in ein Mikrofon. Er hatte wie immer einen makellos weißen *dhoti* und eine ebenso weiße *kurta* an, seine Glatze aber unter einem weißen Schiffchen verborgen, wie man es von anderen Politikern kannte. Dutzende weiterer Bilder von ihm sowie Plakate mit Slogans (‹Auf geradem Weg zum Fortschritt›) waren an dem alten Baum und an den Läden aufgehängt worden.

Bhudeb Roy hielt einen Augenblick inne, als er Balaram mit seinem Eimer auf den Platz kommen sah. Er fing sich aber sogleich wieder und donnerte in das Mikrofon, wenn auch seine Stimme eine Spur von Unbehagen verriet: Dies ist ein neuer Anfang, ein gerader Anfang...

Balaram blieb stehen und sah sich unentschlossen um. Jetzt, wo er da war, wußte er nicht, was er tun sollte. Shombhu Debnath war mit seiner Sprühpistole und seinem Eimer verschwunden. Alu stand neben ihm, aber seine freiwilligen Helfer konnte er nirgends entdecken. Zwei von Bhudeb Roys Männern drehten sich um und sahen ihn. Bhudeb Roy stand auf dem Podium und brüllte: Nichts wird unseren geraden Vormarsch aufhalten... Die beiden jungen Männer bewegten sich auf Balaram und Alu zu und streichelten ihre Holzknüppel. Aus den Lautsprechern dröhnte es: Diese Straße wird eine gerade Straße sein, geradewegs zum Fortschritt, geradewegs zu meinem Haus... Die Männer waren kaum noch eine Armlänge entfernt. Alu stellte sich schützend vor Balaram. Einer der Männer hob seinen Knüppel.

Und dann floß plötzlich mit einem gurgelnden Schmatzen ein Strom von Desinfektionsmittel aus dem Baum und ergoß sich über Bhudeb Roy. Das Mikrofon ertrank in einer Kakophonie aus Schreien und Quietschen. Spuckend und hustend brach Bhudeb Roy auf dem Podium zusammen. Der Karbolsäurestrahl schoß aus der Krone des Baums und traf das an den Ästen aufgehängte Portrait. Die Pappe weichte auf und schwang an dem

Seil, das sie hielt, zurück. Einen Augenblick lang hing das Bild an einem Faden, dann riß das Seil, und die klebrige Masse fiel zu Boden. Bhudeb Roy, der völlig durchnäßt auf dem Podium umherstolperte, befand sich gerade unter dem Bild. Sein Kopf durchbohrte die Pappe genau in der Mitte. Er taumelte zurück und fiel zu Boden. Als er sich wieder aufgerappelt hatte, hing die nasse Pappe über seinen Girlanden, und sein Kopf steckte in einem ausgezackten Loch mitten in dem gemalten Mund.

Seine Söhne und die zwanzig jungen Männer standen reglos da und sahen entsetzt auf Bhudeb Roy, der blind, das Portrait wie einen glitschigen Octopus um den Hals, auf dem Podium hin und her wankte. Alu erkannte die sich bietende Gelegenheit und stieß Balaram an. Sie nahmen ihre Eimer auf und leerten sie über den zwei vor ihnen stehenden Männern aus. Bevor die beiden ihre Augen wieder öffnen konnten, waren Balaram und Alu schon verschwunden.

Als Bhudeb Roy sich wieder aufgesetzt hatte, standen seine Söhne und seine bezahlten Männer um ihn herum, stotterten Entschuldigungen, versuchten ihm aufzuhelfen und zupften Pappreste von seinem girlandengeschmückten Hals. Der Platz war leer. Von Balaram oder Alu war nichts mehr zu sehen. Die Äste des Banyanbaums ragten friedlich und verlassen in den Himmel. Aber das Gelächter in den Reisfeldern konnte Bhudeb Roy hören.

Er bestand darauf, sofort ins Krankenhaus gebracht zu werden.

Am nächsten Tag, als Shombhu Debnath und Maya in der Schule waren und Rakhal nach Naboganj gefahren war, fingen ihre Hütten Feuer. Sie brannten bis auf einen Haufen schwelender Asche nieder, bevor Maya und Shombhu das Feuer auch nur bemerkt hatten. Später, als sie die Überreste durchsuchten, fanden sie zwei verkohlte Kerosinkanister, die nicht ihnen gehörten.

Sie hatten alles verloren: Ihre Getreidevorräte, die Garnknäuel, ihre Töpfe und Pfannen, die Hemden und Hosen, die Rakhals ganzer Stolz waren. Auch die Ohrringe und die beiden

Messingtöpfe, Mayas einzige Erinnerungen an ihre Mutter, waren verschwunden.

Balaram ging ganz selbstverständlich davon aus, daß Shombhu Debnath, Maya und Rakhal von nun an in seinem Haus leben würden. Wohin hätten sie sonst gehen sollen? Alu trug die wenigen Habseligkeiten, die Maya aus der Asche gezogen hatte, zum Haus, und Maya stolperte, blind vor Tränen, hinterher.

Später gingen sie zurück, um Shombhu Debnath zu holen. Er hockte zwischen den Trümmern und starrte in den Himmel. Maya, sagte er leise, denk immer daran: So etwas passiert, wenn ein Mann sich bindet und sich ein Haus baut. Es brennt nieder. Es braucht keinen, der es anzündet – das ist nur Shri Krishna, der dich daran erinnert, wie die Welt beschaffen ist.

Obwohl Maya sich alle Mühe gab, ihn zu überreden, wollte er die Trümmer nicht verlassen. Ihr eigener Kummer wurde von einer anderen Sorge überdeckt: Was würde Rakhal tun, wenn er aus Naboganj zurückkehrte und von dem Feuer erfuhr? Sie wußte, daß er zu allem fähig war, wenn man ihm von den Kerosinkanistern erzählte, die sie gefunden hatten, und sie wußte auch, daß sie ihn nicht würde aufhalten können.

Zu ihrer Verwunderung tat Rakhal gar nichts. Er stellte Alu unzählige Fragen zu den Kerosinkanistern und verbrachte dann viel Zeit damit, auf der Suche nach Überresten seiner Kleider in der Asche zu stochern. Als er nichts fand, ging er ruhig mit Alu und Maya mit und fiel auf einer Matte in der Hütte, bei deren Bau er geholfen hatte, friedlich in Schlaf.

Maya zitterte vor Erleichterung, aber einige Tage später sah Alu, daß Rakhal in den Trümmern der Hütten Säcke mit alten Sodawasserflaschen, Konservendosen und rostigen Nägeln versteckte.

Rakhal baute wieder Bomben.

6

Zuspitzung

Endlich lernen wir den Hilfsinspektor der Polizei Jyoti Das richtig kennen. Er ist ein schmächtiger Mann, mittelgroß, mit dunkler Haut und glattem, schwarzem Haar. Er hat ein langes, ebenmäßiges Gesicht mit einem runden Kinn und einer kurzen, geraden Nase. Das einzige Unregelmäßige daran sind seine Augenbrauen, die nicht in einer Linie liegen: Die eine ist etwas schärfer gekrümmt und höher als die andere, und dadurch wirkt er immer ein wenig erstaunt, auch wenn er es nicht ist. Seine Augen, die durch jahrelange Übung gewöhnt sind, auf kleinste Details in Färbung und Befiederung zu achten, sind scharf und überaus wachsam. Er ist sorgfältig rasiert, und darauf ist er stolz, denn das hebt ihn von seinen Kollegen ab, von denen sich die meisten einen aggressiven Schnurrbart haben wachsen lassen. Er sieht nett, wenn nicht gar gut aus und wirkt jünger als seine fünfundzwanzig Jahre. Oft hält man ihn für einen College-Studenten.

Er wartet in einer kleinen Polizeistation, einige Meilen von Lalpukur entfernt. Die Polizeistation liegt an der Hauptstraße, die von Naboganj an den letzten Hütten von Lalpukur vorbei nach Kalkutta führt. Es ist eine heruntergekommene, alte Polizeistation: Dachziegel sind gesprungen, und an den gelbgestrichenen Mauern gibt es große Löcher im Putz. Jyoti Das sitzt neben (nicht hinter) dem Tisch des Hauptwachtmeisters in einem feuchten, düsteren Raum, an dessen Wänden zerknickte Dienstpläne und Schlüsselbunde hängen. Von der Dienstwohnung des Wachtmeisters zieht ein beißender Geruch nach angebrannten Gewürzen durch den Raum, und irgendwo in den Zellen weiter hinten führt ein Betrunkener oder Verrückter Selbstgespräche.

Es ist elf Uhr morgens, und Jyoti Das wartet auf Bhudeb Roy, dem er heute zum ersten Mal begegnen wird. Bhudeb Roy hat sich bereits um eine halbe Stunde verspätet, obwohl er es doch war, der in dem Telegramm, das er nach Kalkutta geschickt hat, zehn Uhr dreißig als Uhrzeit angegeben hat, und Jyoti Das ist mehr als nur ein bißchen ungeduldig und verärgert. Überrascht allerdings ist er nicht, denn obwohl er Bhudeb Roy noch nie zuvor begegnet ist, kennt er ihn irgendwie recht gut. Nachdem man ihm den Fall übertragen hatte, mußte er alle Berichte lesen, die Bhudeb Roy je verfaßt hat, und er hat dabei nicht den Eindruck gewonnen, daß Bhudeb Roy ein Mann ist, den es über Gebühr nervös macht, jemanden warten zu lassen. Jyoti Das lächelt und denkt an die häufigen Diskussionen mit seinen Kollegen, in denen sarkastische Bemerkungen über schmutzige kleine Distrikt- und Provinzpolitiker fielen, die plötzlich zu so viel Macht gekommen sind, daß sie glauben, für die Zentralregierung arbeitende Beamte des gehobenen Dienstes herumkommandieren zu können.

Der Hauptwachtmeister, ein großer, vierschrötiger Mann mit einem fettig glänzenden Gesicht und einem herabhängenden, an den Enden aufgebogenen Schnauzbart, hat die ganze Zeit steif am anderen Ende des Raumes gestanden und aus dem Fenster gesehen. Er bemerkt Jyoti Das' Ungeduld und wird unruhig. Möchten Sie eine Tasse Tee, HIP-shaheb? fragt er. Jyoti Das lächelt und nickt.

‹Hilfsinspektor der Polizei› nennt der Wachtmeister Jyoti Das. Das ist korrekt, denn genaugenommen ist das Jyoti Das' Rang. Eigentlich aber hat Jyoti Das jetzt eine andere Stellung inne. Vor etwa einem Jahr wurde er zu einer Organisation abkommandiert, die, weil sie gerne unauffällig operieren möchte, unter dem

Namen ‹Unionssekretariat› firmiert (obwohl sie noch ein ganzes Arsenal anderer Namen, passend für alle Gelegenheiten, auf Lager hat). Wie die meisten seiner Kollegen in den Geheimdiensten bekleidet Jyoti Das noch immer einen Rang in der Polizei, seiner ursprünglichen Behörde, aber offiziell ist er jetzt Stellvertretender Bundesuntersuchungs-Beamter. Trotzdem, ganz gleich, was seine offizielle Position ist – man kann jemanden nicht im Ernst mit Stellvertretender Bundesuntersuchungs-Beamter oder gar SBUB anreden. HIP dagegen ist eine Anrede, ein Rang, eine Klasse, es beinhaltet einen gewissen Lebensstandard, eine Lebensversicherungsprämie, eine Metaphysik, während SBUB nichts bedeutet, nicht einmal das, wofür die Abkürzung steht.

Außerdem wissen selbst im Unionssekretariat nur wenige genau, welche Auswirkungen ihr Rang und ihre Position auf Gehalt, Zulagen und Stellung in der Hierarchie haben. Die Schwesterorganisationen haben ihre eigenen altehrwürdigen Rangordnungen, und nur die ältesten und erfahrensten Beamten des Sekretariats vermögen die feinen Rangunterschiede zwischen den Beamten der verschiedenen Organisationen einzuschätzen. Mehr als einmal haben die höchsten Etagen des Ministeriums widergehallt vom lautstarken Zwist zwischen zwei Behörden, die einander bekämpften, weil es zwischen zwei Beamten zu einem Mißverständnis über die Rangordnung, den Vortritt oder die Höhe der zusätzlichen Teuerungszulagen gekommen war. So war es unvermeidlich, daß die Beamten des Unionssekretariats im Umgang mit anderen Organisationen und Diensten auf den gemeinsamen Nenner – den Dienstrang in der Polizei – zurückgriffen. Anders wären Schriftwechsel und Zusammenarbeit zwischen den Dienststellen unmöglich gewesen: Beamte wären vor Protokollkomitees zitiert worden, etwa mit der Begründung, sie hätten halboffizielle Briefe an Ranghöhere geschrieben.

Vier Jahre sind vergangen, seit Jyoti Das die Beamtenprüfung bestanden hat, und zwar, zu seiner leichten Verwunderung, mit einer Note, die gut genug war, um ihm den Eintritt in den Polizeidienst zu ermöglichen. Er war damals erst einundzwanzig und damit einer der Jüngsten, die sich qualifiziert hatten. Aber sein

Vater, der in der Zeit, da sein Sohn sich auf die Prüfung vorbereitete, ein strenges Auge auf ihn gehabt hatte, war ganz und gar nicht zufrieden. Für ihn war Jyotis erster Versuch sozusagen eine Art Probelauf gewesen, eine Vorarbeit für einen zweiten, wirklich ernsthaften Versuch im Jahr darauf. Als Jyoti in den Polizeidienst aufgenommen wurde, warf das all seine Pläne über den Haufen. Nach seinem Willen hätte Jyoti sich um einen Posten in einer der begehrten, prestigeträchtigen Behörden bewerben sollen, vielleicht in einer Regierungsbehörde, wie sein Großonkel mütterlicherseits, der Staatssekretär, oder im Diplomatischen Dienst, oder zur Not auch noch am Rechnungshof. Er war entsetzt bei dem Gedanken, daß Jyoti den Rest seines Lebens damit verbringen würde, Wachtmeistern in komischen kurzen Hosen ‹Abteilung marsch!› zu befehlen und sich mit Kleinkriminellen und allen möglichen anderen Widerwärtigkeiten abzugeben. Und überhaupt, höhnte er, was soll die Polizei mit ihm anfangen? Glaubst du, sie haben viel übrig für Leute, die herumsitzen und Vögel malen? Du wirst schon sehen – sie werden ihn wegen unmoralischen Betragens vom Dienst suspendieren, und dann haben wir ihn für den Rest seines Lebens am Hals.

Monatelang versuchte er, Jyoti zu überreden, auf den Polizeidienst zu verzichten und die Prüfung noch einmal zu machen. Aber diesmal blieb Jyoti stur; die Polizei sei gehobener Dienst wie andere auch, sagte er, und außerdem sei sie eine Bundesbehörde, bei der ihn eine sichere Position mit einer guten Pension, Gratifikationen und Mietzuschüssen erwarte. Was wollten seine Eltern denn mehr? Er hatte schon genug getan, um sie zufriedenzustellen, und auch wenn ihnen seine Entscheidung nicht paßte, würden sie damit leben müssen. Die Prüfung war eine reine Tortur gewesen, und nichts würde ihn dazu bringen, sie noch einmal über sich ergehen zu lassen.

Und was seine Freude am Malen betraf, so würde er im Polizeidienst besser aufgehoben sein als irgendwo anders, denn nur wenn es keine echte Berührung zwischen der Welt, in der man vorankommen muß, und einem selbst gibt, ist die Privatsphäre wirklich sicher.

Zwei Jahre lang war sein Vater beleidigt. Jyoti ignorierte ihn und gab während seiner Ausbildung sein Bestes. Infolgedessen bekam er auf der Polizeiakademie so gute Noten, daß man ihn ins Unionssekretariat holte. Das war eine beachtliche Leistung, denn gewöhnlich nahmen die einen nur, wenn man Verbindungen hatte und mit Onkeln sprach. Sein Vater taute auf, denn er stellte bald fest, daß Jyotis Arbeit keineswegs darin bestand, Wachtmeistern «links, rechts» zuzubrüllen, sondern darin, Akten auszuwerten und Berichte zu schreiben wie jeder andere Beamte des gehobenen Dienstes auch.

Jyoti war erleichtert, denn ihm lag am häuslichen Frieden, und auf seine Art war er glücklich im Unionssekretariat. Die Grundausbildung war hart gewesen, und die Arbeit schien oft sinnlos zu sein, aber das war nicht anders zu erwarten gewesen. Insgesamt gesehen aber war seine Tätigkeit nicht allzu anstrengend, und wenigstens brauchte er keine Uniform zu tragen. Seinem Vater gegenüber hätte er es nie zugegeben, aber eigentlich war ihm unwohl gewesen bei dem Gedanken, er könne in die Provinz versetzt werden und Jahre damit verbringen, Banditen zu fangen und schlecht ausgebildete Wachtmeister in Menschenmengen feuern zu lassen. Aber viel wichtiger als das war ihm, daß seine Arbeit im Unionssekretariat ihm genug Zeit ließ, Vögel zu zeichnen und zu malen. Seine Maltechnik und seine ornithologischen Kenntnisse hatten sich gewaltig verbessert. Ein bekannter Illustrator war beeindruckt gewesen von seinem Aquarell eines Grünen Bienenfressers, einem verbreiteten Vogel, dessen Gefieder jedoch Farbabstufungen aufwies, die mit Wasserfarben keineswegs leicht wiederzugeben waren. Sogar von einem Kinderbuch, das er illustrieren sollte, war die Rede gewesen.

Zwölf Uhr, und noch immer war Bhudeb Roy nicht aufgetaucht. Irgendwie war Jyoti Das nicht überrascht. Er hatte nie daran geglaubt, daß bei diesem Fall viel herauskommen würde. Aber aus irgendeinem Grund hatte sein Vorgesetzter, der Stellvertretende Oberinspektor (eigentlich der Beigeordnete Untersuchungsdirektor), beschlossen, die Sache sehr ernst zu nehmen. Er hatte, als er Jyoti Das die Akten übergeben hatte, gesagt: Dies ist ein wichtiger Fall. Wir wollen sehen, wie Sie damit fertig werden. Ich wünsche, daß Sie dieser Angelegenheit all ihre Zeit widmen; für Ihre Karriere kann das von großer Bedeutung sein.

Jyoti Das hatte die Akten gewissenhaft studiert, aber als er damit fertig war, konnte er noch immer nicht verstehen, warum dieser Fall so wichtig war. Ihm kam das alles wie eine durch und durch triviale Angelegenheit vor. Es schien keinen vernünftigen Grund für die Annahme des Hauptinformanten zu geben, daß in seinem Dorf ein Schullehrer im Ruhestand von einem vom Ausland gesteuerten Agenten, der sich als Weber getarnt hatte, benutzt wurde, um eine Organisation von Extremisten aufzubauen. Natürlich war das möglich – in diesen Grenzgebieten gab es so viele Flüchtlinge, die sich vor jeden Karren spannen ließen. Aber in diesem Fall, schrieb Jyoti Das in seiner Beurteilung, schien es irgendwie wahrscheinlicher, daß hinter der ganzen Sache nichts weiter steckte als eine unbedeutende Rivalität zwischen Dorfhonoratioren. Jedenfalls konnte die örtliche Polizei ohne weiteres damit fertig werden. Der Stellvertretende Oberinspektor hatte sich über Jyoti Das' Beurteilung unmäßig erregt. Er hatte Jyoti Das in sein Büro zitiert und gesagt: Mr. Das, wie lange arbeiten Sie jetzt im Sekretariat? Ein paar Monate, wenn ich mich nicht irre. Zum Donnerwetter, Mann – sind Sie denn noch immer nicht in der Lage, einen Fall von einem Blumenkohl zu unterscheiden? Glauben Sie vielleicht, das ist ein Witz? Meinen Sie etwa, Sie seien eine Art James Bond und könnten sich ein Urteil über meine Einschätzung dieses Falls erlauben? Wenn ich sage, daß dies ein wichtiger Fall ist, dann behandeln Sie ihn gefälligst auch wie einen wichtigen Fall. Ihre Meinung dazu ist absolut unerheblich. Jyoti Das hatte Haltung angenommen und zakkig salutiert. Lassen Sie das, hatte der SOI gesagt. Sie sind hier nicht mehr bei der Polizei. Dann hatte er gelächelt und Jyoti väterlich auf die Schulter geklopft. Und davon, daß wir der örtlichen Polizei einen Fall überlassen sollen, will ich auch kein Wort mehr hören. Die erste und wichtigste Regel in diesem verdammten Garten lautet, daß keiner der Polizei irgendwelche Stecklinge überläßt. Das werden Sie schon noch merken. Diese

Idioten versuchen sowieso immer, uns ins Handwerk zu pfuschen. Wenn wir ihnen auch noch Fälle überlassen, werden wir bald nichts mehr vorzuweisen haben und nur noch herumsitzen und Däumchen drehen. Und jetzt hinaus mit Ihnen. Halten Sie mich über die Entwicklung des Falls auf dem laufenden.

Inzwischen sah es so aus, als würde sich der Fall überhaupt nicht mehr entwickeln. Der Hauptinformant war verschwunden. Da ich annehme, daß Sie ihn kennen, wandte Jyoti Das sich an den Hauptwachtmeister, sagen Sie mir bitte: Kommt er immer zu spät, oder glauben Sie, daß etwas Schlimmes passiert ist?

Der Hauptwachtmeister trat von einem Fuß auf den anderen und rieb nervös mit dem Daumen über seine Messinggürtelschnalle. Jyoti Das sah ihn an und setzte sich auf. Was haben Sie, Wachtmeister?

Sir, vielleicht ist er aufgehalten worden, sagte der Wachtmeister unsicher. Die Leute sagen, daß er Schwierigkeiten hat.

Schwierigkeiten?

Schwierigkeiten zu Hause, Sir.

Also bitte, Wachtmeister, sagte Jyoti Das. Wachen Sie auf. Hat man Ihnen nicht beigebracht, wie man Bericht erstattet? Also, reden Sie: Was für Schwierigkeiten?

Der Wachtmeister wandte sich vom Fenster ab und schlurfte zum Tisch. Er senkte die Stimme: Es hat etwas mit seiner Frau zu tun, HIP-shaheb. Sie hat vor fünf oder sechs Jahren noch ein Kind bekommen – ein Mädchen. Es war von Anfang an sehr kränklich, und vor kurzem ist es ernstlich krank geworden. Sie wissen ja, was passiert, wenn Leute so spät noch Kinder bekommen. Bhudeb Roy-babu hat das Kind zu den besten Ärzten gebracht, aber keiner wußte Rat. Und jetzt, sagen die Leute, hat diese Krankheit Parboti-debi, so heißt Bhudeb Roy-babus Frau, ein bißchen geistig verwirrt. Das habe ich von einem Mann aus dem Dorf – er hat einen Fahrradladen und ist ein guter Bekannter von Bhudeb-babu und seiner Familie. Er sagt, daß Bhudeb-babu und seine Söhne Parbot-debi zweimal spät in der Nacht dabei ertappt haben, wie sie versuchte, sich mit dem Kind aus dem Haus zu schleichen. Natürlich wurde Bhudeb-babu sehr wütend, Sir. Er schlug sie – vor den Augen seiner Söhne – ins Gesicht und fragte sie: Wo willst du hin, mitten in der Nacht? Aber sie, sie weinte nicht einmal. Sie sah ihm gerade ins Gesicht, ohne die Augen niederzuschlagen, und sagte: Ich nehme sie mit nach Hause – sie ist krank, weil sie nicht zu Hause ist. Das hat sie ihm einfach so ins Gesicht gesagt. Daraufhin wurde Bhudeb-babu natürlich noch wütender. Er schrie sie an: Was soll das heißen: ‹Nach Hause›? Dies ist ihr Zuhause. Aber sie schrie zurück: Nein, das hier ist nicht ihr Zuhause; ihr Zuhause ist dort – und sie zeigte nach draußen, vielleicht in die Richtung, in der die Schule liegt. Sie müssen wissen, Sir, die Leute sagen, daß in der Nacht, in der das Kind – ich bitte um Entschuldigung – gezeugt wurde, ein Flugzeug auf das Dorf gestürzt ist – das war im Krieg, müssen Sie wissen –, und man sagt, daß dieser Absturz sie ein bißchen wirr im Kopf gemacht hat. Sie glaubt, daß ein Zusammenhang besteht zwischen dem Flugzeug und ihrem Kind, und sie will mit ihrer Tochter an die Stelle zurückkehren, an der das Flugzeug abgestürzt ist. Es ist eine sehr traurige Geschichte. Die ganze Zeit schreit sie Bhudeb-babu an: Laß mich gehen. Laß mich mit meinem Kind nach Hause gehen. Du wirst es umbringen. Es wird sterben, wenn es hierbleiben muß. Arme Frau – sie werden sie bald nach Ranchi oder in irgendeine andere Anstalt bringen müssen. Natürlich kann er sich das leisten.

Jyoti Das konnte es nicht glauben. Wollen Sie damit sagen…, wollen Sie damit sagen, daß er mich fast zwei Stunden hat warten lassen, weil seine Frau verrückt wird?

Der Wachtmeister sah auf seine Füße. Vielleicht, Sir, sagte er.

Um Viertel vor eins hörten sie einen Wagen vorfahren. Er ist da, Sir, sagte der Hauptwachtmeister sehr erleichtert und schickte zwei Polizisten zum Wagen, die Bhudeb Roy und die drei Söhne, die mit ihm gekommen waren, ins Haus begleiten sollten. Jyoti Das rührte sich nicht. Er blieb zurückgelehnt, mit übergeschlagenen Beinen, auf seinem Stuhl sitzen und beschloß, nicht aufzustehen, wenn Bhudeb Roy eintrat.

Bhudeb Roys massiger Körper wälzte sich nach und nach herein. Seine drei Söhne halfen ihm auf den Stuhl, der vor dem

Schreibtisch des Hauptwachtmeisters stand. Jyoti Das nickte ihm zur Begrüßung zu und runzelte die Stirn. Er schob die Hemdmanschette zurück und sah betont auf seine Uhr. Bhudeb Roy beachtete ihn nicht. Er schnippte mit den Fingern und winkte kurz, worauf seine Söhne und die Polizisten eilends den Raum verließen. Einen Augenblick lang schwieg er heftig schnaufend und musterte Jyoti Das kritisch. Dann beugte er sich vor und lächelte. Ich hoffe, Sie hatten einen angenehmen Aufenthalt. Ich hoffe, der Wachtmeister hat sich gut um Sie gekümmert. Er ist kein schlechter Mensch, nur etwas dumm.

Jyoti Das sah seine winzigen, glasigen Augen und die flache Nase; er sah, wie das dünne Lächeln Bhudeb Roys unförmigem, fleischigem Gesicht einen Sprung gab, der wie ein Riß in einem getrockneten Lehmklumpen wirkte. Schnell wandte er den Blick ab und sah aus dem offenen Fenster. In ihrem Telegramm hieß es, sie hätten mir etwas äußerst Dringendes mitzuteilen, sagte er schroff.

Ja, sagte Bhudeb Roy, so ist es. Ich wurde zu Hause etwas aufgehalten. Meiner Frau und meiner Tochter geht es nicht gut. In ein paar Minuten muß ich schon wieder aufbrechen. Ich werde es also kurz machen.

Bitte.

Sie müssen jetzt schnell handeln, schnell. Sie haben all meine Berichte gelesen, und jetzt müssen Sie etwas unternehmen. Ich glaube, daß es an der Zeit ist, Balaram Boses Haus zu stürmen und ihn und seine Komplizen festzunehmen.

Um Jyoti Das' Mund spielte der Anflug eines Lächelns. Hat es denn neue Entwicklungen gegeben? Ist irgend etwas so Schwerwiegendes geschehen, daß eine solche Aktion gerechtfertigt wäre?

Neue Entwicklungen? Was soll das heißen: ‹Neue Entwicklungen›? Reichen Ihnen die alten Entwicklungen etwa nicht? Vor sechs Monaten habe ich Ihnen schon geschrieben, daß diese Extremisten mich während einer von mir organisierten öffentlichen Veranstaltung im Dorf angegriffen haben. Mit ihren ausländischen Waffen und allem haben sie mich angegriffen und versucht, mich umzubringen, und sie haben die Versammlung gesprengt und die Ruhe und Ordnung in der ganzen Region gestört. Ich mußte mich im Krankenhaus behandeln lassen. Aber das wissen Sie doch alles – ich habe es Ihnen ja geschrieben.

Ja, sagte Jyoti Das, aber ich glaube nicht, daß wir aufgrund dieses einen Vorfalls etwas unternehmen können. Haben sich seitdem noch andere Zwischenfälle ereignet?

Natürlich, sonst hätte ich Ihnen wohl kaum ein Telegramm geschickt. Glauben Sie vielleicht, daß die damit aufhören – jetzt, wo sie Blut geleckt haben? Ich werde Ihnen sagen, was passiert ist. Sie wissen wahrscheinlich, daß ich eine Straße für das Dorf baue? Natürlich versuchen die Extremisten alles, um den Bau zu verzögern, um mich in Mißkredit zu bringen. Letzte Woche haben die Vermessungsingenieure und einige meiner Männer den Verlauf der Straße festgelegt, und dabei stellte sich heraus, daß ihr ein Gebäude im Weg steht, das dieser Balaram Bose ohne Genehmigung auf regierungseigenem Land errichtet hat. Ich habe ihm damals geraten, das nicht zu tun, aber er wollte nicht auf mich hören. Jedenfalls habe ich meine Männer zu ihm geschickt, damit sie ihm sagten, er solle diese Baracke innerhalb einer Woche abreißen. Wollen Sie wissen, was er daraufhin tat? Er ließ meine Angestellten durch einen seiner Männer – einen üblen Burschen, einen berüchtigten *goonda* namens Rakhal Debnath (er ist der Sohn des Anführers der Bande – ich habe ihn in einem meiner Berichte erwähnt) – aus dem Haus werfen. Dann baute er sich mit all seinen Leuten vor meinem Haus auf und rief: Ich werde es nie zulassen, daß du meine Schule zerstörst (er nennt es eine Schule). Niemals. Wenn du es versuchst, werde ich bis zum Letzten mit dir kämpfen. Er war schon immer etwas komisch im Kopf, aber unter dem Einfluß von diesem Shombhu Debnath ist er jetzt vollkommen verrückt geworden. Und auch so rücksichtslos – meine Frau mit diesen Dingen zu belästigen, wo sie doch krank ist. Ich habe nicht reagiert, aber am nächsten Tag habe ich mehr Männer zu seinem Haus geschickt. Sie mußten feststellen, daß er es in eine Festung verwandelt hat. Er hat ringsum Fässer mit Säure aufgestellt und patrouilliert den ganzen Tag auf und ab, bewaffnet mit einer Sprühpistole. Er geht nie ins Haus. Sogar eine Art Zelt hat er draußen aufgeschlagen, in dem er nachts schläft. Er hat versucht, meine Männer mit Säure zu bespritzen, und sie angeschrien: Sagt eurem Herrn, daß es ihm nie, nie gelingen wird, mich oder meine Säure zu vernichten. Verstehen Sie jetzt, wie die Lage ist? Er ist verrückt geworden, und man merkt es ihm auch an: Sein Haar sieht aus wie ein Krähennest, und seine Augen sind blutunterlaufen. Ich kann nicht einmal mehr den Weg benutzen, wenn ich ins Dorf will, sondern muß einen Umweg durch die Reisfelder machen. Verstehen Sie jetzt, wie die Lage ist? Sie müssen sofort etwas unternehmen, bevor sie zu gefährlich werden. Sie können jederzeit über die Grenze entkommen.

Jyoti Das nahm einen Bleistift und hielt ihn zwischen den Spitzen seiner Zeigefinger. Bhudeb-babu, sagte er, ich bin nicht davon überzeugt, daß diese Angelegenheit ernst genug ist, um ein Eingreifen unsererseits zu rechtfertigen.

Nicht ernst genug? Nach allem, was ich Ihnen erzählt habe? Mein Leben ist in Gefahr. Ich sage Ihnen: Sie müssen dieses Haus durchsuchen, oder Sie werden es bereuen. Das ist alles, um was ich Sie bitte: eine Durchsuchung. Ich verlange nicht einmal, daß Sie einen von ihnen verhaften. Das sollen Sie entscheiden, sobald Sie sich in dem Haus umgesehen haben. Sie werden Bomben und Gewehre und Gott weiß was noch alles finden. Ich habe zuverlässige Informationen, daß Shombhu Debnath und sein Sohn Waffen aus dem Ausland geliefert bekommen. Vielleicht stellen Sie sogar welche dort im Haus her. Balaram Bose ist zu ihrem willenlosen Werkzeug geworden, und sie sind äußerst gefährlich. Sie *müssen* dieses Haus stürmen und durchsuchen.

Jyoti Das runzelte die Stirn. Ich habe den Eindruck, daß dies eher eine Sache für die örtliche Polizei ist.

Bhudeb Roy schlug mit der Faust auf den Tisch. Die örtliche Polizei? rief er wütend. Was soll die schon tun? Der Bezirkspolizeichef ist herzkrank und betet von morgens bis abends in den Tempeln von Naboganj. Die Polizei ist vollkommen unfähig. Und überhaupt fällt das hier in Ihr Resort. Wir sind hier im

Grenzgebiet, und das ist ja auch der Grund, warum der Fall an Sie weitergeleitet wurde. Habe ich Ihnen nicht gesagt, daß diese Bande Waffen von drüben bekommt? *Sie* müssen etwas unternehmen. Wofür bezahlt Sie die Regierung eigentlich?

Jyoti Das wurde langsam ungehalten, aber er ließ sich nichts anmerken. Immer mit der Ruhe, Bhudeb-babu, sagte er. Beherrschen Sie sich. Ich bin nur meinen Vorgesetzten Rechenschaft schuldig, und ich muß diese Angelegenheit mit ihnen besprechen, bevor ich irgendwelche Schritte unternehmen kann.

Bhudeb Roy erhob sich. Er starrte Jyoti Das wütend an und sagte: Wenn nicht bald etwas geschieht, werde *ich* mich an Ihre Vorgesetzten wenden. Vielleicht wird Ihnen das eine Lehre sein. Er drehte sich um und stürmte hinaus.

Drei Tage später, als Jyoti Das noch an dem Bericht über sein Gespräch mit Bhudeb Roy arbeitete, brachte ihm ein Bürobote ein Telegramm, das in einem Postamt in der Nähe von Lalpukur aufgegeben worden war. Jyoti Das las es und sah, daß ihm keine andere Wahl blieb, als es umgehend dem SOI zu zeigen. Er rief im Vorzimmer des Stellvertretenden Oberinspektors an und bat um eine sofortige Unterredung.

Von Bhudeb Roy? fragte der SOI und strich sich über den dünnen Schnurrbart, der sein großes, viereckiges Gesicht in zwei Teile teilte. Jyoti Das nickte. Der SOI las das Telegramm und sah Jyoti Das triumphierend an. Was habe ich Ihnen gesagt? rief er. Diese Sache wird langsam brandheiß. Sie müssen sofort hin. Nehmen Sie ein paar Männer mit und bitten sie den BPC in Naboganj, Ihnen noch ein paar zu geben. Ich werde ihm noch ein Telex schicken. Aber passen Sie auf, daß er sich nicht einmischt. Er soll sich da raushalten.

Ja, Sir, sagte Jyoti.

Der SOI warf noch einmal einen Blick auf das Telegramm und sah leicht verwirrt auf. Sagen Sie mal, Das... sagte er, den ersten Teil verstehe ich ja noch, dieses Gefasel von... Bombenangriff... Eingreifen dringend erforderlich, und so weiter. Aber was, glauben Sie, meint dieser Holzkopf eigentlich mit ‹Ehefrau entführt›?

7
Der Geist in der Maschine

Zunächst hörte Maya das Klopfen nur ganz leise und gedämpft durch den Nebel ihres Schlafs. Sie schlief in einem kleinen, dunklen Vorratsraum neben der Küche, den sie, auf Toru-debis Anweisung, für sich hergerichtet hatte, nachdem sie und Rakhal in das Haus gezogen waren. Sie hörte Nonder-ma in der Küche schwer durch den Mund atmen. Da war das Geräusch wieder: Es hatte deutlich dreimal geklopft. Einen Augenblick lang fragte sie sich, ob es vielleicht Alu sein könne; aber der klopfte nie, wenn er nachts zu ihr kam, und er wußte, daß ihre Tür nicht verriegelt war. Das Klopfen klang, als käme es von weiter entfernt, vielleicht von der Hintertür. Durch das vergitterte Fenster am anderen Ende des Raums sah sie den Hof und das geschwungene, ziegelgedeckte Dach, auf dem das durch die Blätter des Mangobaums fallende Mondlicht kleine Flecken malte. Es war sehr still; nicht einmal die Zikaden waren zu hören.

Wieder klopfte es, und nun war sie fast sicher, daß das Geräusch von der Hintertür kam. Sie wickelte ihren Sari um sich, verließ leise ihre Kammer und ging durch den überdachten Gang zur Hintertür. Wieder wurde deutlich dreimal an die dicken Bohlen geklopft. Unentschlossen hielt sie kurz inne und überlegte, ob sie Alu oder Rakhal holen sollte. Aber dann entschied sie sich anders und flüsterte: *Ke?* Wer ist da?

Ami, hörte sie die Stimme ihres Vaters. Ich bin's, mach auf, Maya, sagte er leise und drängend. Maya seufzte erleichtert. Seit sie ihn zum letzten Mal gesehen hatte, waren drei Tage vergangen. Spät nachts war er, schwach vor Hunger, aufgetaucht und hatte um ein Handvoll Puffreis gebeten. Mehr hatte er nicht essen wollen, und obwohl sie ihn angefleht hatte, er möge doch bleiben, war er noch in derselben Nacht wieder verschwunden.

Sie zog den Riegel zurück und schlang ihre Arme um seine magere, nackte Taille. Leise, sagte er lachend und strich ihr über den Kopf. Leise, leise. Sieh mal, wen ich mitgebracht habe. Und erst da bemerkte Maya, daß neben ihm eine Frau stand.

Sie war groß; das fiel Maya selbst in diesem ersten Moment überraschter Verwirrung auf, aber sie konnte das Gesicht der Frau nicht erkennen, denn diese hatte ihren Kopf mit dem Ende ihres Saris bedeckt. Sie trug ein Bündel auf ihrer Hüfte, jedenfalls dachte Maya das, aber dann bewegte es sich und wimmerte, und Maya sah, daß es ein Kind war. Shombhu Debnath schob die beiden ins Haus und drehte sich um, um die Tür zu verriegeln. Die Frau streckte eine Hand aus und faßte Maya am Arm. Der Zipfel ihres Saris glitt ihr vom Kopf, und Maya sah, daß es Parboti-debi war. Sie lächelte Maya an und drückte ihren Arm. Ihr schmales, von Falten durchzogenes Gesicht strahlte. Jetzt bin ich da, Maya, sagte sie. Endlich hat er mich da rausgeholt.

Sprachlos starrte Maya sie an. Parboti-debi hob ihre Tochter hoch und strich mit einem Finger über ihre blassen zarten Wangen. Sieh nur, sagte sie stolz. Jetzt, wo sie bei ihrem Vater ist, geht es ihr schon besser.

Maya sah ihren Vater an, und zum ersten Mal in ihrem Leben konnte er ihrem Blick nicht standhalten. Er wandte sich ab und senkte, wie eine ertappter Schuljunge, seinen schmalen, kantigen Kopf. Und als sie nichts sagte, warf er ihr einen hilflosen Blick zu und flüsterte: Du kümmerst dich doch heute nacht um sie, Maya? Zeig ihr, wo sie schlafen kann, ja?

Langsam streckte Maya die Hand aus und berührte seinen Arm. Ja, sagte sie, ich werde mich um sie kümmern. Und du solltest dich jetzt auch ausruhen. Er hätte sie gern in die Arme genommen und sie auf den Kopf geküßt, wie er es getan hatte, als sie noch ein Kind war, aber Maya war plötzlich so alt wie er, und stärker – stark genug, um jede Faser seines Wesens mit Liebe und Mitgefühl zu umhüllen –, und so wandte er sich schroff ab, während sie Parboti-debi zum Vorratsraum neben der Küche führte.

Am nächsten Morgen, als Maya in der Küche auf Toru-debi wartete, gingen ihr alle möglichen verworrenen Erklärungen durch den Kopf. Alu und Rakhal hatte sie bereits von Parboti-debis plötzlicher Ankunft erzählt. Alu hatte wenig dazu gesagt. Ihn interessierten an dieser Sache lediglich die Auswirkungen auf sie, Maya. Rakhal dagegen hatte vor Wut Flecke im Gesicht bekommen, und seine Narbe hatte rot geleuchtet. Der puritanische Kodex körperlicher Stärke und Reinheit, der sein Leben wie ein tiefsitzender, unerschütterlicher Instinkt beherrschte, war grob verletzt worden, und sein Geist war reflexartig vor diesem Angriff zurückgezuckt. Rakhal hatte Maya stehen lassen und war davongestürmt. Dennoch war Maya nicht sonderlich beunruhigt – er hatte seit Jahren ohnehin kaum ein Wort mit seinem Vater gewechselt. Aber um Toru-debi machte sie sich Sorgen, denn diese lebte in Angst vor Schande und peinlichen Situationen, und Maya wußte nicht, wie sie damit fertig werden sollte.

Sie stand auf, als Toru-debi in die Küche kam. Ihr Haar war aufgelöst, denn sie war auf dem Weg zu ihrem morgendlichen Bad im Teich. Parboti-debi saß mit gekreuzten Beinen in einer Ecke und fütterte ihre Tochter aus einer Schale. Toru-debi sah sie, kaum daß sie eingetreten war, und blieb wie angewurzelt in der Tür stehen. Parboti-debi erhob sich und bedeckte den Kopf mit einem Zipfel ihres Saris. Maya eilte zu ihr, stellte sich schützend vor sie und begann, eine Erklärung zu stammeln. Toru-debi beachtete sie nicht. Sie strich mit einer Hand ihr Haar zurück, sah zur Seite und lächelte schief. Also das ist es, murmelte sie. Ich hätte es wissen sollen. Maya hielt inne, als sie sah, daß Toru-debi mit sich selbst sprach. Also das ist es, sagte sie wieder.

Was? fragte Maya besorgt. Toru-debi runzelte bedeutungsvoll die Stirn, preßte ihre Lippen aufeinander und winkte sie zu sich.

Es geht um die Blusen, flüsterte sie in Mayas Ohr. Sie will die Blusen haben.

Blusen? fragte Maya.

Ja, ja, flüsterte Toru-debi ungeduldig, sie will die Blusen. Ich weiß es. Sie richtete sich auf, wand ihr Haar zu einem Knoten und setzte ein gezwungenes, verbindliches Lächeln auf. Ah, Parboti-debi, sagte sie, es freut mich, daß du gekommen bist, aber du hättest dir diese Mühe nicht zu machen brauchen. Natürlich wußte ich, daß du kommen würdest, denn ich habe geträumt – ich träume nämlich sehr viel –, daß du und Bhudeb-babu heute kommen würdet. Aber du hättest dir diese Mühe nicht zu machen brauchen. Ich habe es nicht wirklich vergessen. Es ist nur... Ich hatte so viel zu tun. Aber das macht nichts. Ich werde sie jetzt gleich fertig machen. Dann kannst du sie Bhudeb-babu zeigen und ihm sagen, daß er nicht zu kommen braucht.

Maya versuchte, sie zu unterbrechen, aber Toru-debi bedachte sie mit einem wütenden Stirnrunzeln. Warte einfach hier, Parboti-didi, sagte sie und lächelte wieder. Trink einen Tee. Es wird nicht lange dauern – in ein paar Stunden habe ich sie fertig.

Und ohne noch an ihr Bad zu denken, eilte Toru-debi wieder in ihr Zimmer.

Alu stand im Innenhof, von wo aus er die Küchentür im Auge behalten konnte. Er rannte zu Toru-debi und fragte sie: Was ist passiert? Gehetzt antwortete sie: Es geht um die Blusen, sie will die Blusen. Ich habe ihr sechs bestickte Blusen versprochen, und dann habe ich sie vergessen. Und jetzt hat sie es Bhudeb-babu gesagt, und er wird auch noch herkommen, und Gott weiß, was passiert, wenn er herausfindet, daß sie noch nicht fertig sind.

Ohne es zu wollen, grinste Alu. Mit den Blusen hat das alles nichts zu tun, sagte er.

Toru-debi schoß das Blut ins Gesicht. Sie hob die Hand, und zum erstenmal in seinem Leben schlug sie ihn ins Gesicht. Dummkopf, rief sie. Sie zitterte am ganzen Körper. Elender Narr. Siehst du denn nicht, wie ernst es ist? Er wird herkommen, und wenn die Blusen bis dahin nicht fertig sind, ist alles aus. Nur die Nähmaschine kann uns jetzt noch retten. Was auch passiert –

dein Onkel soll nicht sagen können, daß es an den Blusen gelegen hat.

Sie eilte zu ihrem Zimmer. Alu rieb sich die Wange und sah ihr nach.

Balaram hatte die Nacht in dem kreisrunden Unterstand aus Segeltuch verbracht, den er auf dem Weg, der an seinem Haus vorbei zu dem Bhudeb Roys führte, errichtet hatte. Er war umgeben von einem Wall schwerer Öfässer, mit einer Öffnung dort, wo der Weg, der zum Eingang des Hauses führte, auf den Hauptweg stieß. Der Unterstand bestand lediglich aus einem über einige Fässer gebreiteten und mit Steinen beschwerten Stück Segeltuch. Am anderen Ende des Kreises lag ein kleiner, mit einer Plane zugedeckter Haufen. Diesen Teil des Kreises durfte Balaram nicht betreten. Seit Tagen schon hatte Rakhal ihm mindestens zehnmal täglich eingeschärft, den Haufen unter keinen Umständen zu berühren oder ihm auch nur zu nahe zu kommen.

Balaram hatte schon lange keine ganze Nacht mehr durchgeschlafen. Er rechnete damit, daß Bhudeb Roy nachts angreifen würde. Die Nacht, sagte er zu Alu und Rakhal, als diese versuchten, ihn zu überreden, im Haus zu schlafen, die Nacht ist das Element dieses Menschen. Wir dürfen nachts nicht schlafen – nicht, bevor alles vorbei ist. Und so verbrachte er seine Nächte in unruhigem Halbschlaf und behielt Bhudeb Roys Haus im Auge. Dafür schlief er tagsüber, wann immer sich eine Gelegenheit ergab. Zeit hatte er genug, denn im Verlauf der letzten Wochen war die Zahl der Schüler ständig zurückgegangen, bis eines Tages schließlich gar keiner mehr gekommen war. Manchmal machte er sich unbestimmte Sorgen wegen ihres Ausbleibens. Es hatte etwas Beobachtendes, Vorsichtiges, als warteten die Schüler auf ein Ergebnis des Kampfes, auf ein Urteil, daß sie nicht beeinflussen wollten. Er wußte, daß er eigentlich etwas unternehmen sollte, um sie zurückzuholen, aber gleichzeitig war er erleichtert über ihre Abwesenheit. Die Schüler hätten die Sache nur kompliziert, sie wären eine zusätzliche, quälende Belastung gewesen, wo er doch nur dieses Warten hinter sich bringen wollte, dieses unerträgliche Warten auf Bhudeb Roys nächsten Schritt.

Früh an jenem Morgen hatte ihn eine Ahnung beschlichen, daß bald etwas geschehen würde. Er hatte den Unterstand an einer Stelle errichtet, von der aus man eine gute Sicht auf Bhudeb Roys Haus hatte. Seit dem Morgengrauen hatte er Bhudeb Roy und seine Söhne hektisch auf dem Balkon und auf dem Dach umhereilen sehen. Die Mauer versperrte ihm den Blick in den Garten, aber jetzt konnte er dort hin und wieder Bhudeb Roy seine Männer anbrüllen hören.

Er hatte das seltsame Gefühl, daß auch in seinem eigenen Haus etwas Ungewöhnliches geschah. An diesem Morgen war niemand zu ihm herausgekommen. Selbst Alu, der ihm morgens immer eine Tasse Tee brachte, war nicht erschienen. Vielleicht sollte er gehen und nachsehen, aber andererseits war es unklug, jetzt, wo sich in Bhudeb Roys Haus so viel tat, seinen Posten zu verlassen. Er überlegte, ob er Rakhal und Alu rufen oder vielleicht sogar das vereinbarte Signal auf dem leeren Kerosinkanister schlagen sollte. Aber auch diesen Gedanken verwarf er: Sie würden ihn wahrscheinlich nicht rufen hören, und das Signal war nur für den Notfall bestimmt. Vielleicht war alles nur ein blinder Alarm. Und wenn sich doch etwas tat, brauchte er nur auf den Kanister zu schlagen, und Rakhal würde sofort zur Stelle sein; durch Ausprobieren hatten sie festgestellt, daß er vom Haus bis zu dem Kreis aus Ölfässern nicht länger als fünf Sekunden brauchte.

Balaram schlug sich zweimal ins Gesicht, denn er merkte, daß seine Augenlider schon wieder schwer wurden. Er schüttelte den Kopf. Plötzlich schien es ihm, als habe der Lärm in Bhudeb Roys Garten zugenommen. Dann wurde es ebenso unvermittelt still. Angespannt beugte sich Balaram über den Wall aus Ölfässern und ließ seinen Blick zwischen Bhudeb Roys leerem Balkon und dem Tor, das den Zugang vom Weg zum Garten versperrte, hin und her wandern.

Das Tor wurde geöffnet, und Bhudeb Roys massiger Körper trat langsam hinaus auf den Weg. Seine Söhne und seine Leibwächter schwärmten hinter ihm aus. Atemlos packte Balaram den leeren Kerosinkanister und die zu einem Reifen geflochtenen Drähte und gab das Alarmsignal. Das Scheppern und Klappern war ohrenbetäubend, aber Balaram konnte nicht anders, als außerdem zu rufen: Alu, Rakhal … *ashchhe re*, *ashchhe* … sie kommen. Seine Stimme erschien ihm seltsam dünn, aber vielleicht lag das nur an dem Lärm, den der Kanister machte. Er spürte, wie seine Knie zitterten, und legte geistesabwesend die Hände darauf, um sie festzuhalten. Dann schlug er sich, verärgert über diese Zeitverschwendung, auf die Oberschenkel, stützte sich auf eines der Fässer und beobachtete, wie Bhudeb Roy und seine Männer, eingehüllt in eine Staubwolke, den Weg hinunter auf ihn zukamen.

Bhudeb Roy ging nicht mehr an der Spitze; er und seine Söhne waren zu allen Seiten von seinen Männern umgeben. Sie gingen schnell. Sie waren nahe herangekommen. Er konnte ihre Gesichter jetzt deutlich erkennen; er konnte die Splitter an den zugespitzten Enden ihrer Holzstöcke und die Fahrradketten sehen, die sie fachmännisch wie Armbänder um die Handgelenke gewickelt hatten und deren stachelbewehrte Enden lose herabhingen; er meinte, die geölten Kettenglieder in seiner Hand zu spüren, wie sie steif hin- und herpendelten, wenn man sie seitwärts drehte, und locker schwangen, wenn man sie herabhängen ließ. Er griff nach unten und strich mit den Fingerspitzen über den zwei Fuß langen Messingzylinder seiner besten Sprühpistole. Dann legte er seinen Daumen auf die winzige Mündungsdüse und zog den Griff zurück. Noch einmal ging er seinen Plan durch: Er brauchte Bhudeb Roy nur mit einem Strahl, einem einzigen Strahl Karbolsäure zu erwischen – dann würde der sich umdrehen und rennen, so schnell ihn seine Beine tragen konnten. Das war alles. Sein Magen krampfte sich zusammen. Würde es funktionieren? Würde es wirklich funktionieren? Als er den Plan ausgearbeitet hatte, war er sich so sicher gewesen, aber jetzt, da sie immer näher kamen und der Staub, den sie aufwirbelten, ihm in die Nase stieg … Er konnte inzwischen die Schweißtropfen in ihren Schnurrbärten sehen, und auch die

Taschenkämme und die zusammengeklappten Schnappmesser in ihren Brusttaschen. Wie konnte das sein? Gewöhnlich brauchte man doch Minuten von Bhudeb Roys Haus zu seinem eigenen; wie war es möglich, daß sie so schnell so nah herangekommen waren? Er spürte, daß die Haustür geöffnet wurde, hörte rennende Schritte auf dem Pfad, und dann kauerten Alu und Rakhal zu beiden Seiten neben ihm in der Deckung der Ölfässer.

Auch Bhudeb Roy, der jetzt weniger als hundert Meter entfernt war, hatte sie gesehen. Er rief etwas, und seine Männer blieben stehen und nahmen ihn, roten Staub aufwirbelnd, in ihre Mitte. Bhudeb Roy legte die Hände um seinen Mund und rief: Balaram-babu, ich will mit dir reden. Balaram konnte sein Gesicht erkennen, aber Bhudeb Roy achtete sorgfältig darauf, daß nicht mehr als unbedingt nötig von ihm zu sehen war. Vor ihm standen zwei Männer und schirmten seinen riesigen Körper ab.

Keine Angst, Balaram-babu, rief Bhudeb Roy wieder. Das hier hat nichts mit dir zu tun. Ich will nur dieses Schwein Shombhu Debnath. Weißt du eigentlich, was in deinem Haus vor sich geht? Weißt du eigentlich, daß er meine Frau und meine Tochter entführt hat und sie irgendwo in deinem Haus versteckt? Das ist wirklich wahr – meine Männer haben Fußspuren gefunden. Willst du, ein ehrenwerter Mann, ein Lehrer, ein Kollege, jemanden schützen, der die Frau deines Nachbarn entführt hat?

Balaram, der damit beschäftigt war, die Entfernung zwischen ihnen zu schätzen, hatte kaum ein Wort gehört, aber er rief zurück: Bhudeb-babu, das einzige, was ich von dir gelernt habe, ist, daß es auf alles, was du sagst, nur eine einzige Antwort gibt.

Noch während er das rief, wunderte er sich über die unerklärliche Höflichkeit, die sich in seine Stimme eingeschlichen hatte. Da er glaubte, eine hohe Flugbahn werde die Schußweite vergrößern, richtete er die Mündung der Spritzpistole schräg nach oben und zielte. Rakhal, der neben ihm gehockt hatte, duckte sich hinter die Fässer und kroch zu dem abgedeckten Haufen an der gegenüberliegenden Seite des Kreises. Er griff unter die Plane und zog eine Flasche und einen Stoffetzen hervor. Dann tränkte er den Stoff mit Kerosin aus einem Kanister und verstopfte den

Flaschenhals damit. Er blinzelte Alu zu und zündete ein Streichholz an. Im selben Augenblick legte Balaram seine zitternde Hand auf den hölzernen Pumpengriff. Sie hörten Bhudeb Roy rufen: Balaram-babu, mach keine Schwierigkeiten, halt dich da raus... Und dann stieß Balaram den Griff nach vorn.

In hohem Bogen schoß die Karbolsäure aus der Spritzpistole und prasselte, kleine Staubpilze aufwirbelnd, gut zwanzig Meter vor Bhudeb Roy und seinen Männern auf dem Weg nieder. Die Männer stießen ein wütendes und höhnisches Gebrüll aus und preschten vor. Mit einem lauten Schrei – *Jai Ma Kali!* – sprang Rakhal auf und schleuderte die brennende Flasche hoch in die Luft, Sie flog, wie er es beabsichtigt hatte, in ein Reisfeld neben dem Weg und verschwand zwischen den Halmen. Im nächsten Augenblick gab es eine dumpfe Explosion, die den Reis an der Stelle, wo die Flasche gelandet war, zu Boden drückte. Glasscherben und Metallsplitter flogen, ohne Schaden anzurichten, senkrecht in den Himmel.

Ein paar Sekunden lang stand Bhudeb Roy wie angewurzelt. Dann drehte er sich um und rannte mit schnellen, watschelnden Schritten zu seinem Haus. Seine Männer hatten bereits einen weiten Vorsprung.

Kommt wieder, wenn ihr nicht genug habt, rief Rakhal ihnen lachend nach. Wir haben noch mehr davon.

Eine Stunde später, als klar war, daß Bhudeb Roys Männer nicht so bald wiederkommen würden, rannte Alu ins Haus, um Maya zu suchen. Im Hof rief er ihren Namen, und auch in den Zimmern sah er nach, konnte aber nirgends eine Spur von ihr entdecken. Schließlich fand er sie und ihren Vater hinter dem Haus. Die beiden saßen auf der Einfassungsmauer des Brunnens und ließen ihre Beine in den Schacht hängen. Er setzte sich neben sie und begann sogleich, ihr alles zu erzählen. Ja, sagte sie, ich weiß. Ich habe alles von dem Zimmer über dem Eingang aus mitangesehen. Aber er war zu aufgeregt, um aufzuhören, fuhr gestikulierend und sich verhaspelnd fort mit seiner Erzählung und wünschte, er hätte Worte, um ihr die unbeschreibliche Erregung zu schildern, die schier wahnsinnige Spannung, die er gespürt hatte, als Balarams Karbolsäurestrahl nicht weit genug gereicht hatte und die Männer auf sie zugerannt waren und Rakhal ihnen die Flasche entgegengeschleudert hatte.

Und sie werden wiederkommen, schloß er lahm, als er merkte, daß sie ihm gar nicht richtig zuhörten. Rakhal hat gesagt, sie werden heute nacht wiederkommen – mit mehr Männern und vielleicht sogar mit Gewehren.

Was hat Bhudeb Roy gesagt? fragte Shombhu Debnath. Erzähl mir das noch mal.

Alu sagte es ihm und versuchte, sich so genau wie möglich an Bhudeb Roys Worte zu erinnern. Shombhu Debnath wurde sehr still und starrte gedankenvoll auf die Lichtreflexe auf der Wasseroberfläche tief unten im Brunnen. Kurz darauf sprang er von der Mauer und ging fort.

Wenig später, als Alu wieder in dem Kreis aus Ölfässern saß und gemeinsam mit Rakhal überlegte, was wohl als nächstes geschehen würde, öffnete sich die Haustür, und Shombhu Debnath trat mit Parboti-debi und dem kleinen Mädchen heraus. Shombhus Oberkörper war nackt wie immer, aber er hatte seinen roten *gamcha* mit einem verschlissenen, aber sauberen *dhoti* vertauscht und trug grüne Plastiksandalen. Sein gewaschenes und geöltes Haar hing offen bis über seine Schultern herab und rahmte sein langes, eckiges Gesicht ein. Er trug ein kleines Stoffbündel unter dem Arm. Parboti-debi, die ihr Gesicht verhüllt hatte, führte ihre Tochter an der Hand. Das Mädchen, dem von seiner Krankheit nichts mehr anzumerken war, hüpfte auf und ab, und Parboti-debi mußte es streng ermahnen, sich ordentlich zu benehmen.

Bei den Ölfässern blieb Shombhu Debnath unschlüssig stehen und räusperte sich. Balaram-babu, sagte er zögernd. Rakhal kehrte ihm abrupt den Rücken zu und begann, vor sich hin zu summen. Shombhu Debnath mußte Balaram noch einmal ansprechen, bevor er reagierte. Zerstreut und verärgert drehte er sich um und fragte: Äh... ja, bitte?

Shombhu Debnath lächelte schief und entblößte seine geschwärzten Zähne. Balaram-babu, sagte er, ich wollte Ihnen nur sagen, daß ich..., das heißt, daß wir gehen.

Gehen? Wohin?

In den zwei Stunden, die vergangen waren, seit er den Hebel der Spritzpistole betätigt hatte, hatte Balaram das merkwürdige Gefühl gehabt, als sei jede Minute ein Streichleder, an dem seine Sinne, sein Gedächtnis und sein Geist allesamt zu einer rasiermesserscharfen Klinge der Konzentration gewetzt wurden. Es war, als habe diese eine Tat, dieser eine Moment des Handelns Vergangenheit und Gegenwart, Empfindung und Erinnerung, Geist und Körper aufgelöst und zu einem von Seligkeit erfüllten Ganzen verschmolzen. Nichts war mehr wichtig, nichts existierte mehr außer der Ekstase des Wartens auf den Höhepunkt, auf die Entdeckung, die, wie er wußte, bevorstand. Hatte Pasteur diese schreckliche Glückseligkeit gekannt, als er Joseph Meister untersuchte, nachdem er ihn am Vortag mit dem noch unerprobten Serum geimpft hatte? Hatte Einstein sie in den letzten Augenblicken, bevor seine Formel vor ihm auf dem Papier erschien, erfahren? Und doch lag die Sache bei ihm, Balaram, anders, denn sein *eigenes* Leben war davon berührt – seine Vergangenheit, seine Gegenwart, seine Zukunft. Nichts war mehr von Belang, nichts war jetzt mehr wichtig außer der Entdeckung. Er hörte eine Stimme und wußte sogar verschwommen, daß es die Shombhu Debnaths war, aber es waren nur aneinandergereihte Wörter, ein sinnloses Geräusch, das für ihn nicht mehr Bedeutung besaß als ein entferntes Donnern für einen Asketen, der auf eine Vision wartet.

Shombhu Debnath trat unruhig von einem Fuß auf den anderen und fuhr zusammenhanglos fort: Ja, es ist wohl am besten, wenn wir gehen. Er will nur mich und sie und das Kind. Mit Ihnen hat er keinen Streit; Sie beide sind, auch wenn Sie das nicht einsehen wollen, wie die zwei Hälften eines Apfels – die eine ist gut, die andere ist verfault, aber beide gehören zur selben Frucht. Sein wirklicher Feind bin ich, und ich habe ihm alles abgenommen, was ich ihm abnehmen wollte. Jetzt ist es Zeit zu fliehen. Jedes gesunde Tier überlistet den Feind, den es nicht besiegen kann. Er wird mich nie aufspüren, und ich werde irgendwo anders von vorn anfangen. So bin ich hergekommen –

mit einer Frau, einem Kind und einem Kleiderbündel –, und so werde ich wieder von hier weggehen.

Balaram sah ihn kurz und besorgt an und wandte sich dann wieder dem Weg zu. Shombhu Debnath, der seinen Blick mißverstanden hatte, sagte schnell: Machen Sie sich um mich keine Sorgen – ich werde schon zurechtkommen. Ich habe sogar etwas Geld gespart. (Er klopfte auf eine ausgebeulte Stelle neben dem Knoten seines *dhotis*.) Der Junge und das Mädchen werden mir deswegen nicht böse sein; schließlich habe ich sie ja immerhin großgezogen. Es ist nicht viel, aber es reicht, um irgendwo einen Webstuhl zu kaufen. Nein, um mich brauchen Sie sich keine Sorgen zu machen. Aber um *sie* mache ich mir Sorgen, um Rakhal und Maya. Maya will nicht mitkommen. Sie weint, aber sie will nicht mitkommen. Na ja, alles liegt in Gottes Hand. Ich habe sie großgezogen, und jetzt ist sie alt genug und führt hier ihr eigenes Leben. Und der Junge da will seinen eigenen Vater nicht einmal mehr ansehen.

Shombhu Debnath hielt inne, aber Balaram gab nicht zu erkennen, daß er überhaupt zugehört hatte. Shombhu trat in den Kreis und rüttelte ihn an der Schulter. Balaram schreckte hoch und sprang auf. Eine dicke silbergraue Haarsträhne fiel ihm ins Gesicht, und als er sie zurückstrich, bemerkte er zum ersten Mal Parboti-debi. Verlegen zupfte er seinen Kragen zurecht und versuchte, den Schmutz und Staub von seinem Hemd zu klopfen. Mit großer Anstrengung brachte er ein höfliches Lächeln zustande und legte die Hände aneinander. *Nomoshkar*, sagte er und verstummte wieder, denn mehr fiel ihm nicht ein. Sie gehen aus? begann er ganz verzweifelt von neuem. Ich nehme an, Sie warten auf Bhudeb-babu. Eben war er noch da – wahrscheinlich wird er bald wieder hier sein... Verwirrt verschluckte er die Worte und warf, von ihrer Anwesenheit wie vor den Kopf geschlagen, in einer angedeuteten, kaum wahrnehmbaren Geste die Hände hoch. Wütend wandte er sich wieder an Shombhu Debnath. Was ist? Was willst du von mir? Siehst du nicht, daß wir beschäftigt sind? Ich habe zu arbeiten.

Shombhu Debnath versuchte sich ein Lachen abzuringen.

Balaram-babu, sagte er, ich will nichts für mich. Ich will nur, daß Sie wieder ins Haus gehen und dann eine Zeitlang Urlaub in Kalkutta machen. Sie müssen damit aufhören. Das ist Wahnsinn. Es gibt keinen Grund, weiterzumachen. Keinen Grund. Hören Sie auf, ich bitte sie, hören Sie auf, und gehen Sie für ein paar Tage weg.

Balaram musterte ihn kalt. Auf gar keinen Fall, fuhr er ihn an und drehte sich wieder um, um Bhudeb Roys Haus zu beboachten.

Langsam dämmerte Shombhu Debnath, daß seine Bemühungen aussichtslos waren, und tiefe Falten gruben sich in sein Gesicht. *He Shibo-Shombhu*, stöhnte er. Balaram-babu, Sie werden alle ins Verderben stürzen, ohne auch nur einmal nachzudenken. Sie sind der beste *sadhu*, den ich je gesehen habe, Balaram-babu, aber der Wildheit Ihrer Götter ist kein Sterblicher gewachsen.

Shombhu Debnath fiel auf die Knie und umfaßte Balarams Füße. Aus seinen geröteten Augen schossen Tränen. Hören Sie auf, Balaram-babu, flehte er ihn schluchzend an. Zum letzten Mal bitte ich Sie: Hören Sie auf.

Balaram wandte den Blick nicht von dem Haus am Ende des Weges, von diesem Lager seines Feindes, das ihm so vertraut war, daß es fast freundlich wirkte. Aber jetzt sah er eine große Menge Studenten vor sich, deren Kleider und Gesichter, wie auf einer alten Fotografie, undeutlich und verschwommen waren. Sie drängen sich um ihn, auf dem Boden, auf der breiten Treppe ihm gegenüber, in den Gängen. Sie sehen zu ihm auf, denn er steht auf einem Stuhl, sie hören ihm zu, sie lauschen ihm aufmerksam. Er weiß, daß er sie überzeugt hat, daß er ihre anfängliche Verlegenheit überwunden hat, daß sie sich in nur fünfzehn Minuten daran gewöhnt haben, jemanden rational über Unterwäsche reden zu hören. Er bemerkt die Bewegung in der Menge – nur ein wenig mehr, und sie werden ihm zujubeln, es braucht nur noch einen kleinen Anstoß. Und dann dringt durch die Unruhe der Menge ein unterdrücktes Kichern an sein Ohr, und er erhebt seine Stimme, um dieser größten Gefahr, dem Lachen, zu begegnen: Ein sauberer Körper ist ein neuer Körper, ein neuer Körper ist ein neues Leben ... Für einen Augenblick ist alles in der Schwebe, aber dann wird Gelächter laut, und hinter dem Lachen sieht er Mittelscheitels scharfgeschnittenes Kalkutta-Gesicht, in dem ein breites Grinsen steht. Erschrocken und ungläubig hört er ihn rufen: Und was ist mit deinen kleinen Unterhosen? Er sieht, wie der schmächtige, schüchterne Dantu sich Mittelscheitel entgegenstemmt, wie er versucht, ihn aufzuhalten, und dann sieht er, wie Dantu zu Boden geht, während Mittelscheitel und seine Freunde vorwärts drängen. Er hört sie brüllen: Zeig uns mal deine sauberen *Un-ter*-hosen! Das hätten wir schon gleich beim ersten Mal erledigen sollen. Also, los jetzt. Und die Menge brandet und wogt auf ihn zu. Wankend steht er auf seinem Stuhl, und ein unaussprechliches Entsetzen fährt ihm in die Gedärme.

Aber diesmal bahnt er sich keinen Weg durch die Menge, flüchtet nicht, verfolgt von Mittelscheitels Triumphgeschrei, den Gang hinunter, er klettert nicht auf das Balkongeländer, der Boden rast nicht auf ihn zu. Nein, diesmal nicht.

Balaram stand gerade und aufrecht da und sah entschlossen in Shombhu Debnaths tränenüberströmtes Gesicht. Nein, ich kann nicht gehen, sagte er und jauchzte innerlich über die Festigkeit seiner Stimme. Niemand wird mich dazu bringen, von hier zu weichen. Hier stehe ich, und hier werde ich bleiben.

Trotz seiner Tränen konnte sich Shombhu Debnath ein leises Lachen nicht verkneifen. Auf was stehen Sie, Balaram-babu?

Sobald Shombhu Debnath gegangen war, kam Maya mit schmerzhaft trockenen Augen aus dem Haus gerannt, und gemeinsam sahen sie und Alu ihm zu, wie er Parboti-debi und das kleine Mädchen in die Reisfelder auf der anderen Seite des Bambuswaldes führte. Bald waren die drei in einem kleinen Hain von Kokospalmen verschwunden. Rakhal sah zornig in eine andere Richtung, und Balaram stützte sich auf ein Ölfaß und starrte den Weg hinunter.

Bald darauf öffnete sich das Tor, und ein Wagen fuhr heraus, bog nach rechts ab und raste, zwei Staubwolken aufwirbelnd, davon. Sie wußten nicht genau, ob Bhudeb Roy in dem Wagen saß – Rakhal sagte, er habe ihn gesehen, aber Alu konnte das nicht bestätigen. Danach lag das Haus wieder still und friedlich da. Rakhal wurde unruhig. Sie werden bald wiederkommen, sagte er und rieb sich nervös die Hände, und dann geht der eigentliche Kampf erst los. Aber die Sonne stieg höher und höher, die Ölfässer begannen, Hitzewellen auszustrahlen, und noch immer regte sich dort drüben nichts. Einmal arbeitete sich Rakhal tief geduckt in einem weiten Bogen durch die Reisfelder vor, bis er einen Blick durch das schmiedeeiserne Tor werfen konnte. Er sah vier Männer unter dem Mangobaum im Garten sitzen und rauchen, aber sonst nichts. Als er zu dem Kreis aus Öltonnen zurückgekehrt war, spuckte er aus. *Dush-shala*, ich hätte sie gleich beim ersten Mal mit der Bombe fertigmachen sollen.

Warum hast du es dann nicht getan? fragte Alu. Rakhal sah ihn verwundert an. Was? Sie in die Luft jagen und mir den ganzen Spaß verderben? Nein, ich will sie ganz nah herankommen lassen, so daß ich mir die Wichser heraussuchen kann, die meine Sachen tragen. Ich will ihnen ihre Knochen einzeln brechen, mit meinen eigenen Händen, und dann werde ich sie in meine Hemden und Hosen wickeln und über die Gartenmauer werfen. Hier, sieh mal: Damit breche ich ihnen mehr Knochen, als sie haben. Er zog eine rostgesprenkelte Fahrradkette aus der Tasche und hielt sie Alu hin.

Maya riß sie ihm aus der Hand. Um Gottes willen, *dada*…, rief sie. Aber Rakhal warf ihr einen so wilden Blick zu, daß sie ihm die Kette zurückgab. Ja, bring uns alle um, wir alle sind ja bloß Waffen, sagte sie und ging wieder ins Haus.

Gegen Mittag, als die Sonne herabbrannte, begannen die Ölfässer Hitze zu verströmen wie ein Ofen. Selbst Balaram zog sich von ihnen zurück, ohne allerdings Bhudeb Roys Haus aus den Augen zu lassen. Rakhal und Alu beschlossen, daß es das beste war, wenigstens so lange ins Haus zu gehen, bis die Hitze etwas nachgelassen hatte. Balaram machte halbherzige Einwände, aber Rakhal war nicht in der Stimmung für Diskussionen und drohte, ihn hineinzutragen, wenn er nicht freiwillig ging. Also begaben sich alle ins Haus. Sie nahmen zwei Eimer mit Karbolsäure und Balarams Spritzpistolen mit und gingen sofort in den Raum über der Eingangstür, von wo sie den Weg und Bhudeb Roys Haus sehen konnten.

Langsam und schleppend verging die Zeit, und noch immer regte sich dort drüben nichts. Alu spürte, daß es im Dorf unnatürlich ruhig war; den ganzen Tag über hatte er keine Menschenseele auf den Feldern gesehen. Es ist, als ob sie warteten, sagte er zu Rakhal, aber der lachte nur. Am Nachmittag, kurz nachdem Alu, Maya und Rakhal hastig etwas Reis und Bratkartoffeln gegessen hatten, verschwand Nonder-ma. Wo ist sie hingegangen? fragte Rakhal Maya. Sie sagte, daß sie nur kurz zu Bolai-da wollte, um dort etwas zu kaufen, antwortete Maya, und dann... Rakhal zuckte die Schultern, und Maya machte sich daran, das Abendessen zu kochen.

Bei Sonnenuntergang traf Rakhal eine Entscheidung. Sie werden in der Nacht kommen, sagte er zu Alu. Deswegen unternehmen sie jetzt auch nichts. Diese Barrikade aus Ölfässern wird uns jetzt nichts mehr nützen – wenn sie im Dunkeln kommen, werden sie zuerst versuchen, ins Haus zu gelangen, vielleicht von hinten. Wir müssen alles hineinbringen. Wir werden die Fässer hierherrollen und vor der Vordertür aufstellen. Das kannst du erledigen. Aber erst müssen wir Maya und Toru-mashi wegbringen.

Wie denn? fragte Alu voller Zweifel.

Ich werde mit Maya reden, sagte Rakhal, aber seinem Gesicht war deutlich anzusehen, wie unsicher er seiner Sache war. Sie stiegen die Treppe hinunter in den Hof, und Rakhal ging in die Küche. Kurz darauf kamen beide heraus. Rakhal wirkte niedergeschlagen, während Maya sich gelassen die Hände an ihrem Sari abwischte. Alu sah zwischen den beiden hin und her. Und? fragte er. Wenn ich von hier weg soll, antwortete Maya, wohin soll ich denn dann gehen? – Schon gut, schon gut, sagte Rakhal, aber jetzt geh und sprich mit Toru-mashi. Maya nickte, und sie sahen ihr nach, als sie zu Toru-debis Zimmer ging und zögernd die Tür öffnete. Einen Augenblick später kam sie wieder herausgestürzt. Sie hat die Schere nach mir geworfen, keuchte Maya. Sie sagt, die Nähmaschine wird uns retten. Vier hat sie schon fertig, und die fünfte näht sie gerade.

Aber hast du ihr nicht gesagt, fragte Alu, daß Parboti-debi...?

Wenn du ihr irgend etwas sagen willst, kannst du es ja selbst tun, erwiderte Maya, drehte sich um und ging wieder in die Küche. Rakhal zuckte die Schultern.

Sie gingen hinaus zu der Barrikade, und Rakhal ließ Alu die Fässer wegrollen. Es war eine sinnlose und anstrengende Arbeit, denn sie waren zur Hälfte mit Karbolsäure gefüllt und sehr schwer. Alu brachte sie nur vom Fleck, indem er sie schräg kippte und auf der Kante der Standfläche rollte, und das bedeutete, daß ein Großteil der Karbolsäure verschüttet wurde. Rakhal bestand jedoch darauf, daß die Fässer vor dem Haus aufgestellt werden mußten. Inzwischen packte Rakhal die Gerätschaften, die unter der Plane verborgen gewesen waren, mit minuziöser Sorgfalt in Jutesäcke und trug sie in den Innenhof. Alu durfte sie nicht berühren. Als er fertig war, wirkte der Haufen größer als zuvor. Aber Rakhal machte ein sorgenvolles Gesicht. Das wird nicht reichen, sagte er und betrachtete sein Werk mit kritischem Blick. Ich werde noch mehr holen müssen. Du bleibst hier und gehst nicht aus dem Haus. Ich bin in zehn Minuten wieder da.

Er rannte hinaus, in die Richtung, in der die Hütten lagen. Kurz darauf kehrte er mit einem Plastiksack über der Schulter wieder zurück. Als er ihn zu den anderen gestellt hatte, kam es Alu so vor, als sei der Haufen riesengroß geworden. Aber Rakhal schüttelte unzufrieden den Kopf. Ich weiß nicht, ob das reichen wird, sagte er, aber jetzt ist es zu spät...

Kurz nachdem das letzte Tageslicht verschwunden war, hörten sie in der Ferne Automotoren aufheulen. Eine Minute später rief Balaram nach unten: Sie sind da, sie sind da. So schnell sie konnten, kletterten Alu und Rakhal die Leiter hinauf. Balaram stand unbeweglich am Fenster und zeigte hinaus, und Alu blieb, als er den glückseligen, hingerissenen Ausdruck der Erleichterung auf Balarams Gesicht bemerkte, einen Augenblick wie angewurzelt stehen.

Sie konnten drei Jeeps sehen, die vor Bhudeb Roys Tor standen, und sie zählten mehr als ein Dutzend schemenhafter Gestalten, die aus den Wagen ausstiegen. Dann flammten drei starke, auf den Kühlerhauben der Jeeps befestigte Scheinwerfer gleichzeitig auf und blendeten sie. Rakhal legte Alu die Hand auf die Schulter und führte ihn zur Leiter. Er bewegte sich ganz ruhig und gelassen, aber die Narbe auf seiner Wange leuchtete hell.

Es sind mehr, als ich dachte, sagte er, als sie die Leiter hinunterstiegen. Ich weiß nicht, ob das, was in den Säcken ist, reicht, um mit ihnen fertig zu werden. Und mit bloßen Händen können wir jetzt nicht mehr gegen sie kämpfen.

Alu sah Toru-debi, die, den Kopf in die Hände gestützt, in einer Ecke des Innenhofes kauerte. Aber Rakhal stand mit dem Rücken zu ihr und fuhr fort, eindringlich auf Alu einzureden: Du mußt etwas für mich erledigen. Ich kann jetzt nicht weg von hier. Du erinnerst dich doch an den alten Webschuppen in unserem Hof? Die Grube ist mit Palmwedeln und Erde bedeckt, aber du brauchst nur kurz an den Palmwedeln zu ziehen, und dann liegt sie wieder frei. Du wirst dort einen Sack finden, eine Art Plastiksack, einen von denen, in die Kunstdünger oder Unkrautvernichtungsmittel verpackt sind. Den gräbst du aus, aber ganz, ganz vorsichtig – hast du verstanden? Ganz, ganz vorsichtig –, und dann bringst du ihn her. Mach ihn nicht auf, sieh nicht hinein, schüttle ihn nicht, laß ihn nicht fallen. Bring ihn nur her. Und lauf, so schnell du kannst. Sie werden das Haus bald umstellen, und dann kannst du nicht mehr hinein.

Es hat keinen Zweck.

Beide fuhren herum. Toru-debi beobachtete sie von ihrer Ecke aus und stieß ein kurzes, bitteres, spöttisches Lachen aus. Es hat keinen Zweck, sagte sie noch einmal. Das Haar hing ihr in feuchten, verfilzten Strähnen ins Gesicht, der Sari war von ihren Schultern gerutscht, und ihre Bluse stand offen. Ihre rechte Hand lag auf der Nähmaschine, die neben ihr stand.

Es hat alles keinen Zweck mehr, murmelte sie. Das ist das Ende. Nur noch eine Bluse, aber jetzt ist sie tot. Sie fuhr mit der Hand über das blitzende Schwungrad der Nähmaschine und zog mit aller Kraft. Das Rad rührte sich nicht. Toru-debi lächelte sie an. Seht ihr – sie ist verhext. Irgend etwas ist in sie gefahren.

Plötzlich hellte sich ihr Gesicht auf, als sei ihr etwas eingefallen. Sie riß ihre Bluse auf, und ihre schweren Brüste quollen heraus. Sie hob die schwarze, sinuskurvenförmig geschwungene Maschine von der hölzernen Fußplatte und setzte sie, leise mit der Zunge schnalzend, auf ihren Schoß.

Maya stürzte zu ihr und hielt ihre Hände fest. Mit schamrotem Gesicht sah Toru-debi zu Alu auf. Ich dachte, das wärst du, sagte sie verwirrt. Kannst du nicht irgend etwas tun? Mit einem Mal ließ sie ihre nackten Schultern und Brüste hängen, als sei ihr eine schwere Last aufgelegt worden. Was hat es schon für einen Zweck? sagte sie. Das ist das Ende.

Alu spürte, wie seine Kehle trocken wurde, als er die schreckliche, leuchtende Trostlosigkeit in ihren Augen sah. Aber dann schüttelte Rakhal ihn an der Schulter und flüsterte: Lauf – du darfst keine Zeit verlieren. Und Maya trat zu ihm, nahm seine Hand und sagte: Ja, geh. Mach dir keine Sorgen, ich werde mich um sie kümmern.

Wie im Traum fand Alu seine Sandalen und ging zur Hintertür. Aber bevor er hinausschlüpfen konnte, rief Toru-debi: Alu, komm her. Nur ganz kurz, nur für eine Minute.

Langsam ging Alu zu ihr. Sie stand auf und legte die Nähmaschine in seine Arme. Wirf sie in den Teich, sagte sie. Sie ist tot. Sie beugte sich vor und sah ihm forschend in die Augen. Aber du wirst mir eine andere bringen, Alu, mein Goldstück, ja? sagte sie, und ihre Stimme war voller Vertrauen. Eine bessere, hörst du?

Alu drehte sich um und rannte blind zur Tür hinaus. Warte! hörte er Maya rufen. Er wandte sich um und sah sie in der Tür stehen. Sie strich ihr volles schwarzes Haar zurück und biß sich besorgt auf die Unterlippe. Komm bald zurück, rief sie. Und dann rannte er blindlings weiter. Das Gewicht der Nähmaschine in seinen Armen bemerkte er kaum.

Bevor er den Waldrand erreicht hatte, hörte er Schritte und blieb, jetzt wieder wachsam geworden, stehen. Er erkannte eine vertraute, O-beinige Gestalt, die auf ihn zugerannt kam. *Kahan*? Wohin gehst du? rief Bolai-da keuchend. Er sprach Hindi, wie Alu und er es vereinbart hatten, seit er dem Jungen diese Sprache beigebracht hatte. Wohin? Was ist los? Nonder-ma hat gesagt...

In diesem Augenblick sah er die Nähmaschine, und seine Augen weiteten sich. Alu legte sie in seine Arme. Da, sagte er, kümmere dich darum. Ich werde sie irgendwann wieder abholen. Und geh nicht in die Nähe des Hauses.

Und dann rannte er weiter, so schnell er konnte, den schmalen Pfad hinunter, froh, daß er den Weg so gut kannte und die Dunkelheit ihm nichts ausmachte. Der Riemen an einer seiner Sandalen riß, und ohne anzuhalten schleuderte er sie mitten im Lauf vom Fuß. Er war fast da, nur noch ein paar Meter von der Grube entfernt, als hinter ihm ein Lautsprecher brüllte: Dies ist eine Warnung, dies ist eine Warnung. Kommen Sie friedlich heraus.

Alu blieb stehen und drehte sich um. Das Bambusdickicht, hinter dem das Haus lag, hob sich dunkel gegen einen Vorhang metallischen Lichts ab. Er vergaß die Grube, vergaß Rakhals Anweisungen und begann, zurück zum Haus zu rennen. Wieder brüllte der Lautsprecher: Dies ist eine Warnung, dies ist die letzte Warnung. Dann stieg, mit einem hohen Kreischen, ein strahlendes, sonnenhelles Licht in den Himmel, und der ganze Wald schimmerte in diesem unheimlichen silbrigen Leuchten. Alu sah, wie das Licht den Höhepunkt seiner Bahn erreichte, im Bogen abwärts stürzte und hinter dem Bambusdickicht verschwand. Einen Augenblick lang herrschte absolute Stille, und ihm schoß der Gedanke durch den Kopf, daß das Licht ganz nah beim Haus gelandet sein mußte. Und dann bebte die Erde, und die Luft schien zum Leben zu erwachen und schlug ihn mit einem gewaltigen Hieb zu Boden, und als er die Augen wieder öffnete, schossen genau dort, wo das Haus hätte sein sollen, orange Flammen in den Himmel.

Alu begann wieder zu rennen. Er dachte an nichts. Er hörte nur das rhythmische Hämmern seiner Füße. Eine Gestalt stand auf dem Pfad, aber die vertrauten O-Beine waren für ihn nicht mehr als ein Hindernis, das ihm den Weg versperrte, und instinktiv schob er eine Schulter vor und wollte sich dagegen werfen. Aber Bolai-da wich geschickt aus, und im nächsten Augenblick hatte er Alu in einem Ringergriff an seine Brust gepreßt. Wozu willst du zum Haus zurück? sagte er, als Alu in seinen Armen zappelte. Da ist keiner mehr außer diesen Schweinen von der Polizei. Du kannst nichts mehr für sie tun. Gott hat sie alle verbrannt.

Alu versuchte, sich aus seinem Griff zu befreien. Er wand sich und grub die Fingernägel in Bolai-das Arm. Wütend zog Bolai-da den Arm zurück und schlug ihn hart auf die Wange. Alu sackte in sich zusammen. Bolai-da schob die Schulter unter einen seiner Arme und schleppte ihn in den Wald. Mein Gott, murmelte er, du hättest diese Leuchtkugel sehen sollen... Sie flog über das Haus und direkt in den Hof – dann flog alles wie eine Bombe in die Luft. Sie werden jetzt alles nach dir durchsuchen. Aber sie sollen dich nicht kriegen. Ich hab dir deinen Namen gegeben, und ich werde dich auch irgendwo in Sicherheit bringen...

Alu, der schwerfällig und fassungslos neben ihm her stolperte, sah nur, wie die Flammen, die seine Welt verzehrten, in den Himmel schlugen.

8
Westwärts

Bis vor kurzem dauerte eine Bahnfahrt von Kalkutta nach Mahé drei Tage (seit neuestem, seit nämlich der New Bongaigaon Express verkehrt, geht es etwas schneller). Der Grund für diese lange Reisedauer ist, daß Mahé am anderen Ende des Subkontinents liegt – an der Westküste, nur einige hundert Meilen nördlich der Südspitze Indiens.

Der ältere Teil der Stadt Mahé liegt auf einem Hügel und sieht auf den grünen, träge dahinfließenden Mahé-Fluß hinab, der aus den dicht bewaldeten Idikki-Hügeln im Osten kommt. Die Stadt mit ihrem kleinen Hinterland grenzt an drei Seiten an den Bundesstaat Kerala, und auf den ersten Blick unterscheidet sie sich nicht von anderen Städten an der Malabarküste. In Wirklichkeit aber gehört Mahé nicht zu Kerala. Dies, wie auch die Kirche mit dem schiefergedeckten Kirchturm, der sich über der Stadt erhebt, verdankt sie der Tatsache, daß sie einst eine französische Kolonie war – eine winzige Insel unter gallischer Oberhoheit in einem Ozean britisch beherrschten Territoriums.

Das Meer, das die Küste von Mahé umspült, ist das arabische Meer, und es beschert der Stadt Reichtum. In Mahé herrscht eine Atmosphäre wie in einer Goldgräberstadt, wenn auch auf gedämpfte, bescheidene Art und Weise, denn eigentlich ist es ein sehr kleiner, unauffälliger Ort. Diejenigen, die seinen Namen schon einmal gehört haben, merken ihn sich nur vage oder für eine Prüfung, und nur sehr wenige wissen, wo er auf der Karte zu finden ist.

Am Morgen des dritten Reisetages, als ihn nur noch wenige Stunden von Mahé trennten, war Jyoti Das sehr ruhelos und gelangweilt. Er wußte, daß er das nicht hätte sein sollen, denn die Landschaft, die ihn begrüßte, als er an diesem Morgen die Augen aufschlug, war überwältigend schön, besonders nach der Wüste – als etwas anderes konnte man diese Gegend wohl nicht bezeichnen –, angesichts derer er sie am Abend zuvor, in Tamil Nadu, geschlossen hatte. Es war, als erwache er in einem üppig wuchernden Garten. Überall war Grün; Grüntöne in zahllosen Schattierungen huschten am Fenster vorbei – das frische, junge Grün der Bananenbäume, das tiefe Smaragdgrün der Reispflanzen, das fedrige Dunkelgrün der Kokospalmen. Es schien keinen nackten Boden zu geben, keine Felsen, keinen Sand, nichts, das nicht grün überwuchert war. Die Erde schien, in ihrer Anstrengung, überall Grün hervorzubringen, in Wehen zu liegen. Selbst die Luft war erfüllt vom schweren Duft von Lehm, Kardamom und Nelken und dem scharfen, salzigen Geruch des Meeres. Die Kokospalmen drängten sich zu beiden Seiten der Geleise, versperrten die Sicht auf den Horizont und ließen den Himmel zu einem kleinen blauen Ausschnitt direkt über dem Zug schrumpfen. Manchmal gab die Masse der schlanken Baumstämme den Blick auf das krummsäbelartige Aufblitzen einer Lagune in der Ferne frei. Und im Osten, über den Wipfeln der Palmen, konnte man blasse, silbrige Berge sehen, die in der Luft zu hängen schienen.

Aber nach drei Tagen Stillsitzen, und sei es in einem Abteil der ersten Klasse, würde jeden Langeweile überkommen. Jyoti Das spürte nur noch die Steifheit in seinen Gelenken und den rußigen Schmutz auf seiner Haut. An den Falten seines Hemdes und seiner Hose bemerkte er Schmutzstreifen, aber daran konnte er nun auch nichts mehr ändern, denn er hatte die mitgenommenen Kleider zum Wechseln aufgebraucht. Das ärgerte ihn, denn es bedeutete, daß er Dubey, dem HIP in Mahé, in ungewaschenen Kleidern würde gegenübertreten müssen. Dubey war ein echter HIP und versah seinen Dienst in einem Distrikt, und HIPs in Distrikten leben wie kleine Potentaten und verfügen über jede Menge Ordonnanzen, die ihnen die Uniformen waschen und bügeln. Jyoti Das kannte Dubey flüchtig; sie waren auf der Polizeiakademie Klassenkameraden, wenn auch nicht Freunde gewesen, denn Dubey war damals hauptsächlich wegen seiner Dummheit aufgefallen (und Jyoti fand, daß das bei *dieser* Meute schon einiges besagte). Dubey trug eine Uniform höchstwahrscheinlich nicht öfter als einmal pro Monat. Selbst auf der Akademie hatte er gut gelebt, besonders nach seiner Hochzeit, die ihm, so hieß es jedenfalls, als Zugabe zu seiner Frau einen Fernseher, einen Kühlschrank, einen Wagen und obendrein noch mehrere *lakhs* Rupien eingebracht hatte. Aber andererseits war das in Bihar und Ost-Uttar Pradesh der übliche Brautpreis für einen Polizeioffizier.

Wenigstens bot sich hier die Möglichkeit, einen Paradiesschnäpper zu sehen. Für alle Fälle hatte Jyoti Das seine Wasserfarben mitgenommen. Als er das letzte Mal, auf der obligatorischen Rundreise durch Indien während der Ausbildung, in Kerala gewesen war, hatte er einen gesehen, aber damals waren seine Kollegen dabeigewesen, und nicht im Traum hätte er unter ihren Augen seinen Skizzenblock hervorgeholt. Vielleicht also diesmal. Was den Fall betraf, so war diese Reise, trotz Dubeys dringlichem Telex, mit an Sicherheit grenzender Wahrscheinlichkeit eine Zeitverschwendung. Seit jenem Sturm auf das Haus in Lalpukur waren fünf Monate vergangen, und für Jyoti Das war der Fall mehr oder weniger erledigt. Aber er schloß die Augen und wandte sich vom Fenster ab, denn selbst jetzt noch mußte er die Augen schließen, wenn er an die Polizeiaktion und die Leuchtkugel dachte, die als letzte Warnung abgefeuert worden war und das ganze Haus in die Luft gejagt hatte. Du liebe Zeit, es hatte doch gar keinen Sinn, sich weiter mit dieser Sache zu befassen. Aber dann war Dubeys Telex gekommen, und der SOI hatte ihn auf die Reise geschickt. Was sollte das eigentlich? Was immer es hier zu erledigen gab, hätte Dubey doch ohne weiteres auch allein erledigen können, ohne ihm die weite Reise von Kalkutta nach Mahé aufzubürden.

Natürlich war da noch der Paradiesschnäpper, aber der war es kaum wert, die weite Reise zu machen, besonders jetzt nicht, im Winter, wo der Zoo voller Vögel war. Und dann war da noch etwas anderes, aber bei diesem Punkt wußte er nicht, ob er erleichtert oder wütend sein sollte: Seine Mutter hatte gewollt, daß er sich ein Mädchen ansah, und er hatte mehr oder weniger rituellen Widerstand geleistet. Aber seine Mutter hatte sich nicht darum gekümmert und einen Tag ausgemacht, und schließlich hatte er sich einverstanden erklärt, sie zu begleiten. Er war nicht versessen darauf zu heiraten, aber er war auch nicht versessen darauf, nicht zu heiraten. Und wenn es dem häuslichen Frieden diente – na schön. Aber nun würde das noch etwas warten müssen. Und natürlich war da noch der Paradiesschnäpper.

Als der Zug in Mahé einfährt, ist Jyoti Das gereizt und gründlich verärgert – darüber, daß er drei Tage im Zug sitzen mußte und daß unnötigerweise so viel Mühe und Zeit verschwendet wird... Eine reine Zeitverschwendung, denkt er. Er irrt sich, aber das weiß er noch nicht. Er steht am Beginn des größten Abenteuers seines Lebens.

Jyotis erste Überraschung war Dubey: Statt der schlanken, hochgewachsenen Gestalt, die er in Erinnerung hatte, sah er einen dicklichen, aalglatten Mann, der ihn wortreich und unerwartet herzlich willkommen hieß. Dubey kümmerte sich um das Gepäck, indem er mit einem Fingerschnippen einen Wachtmeister herbeibefahl, und ging voraus zu einem Jeep, der vor dem kleinen Bahnhof stand.

Jyoti saß eingezwängt zwischen Dubey und dem Fahrer und suchte nach einem Gesprächsthema. Wiederholt musterte er verstohlen Dubeys Uniform. Sie hatte makellose Bügelfalten und war aus einem weit besseren Stoff als dem, den man sich mit der Kleidungszulage leisten konnte. So ist das Leben, dachte er. Sei ein Kleinstadtbulle und werde reich. Laut sagte er: Du siehst gesund aus. Was macht dein Asthma?

Nicht sonderlich schlimm, antwortete Dubey. Wie steht's mit deinen Bildern?

Nicht schlecht, nicht schlecht, sagte Jyoti Das, etwas aus der Fassung gebracht. Und wie geht es Mrs. Dubey?

Gut, gut. Ist letztes Jahr nach Delhi zurückgegangen. Gefällt ihr nicht hier. Und du? Immer noch fröhlicher Junggeselle?

Ja, antwortete Jyoti schnell. Aber jetzt sag mir: Wozu diese Eile? Habt ihr ihn schon?

Nein. Noch nicht. Aber wir wissen, daß er sich hier irgendwo aufhält, und da es uns sicher gelingen wird, einige seiner Komplizen aufzuspüren, werden wir ihn wohl bald erwischen. Darum hielt ich es auch für das Beste, daß du persönlich herkommst. Immerhin ist es dein Fall, und ich wollte keine Lorbeeren einheimsen, die mir nicht zustehen. (Nein, dachte Das, das willst du bestimmt nicht.) Es ist gut, daß du gekommen bist, denn gerade heute morgen haben mir ein paar von meinen Männern, die in einem der Dörfer hier in der Gegend stationiert sind, einen recht vielversprechenden Burschen gebracht. Wenn wir etwas aus ihm herauskriegen, müßten wir deinen Mann in ein bis zwei Tagen, vielleicht sogar heute noch, erwischen. Du bist gerade zur rechten Zeit gekommen.

Das ist schnelle Arbeit, sagte Das. Wie hast du das geschafft?

Tja, wir haben den Bericht von euch bekommen, in dem stand, daß der Verdächtige sich vermutlich hier in dieser Gegend aufhält. Es gibt hier eine Reihe von Extremistengruppen, und so nahm ich sofort an, daß er wahrscheinlich versuchen würde, mit ihnen Kontakt aufzunehmen. Dann erhielten wir das Bild, das eure Zeichner angefertigt hatten, und ich ließ die Dienststellenleiter der Polizeireviere in den umliegenden Dörfern kommen und erzählte ihnen von dem Fall. Und dann gingen nach und nach Informationen ein. Es war eigentlich ganz einfach. Aber der Bursche, den man heute verhaftet hat, ist der eigentliche Schlüssel.

Hast du ihn schon vernommen?

Nein, er ist noch in einem Polizeirevier außerhalb der Stadt, sagte Dubey. Wir werden nachher hinfahren und ihn verhören.

Der Wagen hielt vor einem gelben, ziegelgedeckten Bungalow mit Blick auf das Meer. Hier wirst du wohnen, sagte Dubey und führte Das auf eine Veranda. Er deutete auf einen Korbsessel und ließ Tee kommen. Also, sagte er, was kannst du mir über diese Sache sagen? Statt einer Antwort zog Das einen dicken Ordner aus seiner Aktentasche und reichte ihn ihm. Dubey verzog das Gesicht. Du lieber Himmel, *yar*, kannst du mir das nicht einfach so erzählen? Wozu dieser ganze Papierkram?

Da gibt es nicht viel zu erzählen, sagte Das kurz angebunden. Du hast sicher den Bericht gelesen, den wir dir geschickt haben. Ich nehme an, du weißt, daß es vor etwa fünf Monaten in einem Dorf zu einem Zusammenstoß mit einer Gruppe von Extremisten gekommen ist. Dabei hat sich eine Art Unfall ereignet, und die meisten von ihnen sind umgekommen. Aber einer ist uns entwischt – er war nicht unter den Toten. Wir haben seine Spur bis nach Kalkutta verfolgt. Er hat sich bei einem Freund seines Onkels versteckt. Ich habe ein paar Männer auf ihn angesetzt, und das war ein Fehler, denn als sie dort ankamen, war das Vögelchen schon ausgeflogen. Immerhin hat der alte Herr ihnen erzählt, daß der Verdächtige sich mit ein paar Männern aus Kerala zusammengetan hätte, die in einer Textilfabrik in Kalkutta arbeiteten. Wir haben einen von der Bande erwischt, konnten aber nicht viel aus ihm herausbekommen. Nur daß der Verdächtige nach Süden, wahrscheinlich Richtung Kerala, geflohen sei. Ich habe später selbst mit dem alten Herrn gesprochen. Er konnte mir nicht viel sagen – jedenfalls nichts von Bedeutung. Über Nebensächlichkeiten wußte er allerdings eine ganze Menge. Danach haben wir dann einfach den üblichen Weg eingeschlagen und euch ein Rundschreiben und eine Zeichnung geschickt. Offen gestanden haben wir nicht damit gerechnet, daß das zu irgend etwas führen würde. Und um die Wahrheit zu sagen: Eigentlich wäre ich ganz froh, wenn ich mit dieser Sache endlich Schluß machen könnte. Ich verstehe nicht, was daran so wichtig sein soll. Aber der SOI...

Das hielt inne und sah Dubey an. Der SOI, fuhr er fort, hält den Fall für sehr wichtig. Er zuckte die Schultern. Jedenfalls... das ist so ungefähr alles, was in unseren Akten steht.

Jyoti Das hatte recht – das war alles, was in den Akten stand. Was sonst sollte in den Akten stehen? Die Akten wußten nichts darüber zu berichten, was Alu getan hatte, nachdem Bolai-da ihn auf einem Lastwagen versteckt und nach Kalkutta zu Gopal geschickt hatte. Sie wußten nichts über die Zeit zu berichten, die er damit verbracht hatte, ziellos durch die Stadt zu irren, ohne etwas zu essen, ja ohne sich auch nur zu wundern, wie es kam, daß ihm jedes Hungergefühl abhanden gekommen war. Und sie wußten auch nichts von der Bank im Park von Maidan, zu der seine Füße ihn bei diesen planlosen Streifzügen jeden Abend trugen und auf der er saß und sich fragte, ob ein Streichholz noch seine Haut verbrennen würde, ob ihm wenigstens dies noch geblieben war.

Und wenn er dann zu der Wohnung in der Hazra Road zurückkehrte, wartete Gopal dort jeden Abend auf ihn und fragte ihn leise: Wo bist du heute gewesen? Jeden Abend dieselbe Frage, und jeden Abend sah Gopal dieselbe Verwirrung auf dem Kartoffelgesicht, denn Alu konnte es wirklich nicht sagen. Nächtelang saß Gopal in seinem Sessel und weinte um Balaram, den Freund seiner Jugend, und seine Tränen tropften schwer auf das Buch, das aufgeschlagen auf seinem Schoß lag; und weinend sah er Alu an und wartete auf das erste Anzeichen einer Träne aus dessen Augen – auf einen Vorboten des Kummers wenigstens –, auf irgend etwas, das jene stumme, leere Verwirrung durchbrochen hätte. Aber es kam nichts.

Nur einmal hatte Alu ihm etwas zu erzählen, und dann gleich stundenlang: Er erzählte ihm von einer Maschine, einer Nähmaschine, die er in einem Schaufenster gesehen hatte. Er beschrieb ihren sinuskurvenförmig geschwungenen Arm, ihre gewölbte, mächtige Brust und den schmalen Unterleib, er sprach von ihrer schimmernden Schwärze und der mattgoldenen Beschriftung, von der Nadel, die zum Zustechen bereit war, und von dem unfaßbaren Wunder, das bewirkt, daß zwei Stücke Stoff miteinander verbunden werden. Er sprach bis zum Morgengrauen, ohne auf Gopal zu achten, der diesmal nicht nur um Balaram weinte, sondern auch um Alu und seinen versagenden Verstand. Gopal wußte nicht, daß Alu an diesem Tag einen Kampf um seine Seele gewonnen hatte.

Aber Gopal hörte bald auf, sich Sorgen um ihn zu machen, denn eines Abends zeigte Alu ihm Furunkel, so groß wie Enteneier, der eine an seinem Bein, der andere in seiner Achselhöhle – keine gewöhnlichen Furunkel, sondern schwärende Eiterkrater, die aussahen, als habe sich sein Fleisch zusammengezogen, um seinem Körper zu entfliehen. An jenem Abend umarmte Gopal Alu und lachte. Laß sie, sagte er. Das hat nichts mit dir zu tun – es ist nur Balaram, der versucht, auf die Welt zurückzukehren.

Aber Alu bedeckte sein Bein und sah ihn finster an. Nicht nur Balaram, knurrte er.

Gopal nickte weise und wandte sich ab.

Alu bekam immer mehr Furunkel, und zwar am ganzen Körper, und die Schmerzen veranlaßten ihn, immer weiter herumzuwandern – zum Sealdah-Bahnhof, aus dem die Menschen drängten, über die Howrah-Brücke und weiter noch, bis überall Sirenen heulten und er von den Menschenmassen, die aus den Fabriktoren drängten, mitgerissen wurde. Und hier tat er durch eine unerklärliche Wendung des Schicksals etwas, das er noch nie zuvor getan hatte: Er blieb an einem Teeausschank stehen und ließ sich eine Tasse Tee geben.

Und dort lernte er Rajan kennen.

An jenem Tag erzählte ihm der düstere, grüblerische Rajan von den großen Fabriken, die rings um sie her aufragten. Er erzählte von den Jacquard-Webstühlen und den Strömen von Lochstreifen, die die Muster der Kettfäden so schnell veränderten, daß das Auge nicht mehr folgen konnte; von Webstühlen, die einen Tastsinn besaßen, automatische, mit Fühlern ausgestattete Webstühle, die ertasten konnten, ob ihre Webschützen leer waren; von Webstühlen, die gar keine richtigen Webschützen mehr hatten und bei denen Projektile durch das Fach und die Ströme von Kettfäden geschossen wurden, einen Schußfaden griffen und mit ihm zurückkehrten; von Webstühlen, die statt Webschützen gewellte, eiserne Rapiere hatten, die den Schußfaden durch das Fach und in eine Öse trugen; von Webschützen, über die er nur gelesen hatte und die, wie Flugzeuge, auf Düsenstrahlen fliegen... Auch in dieser Nacht blieb Gopal bis zum Morgengrauen wach und hörte Alu zu, der von der Fabrik und Rajan und natürlich von Maschinen sprach.

Von da an ging Alu jeden Tag zum Teeausschank und traf sich mit Rajan, bevor dessen Schicht begann. Manchmal erzählte er von seinem eigenen Webstuhl und dem Stoff, den er gewebt hatte, und zu seiner Verwunderung stellte er fest, daß Rajan keinerlei Schwierigkeiten hatte, ihn zu verstehen. Er stammte nämlich aus Kerala, aus der legendären Kaste der Chalias, die seit Jahrhunderten einfache weiße Stoffe gewebt und verkauft haben, und es gab keinen Webstuhl, der für Rajan ein Geheimnis gewesen wäre.

Eines Tages schmuggelte er Alu in die Fabrik, in der er arbeitete: es war ein riesiger Saal, in dem die Menschen umherwimmelten und neue Maschinen von ehrfurchtgebietender Größe und Kraft standen. Die Menschen wirkten winzig und niedergedrückt, als mühten sie sich unter dem Gewicht dieser Riesen ab. Es war ein Wunder, und Alu hörte nicht auf zu staunen – Ströme von Garn flossen von wirbelnden Garnspulen in den Schlund der automatischen Webstühle, aus denen der Stoff wie ein Wasserfall schoß und sich säuberlich zu Ballen faltete.

Aber wo sind die Erdnüsse? Die Augen sind wie gebannt auf die Bühne gerichtet, er reckt den Hals, um über die Hunderte von Schultern vor ihm etwas sehen zu können. Alu sucht seine Taschen ab nach der gerade erst gekauften Tüte aus zusammengedrehtem Papier, die mit Erdnüssen gefüllt ist, ganzen Nüssen in grob geäderter Schale, die darauf warten, daß sie aufgebrochen und daß die von ihnen umhüllten roten Kerne herausgeholt und mit minzgrünem Salz eingerieben werden, worauf man die Schalen auf den Boden wirft, wo sie von Tausenden von Füßen in die Erde gestampft werden, von jenen Füßen, die jetzt nervös hin und her treten, während das ganze große Zelt wie gebannt zusieht, wie die Dämonen tanzen, wie sie die Helden mit Ringen aus Feuer umschließen, sie mit ihren unzähligen Armen zu Boden schlagen, mit ihren klauenbewehrten Füßen auf ihren Brüsten tanzen und die Hände nach dem Sieg ausstrecken, der ihnen schon fast sicher ist. Und genau in diesem Augenblick fällt plötzlich, viel zu zufällig, ein Schraubenschlüssel in den herausschießenden Strom von Stoff, genau ins Herz der stampfenden Maschine, und mit einem Schrei verharren die Dämonen mitten in ihrer Bewegung. Ein Seufzer der Erleichterung entringt sich den Kehlen der Männer dort unten, und für ein paar gestohlene Minuten lehnen sie sich zurück, beenden ein unterbrochenes Gespräch und zünden sich Zigaretten an. Aber Alu ist jubelnd und mit Erdnüssen werfend aufgesprungen, muß schließlich hinausgebracht werden und hört doch nicht auf, lauthals die winzigen Siege jener Menschen zu feiern, die in Gesellschaft von Dämonen leben.

Draußen, beim Teeausschank, trafen sie auf Gopal, der mit ängstlich verzerrtem Gesicht ein Stoffbündel unter dem Arm hielt. Als er Alu sah, kam er über die Straße gerannt und umarmte ihn erleichtert.

Was für Neuigkeiten! Ein älterer Schwager, der ebenfalls am Hohen Gerichtshof arbeitete (hauptsächlich Finanz- und Steuersachen, aber hin und wieder auch Kriminalprozesse, um das Einkommen etwas aufzubessern), hatte einen zukünftigen Klienten im Polizeirevier Lalbazar aufgesucht und dabei zufällig gehört, wie einige Beamte einen Durchsuchungsbefehl für eine Adresse in der Hazra Road erhielten – Gopals Adresse. Gopals Haus sollte durchsucht werden, und es war klar, nach wem man suchte.

Das Bündel wurde Alu in die Hände gedrückt. Er öffnete es und fand darin die Kleider, die Gopal ihm gekauft hatte, Gopals eigene Ausgabe von *Pasteurs Leben* und achttausend Rupien. Gopal lächelte verlegen. Das hat dein Onkel mir gegeben, damit ich es anlege. Jetzt gehört das Geld dir. Alu sah ihn an, und Gopal wich seinem Blick aus. Aber Alu machte keine Einwände. Er beugte sich nieder und berührte Gopals Füße. Mit tränenblinden Augen umarmte Gopal ihn, und dann eilte er davon, zurück in die Hazra Road, um seine Frau wegzuschicken und die Polizei allein zu erwarten.

Sobald er Alu mit dem Bündel in den Händen auf der Straße stehen sah, wußte Rajan Bescheid. Alu versuchte eine Erklärung zu murmeln, aber Rajan unterbrach ihn. Wozu das Reden, wozu die Erklärungen? So etwas sah man doch täglich. Nein, jetzt war nicht die Zeit für Reden. Innerhalb weniger Minuten war Alu im Besitz eines Briefes und einer Liste mit Adressen. Damit und mit Furunkeln am ganzen Körper reiste er nach Süden, entlang der Kette von Rajans Kastengenossen, die es in jeder Fabrik im Bereich der South-Eastern Railway gab, und seine achttausend Rupien erlaubten es ihm, die Leute zu bezahlen, die Rajan ihm angegeben hatte, während er weiter und weiter floh, immer nach Süden, und nur in den großen Textilfabriken von Madurai und Coimbatore eine Atempause einlegte, bis wieder das Gerücht aufkam, daß die Polizei einen Steckbrief von ihm habe und Rajan verhaftet worden sei ... Dann war es Zeit, die Eisenbahn hinter sich zu lassen, Zeit, in den Wäldern der Nilgiris unterzutauchen, wo der Urenkel eines Vetters von Rajans Urgroßvater ihn auf Elefantenpfaden und Wildwechseln durch Wolken in die blauen Berge hinein und über die Wasserscheide nach Kerala führte – und dies war der Schritt in ein verzaubertes Land der Garnelen-Sahne-Curries, die nach Zimt und Kardamom dufteten, die scharf waren von Nelken und süß von der Kokosmilch, die es so reichlich gab, daß die ganze Welt darauf hätte schwimmen können. Er verbrachte seine Nächte verborgen in den Chalia-Vierteln der verstreut daliegenden Dörfer, eingelullt vom Klopfen Hunderter von Schnellschützen in Webstühlen, die ihm vertraut waren; aber dann tauchten plötzlich wieder Gerüchte auf über Spitzel, über Informationen, die die Polizei erhalten hatte, und so mußte er erneut weiter, schneller, über die Berge nach Westen, schneller, schneller ...

Was wußten die Akten schon davon?

Kurz vor Sonnenuntergang machten sich Das und Dubey auf den Weg zu dem Dorf, in dem der Gefangene festgehalten wurde. Sie fuhren durch die kleine Stadt auf den Fluß zu, durch schmale, von den Lichtern zahlreicher Geschäfte erhellte Straßen. In den Schaufenstern standen unzählige Flaschen, und darüber stand: AAHI – Ausländischer Alkohol, Hergestellt in Indien.

Dubey zeigte aus dem Fenster. Hast du was übrig für Sprit? Dann bist du hier richtig. Gutes Zeug, und trotzdem spottbillig.

Das warf einen verstohlenen Blick auf Dubeys Handgelenk, an dem er eine schwere goldene Uhr trug. Er betrachtete sie neiderfüllt. Natürlich könnte sein Schwiegervater sie ihm geschenkt haben. Könnte. Aber in einer Stadt, die vom Alkoholhandel lebte, wurden goldene Uhren wahrscheinlich vom kleinen Steuerbeamten aufwärts jedem nachgeworfen. Was wollte man mehr? Kein SOI saß einem im Nacken, und um Beförderung, Lebensversicherung, Hilfskasse und Mietzuschuß brauchte man sich nicht zu kümmern; Geld war kein Problem – ein einfaches, friedliches Leben.

Dubey zeigte auf ein großes Haus in Rosa und Grün, dessen Fenster rund wie Bullaugen waren. Es strotzte nur so von Klimaanlagen. Manche Häuser in der Umgebung waren noch größer, noch neuer, manche sogar noch protziger.

Der Besitzer war fünf Jahre lang in al-Ghazira, sagte Dubey. Früher war er bloß Mechaniker, und jetzt sieh dir das an. Und auch all die anderen Häuser hier. Er ist fast Analphabet, mußt du wissen, aber ich schäme mich noch immer, ihn zu mir einzuladen.

Keine Sorge, murmelte Das. Das wirst du schon noch aufholen – das ist bloß eine Frage der Zeit.

Natürlich, fuhr Dubey fort, ohne auf seine Bemerkung einzugehen, sind viele von ihnen Schmuggler. Du kannst dir nicht vorstellen, wieviel hier geschmuggelt wird. Hauptsächlich Gold aus aller Welt – aus Kenia, Tansania, Persien, den Golfstaaten. Aber auch noch andere Sachen: Elektronik, Uhren...

Hier! Er stupste Das am Ellbogen. Ein papierdünnes Stück Metall, etwas kleiner als seine Handfläche, lag in seiner Hand. Er tippte auf einen Knopf. Eine leise elektronische Melodie erklang, und die Anzeige leuchtete auf. Er fuhr mit den Fingern über die Tasten, und im Anzeigefeld erschienen und verschwanden Ziffern, begleitet von glockenhellen Klängen. Nettes Ding, was? sagte Dubey. Die liegen hier nur so herum.

Grinsend gab er Das einen Rippenstoß. Vielleicht gefallen deinem SOI diese kleinen Dinger. Er hat doch bestimmt ein oder zwei Söhne, die demnächst ihr Examen machen, oder?

Das schüttelte den Kopf und sah aus dem Fenster. Sie fuhren an einer Lagune vorbei. Die untergehende Sonne ließ das Wasser rot aufleuchten. Palmen neigten sich reglos über das Wasser, und sie sahen Fischer mit spitzen Hüten, die ihre Katamarane hinausruderten.

Es ist sehr schön hier, sagte Das.

Ja, ja, antwortete Dubey. Fünf Tage, eine Woche lang ist es schön. Aber dann...

Das sah einen Malabar-Eisvogel auf einem Telegrafenmast und wandte sich um, als sie daran vorbeifuhren. Was ist, fragte Dubey neugierig. Ein..., begann Das und hielt noch gerade rechtzeitig inne. Ihm fiel ein, daß er einmal, auf der Polizeiakademie, einen von Dubeys Monologen über ihre Kollegen mit einem Hinweis auf einen Mauerläufer unterbrochen hatte.

Wann ist er in den Polizeidienst eingetreten? hatte Dubey verwirrt gefragt und in seinem Gedächtnis gekramt. Ist er überhaupt bei der Polizei? Ich kann mich nicht erinnern, den Namen jemals gehört zu haben...

Das hatte eine gute Geschichte abgegeben, aber alles in allem hatte sie kein schlechtes Licht auf Dubey geworfen, sondern eher auf ihn. Die Leute hatten gedacht, er wolle angeben, und Dubey war sehr wütend gewesen. Trotzdem konnte man über Malabar-Eisvögel wahrscheinlich noch reden, aber wenn Dubey ihn je dabei ertappen sollte, daß er sich über weniger verbreitete Arten wie zum Beispiel Sibirische Kraniche oder dergleichen ausließ, würde er ihren Vorgesetzten höchstwahrscheinlich ein Telegramm schicken und ihnen melden, Das verkehre mit unerwünschten Ausländern. Man sagte, Dubey verfüge, bei aller Begriffsstutzigkeit, über ein ausgeprägtes Konkurrenzverhalten. In dieser Hinsicht sei ihm alles zuzutrauen.

Was? fragte Dubey wieder und wartete auf eine Antwort.

Ich habe mich nur gewundert, sagte Das schnell. Du hast zwar erklärt, was sie ins Land schmuggeln, aber was schmuggeln sie hinaus? Kokosnüsse?

Kokosnüsse! Dubey lachte. Nein, an Kokosnüssen haben die da drüben keinen Bedarf. Was hinausgeschmuggelt wird, sind Menschen.

Er hielt inne und strich sich über seinen Schnurrbart. Manchmal wünsche ich mir, sagte er, jemand würde *mich* hinausschmuggeln – auf einen anderen Posten, meine ich. Dieser Ort macht mich krank. Es würde schon helfen, wenn ich befördert würde oder eine besonders gute Jahresbeurteilung bekäme. Wenn wir deinen Mann heute oder innerhalb der nächsten Tage erwischen, könnte dein SOI vielleicht... Man sagt, er habe gute Verbindungen.

Er warf seinem Kollegen einen besorgten Blick zu. Das nickte. Der Wagen bog von der Hauptstraße in eine kleine, von Erd- und Lateritwällen eingefaßte Seitenstraße ab. Kurz darauf hielten sie vor einem gelben Gebäude mit einem Flachdach, unverkennbar ein Polizeirevier. Das gedrungene, häßliche Gebäude stand in scharfem Kontrast zu den weißen Häusern in der Umgebung mit ihren reich beschnitzten hölzernen Stützpfosten und ziegelgedeckten Dächern, die bis einige Fuß über den Boden reichten.

Ein Wachtmeister in gestärkten Khaki-Shorts kam aus dem Revier gelaufen. Als er Haltung annahm und salutierte, schwangen die gestärkten Hosenbeine der Shorts wie Glocken hin und her. Dubey erwiderte den Gruß mit einer kurzen Handbewegung. Das sah, daß auf der anderen Straßenseite Kinder zusammenliefen. Als er auf den Eingang des Reviers zuging, rief eines von ihnen schüchtern: Hal-lo hal-lo, al-ter Freu-heund.

Verlegen sah Das geradeaus und hoffte inständig, daß der Wachtmeister keine Szene machen würde. Aber der hatte nichts bemerkt. Als Das in den großen, von Neonröhren erleuchteten Raum trat, hörte er wieder irgendwo hinter sich den Singsang des Jungen: Hal-lo hal-lo, al-ter Freu-heund.

Auf einem Tisch an der Stirnseite des Raumes standen Teller mit Kleinigkeiten zum Essen und Flaschen mit Erfrischungsgetränken. Wie oft habe ich euch schon gesagt, ihr sollt diese Geldverschwendung lassen? fuhr Dubey den Wachtmeister auf Hindi an.

Der Wachtmeister sah auf seine Sandalen, lächelte verlegen und wackelte mit dem Kopf. Einer langjährigen Gewohnheit gehorchend fuhr er mit der Hand ganz automatisch unter seine Shorts, um das Hemd geradezuziehen. Lassen Sie das! befahl Dubey. Nehmen Sie Haltung an, wenn ich mit Ihnen rede.

Der Wachtmeister ging in Habachtstellung. Dubey zuckte die Schultern und wandte sich Das zu: Komm – wenn es schon einmal dasteht, können wir es ja auch essen. Sie nahmen auf Stühlen mit geraden Lehnen Platz und luden sich dünne, geröstete Bananenscheiben und knuspriges *muruka* auf die Teller.

Haben Sie mit dem Mann gesprochen? fragte Dubey den Wachtmeister.

Ja, *saar-ey*, antwortete der Wachtmeister.

Was hat er gesagt?

Der Wachtmeister kratzte sich am Kopf. Er ist ein Chalia, *saar-ey*, sagte er, und er hat einen Verwandten in Kalkutta. Ein Mann ist zu ihm gekommen, mit einem Brief von diesem Verwandten, und so hat er ihn nach Mahé geführt. Und mehr will er nicht sagen.

Was soll das heißen: Mehr will er nicht sagen? fuhr Dubey ihn an und hielt abrupt inne. Von draußen, vor dem Polizeirevier, hörte man ein leises, aber deutliches Rumpeln. Einen Augenblick lang lauschte er mit schiefgelegtem Kopf, dann beschloß er, das Geräusch nicht weiter zu beachten. Warum will er nichts sagen?

Wir haben alles versucht, *saar-ey*, sagte der Wachtmeister, aber er will nicht reden. Vielleicht sollten Sie einmal mit ihm sprechen.

Spricht er Hindi oder Englisch?

Ja, ein bißchen Hindi.

Na gut, sagte Dubey, bringen Sie ihn herein.

Der Wachtmeister gab einem Kollegen einen Wink, worauf dieser in einem Korridor verschwand. Wieder ertönte von draußen das Rumpeln. Dubey nahm einen Rohrstock und deutete damit auf das Fenster. Was hat dieser Lärm zu bedeuten?

Der Wachtmeister sah mit zusammengekniffenen Augen hinaus in die Dunkelheit. Nur ein paar Leute aus dem Viertel, die sich vor dem Schnapsladen auf der anderen Straßenseite versammelt haben, *saar-ey*, sagte er mit einer wegwerfenden Handbewegung.

Der andere Wachtmeister kehrte mit einem Mann in einem grünen *lungi* zurück. Er hatte eine kräftige Statur, und seine breite, nackte Brust war muskulös, aber jetzt waren seine Augen blutunterlaufen, und er ließ den Kopf hängen. Dubey musterte ihn und befahl einem Wachtmeister, das Neonlicht auszuschalten und die Schreibtischlampe auf das Gesicht des Gefangenen zu richten. Das lächelte schief: Grundkurs Verhörtechnik.

Dubey, der seinen Gedanken erraten hatte, verzog den Mund. Er klopfte mit dem Stock auf seine Handfläche, ging zu dem Gefangenen und sagte leise: Ich will nur eines wissen, nur eines: Wo ist der Mann jetzt?

Der Gefangene ließ stumm den Kopf hängen. Dubey warf ihm einen kurzen Blick zu, dann drehte er sich auf dem Stiefelabsatz um und lächelte Das dünn an. Wollen doch mal sehen, wie das Unionssekretariat mit so etwas fertig wird.

Das fühlte sich überrumpelt und zögerte, aber Dubey sah ihn lächelnd an. Als er aufstand und auf den Mann im *lungi* zuging, mußte er sich beherrschen, nicht zu schlucken und so seine Nervosität zu verraten. Er ließ sich Dubeys Stock geben und stieß den Mann damit in die Brust. Hör zu, sagte er und erhob die Stimme, denn er spürte ein leises Zittern hinten in der Kehle, mach es nicht schlimmer für dich. Sag uns einfach, wo dieser Mann jetzt ist.

Der Mann sah stumm auf Das' Schuhe. Das rieb sich seine rechte Hand. Dann holte er aus und schlug, aus der Drehung heraus und sein ganzes Gewicht in den Schlag legend, dem Gefangenen mit dem Handrücken ins Gesicht. Der Mann schrie auf und hielt sich die Wange. Langsam sank er auf die Knie.

Das steckte seine schmerzende Hand in die Tasche, bevor die

Versuchung, sie zu reiben, unwiderstehlich wurde. Er spürte, wie die Galle in ihm hochstieg, und schmeckte die Bitterkeit in seiner Kehle. Er warf Dubey einen Blick zu und hoffte, daß der das Zittern seiner Hand nicht bemerkte. Dubey hob anerkennend eine Augenbraue. Harter Bursche, sagte er.

Plötzlich zuckte Das zusammen. Ihm war, als höre er von irgendwoher einen Singsang: Hal-lo hal-lo, al-ter Freu-heund. Der Lärm draußen hatte zugenommen; hier und da wurde das Rumpeln von Schreien übertönt. Wieder hörte er den Singsang, jetzt ganz in der Nähe. Er sah sich um und entdeckte ein Augenpaar, das ihn durch einen Spalt im Fensterladen ansah. Schnell sagte er: Dubey, wir sollten in einen anderen Raum gehen. Der hier ist für ein Verhör überhaupt nicht geeignet.

Dubey blaffte einen Befehl, und der Gefangene, der sich immer noch seine blutende Wange hielt, wurde hinausgeführt. Als sie ihm folgten, machte Dubey eine Bemerkung, aber der Lärm war so laut geworden, daß Das ihn nicht verstehen konnte. Was? rief er.

Ich habe gesagt, wir müssen ihn jetzt zum Reden bringen, oder... Das beugte sich vor, um ihn besser verstehen zu können, aber der Rest von dem, was Dubey sagte, ging unter, denn plötzlich war das dumpfe Grollen draußen zu einem lauten Schrei angeschwollen. In dem darauf folgenden Augenblick der Stille hörte Das ein dünnes Stimmchen: Hal-lo hal-lo, al-ter Freuheund. Dann ein weiterer Schrei, noch lauter diesmal. Das Glas in den Fenstern schepperte leise. Sie gingen schnell in einen fensterlosen Raum in der Mitte des Hauses.

Was schreien die da eigentlich? fragte Das und versuchte, seiner Stimme einen ruhigen Klang zu verleihen. Dubey gab keine Antwort.

Nun sag schon.

Ich weiß es nicht, antwortete Dubey kurz.

Das dachte einen Augenblik nach. Soll das etwa heißen..., fing er an. Ein Stein flog durch den vorderen Raum und rollte über den Flur auf sie zu. Gedankenverloren hob Das ihn auf und rieb ihn zwischen den Händen. Soll das etwa heißen, sagte er, daß du deine dienstlichen Sprachprüfungen nicht bestanden hast?

Draußen wurden mehr Schreie laut, und Steine prasselten an die Fensterläden. Stirnrunzelnd fuhr Das fort: Wirkt sich das nicht negativ auf deine Gehaltserhöhungen aus?

Es ist alles noch viel schlimmer als das, vertraute Dubey ihm unvermittelt an. Ich kriege nicht nur keine Gehaltserhöhungen mehr – jetzt drohen sie mir sogar schon damit, die Zahlungen für die Pension und die Hilfskasse einzustellen. Es ist furchtbar, du kannst dir das gar nicht vorstellen. Ihr Burschen in euren Heimatstaaten habt wirklich Glück – ihr habt gar keine Ahnung, wie das für uns ist. (Das zuckte zusammen, als ein neuer Schrei die Wände erzittern ließ.) Ich habe mir einen Lehrer besorgt, und ich habe mir alle Mühe gegeben, dieses verdammte Kauderwelsch zu lernen, aber es ist unmöglich. Du kannst dir nicht vorstellen, was für Wörter diese Wichser sich ausdenken.

Ein Wachtmeister stand vor ihnen und trat nervös von einem Fuß auf den anderen. Er machte ein ängstliches Gesicht. *Saarey* . . ., sagte er.

Dubey ging auf den Gefangenen zu und klopfte ihm mit dem Ende des Stockes unter das Kinn. Paß auf, sagte er, wenn du uns die Wahrheit sagst, kannst du in zehn Minuten gehen. Wir wollen dich gar nicht hierbehalten – sag uns nur die Wahrheit. Aber wenn du uns nichts sagst, werde ich dafür sorgen, daß du für zehn Jahre im Gefängnis landest. Also: Wo ist der Mann jetzt? Laß mich nicht die Geduld verlieren.

Der Mann schluckte und wischte sich einen Blutstropfen von der Wange. Die Tür der Polizeiwache erzitterte unter einem dumpfen Schlag. Dubey achtete nicht darauf. Er starrte dem Gefangenen in die Augen und legte die Spitze des Stocks auf seine Nase. Also . . . wo ist er jetzt?

Er ist auf einem Schiff nach al-Ghazira, sagte der Gefangene in stockendem Hindi. Auf der *Mariamma*. Sie ist vor zwei Tagen ausgelaufen.

In seiner Enttäuschung schlug Dubey so fest mit dem Stock auf den Boden, daß er zersplitterte und brach. Das klopfte ihm auf den Rücken. Keine Sorge, du wirst deinen Bericht trotzdem kriegen. Ich werde mit dem SOI reden.

Dubey schien ihn nicht zu hören. Er starrte den Gefangenen wütend an und schrie: Warum nach al-Ghazira?

Der Gefangene ließ den Kopf nicht mehr hängen. Er sah Dubey direkt in die Augen, und in seiner Kopfhaltung lag eine Spur von Triumph. Er schwieg.

Wieder schrie Dubey: Warum nach al-Ghazira? Hat er dort Verbindungen? Leute, die mit ihm zusammenarbeiten?

Die Tür ächzte und krachte jetzt bedrohlich. Die Wachtmeister hatten sich in eine Ecke gekauert. Der Gefangene schwieg noch immer. Das tippte Dubey auf die Schulter, aber der schob seine Hand fort. Dubey packte den Stock fester und setzte die zersplitterte Spitze auf den Magen des Gefangenen. Dann holte er aus. Also, und zwar ein bißchen plötzlich: Hat er dort Verbindungen?

Der Gefangene nickte stumm. Dubey wandte sich zu Das um und fragte knapp: Noch Fragen? Das schüttelte den Kopf.

Gut, sagte Dubey. Er winkte einem Wachtmeister. Laßt ihn laufen, wenn wir weg sind, aber behaltet ihn im Auge.

Im vorderen Raum knirschte Glas von einer zerbrochenen Fensterscheibe unter ihren Schuhsohlen. Das bemerkte, daß ein oranger Lichtschimmer durch den Spalt unter der Tür fiel. Er beugte sich vor und spähte durch einen Spalt im Fensterladen hinaus. Draußen brannten Fackeln aus Palmwedeln, und eine dichte Menschenmenge drängte sich in der schmalen Gasse vor der Polizeiwache. Plätzlich tauchte auf der anderen Seite des Fensterladens ein Auge auf, und er hörte wieder den Singsang: Hal-lo hal-lo, al-ter Freu-heund.

Das fuhr zurück. Dubey, sagte er, vielleicht solltest du den Leuten Waffen geben. Dubey nickte und sagte etwas zum Hauptwachtmeister. Sie sahen zu, wie die Polizisten sich in eine Liste eintrugen, den Gewehrschrank aufschlossen und die Waffen herausnahmen. Wollen wir hoffen, daß sie sich nicht mit dem Mob verbünden, sagte Dubey. Sie haben seit drei Monaten keine Teuerungszulage mehr bekommen.

Der Hauptwachtmeister schob die schwere Außentür ein Stück auf und schob den Lauf seines uralten Gewehrs durch den Spalt. Die Menge verstummte. Die anderen Polizisten verteilten sich hinter ihm, und die beiden Offiziere traten auf die Straße.

Ihr Fahrer war so klug gewesen, den Wagen etwas weiter entfernt zu parken, als die Menge sich zusammenrottete. Die Wachtmeister mit ihren Gewehren bahnten Das und Dubey einen Weg. Das ging schnell und versuchte, die zornige Stille, die ringsum herrschte, das Gedränge und die nur dank der allgemeinen Unentschlossenheit nicht ausgeführten Stöße nicht zu beachten. Er konnte keine Gesichter sehen, nur im flackernden Lichtschein der Fackeln zuckende Schatten. Er zwang sich, den Kopf zu heben, und ging langsamer. Er spürte rennende Füße hinter sich und fühlte, wie seine Musekln sich anspannten. Ohne den Kopf zu wenden, senkte er den Blick. Es war wieder der kleine Junge.

Sie hatten jetzt den Rand der Menge erreicht. Er spürte die Spannung in der Luft; er sah zum Rennen bereite Füße und zum Zuschlagen bereite Arme, die noch zögerten und auf ein Signal warteten. Dann hatten sie es geschafft. Sie stiegen in den Wagen und versuchten, sich nicht umzusehen.

Das ließ sich in den Sitz sinken und atmete tief durch. Am Fenster sah er wieder das Gesicht des Jungen. Hal-lo hal-lo, alter Freu-heund. Der Junge bog den Kopf zurück, öffnete den Mund und spuckte. Aber Jyoti Das hatte das Fenster bereits hochgekurbelt, und der Speichel rann an der Scheibe herunter.

Im nächsten Augenblick schoß der Wagen mit einem Ruck vorwärts, und der Junge wurde beiseite geschleudert. Die Menge schrie auf und stürzte hinterher, aber der Wagen war bereits dabei zu beschleunigen. Zwei Steine trafen das Dach und prallten mit lautem Knallen vom Blech ab. Sie bogen um eine Ecke und ließen die Menschenmenge weit hinter sich. Bald hatte der Fahrtwind den Speicheltropfen weggeweht.

Wirklich, sagte Das und sah Dubey an, es ist unglaublich. Man muß etwas unternehmen – keine Gehaltserhöhung *und* keine Pensions- und Hilfskassenzahlungen. Kann die Vereinigung der Polizeioffiziere denn nichts tun?

Dubey schüttelte den Kopf. Er saß zusammengesunken in seiner Ecke und machte ein verdrießliches Gesicht. Wovon soll man denn leben? fragte er. Ihr kriegt ja wenigstens noch eine Stadtzulage, aber in diesem Nest bekommen wir nicht einmal das. Und für eine Erschwerniszulage reicht es auch nicht.

Eine Zeitlang starrte Dubey stumm aus dem Fenster. Dann ballte er die Fäuste und murmelte: Eines Tages werde ich hier aufräumen, richtig aufräumen. Überall Chaos, nichts als verdammtes Chaos. Gib mir nur ein einziges Bataillon Bundesbereitschaftspolizei, und ich werde hier aufräumen, wie noch nie aufgeräumt worden ist. Die würden überhaupt nicht wissen, wie ihnen geschieht. Die Polizisten hier taugen nichts. Sie werden von diesen Kerlen geschmiert – dasselbe Kauderwelsch, dasselbe verdammte Volk... Nur *ein* Bataillon.

Er bemerkte, daß Das ihn ansah, hielt inne und holte tief Luft. Na dann... herzlichen Glückwunsch!

Herzlichen Glückwunsch? fragte Das verwirrt. Warum?

Zu deiner Auslandsreise, du Dummkopf. Verstehst du denn nicht? Wenn du deinem SOI oder wem auch immer erzählst, daß der Verdächtige Verbindungen zu einer Terrorgruppe oder so im Nahen Osten hat, werden sie dich dorthin schicken, damit du ihm auf den Fersen bleibst. Darum wollte ich, daß dieser Bursche gesteht, der Verdächtige habe dort Verbindungen. Alles nur zu deinem Besten. Jetzt kannst du es ruhigen Gewissens in deinen Bericht schreiben. Es ist ganz einfach. Es gibt dort Hunderte von Terroristengruppen und so, und er *muß* einfach mit ihnen in Kontakt kommen. Diesen Aspekt mußt du betonen, vielleicht sogar ein bißchen Druck machen. Du wirst sehen: Wenn du es richtig anstellst, schicken sie dich wirklich ins Ausland. Nach al-Ghazira. Laß dir den Fall jetzt nicht wegnehmen.

Wirklich, dachte Das, er ist gar nicht so dumm, wie die Leute immer behaupten. Eigentlich ist er sogar ganz schön schlau. Er fühlte sich ein bißchen schwindlig. Er war noch nie im Ausland gewesen. Das angenehme Prickeln der Vorfreude durchfuhr ihn.

Ich frage mich, wieviel Spesen du bekommen wirst, sagte Dubey neiderfüllt. Mein Gott, hast du ein Schwein! All die Sachen, die du dir dann kaufen kannst! Lauter importiertes Zeug.

Jyoti Das gab keine Antwort. Er dachte an al-Ghazira. Ein neuer Himmel, eine ganz neue Vogelwelt. Lag al-Ghazira nicht auf einer der Hauptrouten der Zugvögel? Er würde in der Nationalbibliothek noch einiges nachlesen müssen. Wie würden die Vögel wohl gezeichnet sein? fragte er sich.

An diesem Abend nahm Dubey ihn zum Dinner beim Chef der Verwaltung mit. Als sie aus dem Wagen stiegen, betrachtete Das lange bewundernd das Haus: Ein großes, blaues Kolonialhaus, umgeben von üppig blühenden Magnolien-, Hibiskus- und roten Jasminbäumen. Die Fenster in der mehrstöckigen Fassade waren mit Jalousien und Fensterläden versehen. Ihr Gastgeber, ein großer, lächelnder Mann, beantwortete Jyotis Fragen mit einer gleichgültigen Handbewegung – die Franzosen hatten das Haus gebaut, und der französische Gouverneur hatte darin gewohnt –, die deutlich erkennen ließ, wie sehr es ihn langweilte, auf diese allzu häufig gestellte Frage zu antworten. Er führte sie auf eine mit Steinplatten ausgelegte Terrasse hinter dem Haus, von wo sie den Mahé-Fluß und das Meer dahinter übersehen konnten. Sie tranken kaltes Bier und hörten die Rufe der Fischer in ihren Booten mit Schmetterlingssegeln, die im Seewind langsam dahintrieben.

Dubey war bald sehr betrunken, und der Verwaltungschef runzelte ärgerlich die Stirn. Er ging ins Haus, kehrte zurück und sagte: Kommen Sie jetzt, das Dinner ist fertig. Er versuchte, sie über die Holztreppe zu seinen Privaträumen im ersten Stock zu bugsieren, aber auf halbem Weg packte Dubey Jyoti am Ellbogen und zog ihn die Treppe hinunter, während der Verwaltungschef ihnen ärgerlich nachlief. Ohne Jyotis Arm loszulassen, führte Dubey ihn zu einer Glastür am Ende der Terrasse. Wie kleine Jungen legten sie ihre Hände an das Glas und spähten hindurch. Jyoti konnte nichts erkennen, denn drinnen war es sehr dunkel. Dubey probierte die Türklinke, und die Tür schwang, in den rostigen Angeln quietschend, auf. Von der Terrasse strömte Licht hinein, und Jyoti sah, daß sie sich in einem großen, hohen, durch fünf gekehlte Säulen unterteilten Saal befanden. In schmutzige Planen eingehüllte Kronleuchter hingen von der Decke. Staubüberkrustete Spiegel an der gegenüberliegenden Wand des Saales glänzten stumpf. Meeresrauschen erfüllte die Luft.

Das war der Ballsaal, sagte Dubey. Mit offenem Mund und vor Staunen glänzenden Augen sah er sich um. Jyoti war überrascht – er hätte nicht gedacht, daß Dubey fähig war zu staunen.

Hier haben all die französischen Damen und Herren der Gesellschaft getanzt, sagte Dubey. Er ließ einen Fuß über den Boden gleiten und zog eine Spur durch den Staub. Dann stellte er sich auf die Zehenspitzen und wirbelte seinen plumpen, wohlgenährten Körper in einer Pirouette herum.

Nicht schlecht, was? sagte er. Er blieb stehen und sah wehmütig hinaus aufs Meer.

9
Windstille

Bei Anbruch ihres zweiten Tages auf See, während an Alus linkem Bein zwei zum Platzen mit Eiter gefüllte Furunkel pochten, begann der Motor der *Mariamma* zu stottern, gab ein hohes Jaulen von sich und verfiel dann mit einem störrischen Huster in Schweigen. Sajjan stand am Steuer, ein schlanker Junge mit hohlen Wangen, noch keine sechzehn, aber bereits gezeichnet von jener mürrischen Arroganz, die man manchmal bei mechanisch begabten Menschen findet. Hajji Musa Koya, der gewöhnlich bei Sonnenaufgang das Ruder übernahm, döste noch, an die Wand des Ruderhauses gestützt und mit einer von der Sonne ausgebleichten Decke zugedeckt, vor sich hin. Eine fast leere Arrak-Flasche war mit betrunkener Sorgfalt in den Bund seines *lungi* gesteckt worden.

Sajjan ging zur Reling, beugte sich hinüber und spuckte ins Meer. Einen Augenblick lang sah er auf Hajji Musas Kappe und seinen schütteren weißen Bart hinunter, dann rüttelte er ihn an der Schulter und rief: Steh auf, Hajji, los, steh auf.

Hajji Musa tauchte langsam aus seinem Schlaf auf und schnaufte in seinen Bart: Schon gut, Junge, hör auf, so zu schreien. Du weißt doch, was zu tun ist – also geh und tu es.

Sajjan stieg über ihn hinweg und strich mit den Händen über einen in einer Falltür eingelassenen Ring. Dann stellte er sich mit gespreizten Beinen hin, packte fest zu und zog. Die Luke quietschte, ließ sich aber nicht öffnen. Er zog das ölverschmierte Unterhemd aus und wickelte es um seine Hände. Dann spuckte er auf die Scharniere und zog ächzend noch einmal an dem Ring, und diesmal schwang die Luke knirschend auf. Aus dem Dunkel stiegen beißende Dieseldünste empor.

Die *Mariamma* war kein großes Boot, und ihre ungewöhnliche Breite ließ auf den ersten Blick nicht vermuten, daß sie fast neun Meter lang war. Sie lag hoch im Wasser, plump und gedrungen, aber robust. Tief im Schiffsrumpf war eine niedrige Kabine untergebracht, und das winzige Ruderhaus, das kaum genug Platz für zwei Personen bot, stand recht weit vorne, nahe am Bug. Das Deck wurde durch eine zaunartige hölzerne Reling begrenzt, die sich infolge der feuchten Seeluft geworfen hatte. Das rostige Rohr einer Pumpe, die man manchmal brauchte, wenn zu viel Wasser in der Bilge war, ragte am Heck wie ein Reiher auf und krümmte sich in einem scharfen Winkel über die Reling.

Im Verlauf vieler langer und friedlicher Jahre im Hafen von Calicut und in den Haffwassern rings um Alleppey waren der Bug und die Seitenwände der Kabine und des Ruderhauses der *Mariamma* mit zahlreichen Malereien verziert worden: Auf der Kabine erhoben sich smaragdgrüne Palmen über Häusern aus karminroten Ziegelsteinen, ockerfarbene Tiger sprangen auf dem Ruderhaus, und vom Bug starrten silbrige Fische mit feuerroten Augen auf den Horizont. Als Hajji Musa beschloß, sich mit der *Mariamma* am lukrativen al-Ghazira-Geschäft zu beteiligen, hatte er sie, in der Hoffnung, dadurch für Küstenwache und Hafenpolizei schwerer zu sichten zu sein, in einem undefinierbaren Blaugrau streichen lassen. Aber der Schiffsausrüster hatte Wasser in die Farbe gemischt, und jedes Jahr blätterte ein bißchen mehr von dem Anstrich ab, bis nur einige Flecken übriggeblieben waren, die wie Wolken über den darunterliegenden Farben schwebten.

Hajji Musa hatte auch einen Vierhundert-PS-Dieselmotor einbauen und die Schotten verstärken lassen, so daß er im Laderaum zusätzliche Treibstoffkanister verstauen konnte. Auf sehr kurze Strecken, wenn beispielsweise Klugheit es geraten erscheinen ließ, schnell hinter dem Horizont zu verschwinden, konnte die *Mariamma* fünfunddreißig und manchmal sogar vierzig Knoten laufen, wenn auch nur mit einem Schütteln, das sie schier zu zerreißen drohte. Bei ihrer normalen Reisegeschwindigkeit von zwanzig bis fünfundzwanzig Knoten nahm sie die schwersten Brecher mit dem gelassenen Selbstvertrauen eines Hafenschleppers.

Als er in das Geschäft einstieg, hatte Hajji Musa aufmerksam zugehört, wenn man sich an der Malabarküste Geschichten von Booten erzählte, die mit zwanzig, vierzig, ja sogar (so behauptete man jedenfalls) mit hundert hoffnungsvollen Emigranten an Bord nach al-Ghazira ausgelaufen waren, nur um auf halbem Weg ohne Treibstoff liegenzubleiben oder beim ersten kleinen Sturm infolge der Überladung vom Meer verschlungen zu werden. Im Gegensatz zu vielen anderen Bootsbesitzern war Hajji Musa ein Mann, dessen Habgier gewisse Grenzen kannte, und er liebte das Leben so sehr, wie es verdrießliche Menschen zu tun pflegen. Also merkte er sich diese Geschichten und leitete von ihnen einige Regeln ab, die er nie übertrat: Er fuhr nur im Winter, nach dem Nordost-Monsun, wenn das Meer ruhig wie eine Lagune war und er sicher sein konnte, einen leichten, stetigen Rückenwind zu haben. Außerdem nahm er nie mehr als acht Personen mit, von denen er allerdings das Dreifache des üblichen Betrages verlangte. Dennoch herrschte, trotz dieses hohen Preises, nie Mangel an Passagieren, denn Hajji Musa genoß einen beachtlichen Ruf, und man war bereit, einen Aufpreis zu bezahlen, um sicherzugehen, daß man nicht bei Ebbe auf einer Sandbank im Arabischen Meer ausgesetzt wurde. Seine Unkosten glich er dadurch aus, daß er sich diskret am Schmuggel des überaus geschätzten Haschischs aus den Idikki-Hügeln beteiligte. Auch nahm er stets enorme Mengen Dieseltreibstoff mit: Außer den Stapeln von Kanistern im Laderaum war die *Mariamma* mit einigen Fässern in der Kajüte und einigen weiteren am Heck ausgestattet, hinter denen auch der Kübel bereitstand, der als Schiffstoilette diente.

Alu und die beiden anderen männlichen Passagiere, Rakesh und Professor Samuel, hatten unweit dieses Eimers in dem schmalen Abschnitt, der im Windschatten der Kajüte lag, einen Schlafplatz gefunden. Zwischen dem Kajütendach und der Reling am Heck hatten sie als Regendach ein Stück Segeltuch gespannt. Hajji Musa betrachtete das flatternde Stück Stoff oft mit melancholischem Unbehagen: Wenn da eine Böe hineinfährt, wird das ganze Boot kentern. Aber Rakesh, der sehr dünn und etwas kränklich war, bestand auf diesem Schutzdach; sie brauchten schließlich etwas, das ihre Brust vor dem tödlichen Morgentau schützte, besonders jetzt, im Winter und auf See. Es war gar nicht auszudenken...

Die Männer waren nicht beunruhigt, als das Geräusch des Motors erstarb. Zweimal hatte er schon gehustet und gestottert, sich aber gleich darauf wieder gefangen und seinen normalen Rhythmus wiedergefunden. Nach einer Weile schlenderten sie, gähnend und sich reckend, zum Ruderhaus. Hajji Musa hockte neben der offenen Luke und rauchte schweigend ein *bidi*. Sajjan stand untätig unten im Motorraum und beleuchtete den Motor mit einer Handlampe. Es war noch immer dunkel, wenn sich auch der Himmel hinter ihnen bereits rot verfärbt hatte. Die violett getönten Wellen klatschten sacht an den Rumpf der *Mariamma*.

Alu hockte sich neben Hajji Musa. Was ist passiert? fragte er. Hajji Musa kratzte seine mageren Rippen und antwortete in schlechtem Hindi: Weiß nicht. Abwarten. Erst muß der Motor abkühlen.

Eine Zeitlang sahen sie schweigend durch die Luke hinab. Dann stand Rakesh auf, lehnte sich mit seinem mageren, sehnigen Oberkörper über die Reling und begann, seine Zähne mit einem *neem*-Zweig zu putzen. Bald darauf ging Professor Samuel zurück zur Kajüte. Er war ein kleiner, stämmiger Mann mit einer Brille und einer beginnenden Glatze. Er schürzte seinen *lungi* und stieg die drei Stufen zur Kajüte hinunter. Als er vor dem Vorhang stand, der vor dem Eingang der Kajüte hing, wandte er sich mit beflissener Schicklichkeit ab und griff hindurch. Er zog einen großen Topf Tapioka, eine Flasche Kokosöl und eine Büchse Salz hervor. Dann sprang er die Stufen wieder hinauf, hockte sich in den Durchgang und begann, Tapioka, Öl und Salz zu einem Teig zu verkneten.

Plötzlich hielt er inne, legte den Kopf schief und winkte Alu zu sich: Das ist sie wieder. Einen Augenblick später ertönte aus der Kajüte ein langes, schmerzerfülltes Stöhnen, das das ganze Boot erbeben ließ. Der Professor wackelte mit dem Kopf und sagte: Ja, das ist sie wieder – Karthamma.

Sie hatten sie nur einmal, als sie in Mahé an Bord kam, kurz gesehen: eine große Frau mit schimmernd schwarzer Haut, die außerdem hochschwanger war – ihr Bauch wölbte sich vor ihr wie ein Segel in einer steifen Brise. Mein Gott, sagte der Professor, der sein Ohr an die Wand der Kajüte gepreßt hatte, eine Frau, die so stöhnen kann, muß stark sein.

Gegen Mittag, als das Meer wie ein grellweißes Licht leuchtete, lag die *Mariamma* noch immer im spiegelglatten Wasser und wiegte sich in gelegentlichen Windstößen, die die Oberfläche des Meeres sanft kräuselten. Rakesh, Professor Samuel und Alu wurde es bald zu langweilig, nach Booten der Küstenwache Ausschau zu halten, wie Hajji Musa es ihnen aufgetragen hatte. Einer nach dem anderen fanden sie sich an einem kleinen Schattenfleckchen in der Nähe der Kajüte ein. Alu lehnte sich an die Kajütenwand und streckte steif die Beine aus, um die Schmerzen, die ihm seine Furunkel bereiteten, zu lindern. Rakesh und Professor Samuel kauerten neben ihm. Sie konnten Sajjan am Motor arbeiten hören – in der schimmernden Stille war es, als seien diese Geräusche ein Echo von jenseits des Horizontes.

Es dauerte nicht lange, und Professor Samuel begann, über Warteschlangen zu reden.

Wenn man Warteschlangen verstehen, wirklich verstehen will, muß man zunächst einmal zugeben, daß man nichts über sie weiß. Eine Schlange ist nicht einfach irgendein Ding. Ganze Bücher sind über sie geschrieben worden – in Amerika, in Polen, in Japan, in der Tschechoslowakei... Man sieht eine Schlange und denkt: Ach, das ist ganz einfach – ich gehe einfach hin und stelle mich auch an. Aber so eine Schlange ist nichts Einfaches – ganz und gar nicht. Schlangen sind da, bevor man sie sieht; sie haben nichts mit einem selbst zu tun. Sie waren da, bevor man vorbeigekommen ist, und sie werden noch da sein, wenn man schon wieder woanders ist. Eine Schlange besteht nicht bloß aus ein oder zwei oder zehn Männern, die in einer Reihe stehen. Selbst wenn diese zwei oder zehn Männer nicht da wären, gäbe es doch die Schlange an sich, als Prinzip. Eine Schlange ist etwas Abstraktes mit ganz eigenen Wesensmerkmalen und Absonderlichkeiten.

Kurzsichtig blinzelnd betrachtete der Professor die Kajütenwand, schnippte ein Stück blaugraue Farbe weg und legte so einen winzigen, aber sehr detailgetreu gemalten Elefanten frei, der unter einer Kokospalme stand. Nun war es ja nicht so, daß er, als er aus dem Schoß seiner Mutter gekrochen war, all dieses Wissen über Warteschlangen fix und fertig wie ein Nylonhemd um den Hals hängen gehabt hätte. Übrigens hatte niemand im Tellicherry Science College, wo er acht lange Jahre lang gelehrt hatte, irgend etwas über Schlangen gewußt: Niemand dort hatte Zeit gehabt, sich mit etwas anderem zu beschäftigen als mit regierungseigenen Wohnungen, Klosterschulen für die Kinder, Fischpreisen, den Streitigkeiten im Stadtrat, mit der Frage, was für ein Mensch der Stellvertretende Verwaltungschef des Bezirks war und wohin er versetzt werden würde, wer zum Kreis der Erlauchten gehörte und wer nicht...

Es war reiner Zufall gewesen, wenn es den denn überhaupt gab. Eines Tages, als er auf dem Weg zum Bahnhof durch Cochin kam, hatte Professor Samuel die Bibliothek eines kleinen Colleges aufgesucht – keine große Bibliothek, aber ruhig, ein guter Ort, um eine Stunde zu verbringen. Und da stand es, auf einem fast leeren Regalbrett mit Werken über Statistik. Der harte blaue Pappeinband war völlig verstaubt und von Rüsselkäfern durchlöchert gewesen. Gleichgültig hatte er es in die Hand genommen – es hatte nicht sehr interessant ausgesehen – und den Titel gelesen: *Die Theorie der Markowschen Prozesse*. Das meiste davon war dann auch nicht sehr interessant gewesen; um ein Haar hätte er das Buch wieder ins Regal gestellt. Aber irgendwie war er beim Durchblättern an das letzte Kapitel geraten – zehn knappe Seiten über die Theorie der Schlangen. Und so hatte es angefangen...

Der Professor fuhr zusammen und verschluckte den Rest seines Satzes. Sieh nur! Er gab Alu einen Rippenstoß. Da ist sie. Da ist sie wieder: Zindi at-Tiffaha.

Zuerst sahen sie ihren Hinterkopf, der mit einem gelben Schal bedeckt war. Langsam wie die Wintersonne erhob er sich über das Dach der Kajüte. Leicht schwankend ging sie auf den Durchgang zwischen Kajüte und Reling zu. Ihr Kopf und ihre Hände schienen jetzt widersinnig klein, fast mißgebildet angesichts der riesigen, sich dahinwälzenden Masse ihres Körpers: Sie sah aus, als habe das Wachstum ihres Körpers das ihrer Gliedmaßen irgendwie hinter sich gelassen. Als sie sah, daß drei Männer ihr den Weg versperrten, blieb sie stehen, die Arme in die Seiten gestemmt und die Augen gegen das helle Licht der Sonne zusammengekniffen. Ihr Gesicht war sehr dunkel, aber fleckig, als habe die Sonne es ungleichmäßig verbrannt, und es glänzte von Schweiß. Sie hatte schwere, muskulöse Hängebacken, die vor Vitalität zitterten. In Mahé war sie in einen ungeschickt gewikkelten Sari gekleidet gewesen, aber jetzt trug sie ein schwarzes Gewand, das sie einhüllte wie ein Stoffkokon, der sich dort, wo die großen, bebenden Brüste auf ihrem Bauch ruhten, vorwölbte, sich dann über die gewaltigen Hüften spannte und wie ein Zelt über die Füße fiel.

In einer Hand hielt sie einen roten, mit einem Blumenmuster bedruckten Automatikschirm. Sie richtete ihn auf die Männer und drückte einen Knopf. Er flog auf und sprang ihr dabei fast aus der Hand, und die Männer zuckten zusammen und wichen zurück. Sie hob den Schirm und schritt an ihnen vorbei auf die Ölfässer zu, die den Eimer verbargen. Selbst als sie hinter den Fässern verschwunden war, konnten die drei Männer noch den Schirm sehen – er schwebte in der Luft wie eine kleine, mit Blumen verzierte Kuppel.

Der Professor betrachtete blinzelnd den Schirm, beugte sich zu Alu vor und flüsterte: Ja, kein Zweifel. Es kann gar nicht anders sein. Es stimmt, was die Leute sagen: Sie ist eine Puffmutter. Es steht ihr ins Gesicht geschrieben, und alles, was sie tut, beweist es. Wenn sie keine wäre, warum sollte sie dann diese armen Frauen übers Meer bringen? Warum sollte sie sie wie Gefangene in der Kajüte unter Verschluß halten? Ich sage euch: Sie wird sie in al-Ghazira in die Sklaverei verkaufen. Irgend etwas in der Art. Vielleicht auch noch Schlimmeres.

Aber sie sehen nicht aus wie Gefangene, wandte Rakesh schüchtern ein und strich sich über das eingeölte Haar. Sie schienen ganz gern an Bord zu kommen. Karthamma konnten wir natürlich nicht richtig sehen, aber die Frau, die sie Kulfi nennt – die blasse in dem weißen Witwensari –, sitzt abends vorn bei Hajji Musa und lacht und plaudert mit ihm. Chunni, die andere, auch. Ich habe das Gefühl, daß sie genauso froh sind wegzukommen wie wir.

Rakesh hielt inne, denn ein tiefes, dumpfes Stöhnen ließ die Wände der Kajüte erbeben. Der Professor legte den Kopf schräg und nickte in stillem Triumph. Ja, bald wirst du sehen, wie froh sie sind. Wir werden binnen kurzem mehr davon mitbekommen, viel mehr. Ich will dir etwas sagen: Es wird ein Weg durch die Hölle – hier mitten auf dem Meer, mit dieser Frau, die in den Wehen liegt.

Im Motorraum unter Deck zog Sajjan mit aller Kraft den Starterzug, und zweimal surrte der Motor. Einmal begann er kurz zu arbeiten, setzte jedoch nach einigen Umdrehungen wieder hustend aus. Die drei hörten, wie Hajji Musa Sajjan leise bat, es weiter zu versuchen.

Von hinter den Ölfässern vernahm man das Plätschern von Wasser, und dann stieg der Schirm in die Luft, als Zindi aufstand, um ihre Röcke auszuschütteln. Sie drehte sich um, wankte zielstrebig auf den Professor zu, hockte sich neben ihn hin und bedachte ihn mit einem scharfen Blick.

Das können Sie gut, was? fuhr sie ihn in fließendem, gutturalem Hindi an. Reden schwingen, stundenlang, ohne einen Gedanken an die Kopfschmerzen und Sorgen anderer Menschen zu verschwenden, nur einfach reden, irgendwas, irgendeinen Mist, irgendeinen Blödsinn, der Ihnen gerade durch den Kopf schießt. Glauben Sie vielleicht, wir können Sie da unten nicht hören?

Der Professor rückte langsam von ihr weg. Zindi brachte ihr Gesicht ganz nah an seines; auf einer tiefen Falte an ihrem Mundwinkel saß ein schwarzes Muttermal mit einem einzelnen Haar, das wie der Fühler eines Insekts hin und her zuckte. Na gut, sagte sie, jetzt wollen wir einmal etwas Gescheites von ihnen hören, etwas richtig Gescheites. Was werden Sie tun, um dieses Boot wieder flottzukriegen? Wollen Sie an ihren Eiern herumfummeln, während wir hier mitten auf dem Meer sterben, oder werden Sie etwas unternehmen?

Professor Samuel schluckte und schloß die Augen.

Was können wir denn tun? fragte Rakesh sie. Sagen Sie uns: Was können wir tun? Wir haben doch keine Ahnung von Motoren.

Seine Stimme wurde leiser. Wir könnten natürlich rudern..., sagte er und richtete seinen Blick auf den Horizont.

Ja, rudern, erwiderte Zindi. Das ist die Lösung. Hängt Eure Schwänze ins Wasser und ruckelt feste, dann werden wir noch vor Sonnenuntergang in al-Ghazira sein.

Plötzlich wurde an die Kajütenwand geschlagen. Einen Augenblick später erbebte das Deck von einem halb erstickten Schrei. Das Schlagen und Hämmern wurde lauter, bis die *Mariamma* hin und her zu schwanken begann und kreisförmige Wellen bis zum Horizont aussandte. Zindi fuhr herum und eilte hinunter in die Kajüte. Bald darauf wurde aus dem Hämmern ein schwaches Pochen. Ich habe es ja gewußt, sagte der Professor mit trübseliger Zufriedenheit. Ich habe es ja gewußt.

Später, als die Sonne tief über dem Meer stand und die *Mariamma* sich sanft in einer kühlen Abendbrise wiegte, wurde Alu plötzlich aus einem leichten Schlaf geweckt. Professor Samuel stand über ihn gebeugt. Ich will nicht so sterben, sagte er, und seine Stimme zitterte. Ich will nicht auf einem Boot sterben, das auf dem Meer umhertreibt. Wir müssen etwas unternehmen. Das ist unsere Pflicht gegenüber diesen armen Frauen. Steh auf. Wie bringst du es fertig, jetzt zu schlafen? Steh auf.

Alu rappelte sich auf und hinkte, dicht gefolgt vom Professor, zum Ruderhaus. Hajji Musa saß im Schatten des Aufbaus und hielt einen Filter, den Sajjan mit einem Putzlumpen abwischte. Rings um sie her lagen ölverschmierte Motorenteile.

Wie lange wird es noch dauern, Hajji, fragte Alu.

Der Hajji zuckte die Schultern und kehrte die Handfläche zum Himmel: Wer weiß?

Kriminelle, Gangster, flüsterte der Professor Alu auf Englisch ins Ohr. Da bringen sie nun hilflose Männer und Frauen hierher, damit sie wie Tiere auf dem Meer verrecken. Warum unternimmt die Regierung nichts dagegen?

Alu hob ein Stück Draht und eine Feile auf und humpelte zu seinem Platz in der Mitte des Bootes. Er bog den Draht um seine Finger und begann, das eine Ende mit der Feile zu bearbeiten.

Der Professor sah ihm zu. Die Augen hinter seiner runden Brille wurden groß. Was machst du da? fragte er.

Einen Angelhaken, antwortete Alu.

Aber warum?

Warum? Alu sah ihn überrascht an. Was kann man denn sonst tun?

Du machst einen Angelhaken, während wir hier langsam zugrunde...

Er wurde von einem lauten, scheppernden Krachen unterbrochen. Was war das? rief er und klammerte sich an die Reling. Was ist passiert?

Da war es wieder: ein hartes, metallisches Geräusch, als habe jemand auf eines der Ölfässer in der Kajüte geschlagen wie auf einen Gong. Sie hörten einen Schwall heiserer, halberstickter Worte und einen Augenblick später Zindis Stimme, die verwirrt und atemlos Befehle rief: Haltet ihre Beine. Paßt auf, daß sie nicht tritt. Warum hältst du sie so fest? Glaubst du vielleicht, sie ist ein Pferd oder was? Dann drang wieder Lärm aus der Kajüte – wieder ein Krachen, wieder heiseres, halbersticktes Schreien. Die Männer standen um die Treppe herum, die zur Kajüte hinunterführte. Sie hörten Zindis flehende Stimme.

In der Stille, die nun eintrat, schob eine Frau in einem weißen

Sari den Vorhang beiseite und stolperte an Deck. Was ist los, Kulfi-didi? rief Rakesh. Liegt sie in den Wehen?

Kulfi-didi wischte sich mit dem Zipfel ihres Saris über das Gesicht. Sie war eine zierliche, schmächtige Frau mit langen, schlanken Armen und einem schmalen, abgezehrten Gesicht. Ihre Wangen sahen aus, als seien sie eingesunken wie ein durchlöchertes Trommelfell. Um ihre Augen lagen graue Schatten, die wie eine Maske bis zu den Schläfen reichten. Sie hatte ihren Namen von ihrer blassen, leicht gelblichen und körnigen Haut. Ihr Alter war seltsam undefinierbar, denn in eigenartigem Widerspruch zu ihrem müden Gesicht und den eingefallenen Wangen war ihr Auftreten mädchenhaft. Jetzt stand sie schwitzend und mit geröteten Augen im Eingang der Kajüte und atmete tief durch. Ihr Haar hing in feuchten, verfilzten Strähnen herab, und auf ihrem weißen Sari waren Blutspritzer. Sie drückte Rakesh einen Krug in die Hand. Wasser – schnell!

Rakesh eilte zur Reling, warf sich flach auf das Deck und tauchte den Krug ins Meer. Hat es angefangen? fragte er, als er ihn ihr zurückgab. Kommt das Kind?

Kulfi rollte die Augen und sagte: Ja. Nein, es ist zwar soweit, aber sie will nicht... Sie läßt die Wehen nicht kommen. Sie sitzt auf dem Boden und tritt und wehrt sich. Sie hat sich die Hände in den Schoß gesteckt, richtig tief hinein, bis zu den Handgelenken. Vielleicht will sie es umbringen. Sie sagt immer wieder irgendwas in ihrer Sprache...

Hysterie schrillte in ihrer Stimme wie Kreide auf einer Tafel. Zindi erschien und schob sie wieder in die Kajüte. Der Schal war ihr vom Kopf gerutscht, und das dicke, ergrauende Haar klebte an ihrer Stirn. Ihr Blick fiel auf Professor Samuel. He, Sie, sagte sie und winkte ihm mit dem Finger. Sie können doch Malayalam, oder? Kommen Sie mit und übersetzen sie uns, was sie die ganze Zeit sagen will.

Es trat Stille ein. Dann sagte Professor Samuel mit der Würde eines gesetzten Mannes: Sie wissen, daß das unmöglich ist. Ich kann nicht hineingehen – in dem Zustand, in dem sie jetzt ist. Es wäre nicht richtig, es wäre nicht...

Mit offenem Mund hielt er inne und suchte nach dem richtigen Hindi-Wort. Zindis Augen wurden blutunterlaufen. Arschloch, *sala*, rief sie. Kommen Sie, aber schnell, sonst breche ich Ihnen die Beine.

Schon gut, schon gut – der Professor hob abwehrend die Hände –, aber ich werde nicht hineingehen. Ich werde draußen stehenbleiben, mit dem Rücken zum Vorhang.

Vorsichtig stieg er die Stufen zur Kajüte hinunter. Als er die letzte Stufe erreicht hatte, wandte er sich zum Ruderhaus um und schob sich rückwärts in die Kajüte. Er nahm die beiden Hälften des Vorhangs und legte sie an seine Wangen, so daß seine Ohren in der Kajüte waren, sein Gesicht jedoch draußen blieb.

Hinter dem Vorhang gab es wieder einen Ausbruch. Der Professor fuhr zusammen und runzelte konzentriert die Stirn. Während die heisere Stimme vor sich hinmurmelte, bewegte er stumm die Lippen. Schließlich sagte er: Sie sagt, daß sie das Kind nicht zur Welt bringen will, ohne die richtigen Formulare unterschrieben zu haben. Das sagt sie. Sie sagt, daß sie es so lange wie nötig bei sich behalten wird.

Sind Sie verrückt? brüllte Zindi den Professor an. Lügen Sie mich an, Sie Dreckskerl? Was für Formulare? Und wo? Glauben Sie vielleicht, das hier ist ein Paßamt?

Mit einer Handbewegung gebot der Professor Zindi zu schweigen. Er legte den Kopf schief und lauschte aufmerksam auf das Wimmern in der Kajüte, bis es in erschöpftes Keuchen übergegangen war. Dann sah er auf, und sein Blick wanderte unbehaglich von Zindi zu Alu. Ich glaube, sie phantasiert, sagte er. Es war Wahnsinn, sie in diesem Zustand an Bord zu bringen. Sie brabbelt nur vor sich hin. Sie sagt, sie weiß, daß das Kind weder ein Haus noch einen Wagen noch sonst irgendwas bekommen wird, wenn sie nicht die Formulare unterschreibt. Man wird es wieder zurückschicken nach Indien, sagt sie, und ehe sie das zuläßt, will sie es lieber jetzt gleich, solange es noch in ihrem Bauch ist, töten, mit einer Flasche.

Zindi schob ihn beiseite und verschwand in der Kajüte. Sie

hörten sie etwas Beruhigendes flüstern, und bald wurde Karthammas Murmeln leiser und erstarb.

Nach Einbruch der Dunkelheit saßen sie an Deck und aßen schweigend ein Abendessen aus Reis, Fischpaste und eingelegten Gemüsen von Blechtellern – alle, bis auf Hajji Musa und Sajjan, die noch immer Motorenteile säuberten. Zindi saß im Schneidersitz, eingehüllt in eine schwarze *tarha*, die so groß war wie ein Umhang. Neben ihr hockte Chunni Devi, eine dunkle, schweigsame Frau mit einem eckigen Gesicht, die eine gelbe *kurta* und grüne, ausgestellte Hosen trug.

Schließlich brach Kulfi-didi das Schweigen. Was ich nicht verstehe, sagte sie nachdenklich und leckte sich ein Reiskorn von den Fingern, was ich nicht verstehe, ist, wie sie auf diese Idee kommt. *Kahan se*? Sie ist so unwissend, daß sie nicht einmal weiß, wann das Kind in ihren Bauch gekommen ist, aber Formulare will sie unterschreiben. Und dabei ist sie nicht aus Bangalore oder einer anderen großen Stadt. Man braucht sie bloß anzusehen, um zu wissen, daß sie für acht Annas in den Reisfeldern arbeitet oder so. Und jetzt kommt sie an und ist davon überzeugt, daß ihr Kind Autos und Häuser und was nicht alles bekommen wird, wenn sie nur ein Formular unterschreibt. Wie kommen diese Dörfler bloß auf solche Ideen?

Vielleicht, sagte Rakesh und sah auf seinen Teller, vielleicht will sie eine Geburtsurkunde. Heutzutage braucht man so was – ohne das darf man nicht auf die Schule, man kriegt keinen Job, keine Monatskarte für den Bus, gar nichts...

Du irrst dich, fiel ihm der Professor scharf ins Wort. Es ist ganz klar, was sie will. Irgend jemand hat sie mit allen möglichen Versprechungen hierhergebracht: Dein Kind wird dieses und jenes sein, es wird Häuser und Autos und riesige Bürogebäude besitzen, wenn du es nur nach al-Ghazira bringst. Du brauchst bloß ein paar Formulare zu unterschreiben, und das Kind wird ein Ghaziri sein. Und in ihrem Zustand hat die arme Frau alles geglaubt, was man ihr erzählt hat. Jetzt ist ihre Zeit gekommen, und sie will diese Formulare unterschreiben.

Der Professor starrte Zindi anklagend an. Irgend jemand hier hat sich an dieser Frau versündigt, irgend jemand, der kein Gewissen hat.

Zindi stand langsam auf und warf den Rest Reis von ihrem Teller ins Meer. Ruhig und ohne sich an jemanden bestimmten zu wenden, sagte sie: Karthamma ist in Mahé von selbst zu mir gekommen. Irgend jemand hatte ihr von mir erzählt. Ich brauchte ihr nichts vorzulügen – sie hatte schon mehr Geschichten über al-Ghazira gehört, als ich in einem Jahr erfinden könnte. Sie hat mir Geld geboten und mich angefleht, sie mitzunehmen aus eurem Indien.

Sie sah in die Runde. Alle wichen ihrem Blick aus. Sie hüllte sich fest in ihre wehende *tarha* und verschwand in der Kajüte.

Eine Stunde später rasselte es unter Deck, als Sajjan den Motor startete. Einen Augenblick lang stotterte er, aber dann lief er rund und regelmäßig. Er heulte auf, und die *Mariamma* setzte sich schwerfällig in Bewegung. Hochrufe wurden laut. Zindi und Kulfi-didi kamen aus der Kajüte geeilt, und Professor Samuel stürzte ins Ruderhaus und klopfte Hajji Musa auf den Rükken.

Hajji Musa lächelte nur, entblößte dabei sein graues Zahnfleisch und sah nach vorne auf das mondbeschienene Meer.

Gegen Ende des vierten Tages hatte Alu den Draht spitzgefeilt. Er hatte täglich stundenlang daran gearbeitet, um sich von den quälenden Schmerzen seiner Furunkel abzulenken. Am nächsten Morgen begann er, eine Schnur zu machen. Zunächst sammelte er alle Lumpen ein, die er finden konnte, und ribbelte sie auf. Dann zwirbelte er die Fäden zu drei Zwirnen, aus denen er eine Schnur flocht.

Rakesh und Professor Samuel saßen neben ihm und sahen ihm zu. Es gab nichts weiter zu tun. Das Meer lag spiegelglatt und leer da. Sajjan und Hajji Musa steuerten die *Mariamma* in unkommunikativem Schweigen und lehnten alle Hilfsangebote brüsk ab. Seit dem zweiten Tag war es in der Kajüte unheimlich still. Eines Abends hatte Kulfi-didi den anderen anvertraut, sie wisse eigentlich nicht mehr, ob Karthamma schon tot oder noch am Leben sei – sie liege einfach da und atme kaum mehr, und dennoch scheine das Kind unglaublicherweise noch immer in ihr zu wachsen.

Am Morgen des sechsten Tages war Alus Schnur schließlich fertig. Er bog den Draht am einen Ende zu einer Öse, am anderen zu einem Haken, fädelte die Schnur durch die Öse und versah den Haken mit einem Köder aus Tapioka. Rakesh und Professor Samuel standen neben ihm, um ihm bei seinem ersten Versuch zuzusehen.

In diesem Augenblick trat Zindi, den Schirm in der Hand, aus der Kajüte, um zum Eimer am Heck des Bootes zu gehen. Sobald sie auf dem Deck stand, ließ sie den Schirm aufschnappen und sah sich um. Das Mittagslicht blendete sie, und sie kniff die Augen zusammen. Sie sah die Männer in der Nähe des Bugs stehen und erregt miteinander reden. Einen Augenblick lang spielte sie mit dem Gedanken, sie nicht weiter zu beachten, aber dann siegte ihre Neugier, und sie schlurfte, ihren riesigen Körper wiegend, um das Schwanken des Bootes auszugleichen, nach vorn.

Was ist los? fragte sie und beugte sich über die Reling, um besser sehen zu können. Bevor die anderen antworten konnten, fuhr eine Windböe in ihren Schirm und ließ ihn umschlagen. Zindi versuchte, ihn zu schließen, aber eine zweite Böe packte ihn, entriß ihn ihr und warf ihn ins Meer.

Tut doch etwas! rief sie Rakesh und Professor Samuel zu.

Sie zuckten stillvergnügt die Schultern und schüttelten den Kopf: Was können wir da schon tun?

Da sah sie, daß Alu seine Leine bereits aus dem Wasser gezogen und nach dem umgedreht dahintreibenden Schirm ausgeworfen hatte. So ist es gut, rief sie und klopfte ihm auf den Rükken. Fang ihn wie einen Fisch.

Langsam kreiselnd trieb der Schirm vorbei, als der Haken über seinen Rand glitt, und wurde dann von der Bugwelle der *Mariamma* beiseite geschleudert. Alu stand auf und humpelte schnell zum Heck. Dort legte er sich flach hin und wartete mit wurfbereiter Angelschnur auf den auf und ab hüpfenden Schirm. Als der rote Fleck aus Nylon auf gleicher Höhe mit ihm war, warf er den Haken aus. Er verfing sich in einer der Rippen des Schirms und stoppte dessen Abdrift für einen Augenblick. Alus Hand schoß vor, bekam den Griff zu fassen und zog den Schirm aus dem Wasser.

Er schüttelte das Wasser ab und überreichte Zindi das gute Stück. Als sie ihn in Empfang nahm, nickte sie und kratzte sich ihr Muttermal. Ich werde das nicht vergessen, sagte sie und ging schwerfällig zum Heck.

Spät in der Nacht saß Alu allein mitten auf dem Deck und versuchte, seine pochenden, schmerzenden Beine trotz des Rollens des Schiffes stillzuhalten, als er die Planken quietschen hörte. Er dreht sich um und sah Zindi, die durch den Durchgang auf ihn zu kam. Eine Weile stand sie auf die Reling gestützt da und betrachtete schweigend seinen riesigen, knolligen Kartoffelkopf. Dann hockte sie sich neben ihn und flüsterte heiser: Sag mal, Junge, was willst du eigentlich in al-Ghazira machen?

Alu gab keine Antwort. Sie sprach lauter. Du bist eher ein *babu*, oder? Du kannst doch lesen und schreiben und so?

Alu nickte.

Das wird dir nichts helfen, sagte sie. Nicht, wenn du keine Freunde dort hast. Was willst du dort?

Ich werde eine Nähmaschine kaufen, sagte Alu.

Oh! Zindi kratzte an ihrem Muttermal. Eine Nähmaschine. Wie merkwürdig. Aber erst wirst du Arbeit brauchen. Das ist nicht so einfach, wenn du ganz auf dich allein gestellt bist. Glaub nur nicht, daß die Leute dort Geld scheißen. Es gibt Hunderte, Tausende von jungen Burschen wie dich, die um Arbeit betteln.

Sie rüttelte ihn an der Schulter. Warum sagst du nichts? Warum humpelst du und streckst dein Bein aus wie einen Telegrafenmast?

Ich habe lauter Furunkel am Bein, sagte Alu. Hier, sehen Sie. Zindi schob die Beine seiner Pyjama-Hose über seine Knie und untersuchte die Furunkel. Sie drückte mit dem Daumen einen, und Alu zuckte vor Schmerz zusammen. Zindi stand auf. Warte, sagte sie, ich habe da etwas.

Sie holte eine kleine Glasflasche aus der Kajüte. Das ist bloß heißes Kokosöl, sagte sie. Vielleicht hilft es, und schaden kann es nicht. Sie strich das Öl auf die Furunkel, während Alu sich auf die Lippen biß und sich an der Reling festklammerte. Wie fühlt sich das an? fragte sie, und als er nicht antwortete, schrie sie plötzlich ganz dicht an seinem Ohr: Warum redest du nicht? Hat dir irgend jemand den Mund verstopft? Was hat dir dieser Samuel erzählt?

Sie packte ihn am Ellbogen. Hör nicht auf den Mist, den diese Leute schwatzen, hast du mich verstanden? All dieser Dreck existiert nur in ihren eigenen Köpfen. Hör mir zu – ich werde dir sagen, wie es wirklich ist. Ich habe in al-Ghazira eine Art Pension, und außerdem einen kleinen Teeausschank. Jeder kennt mein Haus – das Haus von Zindi dem Apfel ist dort drüben berühmt. Du wirst sehen, überall wirst du die Leute sagen hören: *beyt* Zindi, *beyt* Zindi. Leute bedrängen mich, Jungen wie du bieten mir Geld an, damit ich sie aufnehme. Sie wissen, daß ich Leute kenne, und für einen, der Leute kennt, gibt es in al-Ghazira immer Arbeit – auf dem Bau, in der Kanalisation (das ist allerdings schlechte Arbeit, auch wenn sie gut bezahlt wird), als Straßenkehrer, Gärtner, ja sogar als Verkäufer. Bei den Ölquellen Arbeit zu bekommen, ist schwierig, denn meistens nehmen sie dafür ihre eigenen Leute. Trotzdem kann ich jedem eine gute Arbeit besorgen. Und was die Frauen betrifft – wenn ich nach Indien komme, brauche ich keinen Finger zu rühren. Diese Frauen finden mich und kommen angerannt: Nimm mich, Zindi – nein, mich, Zindi-didi – nimm nicht die, die hat Läuse. Und so geht das die ganze Zeit. Aber ich nehme nicht jede. Ich nehme nur die Guten – saubere, höfliche Mädchen, die hart arbeiten können. Darum muß ich selbst nach Indien fahren und sie auswählen. Ich suche ihnen Arbeit, und sie bezahlen mir etwas dafür, nicht viel, aber einen angemessenen Betrag. Ganz al-Ghazira weiß, daß Zindis Mädchen zuverlässig und fleißig sind; alle kommen zu mir, und ich sagte: *Ya shaikha*, Sie kennen ja meine Mädchen – sie müssen ein bißchen extra bekommen, und dann sagen sie: Ja, ja, Zindi, ich werde zahlen, was Sie verlangen. Und so kriege ich auch etwas, nicht viel, aber ein bißchen extra. Es ist kein Geschäft. Es ist meine Familie, mein eigenes Haus, und ich kümmere mich um sie, um all diese Jungen und Mädchen, und keiner ist unglücklich, und alle lieben mich.

Aber genug davon. Jetzt hör mir zu: Ich werde dir eine Chance geben, weil du ein hilfsbereiter Bursche bist, und ich brauche mir dein Gesicht nur einmal anzusehen, um zu wissen, daß du in al-Ghazira innerhalb von einer Woche plattgequetscht werden wirst wie Kameldung an einer Straßenkreuzung, wenn dir niemand hilft. Und bei Gott – deinen Tod will ich nicht auf dem Gewissen haben. Also hör zu: Du kannst bei mir wohnen, und ich werde eine Arbeit für dich finden, irgendwas Gutes auf dem Bau, vielleicht sogar in einem Laden, denn schließlich kannst du ja lesen und schreiben, aber auch nur vielleicht, denn an solche Jobs ist nicht leicht heranzukommen. Du wirst sehen, daß du nicht viel bezahlen mußt, nur ein bißchen. Es wird noch genug übrigbleiben, das du nach Hause schicken kannst. Du hast so viel Glück, daß du es kaum wirst glauben können, wenn du erst einmal in al-Ghazira bist. Also, was sagst du dazu?

Schweigend rieb Alu sein Bein. Noch einmal und schärfer diesmal fragte Zindi: Also, was sagst du dazu?

Was soll ich dazu sagen? antwortete Alu. Ich weiß nicht...

Zindi sah ihn ungehalten an. Sie stand schwerfällig auf, spuckte in die Hände und rieb sie aneinander. Du weißt nicht, sagte sie und wandte sich zum Gehen. Du weißt nicht. Aber du wirst es schon noch herausfinden. Warte nur, bis du erst da bist.

Später in jener Nacht brachen Alus Furunkel auf. Als der blutige Eiter abfloß, ließen auch die Schmerzen nach, und zum ersten Mal in den sechs Tagen auf See schlief er tief und fest.

Als er am nächsten Morgen die Angelschnur zum ersten Mal auswarf, spürte er einen Ruck. Die Schnur wurde straff gespannt und gab eine Sekunde lang einen hohen Ton von sich. Dann plötzlich wurde sie wieder schlaff. Er zog sie ein und stellte fest, daß die Tapioka sauber vom Haken gefressen war.

Rakesh, der ihm zugesehen hatte, nickte bedächtig. So ist das, sagte er. Wenn man auf die Fische wartet, hauen sie einem ab. Man muß hingehen und sie holen.

Alu spießte einen neuen Köder auf den Haken und warf die Angelschnur abermals aus. Er und Professor Samuel lehnten dösend an der Reling und sahen zu, wie die Schnur das Wasser durchschnitt. Es war warm und sehr hell, und die Gischt prikkelte kühl auf ihren Gesichtern. Dann begann Rakesh zu erzählen. Das war ungewöhnlich, denn Rakesh sagte selten etwas. Er war so sehr mit seinem Aussehen beschäftigt, daß er das Sprechen, als Ausdrucksmittel wie als Ablenkung, meistens unnötig fand.

Bis etwa einen Monat, bevor er sich an Bord der *Mariamma* wiedergefunden hatte, war Rakesh reisender Vertreter für eine kleine ayurvedische Apotheke in Bhopal gewesen, die sich auf ein patentiertes Abführmittel auf Kräuterbasis spezialisiert hatte. Das war der einzige Job, den er hatte finden können – obwohl er doch eine Handelsschule absolviert hatte –, und das auch nur nach jahrelangen Bemühungen. Darum erwies er sich ungeachtet dieser äußerst mühseligen und frustrierenden Arbeit als sehr fleißig.

Das Problem war eigentlich im Produkt selbst begründet. Es stellte sich bald heraus, daß die Leute keine ayurvedischen Abführmittel mehr wollten. Es gab keinen Markt für schwarze, leicht klebrige Flüssigkeiten in alten Rumflaschen – man zog perlende Salze vor, die sich schäumend in Wasser auflösten, oder milchige Sirupe in Flaschen mit grellbunten Etiketten. Die Leute wollten Anzeigen und Slogans, die mehr versprachen als bloße Darmtätigkeit, nämlich Beförderungen und Erfolg im Beruf, glückliche Ehen und Kühlschränke als Mitgift. Regelmäßigkeit, Ausgewogenheit und innerer Friede verkauften sich nicht mehr.

Nachdem er fast sechs Monate als Vertreter gearbeitet hatte, erlebte er einen besonders schweren Tag. Das war in einer kleinen Stadt südlich von Bhopal: Nicht eine der vier Apotheken der Stadt nahm ihm auch nur eine halbe Flasche ab. Da er nichts weiter zu tun hatte, ging er, verdrossen nach Steinen tretend, durch den kleinen Bazar zu den *ghats* am Fluß. Und dann, als er an der Einmündung einer schmalen Gasse vorbeikam, hörte er das unverkennbare Schluchzen von *Mere Sapnon ki Rani*.

Für eine Weile stand er, überwältigt von Erinnerungen, wie erstarrt. Das Lied stammte aus dem ersten Film, den er je gesehen hatte. Seine Mutter hatte ihn damals zur einem Besuch bei ihrer Schwester in Indore mitgenommen, und zusammen mit einem Vetter hatte er sich aus dem Haus geschlichen. Trotz der Tracht Prügel, die er danach bekommen hatte, war ihm der Zauber dieses glühendheißen Julinachmittags glasklar in Erinnerung geblieben, selbst Jahre später noch, als er sich drei oder vier Filme pro Woche ansah.

Er konnte nichts dagegen tun: Das Lied zog ihn an, als sei es ein Seil, mit dem man ihm die Hände gefesselt hatte.

Er fand sich in einer Konditorei wieder, einem großen Raum, dessen Wände bunt gekachelt und mit zahlreichen Kalendern geschmückt waren und in dem eine Betriebsamkeit herrschte wie in einem Bienenstock. Ein junger Mann in einem gestreiften Hemd saß mit überschlagenen Beinen an der Kasse. Rakesh sah sofort, daß sein Hemd aus feinster, weicher Baumwolle war; die goldene Halskette stach ihm ins Auge, und er beneidete ihn um die lässige Eleganz seiner geölten Schläfenlocken. An der Wand hinter dem jungen Mann, knapp unter einer kleinen Tonfigur von Devi Lakshmi, hing ein riesiger, dröhnender Cassettenrecorder.

Rakesh aß zwei *gulab-jamuns* und drei *samosas*. Als er zur Kasse ging, um zu bezahlen, schob der junge Mann routiniert seine Manschette zurück und tippte mit der Spitze eines Bleistifts auf eine Reihe winziger Knöpfe an seiner Armbanduhr. Auf der Anzeige blinkte das Ergebnis auf. Eine Rupie fünfundvierzig, sagte er.

Es dauerte eine Ewigkeit, bis Rakesh bezahlt hatte. Schließlich konnte er sich nicht mehr beherrschen. Boss, stieß er hervor, wie... wie haben Sie das gemacht? Wie sind Sie an all das hier gekommen, Boss?

In al-Ghazira, Boss, antwortete der junge Mann. Zwei Jahre dort und der Segen von Lakshmi Devi... Er drückte einen weiteren Knopf, und die Uhr gab eine schrille Melodie von sich.

Später, nachdem er ihm eine Stunde lang Fragen gestellt hatte, ging Rakesh zu den *ghats* und warf, ohne Rücksicht auf Fische oder Pilger zu nehmen, seine Flaschen mit Abführmittel in den Narmada. Innerhalb eines Monats hatte er sein Erbteil am väterlichen Land an seinen Bruder verkauft, all seine Ersparnisse zusammengekratzt und war nach Mahé gefahren...

Der Professor gähnte und schneuzte sich ins Meer. Was Rakesh erzählt hatte, langweilte ihn – er hatte selbst noch so viele Geschichten zu erzählen –, aber das hätte er sich nie anmerken lassen. Es war das erste Mal, daß er Rakesh mehr als ein paar Worte sagen hörte, und er hatte seine Geschichte mit soviel Ernsthaftigkeit erzählt, daß es ihm schien, als würde eine Unterbrechung den Jungen für Jahre verstummen lassen. So nickte er also höflich und sagte: Und dann...?

Rakesh schüttelte den Kopf und zuckte mit den Schultern: Das ist alles. Die Augen des Professors leuchteten auf. Er sah seine Chance und räusperte sich schnell. Aber bevor er anfangen konnte, machte ihm das Meer einen Strich durch die Rechnung. Ein glatter, schwarzer Buckel tauchte direkt vor ihnen im Wasser auf und war wieder verschwunden, bevor sie sich sicher waren, überhaupt etwas gesehen zu haben. Und dann erschienen gleichzeitig fünf, zehn, zwanzig glatte Rücken mit aufrecht stehenden Flossen, die mit solcher Gewandtheit durch das Wasser glitten, daß man sie kaum von den Wellen unterscheiden konnte. Einer sprang aus dem Wasser, ein grinsender Delphin mit einer Nase wie eine Flasche, und mit einem Schwanzschlag spritzte er eine Fontäne auf das Deck der *Mariamma*. Dann war das Boot an allen Seiten von den riesigen, lächelnden Tieren umgeben, die sich darum drängten, auf der Bugwelle zu reiten, während die anderen sprangen und im Wasser rollten und dabei ihre weißen Bäuche zeigten. Alle an Deck eilten zur Reling an einer Seite des Schiffs und lachten und riefen, bis die *Mariamma* gierte und schlingerte und Hajji Musa ihnen zurufen mußte, nicht alle auf einer Seite zu stehen. Und dann war das Meer, wie auf ein Zeichen, plötzlich wieder leer, und Professor Samuel stand ohne Publikum für seine unzähligen unerzählten Geschichten da.

Aber später, am Abend, bot sich ihm eine neue Gelegenheit.

Ungefähr eine Stunde nach dem Abendessen hörte der Professor rasche Schritte in der Nähe der Kabine. Gerade rechtzeitig noch sah er, wie Chunni sich über die Reling beugte und sich ins Meer übergab. Nachdem sie eine Minute lang gewürgt hatte, ließ sie sich an die Kajütenwand sinken und bedeckte ihr Gesicht mit den Händen. Langsam und mit zunehmendem Schrecken wurde ihm bewußt, daß sie schluchzte.

Miss Chunni? sagte er und blieb in geziemender Entfernung stehen. Kann ich irgend etwas für Sie tun? Kann ich Ihnen ...?

Wie lange noch, flüsterte sie, ohne die Hände vom Gesicht zu nehmen, wie lange wird das noch so weitergehen? Werden wir denn nie ankommen? Wohin bringt er uns?

Ihre Brust hob und senkte sich krampfhaft, und wieder mußte sie sich über die Reling beugen.

Wasser, Wasser, murmelte Professor Samuel zu sich selbst. Ich werde etwas Wasser holen.

Als er zurückkam, war sie, den Kopf auf den Knien, auf dem Deck zusammengesunken. Hier, sagte er und hielt ihr den Kanister hin. Hier ist klares, kühles, frisches Wasser.

Sie rührte sich nicht. Unsicher tippte er ihr auf die Schulter. Miss Chunni ...

Sie unterdrückte ein Schluchzen. Sie brauchen Wasser, Miss Chunni, sagte er leise. Wasser, weiter nichts. Er goß etwas in seine hohle Hand und benetzte vorsichtig ihre Stirn und ihre Wangen.

Sie nahm den Kanister, wusch sich das Gesicht und setzte sich zitternd und gegen einen Schluckauf ankämpfend neben ihn. Das macht nichts, sagte er. Es ist schon wieder alles in Ordnung. Und bald redete er mit sanfter, leiser, monotoner Stimme auf sie ein und beruhigte sie mit der Theorie über die Bildung von Schlangen.

Viel später, lange nachdem er ihr von seinen Forschungen, seinen Tabellen und all seinen neu aufgestellten Formeln erzählt hatte – diese Formeln sollten in ganz Tellicherry und Cannanore alle Schlangenprobleme an jeder Bushaltestelle, in jedem Laden für Grundnahrungsmittel, in jedem Sari-Bazar, in den Praxen aller Geburtshelfer lösen (ganz besonders in den Praxen der Geburtshelfer, denn ohne Zweifel gibt es keine Schlange, die länger ist als jene, welche theoretisch in großen Windungen vor der Tür eines jeden Geburtshelfers steht – die endlose sich im Zwielicht der Unendlichkeit verlierende Schlange jener wimmelnden Millionen, die darauf warten, geboren zu werden) –, sah er auf Chunni hinab und bemerkte, daß sie eingeschlafen war.

Miss Chunni, flüsterte er traurig, sind Sie...?

Nein, flüsterte sie zurück, ich höre Ihnen zu. Erzählen Sie weiter.

Und wissen Sie auch, Miss Chunni, sagte er, daß keiner von ihnen irgend etwas mit mir zu tun haben wollte? Ich habe ihnen Pläne vorgelegt, die ihre ganze Verkaufsstrategie revolutioniert hätten, und sie haben mir nicht mal so lange zugehört, daß sie gelacht hätten. Als ich denen im Dreamland Sari Centre meine neuesten Entwürfe für eine Verkaufstheke gezeigt habe, haben sie mich und die Pläne...

Wieder sah er auf sie hinab und diesmal konnte kein Zweifel daran bestehen, daß sie fest schlief. Eine ganze Minute lang betrachtete er ihr dunkles, pockennarbiges Gesicht, hob dann langsam wie ein Schlafwandler die Hand und legte die Fingerspitzen an ihre Lippen. Die Berührung durchfuhr ihn wie ein Stromstoß. Er riß seine Hand zurück, sprang auf und setzte sich verwirrt unter die am Heck aufgespannte Plane.

Als sie am nächsten Morgen erwachten, kreuzte ein Öltanker ihren Kurs. Er war riesig und schien den halben Horizont zu verdecken. Die *Mariamma* fuhr so dicht an ihm vorbei, daß man das Gewirr der Röhren und Aufbauten deutlich erkennen konnte. Es dauerte eine Ewigkeit, bis sie an ihm vorbei waren. Seine Kielwelle glich einem durchs Meer treibenden Gebirge, und als sie die *Mariamma* erfaßte, stand das Boot fast senkrecht. An diesem Tag sichteten sie noch andere Tanker und auch ein paar kleinere Schiffe, hauptsächlich Frachter und uralte Trampkähne, die ächzend dicke Rauchwolken ausstießen. Am Abend sah Chunni, die mit Professor Samuel am Heck saß, Vögel und zeigte sie ihm. Als der Professor Hajji Musa davon erzählte, nickte der. Ja, sagte er, heute ist der neunte Tag. Wir werden bald in al-Ghazira sein. Zur Feier kochten sie einen Fisch, der sich irgendwie mit den Kiemen in Alus Schnur verfangen hatte.

Spät in der Nacht begann Karthamma wieder zu stöhnen. Bei Sonnenaufgang erbebten die Wände der Kajüte von ihren Schreien. Die Männer saßen auf den Stufen und starrten den Vorhang an; sie konnten nur vermuten, was sich dort drinnen abspielte. Eine Faust schlug an die Kajütenwand, und Zindi fluchte lauthals. Gelegentlich rumpelten unten die Ölfässer, als sei jemand gegen sie geschleudert worden; dann trat wieder eine unheimliche Stille ein, aber im nächsten Augenblick hörten sie durch den Vorhang einen Schwall von Worten. In diesen Pausen beugte sich der Professor vor und lauschte aufmerksam. Einmal nickte er den anderen zu und sagte: Sie hat es wieder mit ihren Formularen. Gott steh ihr bei – sie will sie jetzt, sofort.

Rakesh, der sich verwirrt die Haare gekämmt hatte, stand auf und holte einen Eimer Wasser. Wir müssen etwas tun, sagte er, aber seine Stimme klang ratlos.

Einen Augenblick später stolperte Zindis gewaltiger Körper rückwärts durch den Vorhang und ließ sich schwer auf die Stufen fallen. Vorgebeugt, fast ganz zusammengesunken, saß sie da und rang nach Luft. Als sie merkte, daß die anderen sie ansahen, warf sie die Hände hoch. Was soll ich denn machen? sagte sie mit vor Erschöpfung heiserer Stimme. Diese blöde Henne bringt ihr Kind und sich selbst um. Wir können nur ihre Hände festhalten, und wie lange werden wir noch die Kraft dazu haben?

Verzweifelt sah sie den Professor an. Können Sie nicht etwas tun?

Mit gespitzten Lippen nahm Professor Samuel seine Brille ab und rieb sie an seiner Weste. Dann sah er blinzelnd zur Kajüte und sagte: Ja, ich glaube, es gibt etwas, das wir tun können.

Zindi sprang auf. Was? Was wollen Sie tun?

Warten Sie hier, sagte er und setzte seine Brille auf. Sie werden schon sehen. Er wandte sich an Alu: Hast du Papier? Bedrucktes Papier – eng und klein bedrucktes Papier?

Alu nickte. Der Professor klopfte ihm auf den Rücken. Na gut, dann komm. Sie eilten zum Heck, und Professor Samuel schob die Plane, mit der ihre Bündel zugedeckt waren, beiseite und holte seinen Blechkoffer hervor. Mit raschen, geschickten Griffen öffnete er ihn und entnahm ihm eine Hose, eine Krawatte und ein schwarzes Baumwolljackett. Er zog den *lungi* aus, stieg in die Hose, schlüpfte in das Jackett und band sich rasch die Krawatte um den nackten Hals. Alu, rief er, bring mir das Papier, schnell.

Alu knotete sein Bündel auf, zog *Pasteurs Leben*, das Gopal ihm gegeben hatte, hervor und riß vorsichtig eine Seite heraus. Trotz seines Alters war das Papier steif und knisterte leise. Der Professor riß es ihm aus der Hand, nahm einen Füllhalter aus der Jakkettasche und zog am Fuß der Seite einen geraden Strich. Daneben schrieb er auf englisch: ‹Gelesen und unterschrieben›.

Glauben Sie, daß das funktionieren wird? fragte Alu. Aber ja, antwortete der Professor. In ihrem Zustand wird sie keinen Unterschied bemerken zwischen einem Formular, das ihr ein Regierungs-*babu* vorlegt, und einem Stück Papier, das ihr von einem geschniegelten Fremden unter die Nase gehalten wird...

Erschrocken verstummte er und sah auf seine nackten Füße. Keine Schuhe, murmelte er, keine Schuhe.

Sie wird Ihre Füße gar nicht sehen, sagte Alu.

Wollen wir's hoffen, sagte der Professor, zog sein Jackett zurecht und ging mit schnellen Schritten zur Kajüte. Beim Vorhang blieb er stehen und drehte sich zu Alu und Rakesh um. Alu winkte ihm, er solle weitergehen. Professor Samuel schlug geflissentlich die Augen nieder und trat ein.

Sie hörten ihn schnell mit Zindi sprechen. Dann veränderte sich seine Stimme, erhob sich zu einem hohen, offiziell klingenden Leiern, und sie konnten ihn nicht mehr verstehen. Sie hörten Keuchen, ein langes, rasselndes Seufzen und darauf Stille, und dann einen Schrei, der ganz anders war als die, an die sie sich gewöhnt hatten: Es war der laute, ungläubige Schrei einer Frau, die in den Wehen lag.

Der Professor kam aus der Kajüte gestolpert, setzte sich auf die Stufen und starrte mit leerem Blick auf seine Füße. Alu zog ihm das Blatt Papier aus der Hand. Quer über den gedruckten Zeilen standen drei krakelige Malayalam-Zeichen. Er knüllte das Papier zu einer Kugel zusammen und warf sie über Bord.

Später, als die hastige Geschäftigkeit und das Schreien in der Kajüte aufgehört hatten, kam Zindi lächelnd an Deck. In ihren Armen trug sie ein Baby. Alle drängten sich um sie, um es anzusehen. Es war ein Junge, ganz klein und faltig, dunkelhäutig wie seine Mutter und noch von ihrem Blut verschmiert. Die Nabelschnur lag auf seinem Bauch.

Karthamma hat ihn noch nicht gesehen, sagte Zindi. Sie schläft tief und fest. Ihr Gesicht verzog sich zu einem Lächeln, als sie Professor Samuel ansah. Vielleicht wird sie Sie verprügeln, wenn sie erfährt, was Sie getan haben.

Kulfi-didi brachte warmes Wasser, und sie wuschen das Kind und lachten über sein schrilles, wütendes Geschrei. Zindi wikkelte es in ihren *tarha*, drückte das Bündel an ihre Brust und küßte es. Mein Augenstern, sagte sie.

Hajji Musa, der neben ihr stand, kitzelte das Kind am Kinn und sagte: Ein schöner Junge, und wo könnte er besser aufwachsen als im Haus von Zindi dem Apfel?

Dann war Rakesh an der Reihe. Er hob die Hand, um das Kind zu kitzeln, aber im letzten Augenblick verließ ihn der Mut, und er ließ die Hand sinken und starrte es kopfschüttelnd an. Boss, sagte er staunend, Boss...

Und so bekam das Kind seinen Namen.

In jener Nacht, während sich die anderen in ihrem Eifer, den ersten Blick auf al-Ghazira zu werfen, am Bug drängten, saß Alu allein am Heck, ließ seine Angelschnur ins Wasser hängen und genoß die Stille, als er Zindi wiegenden Schrittes auf sich zukommen sah. Mit einem tiefen Seufzer ließ sie sich neben ihm nieder. Ich bin müde, sagte sie. Möge Gott mir Kraft geben. Sie trug einen frischen schwarzen *fustan* und hatte sich ein neues Kopftuch umgebunden.

Sie seufzte wieder und tätschelte seine Hand. Weißt du es jetzt? fragte sie. Wirst du in al-Ghazira in mein Haus kommen?

Das kann ich noch nicht sagen. Alus Antwort war kaum zu hören. Ich muß abwarten.

Wenn du willst, kannst du die anderen mitbringen – Rakesh und Samuel. Sie sind in Ordnung, und zufällig habe ich gerade Platz.

Sie sah ihn prüfend an. Also?

Alu zuckte die Schultern. Ich weiß noch nicht...

Für einen Moment saß Zindi absolut reglos da und betrachtete sein knolliges, aufgequollenes Kartoffelgesicht. Dann schlug sie mit der Faust auf die Deckplanken. Ichweißnochnicht, ichweißnochnicht, äffte sie ihn nach. Was *weißt* du denn eigentlich? Weißt du überhaupt etwas?

Alu sprang schnell auf, aber ihre Hand schnellte vor und riß ihn zu Boden. Er wollte sein Bein zurückziehen, aber ihre Finger hatten sich wie ein Schraubstock darum geschlossen. Wieder stand er auf, hielt sich am Geländer fest und versuchte, sie abzuschütteln.

Riesig und unerschütterlich lächelte Zindi ihn an. Warum so schüchtern? fragte sie. Wohin willst du hier schon entkommen?

Mit einer schnellen Bewegung zog sie ihn zu sich herunter und legte ihre Hand auf seinen Schoß. Sie lachte. Er konnte ihren heißen Atem auf seiner Wange spüren. Jetzt wollen wir doch mal sehen, sagte sie, ob du überhaupt irgend etwas weißt.

Sie band den Knoten seiner Pyjamahose auf und zog sie bis zu seinen Knien herunter. Gut, flüsterte sie ihm ins Ohr, es gibt also tatsächlich etwas, das du weißt. Mit einer raschen Handbewegung schob sie ihre Röcke bis zur Hüfte hinauf und entblößte einen dunklen, sich mächtig vorwölbenden Bauch und Oberschenkel dick wie Baumstämme. Sie umfaßte seinen Hintern und zog ihn mit einer kräftigen Drehung ihres Oberkörpers auf sich.

So also, über Zindis Schultern hinweg, halb erstickt von ihren Brüsten und mit ihrem lauten Keuchen in den Ohren, sah Alu zum ersten Mal die Lichter von al-Ghazira. Er starrte auf die weit entfernten, winzigen Lichter, und sein verwirrtes Auge verband sich mit seinen anderen Sinnen, bis die Lichter wuchsen und lärmten und brannten wie Sonnen und die Stimmen verschluckten, die er plötzlich rings um sich hörte – irgendwo, etwas weiter entfernt, Professor Samuels vor Erregung piepsige Stimme: Verstehen Sie, Chunni, mir wurde zu spät klar, daß ich es war, der unrecht hatte, nicht die Ladenbesitzer, nicht die Geburtshelfer, sondern ich; und dann Zindi, die erschöpft nach Atem rang: Nie wieder, wag es nicht, wag es nie wieder, das zu versuchen, wag es ja nicht mehr, mich anzusehen; und dann wieder irgendwo anders: Verstehen Sie, was ich meine, Chunni? Ich war es, der unrecht hatte, weil es dort keine Schlangen gibt – die Schlangen sind da, wo diese Lichter sind, weil es ohne Geld keine Schlange gibt; und wieder Zindis heißer Atem: Und sprich in al-Ghazira mit niemandem darüber, nicht, wenn dir dein Leben lieb ist, denn wenn Abu Fahl auch nur den leisesten Verdacht schöpft, wenn er es auch nur im Traum ahnt, dann wirst du bis zum Jüngsten Tag Ziegelsteine zusammenhalten, denn dann wird er dich in kleine Stückchen schneiden und in eine Zementmischmaschine werfen; und immer noch wurden die Lichter größer, und es spielte keine Rolle, ob sie in al-Ghazira oder auf dem Mond brannten, so wie es für ein Insekt gleichgültig ist, ob ein Feuer in einer Lampe oder in einem Ofen brennt, denn eineinhalb Jahrhunderte lang hatten eben diese Lichter in dem einen oder anderen Teil der Welt geleuchtet, überall dort, wo das Geld und seine Helfershelfer sich auf Völker gestürzt haben, die auf diesen Angriff nicht vorbereitet waren, und in all diesen einhundertfünfzig Jahren haben die göttlichen Inkarnationen der *Mariamma* jene Küste hinter sich gelassen und Kurs auf diese Lichter genommen, mit einer unübersehbaren Menge von Reisenden an Bord, die ihre eigene Vernichtung heraufbeschworen, indem sie für jede Laune des Kapitals ihr Fleisch und Blut gaben.

Zweiter Teil

RAJAS: LEIDENSCHAFT

10

Eine Sternschnuppe

Sechs Monate nachdem die *Mariamma* al-Ghazira erreicht hatte, wurde Alu beim Einsturz eines riesigen Neubaus verschüttet. Das Gebäude stand am Ende der Uferpromenade, deren glühendheißer Asphalt sich an die kleine Bucht von al-Ghazira schmiegte. Obwohl es noch nicht ganz fertig gewesen war, hatte es schon einen Namen gehabt: Es hieß an-Najma, der Stern, weil von seinem mit einer Kuppel überdachten Zentrum fünf spitz zulaufende Flügel ausgingen. Später erzählte man sich, daß der Einsturz ganz al-Ghazira erschüttert habe, so wie ein Boot hin und her schwankt, wenn neben ihm eine schwere Last ins Wasser fällt. Eine riesige Staubwolke erhob sich über den Trümmern, während der Steinhaufen noch zitterte und sich hob und senkte wie die Flanken eines Tieres, das in den Wehen liegt, und trotz des gleißenden Nachmittagslichts der Wüstensonne war die ganze Stadt für ein paar Augenblicke in Dunkelheit gehüllt. Immerhin war es der Stern gewesen, eines der größten Gebäude, die je in al-Ghazira gebaut worden waren; nicht so lang zwar wie die Betonzelte des Flughafens und nicht einmal halb so hoch wie die Kugeln auf den höchsten Türmen der Meerwasserentsalzungsanlage, aber, was die Baumasse betraf, größer als diese beiden Gebäude zusammen. Als es einstürzte, war es, als habe sich eine Lawine von Tausenden und Abertausenden Tonnen von

Ziegelsteinen, Mörtel und Beton gelöst, und fast genau in ihrem Zentrum befand sich Alu.

Als das erste Rumpeln ertönte, stand Zindi wie angewurzelt im düsteren Zwielicht in einer der tunnelartigen Gassen des Souq ash-Sharji, und ihr Blick wanderte hin und her zwischen einem Laden und dem Schild darüber, von dem die Farbe abblätterte. ‹Durban Tailoring House› stand dort auf Hindi, Arabisch und Englisch, und Zindi las die Schrift immer und immer wieder, als habe sie das Schild noch nie zuvor gesehen.

Die momentane Verfinsterung des Himmels über al-Ghazira nach dem Einsturz blieb im Souq ash-Sharji unbemerkt, denn selbst tagsüber war die Düsternis in dem Gewirr der Gassen etwas Lebendiges, das sich durch die Durchgänge schlängelte und jede Spur der Welt außerhalb des Bazars auslöschte. Die hellen Lichter der Läden, die die Gassen säumten, hinterließen lediglich kleine Kerben in den Flanken dieses Halbdunkels. Im Souq ließ sich der Lauf des Tages nur anhand der unzähligen Uhren in den Auslagen der Geschäfte und des computergesteuerten Systems von Lautsprechern verfolgen, die überall in diesem Komplex von Gassen und Passagen angebracht waren und fünfmal täglich pünktlich zur vorgeschriebenen Zeit zum Gebet riefen (selbst bei Sonnenaufgang, wenn die einzigen Menschen im Souq ein paar tief schlafende Bettler waren).

Auch spürten nur die Aufmerksamsten im Souq, wie der Boden in al-Ghazira beim Einsturz des Sterns erzitterte, denn die dicken Wände aus Lehm reichten tief in den Boden und milderten die Erschütterung, so daß sie hier nur noch ein kaum wahrnehmbares Beben war. Und überhaupt war der Souq weit entfernt vom Stern. Sein Haupttor, das Bab al-Asli mit seinen beiden Türmen, die wie Hörner aufragten, sah auf den Maidan al-Jami'i, einen belebten, staubigen Platz, den aber nicht das Tor, sondern die neu gestrichene Alte Moschee gegenüber beherrschte. Dieser Platz war der Mittelpunkt der Altstadt. Der Stern lag beinah in einem anderen Land. Er stand am äußersten Ende der Bucht, wo die Uferpromenade landeinwärts zu den geraden Straßen der Neustadt abbog. Er lag nur Minuten von der

Grenze entfernt, in Rufweite vom Konkurrenzflughafen des benachbarten Königreichs.

Zindi bemerkte nichts, nicht einmal, als die Nachricht von dem Einsturz nach dem Mittagsgebet im Radio verlesen wurde, denn das Durban Tailoring House beanspruchte noch immer ihre gesamte Aufmerksamkeit. Die gedämpfte Jubelstimmung, die nach den Nachrichten in den Läden aufkam und in die Gassen sickerte, ließ sie unberührt.

In den vielen Jahren, die sie nun schon in al-Ghazira lebte, war Zindi mindestens zweimal wöchentlich, und oft noch häufiger, an dem Laden vorbeigekommen, aber an diesem Nachmittag stand sie in der Gasse und achtete, als sehe sie ihn zum ersten Mal, weder auf die Zeit noch auf das Gedränge, das um sie herrschte. Sie starrte das verstaubte Schaufenster, die an Bügeln aufgehängten Hemden mit langen Kragen, die zusammengelegten Blusen, Pyjamas und glänzenden Unterröcke aus Satin an; sie musterte die wenigen verstaubten Stoffballen auf den wackligen Regalen, die flatternden Wandkalender und die aus italienischen Zeitschriften ausgeschnittenen und von innen ans Schaufenster geklebten Bilder von Männern in Anzügen. Als Forid Mian, der alte Schneider, den sie seit ihren ersten Tagen in al-Ghazira kannte, sie bemerkte und blinzelnd aus dem Laden kam, sah sie ihm freundlich in das runzlige, pockennarbige Gesicht mit dem dunklen Bartschatten und ließ sich wie in Trance hineinführen. Drinnen stand sie einsam und verlassen zwischen den Stoffresten, die den Boden des Ladens bedeckten, drehte sich um sich selbst und sog den scharfen Geruch von Kunstseide und Terylene und den muffigen Duft der Baumwollstoffe ein, die noch frische blaue Fabrikstempel trugen. Sie ließ ihre Finger über die Stapel der Kleider gleiten, die Forid Mian fertiggestellt hatte. Seine Kundschaft hatte schon immer größtenteils aus den Frauen des alten indischen Händlerviertels der Stadt bestanden, und so lagen hier nun Unterröcke und Blusen und Kleider für Mädchen, die noch nicht alt genug für Saris waren. Sie nickte und brummte, während Forid Mian ihr Geschichten von seinen Kundinnen erzählte, bekam aber nur sehr wenig davon mit. Sie mußte sich an der Theke festhalten, denn der Laden tanzte um sie, er drehte sich, er löste sich auf und verwandelte sich.

Es dauerte geraume Zeit, bis sie merkte, daß Forid Mian sie fragte, ob sie sich unwohl fühle, und als seine Frage schließlich zu ihr durchdrang, lachte sie und verließ den Laden, ohne ihr Glas Tee angerührt zu haben. Forid Mian folgte ihr und starrte ihr nach, als sie langsam und schwankend durch die Gasse ging und im gleißenden See aus Sonnenlicht am Fuß des Bab al-Asli verschwand.

Zindi überquerte die Straße, die auf den staubigen Platz führte, und fand eine Bank. Sie setzte sich und wühlte mit ihren Zehen in einem störrischen Grasbüschel, während sie geistesabwesend auf die Digitalanzeige des gekachelten Uhrenturms in der Mitte des Platzes blickte. Ein Junge in Hosen, an denen kein Knopf mehr war, trat auf sie zu. Über den Armen trug er Ketten mit Schlüsselringen und Nagelclips, die er nun auf der Bank ausbreitete. Er zupfte sie am Ellbogen: Für Ihren Sohn, und dies für Ihre Tochter, und noch eins für Ihre Schwiegertochter...

Er drehte sich um und rief etwas über den Platz. Ein weiterer Junge kam herbeigerannt und schwenkte gelbe Tüten mit Instant-Suppe: Probieren Sie mal eine – Sie werden sehen, wie lekker die sind... Zindi saß reglos da und starrte vor sich hin. Einer der Jungen beugte sich vor und öffnete vorsichtig ihre Plastiktüte. Plötzlich wußte Zindi wieder, wo sie war, und riß die Tüte an sich. Sie sprang auf, versetzte dem Jungen eine Ohrfeige, daß er zurücktaumelte, und schrie: Scher dich weg, du Hundesohn.

Mit rollenden Augen, die Tasche schwenkend, ging sie über den Platz. *Yalla*, *yalla*, aus dem Weg, ihr Hundesöhne. Kann man denn nicht mal mehr eine Minute irgendwo sitzen, ohne daß man sich an euch die Füße dreckig macht wie an der Scheiße am Strand.

Sie überquerte die Straße, blieb keuchend auf dem Gehsteig stehen und wischte sich die Stirn. Ihr Blick fiel auf etwas in einem der höhlenartigen Läden, die den Platz umgaben, und sie trat ein. Es hing zwischen Stapeln von Aluminiumkochtöpfen und Plastikeimern, und sie deutete darauf: Es war ein Babyschnuller. Sie hielt ihn wie einen Talisman vor sich und ging über den Platz zu ihrer Bushaltestelle. Die gedämpfte Erregung, die jetzt über dem Platz lag, bemerkte sie nicht.

Nachdem sie aus dem Bus gestiegen war, machte sie sich auf den langen Fußweg. Als sie den langgestreckten, hohen Damm hinaufkletterte, war ihr schwarzes Gewand schweißnaß. An der Straße oben auf dem Damm angelangt, blieb sie stehen, um wieder zu Atem zu kommen, und schirmte ihr Gesicht mit der Plastiktüte gegen die Sonne ab. Auf der anderen Seite der Straße, vom Fuß des Dammes aus nicht zu sehen, streckte sich ein Sandfinger ins Meer, der an einer Seite von einer schmalen Bucht begrenzt war. Ganz hinten, am Ende dieser Bucht, befand sich der alte Hafen, in dem sich Sambuks und Motorboote drängten. Diese schmale Landzunge war unter dem Namen Ras al-Maqtu', der abgetrennte Kopf, bekannt – eine Sandbank, über deren Hals die Uferstraße auf dem Damm wie ein Würgeeisen lag.

Der Ras schimmerte und verschwamm in der Nachmittagshitze, als Zindi sich verwirrt umblickte. Sie sah eine Gruppe gepflegter, weißgestrichener Häuser in einer Ecke der Siedlung am Meer und die schiefen, eng beieinander stehenden Hütten mit ihren Wänden aus Planken und Kistenholz, die, bis auf einen schmalen Streifen Strand, den Rest der Landzunge einnahmen. Sie ließ ihren Blick über die Dächer aus Wellblech und halbierten Ölfässern schweifen, über die Kürbisranken und die in den unmöglichsten Winkeln geneigten hölzernen Plattformen, und fand schließlich, nachdem sie sich an einem Streifen orientiert hatte, wo der dichte Flickenteppich von den rußgeschwärzten Balken von Baracken durchbrochen wurde, ihr Haus mit den massiven, dicken Wänden, das sich durch seine solide Bauweise aus Ziegelsteinen und Mörtel von den anderen Behausungen abhob und wie ein Riff im Strom der Gezeiten wirkte.

Sie hielt inne, als sie vor ihrem Haus stand, denn sie spürte, daß irgend etwas nicht stimmte. Sie sah die schmale Gasse hinunter und musterte die verkohlten Reste der Bretter und die rußgeschwärzten Wellbleche, die rund um das Haus lagen. Dann drückte sie gegen die schwere Holztür und fiel fast ins Haus, denn zu ihrer Überraschung war die Tür nicht verschlossen. Sie öffnete sich auf einen kurzen, dunklen Gang, der auf einen Innenhof führte. Zu beiden Seiten des Ganges lag ein Zimmer, und rings um den Hof waren noch mehr.

Zindi stand im Gang und rief: Karthamma..., Abu Fahl... Das einzige Geräusch, das ihr antwortete, war das Gurren der Tauben im Hof. Stirnrunzelnd ging sie nach rechts in ihr Zimmer und hängte die Plastiktüte an einen Nagel. Alle Matten, die zu diesem Zimmer gehörten, standen, wie sie sie zurückgelassen hatte, zusammengerollt in einer Ecke. Daneben lag ein Kerosinkocher. Sie hob ihn auf ,hielt ihn sich ans Ohr und schüttelte ihn. Am Plätschern des Kerosins erkannte sie, daß er in ihrer Abwesenheit nicht benutzt worden war. Sie sah in der Keksdose nach und stellte fest, daß auch von dem Tee, den sie darin aufbewahrte, nichts fehlte.

Mit eiligen Schritten ging sie in den Hof und rief noch einmal: Professor..., Kulfi..., Alu... Wieder keine Antwort. Sie wandte sich um und stieß die Tür zu dem Zimmer auf, das ihrem eigenen gegenüber lag. In diesem Zimmer lebten die Männer des Hauses. Auf dem Boden waren ordentlich Matratzen ausgebreitet. Hosen, *lungis* und *jallabeyyas* waren an Nägeln aufgehängt, und an einer zwischen den beiden Fenstern aufgespannten Leine hingen tropfnasse Kleider. Die Fenster waren, wie immer tagsüber, verschlossen – das war eine von Zindis Regeln.

Plötzlich wurde sie unruhig, wühlte in ihren Unterröcken, zog einen Schlüsselbund hervor und öffnete in aller Eile einen Stahlschrank, der in einer Ecke des Zimmers stand. Der Schrank war wie üblich ordentlich aufgeräumt: Rakeshs Hemden und bedruckte T-Shirts lagen säuberlich gestapelt neben Professor Samuels dicker Brieftasche in einer Ecke, und im untersten Fach standen aufgereiht und offenbar unberührt die Cassettenrecorder und Transistorradios. Mit einem Seufzer der Erleichterung verschloß Zindi den Schrank wieder.

Sie kehrte in ihr eigenes Zimmer zurück, schloß ihre hölzerne Vorratskiste auf und untersuchte sorgfältig den Inhalt. Niemand hatte sich an den Säcken mit Weizen, Reis und Zucker und den

Paketen mit Tee zu schaffen gemacht. Schwer atmend ging sie durch den Gang auf den Hof und schützte ihre Augen mit der Hand vor der plötzlichen Helligkeit.

Ein vielstimmiges Gackern begrüßte sie. Einige dicke Hühner rannten flügelschlagend aus dem Weg, und in einem Maschendrahtgehege in einer Ecke zischte ein Ganter und breitete schützend die Flügel vor seiner Gänseherde aus. Auf den Rändern des Daches saßen graue Tauben, die mit schräg gelegten Köpfen hinunter in den Hof sahen. Zindi stellte fest, daß die Vögel noch nicht gefüttert worden waren, und holte Mais und Weizen und einen halben Kohlkopf für die beiden Kaninchen in ihrem Stall.

Dann überquerte sie den Hof und schloß die Tür zum Zimmer der Frauen auf. Das Zimmer war mittels an Wand und Decke festgenagelter Stoffbahnen unterteilt. Sie schlug die improvisierten Vorhänge beiseite und sah sich im Raum um. Er war leer und aufgeräumt. Versuchsweise zog sie an dem schweren Vorhängeschloß aus Messing, das an der Tür zum nächsten Zimmer hing. Es war fest verschlossen, und dies war das einzige Schloß im Haus, zu dem Zindi keine Schlüssel besaß.

Sie ging wieder in ihr Zimmer. Ihr Gesicht hatte sich in ärgerliche Falten gelegt, und von ihrem Doppelkinn tropfte Schweiß. Sie breitete eine Matte auf dem Boden aus, setzte sich darauf und wartete.

Die Sonne ging unter, als sie das Klopfen hörte, auf das sie gewartet hatte. Sie schaltete die nackte Glühbirne im Gang an und blieb, die Hände in die Seiten gestemmt und vor Wut zitternd, einen Augenblick stehen. Noch einmal klopfte es, lauter diesmal, und sie riß die Tür auf. Draußen standen Karthamma, Professor Samuel und Rakesh, der den kleinen Boss auf dem Arm hatte. Hinter ihnen und im Zwielicht nur undeutlich zu erkennen, stand ein untersetzter, dunkler und kräftig gebauter Mann in einer *jallabeyya*, dessen Gesicht aus geschmeidigem Leder zu bestehen schien. Er hatte nur noch ein Auge; das andere war gleichmäßig grau und glänzte stumpf unter dem halbgeschlossenen Lid.

Zindis Blick blieb an ihm hängen. Ihr Gebrüll ließ die anderen rückwärts in den Schatten taumeln. Also du bist es, Abu Fahl, du Bastard, du Hundesohn. Du hast also die ganze Zeit dahinter gesteckt. Dein Plan also war es. Am hellichten Tag hast du die anderen wie Vieh aus dem Haus gelockt, damit jeder hier ein und aus spazieren und sich nehmen kann, was er will. Du weißt doch, was wir durchgemacht haben. Und nun das! Willst du so dein Ziel erreichen? *Wallahi*, *wallahi*, du brauchst nicht länger zu warten. Gott ist mein Zeuge: Du kannst all deine Sachen nehmen und von jetzt an aus dem Straßengraben fressen. Da kommst du her, und da wirst du auch enden. Warte.

Zindi rannte in ihr Zimmer. Einen Augenblick später flog ein Blechkoffer durch die Tür und krachte mit solcher Wucht an die Wand gegenüber, daß die Scharniere brachen und Kleidungsstücke, Geld und Cassetten auf den Boden fielen. Sie schleppte eine der beiden Matratzen in ihrem Zimmer zur Tür und warf sie hinaus. Da! rief sie. Damit ist es jetzt auch vorbei – zum Glück.

Abu Fahl schob Professor Samuel zur Seite, sprang über die Matratze hinweg und packte Zindi. Er bog ihr die Arme auf den Rücken und drückte sie auf die Matratze. Dann kniete er neben ihr nieder und preßte seine Hand, die so groß und hart war wie ein Ziegenkopf, auf ihre Schulter. Zindi, sagte er sanft, Zindi, beruhige dich. Beruhige dich doch. Hast du es denn noch nicht gehört?

Zindi funkelte Karthamma und Rakesh an. Ich habe genug gehört, knurrte sie. Und ihr werdet gleich auch etwas zu hören bekommen.

Abu Fahl sah auf zu den anderen und fuhr sich mit dem Handgelenk über sein blindes Auge. Sie weiß es nicht, sagte er. Lieber Himmel, sie weiß es nicht.

Zindi war plötzlich still. Sie sah Karthamma an und bemerkte die Tränenspuren in ihrem staubverschmierten Gesicht. Sie sah die Risse in Rakeshs Kleidern und den getrockneten Blutspritzer auf seinem Hemd. *Ya satir!* flüsterte sie und blickte vom einen zum anderen. Was ist los? Sagt doch!

Der Stern ist heute eingestürzt, sagte Professor Samuel. Abu Fahl und die anderen sollten im Keller streichen, aber als es passierte, war nur Alu unten. Er ist verschüttet worden, genau im Mittelpunkt des Gebäudes. Abu Fahl hat alles gesehen. Die anderen auch. Es ist keine Wand stehengeblieben. Tausende Tonnen Beton. Alles genau auf ihn. Aber wir müssen dankbar sein. Es hat nur ihn getroffen, nur einen einzigen, und dabei hätte es ebensogut alle treffen können.

Die Runzeln und Falten auf Zindis Wangen schienen sich noch tiefer einzugraben. Ihr Doppelkinn zitterte, und dann sah es aus, als würde das ganze Gesicht zusammenfallen. Sie schlug sich mit der Handwurzel an die Stirn. Er auch! rief sie, und ihre Stimme rasselte wie Schleifpapier auf Blei. Erst all die anderen, und jetzt er!

Zindi stand auf und ging zu Karthamma. Sie legte die Arme um sie und zog ihren Kopf an ihre Schulter, und so standen die beiden Frauen lange Zeit da und hielten sich in einer engen, trostspendenden Umarmung, bis Zindi die Hand hob und Karthamma über den Kopf strich, um ihr zu zeigen, daß sie um die besondere Bitterkeit ihres Schmerzes wußte. Dann nahm Zindi sie am Arm und führte sie zum Zimmer der Frauen. Am Ende des Ganges drehte sie sich zu den Männern um und sagte mit vor Entschlossenheit angespannter Stimme: All die anderen, und jetzt auch noch er. Aber er wird der letzte sein. Keine Trauer mehr! Die Zeit ist gekommen, etwas zu unternehmen.

Es dauerte lange, bis Zindi aus dem Zimmer der Frauen kam. Sie ging zu Rakesh, nahm ihm Boss ab und trug ihn in ihr eigenes Zimmer. Die Männer stolperten hinterher. Sie fand den Schnuller, den sie für Boss gekauft hatte, spülte ihn ab und steckte ihn dem Kind in den Mund. Dann setzte sie sich, das Baby auf ihren gekreuzten Beinen, auf eine Matte am einen Ende des Raums. Steif aufgerichtet, mit grimmig entschlossenem Gesicht, saß sie da. Wenn Zindi sich so hinsetzte, reichte die massive Reglosigkeit ihrer Präsenz in jeden Winkel des Raumes, und alles, jedes Objekt und jede Person, richtete sich nach ihr aus wie Eisenspäne nach einem Magneten. Sie bedeutete den Männern, Matten auszurollen und sich zu setzen. Dann nahm sie den Kerosinkocher aus Messing, pumpte, bis er zischte, und zündete ihn an.

Sorgfältig legte sie einen halben, abgeschabten Maiskolben auf die Flamme und fragte: Wo sind die anderen?

Noch immer dort, antwortete Professor Samuel. Ich bin hingegangen, sobald ich davon erfahren hatte, wie die anderen auch. Jetzt sind wir hergekommen, um dich abzuholen.

Nein, sagte Zindi. Ich komme nicht mit. Es gibt dort weiß Gott nichts zu tun. Hier hat diese ganze Sache angefangen, und hier werden wir etwas dagegen unternehmen. Möge Gott mir Kraft geben! Er wird der letzte sein.

Wovon redest du? Ein bittender Ton hatte sich in die Stimme des Professors eingeschlichen. Was meinst du damit: ‹Hier hat es angefangen›?

Zindis Augen verengten sich zu zwei kleinen, funkelnden Punkten und richteten sich auf den Professor. Du weißt ganz genau, was ich meine, sagte sie. Du kennst die Geschichte, und du bist ja kein Kind mehr. Abusa der Stirnrunzler war der erste. Dann kam Mast Ram. Dann all die anderen, und jetzt das. Sollen das etwa alles Zufälle gewesen sein?

Professor Samuel sah zu Boden. In der Stille, die nun eintrat, schlüpfte Karthamma ins Zimmer. Schließlich stützte Abu Fahl seine Hände auf die Knie und beugte sich vor. Was meinst du also, Zindi? Sag es uns. Wir wollen es noch einmal hören.

Zindi drückte mit dem Daumen feuchten Tabak in einen großen Pfeifenkopf aus Ton. Er gehörte zu einer Wasserpfeife, die aus einer Glasflasche, einem Stück Gummischlauch und zwei kurzen, ausgehöhlten Baumbusstäben bestand. Sie steckte den Pfeifenkopf auf einen der Bambusstäbe und warf mit einer geschickten Bewegung den glühenden Maiskolben auf den Tabak. Abu Fahl nahm die Wasserpfeife und saugte an dem Gummischlauch. Der Maiskolben glühte auf, und Rauch blubberte durch das Wasser in der Flasche.

In dem Nebel des Schweigens, der im Raum hing, hallte das Gurgeln der Wasserpfeife unheimlich wider, wie Wellen, die an eine weit entfernte Klippe schlagen. Karthamma erschauerte und schmiegte sich dichter an Zindi. Die Nackenhaare ihrer Zuhörer stellten sich auf, und auf ihren Armen erschien eine Gänsehaut, als sie darauf warteten, daß Zindi wieder einmal ihre schreckliche Aufzählung von Katastrophen vortrug.

Vielleicht hatte es mit Abusa dem Stirnrunzler angefangen, auch wenn er nicht der erste gewesen war. Irgendwie hatte seine Güte, sein Glück, seine Sanftheit und die Liebe, die jeder für ihn empfand, dahintergesteckt. Abusa der Stirnrunzler war ein Vetter von Abu Fahls Mutter und ein Schwager (und Vetter) von Zaghloul der Taube. Mit ihnen war er in einem Dorf im Nildelta aufgewachsen. Das ganze Dorf hatte ihm gleich nach der Geburt seinen Namen gegeben. Weil seine Mutter in der Nacht zuvor von Stacheldraht geträumt hatte, war sein Gesicht, als er aus ihrem Schoß kroch, runzlig, und in seine Stirn hatten sich tiefe Falten eingegraben. Es hätte keinen treffenderen Namen für ihn geben können, denn er hielt sich stirnrunzelnd und schweigsam immer abseits – zu Hause, auf dem Weg in die Felder und selbst dann, wenn seine Vettern und Onkel, die in seinem Dorf so zahlreich waren wie Grashalme, rings um ihn her spielten und sangen –, und seltsamerweise liebte ihn jeder dafür.

Er war kaum in al-Ghazira angekommen, als er in Zindis Haus einzog, und dort lebte er eineinhalb Jahre lang, saß still und stirnrunzelnd in einer Ecke und machte nur selten den Mund auf. Jeden Dirham, den er verdiente, schickte er nach Hause; alles, was er an Kleidern besaß, waren seine einzige gute *jallabeyya* und die graue Fellachenmütze, die sein Großvater ihm gemacht hatte, als er zum ersten Mal stirnrunzelnd nach Alexandria gefahren war, um seinen Paß zu beantragen. Er sprach nur selten, aber niemand vergaß ihn jemals. Wenn man Sorgen hatte, wandte man sich an ihn. Die letzte Reise der *Mariamma* hatte gute Zeiten eingeleitet. Noch nie zuvor war so viel Geld im Haus gewesen. Jeder hatte eine gute Dauerstellung, jeder brachte gutes Geld heim. Und als sei das noch nicht genug gewesen, tauchte dann auch noch Jeevanbhai Patel auf. Seine Frau war kurz zuvor gestorben. Er war zu alt, um sich um sein baufälliges Haus in der Nähe des Souqs zu kümmern, und so bat er darum, ein Zimmer mieten zu dürfen – hier gab es alles, was er sich nur wünschen konnte: regelmäßige Mahlzeiten und Leute, die ihm halfen, seine Einsamkeit und alles, was ihm widerfahren war, zu vergessen. Also bekam er das Eckzimmer neben dem der Frauen. Und da er die doppelte Miete bezahlte, störte sich keiner an seinem traurigen, runzligen Affengesicht oder seinen roten, von Betel verfärbten Zähnen, die wie Schmutzfänger aus seinem Mund ragten, oder dem riesigen Vorhängeschloß, mit dem er seine Tür sicherte. Bald gab es Fernsehgeräte im Haus, Transistorradios, ja sogar Waschmaschinen – die besten, die man in den Läden von Hurreyya finden konnte –, im Hof wimmelte es von Geflügel, und jeden Abend gab es ein Huhn oder eine Gans. Das allein hätte eine Warnung sein sollen, aber niemand achtete darauf. Der ganze Ras und jedermann in al-Ghazira sah Zindis Haus und den Wohlstand darin, und zuviel Glück fordert ein schlechtes Ende heraus.

Eines Tages spät abends – es war ein Donnerstag, und alle hatten ihren Wochenlohn erhalten –, als man auf dem Dach saß, Tee trank und sich miteinander unterhielt, wurde leise, aber unüberhörbar an die Tür geklopft. Zaghloul die Taube, immer hilfsbereit, lief hinunter und öffnete.

Vor der Tür lag ein Junge, der am Kopf blutete und sich wand wie eine verwundete Ratte. So kam Mast Ram ins Haus.

Aus irgendeinem entlegenen Teil des nordindischen Hügellandes war Mast Ram ins Tiefland gekommen, wo ein Verwandter ihn in die Hände eines Arbeitsvermittlers gab. In al-Ghazira stellte Mast Ram fest, daß er nur ein Drittel des versprochenen Lohns bekam – den Rest steckte der Vermittler ein. Mast Ram war jung genug, um sich über diese Ungerechtigkeit zu empören. Eines Abends gelang es ihm, etwas Alkohol aufzutreiben, und seine Wut wurde so groß, daß er sie nicht mehr beherrschen konnte. Vor aller Augen ging er dem Arbeitsvermittler an die Kehle.

Und so fand er sich wenig später mit einer tiefen Kopfwunde, ohne Arbeit, ohne ein Dach über dem Kopf und mit blutverschmierten Kleidern wieder.

Das einzige, was ihm in dieser Lage einfiel, war, zu dem Haus zu gehen, von dem sein Verwandter ihm erzählt hatte. Und so verband er seinen Kopf mit einem Pyjama, schleppte sich, eine Blutspur hinterlassend, durch al-Ghazira zum Ras al-Maqtu' und kroch blutverschmiert, mit seinen Wunden und seinem erlittenen Unrecht ins Haus.

Man konnte ihn nicht abweisen – sein Verwandter hatte früher einmal hier gewohnt, und der war ein rechtschaffener Mann gewesen. Außerdem hatte Mast Ram es trotz seines Zustandes irgendwie geschafft, seine Papiere mitzubringen. Und dennoch – als er im Licht des Ganges lag, überlief alle ein Schauder, und keiner wußte warum. Kein Zweifel, er war häßlich: Sein Gesicht war mit Pockennarben und Löchern so übersät, daß es aussah, als sei es abgetragen worden, damit man das Fundament für etwas Besseres legen konnte. Aber es war nicht nur seine Häßlichkeit. Abusa war häßlicher mit seinem Stacheldrahtgesicht, und auch Abu Fahl und Alu mit seinem Kartoffelkopf. Von den Männern des Hauses war nur Rakesh nicht häßlich, und Zaghloul war natürlich der Traum eines jeden Mädchens. Aber bei Mast Ram war noch mehr im Spiel: Es war die Art, wie seine Augen hin und her zuckten. Wie die von Schlangen waren sie nie geschlossen, und ihnen entging nicht die leiseste Bewegung.

Dennoch verband Professor Samuel ihm den Kopf, und in den Gang wurde eine Matratze für ihn gelegt (denn das Haus war noch nie so voll gewesen). Den ganzen nächsten Tag lag er dort. Am Tag darauf konnten alle sehen, daß ihm nichts mehr fehlte, und so sagte ihm Abu Fahl, er solle mit den anderen zur Arbeit gehen. Mast Ram rührte sich nicht. Sie ließen ihn allein, und am nächsten Tag hatten ihn alle vergessen, denn das war der Tag, an dem Kulfi weinend nach Hause gekommen war.

Kulfi arbeitete damals als Köchin für eine reiche Familie in al-Ghazira. Der Lohn war gut, die Arbeit leicht und das ganze Haus klimatisiert. Es war eine kleine Familie, und alle mochten Kulfi, und darum war sie glücklich mit ihrer Arbeit, und die anderen beneideten sie. Es gehörte jedoch eine Tochter zu der Familie, und damit fing der ganze Kummer an, denn sie war dick und überaus häßlich. Sie konnte ihre Finger nicht von der Butter lassen, und so kam es, daß ihr Gesicht an manchen Tagen mit so vielen aufplatzenden Pickeln übersät war, daß man hätte meinen können, es sei ein Topf mit kochendem Wasser. Ihre Eltern hatten schon alles versucht, sie zu verheiraten, jedoch immer ohne Erfolg. Dann erfuhren sie eines Tages von einem jungen Mann. Seine Familie war arm, aber er hatte hart gearbeitet, ein Stipendium bekommen, war nach Amerika gegangen und mit einem Koffer voller akademischer Grade zurückgekehrt. Jetzt wollte er ins Geschäftsleben einsteigen und brauchte Kapital. Davon besaß der Vater des Mädchens jede Menge. So einigte man sich also, und es wurde beschlossen, daß der junge Mann in das Haus der Familie kommen sollte, um das Mädchen kennenzulernen.

Dort wurden umfangreiche Vorbereitungen getroffen. Alles ging drunter und drüber. Halb verrückt vor Aufregung rannte die Mutter des Mädchens hin und her, briet Hühner, kochte Lammkeulen und schüttete eimerweise Safran in jeden Topf Reis. Der Vater fuhr zur besten Konditorei in Hurreyya und kaufte so viele Pralinen und Kuchen, daß man den Laden für den Rest des Tages schließen mußte. Kulfi brauchte lediglich ein bißchen Gemüse zu kochen und das Essen warm zu halten.

Es schien alles sehr einfach. Der Wagen fuhr vor. Der Junge stieg aus, seine Mutter stieg aus, und im Haus brach man in leise Freudenschreie aus, denn nettere Menschen hätte man sich nicht wünschen können. Dann erschien die Großmutter, und plötzlich wurden alle nervös, denn trotz ihrer *burqa* konnte man sehen, daß sie eine spindeldürre Frau mit vorstehenden Zähnen und einem Schnurrbart war.

Etwa eine Stunde lang ging alles gut. Obwohl die Stimme der Großmutter durch das Haus schrillte, unterhielten sich der junge Mann und das Mädchen artig durch ihre Mutter. Als der Abend hereinbrach, sagten die Männer ihre Gebete, und anschließend sollte gegessen werden.

Die ganze Zeit hatte die Großmutter argwöhnisch die Zeichen des Reichtums rings um sie her betrachtet. Als das Thema auf das Essen kam, sagte sie: Sie haben also jemanden, der für sie kocht?

Die Mutter des Mädchens, die sie beeindrucken wollte, sagte: O ja. Eine Inderin.

Darauf erhob sich die Großmutter und sagte zu dem Jungen: Komm, wir gehen. (Später stellte sich heraus, daß sie von Anfang an gegen die Heirat gewesen war – sie wollte keine andere Frau im Haus haben.)

Die Mutter des jungen Mannes wurde wütend. Warum? fragte sie. Warum jetzt schon, vor dem Essen und allem? Denk doch nur an deine Verdauungsstörungen.

Nein, wir gehen, sagte die Großmutter. Ich werde nichts essen, was eine Inderin gekocht hat. Weißt du nicht mehr, wie dein Onkel uns erzählt hat, daß diese Inderinnen ins Essen spucken, weil es ihnen dann besser schmeckt?

Tumult. Die Mutter des Mädchens beschwor sie, versicherte ihr, das sei nicht wahr, und Kulfi sei ein gutes, sauberes Mädchen, das nie ins Essen spucke oder etwas Unappetitliches tue, aber die Großmutter ließ sich nicht im mindesten beirren.

Den Tränen nahe, bat die Mutter ihre Gäste: Kommen Sie in die Küche, und ich werde Kulfi vor ihren Augen fragen, ob sie ins Essen spuckt.

Der junge Mann sah seine Großmutter stirnrunzelnd an (er war sehr erpicht darauf, das nötige Kapital zu bekommen), und so mußte sie nachgeben. Alle gingen in die Küche – die Großmutter, der junge Mann, das Mädchen, fast alle, die im Hause waren – und drängten sich um den Herd, um zuzusehen.

Damals konnte Kulfi nur sehr wenig Arabisch. Sie verstand einfache Sachen wie ‹zu heiß› und ‹mehr Salz›, aber sonst fast nichts. Das fiel der Mutter des Mädchens leider erst in der Küche ein, und es erfüllte sie mit bösen Vorahnungen, aber da war es schon zu spät.

Sie bedeutete Kulfi, ihr zuzusehen, beugte sich über einen Topf und machte kleine, spuckende Geräusche. Dann legte sie ihr Gesicht in Falten und gestikulierte, als wolle sie sagen: Tust du so etwas?

Kulfi war bereits sehr nervös. Sie sah, wie die Frau sich über den Topf beugte, spuckte und gestikulierte, und dachte: Hoppla, das ist etwas Neues – und so höflich wie möglich bedeutete sie der Frau, einen Augenblick zu warten. Sie saugte und räusperte sich, holte tief Luft, und als sie den Mund schließlich voller Speichel hatte, beugte sie sich über den Topf und spuckte hinein. Dann lächelte sie die Frau breit an. So, dachte sie, besser kannst du es auch nicht, und *ich* werde das ja sowieso nicht essen.

Die Hölle brach los. Innerhalb einer Minute war Kulfi vor die Tür gesetzt. Das war ein Jammer, denn es war wirklich eine nette Familie gewesen. Die Heirat kam nur zustande, weil die Mutter des Mädchens versprach, nie wieder eine Inderin in ihrem Haus zu beschäftigen.

Aber Kulfi hatte nun keine Arbeit mehr, und während sie ihre Geschichte ein ums andere Mal erzählte, achtete niemand auf Mast Ram. Dann dachte Abu Fahl eines Tages wieder an ihn und nahm ihn mit den anderen mit, um ihm beizubringen, wie man Häuser anstreicht. Das war die einfachste Arbeit der Welt, selbst für jemanden, der, wie Mast Ram, noch ein Junge war. Aber er wollte nicht arbeiten. Er saß abseits von den anderen da, rauchte Zigaretten und tat nichts, einfach gar nichts. Nicht nur, daß er keinen Pinsel in die Hand nahm – er wollte nicht einmal den Boden scheuern, um die Farbspritzer zu entfernen.

Eines Tages sagte Abu Fahl: Genug. Wenn er nicht arbeiten will, muß er gehen. So band man Mast Rams Sachen zu einem Bündel und warf sie vor die Tür. Aber Mast Ram wollte nicht gehen. Er saß in einer Ecke und umklammerte das Fenstergitter, und seine Blicke huschten im Zimmer umher wie Spinnen. Abu Fahl geriet außer sich vor Wut. Er holte seine Brechstange, baute sich breitbeinig vor Mast Ram auf und hob die Stange, um ihm dort, wo die Narbe seiner alten Wunde noch zu sehen war, auf den Schädel zu schlagen.

Als Mast Ram Abu Fahl vor sich stehen sah, diesen breitschultrigen Mann, der die Brechstange mit beiden Händen umklammerte und ihn mit seinem einen, blutunterlaufenen Auge anfunkelte, trat ihm der Angstschweiß aus den Poren. Zum ersten Mal bewegten sich seine Augen nicht. Er kauerte sich an die Wand und begann zu weinen.

Es war Abusa der Stirnrunzler, der Abu Fahl in den Arm fiel. Warte, sagte er. Vielleicht taugt er für eine andere Arbeit.

Damals arbeitete Abusa als Gärtner im Haus eines reichen Scheichs. Der Scheich war einer jener Mutigen gewesen, die Land in den Außenbezirken der Stadt gekauft hatten. Er hatte sich dort einen Palast gebaut, aber was das Land betraf, so war er machtlos: Trotz all seiner Bemühungen blieb es eine Wüste.

Nun hatte Abusa eine große Begabung: Alles, was lebte, wuchs und gedieh unter seinen Händen, als wolle es ihm damit eine Freude machen. Seit er in seinem Heimatdorf angefangen hatte, auf dem Land seines Vaters zu arbeiten, wurde die Baumwolle dort höher und schwerer als irgendwo anders. In den Jahren, in denen auf den Feldern des Dorfes die Pflanzen von Würmern zerfressen wurden, schüttelten die Baumwollpflanzen der Familie die Insekten ab, als habe Abusas Anwesenheit ihnen die Kraft dazu gegeben. Noch nicht einmal einen Monat nachdem er angefangen hatte, im Garten des Scheichs zu arbeiten, schoben sich die ersten zarten Grashalme durch den Sand. Der Scheich war ihm dafür so dankbar, daß er Abusas Lohn noch im selben Jahr verdoppelte, und bald verdiente er eine Menge Geld. Abusa wußte, daß der Scheich auf ihn hören würde, und so zweifelte niemand daran, daß es ihm gelingen würde, Mast Ram dort Arbeit zu verschaffen.

Abusa sprach nie von seiner Arbeit (oder von irgend etwas anderem), und so wußte niemand, wie Mast Ram sich dort anstellte. Man dachte auch nicht weiter darüber nach, aber dann begannen sich seltsame Dinge zu ereignen. Erst kamen vier Männer von einem der Bautrupps im Ras um, als ein Hochspannungskabel auf sie fiel. Sie wälzten sich am Boden, schlugen um sich und starben einen qualvollen Tod. So etwas war noch nie zuvor passiert. Dann kam einer von Hajj Fahmys Söhnen mit seinem Lastwagen mit hundert Kilometern pro Stunde von der Dammstraße ab. Das war einfach unerklärlich, denn er fuhr seit Jahren schon regelmäßig auf dieser Straße. Als sie ihn fanden, konnten sie nicht einmal mehr seinen Leichnam aus dem Wrack bergen. Bald darauf ging ein Fieber in den Hütten am Rand des Ras um.

Zu dieser Zeit hörte man im Ras zum ersten Mal Geschichten über Mast Ram: Wie ein gesunder, blühender Busch, nur Augenblicke nachdem Mast Ram ihn berührt hatte, verwelkt und eingegangen war; wie Abusas berühmte Kürbisse, von denen jeder so groß war wie ein gemästetes Schaf, aufgeschnitten worden waren und sich als so hohl wie Fußbälle erwiesen hatten, nachdem Mast Ram sie gegossen hatte.

Nichts von alledem war Mast Rams Schuld. Wie alle anderen war er bestürzt darüber, daß von ihm Tod und Verderben ausging. Schließlich mußte Abusa, der um seine Stellung fürchtete, ihn anweisen, Steinplatten auf den Wegen zu verlegen, damit der Garten vor ihm sicher war.

Dann bemerkte man eine Veränderung bei Mast Ram. Er sah, wie alles Lebendige unter Abusas Händen gedieh, und das erfüllte ihn mit Bewunderung, ja sogar Liebe. Er begann, Abusa zu folgen, wohin er auch ging, sei es nun im Haus oder draußen, und ihn mit treuen Hundeaugen anzusehen. Abusa seinerseits war immer freundlich zu ihm, wie ein strenger Bruder.

Mast Ram tat alles, um Abusas Anerkennung zu erringen. In einem Stall auf dem Hof hielt Abusa ein paar Kaninchen. Er sorgte gut für sie, und sie vermehrten sich schneller, als man sie essen konnte. Eines Tages beschloß Mast Ram, die Kaninchen zu füttern. Am nächsten Morgen war eines von ihnen tot. Jeder im Haus sah es, aber niemand sagte etwas, nicht einmal Abusa. Am nächsten Tag fütterte Mast Ram die Tiere wieder, und wieder fand man am nächsten Morgen ein totes Kaninchen im Stall. Als Mast Ram am Abend wieder mit Futter zum Stall ging, hielt Abusa ihn zurück und verbot ihm ruhig in ihrer eigenen Sprache, die halb aus Zeichen, halb aus Worten bestand, die Kaninchen noch einmal zu füttern.

Mast Ram sagte nichts, aber in seinen Augen standen Tränen.

Von da an wurde Mast Rams Verhalten noch merkwürdiger. Damals hatte Abusa großen Gefallen an Kulfi gefunden. Er sah sie oft und lange an, und manchmal kaufte er ihr sogar Geschenke. Kulfi hielt dann ihre Nase hoch und tat so, als sei ihr das egal, aber natürlich freute sie sich, denn wie alle anderen mochte sie Abusa.

Und dann sagte Chunni eines Morgens: Mast Ram hat sich in Kulfi verliebt. Bald konnte jeder sehen, daß sie recht hatte. Auch er war eben nur ein Junge. Er ließ Kulfi nicht aus den Augen, er saß im Hof und wartete darauf, daß sie vorbeikam, und er versuchte sogar, mit ihr zu sprechen, aber wie den meisten anderen schauderte es auch Kulfi vor ihm, und wenn sie ihn sah, rannte sie in ihr Zimmer.

Eines Tages stand Mast Ram sehr früh auf und versteckte sich im Hof. Er wußte, daß Kulfi morgens immer die erste war. Er hatte sich hinter dem Kaninchenstall verborgen, und als sie aus ihrem Zimmer kam, sprang er hervor. In den Händen hielt er die Hälfte des Geldes, das er in seiner Zeit in al-Ghazira gespart hatte. Daran kann man sehen, wie verzweifelt er war.

Versetzt euch in Kulfis Lage: Sie war noch im Halbschlaf, auf dem Weg zum Klo, als dieser Mann mit den Schlangenaugen hinter dem Kaninchenstall hervorsprang und ihr sein Geld vor die Füße warf. Sie schrie auf und schüttete ihm das Wasser aus ihrer Blechdose ins Gesicht, und während er noch prustend umhertaumelte, war sie schon zum Klo gerannt und hatte sich eingeschlossen.

Von da an konnte Mast Ram nicht mehr schlafen. Er verbrachte die Nächte zusammengekauert in einer Ecke und brütete vor sich hin. Abu Fahl meinte, man solle ihn im Auge behalten, und so ließ man ihn für eine Weile nicht allein; aber dann vergaß man ihn wieder, denn der Professor war verhaftet worden. Als sie davon erfuhren, waren alle wie vor den Kopf geschlagen. Wie konnte das sein? Wie war das passiert? Hatte er bei seinem neuen Job wieder mit den Schlangen angefangen, wo doch nachts alle um ihn herumgesessen und ihm mindestens hundertmal eingeschärft hatten, das zu lassen?

Nein. Es war ganz anders gewesen.

Der Professor hatte damals eine gute Stelle, die beste von allen im Haus, eine der besten, auf die irgendeiner, der im Ras lebte, hoffen konnte: Er war Untergeschäftsführer in einem riesigen Supermarkt an der Hurreyya Avenue. Den ganzen Tag über saß er in einem klimatisierten Raum, eingehüllt in den Geruch von frisch eingefrorenem australischem Lammfleisch und dänischen Hammelkeulen, französischem Blumenkohl und ägyptischen Kohlköpfen, Reis aus Thailand und Weizen aus Kanada, englischem Dorsch und japanischen Sardinen und Garnelen, Krabben und Hummern aus aller Welt... Und bei alldem brauchte er nichts weiter zu tun, als am Schreibtisch zu sitzen und Zahlen zu addieren. Es war pures Glück gewesen, daß er diesen Job bekommen hatte. Für die Besitzer des Supermarktes aber war das natürlich ein gutes Geschäft, denn weil der Professor keine Arbeitserlaubnis hatte, bezahlten sie ihm weniger als einem anderen.

Am Morgen des Tages, an dem er verhaftet wurde, verließ der Professor das Haus in großer Eile. Man hatte ihm gesagt, er solle früh im Laden sein, aber als er aufwachte, stellte er fest, daß er keine sauberen Hosen mehr hatte. Also zog er, adrett wie immer, einen gestärkten weißen *lungi* an und ging aus dem Haus. Im Bus merkte es niemand, und da er an diesem Tag früh zur Arbeit erschien, sah ihn niemand in den Laden gehen. Sobald er hinter seinem Schreibtisch saß, konnte man nur noch sein makellos weißes Hemd sehen.

Gegen elf Uhr, als die meisten anderen Verkäufer nach hinten gegangen waren, um Tee zu trinken, kam eine reiche und schöne Ghaziri-Frau in den Laden. Da sie niemanden sah, ging sie auf und ab, bis sie Professor Samuel entdeckte, der an der Stirnseite des Raums hinter seinem Tisch saß. Sie ging zu ihm und fragte ihn auf arabisch: Bitte, können Sie mir sagen, wo ich Garnelen finde?

Nun hatte der Professor seit Stunden konzentriert gearbeitet, Zahlen betrachtet, sie addiert und dividiert, und er war ein kleines bißchen verwirrt. Als sie ihn ansprach, stand er auf. Sie war sehr schön und trug keine *burqa*, sondern überaus teure europäische Kleider, und ihr Haar war hoch auf ihrem Kopf aufgetürmt.

Sie fragte ihn noch einmal, und er wurde noch verwirrter. Er schnappte das Wort *gambari* auf und wußte, daß er es schon einmal gehört hatte, konnte sich aber nicht erinnern, was es bedeutete. Er kratzte sich am Kopf, blinzelte ratlos, sah ihr ins Gesicht und bemühte sich, etwas zu sagen.

Daß der Professor aufstand, hatte die Frau etwas beunruhigt. Jetzt, als er sie mit offenem Mund anstarrte, kroch ihr ein winziger Angstschauer den Rücken hinauf. Sie warf einen kurzen Blick über ihre Schulter, um zu sehen, ob sie jemanden herbeirufen konnte. Zufällig stand der Tisch des Professors am Ende eines langen, menschenleeren Ganges, der zwischen Verkaufsregalen hindurchführte. Dies war der dunkelste, düsterste Teil des Ladens. Als sie das sah, bekam sie wirklich Angst.

Der Professor dachte immer noch nach, zum Teil über *gambari*, zum Teil über seine Zahlen und Rechnungen, und er war so geistesabwesend, daß er etwas tat, das er sonst nie in der Öffentlichkeit getan hätte: Er bückte sich, zog den Saum seines *lungis* zwischen den Knien hindurch und steckte ihn in den Bund, wie die Leute es tun, wenn sie es sich zu Hause gemütlich machen.

Die reiche Frau sah, wie dieser zwinkernde Mann, der sie fortwährend anstarrte, seine Kleider hochhob. Sie sah, daß er seine stämmigen, behaarten Beine entblößte, und wich in schrecklicher Angst an ein Regal zurück. In diesem Augenblick fiel es dem Professor wieder ein. *Gambari!* Oh, *gambari*! rief er, breitete die Arme aus und eilte auf sie zu. Kommen Sie, Madame, kommen Sie – ich werde ihnen Gambaris zeigen, wie sie sie noch nie gesehen haben...

Mit der Kraft, wie sie die Angst verleiht, sprang die Frau zurück, genau in ein Regal. Der Professor schrie: Nein, Madame, das ist die Tomatensoße! und machte einen Satz, um sie festzuhalten. Sie taumelte gegen das Regal, der Professor fiel über sie, und fünfhundert Flaschen mit amerikanischer Tomatensoße stürzten auf die beiden herab.

Als die anderen Angestellten, durch den Lärm herbeigerufen, hinzukamen, fanden sie den Professor auf einer ohnmächtigen reichen Dame, die in einer blutroten Lache lag. Der Professor stand auf und versuchte, alles zu erklären, aber auch sie flohen vor ihm, rannten auf die Straße und schrien, bis die Polizei kam.

Abu Fahl und Alu mußten eine Menge Geld ausgeben, um ihn freizubekommen, und jetzt gibt es mindestens einen Laden in Hurreyya, der nie wieder einen Inder einstellen wird. Fortan mußte sich der Professor mit dem Job zufriedengeben, den Jeevanbhai ihm gab, und so hatte wieder ein Hausbewohner eine gute Stelle verloren.

Beim Erzählen dieser Geschichte war Mast Ram erneut in Vergessenheit geraten. Er selbst aber hatte nichts vergessen – nicht seine Kopfwunde, nicht den Arbeitsvermittler, nicht Kulfi und auch nicht die verwelkten Blumen und die toten Kaninchen. Er kauerte in einem Winkel und brütete und brütete über sein Leben und sein Schicksal, bis Eifersucht und Haß ihm aus den Poren traten wie Schweiß in der Mittagshitze und er kein Mensch mehr war, sondern ein Tier, jenseits von Vernunft und menschlicher Einsicht. Eines Nachts kroch er aus seiner Ecke und durchsuchte das Haus, bis er Abu Fahls Brechstange fand. Mitten in der Nacht, während das ganze Haus schlief, fiel er mit der Brechstange über die Tür des Zimmers der Frauen her. Er attakkierte sie, als sei sie ein wildes Tier, und während er auf das Holz einschlug, schrie er in dem nasalen Hindi, das die Leute aus dem Hügelland sprechen: Warum nicht mit mir, du Flittchen? Du würdest mit einem Hund ficken, wenn er Geld hätte! Also warum nicht mit mir?

Als Abu Fahl ihn schließlich packte, hatte er die Tür schon fast eingeschlagen, und die Frauen drinnen waren starr vor Angst. Und dann kämpfte Mast Ram zum ersten Mal in seinem Leben. Selbst Abu Fahl konnte ihn nicht festhalten, und Alu und Zaghloul mußten ihm helfen.

Und doch konnten sie ihn nicht loswerden, denn er war mit ihnen verwachsen wie ein Fluch. Die anderen wären bereit gewesen, Vergangenes zu vergessen, aber es hatte keinen Zweck: In Mast Rams halb verrücktem Kopf tobte ein Wirbelsturm aus Liebe und Haß und Neid, und im Mittelpunkt dieses Sturms war Abusa der Stirnrunzler.

Kurz darauf ging das Fieber im Haus um, und eines Tages, als Rakesh, Zaghloul und Chunni phantasierend im Bett lagen, schlich sich Mast Ram mit seinem Paß und seinen Papieren hinaus, ging geradewegs zur Polizei und teilte dort mit, daß Abusas Arbeitserlaubnis vor einem Jahr abgelaufen war. Sie verhafteten Abusa am nächsten Morgen auf dem Weg zum Garten des Scheichs. Sie hatten sich in einem Auto auf die Lauer gelegt, und Mast Ram hatte ihn ihnen gezeigt.

Als sie ihn festnehmen wollten, verlor Abusa den Kopf. Er wehrte sich, und zwar so gut, daß er einem Polizisten den Unterkiefer brach. Wenn das nicht gewesen wäre, hätte man alles noch in Ordnung bringen können – ein bißchen Geld in die richtigen Hände, und er wäre nach ein paar Tagen wieder frei gewesen. Aber nachdem das passiert war, konnte man nichts mehr für ihn tun.

Abu Fahl und die anderen versuchten alles mögliche, aber ohne Erfolg. Niemand konnte ihnen sagen, wann sie Abusa wiedersehen würden.

Zuerst weinte Abu Fahl. Abusa hatte ihm näher gestanden als irgendeiner seiner eigenen Brüder. Dann steckte er seinen Revolver ein und machte sich daran, die Stadt nach Mast Ram abzusuchen.

Das ganze Haus wartete voller Angst. Es war klar, daß sich der Hof am Abend in einen Schlachthof verwandeln würde, wenn es Abu Fahl gelingen sollte, Mast Ram zu finden. Erst würde er ihm die Zähne einschlagen, dann würde er ihm die Augen mit der Brechstange ausstechen und ihm die Knochen brechen, bis sie wie Kettenglieder wären. Erst dann würde er den Leichnam zum Strand schleifen, damit die Wellen ihn davontrugen. Mast Ram würde nicht der erste sein, den Abu Fahl umgebracht hatte, und die anderen hatte Abu Fahl nicht im Zorn getötet.

Aber nichts davon geschah, denn es gab keine Spur von Mast Ram; er hatte sich in Luft aufgelöst wie ein Gespenst auf einem Friedhof. In jener Nacht kehrte Abu Fahl allein nach Hause zurück, setzte sich schweigend zu den anderen und trank Tee, während Zaghloul weinte wie ein kleines Kind. Jeder dachte nur daran, wie gut Abusa und wie heimtückisch Mast Rams Verrat gewesen war.

Und während sie dort schweigend saßen und mit leerem Blick vor sich hinstarrten, hörten sie aus weiter Entfernung, vom Rand des Ras, irgendwo in der Nähe der Dammstraße, das erste Bellen. Plötzlich, wie wenn ein Sturm losbricht, wurde das Geräusch lauter, bis alle streunenden Hunde im Ras gleichzeitig zu heulen schienen. Es war über ihnen und um sie wie Wellen, die sich am Haus brachen. Dann begann Boss in schrecklich würgenden Schluchzern zu weinen, und einen Augenblick später schien der ganze Hof zu explodieren: Alle Tiere gebärdeten sich wie verrückt, die Gänse schrien, die Hühner kreischten ... Drinnen rührte sich niemand. Alle saßen vollkommen reglos da und starrten auf die Fenster. Man konnte spüren, wie einem das Blut in den Adern gefror. Es gibt kaum etwas so Schreckenerregendes wie die Angstschreie von Tieren mitten in der Nacht.

Und dann hörte man Stimmen, weit entfernte Rufe, die wie Nadeln durch den Lärmvorhang drangen. Sie schienen sich weit entfernt, in der Nähe der Dammstraße, zu versammeln, und plötzlich kamen sie näher, direkt auf das Haus zu. Man konnte schwach das Trommeln der Füße in den Gassen hören; Leute rannten auf das Haus zu, man hörte panische Schreie und stampfende Füße. Hunde heulten hinter ihnen her.

Und dann ein Hämmern ans Fenster und Schreie, die die Stille im Haus zerrissen: *Ya khalg gum* – auf, ihr Menschen! – *gum ya khalg*.

Abu Fahl und Zaghloul sprangen hoch wie aufgeschreckte Rehe, denn schon in ihrer Kindheit hatten sie miterlebt, wie diese gefürchteten Worte ihre Eltern und Verwandten auf die Dorfstraße trieben. Und kaum waren sie aufgesprungen, als sie auch schon die ersten Rauchschwaden sahen, die durch den Hof und den Gang in den Raum zogen.

Abu Fahl war als erster auf dem Dach – wie durch ein Wunder stand die Leiter noch, obwohl ringsum schon das Feuer wütete. Als er sah, was dort oben zu sehen war, versuchte er, die anderen zurückzudrängen, aber es waren zu viele, und sie schoben sich an ihm vorbei.

Überall zuckten die Flammen, aber Mast Rams Kopf und sein

Gesicht waren unversehrt und nicht vom Rauch geschwärzt. Die Augen waren friedlich geschlossen, während der Rest seines Körpers so lichterloh brannte, daß man ihn nicht mehr vom Stroh und Holz des Scheiterhaufens, den er errichtet hatte, unterscheiden konnte. Neben ihm, ein Stück von den Flammen entfernt, lagen die Streichhölzer und der Kerosinkanister, den er im Hof gestohlen haben mußte, als er sich irgendwie wieder ins Haus und auf das Dach geschlichen hatte, um auf die einzige ehrenhafte Weise, die er kannte, seiner Liebe und seiner Reue, seinem Verrat und seinem Haß ein Ende zu setzen.

Inzwischen war das Feuer auf die benachbarten Hütten und Baracken übergesprungen. Sie brannten wie Zunder – innerhalb weniger Minuten waren nur noch verkohlte Balken übrig. Obwohl alle Männer und Frauen im Ras beim Wassertragen halfen, brannten mindestens fünfzig Hütten nieder. Es war ein Wunder, daß nicht der ganze Ras abbrannte. Weil es aus Ziegelsteinen und Beton bestand, wurde das Haus gerettet, aber nur nach einem Kampf, der die ganze Nacht dauerte.

Nach und nach waren die anderen heimgekehrt: Zaghloul, die Taube, knapp zwanzig Jahre alt, das hübsche, freundliche Gesicht mit dem eingekerbten Kinn und der scharfen, geraden Nase müde von den Anstrengungen des Tages, und Chunni und Kulfi, die von der langen Wache auf den Ruinen des Sterns erschöpft waren. Sie scharten sich auf Matten um Zindi und lauschten aufmerksam jedem Wort. Sie hatten all das erlebt, wovon Zindi sprach, und sie hatten sie immer wieder davon erzählen hören, und doch nahm das Geschehene erst durch ihre Erzählung Gestalt an: Bloße Ereignisse verwandelten sich in etwas Greifbares, einen Zeitabschnitt, der nicht aus Stunden oder Minuten oder Tagen bestand, sondern etwas Körperliches war, das einen eigenen bösen Willen besaß. Das war Zindis Stärke: Sie konnte, nur durch Erzählen, etwas Ungreifbarem Substanz verleihen. Sie wurden es nie müde, ihren Geschichten, diesem Durcheinander aus verschiedenen Sprachen, zuzuhören, auch wenn sie jedes Wort kannten wie den Text eines Liedes. Und wenn sie sich manchmal für ein anderes Wort oder eine neue Phrase entschied, dann war das wie der Finger eines Töpfers, der den Ton formt – es veränderte die Sache selbst und auch ihrer aller Wissen von dieser Sache.

Zindi ließ ihren Blick in die Runde schweifen und sah die aufmerksamen Gesichter und gerunzelten Stirnen. Das alles, sagte sie, und jetzt dies. Das Haus ist jetzt schon leer und ohne Arbeit, und wieder ist ein Unglück geschehen. Wird es aufhören, oder wird es uns alle verschlingen?

Abu Fahl beugte sich vor. Er nahm seine graue *taqeyya* ab und fuhr sich mit den Fingern durch sein kurzes, drahtiges Haar. Was sollen wir also tun, Zindi? fragte er und sah ihr ins Gesicht.

Zindi stand energisch auf. Mir ist etwas eingefallen, sagte sie. Vielleicht werde ich es euch irgendwann sogar erzählen. Aber nicht heute, nicht nach dem, was geschehen ist, und nachdem Alu tot unter Tonnen von Schutt begraben liegt.

Professor Samuel machte Anstalten aufzubrechen, und auch die anderen verließen nach und nach das Zimmer. Nur Rakesh blieb noch und blätterte nervös in einem Wandkalender. Zweimal drehte er sich um, biß sich auf die Unterlippe und wandte sich wieder ab. Dann konnte er es nicht mehr für sich behalten. Hör zu, Zindi, stieß er hervor. Alu ist nicht tot. Zumindest glaube ich das nicht. Er lebt. Ich habe seine Stimme unter den Trümmern gehört.

Sprachlos starrte Zindi ihn an.

Ja, sagte er, es stimmt. Ich bin fast sicher, daß ich ihn gehört habe.

Geh jetzt schlafen, sagte Zindi. Der Einsturz ist zuviel für dich gewesen.

11

Eine Stimme unter den Trümmern

Als Professor Samuel am nächsten Morgen von seinem Gang zum Strand zurückkehrte (er ziehe den Sand und die frische Seeluft der übelriechenden Dunkelheit in der Toilette des Hauses vor, pflegte er zu sagen), wirkte er sehr nachdenklich. Chunni, die ihm ein Glas Tee bereitet hatte, fand ihn im Männerzimmer, wo er auf seiner Matratze saß und die Wand anstarrte.

Was ist los, Samuel? fragte sie ihn. Geht es dir nicht gut?

Der Professor schüttelte den Kopf. Was also dann? fragte sie barsch. Warum sitzt du hier wie eine nasse Katze? Weißt du, wieviel Uhr es ist? Willst du auch diese Stelle noch verlieren?

Der Professor zögerte und sah sich schnell im Raum um. Bis auf Zaghloul, der in einer Ecke lag und schnarchte, war niemand da. Setz dich, sagte Samuel. Ich werde es dir erzählen. Es ist eigentlich gar nichts. Nur eine alberne Geschichte, die Bhaskaran mir am Strand erzählt hat.

Draußen im Hof kochten Kulfi und Karthamma an einem aus Lehmziegeln gebauten Herd ihr übliches Frühstück aus Reis und Bratkartoffeln. Als der Reis fertig war, trugen sie die Töpfe in Zindis Zimmer und riefen die anderen. Die Frauen saßen am einen Ende des Raumes, die Männer am anderen. Während des Essens sagte Chunni laut: Samuel hat heute morgen am Strand eine seltsame Geschichte gehört.

Professor Samuel warf ihr stirnrunzelnd einen Blick zu. Als die anderen ihn neugierig ansahen, schüttelte er den Kopf. Es war nichts, sagte er wegwerfend. Nur eine alberne Geschichte.

Abu Fahl knallte seinen Blechteller auf die Matte und rüttelte den Professor am Knie. Sag uns, was du gehört hast, Samuel, drängte er ihn. Ich mag keine Geheimnisse. Was hast du gehört?

Na gut, sagte der Professor gereizt, wenn ihr eure Zeit mit so etwas verschwenden wollt... Ihr kennt doch Bhaskaran aus Kerala, der unten am Strand mit all den anderen lebt? Bei ihm zu Hause sagen sie, daß Alu gestern nacht in den Ruinen des Sterns gesehen worden ist. Es heißt, daß er nicht tot ist, sondern sich nur in den Trümmern versteckt. Ich habe Bhaskaran gefragt: Warum sollte er sich in den Trümmern, in all diesem Schutt verstecken, wenn er doch ein Bett und ein Zuhause hat? Das wäre doch unsinnig. Natürlich wußte er darauf keine Antwort. Alles, was er darauf sagen konnte, war: Jedermann im Ras weiß, daß Alu durch irgendeinen wunderbaren Zufall überlebt hat und sich jetzt in den Trümmern versteckt. Karthamma sprang aufgeregt auf. Was hast du noch gehört?

Allah il-'azim! rief Zindi. Setz dich, Karthamma – du bist schließlich kein Kind mehr. Du weißt doch: Immer, wenn irgend etwas passiert ist, denken sich die Leute tausend Geschichten aus. Das ist jetzt nur der Anfang. Alu lebt, Alu versteckt sich – die Leute werden noch unzählige Geschichten erfinden.

Zindi verstummte, als Jeevanbhai Patel ins Zimmer trat. Karthamma setzte sich widerstrebend wieder auf ihre Matte.

Jeevanbhai lächelte unbestimmt in die Runde. Seine Augenlider waren schwer vom Schlaf; er war in der Nacht zuvor sehr spät nach Hause gekommen. Er war ein kleiner, zierlicher Mann, ordentlich gekleidet in ein weißes Hemd und eine graue Hose. Ein paar graue Strähnen waren quer über seinen Kopf gekämmt. Er hätte die Gabe des Unauffälligseins besessen, wenn seine Zähne nicht gewesen wären: Sie ragten wie Finger aus seinem schmalen, von vielen Falten durchfurchten Gesicht – große, an den Ecken abgebrochene, dreieckige Zähne, die vom *pan*, den er unablässig kaute, blutrot verfärbt waren.

Guten Morgen. Wie geht es dir? sagte er höflich in seinem ghazirisch gefärbten Arabisch zu Zindi.

Guten Morgen, antwortete sie und wich seinem Blick aus. Sie sah Professor Samuel stirnrunzelnd an und biß sich auf die Lippe. Jeevanbhai setzte sich auf eine Matte. Er fuhr sich mit der Zungenspitze leicht über die Zähne. Habt ihr gerade über Alu gesprochen? fragte er leise. Ich dachte, er wäre bei dem Einsturz des großen Gebäudes an der Uferpromenade umgekommen.

Ja, ja, sagte Zindi. Das wollte ich Karthamma hier gerade erklären. Wir würden alles tun, um ihm das Leben zu retten, aber dazu ist es jetzt zu spät.

Gibt es denn Leute, die behaupten, er wäre noch am Leben? fragte Jeevanbhai?

Nein. Wie sollten sie? Zindi begann, die Teller einzusammeln. Das Klappern erfüllte den Raum.

Später fand sie eine Gelegenheit, mit Professor Samuel unter vier Augen zu sprechen, bevor er mit Jeevanbhai zu dessen Büro in der Nähe des Hafens ging. Erzähl ihm nichts, flüsterte sie eindringlich und nahm ihn beiseite. Kein Wort von all diesem Unsinn, den du heute morgen gehört hast. Du kennst ihn nicht. Er tratscht selbst die dümmsten Geschichten in ganz al-Ghazira herum, und der Himmel weiß, wem sie zu Ohren kommen.

Jeevanbhai erschien am Ende des Ganges, und Zindi eilte in ihr Zimmer. Ich will heute morgen nicht gestört werden, rief sie in den Hof. Ich habe zu tun. Sie schloß die Tür mit feierlicher Endgültigkeit.

Aber bald war sie gezwungen, sie wieder zu öffnen. Kulfi, die mit einer am Bindfaden baumelnden leeren Flasche losgeschickt worden war, um Bratöl für die nächsten zwei Tage zu kaufen, kam zum Haus zurückgerannt. Sie stand, die sonst blassen Wangen vor Aufregung gerötet, im Hof und rief mit mädchenhaft hoher Stimme: Man hat Alu gesehen, wie er heute morgen in ein Flugzeug nach Amerika stieg; er ist bei dem Einsturz nicht umgekommen, obwohl er ganz staubbedeckt war und bleich wie ein Gespenst. Er hat in den Trümmern eines der Juwelierläden im Stern einen riesigen Goldvorrat gefunden.

Alle drängten sich um sie – bis auf Zindi, die abseits stand und nur mit halbem Ohr zuhörte. Wenigstens ist er am Leben, sagte Kulfi atemlos. Vielleicht kommt er eines Tages mit all seinem Geld zurück.

Wer hat dir das erzählt? wollte Abu Fahl wissen.

Kulfi war zu einem Laden in der Nähe der Dammstraße gegangen, der Romy, einem Ägypter aus dem Fayyum, gehörte. Dort hatte sie eine Frau getroffen, die von jemandem gehört hatte...

Abu Fahl packte Kulfi an den Schultern und schüttelte sie. Du darfst diese Geschichten nicht glauben, sagte er. Irgend jemand hat von irgend jemand etwas gehört, das irgend jemand ihm erzählt hat. Das sind doch alles nur Märchen. Ich war dort. Ich habe alles gesehen. Ich kenne die Wahrheit.

Karthamma drängte sich an Abu Fahl und Kulfi vorbei. Sie war schon fast an der Haustür, als Zindi scharf sagte: Karthamma, wo willst du hin?

Ich will nach ihm suchen, antwortete Karthamma.

Karthamma, verlier nicht den Kopf, sagte Zindi. Wir wissen, was zwischen dir und Alu gewesen ist, aber darum brauchst du es noch lange nicht vor der ganzen Welt zur Schau zu stellen. Schämst du dich denn nicht, dich wie eine läufige Hündin zu benehmen, und das, wo du einen Sohn hast? Meinst du denn, Abu Fahl wäre nicht selbst hingegangen, wenn es eine Chance gäbe, daß er noch am Leben ist? Komm sofort zurück in den Hof!

Karthammas Augen blitzten zornig auf. Sie wollte sich auf Zindi stürzen, aber Abu Fahl packte sie und hielt sie fest. Zindi ging wieder in ihr Zimmer, und auf den Knall hin, mit dem sie die Tür zuwarf, begannen die Gänse im Hof zu zischen.

Gegen Mittag erzählte man sich im Haus alle möglichen Geschichten. Zaghloul ging hinaus, um sich eine Zigarette zu kaufen, und berichtete bei seiner Rückkehr von einem Gerücht, das er unterwegs aufgeschnappt hatte: Die Polizisten, die kurz nach dem Einsturz rund um den Stern postiert worden waren, hatten in der Nacht undeutlich eine Gestalt in der Ruine gesehen. Daraufhin hatten zwei von ihnen die Trümmer abgesucht. Sie sahen die Gestalt ein paarmal, immer kurz vor ihnen. Nachdem sie stundenlang über die Berge von Stahlträgern und Glasscherben gestolpert waren und ihre Hände aus zahlreichen Schnitten bluteten und ihre teuren neuen Uniformen ihnen in Fetzen vom Leib hingen, wollten sie gerade umkehren, als sie in einiger Entfernung wieder die Gestalt sahen, die ihnen zuwinkte. Sie eilten ihr nach, aber als sie die Stelle erreicht hatten, war die Erscheinung verschwunden. Statt dessen fanden sie einen Leichnam – Alus Leichnam, da außer ihm ja niemand umgekommen war. Sie zogen und zerrten an ihm, konnten ihn aber, so sehr sie sich auch anstrengten, nicht einen Millimeter verrücken. Schreiend rannten sie davon.

Rakesh hatte sich den ganzen Morgen über rastlos auf seiner Matratze hin und her geworfen. Die Männer hatten heute nichts zu tun, denn Abu Fahl hatte beschlossen, daß seine Abmachung mit dem Arbeitsvermittler durch den Einsturz nichtig geworden war. Auf seiner Matratze hörte Rakesh sich Zaghlouls Bericht an, sprang dann auf und begann, sich seine Hose anzuziehen. Wir müssen gehen, Abu Fahl, sagte er. Wir müssen selbst nachsehen. Ich bin fast sicher, daß ich Alu gestern dort unter den Trümmern gehört habe, auch wenn Zindi meint, das hätte ich mir nur eingebildet. Aber jetzt hört man überall diese Geschichten. Es kann alles mögliche passiert sein – vielleicht ist er immer noch da.

Immer noch da? schnaubte Abu Fahl verächtlich. Bist du verrückt, oder träumst du? Ich habe alles mit eigenen Augen gesehen, und ich habe jahrelange Erfahrung in diesen Dingen. Weißt du eigentlich, daß ich den Einsturz des riesigen Kinos in der Nähe des Sadiq Square gesehen habe? Damals arbeiteten da drinnen sechs Männer, und keiner von ihnen hat überlebt. Und das war ein viel kleineres Gebäude als der Stern. Gestern habe ich fünf Stockwerke aus Beton einstürzen sehen, und ich habe gesehen, wie die Decke des Kellers einbrach. Tut mir leid, das sagen zu müssen, aber Alu – Gott sei seiner Seele gnädig! – ist genauso tot wie die Gebeine von denen, die auf dem Friedhof liegen. Es wäre geradezu verrückt, jetzt dorthin zu gehen und sich von der Polizei als Dieb verhaften zu lassen.

Na gut, sagte Rakesh ruhig und knöpfte sich das Hemd zu. Wenn du nicht gehen willst, dann gehe ich eben allein.

Zaghloul stand auf. Ich komme mit, sagte er.

Abu Fahl befand sich in einem Dilemma. Kurz nach dem Einsturz war eine Kette von Polizisten rund um den Stern postiert worden, die dafür sorgen sollten, daß die Waren in den zerstörten Läden, die noch geborgen werden konnten, nicht gestohlen wurden. Wenn Rakesh und Zaghloul dorthin gingen, würde man sie verhaften und einsperren; daran gab es kaum einen Zweifel. Durch die Polizeikette zu schlüpfen war ebenso unmöglich wie in eine Bank einzubrechen.

An der Tür trat Abu Fahl ihnen in den Weg. Er werde hingehen, sagte er, aber nur unter zwei Bedingungen: Nur er und Rakesh würden gehen – zwei Männer würden weniger Aufmerksamkeit erregen als drei –, und das auch erst, wenn er Zeit gehabt habe, sich ein wenig umzuhören.

Begeistert stieß Rakesh die Tür zu Zindis Zimmer auf und rief: Jetzt gehen wir doch zum Stern, Zindi.

Zindi wiegte geistesabwesend Boss in den Schlaf. Was? sagte sie.

Wir gehen zum Stern, um zu sehen, ob Alu am Leben ist.

Ja, sagte Zindi gleichgültig. Vielleicht solltet ihr wirklich gehen, wo doch alle sagen... Ihre Stimme erstarb.

Als Rakesh, der sich über ihren Mangel an Begeisterung ärgerte, sich schon abwenden wollte, sah sie plötzlich auf. Warte, rief sie ihm nach. Komm her. Ich will, daß du mir einen Gefallen tust.

Als Rakesh sich neben sie auf die Matte gehockt hatte, flüsterte sie: Geh zu Romy Abu Tolbas Laden. Tolba, Romys Sohn, geht um diese Zeit in den Souq, um Sachen für den Laden einzukaufen. Sag ihm, er soll Forid Mian, der im Durban Tailoring House in der zweiten Gasse arbeitet, etwas ausrichten: Forid Mian, Zindi wundert sich, daß Sie sie schon so lange nicht mehr besucht haben. Stimmt irgend etwas mit ihrem Tee nicht? Heute abend wird sie einen sehr guten Tee machen.

Zindi hielt inne und kratzte sich an ihrem Muttermal. Und

dann, fügte sie hinzu, soll er noch sagen: Jeevanbhai ist abends meistens nicht da.

Als Rakesh sie neugierig ansah, legte sie den Finger an die Lippen. Und nun paß auf, sagte sie. Du darfst niemandem etwas davon erzählen, niemandem – nicht Abu Fahl, nicht Zaghloul, niemandem. Du sollst nur hingehen und es Tolba sagen.

Als Rakesh zurückkehrte, lief er sogleich in Zindis Zimmer. Sie hatte Boss auf dem Arm und ging auf und ab. Hast du es ihm gesagt? fragte sie aufgeregt.

Ja, antwortete Rakesh und setzte sich auf eine Matte. Er sah sie erwartungsvoll an.

Willst du wissen, was es mit dieser Botschaft auf sich hat? fragte Zindi. Rakesh sagte nichts. Zindi schloß die Tür und setzte sich neben ihn. Sie beugte sich zu ihm, bis ihr schwarzer Schal fast sein Gesicht berührte, und erst da bemerkte Rakesh, wie die Sorge das Muster der Falten auf ihren mächtigen Wangen verändert hatte.

Ein Laden! zischte sie ihm ins Ohr. Das ist mein Plan: Ein Laden!

Überrascht tat Rakesh einen gewaltigen, gurgelnden Rülpser. Zindi, die starr sein abgewandtes Gesicht ansah, achtete nicht darauf. Verstehst du denn nicht? sagte sie eindringlich, und Rakesh spürte, wie in ihr eine Mauer einzustürzen begann. Ich weiß jetzt, was ich falsch gemacht habe. Hier sitze ich nun mit einem Haus voller Leute. Meistens kann ich ganz gut davon leben. Sie geben mir etwas Geld – es ist zwar kaum genug, aber trotzdem... Solange sie hier wohnen, kann ich mich um sie kümmern. Aber woher kommt das Geld? Es kommt nicht von hier, sondern von draußen. Es ist nicht so, wie wenn man Land besitzt. Ich habe tatsächlich all diese Jahre gebraucht, um das zu verstehen. Ich wußte es, aber ich habe es nicht begriffen. Solange draußen alles in Ordnung ist, scheint im Haus auch alles zu stimmen – es ist Geld da, und ich komme zurecht. Aber laß draußen etwas passieren, und schon ist alles zu Ende, und ich kann nichts daran ändern. Warum? Weil ich ihnen etwas zu essen und ein Dach über dem Kopf geben kann, aber keine Arbeit. Aber was

Arbeit betrifft, ist dieses Haus wie eine leere Kiste: Die Leute können sie herumstoßen, wie sie wollen, und ich kann nichts daran ändern. Darum ist das alles passiert – erst Mast Ram und Abusa, und dann haben Professor Samuel und Kulfi ihre Arbeit verloren. Und dann noch all die anderen Sachen... Das Haus ist jetzt fast leer, und es gibt keine Arbeit mehr. Dir kann es egal sein; du kannst immer noch wieder nach Hause gehen. Aber wohin kann ich gehen? Glaubst du vielleicht, Abu Fahl würde bleiben, wenn kein Geld im Haus wäre? Er ist mein Vetter, und er ist kein schlechter Mann, aber er muß auch leben. Ich habe keine andere Wahl, als hierzubleiben, und wenn das Haus eines Tages kein Geld mehr einbringt, wird man mich zusammen mit der ganzen Scheiße am Strand angespült finden. Ich bin nicht mehr jung. Ich muß jetzt etwas unternehmen. Das ist meine letzte Chance. Und jetzt habe ich die Lösung gefunden: ein Laden. Wir sind genug Leute – wir könnten ihn zusammen führen. Wenn er gut läuft, werden alle Arbeit und nichts mehr zu befürchten haben.

Was für ein Laden? fragte Rakesh.

Und nun sprudelte Zindis Vision des Durban Tailoring House aus ihr hervor. Eigentlich war es nur ein ganz normales Schneidergeschäft – ein vertrauter, keineswegs bemerkenswerter Laden, der mit der Entwicklung von al-Ghazira nicht allzu gut Schritt gehalten hatte. Und doch hatte sie ihn gar nicht richtig wahrgenommen, hatte ihn nie wirklich gesehen und seine Verheißungen und Möglichkeiten erkannt – bis zu dem Morgen, an dem der Stern einstürzte, während sie mit vor Sorgen und Angst um ihre vom Verfall bedrohte Hausgemeinschaft schmerzendem Kopf durch den Souq ging. An jenem Morgen war es plötzlich gar kein Laden mehr gewesen, kein einfacher Raum aus Ziegeln und Mörtel, kein Ding, das erfühlt oder ertastet werden konnte, sondern hatte eine Verheißung, eine Zukunft bedeutet: Die schmutzigen, mit Kalendern behängten Wände waren von Regalen verdeckt, auf denen sich bunte Stoffballen türmten, die mit Spinnweben überzogene Decke leuchtete im Licht der Neonröhren, und der leer hallende Raum war plötzlich voller Menschen –

Menschen, die hinein- und hinausströmten, mit ihren Händen in vollen Geldbeuteln wühlten, sich umsahen, wählten, kauften und sie, die hinter der Kasse thronte, fragten: Was ist das Beste? Was ist das Billigste? Was ist das Neueste? Was ist aus Amerika, aus Singapur? – und sie neigte huldvoll und gütig den Kopf und verwies sie an Abu Fahl, der in seinem neuen Anzug so gepflegt aussah, oder an Kulfi oder Karthamma oder Chunni, die in Nylons oder Chiffons vorüberglitten; und überall Reklame, bunte Lichter, die in Hurreyya und an der Uferpromenade über al-Ghazira blinkten; Käuferschlangen, die sich vom Laden durch den ganzen Souq erstreckten, Menschenmassen, die um Einlaß kämpften...

Wäre das nicht möglich? fragte sie Rakesh. Ist das vielleicht zuviel verlangt?

Rakesh wiegte zweifelnd den Kopf, aber seine Augen leuchteten vor Begeisterung: All die Kleider – man stelle sich nur all die Kleider vor!

Er zögerte. Aber wie willst du es anstellen, den Laden zu *bekommen*, Zindi? fragte er.

Ah! Zindi kniff die Augen zusammen. Darum dreht sich ja mein ganzer Plan...

Das Durban Tailoring House gehörte Jeevanbhai Patel. Das war sein Anfang in al-Ghazira gewesen. Er hatte den Laden bei seiner Ankunft in al-Ghazira vor vielen Jahren gekauft, nachdem seine Eltern weit unten in Südafrika von seiner heimlichen Ehe mit einem moslemischen Mädchen aus Bohra Wind bekommen und ihn verstoßen hatten, denn immerhin stammte er doch aus einer Hindu-Familie aus Gujarat! Jeevanbhai war klar gewesen, daß er die Stadt, in der seine Familie seit einer Generation lebte, die einzige Heimat, die er je gekannt hatte, würde verlassen müssen. Und er hatte auch gewußt, daß er schnell handeln mußte, bevor die Nachricht bis an die südafrikanische Küste drang. Also verbarg seine Frau ihre wenigen Schmuckstücke in ihrem Mieder, und gemeinsam schnürten sie ihre paar Habseligkeiten zu einem Bündel und ließen sich von der Kette indischer Händler an der Küste nach Norden ziehen wie ein Eimer aus einem Brunnen. Zuerst gingen sie nach Mosambik, dann nach Daressalam, nach Sansibar, Dschibuti, Perim und Aden. Überall wurde er mit der Gastfreundschaft empfangen, die einem Sohn seines Vaters zustand, und er achtete darauf, daß man seine Braut nicht zu Gesicht bekam und sie zwei Tage Vorsprung vor der Nachricht von ihrer Heirat behielten. In Aden sah er sich um, prüfte den Wind und die Strömung und kam mit absoluter Gewißheit zu dem Schluß, daß er nach al-Ghazira gehen würde. Er kaufte eine Passage auf einem rostigen, ehemals britischen Dampfer, dessen Kapitän ein geschäftstüchtiger Parse aus Bombay war, und bald stand Jeevanbhai mit seinen Schaufelzähnen und seiner in ihr Mieder eingeschnürten Frau im Hafen von al-Ghazira und ließ seinen Blick über das dampfende, staubige Städtchen hinter den Ladebäumen und den Sambuks gleiten, die in der kleinen, schlammigen Bucht vor Anker lagen. Damals war al-Ghazira noch ein Nest, ein heimeliges Städtchen, halb Markt am Rand der großen, hungrigen Wüste, halb Perlenhafen, der durch den Handel mit den schimmernden *Jeevan*-Perlen florierte, die man in der Bucht fand. Für einen Kaufmann war dies das Paradies: Es lag im Zentrum der Welt, gezeugt und genährt vom jahrhundertelangen Fluß des Handels. Perser, Irakis, Araber aus Sansibar, Omanis und Inder verdienten an diesem Handel und wurden reich, und sie erfreuten sich der Gunst des Malik, der sicher in seinem Fort aus Lehmziegeln auf dem großen Hügel hinter der Stadt saß, die ihm zustehenden Abgaben eintrieb und einen Teil davon wiederum an die Briten zahlte, wenn eines ihrer Kanonenboote dem kleinen Hafen seinen Besuch abstattete.

Die indischen Kaufleute von al-Ghazira, von denen einige schon seit Generationen hier lebten, wußten nie so recht, was sie von Jeevanbhai halten sollten. Aus irgendeinem Grund hatten sie bald nach seiner Ankunft beschlossen, ihn nicht zu vertreiben. Aber sie hatten ihn auch nie als einen der Ihren betrachtet und ihn in ihre Häuser eingeladen. Sein ganzes Leben hatte Jeevanbhai kurz vor den Pforten der Wohlanständigkeit verbracht. Als seine Frau starb, seine Geschäfte schlechter gingen und sein Geld immer weniger wurde, suchte er daher nicht Hilfe bei den ortsansässigen Indern in der Stadt, sondern wandte sich instinktiv dem Ras al-Maqtu' zu.

In jenen frühen Tagen hatte Jeevanbhai mit dem letzten Schmuck seiner Frau einen Laden im Souq ash-Sharji gekauft. Dieser Laden durchlief eine ganze Reihe von Inkarnationen; er begann als Stoffgeschäft, wurde dann zu einem Laden für Gemüse und Datteln, verlegte sich anschließend auf Metallwaren und später auf Teppiche – während des ersten Jahrzehnts verkaufte Jeevanbhai fast jedes Jahr etwas anderes. Was es war, spielte keine Rolle, denn viel Geld warf der Laden nie ab. Darauf hatte es Jeevanbhai auch gar nicht abgesehen. In all diesen Jahren wickelte er seine eigentlichen Geschäfte in einem kleinen Hinterzimmer des Ladens ab.

Eines Tages, in seinem ersten Jahr in al-Ghazira, saß Jeevanbhai in seinem leeren Stoffgeschäft und fragte sich, wovon er heute etwas zu essen kaufen sollte, als ein reicher Perlenhändler aus dem Sindh eintrat, um eine Tasse Tee mit ihm zu trinken. Nur Augenblicke später schüttete er Jeevanbhai sein Herz aus und legte seine Scham bloß, wie er es nie gegenüber irgendeinem anderen als einem Ausgestoßenen getan hätte: Er hatte eine Tochter, die mit fünfundzwanzig immer noch unverheiratet war, und wußte sich keinen Rat mehr.

Auf seiner Reise von Durban nach al-Ghazira war Jeevanbhai nicht untätig gewesen; sein Instinkt hatte ihn angehalten, sich nach den Namen von allen möglichen Familien an der Küste zu erkundigen, und sein Gedächtnis hatte diese Namen besser festgehalten als seine Brieftasche das Geld. Es war eine glückliche Fügung, daß es an diesem Morgen den Namen eines passenden Heiratskandidaten im weit entfernten Sansibar ausspuckte. Die Heirat kam zustande, und die glückliche Kunde verbreitete sich wie die Wellen über das Meer. Noch einige Male fragte man ihn nach Namen, und jedesmal erwies sich sein Gedächtnis als unbedingt verläßlich. Bald war sein Ruf gefestigt, und Familien, die ihm nicht einmal gestattet hätten, den Hof ihres Hauses zu betreten, kamen aus allen Königreichen rings um al-Ghazira und selbst von Orten, die so weit entfernt waren wie Sokotra und

Khartum, herbei und drängten sich in seinem Hinterzimmer, und keine von ihnen schämte sich, Jeevanbhai um Hilfe zu bitten, denn von einem so schattenhaften und harmlosen Wesen wie ihm war nichts zu befürchten.

In seinem kleinen Hinterzimmer spann Jeevanbhai ein Ozeane und Kontinente umspannendes Netz, und es ist eine Ironie des Schicksals, daß er, der wegen einer Heirat von seiner Familie Ausgestoßene, Berühmtheit erlangte als der erfolgreichste Heiratsmakler des Indischen Ozeans. Und während ‹seine› Ehen blühten und üppige Früchte trugen, wurde Jeevanbhai mit diesen Vermittlungen zu einem reichen Mann, denn er besaß ein weiteres Talent: Er hatte das Geheimnis entdeckt, wie man aus Liebe Gold macht.

Er stieg ins ‹Goldgeschäft› zwischen Indien, al-Ghazira und Afrika ein. Innerhalb weniger Monate hatte er fast die ganze Konkurrenz aus dem Feld geschlagen, denn in jedem Hafen am Indischen Ozean gab es dankbare Ehemänner und ungeduldige Heiratskandidaten, die nur darauf warteten, die Ware in Empfang zu nehmen und sie eiligst über die Grenzen zu schaffen (woran sie natürlich auch nicht schlecht verdienten). Bald erweiterte er sein Angebot, zunächst um Silber, dann um einige Waffen. Und das, heißt es, war die Zeit, als er begann, seine Aufwartungen im Alten Fort zu machen...

Jeevanbhai wurde reich. Aus Dankbarkeit gründete er das ‹Eheanbahnungsinstitut Neues Leben›, denn er vergaß nie, daß er seinen Wohlstand der Ehe verdankte. Und außerdem gab es Steuerbehörden, und nichts eignet sich besser dazu, einen wohltuenden Nebel der Verwirrung über unerklärliche Geldflüsse zu legen, als die Bücher eines Eheanbahnungsinstituts. Bald hatten seine Geschäfte einen solchen Umfang erreicht, daß er aus dem Souq ash-Sharji in ein Büro in der Nähe des Hafens umziehen mußte. Auf der Suche nach einem Geschäftsführer für seinen Laden im Souq stieß er auf Forid Mian, der zu jener Zeit Matrose auf einem englischen Schiff war. In seiner Kindheit hatte Forid Mian in seiner Heimatstadt Chittagong (die damals noch zu Ost-Bengalen gehörte) das Schneiderhandwerk erlernt, aber die Umstände hatte ihn gezwungen, Seemann zu werden. Irgendwie erfuhr Jeevanbhai von seinem früheren Beruf und überredete ihn abzumustern. Seitdem hatte Forid Mian für ein festes monatliches Gehalt jenes Geschäft geführt, das den neuen Namen Durban Tailoring House erhielt. Gewöhnlich machte der Laden ein Minus, und in den besten Jahren gelang es nur so gerade eben und mit Hilfe einiger Tricks, Gewinn und Verlust in der Waage zu halten, aber Jeevanbhai wollte sich, obwohl sein Vermögen stetig abnahm, nicht davon trennen. Er klammerte sich an den Laden; er war sein Talisman, das einzige, was ihm aus den geschäftlich erfolgreichen Jahren geblieben war.

Aber warum, fragte Rakesh verdutzt, warum ausgerechnet dieser Laden? Warum nicht irgendein anderer?

Zindi lächelte. Weißt du denn einen anderen? Kennst du irgend jemanden im Souq, der verkaufen würde, ausgerechnet jetzt, wo so viel Geld hereinkommt? Denn das ist das Entscheidende: Jeevanbhai verdient mit dem Laden kein Geld – er behält ihn aus reiner Gefühlsduselei. Er ist ein Mann, der praktisch denkt. Wenn irgend etwas schiefginge, wenn der Laden ihm zuviel Ärger machen würde... Nehmen wir mal an, Forid Mian würde beschließen fortzugehen. Ich sage nicht, daß er das tun wird, aber nehmen wir es einmal an. Was wäre Jeevanbhai der Laden dann noch wert? Im Augenblick hat er schon genug Sorgen – würde er den Laden also behalten wollen? Das ist nur eine Frage, die jetzt noch niemand beantworten kann, aber vielleicht wird er dann verkaufen wollen. Wer weiß? Und außerdem ist es ein Laden, auf dem Segen ruht. Er hat Jeevanbhai einmal Glück gebracht, nur daß er es nicht verstanden hat, es auch festzuhalten – er hat die Finger in zu vielen Geschäften. Der Laden sollte jemandem gehören, der ihn zu nutzen weiß. Vielleicht...

Warum fragst du ihn nicht einfach, ob er ihn dir verkauft, Zindi?

Das ist immer der Ärger mit euch, sagte Zindi aufgebracht. Leute wie du haben keine Erfahrung in praktischen Dingen. Glaubst du vielleicht, so etwas kann man einen Mann wie Jeevanbhai einfach fragen? Man muß eine Situation schaffen, Möglichkeiten aufzeigen, etwas, das ihm hilft, eine Entscheidung zu treffen. Wie du siehst, muß man, wie ich, praktisch veranlagt sein und nicht seine ganze Zeit sinnlos damit vertun, über den Einsturz des Sterns nachzugrübeln. Erst wenn du gelernt hast, die Geschehnisse zu akzeptieren, kannst du dein Wissen über die Vergangenheit einsetzen, um die Zukunft zu betrügen. Das meine ich, wenn ich von praktischer Veranlagung rede.

Abu Fahls Erkundigungen ergaben, daß die Wache an den Ruinen dreimal täglich abgelöst wurde: morgens, bei Einbruch der Abenddämmerung und um Mitternacht. Er fand heraus, daß die zweite Wache, da die Ablösung zur Zeit des Abendgebets erfolgte, manchmal etwas zu spät anfing. So kam es, daß der Stern für etwa eine halbe Stunde nach Einbruch der Abenddämmerung meist unbewacht war. Abu Fahl beschloß, daß er und Rakesh sich kurz vor Einbruch der Dämmerung auf den Weg machen würden.

Bevor sie aufbrachen, erzählten sie Zindi von ihrem Plan. Geistesabwesend hörte sie zu. Ja, geht nur, sagte sie. Gott sei mit euch und gebe euch Kraft.

Ihre Gedanken waren mit anderen Dingen beschäftigt. Rakesh sah, daß ihre Sorge nicht dem Vorhaben der beiden Männer galt. Bevor sie gingen, nahm sie ihn beiseite und flüsterte: Rakesh, glaubst du, daß er kommen wird?

Wer?

Forid Mian natürlich, sagte sie ungeduldig. Rakesh zuckte die Schultern und fuhr sich mit dem Kamm durch sein Haar. Als sie das Haus hinter sich gelassen hatten und auf die Dammstraße zugingen, sahen sie Zindi besorgte Blicke auf die Straße werfen.

Bald nachdem sie gegangen waren, klopfte es an der Tür. Zindi sprang auf und öffnete. Draußen stand ein älterer Mann, der ein Käppchen und eine blaue *jallabeyya* trug und auf dessen kantigem, gutmütigem Gesicht ein schwaches Lächeln lag. Wie geht es dir, Zindi? sagte er.

Zindi verbarg ihre Enttäuschung hinter einem Schwall herzlicher Begrüßungsworte: Komm herein, komm herein, Hajj

Fahmy, willkommen, *ya marhaban*, du bringst Segen, willkommen, Hajj Fahmy, du bringst Licht in mein Haus, wie geht es dir? Komm herein und trink einen Tee.

Hajj Fahmy setzte sich umständlich im Schneidersitz auf eine Matte und legte die Hände auf die Knie. Zindi, sagte er, während sie die Pumpe am Kerosinbrenner betätigte, wo ist mein Sohn Isma'il?

Isma'il? fragte Zindi erstaunt. Er ist nicht hier gewesen.

Aber ich habe ihn zu dir geschickt. Wir haben die Gerüchte gehört, mußt du wissen, und ich wollte Genaueres erfahren. Er ist nicht zurückgekommen, und darum mache ich mir Sorgen.

Zindi schnalzte mitfühlend mit der Zunge. Wie alt du geworden bist, sagte sie, seit Mohammad – Gott sei seiner Seele gnädig! – bei diesem Unfall ums Leben gekommen ist. Sie warf eine zusätzliche Handvoll Tee und Minze in den Topf. Hajj Fahmy war der älteste Freund des Hauses und hatte ein Recht auf den besten Tee.

Es hieß, Hajj Fahmys Familie sei vor einigen Generationen von einem Weber namens Musa gegründet worden, der nach einer blutigen Fehde aus seinem Heimatdorf im äußersten Süden Ägyptens geflohen war. Seine Flucht hatte ihn und seine Frau, die noch ein Kind war, in den Sudan und an die Küste des Roten Meeres geführt, und dort hatten die beiden sich in Knechtschaft begeben.

Nach zahllosen Abenteuern in Äthiopien, Somalia und an der Küste des Jemen hatte Musa mit seiner nun nicht mehr so jungen Frau und vielen Kindern irgendwie den Weg nach al-Ghazira gefunden. Der damalige Malik nahm sie in seine Dienste, und Musa und seine sich immer noch vergrößernde Familie lebten im Alten Fort und webten in Frieden ihre Stoffe. Nach und nach kannte man Musa und seine Familie als die Abhängigen des Malik, als seine Mawali, und von da an trugen seine Nachkommen diesen Namen, auch wenn sie von niemand anderem abhängig waren als von sich selbst.

Dann starb der alte Malik, und auch Musa starb, und eines Tages stellten die Mawali fest, daß sie im Fort nicht mehr so willkommen waren wie einst. Also zogen sie um, und zwar nicht in die Stadt, denn die Leute dort betrachteten sie immer noch voller Argwohn als Fremde ungewisser Herkunft, sondern auf eine unbewohnte, sandbedeckte Landzunge, die man den Abgetrennten Kopf nannte. Sie zimmerten sich Hütten, geräumige und luftige Behausungen aus Palmwedeln und hölzernen Pfählen, stellten ihre Webstühle auf und lebten und arbeiteten in stolzer Armut.

Hajj Fahmy war es, der das alles änderte. Er sah die ersten Ingenieure der Ölgesellschaften nach al-Ghazira kommen und erkannte sofort, daß die Mawali von der Zukunft profitieren konnten. Gegen all seine Instinkte hörte er auf, seinen Söhnen und männlichen Verwandten sein Handwerk beizubringen, und riet ihnen, sich darauf einzustellen, andere Berufe zu erlernen. Als man Öl fand, war er der einzige Mann in al-Ghazira, der darauf vorbereitet war. Innerhalb eines Jahres war einer seiner Söhne ins Baugewerbe eingestiegen und machte mehr Geld als er zählen konnte; ein anderer hatte drei ständig im Einsatz befindliche Datsun-Lastwagen (das war derjenige, der ums Leben gekommen war, als einer dieser Lastwagen von der Dammstraße abgekommen war); ein dritter war, zum Stolz aller Mawalis, nach Alexandria gegangen, um Medizin zu studieren.

Aber Isma'il, Hajj Fahmys vierter Sohn, tat gar nichts. Er besaß keine Begabung für das Weben, und obwohl er gelegentlich davon sprach, er wolle Klempner lernen, nahm ihn niemand so recht ernst. Es war allgemein bekannt, daß er ungewöhnlich beschränkt, eigentlich mehr oder weniger ein Idiot war. Er verbrachte seine Tage damit, auf dem Ras umherzuschlendern, mit den Leuten zu reden und nach Belieben in irgendeine Hütte zu gehen, um dort zu essen. Dennoch hatte Hajj Fahmy von allen seinen Söhnen Isma'il am liebsten. Von den Plänen seiner Frau, ihren Sohn zum Ergreifen eines Berufs zu nötigen, wollte er nichts hören. Wir haben genug, sagte er. Isma'il hilft uns, in Frieden damit zu leben.

Kurz nachdem Hajj Fahmy und die anderen Mawali-Familien angefangen hatten, Geld zu verdienen, rissen sie ihre Hütten ab und bauten sich große, solide Häuser aus Ziegelsteinen und Beton. Damals hatten einige der Mawalis Hajj Fahmy gefragt: Warum verlassen wir nicht den Ras und diesen stinkenden Strand und ziehen in die Stadt?

Niemals, hatte Hajj Fahmy geantwortet. Solange wir in al-Ghazira leben, gehören wir auf den Ras. Dennoch zogen einige der Mawalis fort. Die meisten jedoch blieben, denn sie wußten instinktiv, daß Hajj Fahmy recht hatte – die Mawalis hatten sich in al-Ghazira schon immer abseits gehalten. Der alte Musa hatte die Frauen für seine Söhne aus seinem eigenen Heimatdorf in Ägypten geholt. Danach hatten die Mawalis immer untereinander geheiratet. Innerhalb ihrer Sippe bedienten sie sich des arabischen Dialektes, der in Musas Heimatdorf gesprochen wurde. Sie behielten sogar ihre alte Tracht bei: *jallabeyyas* und wollene Käppchen. Die Männer trugen oft Hemden und Hosen, aber nie die wallenden Gewänder der Ghaziris. Warum dies so war, wußte niemand. Es war einfach so.

Als der Ras sich mit Hütten und Menschen aus aller Herren Länder zu füllen begann, waren die Mawalis beunruhigt. Sie gingen zu Hajj Fahmy und sagten: Was sollen wir jetzt tun? Bald werden sie unsere Häuser ins Meer drängen.

Hajj Fahmy hatte gelacht: Wie sollten sie wohl unsere Häuser ins Meer drängen, wo sie doch die einzigen soliden Häuser auf dem ganzen Ras sind? Solange sie uns nicht in die Quere kommen, sollen sie nur hier leben. Der Ras ist unsere Zuflucht gewesen – jetzt soll er auch ihre Zuflucht sein. Außerdem: Denkt doch nur an das Geld, das sie bringen.

Einer seiner Vettern machte am einen Ende des Ras einen Lebensmittelladen auf, und innerhalb weniger Monate war er ein reicher Mann. Von da an machten sich die Mawalis keine Sorgen mehr über die Massen der Neuzuwanderer. Und die anderen Bewohner des Ras ließen ihrerseits die Mawalis in Ruhe und wahrten stets einen Abstand zu ihren Häusern.

Es war nur natürlich, daß es eine enge Verbindung gab zwischen den Mawalis und den Bewohnern des einzigen anderen festen Gebäudes auf dem Ras: dem Haus von Zindi. Niemand wußte, wie lange diese Verbindung zurückreichte, aber es hieß, als Zindi, damals eine junge, vollbusige Schönheit, aus Ägypten nach al-Ghazira gekommen war, habe Hajj Fahmy ihr eine Unterkunft besorgt und sich um sie fast so gekümmert wie um seine eigene Frau. Zindis Haus wurde größer, und sie fand noch andere Freunde, aber nichts trübte je das Verhältnis zwischen ihr und Hajj Fahmy. Zindi und ihr Haus sorgten dafür, daß er nicht das Interesse an der Welt verlor, pflegte Hajj Fahmy zu sagen, und er war immer einer der ersten, die sie besuchten, wenn sie von einer ihrer Reisen nach Ägypten oder Indien zurückgekehrt war. Es war unvermeidlich, daß er Alu früher oder später kennenlernen würde, aber zufällig vergingen diesmal einige Tage, bevor er von der Ankunft der *Mariamma* erfuhr. So kam es, daß eines Abends ein junger Mann mit einem Kopf voller Buckel und Beulen, den er noch nie zuvor gesehen hatte, in den Raum geführt wurde, in dem er seine Gäste empfing.

Er hatte gehört, sagte Hajj Fahmy zu Zindi, daß es in unserem Haus einen Webstuhl gibt. Natürlich arbeitet niemand daran außer mir, und auch ich nur selten. Und wenn ich es tue, komme ich mir vor wie ein Idiot, denn früher habe ich gewebt, weil ich Geld brauchte, und jetzt webe ich, weil ich nichts anderes zu tun habe. Jedenfalls habe ich ihm den Webstuhl gezeigt. Er ging um ihn herum und studierte ihn sorgfältig, aber ohne ihn zu berühren. Er dachte nach. Wer weiß, worüber er nachdachte? Wir konnten ihn nicht fragen, weil er kein Arabisch konnte, und so haben wir uns mit Zeichen verständigt. Am nächsten Tag war er wieder da, diesmal mit Garn. Er hat den Webstuhl angezettelt, und eine Woche später fing er an zu weben. Zu Anfang war er etwas ungeschickt. Er sagte, dieser Webstuhl sei anders als die ihm vertrauten. Aber schon nach ein paar Tagen flogen seine Hände nur so hin und her, und alle standen um ihn herum, um sein Können zu bewundern. Von da an kam er abends, wenn sein Tagwerk mit Abu Fahl und den anderen getan war, zu uns. Er sagte, nachdem er den ganzen Tag über Wände angestrichen habe, sei das Weben ein Ausgleich für ihn. Er hat Stoffe für das ganze Haus gewebt – weiche, feine Stoffe (für die wir ihm natürlich etwas Geld gaben), Stoffe, wie ich sie nicht weben könnte, Zindi, wirklich. Um die Wahrheit zu sagen – ich habe mir oft insgeheim gedacht: Mit den Stoffen, die dieser Junge webt, könnte ich ein Geschäft aufmachen. Weiß der Himmel, wieviel Geld er verdienen könnte, wenn er, anstatt Häuser anzumalen, den ganzen Tag am Webstuhl sitzen würde. Ich sage dir, ich habe oft daran gedacht, mit dem Jungen ein Geschäft aufzumachen, oft... Aber wie auch immer, mir hat das Herz gelacht, als ich sah, daß der Webstuhl schließlich doch noch von Nutzen war, und auch mein Vater hätte sich darüber gefreut. Und als Alu anfing, arabisch zu sprechen wie die anderen auch, gewannen ihn alle im Haus lieb, obwohl er kein Moslem war. Und was mich betrifft, so habe ich ihn wie einen Enkel geliebt. Als wir gestern von dem Einsturz erfahren haben, hat mein ganzes Haus getrauert. Ich habe geweint. Aber heute haben wir ein Gerücht nach dem anderen gehört. Natürlich fingen die Frauen im Haus an, vom Scheich zu reden...

Was für ein Scheich? unterbrach ihn Zindi.

Ach, das ist nichts – nur so eine fixe Idee von einigen der Mawali-Frauen. Jedenfalls, sobald ich die Gerüchte hörte, habe ich Isma'il zu deinem Haus geschickt, um Genaueres zu erfahren. Aber er ist nicht zurückgekehrt – weiß der Himmel, wo er ist. So bin ich also selbst gekommen. Ich habe mir gesagt: Ich muß mit eigenen Ohren von Zindi hören, was aus Alu geworden ist.

Aufgeschreckt von einem Lärm, der von der Straße hereindrang, fuhr Zindi plötzlich auf. Noch bevor geklopft wurde, war sie schon an der Tür und riß sie so hastig auf, daß ihr *tarha* verrutschte. Draußen stand ein halbes Dutzend Männer. Einige von ihnen waren Mawalis, andere Inder oder Ägypter. Forid Mian war nicht unter ihnen.

Sag uns die Wahrheit, Zindi, rief einer. Was ist mit Alu passiert?

Ich weiß es nicht, antwortete Zindi kurz angebunden. Abu Fahl ist gegangen, um es herauszufinden.

Wie wäre es dann mit einem Tee, Zindi? rief ein anderer.

Widerwillig ließ Zindi sie ein. Seit vielen Jahren kamen die

Männer im Ras abends in Zindis Haus zusammen, um zu reden und Tee zu trinken. Es gab im Ras oder auch nur in seiner Nähe weder ein Café noch einen Teeausschank, und so hatte Zindis Haus diese Lücke gefüllt. Im allgemeinen machte Zindi einen guten Gewinn, denn sie verlangte für Tabak und Tee erheblich mehr, als ein Cafébesitzer gewagt hätte. Die Leute beschwerten sich darüber, wenn auch nicht ernsthaft. Sie wußten, daß kein Café es mit den Geschichten und dem Tee in Zindis Haus aufnehmen konnte. Es hieß, man könne an einem Abend bei Zindi mehr über den Ras und al-Ghazira, ja die ganze Welt erfahren als in einem Monat vor dem Fernseher.

Langsam verging der Abend, und es klopfte immer häufiger an der Tür. Jedesmal sprang Zindi mit der erstaunlichen Beweglichkeit, über die sie manchmal verfügte, auf, um zu öffnen. Jedesmal wurde sie enttäuscht. Während sich die Nachricht von Abu Fahls und Rakeshs Expedition im Ras verbreitete, wuchs die Menge der Neugierigen, die sich in Zindis Haus versammelten. Forid Mian aber ließ sich nicht blicken.

Während sich die Zimmer füllten, nahmen die Hitze und die Spannung langsam zu. Zindi mußte, so ungern sie das auch tat, die Fenster öffnen, denn der Raum hatte sich in einen dampfenden Ofen verwandelt, und alle waren schweißgebadet. Sie konzentrierte ihre ganze Aufmerksamkeit auf die Tür und Forid Mian. Ihre Hände begannen zu zittern, und sie brachte es nicht mehr fertig, Tee zu kochen, so daß Zaghloul diese Aufgabe übernehmen mußte, während sie durch das Fenster auf die Gasse starrte.

Bald erlahmten die Gespräche und erstarben schließlich ganz. Zwei Männer hatten eine Meinungsverschiedenheit wegen einer Wasserpfeife. Es entwickelte sich ein heftiger Streit, und plötzlich war der Raum in zwei Lager gespalten. Zaghloul stieß Zindi an. Sie warf einen Blick in die Runde und machte sich Sorgen – in solchen Situationen griff gewöhnlich Abu Fahl ein. Einer der Männer packte einen anderen am Kragen seiner *jallabeyya*, und in diesem Augenblick stürzte Isma'il ins Zimmer. Seine *jallabeyya* war zerrissen, seine rosigen Pausbacken und sein hellbraunes Haar waren dreckverschmiert.

Wo bist du gewesen, Isma'il? fragte sein Vater streng.

Mit einem glücklichen Lächeln auf dem Gesicht und leuchtenden blaugrauen Augen machte Isma'il die Runde und schüttelte Hände. Bei Abu Fahl und Rakesh, sagte er. Wir sind zum Stern gegangen.

Und dann traten, mit zerrissenen, unordentlichen Kleidern und staubbedeckten, geisterhaft bleichen Gesichtern, Rakesh und Abu Fahl in den Raum. Sie setzten sich in eine Ecke, und Abu Fahl sah sich mit glasigen Augen um. Alle Anwesenden beugten sich vor und starrten die beiden Männer gespannt an.

Was ist passiert? fragte Hajj Fahmy.

Geduld, murmelte Abu Fahl. Erst einen Tee. Er ließ den Kopf hängen und fuhr sich mit den Händen über das Gesicht. Plötzlich schlang er die Arme um seinen Körper und erschauerte. Wie als Reaktion darauf lief ein unwillkürlicher Schauer durch den ganzen Raum. Abu Fahl lächelte.

Kurz nachdem wir aufgebrochen waren, sagte er, trafen wir Isma'il. Er folgte uns und stellte uns eine Frage nach der anderen: Was ist mit Alu passiert? Wohin geht ihr? Wir sagten es ihm, aber an der Dammstraße schickte ich ihn zurück und riet ihm, er solle nach Hause gehen, sonst werde seine Mutter sich Sorgen machen. Aber als wir halb die Uferpromenade hinunter waren, folgte er uns immer noch. Ich schrie ihn an und drohte ihm mit der Faust, und da blieb er stehen, und wir gingen weiter.

Wir müssen schneller gegangen sein, als wir dachten, denn als wir um eine Biegung kamen, lag der Stern vor uns. Man konnte nur die schwarzen Umrisse gegen den dunkelroten Himmel erkennen. Ich sagte Rakesh, er solle bleiben, wo er war, und ging allein weiter, wobei ich versuchte, mich im Schatten der Felsen neben der Straße zu halten. Es war kein einziger Polizist zu sehen.

Rakesh folgte mir, blieb neben mir stehen und starrte genauso wie ich. Es sieht größer aus als vorher, sagte er, und ich sah, daß er ein bißchen zitterte. Also sagte ich laut: Alles sieht anders aus, wenn man es von einem anderen Standpunkt aus betrachtet. Und manchmal spielt einem auch das Licht einen Streich.

Es herrschte Zwielicht, das letzte rote Licht vor der Dunkelheit, und bei dieser Beleuchtung sieht selbst das eigene Gesicht anders aus. Aber trotzdem war es merkwürdig, denn der Stern wirkte tatsächlich größer, viel größer. Die Betonpfeiler und Stahlträger ragten über uns auf wie Eukalyptusbäume – wir konnten kaum sehen, wo sie aufhörten. Die Trümmer schienen kein Ende zu haben. Sie türmten sich vor uns auf. Sie sahen aus wie die Pyramiden von Gizeh: kleine, zerklüftete Berge, an deren Flanken der Wind spiralförmig den Staub aufwirbelte. Von irgendwo weit hinten in der Stadt hörten wir den Ruf der Muezzins, aber dann wurde er von der Brandung übertönt, und wir waren so allein wie zwei Schiffbrüchige auf einem Felsen im Meer.

Als wir näher herangingen, dachte ich bei mir: Ach, wir haben ja gestern noch hier gearbeitet, und wenn wir erst einmal näher dran sind, wird es nicht mehr so schlimm sein. Aber selbst als wir am Fuß des ersten Schutthügels standen, kam er uns nicht kleiner vor. Und dann hörten wir ein unheimliches Wimmern, ein seltsames Pfeifen. Es wurde lauter und erstarb und wurde wieder lauter, und es kam direkt aus dem Mittelpunkt des Trümmerfeldes.

Ich nahm Rakesh an die Hand, denn ich weiß ja, wie er ist. Und ich weiß, wenn ich das nur einen Augenblick später getan hätte, dann wäre er, obwohl er es ja war, der mich dorthin geschleppt hat, davongerannt wie ein verschrecktes Kaninchen, denn die Haare an seinen Armen standen ihm zu Berge. Also rief ich, um ihm Mut zu machen: Das ist nur der Wind, der da pfeift. Komm, sei ein Mann. Darauf faßte er sich ein Herz und versuchte sogar zu lächeln.

Aber mit diesem Lächeln war es gleich wieder vorbei, denn im nächsten Moment tauchte ein weißer Schemen neben ihm auf, stieß ihn beiseite und kletterte auf den Trümmerhaufen. Rakesh stand mit offenem Mund wie versteinert da und sah der Gestalt nach, die uns zuwinkte. Ich schüttelte ihn und brüllte ihm ins Ohr, bis er mich verstand: Das ist nur Isma'il. Er muß uns gefolgt sein. Kein Grund zur Aufregung.

Also gingen wir weiter und folgten Isma'il. Direkt vor uns war ein sanft geneigter, etwa drei Meter hoher Schutthaufen. Wir stiegen hinauf, und zwar sehr langsam, denn überall lagen rasiermesserscharfe Glasscherben und Stahlsplitter herum.

Als wir die Spitze erreicht hatten, war ich es, der den Mut verlor, denn überall ringsum, so weit unser Auge reichte, türmten sich Betontrümmer zu Hügeln. Im letzten Abendlicht waren die Spitzen und Flanken dieser Hügel gerade noch zu erkennen, und die Dunkelheit senkte sich schnell herab. Isma'il war verschwunden.

Ich konnte nichts mehr von ihm sehen, und so gab ich es auf und schlug die Hände vors Gesicht. Hinter mir ragte eine Kloschüssel aus dem Schutt, ein sehr schönes Ding, blitzend und neu und überall mit Blumen bemalt. Ich setzte mich darauf, denn ich sah keinen Sinn darin, weiterzugehen. Auch Rakesh setzte sich hin und lehnte sich mit dem Rücken an ein Stück Mauer. Laß uns zurückgehen, sagte ich zu ihm. Wir werden ihn nie finden. Hier könnte ein ganzer Fuhrpark liegen, und wir würden ihn erst nach ein paar Tagen entdecken. Aber diesmal war es Rakesh, der mir Mut machte. Kurz bevor der Stern eingestürzt war, hatten Rakesh und ein paar andere mit Alu im Keller gearbeitet, genau unter dem Mittelpunkt des Gebäudes. Dieser Teil des Sterns war sozusagen hohl, denn dort befand sich eine große, mit einer Glaskuppel überdachte Halle. Es war praktisch ein fünf Stockwerke hohes Gewächshaus, denn dort wuchsen Tausende von Pflanzen in an Ketten aufgehängten Töpfen. Der Bauunternehmer hat gesagt, die Leute würden schon allein deswegen in Scharen in den Stern kommen, um die hängenden Pflanzen zu bewundern. Weil dieser Teil des Gebäudes also hohl war, verwandelte sich das Zentrum des Sterns, als er einstürzte und seine fünf spitz zulaufenden Strahlen zu hochaufragenden Schuttbergen wurden, in ein flaches Tal. Rakesh war kurz nach dem Einsturz dort gewesen. So kam es, daß er in dem Augenblick, als ich die Hoffnung sinken ließ und umkehren wollte, auf eine weit entfernte Senke in den Trümmern deutete und sagte: Ich glaube, wir müssen dorthin, obwohl das jetzt, im Dunkeln, schwer zu sagen ist.

Ungeduldig wie er nun mal ist, sprang er auf, und klar und

deutlich wie am hellichten Tag sahen er und ich nur Zentimeter vor seinem Gesicht eine dunkle Gestalt aufspringen. Rakesh hätte geschrien oder gebrüllt, wenn er gekonnt hätte, aber er fiel nur seitlich um und rang, während ihm die Augen aus den Höhlen traten, nach Luft.

Noch bevor er zu Boden gesunken war, hatte ich einen Stein gepackt, den ich nun mit aller Kraft warf.

Es war nur ein Spiegel gewesen, aber Rakesh hatte immer noch die Hand an seinem Hals und schluchzte und keuchte, als das Glas zersprang und Splitter vor ihm auf den Boden fielen.

Als der Stern noch gestanden hat, war das, wo wir nun saßen, vielleicht ein schönes, großes Badezimmer gewesen, hoch oben in der Luft, mit Blick auf das Meer.

Als Rakesh aufgehört hatte zu zittern, zog ich meine Taschenlampe hervor, und gemeinsam gingen wir weiter. War das eine Reise! Gebe Gott, daß ich nie mehr etwas Derartiges auf mich nehmen muß. Für jeden Meter schienen wir Stunden zu brauchen. Wir mußten uns mit den Zehen über Glasscherben und Stahlsplitter tasten. Manchmal gab der Schutt unter uns nach. An unseren Füßen und Beinen waren bald so viele Schnittwunden, daß jetzt bestimmt eine Blutspur durch das Trümmerfeld führt. Und von Zeit zu Zeit erhob sich wieder der Wind, strich wimmernd über die Trümmer und schwoll zu einem Geheul an, und wir mußten stehenbleiben und warten, bis er sich wieder legte. Um uns herum wichen die Schatten vor dem Licht meiner Lampe zurück und zuckten hin und her. Aber von Isma'il war nicht die kleinste Spur zu sehen.

Endlich erreichten wir den Rand des Trümmerwalls. Vor uns lag das Tal. Es sah aus wie das Werk eines Verrückten: Gewaltige Stahlträger ragten in den unglaublichsten Winkeln in den Himmel, Teile der Glaskuppel waren in der ganzen Senke verstreut wie zerbrochene Eierschalen, und überall lagen vertrocknende Pflanzen herum.

Trotzdem seufzten wir erleichtert, als das Tal schließlich vor uns lag.

Ich begann, langsam und quer zum Hang hinabzusteigen. Rakesh blieb dicht hinter mir. Auf halbem Weg stieß ich irgend etwas mit dem Fuß los. Ich hörte Glas splittern, und einen Augenblick bevor das Ding hinabrollte, sah ich, daß es ein Fernseher war. Er rollte hinunter und riß immer mehr Trümmerbrokken mit, bis es eine regelrechte Lawine war. Wir wären von ihr mitgerissen und verschüttet worden, wenn es Rakesh nicht geschafft hätte, sich an einem Stahlträger festzuhalten, der noch aufrecht stand. Ich bekam sein Bein zu fassen, und irgendwie gelang es uns, diesen Erdrutsch sicher zu überstehen.

Als die Lawine zum Stillstand gekommen war und der Staub sich gesetzt hatte, hörten wir ein Geräusch. Es war eine Stimme – daran konnte kein Zweifel sein – gedämpft, aber ruhig, und sie kam von irgendwo unter den Trümmern. Er ist hier, rief Rakesh. Er rutschte und stolperte den Abhang hinunter und begann, mit bloßen Händen zu graben. Halt aus, wir kommen! rief er, aber die Stimme dort unten fuhr ohne Pause fort zu reden.

Wir wühlten in den Steinbrocken, bis sich eine Öffnung auftat. Ohne zu zögern griff ich hinein, denn ich wußte nun, was es mit dieser Stimme auf sich hatte. Ich tastete umher, fand etwas und gab es Rakesh. Es war ein Transistorradio. Die Geröllawine mußte es irgendwie eingeschaltet haben.

Zuerst wollte Rakesh es nicht nehmen. Er stand nur da und sah es böse an. Aber es lagen noch drei andere herum, und schließlich steckten wir sie ein und gingen weiter.

Was für Wunder wir dort sahen, in jenem Tal! Lange standen wir da und staunten. Wir fanden den vom Stamm abgetrennten Wipfel einer Kokospalme. Frische, reife Kokosnüsse hingen daran. Mit einem Stück Stahl brachen wir sechs davon auf und tranken die Milch. Wir sahen Rosen, die noch blühten, und Wolken verwelkender Magnolien.

Aber als wir den Keller erreicht hatten, blieben wir sprachlos vor Staunen stehen – selbst Rakesh, der ihn ja schon kannte. Die Decke des Kellers war, wie ich es vermutet hatte, eingestürzt, aber wie durch ein Wunder war eine massive Betonplatte auf die Öffnung gefallen und hatte verhindert, daß die Gesteinsmassen nach dem Einsturz hineinrutschten. Und noch wunderbarer war, daß die Betonplatte den Keller nicht vollständig verschlossen hatte. Sie ragte in einem spitzen Winkel auf und wurde an einer Seite von einem verbogenen Stahlträger gestützt, so daß alles daran abgeglitten war und keine Trümmerbrocken den Zugang zum Loch in der Kellerdecke versperrten.

Trotzdem war es nicht ungefährlich, denn wir standen über dem Keller, und die Decke konnte jeden Augenblick einstürzen. Wir legten uns flach auf den Bauch und krochen vorwärts. Ich sah hoch, mußte meinen Blick aber schnell wieder abwenden, denn über uns ragten riesige Stahlträger und gewaltige Betonplatten auf, als warteten sie nur darauf, uns zu zerquetschen. Einmal zerbrach ich etwas mit meinem Ellbogen, und gleich darauf stieg ein so starker und süßer Duft auf, daß uns schwindlig wurde. Ich leuchtete mit meiner Taschenlampe, und wir sahen, daß verstreut rings um uns her Hunderte winziger Parfumfläschchen lagen. Als wir den Rand des Lochs in der Kellerdecke erreicht hatten, wagten wir kaum noch zu atmen, denn wenn der Boden unter uns nur ein bißchen nachgegeben hätte, wären wir hinabgestürzt. So hielten wir dort inne und starrten in die schwarze Stille unter uns.

Sobald ich mit meiner Lampe hinunterleuchtete, stießen wir beide Rufe des Erstaunens aus, denn wir konnten es kaum fassen, wie tief der Keller war. Wir sprachen eine Weile darüber, aber schließlich konnte kein Zweifel mehr daran bestehen, daß dies derselbe Raum war, in dem wir an jenem Tag gearbeitet hatten. Ich leuchtete ihn mit meiner Lampe ab, aber es war, als versuche man, mit einer Nadel einen Ballen Stoff zu zerschneiden. Wir konnten immer nur einen Gegenstand auf einmal sehen: Umgestürzte Nähmaschinen, Öfen, deren Türen offenstanden, so daß es aussah, als hätten sie riesige, lachende Münder, und alle möglichen anderen Sachen. Wir suchten den ganzen Raum mit der Lampe ab, sahen aber nur verstreut umherliegende Maschinen und Trümmer. Von Alu keine Spur.

Wir sollten hinunterklettern, flüsterte Rakesh. Vielleicht ist er bewußtlos. Und ich sagte: Aber wie? Wir brauchen Seile und viel mehr Männer. Wir müssen morgen noch einmal herkommen.

Rakesh sagte: Wir sollten die Polizei oder den Bauunternehmer verständigen und ihnen sagen, daß sie ihn rausholen sollen. Und ich antwortete: Und was würde dann passieren? Vielleicht würden sie ihn oder seinen Leichnam rausholen, aber das erste, das sie dann feststellen würden, wäre, daß er keine Arbeitserlaubnis und keinen Paß hat. Sie würden ihn sofort ins Gefängnis stecken. Und dann würden sie feststellen, mit wem er hier gearbeitet hat, und dann würden wir auch ins Gefängnis kommen. Nein, das dürfen wir nur als letzte Möglichkeit in Betracht ziehen – nur wenn es uns nicht gelingt, ihn selbst hier rauszuholen.

Peng! machte es plötzlich hinter uns. Es hörte sich an wie ein Revolver. Blitzschnell drehte ich mich um, die Hände zum Zupacken bereit.

Peng! Noch einmal knallte es. Es war Isma'il, der auf einem Stahlträger stand, mit einem Haarfön auf uns zielte und so tat, als schieße er damit. Fröhlich, als sei er auf einer Hochzeit, rief er uns zu: Er ist da unten. Habt ihr ihn noch nicht gefunden?

Er ging zum Rand des schwarzen Lochs und rief hinunter: Alu? Sein Ruf hallte in dem riesigen Raum dröhnend wieder, bis die Trümmer hinter uns ins Rutschen kamen. Ich hielt ihm den Mund zu und zog ihn zurück, bevor er noch einmal rufen konnte. Dann erstarb das Echo, und wir konnten Alus Stimme ganz deutlich hören.

Also gut, also gut, sagte Hajj Fahmy und lächelte Abu Fahl durch den dampfenden, verqualmten Raum zu. War er nun da unten oder nicht? Was hat er gesagt? Spann uns nicht auf die Folter.

Ja, sagte Abu Fahl. Er war dort, aber wir konnten ihn nicht sehen. Er lag unter einem Haufen von Trümmern, zerbrochenen Maschinen und Farbtöpfen. Zwei massive Betonpfeiler ragten daraus hervor. Wir konnten es nicht glauben, daß jemand, der unter all diesem Zeug begraben war, noch am Leben sein konnte. Es schien unmöglich. Aber er sagte, er sei zwar gefangen, aber über ihm liege ein Stahlträger, der die beiden Betonpfeiler halte.

War er verletzt? fragte Hajj Fahmy.

Nein. Er sagte, er sei unverletzt und habe nicht einmal eine Schramme abbekommen.

Habt ihr ihn gesehen?

Nein, das ging nicht, das habe ich euch ja schon erzählt. Aber das hat er uns gesagt. Wir haben ihn gefragt, ob er Wasser oder etwas zu essen brauche, und er sagte: Nein.

Das war seltsam. Er sagte: Nein, mir geht es gut, ich brauche nichts. Wir sagten ihm, daß wir morgen wiederkommen würden, und er lachte. Ja, er lachte. Er sagte: In Ordnung. Kommt, wenn ihr könnt. Und während er das noch sagte, rief dein Sohn Isma'il zu ihm hinunter: Alu, hast du den Scheich der Mawalis gesehen?

Abu Fahl hielt inne und sah Hajj Fahmy neugierig an. Wer ist dieser Scheich? fragte er.

Hajj Fahmy wandte verlegen den Blick ab und wickelte den Saum seiner *jallabeyya* um seinen Finger. Bevor er etwas sagen konnte, rief Isma'il: Scheich Musa der Mawali. Er ist dort begraben, und er beschützt jeden, der dorthin kommt.

Hajj Fahmy schlug ihm auf die Schulter. Sei still, Isma'il, sagte er scharf. Zu den anderen gewandt sagte er: Das ist nur so ein harmloser Unsinn, an den die Mawali-Frauen glauben. Ich habe ihnen schon tausendmal gesagt, daß das Gotteslästerung ist, und sie glauben es trotzdem. Aber das ist nebensächlich. Erzähl weiter. Hat er noch etwas gesagt?

Ja, fuhr Abu Fahl zögernd fort. Ein Weilchen war er still. Dann erzählte er uns, an was er dachte. Wir sagten: Worüber denkst du nach? Und er antwortete: Ich denke über Schmutz und Sauberkeit nach. Ich denke nach, und ich mache Pläne.

Schmutz und Sauberkeit? Hajj Fahmys Stimme klang ungläubig.

Ja, das hat er gesagt. Er sagte: Ich denke nach über Sauberkeit und über Schmutz und über das Unendlich Kleine.

12

Die Geschichte eines Eierhändlers

Abu Fahl wachte am nächsten Morgen früh auf. Er machte sich Sorgen. Man hielt es für selbstverständlich, daß er im Fall einer zweiten Expedition zum Stern deren Anführer sein würde. So fiel es, als sei dies sein Recht, Abu Fahl zu, sich Sorgen zu machen.

Da war zunächst einmal das Problem, daß man Männer finden mußte, die bereit waren, sich an der Suche zu beteiligen. Und wo sollte man die finden? Man würde sie von einem der Bautrupps im Ras anwerben müssen. Sie würden jedoch fast sicher Bezahlung erwarten (denn schließlich entging ihnen der Verdienst eines ganzen Tages). Höchstwahrscheinlich würde man ihnen eine Gefahrenzulage geben müssen. Wo sollte das Geld herkommen? Und dann die Werkzeuge: Sie würden Schaufeln brauchen, um den Schutt beiseite zu schaffen, und Seile, vielleicht auch Leitern, um in den Keller zu kommen, möglicherweise sogar Schneidbrenner. Wo sollte Abu Fahl das nur hernehmen? Und selbst wenn es ihm gelang, das alles aufzutreiben – wie sollten sie die Geräte an den Wachen vorbeibekommen?

Abu Fahl schüttelte Zindi, die neben ihm schlief. Was sollen wir tun, Zindi? Fällt dir ein Plan ein? Zindi grunzte, schob ein Bein zwischen die seinen und schloß wieder die Augen. Später warf Abu Fahl ihr vor: Es ist dir ganz egal, ob dieser Junge, den du, du selbst ins Haus gebracht hast, tot oder lebendig ist.

Verschlafen erwiderte Zindi: Ich weiß, daß er lebt, und ich weiß, daß du ihn irgendwie da rausholen wirst. Was gibt es da noch zu sagen? In der Zwischenzeit muß irgend jemand auch noch an die Zukunft und an andere Dinge denken. Wir müssen schließlich auch leben.

Abu Fahl schwieg. In seinem Kopf begann ein Plan Gestalt anzunehmen. Er und Rakesh würden die beiden Bautrupps aus dem Ras aufsuchen, bevor sie zur Arbeit gingen, und den Männern die Situation schildern. Ein paar von ihnen würden vielleicht umsonst mitmachen. Immerhin konnte das jedem zustoßen – dieses Argument mußte besonders herausgestrichen werden.

So schmiedete Abu Fahl, der Organisator, bei Tagesanbruch Pläne, klagend zwar, aber mit insgeheimem Vergnügen, denn im Grunde seines Herzens war Abu Fahl ein Geschichtenerzähler, und Pläne sind die Phantasien des praktischen Lebens.

Aber bevor Abu Fahl alles genau durchdacht hatte, wurde laut und dringlich an die Tür geklopft, die auf die Straße führte. Abu Fahl öffnete. Draußen stand Isma'il und hatte eine Bügelsäge in der Hand. Hinter ihm, auf der Straße, stand eine große Gruppe von Männern. Einige von ihnen waren mit Äxten, andere mit Brechstangen oder Schaufeln ausgerüstet.

Abu Fahl hatte selbst ein- oder zweimal mit einer Brechstange vor einem Haus oder einer Hütte gestanden. Als er die Männer auf der Straße sah, witterte er sofort Gefahr. Ohne mit der Wimper zu zucken und ohne irgend etwas von den Gedanken zu verraten, die ihm durch den Kopf gingen, baute er sich breitbeinig in der Tür auf. Er verschränkte die Arme vor der Brust, fixierte Isma'il mit seinem einen, blutunterlaufenen Auge und sagte: Was soll das?

Das? antwortete Isma'il überrascht. Das ist eine Art Säge. Zur Demonstration sägte er eine Ritze in den hölzernen Türpfosten.

Abu Fahl packte ihn am Handgelenk. Nein! Nicht das – das da. Er machte eine Handbewegung zu den Männern auf der Straße.

Isma'il drehte sich um. Du liebe Zeit! rief er. So viele sind es jetzt? Ich wollte mitkommen und euch helfen, Alu aus dem Stern zu holen. Ich habe diese Säge mitgebracht, denn ich dachte, wir würden vielleicht eine brauchen. Auf dem Weg habe ich ein paar Leute getroffen, und die haben mich gefragt: Wohin gehst du, Isma'il? Und ich habe geantwortet: Ich will Alu aus dem Stern holen. Er ist seit drei Tagen verschüttet, aber er lebt noch, und ich habe gehört, daß er uns etwas zu erzählen hat. Aber das wäre gar nicht nötig gewesen – sie wußten schon Bescheid und sagten alle: Warte, Isma'il, wir kommen mit. Alle wollen wissen, was ein Mann, der drei Tage lebendig begraben war, wohl zu erzählen hat.

Isma'il kratzte sich am Kopf und lächelte Abu Fahl an. Der wurde im nächsten Augenblick von allen Seiten mit Hilfsangeboten überschüttet.

Es waren zu viele, viel zu viele. Abu Fahl wurde bald klar, daß er nur einen kleinen Trupp gefahrlos in die Trümmer des Sterns würde bringen können. Aber schon stellte sich das nächste Problem: Die Männer wollten nicht heimgehen. Manche versuchten sogar gewaltsam, ins Haus einzudringen, und Abu Fahl mußte sich anstrengen, nicht die Beherrschung zu verlieren.

Im Lauf des Morgens nahmen Abu Fahls Probleme noch zu. Aus allen Ecken des Ras, buchstäblich aus jeder Hütte, trafen Männer ein. Ein ganzer Bautrupp erschien, entschlossen, Alu aus dem Stern zu bergen, bevor die Arbeit an der eigenen Baustelle begann. Die Männer wollten sich sofort auf den Weg machen, und Abu Fahl mußte sich mit ihnen herumstreiten, um sie davon abzuhalten.

Bald herrschte im Haus ein einziges Tohuwabohu: Abu Fahl schrie herum, seine Dankbarkeit war in Verärgerung umgeschlagen; Professor Samuel beschwerte sich lauthals, bis Jeevanbhai Patel ihn ins Büro mitnahm; Karthamma und Chunni eilten mit Teegläsern vom Hof zu Zindis Zimmer; Isma'il reizte die Gänse mit Kulfi-didis frisch gewaschenem Sari.

Nur Zindi blieb ungerührt. Zwar begrüßte sie die Männer, die in Scharen in ihr Zimmer kamen und es wieder verließen, mit geziemender Höflichkeit, aber wenn sie sich mit ihr unterhalten wollten, wandte sie sich schweigend ab. Bald hatte man sie vergessen und ließ sie allein in ihrer Ecke sitzen. Das war ihr sehr recht, denn so bemerkte niemand, daß sie später Rakesh am Arm nahm und ihm etwas ins Ohr flüsterte. Geh noch einmal, sagte sie, nur ein einziges Mal noch. Geh zu Romy Abu Tolbas Laden und sag Tolba, er soll Forid Mian noch etwas ausrichten: Zindi erwartet dich heute abend. Das ist alles.

Anfangs bemerkte Rakesh gar nicht, wie verzweifelt sie war. Als ihm das klar wurde, legte er den Arm um sie und drückte ihre Schulter. Später dann schlich er aus dem Haus und war wieder zurück, bevor ihn irgend jemand vermißt hatte.

Abu Fahl wurde immer noch belagert. Schließlich beschloß er, mit etwa fünf Männern und nur ein paar Werkzeugen – nur einigen Brechstangen, Seilen und Lampen – zum Stern zu gehen. Die anderen wollten zunächst nichts davon wissen, aber Abu Fahl redete mit Engelszungen, stritt und schimpfte, und endlich ließen sie ihm seinen Willen. Nur Isma'il, der anscheinend in der Lage war, den Eingang zum Keller im Dunkeln zu finden, Rakesh und drei andere Männer, alles erfahrene Bauarbeiter, sollten ihn begleiten.

Bei Anbruch der Abenddämmerung machten sich die sechs Männer auf den Weg. Die Menge, zu der noch die gestoßen waren, die jetzt von der Arbeit heimkehrten, war aus Zindis Haus auf die Straße geströmt. Die sechs Männer schoben sich, begleitet von Hochrufen und Ermutigungen, durch die Menge auf den Straßen des Ras. An der Dammstraße blieb Abu Fahl stehen und rief der Menge etwas zu. Eine Zusammenrottung auf der Straße würde der Polizei auffallen, und das würde dem Vorhaben ein schnelles Ende setzen. Darum sollten jetzt alle nach Hause gehen und warten, bis der Bergungstrupp mit Alu zurückkam.

Die Menge sah den Männern nach, bis sie verschwunden waren. Dann machten sich einige auf den Weg nach Hause, während die anderen sich nach und nach wieder in Zindis Haus einfanden. Im Lauf des Abends wurden es immer mehr, und binnen kurzem herrschte dort wieder drangvolle Enge.

Zindi war enttäuscht und wütend. Die zwei Tage des Wartens hatten an ihren Nerven gezerrt. Sie verdoppelte die Preise für ihren Tee, und dennoch riefen die Leute nach immer mehr, schneller als sie und Karthamma ihn kochen konnten. Schließlich ging ihnen der Tee aus, und Kulfi mußte zu Romy Abu Tolbas Laden geschickt werden, um mehr zu kaufen. Sie kehrte ganz verängstigt zurück. Noch nie zuvor hatte sie den Ras so menschenleer erlebt; jeder, der laufen konnte, wartete bei Zindis Haus auf Alus Rückkehr. Einmal verließ Zindi ihr Zimmer, um aufs Klo zu gehen, und mußte feststellen, daß der Hof zum Bersten voll war. Klugerweise hatte Karthamma die Gänse, die Kaninchen und die Hühner auf das Dach geschafft. Verwundert bahnte sich Zindi einen Weg durch eine Gruppe von Mawali-Frauen, die auf dem Boden kauerten: Sie verließen nur selten ihre Häuser, und bei Zindi waren sie noch nie gewesen.

Plötzlich entstand Aufregung. Man hörte einen Jungen rennen und einen Ruf: Sie kommen, sie kommen. Die jüngeren Männer stürzten aus dem Haus und drängten sich auf der Straße. Von da an wurden die Nachrichten von Mund zu Mund weitergegeben: Nur Isma'il kommt zurück. Nein, sie kommen alle zurück, und Isma'il ist vorausgelaufen. Was ist mit Alu? Haben sie Alu dabei?

Unbestätigte Gerüchte verbreiteten sich in den Zimmern und auf dem Hof: Sie stützen einen; sie haben einen siebten Mann dabei. Und darauf Stimmen von irgendwo auf der Straße: Nein, das ist nur ein Schatten – es sind bloß die Fünf und Isma'il.

Was ist mit Alu? Ist er tot? Hat ihn der Stern doch noch getötet?

Abu Fahl wurde mit gespanntem Schweigen begrüßt. Die Menge im Innenhof stand auf und setzte sich in Bewegung; man stieß sich und versuchte, die anderen beiseite zu schieben, um einen Blick auf die zurückgekehrten Männer zu erhaschen. Und dann war es Gewißheit: Die einzigen, die mit Abu Fahl gekommen waren, waren die, die ihn begleitet hatten. Kein Alu.

Sofort bestürmte man Abu Fahl mit Hunderten von Fragen. Unter Geschiebe und Gestoße brandete die Menge auf ihn zu. Er stolperte, fiel, kam wieder auf die Beine und schrie. Wieder schrie er, und noch einmal, aber selbst seine sonore laute Stimme ging im Getümmel unter. Da begann Rakesh, auf einen leeren

Kerosinkanister zu schlagen, und langsam gewann das Scheppern die Oberhand. Das Geschrei erstarb. Rakesh stellte den Kerosinkanister auf den Boden, damit Abu Fahl sich daraufstellen konnte.

Unsicher stand Abu Fahl einen Augenblick lang auf dem Kanister, rieb sich das blinde Auge und ließ seinen Blick schweigend über die Gesichter schweifen, die zu ihm aufsahen. Er sah Hajj Fahmys Frau, ein spindeldürres Weib, und hörte sie knurren: Also sag schon, Abu Fahl: Ist er nun doch tot?

Nein, antwortete Abu Fahl. Er ist nicht tot. Er ist so lebendig wie du und ich.

Ein tiefer Seufzer lief durch die Menge im Innenhof, und dann folgte eine Salve zorniger Fragen: Wo ist er dann? Warum habt ihr ihn nicht herausgeholt?

Abu Fahl hob die Hand. Wir konnten nichts tun, wir waren zu wenige. Er liegt unter einem Haufen Schutt, und wißt ihr auch, wie groß dieser Haufen ist? Es ist ein Berg. Selbst nachdem wir es geschafft hatten, in den Keller zu kommen, dauerte es noch lange, bis wir ihn auch nur sehen konnten. Er liegt ganz unten unter diesem Berg.

Aber knapp über ihm, fast schon auf dem Boden, ist eine Betonplatte. Zuerst dachten wir, es sei unmöglich, daß unter einer solchen Platte noch jemand lebt.

Aber dann sahen wir, daß sie ganz leicht geneigt war. An einer Seite betrug der Abstand zwischen ihr und dem Boden einen oder zwei Fuß. Anfangs konnten wir nicht erkennen, was darunter war, denn an dieser Seite versperrt ein Gewirr von Matten aus Stahlgeflecht den Zugang. Und dann, als es uns gelang, einen Blick durch diese Stahlmatten zu werfen, sahen wir ihn direkt vor uns flach auf dem Rücken liegen, und diese riesige Betonplatte war so dicht vor seiner Nase, daß er sie mit den Wimpern hätte berühren können. Ein bißchen mehr, und er wäre ein toter Mann gewesen.

Wie kann das sein? Warum ist dieser Betonblock dort, nur eine Haaresbreite von seiner Nase entfernt liegengeblieben? Wißt ihr warum? Weil zu beiden Seiten neben Alu Nähmaschinen stehen, und zwar welche von den altmodischen aus schwarzem Gußeisen. Es müssen die beiden einzigen ihrer Art in ganz al-Ghazira sein, echte Antiquitäten, wahrscheinlich Ausstellungsstücke. Aber wenn sie nicht gewesen wären, wäre unser Freund Alu vor ein paar Tagen zerquetscht worden.

Er lag direkt vor uns, aber wir konnten nichts tun. Wir hätten das Stahlgeflecht durchschneiden, den Schutt wegräumen und den Betonblock anheben müssen, um ihn herauszubekommen. Dieser Block ist zwei Fuß dick – zwei Fuß gemahlener Stein und Sand, zusammengehalten von Stahl. Er ist so stabil, daß er einen ganzen Automobilsalon tragen könnte. Und die Stahlträger um ihn herum sind so dick wie Baumstämme und tausendmal stärker. An Trägern wie denen könnte man den ganzen Ras aufhängen. Wir hätten Dutzende von Männern mit einer Lastwagenladung von Werkzeug gebraucht, um sie von der Stelle zu bewegen, und wir waren nur zu sechst.

Wir wagten es nicht, irgend etwas anzurühren – eine falsche Bewegung, und alles mögliche hätte passieren können. Vielleicht hätte ihn dann der ganze Schutthaufen unter sich begraben. Uns blieb nichts anderes übrig, als dazustehen und diesen Mann anzusehen, kaum mehr als ein Junge und lebendig unter einem Berg von Schutt begraben. Der Tod ist nur ein paar Zentimeter von seiner Brust entfernt, und doch ist er, wie durch ein Wunder, noch am Leben. Wir konnten nur staunen; wir alle staunten, denn unter uns war niemand, der so etwas schon einmal gesehen hatte. Ich brachte kaum ein Wort heraus. Ich weiß noch, daß ich schließlich zu lachen begann, um die Sache alltäglich erscheinen zu lassen, und obwohl wir nichts dabei hatten, fragte ich Alu: Brauchst du etwas zu essen oder Wasser? – und er sagte nur: Nein, mir geht es gut.

Ich versuchte, an etwas anderes zu denken, aber mir fiel nichts ein, und so fragte ich ihn: Was machen deine Furunkel? – und er antwortete: Sie sind weg. Also fing ich wieder an zu lachen und sagte: Alu, willst du jetzt herauskommen, oder willst du hier liegenbleiben und weiter über Schmutz und Sauberkeit und das Unendlich Kleine nachdenken?

Er sagte: Hol mich hier raus, Abu Fahl. Ich bin lange genug hier gewesen, ich habe genug nachgedacht, und jetzt weiß ich, was wir tun müssen...

Abu Fahl hielt inne und blickte in die Runde. Die Menge sah gespannt zu ihm auf. Er holte tief Luft.

Ich fragte ihn: Alu, was müssen wir denn tun?

Und er sagte: Wir müssen Krieg führen.

Abu Fahl übertönte das unterdrückte Keuchen und Gemurmel, das nun laut wurde. Was für einen Krieg? fragte ich ihn.

Und Alu sagte: Einen Krieg gegen das Geld. Damit fängt alles an.

Mehr wollte Abu Fahl nicht sagen. Er winkte die Menge hinaus und forderte die Leute auf, nach Hause zu gehen und über seine Worte nachzudenken. Dann ging er in Zindis Zimmer und ließ sich von Karthamma Tee bringen.

Zindi machte sich mit Schwung und Begeisterung daran, die Leute hinauszuwerfen. Ihre Beleidigungen sorgten schnell dafür, daß sich der Innenhof und die Straße vor dem Haus leerten. Bei ihrem eigenen Zimmer jedoch, das so überfüllt war, daß kaum noch der Rauch Platz hatte, war sie machtlos. An der Art, wie Hajj Fahmy dasaß – die Hände entschlossen auf die gekreuzten Beine gelegt –, sah sie, daß wahrscheinlich alle, die da waren, bleiben würden, denn stets folgten die anderen seinem Beispiel.

In ihrer Verzweiflung nahm sie Boss auf den Arm und setzte sich auf die Schwelle der Haustür. Und dort sah sie Forid Mian, schüchtern und unscheinbar in seinem gewohnten gestärkten Hemd und dem grünkarierten *lungi*, in dem Schatten auf der Straße warten. Einen Augenblick lang starrte sie ungläubig auf sein langes, ausgedörrtes Gesicht und seinen schütteren Bart. Dann wich ihre Überraschung der Erleichterung und der Hoffnung, und gleich darauf sprudelte sie Willkommensgrüße hervor, drückte seine dürren Finger und schob ihn durch die Tür ins Haus.

Forid Mian stutzte, als er die vielen Menschen in ihrem Zimmer sah, aber sie packte seinen Arm fester und führte ihn hinein.

Drinnen gab er sich einen Ruck, richtete sich auf und machte langsam die Runde, um Hände zu schütteln und Begrüßungen zu flüstern. Alle hörten zu, wie Abu Fahl noch einmal die Geschichte von seiner Expedition zum Stern erzählte, und nur Hajj Fahmy schüttelte Forid Mian lange genug die Hand, um ein paar Worte mit ihm zu wechseln. Es ist lange her, daß du hier warst, Forid, sagte er neugierig. Aber bevor der antworten konnte, erschien Zindi an seiner Seite und zog ihn weiter.

Sie machte Platz in einer Ecke neben dem Kerosinkocher, indem sie zwei Männer beiseite schob, und bat Forid Mian, sich zu setzen. Dann nahm sie Boss auf den Schoß und zündete den Kerosinkocher an. Also, wie geht es dir, Forid Mian? sagte sie leise auf Hindi. Hajj Fahmy hat recht: Es ist lange her, seit du mit uns Tee getrunken hast.

Forid Mian fuhr sich mit den Fingern durch den Bart. Nein, nicht so lange, sagte er. Du weißt doch, daß es viel Arbeit im Laden gibt. Und jetzt wohnt Jeevanbhai hier. Ich hätte ein komisches Gefühl dabei, abends mit ihm zusammenzusitzen.

Zindi witterte eine vielversprechende Spur und stürzte sich darauf: Warum? Aber gleich darauf besann sie sich. Nein, fuhr sie sanft fort, ich meinte nur... Es hat doch, hoffe ich, keinen Ärger gegeben?

Nein, sagte Forid Mian. Keinen Ärger. Keinen richtigen Ärger. Aber du weißt ja, wie die Preise steigen und was der Reis kostet. Was kann ein armer Mann schon tun? Jedesmal, wenn ich Jeevanbhai sehe, bitte ich ihn um mehr Geld. Und dann sagt er: Wo soll das Geld denn herkommen? Und dann wirft er einen Blick in meine Bücher und macht kein glückliches Gesicht. So geht das alle paar Tage. Es wäre nicht auszuhalten, wenn es abends auch so wäre.

Zindi nickte. Ja, aber wir haben dich vermißt. Wir alle haben uns gefragt, wo Forid Mian eigentlich ist. Sag mir, Forid Mian, seit wie vielen Jahren arbeitest du jetzt schon in al-Ghazira?

Forid Mian seufzte und zählte mit Hilfe seiner Finger nach. Müssen fünfzehn Jahre sein, sagte er. Fünfzehn Jahre!

Fünfzehn Jahre! Zindi schüttelte den Kopf und schnalzte mit

der Zunge. Das ist eine lange Zeit. Chittagong in Bangladesh, stimmt's?

Forid Mian starrte vor sich hin. Ja, sagte er, Chittagong, Chatgan, wo der Karnophuli ins Meer fließt, fast in Burma...

Ha! Zindi drückte seinen knochigen Oberschenkel. Sag mir, Forid Mian: Wie viele Frauen und wie viele Kinder hast du in deinem Chatgan am Karnophuli versteckt?

Forid Mian schob ihre Hand weg. Du machst dich über mich lustig, Zindi, sagte er scharf. Du weißt sehr gut, daß ich keine Familie, keine Frau und keine Kinder habe. Als ich meine Heimat verließ, war ich zu jung, und es war ohnehin kein Geld im Haus. Dann bin ich zur See gefahren und hatte keine Zeit. Und hier, in al-Ghazira...

Zindi schlug sich die Hand vor den Mund. Keine Frau, keine Kinder! Gar nichts? Was wirst du machen? Wirst du für immer hier bleiben, im Souq? Bis deine Finger zu steif sind, um noch eine Nadel halten zu können?

Was soll ich denn tun? Forid Mian ließ den Kopf sinken, bis er auf seine gekreuzten Beine herniedersah. Ich habe ein bißchen Geld gespart und könnte es mir leisten, jetzt zu heiraten und sogar einen eigenen kleinen Laden aufzumachen. Aber ich habe dort keine Familie mehr. Wer sollte eine Frau für mich suchen? Ich habe Angst, Zindi: Ganz allein zurückkehren und noch einmal von vorn anfangen – das kann ein Mann in meinem Alter nicht mehr.

Wie alt bist du, Forid Mian? fragte Zindi. Fünfzig? Sechzig? So ungefähr?

Er zuckte die Schultern.

Zindi gluckste. Genau das richtige Alter zum Heiraten. Bei dir muß etwas geschehen, Forid Mian.

Sie kniff ihn in den Hintern, und er brach in Gelächter aus. Zindi, du weißt nicht, du kannst dir nicht vorstellen, wie sehr ich mich nach einer Frau sehne. Ich habe zu viele Nächte damit zugebracht, mich auf trockenen Laken hin und her zu wälzen und zu wichsen. Du weißt nicht, wie weh das tut. Morgens wacht man blutend auf, aber man kann nicht aufhören...

Zindi fiel in sein Gelächter ein. Ihre gewaltigen Schultern rollten wie Wasserkessel mit runden Böden. Aber Forid Mian merkte, daß die Leute sich nach ihnen umsahen, und runzelte verlegen die Stirn. Zindi tätschelte ihm das Knie und sagte: Forid Mian. Aber er schüttelte den Kopf und deutete auf Hajj Fahmy, der an der gegenüberliegenden Seite des Zimmers saß. Der Hajj hatte seine Hand erhoben und wartete darauf, daß Stille eintrat. Zindi beschloß zu schweigen, für heute hatte sie genug gesagt.

Mit leuchtenden Augen lächelte Hajj Fahmy quer durch das Zimmer Abu Fahl an. Ich habe eine Frage an Abu Fahl, sagte er in den Raum. Wir wollen sehen, ob er sie beantworten kann. Ich habe verstanden, was Abu Fahl gesagt hat – warum er Alu heute nicht da herausholen konnte und so weiter –, ich habe alles verstanden, bis auf eines, und das beschäftigt mich. Abu Fahl hat uns davon erzählt, wie stabil der Beton und der Stahl im Stern waren, und daß dieser Beton einen riesigen Schuttberg und ein ganzes Autogeschäft trägt und daß man an einem dieser Stahlträger den ganzen Ras aufhängen könnte. Aber meine Frage dazu ist: Wenn dieser Beton und dieser Stahl so stabil ist, wie konnte der Stern dann einstürzen?

Abu Fahl steckte den Finger unter sein Käppchen und kratzte sich am Kopf. Die Konstruktion war nicht überall so stabil, sagte er, sondern nur an bestimmten Stellen. Verwirrt hielt er inne.

Wenn die Konstruktion nur an bestimmten Stellen stabil war, warum ist dann das ganze Gebäude eingestürzt?

Abu Fahl besann sich. Ganz einfach, sagte er voller Überzeugung. Jeder weiß, daß die Bauunternehmer und Architekten zuviel Sand in den Zement mischen. Das tun sie schon seit Jahren. Wegen der Zementknappheit, sagen sie. Aber in Wirklichkeit sind sie damit beschäftigt, sich von dem Geld, das sie mit dem Zement verdienen, Paläste zu bauen, zu Hause in England oder Indien oder Ägypten, Amerika, Korea, Pakistan oder Gott weiß wo. Der Zement, den sie im Stern verbaut haben, bestand hauptsächlich aus Sand. Natürlich nicht überall. Die Teile des Gebäudes, die wirklich viel tragen mußten, wurden aus sehr starkem Beton gegossen. Unter einem dieser Teile liegt Alu. Der Rest war wie Stroh. Jeder, der nur ein bißchen Ahnung vom Bau hatte, wußte, daß es nicht halten würde. Ich war nicht überrascht, als es einstürzte; ich hatte damit gerechnet. An jenem Tag habe ich sogar gesehen, wie das Ganze anfing, und ich wußte sofort, was passieren würde. Rakesh, Alu und ein paar andere waren zu dieser Zeit die einzigen, die arbeiteten. Es war Mittagszeit, kurz vor dem Nachmittagsgebet, und alle anderen machten Pause. Unsere Leute mußten noch fertig anstreichen, und darum waren sie noch im Gebäude. Ich saß draußen und redete mit ein paar Leuten, und plötzlich fiel ein Stück Putz direkt neben mir auf den Boden. Ich legte den Kopf in den Nacken und sah ganz deutlich, daß das Gebäude zu wanken begann, und von irgendwo tief innen im Stern hörte ich ein Rumpeln. Ich wußte sofort, was passieren würde, und so rannte ich hinein und rief Rakesh und den anderen zu, sie sollten sich retten, denn der Stern stürze ein. Ihr könnt sie fragen. Wenn ich nicht gewesen wäre, würden sie jetzt nicht mehr leben. Alle rannten hinaus, alle außer Alu, denn er hat keine Erfahrung – er hat keine Ahnung von Gebäuden und Konstruktionen. Aber lassen wir das. Der Hajj will wissen, warum der Stern eingestürzt ist. Die Antwort lautet: weil das Ganze, obwohl Teile davon stabil waren, wegen des schlechten Zements und dem vielen Sand im Beton instabil war.

Abu Fahl lehnte sich selbstsicher und im Bewußtsein seiner Autorität zurück. Das gedankenvolle Schweigen im Raum faßte er als Hochachtung für seinen gesunden Menschenverstand auf. Hajj Fahmy war der erste, der wieder das Wort ergriff. Er lächelte und hänselte ihn: Du hast unrecht, Abu Fahl.

Abu Fahl runzelte die Stirn. Wie meinst du das – ich habe unrecht?

So, wie ich es gesagt habe. Ich weiß, daß du unrecht hast.

Wieso?

Weil ich die wirkliche Geschichte kenne, die wahre Geschichte.

Wenn sie wahr ist, wie kommt es dann, daß es eine Geschichte ist?

Also gut, es ist eine Geschichte.

Wenn du dir so sicher bist, Hajj, fragte Abu Fahl den alten Mann herausfordernd, warum erzählst du sie uns dann nicht?

Hajj Fahmy sah in die Runde. Bist du sicher, daß alle sie hören wollen?

Ja, kam es von allen Seiten, wir haben Tee, wir haben Tabak, und was gibt es sonst schon zu tun?

Lächelnd neigte Hajj Fahmy den Kopf.

Es ist nur eine Geschichte.

Vor vielen, vielen Jahren, vor so langer Zeit, daß die Zeit keine Rolle spielt, tauchte eines Tages plötzlich ein sehr seltsam aussehender Mann in al-Ghazira auf. Natürlich war er klein und dünn, wie die Leute es in jenen Tagen oft waren, obwohl seine Magerkeit nicht so sehr die des Hungers war. Vielmehr wirkte er wie ein ausgewrungener Lumpen: Er sah aus, als sei er durch die Mangel gedreht und sein Innerstes nach außen gekehrt worden, denn seine Hautfarbe war ein merkwürdiges gelbliches Braun, als habe er sich mit Galle eingeschmiert. Zuerst wollte niemand etwas mit ihm zu tun haben; sein Anblick war allen Leuten unbehaglich, denn sein eines Auge sah hierhin und das andere dorthin. Er schielte so furchtbar, daß es hieß, wo normale Leute nur Kairo sähen, sehe er auch noch Bombay. Und darüber hinaus war eines seiner Augen ständig halb geschlossen, als sei das Lid aus den Angeln gerissen. Das war das Auge, das einen täuschte: Es schweifte hin und her und nahm alles auf, während das andere nur zur Tarnung diente.

Niemand wußte etwas über ihn. Lange Zeit hatte er nicht einmal einen Namen. Aber dann kam jemand dahinter, daß er aus Nordägypten kam, aus der Stadt Damanhour, und so nannte man ihn natürlich Nury – Nury den Damanhouri. Bald stellte sich heraus, daß er ein stiller Mann war, der gern lachte und nie irgendeinen Ärger machte, und so fingen die Leute an, ihn zu mögen.

Es stimmte, er war tatsächlich ein stiller Mensch, aber auf seine stille Weise bewirkte er Veränderungen, ohne daß es jemandem auffiel. Man denke nur an das Geschäft, mit dem er seinen

Lebensunterhalt verdiente – er brachte etwas völlig Neues nach al-Ghazira. Aber das ist eine eigene Geschichte.

Nun wußte niemand so recht, warum Nury Damanhour verlassen hatte und nach al-Ghazira gekommen war; damals konnte man in Damanhour seinen Lebensunterhalt wahrscheinlich leichter verdienen als in al-Ghazira. Aber ein paar Monate nach seiner Ankunft ging in al-Ghazira ein Gerücht um. Man munkelte, Nury habe versucht, sich von seiner Frau scheiden zu lassen, weil sie keine Kinder bekam. Aber, so hieß es, als der Rat der Ältesten zusammengekommen war, wurde die ganze Sache auf den Kopf gestellt: Nun hielt seine Frau ihm vor, impotent wie ein nasser Lappen zu sein, und forderte ihn auf, das Gegenteil zu beweisen. Man sagte, die Schande habe ihn getrieben, aus Ägypten zu fliehen.

Natürlich war man neugierig, aber es konnte nie bewiesen werden, ob die Geschichte stimmte. Hier heiratete Nury eine verwitwete Mawali-Frau, die Jahrzehnte älter war als er selbst, und sie waren glücklich miteinander, denn sie sprach nie darüber, wie sie ihre Nächte verbrachten. Aber das war egal. Nury war ein Philosoph; er wußte, daß die Leute immer das Schlechteste glauben. Obwohl es niemand ganz genau wußte, gab es keinen Mann in al-Ghazira, der nicht im Grunde seines Herzens an die Wahrheit dieses Gerüchtes geglaubt hätte. Keiner versuchte je herauszufinden, woher die Geschichte eigentlich kam, und niemand kam je auf die Idee, daß Nury sie vielleicht selbst in die Welt gesetzt hatte. Sobald sie anfing, die Runde zu machen, waren alle felsenfest davon überzeugt, daß sie stimmte.

Auf seine unscheinbare Art war Nury ein großer Mann; er war weise genug, die Welt mit unverstelltem Blick zu betrachten. Und wie ein Logiker zog er aus dem, was er sah, klare Schlüsse.

Eine Lektion lautete: Jedes Gewerbe gründet sich auf einen Ruf.

Nurys Gewerbe bestand darin, Eier zu verkaufen.

Niemand in al-Ghazira hatte je Eier verkauft. Jedenfalls nicht auf gut organisierte Art und Weise. Damals gab es in jedem Haus in al-Ghazira ein paar Hühner; wenn sie legten, aß man Eier, und wenn nicht, aß man eben keine. Niemand wäre auf den Gedanken gekommen, Eier zu kaufen oder zu verkaufen, außer vielleicht einmal einem Nachbarn.

Nury änderte das. Er fand heraus, wer Hühner hatte und wessen Hühner wann Eier legten. Jeden Morgen ging er mit seinem Korb von Haus zu Haus, kaufte den einen Eier ab und überredete andere, an den Tagen, an denen ihre Hühner nicht gelegt hatten, ein paar Eier zu kaufen. Er hatte Erfolg damit, aber das wäre ohne eine bestimmte Voraussetzung nicht möglich gewesen, und die hatte Nury bedacht. Das war der Beweis, daß er Genie besaß.

Der Handel mit Eiern ist nämlich ein Gewerbe wie kein anderes. Wer versorgt die Hühner in einem Haushalt? Wer verkauft die Eier? Jeder kennt die Antwort: Es sind die Frauen des Hauses. Nurys Gewerbe beruhte auf dem Umgang mit Frauen. Es gab keinen zweiten Mann in al-Ghazira, der von Haus zu Haus hätte gehen und mit den Frauen sprechen können, ohne noch in derselben Woche sein Leben zu verlieren. Aber niemand machte sich auch nur im mindesten Gedanken über Nury, den schielenden Damanhouri, denn jeder kannte seine Geschichte. Nury war sicher, und sein Gewerbe blühte. Harmlos und alterslos ging er von Haus zu Haus, kaufte und verkaufte und sprach mit den Frauen über Gott und die Welt.

Nurys Geschäft basierte auf einer Geschichte. Bald hatten sich die Leute daran gewöhnt, täglich – oder wann immer sie Lust dazu hatten – Eier zu essen, und man begann, mit dem zusätzlichen Geld zu rechnen, das durch den Verkauf von Eiern ins Haus kam. Nury ging es dabei recht gut; bald konnte er sich sogar ein kleines Haus bauen. Nurys Gewerbe war eine solide Handwerksarbeit, ein Meisterstück in der Kunst des Überlebens. Nurys schielende Augen besaßen die Gabe, nicht nur voraus-, sondern auch hinauf- und hinunterzuschauen und das wahre Wesen der Dinge zu erkennen.

Dies aber ist die zweite Lektion: Die Klarsichtigen sind die ersten, die mit Blindheit geschlagen werden.

Nun ja. Die meisten wären an Nurys Stelle glücklich und zufrieden damit gewesen, daß das Geschäft lief. Nicht so Nury. Nury der Damanhouri war ein Künstler. Für ihn war jedes Ei ein Epos, ein Lied mit tausend Versen, das von Liebe, Tod und Verrat handelt. Nury brauchte ein Ei nur anzusehen, um zu wissen, was das Huhn zu fressen bekommen hatte, und dadurch wußte er, ob man in dem Haus, in dem er es gekauft hatte, am Hungertuch nagte oder endlich eine Goldgrube entdeckt hatte. Wenn es in einem Haus eines Tages keine Eier mehr zu kaufen gab, dann wunderte Nury sich, stellte ein paar Fragen und kam dahinter, daß die Leute ihre Hühner geschlachtet hatten, um sie einem Mann vorzusetzen, der einen Sohn im richtigen Alter für ihre Tochter hatte. Wenn man ihm im Haus eines Armen plötzlich Eier abkaufte, war Nury der einzige Mann in ganz al-Ghazira, der wußte, daß diese Leute eine Perle von der Größe eines Fußballs gefunden hatten. Nury besaß Phantasie. Aber, und das war noch wichtiger, Nury war der einzige Mann in al-Ghazira, der jeden Tag von Haus zu Haus ging, mit den Leuten redete, sogar in die Höfe kam und mit einem einzigen Blick so viel sah wie andere Leute mit zehn. Kein Blatt fiel, kein Schaf schiß in al-Ghazira, ohne daß Nury davon erfuhr. Aber über all dies bewahrte er Schweigen, denn im Innersten seines Wesens war er ein stiller Mensch.

Diese Geschichte hat eine Moral: Ein Auge auf den Hof ist besser als hundert Gewehre.

Es war unvermeidlich, daß Jeevanbhai Patel der erste war, der erkannte, was Nury wert war. Patel war damals bereits ein wohlhabender Mann, und er gab Nury irgendeine sinnlose Arbeit, die er in den Abendstunden erledigen konnte, wenn er nichts weiter zu tun hatte. Diese Tätigkeit war völlig unwichtig. Was Patel wollte, war sein Wissen, denn für ihn war Wissen Macht, und Macht bedeutete Geld. Innerhalb eines knappen Monats hatte sich Patels Investition ausgezahlt.

Damals war der Malik – derselbe Malik, der noch heute ganz zurückgezogen im Alten Fort lebt – ein junger Mann, der erst kürzlich von einer Schule in Indien zurückgekehrt war, auf die die Engländer ihn geschickt hatten. Erst ein Jahr zuvor, nach dem Tod seines Vaters, war er Malik geworden, aber man wußte schon, daß er ganz anders war als der senile, törichte alte Malik, sein Vater. Dieser neue Malik war ein Energiebündel. Jedem, der mit ihm zu tun hatte, schwindelte es bald. Es hieß, es sei unmöglich, ihn auch nur eine Minute lang anzusehen – sein ganzes Gesicht war blutrot wie die untergehende Sonne. Die Leute sagten, er habe eine geheime Technik, sein Gesicht erröten zu lassen, um sie zu verängstigen. Er lachte nie, er lächelte nie, und sein Temperament war so heftig, daß die Leute meist froh waren, das Fort lebendig verlassen zu dürfen.

Damals passierte etwas, das bewirkte, daß er gereizter wurde als je zuvor. Ein paar Jahre zuvor hatten die Engländer in einem der Königreiche in der Nachbarschaft von al-Ghazira Öl gefunden, und es gab bereits Gerüchte, daß al-Ghazira nur ein Sandklümpchen war, das auf einem Meer von Öl schwamm. So schickten die Engländer zum ersten Mal einen Gesandten nach al-Ghazira, und der sollte den Malik dazu bringen, seine Unterschrift unter einen Vertrag zu setzen, der den Engländern die Bohrrechte überließ.

Der Gesandte kam mit einem Kriegsschiff und ging mit großem Tamtam an Land. Die Leute mochten ihn: Er war ein runder, dicker Mann, der viel lachte und viel schlief. Er liebte prunkvolle Kleider, Pomp, Zeremonien und paradierende Soldaten. Wenn er durch al-Ghazira ging, folgten ihm die Menschen zu Hunderten, denn wenn er etwas sagte, formte er seine Lippen zu einem so perfekten Kreis, daß alle, die ihn sahen, mit angehaltenem Atem darauf warteten, daß ihm ein schwarzer, wunderbar runder Ziegenköttel aus dem Mund fiel. Und so kam es, daß man ihm den Namen Ziegenarsch gab.

Jede Woche einmal ging Ziegenarsch zum Alten Fort, um mit dem Malik zu sprechen und ihn zu bitten und ihm zuzureden, den Vertrag zu unterschreiben, aber der Malik wollte nichts davon wissen. Er hatte gesehen, wie es den indischen Prinzen ergangen war, und sich geschworen, er werde sich seine Rechte niemals so beschneiden lassen wie sie. Und so kam unvermeidlich der Tag, an dem Ziegenarsch – ganz gegen seinen eigenen

Willen, denn er war ein friedliebender Mann – davon sprach, daß man gezwungen sein werde, Kriegsschiffe zu holen, und der Malik begann zu verzweifeln.

Der Malik pflegte viel zu lesen, und damals fing er an, in seiner Not ganze Tage über Büchern zu verbringen, bis die Sache zu einer Art Manie wurde: Er las Bücher über die großen Dynastien von Bagdad und Kairo, über die Kalifen und die Könige und so weiter. Durch eines davon kam er auf eine Idee. In seinem Wahnsinn beschloß er, den Engländern eine Lektion zu erteilen.

Er beschloß, Ziegenarsch zu schmoren.

Der Malik ging mit Umsicht ans Werk. Er lud Ziegenarsch zu einem privaten Festessen ein, um, wie er sagte, seinen Geburtstag zu feiern. Ziegenarsch war entzückt; er dachte, der Malik habe sich schließlich doch dazu durchgerungen, den Vertrag zu unterschreiben. Dies war eine besondere Gelegenheit, dachte er, die mit angemessenem Aufwand zu feiern sei. Als der Tag gekommen war, zog er seine beste Uniform an, ganz in Scharlachrot und Schwarz, und bestieg sein großes, weißes Dienstpferd. Seine kleine Schwadron indischer Kavallerie ritt ihm mit Lanzen, Wimpeln und Fähnchen voraus, und vor diesen marschierten vier Sikhs, riesige Männer mit Turbanen, die Dudelsack und Kesselpauke spielten. Es war schon ein Anblick, wie der kleine, dicke Ziegenarsch auf seinem weißen Pferd und all diese Soldaten mit ihren Turbanen und Bärten, ihren Schärpen und Säbeln durch die Stadt zogen, am Hafen vorbei und durch den Maidan al-Jami'i geradewegs zum Fort auf dem Hügel. Die ganze Stadt kam herbeigelaufen, um ihnen zu folgen. Am Fuß des Hügels wurde die Menge jedoch von der Beduinentruppe des Maliks angehalten, denn der Malik hatte strikte Anweisung gegeben, daß niemand außer Ziegenarsch und seiner Begleitung in die Nähe des Forts kommen dürfe. Also blieben die Leute am Fuß des Hügels stehen und sahen Ziegenarsch und seinen Soldaten nach, bis sie verschwunden waren.

Vor dem Fort präsentierten Ziegenarschs Soldaten die Gewehre und bliesen auf ihren Signalhörnern und dergleichen mehr, bis die Flügel des großen alten Tores sich langsam öffneten. Würdig und hoch aufgerichtet setzte sich Ziegenarsch auf seinem weißen Kavalleriepferd majestätisch an die Spitze seiner Schwadron und führte sie auf das Tor zu...

Wie sollte er auch wissen, daß der Malik direkt über dem Tor jenen Mann postiert hatte, dem er am meisten vertraute – einen Eunuchen, der so schwarz wie Ebenholz und so enorm fett war, daß er überall als Jabal der Gewaltige bekannt war –, und zwar mit einem Kessel voll siedendem Öl, und er konnte auch nicht wissen, daß Jabal in sieben Königreichen für seine Feigheit bekannt war und in eben diesem Moment, da er auf das Lichtsignal des Maliks wartete, welches das verabredete Zeichen war, den Kessel auszugießen, nur noch ein zitternder Fleischberg und fast drauf und dran war, selbst in das Öl zu springen?

Ziegenarsch ritt ruhig weiter, die Federn an seinem Helm nickten im Wind, und seine Schwadron trabte, einer nach dem anderen, hinterher; und im richtigen Moment, als der Kopf des Dienstpferdes gerade in den Schatten des Tores eingetaucht war, feuerte der Malik seine Rakete ab, und Jabal der Eunuch kippte zitternd und eilig den Kessel mit siedendem Öl aus.

Das Dumme war, daß mit der Signalpistole irgend etwas nicht stimmte. Die Rakete flog im hohen Bogen durch den Hof und explodierte einen halben Meter vor der Nase des Pferdes. Das Pferd wieherte und scheute, warf Ziegenarsch ab, so daß er weit vor dem Tor landete, und galoppierte in den Hof des Forts. Das Öl schoß herab, aber nur ein paar Haare am Ende des Pferdeschweifs bekamen etwas ab, und davon hatte niemand etwas.

Blitzschnell hatten die Soldaten Ziegenarsch – der ein paar blaue Flecken hatte, aber quicklebendig war – aufgeholfen und galoppierten durch die Stadt. Was sie nun tun würden, konnte man sich ausmalen: Sie würden über Funk Kriegsschiffe herbeiholen, die al-Ghazira beschießen würden. Hinter ihnen leerten sich die Straßen, bis die Stadt innerhalb von Augenblicken so ausgestorben dalag wie sonst nur um Mitternacht. Man verriegelte die Türen, und noch das kleinste Goldstückchen würde hinter geheimen Ziegeln versteckt. Im Fort wollten die Beduinen den Malik so schnell wie möglich in die Wüste bringen. Selbst dort oben auf dem Hügel konnten sie die Klagerufe der Frauen über der Stadt aufsteigen hören, die bereits die Plünderung von al-Ghazira bejammerten.

Aber da war etwas, das niemand wußte: Nur einer der Stadtbewohner war an diesem Tag, der als Blutiger Freitag in die Geschichte al-Ghaziras einging, im Fort gewesen, nur einer hatte genau gesehen, was geschehen war, und das war natürlich Nury, der scharfsichtige Darmanhouri, der von dem Festessen gehört hatte und sofort mit einer Eselsladung Eier zum Fort geeilt war. Er war gerade aus der Küche gekommen, als die Signalrakete explodierte, und kaum war der erste Tropfen Öl zischend auf dem Schweif des Pferdes gelandet, als Nury auch schon auf seinem Esel saß und auf dem kürzesten Weg zum Souq galoppierte, denn er wußte, daß dies endlich einmal eine Neuigkeit war, die Jeevanbhai zu schätzen wissen würde.

Bis dahin hatte Jeevanbhai nur selten mit dem Malik zu tun gehabt. Der Malik unterhielt sich mit ihm auf Urdu, das er in Indien gelernt hatte, und sie machten gute Geschäfte miteinander, wenn auch nicht ganz so gute, wie Jeevanbhai es sich gewünscht hätte. An diesem Freitag sah Jeevanbhai seine Chance gekommen. Auf Nurys Esel galoppierte er zum Fort und machte sich daran, den Malik davon zu überzeugen, daß Flucht ein Eingeständnis seiner Schuld sein würde. Es sei das Klügste in dieser Situation, so argumentierte er, Ziegenarsch zuvorzukommen.

Sofort verfaßte Jeevanbhai eine Botschaft an Ziegenarschs Vorgesetzten, den britischen Vizekönig in Indien, der (wie Jeevanbhai behauptete) berühmt war für seinen Enthusiasmus für überlieferte Bräuche und dergleichen. Ziegenarsch, so hieß es darin, sei in eine der ältesten ghazirischen Zeremonien geplatzt und habe sie dadurch gestört. Diese Zeremonie finde nur alle sieben Jahre einmal, am Geburtstag des regierenden Maliks, statt, und es sei dies die Zeremonie des Ameisen-Bratens, bei der unter dem Südtor des Forts das älteste Ameisenvolk der Stadt durch einen Guß siedenden Öls gebraten werde. Die Entweihung des Ameisen-Bratens bedeute eine, jawohl, eine Gefahr für die uralten Traditionen der ghazirischen Monarchie und damit auch für das Prestige des ganzen Britischen Empires. Ziegenarsch werde, so hieß es in der Botschaft, vermutlich alles abstreiten, wenn man ihn mit den Tatsachen konfrontierte. Höchstwahrscheinlich wisse er nicht einmal von der Zeremonie; seine Verachtung für die Sitten und Gebräuche in al-Ghazira sei so groß, daß er nicht einmal den kleinsten Versuch unternommen habe, sich mit ihnen vertraut zu machen... Und so weiter, und so weiter.

Es funktionierte. Sie übermittelten die Botschaft per Funk mit dem neuen Funkgerät des Maliks; am Horizont stoppten zwei Kriegsschiffe die Fahrt und kehrten um, und innerhalb einer Woche wurde Ziegenarsch zurückbeordert.

Wiegen also ein gutes Auge und ein schneller Verstand zwei Kriegsschiffe auf?

Aber trotzdem mußte der Malik dafür bezahlen. Als Ziegenarsch in sein Land zurückgekehrt war, haute er mächtig auf die Pauke und schrieb ein Buch darüber, wie knapp er im Dienste seines Königs der Gefahr, bei lebendigem Leib fritiert zu werden, entronnen war. Schließlich schickte man einen neuen Gesandten, einen schmallippigen Fisch von einem Mann, der für seine Härte bekannt war und mit einem ganzen Regiment indischer Soldaten ankam. Er ließ den Malik im Fort, stellte aber Wachen davor auf und vertrieb die Beduinen. Ein paar Monate später war der Malik gezwungen, den Öl-Vertrag zu unterschreiben. Sogar da versuchte er noch, sich nicht alles aus der Hand nehmen zu lassen, indem er darauf bestand, daß in den Ölsiedlungen nur Ghaziris arbeiten sollten. Aber Schmallippe wollte davon nichts hören – er wollte seine eigenen Männer, Männer, die er unter Kontrolle halten konnte. Als schließlich erneut Kriegsschiffe auftauchten, unterschrieb der Malik, allerdings unter einer Bedingung, nämlich daß die Arbeiter immer in ihren Siedlungen bleiben und al-Ghazira nie betreten würden.

Viele Jahre lang ging das gut; es herrschte eine unbehagliche Atmosphäre, aber man lebte friedlich nebeneinander: Die Techniker und ihre Arbeiter blieben in der Ölsiedlung; der Malik saß mehr oder weniger als Gefangener im Alten Fort, das er nur zu

Staatsanlässen verlassen durfte; in der Stadt hatte Schmallippe praktisch das Sagen; und alle sieben Jahre vollzog man das Ritual des Ameisen-Bratens. Ein Mann profitierte von alldem, und das war Jeevanbhai Patel. Er gab sich als Buchhalter des Maliks aus, und Schmallippe fiel kein Grund ein, warum er einem harmlosen alten Mann wie ihm den Zutritt zum Fort hätte verwehren sollen. So war Jeevanbhai einer der wenigen Männer, über die der Malik den Kontakt mit der Außenwelt aufrechterhielt. Im Auftrag des Maliks ging er im Fort ein und aus, und der Malik machte den Einfluß, den er noch hatte, geltend, um Jeevanbhai die Zollrechte zu verschaffen. So setzte Jeevanbhai seine Verbindungen zum Fort zu seinem Nutzen ein und verdiente eine Menge Geld. Und der Malik profitierte seinerseits von Jeevanbhai: Er schmiedete eigene Pläne für die Zukunft, und Jeevanbhais Dhaus, die damals den ganzen Indischen Ozean befuhren, lagen bei ihrer Rückkehr oft tief im Wasser. Sie waren, so sagten die Leute, schwer beladen mit Gewehren und Munition, die auf verschlungenen Pfaden im Alten Fort landeten.

Und so ging es weiter.

Die Ölsiedlung wuchs und gedieh, und es kam die Zeit, da der Platz nicht mehr reichte. Die Männer baten um Erlaubnis, sich in der Umgebung von al-Ghazira nach Land umsehen zu dürfen, und schließlich fiel ihre Wahl auf ein paar Hektar Land am Rand von al-Ghazira, fast schon an der Grenze zum nächsten Königreich. Es war ein marschiges, sandiges Stück Land an der Küste. Für sie sah es ungenutzt aus, und sie nahmen an, daß sie keine Schwierigkeiten haben würden, es zu kaufen – wenn es sein mußte, auch für mehr Geld, als es wert war.

In Wirklichkeit aber war dies ein ganz besonderes Stück Land. Für die Mawali, weil angeblich der alte Scheich Musa dort begraben war, und für die Kaufleute aus dem Souq, weil sie dort an allen großen Festtagen Märkte abhielten, und damals, als die Grenzen noch nicht bewacht wurden, kamen bei diesen Gelegenheiten aus den benachbarten Königreichen Tausende herbei, und die Kaufleute wurden jedes Jahr reicher. Auch der Malik liebte dieses Stück Land, weil zweimal im Jahr Tausende von

Vögeln darüber hinwegflogen, und dann durfte der Malik das Fort verlassen, denn es gab auf der ganzen Welt keinen besseren Platz für die Beizjagd.

So war es kein Wunder, daß dem Malik, als die Ölleute ihn guten Mutes besuchten, um das Stück Land zu kaufen, das Blut fast aus den Augen spritzte. Vielleicht wäre wieder etwas Schreckliches passiert, wenn Nury der Damanhouri nicht gesehen hätte, wie sie ins Fort gingen. Er begab sich sofort zu Patel, und der rannte zum Fort und beruhigte den Malik. Natürlich hatte er einen Plan. Er rief die Händler im Souq zusammen, und dann zogen sie alle zu Schmallippe und sagten ihm, daß sie, sollte das Stück Land verkauft werden, geschlossen den Souq verlassen und nach Sansibar auswandern würden.

Die Ölleute versuchten es ein letztes Mal. Sie gingen mit einem neuen Vertrag zum Malik und boten ihm an, seinen Anteil an den Öleinnahmen zu verdoppeln, wenn er sich bereit erklärte, ihnen das Land zu verkaufen.

Später erzählten sich die Leute, der Malik habe auf den Vertrag gespuckt und sie mit der Peitsche aus dem Fort gejagt.

Für eine Weile war keine Rede mehr vom Verkauf des Landes. Die Ölleute kehrten in ihre Siedlung zurück, der Malik blieb im Fort, und Jeevanbhais Geschäfte florierten wie eh und je. Aber damals hörte die Welt zum ersten Mal Gerüchte über den verrückten Malik von al-Ghazira, und wenig später holte Schmallippe den Amir, den Halbbruder des Maliks, den der Malik mehr haßte als irgendeinen anderen Menschen auf der Welt, mehr sogar als seinen Vater, aus dem Fort und schickte ihn zum Studieren nach England oder Amerika oder so. Mittlerweile hatte Schmallippe seine eigenen Freunde in der Stadt, von denen keiner große Stücke auf den Malik hielt, und auch sie schickten ihre Söhne mit dem Amir ins Ausland. Die Familien, die treu zum Malik standen – und das waren viele –, beklagten sich darüber, aber niemand konnte etwas dagegen tun, und bald war wieder Ruhe eingekehrt.

Jahre vergingen. Der Malik blieb in seinem Fort, der Amir und seine Freunde blieben im Ausland, und in al-Ghazira herrschte

Frieden. Wir hörten von Kriegen, und dann zogen die Engländer ab, und mit ihnen Schmallippe. Der Malik war wieder frei, aber inzwischen hatte er seinen alten Schwung verloren, und eine neue Gesandtschaft mit einer neuen Schmallippe war bereits unterwegs, und so war in al-Ghazira immer noch alles ruhig.

Dann wechselte eines Tages die Ölgesellschaft, und sogleich stand ganz al-Ghazira kopf. Neue Ingenieure trafen ein. Sie inspizierten die Ölsiedlung, und es war völlig klar, daß sie mit dem, was sie sahen, ganz und gar nicht glücklich waren. Ein paar Wochen lang vermaßen sie al-Ghazira, und schließlich fanden sie ein neues, besseres Gelände für eine Ölsiedlung. Ihr braucht nicht lange zu fragen, wo dieses Gelände lag.

Bald darauf sah man sie in das Alte Fort gehen, wie es hieß, mit einer Wagenladung Geld, mit der sie das Land kaufen wollten – aber nach kaum zehn Minuten hörte man Schüsse im Fort, und die Wagen kamen in rasender Fahrt wieder heraus. Es war niemand verletzt, aber der Malik hatte einen Fehler gemacht. Dies waren keine Männer, die es sich einfach gefallen ließen, daß man auf sie schoß. Für sie war das Leben ein einziger Krieg. Nichts und niemand würde sie davon abhalten, sich anzueignen, was sie haben wollten, schon gar nicht der verrückte Malik von al-Ghazira. Der Kampf um das Land war kein Spiel mehr. Es war eine Fehde daraus geworden, ein Kampf um die Ehre, wie die Wüstenfehden aus alter Zeit.

Die erste Offensive ließ nicht lange auf sich warten. Eines Nachts landete ein Hubschrauber weit außerhalb der Stadt in der Wüste, und Nury der Damanhouri, der dort zufällig gerade ein entlaufenes Huhn einfangen wollte, sah den Amir, den fast vergessenen Halbbruder des Maliks, und seine Freunde aussteigen. Die Wagen der Ölgesellschaft warteten schon auf sie und brachten sie geschwind zu einem riesigen, glitzernden neuen Palast, der innerhalb kürzester Zeit am äußersten Rand der Stadt gebaut worden war.

Wer vermag die Aufregung, die fast fieberhafte Neugier zu beschreiben, die ganz al-Ghazira packte? Die Leute drängten sich in Moscheen und Cafés und redeten erregt bis tief in die

Nacht hinein; Gerüchte rasten wie Wirbelstürme durch den Souq, und man mußte bezahlen, um unter dem Bab al-Asli zu stehen. Es hieß, selbst für nebensächliche Informationen hätten Perlenketten den Besitzer gewechselt. Aber es gab keine echten Informationen. Die mit Silber verzierten Tore des Neuen Palastes blieben fest verschlossen, der Malik blieb im Alten Fort, und die Männer der Ölgesellschaft blieben in der Ölsiedlung.

Damals verdiente Nury ein Vermögen. Natürlich war er der einzige Mann in ganz al-Ghazira, der im neuen Palast ungehindert ein- und ausgehen konnte – es stellte sich heraus, daß unser Amir während der Jahre seiner Abwesenheit eine unbezähmbare Schwäche für gekochte Eier entwickelt hatte.

Es dauerte kaum ein paar Tage, und Nury war ein berühmter Mann: Das Café, in dem er verkehrte, mußte selbst auf der anderen Straßenseite noch Tische aufstellen, die Moschee, in der er betete, war bis auf den letzten Platz gefüllt, und bald vergrößerte Nury sein kleines Haus um ein Stockwerk. Nurys Name war in aller Munde, denn er sagte immer die Wahrheit und behielt immer recht. Als er erzählte, der Amir sei zum Ölminister ernannt worden, lachten die Leute ihn aus, denn niemand hatte je zuvor von einem Ölminister gehört. Aber eine Woche später wurde es offiziell bekanntgegeben, und damit war erwiesen, daß Nury recht gehabt hatte. Nury war es auch, der zuerst davon sprach, daß einer der Freunde des Amirs Verteidigungsminister werden würde, und wieder hatte er recht.

Nicht anders war es im Fall des Unterrichtsministers, des Kulturministers und des Außenministers. Und dennoch – als Nury sagte, der Amir werde bald Minister für Öffentliche Arbeiten und Bauten werden, bezweifelte man wieder die Richtigkeit seiner Worte. Warum sollte der Amir Ölminister *und* Minister für Öffentliche Arbeiten und Bauten werden wollen? Das schien keinen Sinn zu ergeben, und so nahmen wir an, daß es nicht stimmte. Plötzlich war Nury wieder allein in seinem Café.

Der Sinn einer Sache ist nie auf den ersten Blick zu erkennen.

Eines Nachts zu vorgerückter Stunde, als die ganze Stadt schon schlief, jagte Nury auf seinem Esel, zerbrochene Eier und bellende Hunde hinter sich lassend, im gestreckten Galopp die zum Neuen Palast führende Straße hinunter – durch das Hafenviertel, am Souq und dem Maidan al Jami'i vorbei, direkt zu Jeevanbhais Haus. Dort angekommen rannte er, ohne auch nur seinen Esel anzubinden, zur Tür und hämmerte mit der ganzen Kraft seiner schwachen Arme dagegen.

Aber mit dem Zufall kann man nicht rechnen. Jeevanbhai hat einen Schlaf wie ein Toter, was für einen so geistesgegenwärtigen und reaktionsschnellen Mann wie ihn ungewöhnlich ist, und zufälligerweise war seine Frau ein paar Tage zuvor nach Indien gefahren, um Besuche zu machen. Sie war eine recht mißtrauische Frau, und so hatte sie sich vor ihrer Abfahrt in al-Ghazira nach einer angemessen alten und unansehnlichen Frau umgesehen, die während ihrer Abwesenheit den Haushalt führen sollte. Ihre Wahl war schließlich auf Saneyya gefallen, die Großmutter von Ali dem Taxifahrer und Nasser vom blauen Café, die damals fünfundsiebzig Jahre alt und in allen Königreichen wegen ihrer erstaunlichen Häßlichkeit berühmt war. Die Perlentaucher und Fischer schätzten sie, denn sie brauchte nur ins Wasser zu grinsen, um die Haie so zu erschrecken, daß sie sich ihre eigenen Eingeweide herausrissen. Mit sechzehn war sie, am Morgen nach ihrer Hochzeitsnacht, zur Witwe geworden: Als die Finsternis, in der sie ihren Sohn empfangen hatte, gewichen war, hatte der Bräutigam begierig den Schleier von ihrem Gesicht gehoben und war sogleich (erblindet, behauptete man) vor Entsetzen gestorben. Jeevanbhais Frau erschien Saneyya wie ein Geschenk des Himmels. Die arme Frau – wie wenig wußte sie von dem Feuer, das in Saneyya loderte.

In jener Nacht, in der Nury an die Tür hämmerte und das Schicksal noch jede Wendung hätte nehmen können, war außer Jeevanbhai und Saneyya niemand im Haus, und sie war es, die erwachte und knurrend und schimpfend zur Tür kam, sie war es, die heiser und argwöhnisch flüsterte: Wer ist da?

Ich bin's, Saneyya, antwortete Nury. Ich komme in einer furchtbar wichtigen Angelegenheit, die keinerlei Aufschub duldet. Mach auf, Saneyya! Laß mich ein, ich flehe dich an!

Irgend etwas in diesen Worten, irgendeine dunkle Erinnerung stiftete Verwirrung in Saneyyas Herz. Ungläubig zitternd und mit vor Begierde bebender Stimme flüsterte Saneyya: Endlich, endlich, Nury, du saumseliger Damanhouri. Endlich, nach all diesen Jahren. Sag es noch einmal, Nury, laß es mich noch einmal hören.

Und Nury flüsterte, als sage er ein Gedicht auf: Schnell, Saneyya, schnell, ich kann nicht länger warten. Mach auf, mach auf, laß mich ein.

Als sie das hörte, konnte Saneyya sich ein Kichern nicht verkneifen, und kichernd sagte sie: Warte noch ein Weilchen, Nury, es gibt gar keinen Grund zur Eile. Wir haben noch die ganze Nacht.

Nury vor der Tür war außer sich. Saneyya, es ist keine Zeit zu verlieren. Mach auf. Ich verspreche dir, du wirst belohnt werden.

Du sprichst schon von Belohnung, Nury? Glaubst du, ich brauche eine Belohnung? Dein Herz reicht mir, zusammen mit dem, was noch dazugehört. Beherrsch dich, und warte noch etwas. Was kann ich denn schon tun, wo meine Unterröcke doch ganz durcheinander sind?

Nury war verzweifelt. Seine Augen hatten einen wilden Ausdruck angenommen, und der Schweiß lief ihm in Strömen über das Gesicht. Er wollte ihr erklären, was er im Neuen Palast gehört hatte, unterbrach sich aber, denn er konnte nicht wissen, ob jemand lauschte. Statt dessen sprach er in Rätseln: Hör gut zu, Saneyya, und gebrauch deinen Kopf. Was passiert, wenn du einen Topf Reis auf dem Feuer hast, der gleich überkocht, und jemand dich an die Tür ruft? Bleibst du dort stehen und hältst ein kleines Schwätzchen? Nein, du rennst wieder zurück an den Herd und rührst den Reis um. Genauso ist es jetzt, Saneyya. Hör also auf herumzureden – mach auf und laß mich ein.

Wie eine Peitsche schob sich Saneyyas Hand blitzschnell durch den Türspalt, schlug Nury ins Gesicht und warf die Tür wieder zu. Schäm dich, Nury, rief sie kichernd. Was sollen diese schmutzigen Andeutungen? Du wirst warten müssen, ob du nun überkochst oder nicht.

Da begriff Nury, und er begriff auch, daß Saneyya ihn, wenn er ihr nicht zu Willen war, wegjagen und so lange wie möglich daran hindern würde, mit Jeevanbhai zu sprechen. Es gab kein Entkommen. Als Saneyya schließlich öffnete, nahm er all seinen Mut zusammen und ergab sich in sein Schicksal.

Es kam, wie es kommen mußte: Nury der schielende Damanhouri und Saneyya, der Schrecken der Tiefe, paarten sich. Es war keine gewöhnliche Paarung: Nach anfänglichen Schwierigkeiten, bei denen Saneyya lernte, ihm nicht in die Augen zu sehen, und Nury sich an ihre Zahnlücken gewöhnte, überkam sie eine solche Ekstase, daß, wie die Leute später behaupteten, der ganze Souq bebte und Nury fast seine Botschaft vergaß.

Manche Dinge nehmen einen guten Ausgang, auch wenn es zunächst nicht so aussieht. Nury wäre, selbst wenn später alles anders verlaufen wäre, ruiniert gewesen, ein Bettler, eierlos für den Rest seines Lebens, denn Saneyya war nicht die Frau, die über eine Eroberung, auf die sie so lange gewartet hatte, Stillschweigen bewahrte.

Als Nury sich von seiner Verzückung erholt hatte, weckte er Patel und erzählte ihm, was er im Neuen Palast gehört hatte. Noch Jahre später gab es Leute, die einen ganzen Tag lang darüber spekulieren konnten, was er in jener Nacht zu berichten gehabt hatte, aber auch heute noch weiß niemand genau, was es war, und das meiste ist bloße Vermutung. Manche sagen, dies sei der Inhalt der Nachrichten gewesen: Die Männer der Ölgesellschaft hätten geplant, in jener Nacht zwei Flugzeugladungen einer besonderen Züchtung von Dattelpalmen einfliegen zu lassen – einzigartige Palmen, die selbst auf kargstem Boden noch gediehen. Dem Amir sei die Aufgabe zugewiesen worden, die Palmen so schnell wie möglich zu jenem unwirtlichen Stück Land an der Küste zu bringen und dort einzupflanzen. Am nächsten Morgen habe er auf allen Plätzen der Stadt Proklamationen verlesen lassen sollen, in denen die Einwohner aufgefordert werden sollten, sich mit eigenen Augen von diesem Beinah-Wunder zu überzeugen und sich anzusehen, was die Welt für das vergessene Land al-Ghazira zu tun imstande war. Dann habe er, in seiner Eigenschaft als Minister für Öffentliche Arbeit und Bauten, jenes unbesiedelte Stück Land beanspruchen und mit einem Zaun absperren lassen sollen. Man habe damit gerechnet, daß der Malik, vielleicht sogar gewaltsam, Widerstand leisten werde. Aber sobald die Sache einmal so weit gediehen war, so habe man geglaubt, würden die dem Malik so lange treu ergebenen Stadtbewohner, geblendet von der Fähigkeit des Amirs, die Wüste grün zu machen, nachdenklich werden und sich schließlich auf dessen Seite schlagen. Und dann habe man, mit ein bißchen Unterstützung von seiten der Ölarbeiter und der Leibwachen des Amirs, das Alte Fort stürmen, den Malik und mit ihm die Vergangenheit vertreiben und den Amir und mit ihm die Zukunft an die Macht bringen wollen.

Das, sagten manche, sei der Plan gewesen, aber niemand weiß es mit Sicherheit. Sicher ist nur, daß Jeevanbhai, Minuten nachdem Nury ihm dies erzählt hatte, auf dem Esel zum Alten Fort galoppierte. Was dort geschah, blieb im dunkeln. Manche behaupten, Jeevanbhai habe den Malik einschließen müssen, um ihn daran zu hindern, daß er den Neuen Palast auf der Stelle mit seinen gehorteten Waffen angriff. Sicher ist nur, daß Jeevanbhai ein Mittel fand, das zu verhindern, denn natürlich hatte er einen eigenen Plan. Es war noch keine Stunde vergangen, da war er mit Jabal dem Gewaltigen und einem Bündel Briefe des Maliks wieder zurück in der Stadt.

In fieberhafter Eile liefen Jeevanbhai, Jabal und Nury durch die Altstadt, weckten bestimmte Geschäftsleute, deren Loyalität zum Malik bekannt war, und zeigten ihnen die Briefe. Sie mühten sich wie verrückt, denn sie alle wußten, daß dies ein Kampf ums Überleben war (obwohl sich bei einem von ihnen, ohne daß die anderen beiden etwas davon ahnten, bezüglich der Zukunft erste Zweifel regten).

Darauf verschwand eine große Gruppe von Kaufleuten, angeführt von Jeevanbhai, Jabal und Nury, im Souq. Als sie wieder herauskamen, rollten und trugen sie Fässer und Büchsen mit Öl –

und zwar hauptsächlich Kerosin, aber auch alle möglichen anderen Arten von Öl wie Senföl, Baumwollsamenöl, Leinsamenöl, Maisöl, Sonnenblumenöl und sogar geklärte Butter. Das alles brachte man auf Karren zum Hafen und verlud es auf ein flaches Boot. Dann kletterten Patel, Jabal, Nury und ein paar Fischer hinein und ruderten durch die Bucht auf das offene Meer zu, bis die Finsternis sie verschluckt hatte.

Das nächste, was man von ihnen sah, waren der bis auf sein langes weißes Hemd nackte Jeevanbhai und Nury, die festgeklammert auf dem Rücken eines riesigen, panisch mit den Augen rollenden Pferdes saßen und in wildem Galopp den später zur Uferpromenade ausgebauten Feldweg hinunter auf den Hafen zu sprengten. Eine ganze Abteilung der Leibwachen des Amirs, riesige Pathanen vom Khyber-Paß mit umgehängten Patronengürteln, verfolgten sie schreiend und in die Luft feuernd zu Fuß, und sie waren fast so schnell wie das Pferd.

In den Cafés rekonstruierte man später den Ablauf der Ereignisse: Jeevanbhai hatte vorgehabt, lautlos an der Küste entlang bis zu dem besagten Stück Land zu rudern. Er hatte angenommen, die Männer des Amirs würden wahrscheinlich den Landweg bewachen und nicht auf das Meer achten. An der bewußten Stelle hatte er an Land gehen, alles mit Öl tränken, wieder ins Boot steigen und einen brennenden Lumpen hinter sich werfen wollen, um so die Träume des Amirs in Rauch aufgehen zu lassen.

Jeevanbhai war zu schlau, um zu glauben, die Bedeutung von Taten liege in der Tat selbst; darum hatte er auch den Malik davon abgehalten, den Neuen Palast anzugreifen, auch wenn der, mit Unterstützung der Bewohner von al-Ghazira, in dieser ersten Schlacht wohl den Sieg davongetragen hätte. Für Jeevanbhai sind jedoch nicht Taten entscheidend, sondern Warnungen, Bedeutungen, jene zarten Schattierungen, die eine Tat aus dem bloßen Abenteurertum herausheben und sie Geschichte werden lassen. Jeevanbhai wollte nicht einfach die Dattelpalmen verbrennen. Was für einen Sinn hätte das schon gehabt? Er wollte aus diesen Palmen eine Botschaft an den Amir machen, die besagte, daß Träume von innen, aus sich selbst heraus, zerbrechen.

Darin lag die Ironie.

Der erste Teil von Jeevanbhais Plan klappte reibungslos: die Palmen waren bereits gepflanzt, und die Männer des Amirs, die die Straße zur Stadt bewachen sollten, lagen schnarchend ein ganzes Stück entfernt hinter den Dünen, während ihre Pferde unter den Palmen angebunden waren. Lautlos tränkten die drei Männer alles mit Öl. In weniger als einer Stunde waren sie fertig, und keine der Wachen hatte etwas bemerkt.

Auf Jeevanbhais Gesicht lag bereits ein triumphierendes Lächeln, als er die Hand nach dem Lumpen ausstreckte, den er dem neben ihm stehenden Jabal gegeben hatte – aber seine Hand griff in die Luft. Jabal war verschwunden.

Nicht die Träume des Amirs waren es, die ausgehöhlt wurden und zerbrachen.

Jeevanbhai fuhr herum und sah einen riesigen Schatten, der, schon zu weit entfernt, als daß man ihn noch hätte aufhalten können, auf die Wachen zukroch. Im nächsten Augenblick packte Nury ihn am Arm und zeigte auf den Strand: Die Fischer, die schon immer eine feine Nase für Niederlagen gehabt hatten, waren mit ihrem Boot weit draußen auf dem Meer.

Aber selbst in dieser Situation hatte der alte Fuchs noch den einen oder anderen Trick auf Lager. Er riß sich seinen *dhoti* herunter, band das eine Ende an eine mit Kerosin übergossene Palme und nahm das andere in die Hand. Gerade als Jabal die Männer des Amirs wachrüttelte, drückte Jeevanbhai Nury die Zügel eines der Pferde in die Hand, band die anderen los und trieb sie davon. Rings um sie her schlugen schon Kugeln im Sand ein, als er auf das Pferd sprang, Nury zu sich hinaufzog und den *dhoti* anzündete. Sie legten sich flach auf den Rücken des galoppierenden Pferdes und klammerten sich verzweifelt fest, und im selben Augenblick gingen die Palmen in Flammen auf.

Im Hafen hörte man die weit entfernten Schüsse, und da der Morgen bereits graute, hatte sich bald eine Menschenmenge versammelt. Als die Leute die Staubwolke sahen, die ein galoppierendes Pferd auf der anderen Seite der Bucht aufwirbelte, kam es zu einem großen Tumult. Einige meinten, es handle sich um einen Beduinenüberfall wie jene, von denen ihre Großväter ihnen erzählt hatten; andere dachten, die Scheichs der benachbarten Königreiche hätten sich nun endlich entschlossen, den schon lange erwarteten Angriff auf al-Ghazira auszuführen. Es herrschte allgemeine Verwirrung. In al-Ghazira hatte so lange Ruhe geherrscht, daß niemand mehr wußte, wie man mit einer Krise fertig werden sollte. Die Leute – Männer, Kinder, Frauen – rannten schreiend und weinend auf die Straße. Dann hatte das Pferd sie erreicht, scheute und wirbelte die Hufe durch die Luft, und Nury und der arme, halbnackte Jeevanbhai rappelten sich aus dem Staub auf und schrien: Lauft, lauft! – aber bevor sie auch nur einen Schritt machen konnten, erbebte die Erde unter ihren Füßen, denn der Malik, der seinen Zorn nicht länger zügeln konnte, feuerte seine schlecht gezielten Bazookas ins Meer, wo sie, ohne Schaden anzurichten, Wasserfontänen emporschleuderten. Die ganze eben aus dem Schlaf geweckte Menge, halb bekleidet und ungewaschen, in Unterwäsche und ohne Morgenschiß, wandte sich wie ein Mann um und flüchtete, angeführt von Nury, die Straße hinunter.

Aus irgendeinem unerfindlichen Grund lief Nury, anstatt am Ende des Hafens in die Stadt abzubiegen, geradeaus, an der sandigen Landzunge vorbei und weiter, und die Menge rannte, eingehüllt in eine Staubwolke, wie eine Herde Schafe hinter ihm her, während Schüsse und Bazookaeinschläge die ganze Stadt erschütterten; und weiter ging es, am Ras vorbei und die alte Straße hinunter, und gleichzeitig trabten weit entfernt der Amir und seine berittene Leibgarde aus dem Neuen Palast und ritten auf den Maidan al-Jami'i zu, und in der Ölsiedlung polierten die aus allen Gegenden der Welt herbeigeholten Söldner der Ölgesellschaft ihre Gewehre und Gummiknüppel...

Aber davon ahnte Nury nichts, und Jeevanbhai war bereits weit zurückgefallen; er war gestürzt und hatte sich in den Ras verkrümelt, wo er sich tagelang versteckt hielt, und welches Haus kam dafür schon in Frage, wenn nicht Zindis? Nury rannte einfach weiter und weiter, bis vor ihm plötzlich der Stacheldrahtzaun der Ölsiedlung aus dem Sand aufragte. Von der anderen

Seite des Zauns starrten ihn Gesichter schweigend an – philippinische Gesichter, indische Gesichter, ägyptische Gesichter, pakistanische Gesichter, sogar ein paar ghazirische Gesichter. Es war eine ganze Welt von Gesichtern. Verzweifelt warf sich Nury gegen den Zaun und flehte sie an, die Tore zu öffnen. Aber die Gesichter, bereits zu Masken erstarrt, blieben, wo sie waren, und starrten in seine traurigen, verzweifelten, schielenden Augen.

Ihr dürft nicht vergessen, daß dies vor langer Zeit passiert ist, vor so langer Zeit, daß selbst das Öl nicht viel Geld brachte und nicht einer unter hundert, ja nicht einmal einer unter tausend Ghaziris Autos und Häuser und Paläste in der Schweiz besaß. Das war vor den großen Streiks und den Unruhen, bevor die Flugzeuge der Ölgesellschaft die Ghaziris in der Ölsiedlung bombardierten, bevor die Gewerkschaften in den Untergrund getrieben wurden, bevor die Frauen und Schulkinder sich auf den Straßen versammelten, um zu kämpfen, und mit den neuesten und besten Gewehren, Hubschraubern und Computern, die man für Geld bekommen konnte, niedergemetzelt wurden. Dies alles ist vorher passiert.

Damals suchten viele Ghaziris Arbeit. Aber in der Ölsiedlung gab es keine Arbeit für sie, denn die Männer von der Ölgesellschaft wußten, daß einer, der sein eigenes Land bearbeitet, wenigstens eine Ernte hat, um die er kämpfen kann. Statt dessen brachten sie also ihre eigenen Leute her. Sie waren willkommen: al-Ghazira ist schon immer für jeden zur Heimat geworden, der dieses Land als seine Heimat betrachten will – wenn er als Mensch kommt. Aber diese Geister hinter dem Zaun waren keine Menschen, sondern Werkzeuge – hilflos und ausschließlich durch ihre Armut qualifiziert. Damals, als al-Ghazira noch ein richtiges Land war, wurden sie hergebracht, um sich wie die ersten Anflüge eines Opiumtraums zwischen die Ghaziris und ihre Arbeit zu stellen; sie wurden hergebracht, um als Waffen zu dienen und die Ghaziris sowohl untereinander als auch mit der noch nicht verrückt gewordenen Welt zu entzweien, um Narren aus ihnen zu machen, über die die Welt lachen kann. Und da die Zeit auf ihrer Seite war, gelang ihnen das. Darum geschah auch nichts, als Nury sich gegen den Zaun warf, sich die Haut an den Händen in Fetzen riß und sie anflehte, ihn einzulassen, denn dort drinnen gab es keine Männer, die Nury, dem verzweifelten Damanhouri, die Tore hätten öffnen können.

Als sie sich schließlich tatsächlich öffneten, geschah das, um die uniformierten Wachen der Ölsiedlung mit ihren Gummiknüppeln, Schilden und Wasserschläuchen hinauszulassen. Nury blieb nichts anderes übrig, als wieder umzukehren und zu rennen, und die Menge rannte hinter ihm her.

Inzwischen war aus der Menge eine Lawine aus Menschen und Chaos geworden, und sie wälzte sich dahin, wieder am Ras vorbei, geradewegs auf den Maidan al-Jami'i zu, wie ein Fischschwarm, der in einem Netz gefangen wird. Die Männer des Amirs hatten den Platz längst umstellt und alle von ihm abzweigenden Straßen abgeriegelt. Sobald die Menge auf dem Platz war, zog die Leibwache kühl und wirksam vom Leder.

Es war weder das Ende noch der Tag des Jüngsten Gerichts – es geschah nichts, was diesen Ausdruck rechtfertigen würde. Die Wachen verschossen keine Kugeln, sondern Tränengas. Innerhalb weniger Minuten war die Erregung verflogen und die Menge so gefügig und benebelt wie ein Schwarm betäubter Fische. Die Männer des Amirs ließen sie durch die Absperrungen und trieben sie in ihre Häuser. Manchen Leuten tränten noch Tage später die Augen, ein paar alte Männer wurden infolge der Aufregung vom Schlag getroffen, und es gab ein paar gebrochene Beine und ein oder zwei Fehlgeburten. Die ganze Geschichte hatte lediglich ein bißchen Atem gekostet.

Wir hatten uns geirrt, dies war keine Fehde: Kein Tyrann mußte sterben; es gab keinen Brudermord, keinen Königsmord, keine Liebe, keinen Haß. Das Ganze war nur eine Übung für die Herrscher der Zukunft und ihre Computer gewesen – eine Übung im sparsamen Umgang mit polizeilichen Mitteln.

Bloß Nury kam ums Leben. Er rannte über den Maidan auf das Bab al-Asli zu, als die Tränengasgranaten explodierten. Nury war für kurze Zeit seiner Scharfsicht beraubt und stolperte hilflos umher, bis er einem Beduinenjungen in die Quere lief, der auf seinem Kamel in den Souq gekommen war, um Wolle zu verkaufen. Und das von Lärm und Tränengas in panische Angst versetzte Tier biß dem armen Nury einfach den Kopf ab.

Das war das Ende von Nury, dem scharfsichtigen Damanhouri.

Und das war gut so, denn selbst wenn Saneyya die Grundlage seines Gewerbes nicht bereits zerstört gehabt hätte, wäre Nury im neuen al-Ghazira heimatlos gewesen. Es gab keinen Platz mehr für scharfsichtige Eierhändler. Heute kommen alle Eier von den Geflügelfarmen in Europa, und Nury hätte sich nie ein Flugzeug leisten können.

Den Malik sah man seither nur noch selten, obwohl er doch angeblich der Herrscher war und ist. Man ließ ihn im Alten Fort, wo er allerdings mehr ein Gefangener als ein König war. Es hieß, der Amir habe ein riesiges Waffenlager im Fort gefunden und sichergestellt. Die Leute von der Ölgesellschaft boten dem Malik eine Pension für den Fall an, daß er sich in ihrem Heimatland zur Ruhe setzen würde, aber sie hätten ihn nur tot aus dem Fort herausbekommen, und so mußte sich der Amir damit zufriedengeben, ihn dort zu lassen und Wachen vor den Toren zu postieren. Trotzdem wird er, solange der Malik lebt, keinen Tag Ruhe haben, denn niemand weiß, was der alte Mann im Schilde führt.

Und Jeevanbhai? All seine Geschäfte und Schiffe, seine Lagerhäuser und Zollkontrakte wurden eingezogen. Man ließ ihm nur seinen Laden im Souq und sein Büro in der Nähe des Hafens. Jahrelang war er ein gebrochener Mann. Aber seine glücklich verheirateten Ehepaare vergaßen ihn nicht, und mit ein bißchen Hilfe von ihnen fing er noch einmal von vorn an. Das wenige, das er heute besitzt, hat er sich neu aufgebaut. Aber dann, gerade als er dachte, von seinem Gott gesegnet zu sein, starb seine Frau, und heute ist er der wandelnde Leichnam, den ihr alle kennt. Ein Mann bekommt nur eine bestimmte Anzahl von Chancen und nicht mehr. Darum hat Jeevanbhai angefangen, im Hinterzimmer seines Ladens heimlich zu trinken.

Jabal der Gewaltige zog in den Neuen Palast und wurde bald einer der engsten Berater des Amirs. Der Amir vergaß nie, daß er die Schlacht um die Dattelpalmen vielleicht verloren hätte, wenn Jabal nicht gewesen wäre, und schob ihm etwa ein Dutzend der lukrativsten englischen und amerikanischen Vertretungen zu, und heute heißt es, daß Jabal der Gewaltige so riesig wie ein ganzes Gebirge geworden ist und genug Geld hat, um einen ganzen Kontinent zu kaufen, auf dem er sich ausbreiten kann.

Der Amir bekam heraus, welche Ladenbesitzer Jeevanbhai in jener Nacht Kerosin gegeben hatten, und ihre Läden wurden ausnahmslos beschlagnahmt und an die Freunde des Amirs verteilt. Bald darauf wurden auch die Märkte auf dem brachliegenden Stück Land verboten.

Die Neustadt schoß über Nacht wie ein Pilz aus dem Boden. Die Ölgesellschaft vergaß die Pläne für die neue Ölsiedlung, denn das ganze Land war jetzt zu ihrer Ölsiedlung geworden.

Jahrelang ließ man das Stück Land am Rand der Neustadt so, wie es war: dicht bestanden mit verkohlten Dattelpalmen. Dann, viel später, als der Amir dachte, die Schlacht um die Dattelpalmen sei vergessen, ließ er das Land roden, und danach wurde die Uferpromenade angelegt. Und letztes Jahr hieß es, ein Konsortium ghazirischer Gesellschaften sei dabei, die Mittel aufzubringen, um das größte Kaufhaus des Kontinents zu bauen: ein riesiges Einkaufszentrum, das, um unsere leuchtende Zukunft zu symbolisieren, fünf spitz zulaufende Flügel haben sollte. Es sollte an-Najma, der Stern, heißen und auf einem marschigen, unbrauchbaren Stück Land am Ende von al-Ghazira, in der Nähe der Grenze, gebaut werden. Anfangs wußte niemand, woher das Geld dafür kam; in den Zeitungen standen die Namen unbekannter Gesellschaften.

Die Wahrheit ist im Schweigen verborgen.

Das Geld wurde von Jabal, dem König der Eunuchen, und seinen Freunden aufgebracht.

Hajj Fahmy verfiel in ein langes Schweigen. Niemand im Raum sagte etwas, denn alle wußten, daß es viele Biegungen und Windungen gab, wenn Hajj Fahmy eine Geschichte erzählte. Schließlich hob der Hajj noch einmal die Hand.

Und jetzt werde ich euch verraten, sagte er, warum der Stern eingestürzt ist. Er ist eingestürzt, weil niemand ihn wollte. Der Malik wollte ihn nicht – er hat nie auch nur eine Sekunde lang die Schlacht um die Dattelpalmen vergessen, und das wird er auch nie. Niemand im Souq wollte ihn – auch die Händler haben weder die Schlacht noch die Konfiszierungen vergessen. Außerdem sollte keiner von ihnen einen Laden im Stern bekommen. Wie lange hätte der Souq wohl überlebt, wenn die Eröffnung tatsächlich stattgefunden hätte? Die Mawali wollten den Stern nicht wegen des Grabes ihres Scheichs. Den Bauunternehmern war es egal, ob er stehenblieb oder einstürzte – sie hatten sowieso schon ihr Geld verdient. Die Liebespaare, die sich nachts dort trafen, wollten ihn nicht; die Schmuggler, die dort an Land gingen, wollten ihn nicht; Jabal und seine Freunde wollten ihn nicht – mit dem Geld von der Versicherung werden sie glücklicher sein. Und wollte ihn etwa der Amir? Er hat sein Geld in ein weit entferntes, sicheres Land geschafft, und nichts von dem, was in al-Ghazira geschieht, interessiert ihn sonderlich.

Keiner wollte den Stern. Darum ist er eingestürzt: Ein Haus, das keiner will, kann nicht stehenbleiben.

Hajj Fahmy lehnte sich mit dem Rücken an die Wand und seufzte erschöpft. Nach geraumer Zeit brach Abu Fahl das Schweigen mit einem Lachen. Für einen alten Mann, sagte er, kann ein Sandkorn zu einem riesigen Berg werden. Nichts ist einfach. Jeder weiß, warum der Stern eingestürzt ist: weil man den Zement mit zuviel Sand vermischt hat. Jeder, der ein bißchen Erfahrung im Bau hat, weiß das. Es ist gar nichts Geheimnisvolles daran. Alu hatte keine Erfahrung, und darum hat er zu langsam reagiert und ist verschüttet worden, während alle anderen es geschafft haben, sich in Sicherheit zu bringen. Das ist alles. Manche Dinge sind tatsächlich einfach.

Abu Fahl warf Hajj Fahmy einen geringschätzigen Blick zu. Der Hajj merkte das nicht, denn seine Augen waren geschlossen. Es war Rakesh, der entgegnete: Glaubst du wirklich, daß es so einfach ist, Abu Fahl? Er hatte sich sichtlich überwinden müssen, das zu sagen – Rakesh war nicht der Mann, der es genoß, in einer Menge aufzufallen.

Abu Fahl, der zwar kein Meisterredner war, sich aber darauf verstand, seine Zuhörer in den Bann zu ziehen, sah sich lächelnd und mit einem Blick, der die anderen zum Lachen ermutigen sollte, im Raum um. Ja, sagte er zu Rakesh, es ist wirklich so einfach.

Dann gibt es vielleicht etwas, das du nicht weißt, sagte Rakesh. Du sagst, daß Alu nicht mit uns hinausgerannt ist, weil ihm nicht klar war, daß das Gebäude einstürzen würde. In Wirklichkeit war Alu aber der erste von uns, der das Rumpeln und den Lärm der fallenden Steine und Putzbrocken bemerkte. Da hatte er unter einer Plane gerade zwei Nähmaschinen entdeckt, die als Dekoration dienen sollten. Als er das Rumpeln hörte, deckte er die Maschinen nicht wieder ab und schob uns aus dem Keller. Das war, *bevor* du uns gewarnt hast. Als ich dich hörte, war ich schon dabei, mich in Sicherheit zu bringen. Auf der Treppe blieb ich stehen – die Wände rings um mich her wackelten schon – und sah, daß Alu nicht hinter mir war. Ich rannte zurück und sah im Ausstellungsraum nach. Ich konnte nicht viel erkennen, weil dicker Staub in der Luft hing, aber ich bin sicher, daß ich gesehen habe, wie er die Maschinen sorgfältig zudeckte. Los, Alu, komm! rief ich ihm zu. Er drehte sich um und winkte mir, ich solle mich beeilen, und wenn der Staub nicht gewesen wäre, wäre ich bereit zu schwören, daß er dabei lächelte. Dann wurde das Rumpeln lauter, und ich rannte die Treppe hinauf, während Alu zurückblieb und vielleicht immer noch lächelte.

13
Ein Appell an die Vernunft

Sobald das Flugzeug von der Startbahn in Bombay abhob, wußte Jyoti Das, daß seine Benommenheit nichts mit der Höhe zu tun hatte. Es war nicht das erste Mal, daß er in einem Flugzeug saß; Flugzeuge bewirkten keine Benommenheit. Das Ganze war ein Rätsel, und die Lösung fiel ihm nicht ein.

Ein bißchen klarer wurde ihm die Sache, als er ein Gespräch mit seinem Sitznachbarn begann, einem Mechaniker aus Gujarat, der nach al-Ghazira ging, weil man ihm dort eine Stelle angeboten hatte, bei der er in einem Monat ungefähr so viel verdienen würde wie ein HIP, alle Zulagen eingeschlossen, in einem ganzen Jahr. Aber dennoch, klagte der Mechaniker, gab es Probleme: keine Krankenversicherung, keine Unterbringung, keinerlei Sicherheit. Er hatte nichts als Sorgen. Würde er krank werden? Würde er eine Unterkunft finden können? Würde er einen angenehmen Chef haben oder nicht? Würde es ihm möglich sein, genug Geld zu sparen, um danach heiraten zu können? Es ging kein Weg daran vorbei: Überall hatte man Sorgen, ganz gleich, wie gut man bezahlt wurde. Während er ihm zuhörte, spürte Jyoti plötzlich, wie die Leichtigkeit in seinem Kopf Purzelbäume schlug und ihn vom Gewicht seiner Füße befreite.

Da wußte er, daß es egal war, wenigstens für eine Weile. Solche Dinge sind nur zu Hause von Bedeutung, und fremde Orte sind insofern alle gleich, als sie anders sind als das Zuhause. Man ist dort ungebunden.

Noch klarer wurde ihm das, als er aus dem Fenster sah und am Horizont eine Delle bemerkte, kaum wahrnehmbar, eigentlich nicht größer als ein Staubkorn auf dem Fensterglas, aber es reichte, um zu bewirken, daß irgend etwas in seinem Bauch sich anspannte und Wellen der Erregung durch seinen Körper sandte. Die Haare an seinen Armen stellten sich auf, und er mußte sich an den Armlehnen festhalten, um nicht hin und her zu schwanken. Er wußte, daß kein Zusammenhang bestand zwischen seinem leichten Kopf und dieser Andeutung von Sand in der Ferne. Ob dieses Stück Land da hinten al-Ghazira oder die Antarktis war, machte keinen Unterschied. Die Reise fand in seinem Inneren statt und war bereits vorbei, denn das Wichtigste daran war der Beginn.

Und dann merkte er in all seiner Unbeschwertheit auch, daß er dankbar war. Selbst sechs Monate höllischer Verwirrung waren nicht zuviel für eine Reise, die einem, noch bevor sie zu Ende war, half, über die Runden zu kommen.

Vor über sechs Monaten war er ganz begeistert und in der Überzeugung, der SOI werde nicht weniger begeistert sein, aus Mahé zurückgekehrt. Immerhin hatte der SOI doch darauf bestanden, den Fall weiter zu verfolgen, selbst als er, Jyoti Das, gedacht hatte, die Spur führe in eine Sackgasse. Der SOI hatte seiner eigenen Einschätzung vertraut und die Sache vorangetrieben, und das hatte sich in Mahé als zumindest halbwegs richtig erwiesen. Also ignorierte Das alle Anspielungen seiner Mutter auf heiratsfähige junge Frauen und gab sich große Mühe mit dem Bericht über seine Dienstreise nach Mahé. Er nahm an, daß der SOI, sobald ihm die harten Fakten vorlagen, darauf drängen werde, den Fall zum Abschluß zu bringen. Tatsächlich rechnete Das damit, daß er hart darum werde kämpfen müssen, an den weiteren Ermittlungen beteiligt zu werden.

Aber als er die Akte einreichte, verschwand sie einfach, und der SOI erwähnte sie mit keinem einzigen Wort mehr. Eine Woche später beantragte Das Reise- und Devisenzuschüsse und so weiter, in der Hoffnung, den SOI dadurch zu einer Reaktion bewegen zu können, doch es geschah nichts. Als er seinen Vorgesetzten in dessen Dienstzimmer aufsuchte, saß dieser zurückgelehnt in seinem Sessel und drehte mit düsterer Miene einen halben Kohlkopf in seinen Händen hin und her. Er wollte nicht über den Fall sprechen und lenkte das Gespräch statt dessen in bedrohlicher Weise auf Das' Papierverbrauch. Maßlos, sagte er, und unerklärlich – genug für einen ganzen Laden.

Als Das den Raum verließ, war er verwirrt. Ein paar Monate lang tat sich gar nichts, obwohl Das regelmäßig Memoranden und Vermerke verfaßte. Er kultivierte sogar ein demütigendes Vertrauensverhältnis mit der persönlichen Sekretärin des SOI. Aber auch dabei kam nichts heraus – es war, als habe sich ein Vorhang herabgesenkt.

Nach ein paar weiteren Monaten, in deren Verlauf sich sein Zorn zunächst in schlaflose, nägelbeißende Frustration und dann schließlich in enttäuschte Resignation verwandelte, ließ ihn der SOI zu sich kommen. Das Problem sei, sagte er, während er geistesabwesend eine Karotte in Stücke schnitt, daß, wenn er, Das, die Verfolgung aufnehme, ein Ersatzmann gefunden werden müsse. Ohne einen so wertvollen Beamten könne die Dienststelle unmöglich auskommen. Es liege daher auf der Hand, daß man einen Ersatzmann für ihn finden mußte. Er habe sich bereits die Dienstliste angesehen und einen passenden Mann gefunden, einen jungen Polizeioffizier. Leider sei der Antrag, den er an die vorgesetzten Stellen im Sekretariat geschickt habe, abschlägig beschieden worden. Daher die Verzögerung. Natürlich, der Fall sei wichtig, aber ohne einen Ersatz könne ihn die Dienststelle nicht entbehren.

Er sah Das bedeutungsvoll an.

Wieder war Das verwirrt, als er das Zimmer verließ. Er hatte den Eindruck, als wolle der SOI ihm damit etwas sagen, aber er wußte nicht was.

Er kratzte sich immer noch den Kopf, als der SOI ihn eine Woche später wieder zu sich bestellte. Der Schlüssel zur Lösung des Problems, sagte der SOI und zerbröselte ein Stück Bratkartoffel, sei der Ersatzmann. Er nannte Das einen Namen, der ihm nichts sagte. Jedenfalls, sagte der SOI mit Bedacht und betonte bestimmte Worte – wenn Sie das Problem des Ersatzmanns lösen, werden wir, was Ihre Auslandsreise betrifft, sehen, was wir tun können. Gehen Sie und denken Sie darüber nach. Gehen Sie nach Delhi, wenn Sie wollen. Sie haben doch einen Onkel im Ministerium, oder?

Großonkel, Sir, sagte Jyoti Das automatisch.

Immer noch verwirrt, nahm er eine Woche Urlaub und fuhr nach Delhi, um mit dem Staatssekretär, einem Onkel seiner Mutter, zu sprechen. Der Besuch war ihm peinlich, denn Jyoti hatte den Onkel seit Jahren nicht gesehen und fürchtete, dieser werde ihn vielleicht nicht mehr erkennen. Aber dann lief doch alles zu seiner Zufriedenheit: Sein Großonkel hatte vor, sich ein Haus in Kalkutta zu kaufen, und wollte, daß Jyotis Vater sich nach einem passenden Objekt umsah. Nachdem Jyoti ihm versichert hatte, das werde geschehen, machte er sich ans Werk, und innerhalb einer Woche war der Antrag des SOI genehmigt.

Sogleich brach im Dienstzimmer des SOI hektische Betriebsamkeit aus: Akten wurden ausgegeben, der SOI verbrachte Stunden am Telefon, und eines Tages hörte Jyoti plötzlich, daß alles geklärt sei. Die restlichen Vorbereitungen nahmen nicht einmal eine Woche in Anspruch.

Am Tag vor seiner Abreise kam der SOI in sein Zimmer, klopfte ihm auf die Schulter und sagte: Machen Sie sich keine Sorgen wegen der Verzögerung. Dadurch hatte der Fall Gelegenheit, sich richtig zu entwickeln. Und nur keine Eile, wenn Sie dort sind. Nehmen Sie sich Zeit. Lassen Sie den Fall reifen. Dann überreichte er Jyoti, zum Zeichen seiner guten Wünsche, einen Karton mit Golden-Delicious-Äpfeln.

Und wie einer dieser goldenen Äpfel drehte sich jetzt, da das Flugzeug sich in die Kurve legte, al-Ghazira langsam unter ihm. Er sah hinaus und kniff die Augen zusammen; das grelle Licht der Mittagssonne auf dem weißen, mit Gips durchsetzten Sand blendete ihn. Schwarze Straßen durchschnitten die weite weiße Fläche. Er erkannte das strahlenförmige Muster der geplanten

Straßen am einen Ende der Stadt und weiter hinten einen großen Platz mit einem Gewirr gewundener Gassen, die von ihm ausgingen. Als das Flugzeug zur Landung ansetzte, vergaß er, geblendet vom gleißenden Sonnenlicht, Berberfalken und Sakerfalken und all die anderen Vögel, die er zu sehen gehofft hatte, denn er wußte plötzlich, daß al-Ghazira gar kein wirklicher Ort war, sondern eine Frage: Sind fremde Länder lediglich Nicht-Heimat, oder sind sie all das, was die Heimat nicht ist?

Er war bereits älter geworden.

Im Durcheinander des überfüllten, mit Gepäckstücken vollgestellten Flughafens voller luftkranker Passagiere erblickte Jyoti Das mit Erleichterung Jai Lal, einen kleinen, modisch gekleideten Mann, auf dessen schmalem, adlerartigem Gesicht sich hier und da noch Spuren von Pubertätsakne fanden. Er hatte ihn einmal getroffen – oder besser: Er hatte ihn einmal unabsichtlich angerempelt –, und zwar im Hauptquartier des Sekretariats in Delhi. Da er ein paar Jahre älter war als Das, hatte Jai Lal ihn nicht sonderlich beachtet. Aber Das hatte von ihm gehört: Jeder, der Jai Lal kannte, sprach mit Ehrfurcht von seiner geschliffenen Weltgewandtheit und seinen guten Beziehungen.

Hallo, begrüßte ihn Das und streckte die Hand aus, ich bin...

Ja, sagte Jai Lal und berührte sie flüchtig, wir kennen uns ja, oder?

Voll lässiger Arroganz wedelte er mit ein paar Karten, und kurz darauf standen sie vor dem Flughafengebäude. Die Luft fühlte sich an wie heißer Dampf, und Das brach aus allen Poren der Schweiß aus. Er folgte Jai Lal zu dessen Wagen und unterdrückte den Wunsch, noch ein wenig im Flughafengebäude zu bleiben und diese außerordentliche Mischung von Menschen zu beobachten. Denn Jai Lal stand bereits am Wagen und stritt sich auf Hindi mit dem Gepäckträger.

Sobald Das die Beifahrertür zugeschlagen hatte, sagte Jai Lal: Was ist los? Warum hat das so lang gedauert? Ich habe Ihnen bestimmt über ein Dutzend Telexe geschickt. Hätten Sie nicht etwas früher kommen können?

Mit einiger Anstrengung wandte Das den Blick vom zeltartig gefalteten Betondach des Flughafengebäudes. Er seufzte. Sie haben ja keine Ahnung, wieviel Mühe mich diese Reise gekostet hat. Mein SOI wollte einen Ersatzmann, einen ganz bestimmten Ersatzmann, für mich, und es hat Monate gedauert, bis die Versetzung genehmigt war. Ich werde Ihnen das ein andermal ausführlich erzählen. Im Augenblick kann ich nur sagen, daß ich froh bin, überhaupt hier zu sein. Aber lassen wir das. Hat es in dem Fall irgendwelche Entwicklungen gegeben?

Lal stieß ein bitteres Lachen aus. Er beugte sich vor und drückte auf einen Knopf. Dann wartete er, bis das metallische Dröhnen einer Elektrogitarre den Wagen erfüllte. Ja, sagte er, man kann wohl sagen, daß es in diesem Fall Entwicklungen gegeben hat. Eigentlich kann man sogar sagen, daß der Fall gestorben ist. Ihr Mann ist tot.

Ach ja? Nach dem Flug und dem Flughafen brachte Das keine heftigere Reaktion mehr zustande. Dann sollte ich, sagte er, wahrscheinlich besser ein Telex schicken, damit die Auslandszulage für nächste Woche erst gar nicht mehr überwiesen wird. Lal dachte einen Augenblick nach. Nein, sagte er, das hat Zeit. Aber vielleicht sollten wir ihnen ein Telex schicken und sie bitten, Ihr Rückflugticket bestätigen zu lassen. Wissen Sie, ehrlich gesagt und um ganz offen zu sein..., ich glaube nicht, daß es nötig war, Sie diese weite Reise machen zu lassen. Ich wäre ohne Mühe selbst damit fertig geworden. Immerhin ist das mein Job. Ich habe sogar an die Zentrale geschrieben. Aber Ihr Chef war sehr erpicht darauf, an dem Fall dranzubleiben, und auch die hohen Tiere haben darauf bestanden. Aber wenn die das sowieso vorhatten, hätten sie Sie wenigstens ein bißchen früher schicken können.

Mit einem schmerzlichen Gefühl des Verlustes sah Das aus dem Fenster und betrachtete die langsam kleiner werdenden, metallisch schimmernden Kugeln der Entsalzungsanlage von al-Ghazira. Ist ja auch egal, sagte er. Erzählen Sie mir, was passiert ist. Jetzt, wo ich schon einmal hier bin, würde ich es gern wissen.

Soweit ich weiß, nicht viel, antwortete Lal. Ich habe es erst gestern von einem unserer Informanten erfahren, von einem wirklich zuverlässigen Mann, der im selben Haus wie Ihr Verdächtiger lebt. Sehen Sie, das ist es doch gerade: Wir hier draußen machen die ganze Arbeit, bauen ein Netz von Kontakten und Verbindungsleuten auf, und dann schicken sie euch her – Leute, die keine Ahnung von den örtlichen Gegebenheiten haben. Und das auch erst, wenn es schon zu spät ist. Das wäre wirklich nicht nötig gewesen.

Lal sah stirnrunzelnd geradeaus. Sein Mund war ein dünner weißer Strich. Ja, dachte Das, das wäre wirklich überhaupt nicht nötig gewesen. Du hättest ein paar Berichte schicken können, deine Onkel im Ministerium hätten dafür gesorgt, daß jeder sie zu lesen kriegt, und du wärst ein paarmal schnell befördert worden und auf einem erstklassigen Posten gelandet – Bonn oder Brüssel oder so. Nein, es war gar nicht nötig, jemanden herzuschicken.

Laut fragte er: Was ist passiert?

Ach, bloß ein Unfall, sagte Lal. Der Bursche war in so einer Art Bautrupp. Die haben hauptsächlich Außen- und Innenanstriche und so gemacht. Sie waren gerade in einem Gebäude bei der Arbeit, als es einstürzte. Das war vor etwa vier Tagen. Alle Zeitungen haben über den Einsturz berichtet, denn das Gebäude sollte ein richtiges Schmuckstück werden. Der Stern hieß es. Hier stürzt andauernd etwas ein. Die Bauunternehmer sparen am Material, und darum fallen die Gebäude in sich zusammen. Von einem Toten stand allerdings nichts in den Zeitungen. Offenbar war Ihr Mann der einzige, und auch die Behörden wissen wahrscheinlich nichts von ihm. Mein Informant sagt, daß die Leute, mit denen er zusammengearbeitet hat, Stillschweigen bewahren wollen, weil er illegal hier war und sie alle Ärger bekommen könnten. Na, Sie werden es ja selbst hören; heute abend gehen wir zu meinem Informanten und stellen fest, ob es noch irgend etwas zu klären gibt.

Lal warf Das einen Blick zu und sah, daß er in stummer Enttäuschung aus dem Fenster starrte. Tröstend klopfte er ihm auf die

Schulter. Nehmen Sie's nicht schwer, *yar*, sagte er. Sie haben eine schöne Reise mit dem Flugzeug gemacht, Sie werden al-Ghazira sehen und ein paar hübsche Dinge kaufen können, und außerdem haben Sie eine Reise und Devisenzulage für eine Woche, also gehen Sie ja nicht ganz leer aus. Nehmen Sie die ganze Sache nicht so schwer.

Bestimmt nicht, dachte Das. Eine Woche Reise- und Devisenzulage für mich und einen italienischen Wagen für dich. Er räusperte sich und sagte: Ja, das stimmt. Wann werden wir Ihren Informanten treffen?

Heute abend, sagte Lal. Ich werde Sie vom Hotel abholen. Sie müssen danach noch mit uns essen.

Eine Weile fuhren sie schweigend weiter, vorbei an runden, mit Springbrunnen geschmückten Plätzen, riesigen Baugruben und Stahlgerüstdschungeln. Bald darauf befanden sie sich mitten in einem wilden Verkehrschaos, und Lals kleiner Wagen verlor sich zwischen Sportwagen, Limousinen, deren Fenster mit schweren Vorhängen versehen waren, und staubbedeckten Sattelschleppern, die so lang waren wie Güterzüge und aus Europa kamen. Lal runzelte die Stirn und fragte: Wie war noch gleich der Name Ihres SOI?

Das sagte es ihm.

Und wie heißt Ihr Ersatzmann? Das sagte es ihm. Die Neugier seines Kollegen verwirrte ihn ein wenig. Lal lächelte, als er den Namen hörte. Wollen mal sehen... Ich glaube, sie sind verwandt – Onkel und Neffe. Ja, ich meine mich zu erinnern, das gehört zu haben. Vermutlich ist ihm keine andere Möglichkeit eingefallen, wie er seinen Neffen ins Sekretariat hieven könnte, und da hat er Sie einfach ein bißchen von Ihrem Posten entfernt.

Das hatte das Gefühl, als habe ihm jemand in den Magen geschlagen. Er setzte sich aufrecht hin, stützte sich mit ausgestrecktem Arm ab und widerstand der Versuchung, sich zusammenzukrümmen.

Er hatte es gewußt, aber er hatte nichts gemerkt.

Ach, sagte er, das wußte ich gar nicht. Was hätte er sonst dazu sagen sollen?

Ja, sagte Lal freundlich, das denke ich mir. Ich habe gehört, daß sie immer sehr beschäftigt sind mit Vögeln und Malen und solchen Sachen.

Den Rest der Fahrt schwieg Jyoti. Obwohl er es ursprünglich vorgehabt hatte, brachte er es nicht über sich, Lal nach den Berberfalken zu fragen.

Er heißt Jeevanbhai Patel, sagte Lal, als er und Das durch das Bab al-Asli eilten und sich einen Weg durch die abendliche Menge bahnten, die auf der Hauptstraße des Souqs auf und ab schlenderte. Das betrachtete die wallenden Gewänder und Kopftücher der Ghaziri-Männer, die schwarzen Masken der Frauen, die goldenen Uhren und silbernen Taschenrechner, die mit Edelsteinen besetzten Gürtel und seidenen Hemden. Am liebsten wäre er stehengeblieben und hätte sich alles in Ruhe angesehen, aber Lal zog ihn im Eilschritt weiter.

Mein Vorgänger hat ihn mir vererbt, sagte er. Er ist vor Jahren hierhergekommen – weiß der Himmel, wann das war –, jedenfalls lange bevor man hier Öl fand. Früher, sagt man, geschah in al-Ghazira nichts, ohne daß er davon wußte. Er ist ein Geschäftsmann. Ich glaube, er war einmal sehr erfolgreich, aber dann wurde er in irgendwas hineingezogen und verlor all sein Geld. Das ist das Merkwürdige an ihm. Normalerweise konzentriert sich ein indischer *bania* instinktiv auf sein Geschäft oder sein Gewerbe und hält sich aus allem heraus, ganz gleich, in welchem Land der Erde er sich niederläßt. Er weiß, daß er auf die Art und Weise mehr Geld verdienen kann. Aber dieser Mann ist anders: Er läßt sich auf alles ein. Das war sein Verderben. Natürlich ist er jetzt ein alter Mann, und sein Leben liegt hinter ihm, aber trotzdem hält er immer noch die Ohren offen. Inzwischen trinkt er zuviel, aber ich muß sagen, daß wir ihm sehr nützliche Informationen verdanken.

Vor einem Laden blieben sie stehen. ‹Durban Tailoring House› las Das auf einem Schild, das schief über der Tür hing. Der Laden war sehr heruntergekommen und unterschied sich dadurch deutlich von seinen glitzernden Nachbarn. Von irgendwo aus dem düsteren Inneren tauchte eine Gestalt auf und kam auf sie zu: Es war ein Mann, der die Mitte seines Lebens längst hinter sich hatte; er war dünn und ging leicht gebeugt, sein Gesicht war von feinen Falten durchzogen wie eine Walnuß, wirkte aber, abgesehen von den großen, verfaulten Zähnen, die ihm fast waagrecht aus dem Mund standen, ziemlich durchschnittlich.

Jeevanbhai führte sie durch den Laden in ein Hinterzimmer. Als Das eintrat, taumelte er zurück, denn der Geruch von Whisky hing wie Nebel im Raum. Es war ein kleines Zimmer, und zwei große stählerne Aktenschränke machten es noch kleiner. Inmitten von verstreut daliegenden Akten und Papierstapeln, die mit gesprungenen Untertassen und zerbrochenen Tassen beschwert waren, stand ein Schreibtisch.

Papierfetzen flogen, aufgewirbelt von den halbherzigen Windstößen eines uralten Tischventilators, im Raum herum. Es war sehr düster; die einzige Lichtquelle war eine verstaubte Schreibtischlampe, die auf dem Boden stand.

Jeevanbhai befreite zwei Klappstühle aus Stahl von den Papierstapeln, die darauf lagen, wischte sie mit einem Tuch ab und bot sie zögernd seinen Besuchern an.

Ich hoffe, wir sind nicht zu früh dran, Patel-sahb, sagte Lal.

Nein, nein, antwortete Jeevanbhai, ganz und gar nicht. Nur keine Förmlichkeiten. Der Mann, der hier arbeitet, ist in letzter Zeit immer früh heimgegangen. Ich lasse ihn – er wird langsam alt. Ort und Zeit für eine Unterredung könnten gar nicht besser gewählt sein.

Er ließ sich auf einen Stuhl hinter dem Schreibtisch sinken, zog eine Schublade auf und holte drei Gläser, von denen eines halb gefüllt war, sowie eine Flasche mit billigem Scotch hervor. Wollen Sie auch einen Schluck? fragte er und sah mit einer hochgezogenen Augenbraue von Jai Lal zu Das.

Jai Lal warf Das einen Blick zu und nickte. Jeevanbhai trank sein Glas aus und schenkte neu ein. Er spritzte ein wenig Wasser hinein und schob seinen beiden Besuchern ihre Drinks zu. Prost! sagte er und stieß mit ihnen an.

Nun, Patel-sahb, sagte Lal und nahm mit Kennermiene einen Schluck von dem warmen Whisky, wie geht es Ihnen?

Nicht schlecht. Ich werde älter.

Lal lachte. Wir alle werden älter.

Ja, sagte Jeevanbhai. Wir alle werden älter. Er trank sein Glas aus und schenkte sich einen neuen Drink ein.

Lal räusperte sich. Patel-sahb, dies ist ein Freund von mir, Mr. Das, der sich ebenfalls für das, über was wir gestern gesprochen haben, interessiert. Könnten Sie ihm erzählen, was Sie auch mir erzählt haben – wie dieser junge Mann ums Leben gekommen ist?

Ums Leben gekommen? Jeevanbhai fuhr sich mit der Zunge über die Zähne. Wer hat denn gesagt, daß er ums Leben gekommen ist?

Mit hochgezogenen Augenbrauen warf Lal Das einen kurzen Blick zu. Sagten Sie nicht, er sei ums Leben gekommen? sagte er verbindlich.

Nein, antwortete Jeevanbhai, ich habe nur gesagt, daß er in einem Gebäude war, das eingestürzt ist, und daß niemand das hätte überleben können. Das ist nicht dasselbe, wie wenn ich gesagt hätte, daß niemand es überlebt *hat*. Ganz und gar nicht.

Ich verstehe, sagte Lal, ich verstehe. Was ist passiert?

Was passiert ist? Wer weiß das schon?

Was glauben Sie, was passiert ist?

Wer gibt mir denn das Recht anzunehmen, daß etwas passiert ist, Mr. Lal? Und wer gibt Ihnen das Recht?

Lal erhob sich halb von seinem Stuhl. Vielleicht sollten wir später wiederkommen, wenn Ihnen mehr nach einer Unterhaltung zumute ist, Patel-sahb? Oder wenn Sie in besserer Verfassung sind?

Früher, später – was macht das schon für einen Unterschied? sagte Jeevanbhai leise. Was immer es ist, was immer passiert ist oder auch nicht – es ist, einfach ausgedrückt, ein bißchen schwer, ein bißchen schwer zu begreifen.

Lal sah Das kurz an und machte ihm ein Zeichen, nichts zu sagen und sitzen zu bleiben. Aber Das mußte sich einfach vorbeugen und Jeevanbhais Gesicht mustern. Plötzlich ging das Licht aus. Jeevanbhai wühlte in den Papieren, die auf dem Boden lagen, fand eine verbogene Kerze und zündete ein Streichholz an. Im Flackern der Kerzenflamme sah Das, daß Jeevanbhais Hände zitterten, konnte aber nicht sagen, ob dieses Zittern eine Folge des Whiskys oder des Alters war. Jeevanbhais Augen blitzten im Kerzenlicht kurz auf. Dann stellte er die Kerze neben seinen Stuhl auf den Boden, um sie vor dem Luftzug des Ventilators zu schützen, und sogleich verschwand sein Gesicht im Schatten, und Das konnte nur noch dunkel die roten Zähne erkennen.

Gestern, spät in der Nacht, sagte Jeevanbhai mit einem fast unmerklichen Nuscheln, haben sie ihn zurückgebracht. Wie sie das geschafft haben, weiß der Himmel. Sie müssen dreißig bis vierzig Männer mitgenommen haben, mit Werkzeugen und Geräten. Das Grundstück ist Tag und Nacht von einem Polizeikordon abgesperrt. Wie sie da durchgekommen sind? Das weiß der Himmel. Natürlich ist das nur eine Spekulation, aber vielleicht hat Abu Fahl – den kennen Sie nicht; er ist ein sehr schlauer Mann, kennt alle Ecken und Winkel in al-Ghazira –, vielleicht hat er eine Möglichkeit gefunden, diesen Polizisten Geld zu geben, damit sie ein Weilchen nicht so genau hinsehen. Vielleicht.

Jedenfalls haben sie ihn zurückgebracht. Und es war nicht gerade so, daß er kaum noch lebendig war, wie man es bei einem, der eine solche Katastrophe überlebt hat, erwarten sollte. Er war frisch und munter, lächelte und war so gesund wie nur irgendeiner. Ich weiß das – ich habe ihn später gesehen. Wie soll man sich das erklären? Ein ganzes Gebäude war über ihm zusammengestürzt. Kein gewöhnliches Gebäude, sondern praktisch Millionen und Abermillionen von Dirhams. Es war kein sauberes Geld, aber jedes Geld in dieser Größenordnung hat ein gewisses Gewicht. Das kann man nicht einfach außer acht lassen. Und trotzdem hat er den Einsturz dieses ganzen Gebäudes überlebt. Offenbar – aber das weiß ich nur vom Hörensagen – lag er, eine riesige Betonplatte nur Zentimeter über seiner Brust, flach auf dem Boden. Und das auch noch vier Tage lang. Es ist wohl nicht übertrieben, wenn man sagt, daß viele Leute in dieser Situation infolge des Schocks gestorben wären. Und er war nicht nur weit davon entfernt, tot zu sein – er schien, wenn so etwas überhaupt möglich ist, ein ganz neuer Mensch geworden zu sein.

Man sagt – und ich weiß nicht, ob das stimmt –, daß er während dieser vier Tage weder Nahrung noch Wasser hatte. Und als man ihm etwas bringen wollte, hat er abgelehnt, sagen die Leute. Und als sie ihn fragten, ob er da herauswollte, hat er, so sagt man, bis zum Schluß nein gesagt. Er wollte in Ruhe gelassen werden, um besser nachdenken zu können.

Jetzt könnte man einwenden, daß die Leute sich immer solche Sachen ausdenken, wenn etwas Ungewöhnliches passiert. Aber eines ist wahr, und das ist, daß er, als sie ihn herausbrachten, noch nicht einmal eine Schramme hatte. Niemand war überrascht, als ein paar Frauen dort sagten, das habe ein toter Scheich bewirkt, dessen Grab unter den Trümmern liegt, und dies sei eines der vielen Wunder, die er gewirkt habe. Solche Sachen sagen die Leute eben.

Ich glaube, schon lange bevor er zurückgebracht wurde, hatte sich dort eine Menge eingefunden. Als die Leute ihn kommen sahen, rannten sie auf die Straße und trugen ihn zu einem Haus, das einem gewissen Hajj Fahmy gehört. Sie kennen ihn nicht – er ist ein älterer Mann, der in der Gegend großes Ansehen genießt. Sie trugen ihn in den Hof und setzten ihn auf einer Plattform ab, auf der Hajj Fahmys Webstuhl steht – er war früher einmal Weber –, und alle drängten sich in den Hof, um ihn zu hören. Im Verlauf des Abends wurde die Menge immer größer.

Ich habe das alles nur gehört, denn ich war zu der Zeit nicht dort. Ich war in meinem Büro in der Nähe des Hafens. Dorthin bin ich vom Souq aus gegangen, denn ich hatte ein paar Dinge zu erledigen. Nicht einmal in meinem Büro waren die Dinge so, wie sie normalerweise sind. Mein Assistent, ein gewisser Professor Samuel – ich sollte hinzufügen, daß er nicht mehr mein Assistent ist, aber darauf komme ich später –, hatte das Büro trotz meiner Anweisung, auf mich zu warten, verlassen. Und außerdem hatte er, was bei ihm sehr ungewöhnlich ist, eine furchtbare Unordnung hinterlassen.

Aber ich hatte zu tun, und so kehrte ich viel, viel später in den Ras zurück, wo wir alle wohnen. Ein Blinder hätte gemerkt, daß dort irgend etwas Ungewöhnliches vor sich ging. Normalerweise geht man im Ras, außer in Zindis Haus, früh zu Bett, weil die Leute früh aufstehen müssen, um zur Arbeit zu gehen. Aber vergangene Nacht hatte ich das Gefühl – wenn ich dieses Wort gebrauchen darf –, daß niemand schlief. Trotzdem lag alles im Dunkeln. In keiner der Hütten brannte Licht. Kein Mensch war auf der Straße, niemand schlief auf dem Dach. Um es mit einem simplen Wort zu sagen: Die ganze Siedlung war verlassen.

Aber am anderen Ende des Ras, dort wo Hajj Fahmy lebt, war ein heller Lichtschimmer, und ich hörte ein leises Summen, wie von einer langsam laufenden Maschine: das Geräusch von vielen Menschen, die nichts weiter tun als atmen.

Ich dachte, sie hätten eine Filmvorführung am Strand organisiert, wie sie es schon manchmal getan haben, obwohl der Ras dann nicht so menschenleer ist. Aber ich war müde und wollte schlafen, und so ging ich auf dem kürzesten Weg nach Hause.

Aber als ich die Haustür öffnete, war auch dort alles anders als sonst. Das Haus war leer, jedenfalls dachte ich das, und dabei ist sonst immer jemand da. Ich rief ein- oder zweimal, hörte aber nur das Echo meiner eigenen Stimme und das Zischen der Gänse. Ich warf einen Blick in das Zimmer zu meiner Linken, in dem die Männer schlafen, und es war leer. Ich sah nach rechts, in den Raum gegenüber vom Männerzimmer, und – um die Wahrheit zu sagen – ich war so überrascht, daß ich mir fast die Zunge abgebissen hätte.

Zindi at-Tiffaha – Sie kennen sie nicht –, eine Frau, die groß genug ist, um ein ganzes Zimmer zu füllen, saß auf einer Matte in der Ecke und starrte mich an, aber ohne mich zu sehen und ohne ein Geräusch zu machen, wie ein Leichnam. Und in ihrem Schoß lag ein Baby, das nicht weniger still war und mich mit seinen riesigen schwarzen Augen ebenfalls anstarrte.

Zindi at-Tiffaha ist, obwohl Sie sie nicht kennen, der Schlüssel des Geheimnisses. Sie ist die Lösung. Sie war es, die Ihren Mann hierherbrachte; sie war es, die ihm zu essen gegeben und eine Arbeit für ihn gefunden hat, und in ihrem Haus lebte er, als der Stern einstürzte. Sie herrscht über dieses Haus wie ein Ladeninhaber über seinen Laden: Nichts geschieht dort, das sie nicht geplant hat. Aber letzte Nacht saß sie da allein wie ein Denkmal, während die Leute, die in ihrem Haus leben, irgendwoanders waren.

Ich sagte mir: Irgend etwas stimmt hier nicht. Das sieht Zindi nicht ähnlich. Sie verfolgt einen Plan. Um die Wahrheit zu sagen, wußte ich schon seit einiger Zeit ganz genau, daß sie irgend etwas im Schilde führt. Sie hat sich heimlich mit dem Mann getroffen, der in diesem Laden arbeitet, und er hat mir das eine oder andere verraten. Aber wenigstens mir gegenüber hat sie sich nie etwas anmerken lassen. Das war letzte Nacht anders.

Zindi, wo sind die anderen alle? fragte ich sie. Und als sie mir antwortete, war ich, und es ist ja keine Schande, das zuzugeben, sehr erleichtert, denn obwohl sie lebendig ausgesehen hatte, war ich mir nicht ganz sicher gewesen.

Sie sagte: Sie sind gegangen, um Alu zu holen.

Ganz ruhig fragte ich weiter: Und was ist mit dir, Zindi? Warum bist du nicht mitgegangen?

Zu meiner Überraschung – denn Zindi gehört nicht zu den Frauen, die den Leuten mehr erzählen, als sie unbedingt wissen müssen – antwortete sie mir. Sie sagte: Was würde wohl passieren, wenn wir alle unsere Zeit damit verschwenden würden, jeder neuen Verrücktheit nachzurennen, die den Ras unsicher macht? Ein paar Leute müssen sich ja schließlich Gedanken darüber machen, wie man am Leben bleibt und das Haus zusammenhält. Und außerdem: Was habe ich dort schon verloren? Ich bin bloß eine alte Frau, die versucht, auf ihre Art mit dem Leben fertig zu werden.

Natürlich kennen Sie sie nicht, und darum können Sie auch nicht verstehen, was diese Worte zu bedeuten hatten. Weder ich noch irgendein anderer hat jemals auch nur das leiseste Anzeichen dafür bemerkt, daß Zindis Kraft nachläßt. Gestern noch hätte ich geschworen, daß nicht einmal eine Dampframme so etwas wie Hoffnungslosigkeit aus ihr herausquetschen könnte. Aber als sie das zu mir sagte, wußte ich, daß irgend etwas Zindi at-Tiffaha so weit gebracht hatte, daß sie nicht mehr weiterwußte; daß sie am Ende war und darauf wartete, daß jemand sie an die Hand nahm.

Aber gerade in diesem Augenblick kam eine Frau namens Kulfi, die auch dort lebt, ins Zimmer und rief: Zindi, Karthamma hat deine Geldbüchse gestohlen. Sie verschenkt dein ganzes Geld. Komm schnell.

Und da war sie wieder, die alte Zindi. Schneller als unsere Augen folgen konnten, zählte sie von der Ecke an den vierzehnten Ziegelstein in der Wand ab, zog ihn heraus und fand den Hohlraum dahinter leer. Im nächsten Augenblick war sie schon, wogend wie eine Welle, das Kind immer noch in ihren Armen, zur Haustür hinaus, und wir rannten hinter ihr her.

In der Gasse hinter Hajj Fahmys Haus drängten sich die Leute, obwohl man von dort aus nicht in den Hof des Hauses sehen kann. Und trotzdem müssen es mehr als hundert Menschen gewesen sein, die dort standen, in einer Gasse, in der zwei Männer nur mit Mühe aneinander vorbeikommen. Die Menge war wie eine Mauer. Aber Zindi lief schnell, und ihr Gewicht verlieh ihr die Wucht einer Dampfwalze. Sie hielt das Kind über ihren Kopf und bahnte sich einen Weg, und wir folgten in ihrem Kielwasser. Am Eingang zum Hof blieb sie stehen, nicht weil sie nicht mehr weitergekonnt hätte, sondern weil sie – ich glaube, so kann man es ausdrücken – starr vor Staunen war.

Im Hof drängten sich noch mehr Leute als auf der Gasse; man sah nichts als Menschen. Und doch war es absolut still, und das einzige Geräusch, das man, so klar wie Wasser, hörte, war Alus Stimme. Er saß auf der Plattform am Webstuhl und webte sehr schnell, aber ohne auch nur hinzusehen, und dabei redete er die ganze Zeit.

Und irgendwie war das das Seltsamste von allem: daß er

redete. Alu war nämlich bis dahin ein sehr stiller Mensch gewesen. Ich habe ihn seit sechs Monaten jeden Tag im Haus gesehen, und so kenne ich ihn irgendwie recht gut, denn wenn man einen Mann jeden Tag beobachten kann, erfährt man eine ganze Menge über ihn. Er war immer still, wenn er zu Hause war, und die meiste Zeit hatte er auch Schmerzen, denn er hatte immer am ganzen Körper Furunkel. Und wenn er nicht arbeitete, war er bei Hajj Fahmy – um zu weben, sagte man. Ich weiß nicht, ob ich in all den Monaten mehr als zehn Worte mit ihm gewechselt habe. Und das lag nicht an mir. Soweit ich feststellen konnte, waren die anderen freundlich zu ihm, aber keiner von ihnen war sein Freund. Es gab Gerüchte über ihn und Karthamma, aber niemand wußte, was man davon halten sollte. Sie ist eine große Frau, sehr dunkel, mit dem Temperament eines Tieres, aber auch mit dem Mut eines Tieres, denn sie war die einzige Person im Haus, die nie Angst davor hatte, sich mit Zindi anzulegen. Jeder andere, der das gewagt hätte, wäre von Zindi längst hinausgeworfen worden, nur nicht Karthamma. Denn Karthamma hat ein Baby – das Kind, das Zindi gestern nacht auf dem Arm hatte –, und allein schon deswegen war sie der Liebling der armen, kinderlosen Zindi, denn sie war eine Mutter und hatte Zindi einen Sohn geboren. Wenn man durch reine Willensanstrengung Fleisch und Blut ändern könnte, dann wäre dieses Kind eher das von Zindi als das seiner leiblichen Mutter.

Vielleicht war an den Gerüchten über Karthamma und Alu etwas dran, vielleicht auch nicht. Zindi glaubte sie jedenfalls – vielleicht, weil sie wollte, weil sie hoffte, Alu würde Karthamma von dem Kind ablenken. Aber einer wie ich, der einiges von der Welt gesehen hat, mußte sich doch fragen: Was konnten Karthamma und der stille Alu wohl gemeinsam haben? Manchmal sah man die beiden im Hof sitzen, und sie rieb die Furunkel auf seinem Rücken mit Öl ein. Sie mochte ihn gern, vielleicht liebte sie ihn auch, aber mir kam das so vor wie die Liebe einer Schwester, nicht die einer Geliebten. Ob er mit ihr gesprochen hat? Vielleicht, denn immerhin hatte sie ja das Geld gestohlen, weil sie mit irgend etwas rechnete. Aber wenn sie den Mister Alu wiedererkannte, den sie in jener Nacht sah, dann war sie die einzige im ganzen Ras. Für alle anderen war er bis dahin ein recht mürrischer Mann gewesen, dem seine Furunkel zu schaffen machten. Ein schüchterner Mann, könnte man sagen, der sich um nicht viel kümmerte.

Aber gestern nacht schien sich niemand an den Mann zu erinnern, der er gewesen war. Ich war der einzige, der ihn sah und erkannte, daß etwas Rätselhaftes geschehen war. Ich sah einen Mann, den ich kannte, aber ich hörte eine Stimme, die ich noch nie zuvor gehört hatte. Ich hasse Geheimnisse – solange man ein Geheimnis nicht für das Geschäft nutzen kann, ist es der Feind des Geschäfts. Aber ob ich es nun hasse oder nicht – gestern abend stand ich vor einem so großen Rätsel, wie ich es noch nie erlebt habe, und ich hatte keine Erklärung dafür.

Er sprach leise, aber in seiner Stimme war eine Kraft, die sie über das Klicken des Weberschiffchens trug, so daß niemandem ein Wort entging. Es war eine außergewöhnliche Kraft – vielleicht könnte man es eine Leidenschaft nennen. Obwohl er nichts fragte, war sie wie eine Frage, die von allen Seiten auf einen eindrang. Und in der ganzen riesigen Menge war niemand, der sich bewegt oder etwas gesagt hätte. Man konnte sehen, daß die Leute ihm stumm antworteten und ihm etwas entgegenbrachten, das aus ihnen selbst kam.

Das war ein weiteres Rätsel, denn diese Leute sind selten still, nicht einmal bei der Arbeit, in der Nacht oder im Kino. Aber gestern nacht, als ich unter Zindis Arm in den Hof sah – was, wie Sie als feinfühlige Männer sicher einsehen werden, weder leicht noch sehr angenehm war, wenn ich es einmal so ausdrücken darf, denn, wie Sie vielleicht wissen, als Virat Singh, der berühmte Ringer, der große *pehlwan* aus Bareilly mit den Muskeln aus Marmor hier lebte und einmal versuchte, sich Zindi mit sanfter Gewalt aufzudrängen, obwohl er nicht so ganz nach ihrem Geschmack war, bezwang sie ihn einfach dadurch, daß sie den Arm hob und leicht über ihre Achselhöhle blies – gestern nacht jedenfalls, als ich, wie ich schon sagte, unter nicht ganz angenehmen Umständen unter Zindis Arm hindurch in den Hof schaute, sah ich, daß eben diese Menge absolut still war und einem Mann, der kaum mehr war als ein Junge, zuhörte, und dabei redete er nicht in einer, sondern in drei, vier, Gott weiß wie vielen Sprachen, in einem regelrechten *khichri* von Worten; Kuskus, Reis, *dal* und Zwiebeln, alles miteinander vermengt, vermischt und gekocht, Arabisch mit Hindi, Hindi durchsetzt mit Bengali, und Englisch war auch dabei; ein wildes Durcheinander von Sprachen, die wieder miteinander verwoben wurden – Unsinn, sagen Sie jetzt, ein Durcheinander von Sprachen kann nur Unsinn sein –, aber das ist ein weiteres Rätsel, denn alle, die dort waren, verstanden seine Worte so gut wie die Wiegenlieder, die ihnen ihre Mütter gesungen hatten. Sie verstanden ihn, denn seine Stimme war nur die Frage – die Antwort waren sie selbst.

Und ich, der ich während der kurzen Augenblicke, in denen ihre Augen beschäftigt waren und Abu Fahl woanders war, unter Zindis lieben, halbvergessenen Armen hindurch in den Hof sah? Ich werde es Ihnen sagen: Ich sah rings um mich her lauter Rätsel, und jedes von ihnen gebar ein weiteres, und ich konnte mir keinen Reim darauf machen, ich hatte nicht die leiseste Ahnung, was das zu bedeuten hatte. Ich hatte Angst. Ich hatte solche Angst, daß ich Luft holte und schnüffelte, bis meine Nase, voller Dankbarkeit für Zindis Freigebigkeit, zu laufen begann.

Er sprach von Louis Pasteur. In vollkommenem Schweigen hörten sie ihm zu, als er ihnen Louis Pasteurs Leben in allen Einzelheiten schilderte, seine Experimente und seine Entdekkungen, wie er die Sicherheit seines Laboratoriums aufgab, in seinem Land von Dorf zu Dorf fuhr, Heilmittel für unheilbare Krankheiten fand, die Tausenden von Webern drohende Gefahr abwendete, indem er die Seidenraupen rettete, wie er der Welt saubere Milch gab, das Gift in den Zähnen der Hunde unschädlich machte und so viele andere große Taten vollbrachte.

Und doch, sagte er, sei Pasteur als gebrochener Mann gestorben.

Warum? fragt er, und man konnte – wenn so etwas möglich ist – spüren, wie die Stille begann, sich zu regen.

Er selbst und andere vor ihm, sagte er, hätten sehr, sehr lange über diese Sache nachgedacht, und endlich, im Stern, sei es ihm zuteil geworden, die Antwort zu finden. Dort, in den Trümmern, habe er entdeckt, was es war, nach dem Pasteur sein Leben lang gestrebt hatte – etwas Ungreifbares, etwas, das er selbst nicht verstanden habe, und doch habe die ganze Welt sich verschworen gehabt, es ihm zu verweigern.

Reinheit. Er habe nach Reinheit gestrebt, nach Reinheit und Sauberkeit, nicht nur in seinem Haus oder in einem Laboratorium oder einer Universität, sondern in der ganzen von lebendigen Menschen bevölkerten Welt. Das habe ihn zu seiner größten Suche angespornt, zu der Jagd auf den Feind der Reinheit, die Essenz des Schmutzes, den Dämonen, der verhindert, daß die Welt rein ist, und er habe ihn aus seinen dunklen Schlupfwinkeln getrieben und ihm einen Namen gegeben: das Unendlich Kleine, der Keim.

Und hier verschwand Alus gewohnte Sanftheit. Er hörte auf zu weben und saß, die Hände in den Schoß gelegt, gänzlich reglos da, aber seine Stimme nahm an Kraft und Stärke zu, bis sie über den Hof hinaus bis zu den Gassen und Abwasserrinnen draußen drang.

Er erzählte ihnen von den Keimen: wie sie überall und nirgends sind; wie sie ungehindert von Hand zu Hand gehen; wie sie an einem Tag, in einer Minute, schneller, als man zählen kann, tausend Menschen dahinraffen und wie sie ihre Fangarme um die Menschen schlingen, wo immer die sich auch verstecken mögen.

Pasteur habe den Feind, den Keim, entdeckt, aber es sei ihm nie gelungen, ihn ausfindig zu machen. Sein ganzes Leben lang habe er versucht, einen Krieg gegen diesen Feind zu führen, aber der sei ihm, wie ein Schatten, immer wieder entschlüpft, und schließlich sei Pasteur besiegt und verwirrt gestorben.

Und warum? Weil Pasteur sich, obwohl er ein Genie gewesen sei, nie die entscheidende Frage gestellt habe: Wo ist das Schlachtfeld, auf dem man dem Keim entgegentreten kann? Was ist es, das von Hand zu Hand geht und Schmutz und Ansteckung mit sich bringt, die Menschen aussaugt und sie selbst in der Sicherheit ihrer eigenen vier Wände vernichtet, selbst wenn alle Türen und Fenster geschlossen sind? Was ist das Schlachtfeld, das jeden Mann und jede Frau heimsucht, das sie reif macht für ihre Niederlage, das einen gegen den anderen aufbringt und sie dazu bringt, sich selbst zu vernichten?

Dies sei die eigentliche Frage, und Pasteur habe sie nie gestellt.

Und dann sprang er auf, und mit einem Seufzer tat die Menge es ihm nach. Er rief auf arabisch: Und ich bin sein Erbe, denn in den Trümmern des Sterns habe ich die Antwort gefunden.

Geld. Die Antwort ist Geld.

Ein Keuchen ging durch die Menge, und während seine Zuhörer noch nach Fassung rangen, rief er wieder: Wir werden dem Geld den Krieg ansagen. Wollt ihr mir helfen?

Und die ganze Menge schrie: Ja! Ja! Ja!

Kein Geld, kein Schmutz soll je wieder ungehindert in den Ras fließen. Wollt ihr mir dabei helfen?

Und wieder schrie die Menge: Ja!

Wir werden den Ras vom Geld säubern, und ohne es werden wir glücklicher, erfüllter und wohlhabender sein als je zuvor.

Aber diesmal kamen nur ein paar zustimmende Rufe. Es gab andere Stimmen, die sagten: Wie?

Ich glaube, man kann mit einiger Sicherheit sagen, daß Alus Stimme in diesem Augenblick eine gewisse Ratlosigkeit verriet, als habe er gerade erst begriffen, was er da eigentlich gesagt hatte. Er zögerte; ich glaube, er wußte, was er tun wollte, aber nicht, wie er es zuwege bringen sollte. Die Menge spürte seine Unsicherheit. Eine Sekunde länger, und das erste Gelächter wäre laut geworden, der gesunde Menschenverstand hätte sich durchgesetzt, und man hätte nie wieder etwas von Mister Alu gehört.

Aber in diesem Augenblick kam ihm jemand zu Hilfe. Und wer war das?

Professor Samuel, ehemaliger Buchhalter und Büroangestellter. Er ist natürlich kein richtiger Professor. Er war Lehrer an irgendeinem Kleinstadtcollege, und wie Sie wissen, redet man zu

Hause jeden Lehrer, ob er jetzt *pandits* oder *pehlwans* unterrichtet, mit Professor an. Dieser Samuel ist ein eigenartiger Mensch mit seltsamen Ideen, aber auf seine Art auch sehr gescheit, ein fähiger Buchhalter. Er hatte kaum gehört, was Alu zu sagen hatte, als er auch schon einen ausgewachsenen, fertigen Plan präsentierte.

Als erstes, sagte er, werde er ein Verzeichnis anlegen – eine Seite für jeden im Ras, der Geld verdient. Jeder solle seinen Lohn gleich nach Erhalt zu ihm bringen, und er werde den Betrag unter dem Namen des Mannes oder der Frau in das Verzeichnis eintragen. Das Geld werde in eine Gemeinschaftskasse fließen. Einmal pro Woche würden er selbst und jeder, der ihn begleiten wolle, in den Souq gehen und mit diesem Geld alles kaufen, was im Ras gebraucht werde. Dann könnten die Leute kommen und sich nehmen, was sie brauchten, und die Kosten dafür würden von ihrem Konto abgebucht werden. Auf diese Weise, sagte er, würden sie in der Lage sein, auf Läden und Geschäfte zu verzichten, und die Ladenbesitzer mit ihren Profiten würden ihnen nicht mehr ihre Ersparnisse, ihren Schweiß und ihre Arbeitskraft abnehmen können.

Auf seine Worte hin erhob sich die ganze Menge und schrie und jubelte, aber der Professor gebot ihnen Einhalt. Die Ladenbesitzer im Ras, sagte er, könnten ein festes Gehalt bekommen, wenn sie bereit seien, mit den anderen zusammenzuarbeiten und ihnen beim Einkauf und bei der Verteilung der Lebensmittel zu helfen. Sie könnten von ihrer Gier erlöst werden und einen gesicherten Lebensunterhalt haben. Wenn sie damit nicht einverstanden sein sollten, sagte er, werde im Ras kein Platz mehr für sie sein.

Jeder, fuhr er fort, solle ihm seine Adresse, sein Heimatland, seine Stadt oder sein Dorf oder die jeweilige Adresse angeben, an die sein Geld geschickt werden sollte, und er werde das auf der entsprechenden Seite des Verzeichnisses eintragen. Pünktlich am Ende jeder Woche würden die Ersparnisse dann dorthin geschickt werden. Und mit der Zeit werde jeder selbst feststellen, daß die Beträge, die man auf diese Weise spare, weit größer seien als zuvor.

Es wurde noch über viele andere Dinge gesprochen. Ich kann mich nicht an alles erinnern. Jeder solle ein bißchen Geld, so viel, wie er außerhalb des Ras brauche, für sich behalten dürfen. Aber im Ras werde man das Geld in einen Umschlag stekken müssen und es erst wieder anrühren dürfen, wenn man auf der Dammstraße sei. Im Ras werde es ohnehin überflüssig sein: Sie würden Ärzte, Lebensmittel, einfach alles Notwendige haben, sogar Filme. Niemand werde irgend etwas entbehren müssen, auch wenn er heute noch kein Geld habe. Das Geld werde ihm aus der gemeinschaftlichen Kasse vorgestreckt und später, wenn er eigenes Geld verdient habe, von seinem Konto abgezogen werden.

Dann ergriff Alu wieder das Wort. Er sagte, der Professor habe seine Gedanken gelesen und sie in Worte gekleidet. Er fragte die Menge: Seid ihr bereit, den Professor zu fragen, ob er für uns arbeiten will? Wollt ihr ihn dafür bezahlen? Und die Menge rief wie ein Mann: Ja.

So verlor ich meinen Assistenten.

Alu gebot ihnen zu schweigen. Da sei noch etwas, sagte er. Jeder im Ras, der sich an diesem Krieg beteiligen wolle, solle sich ein Stück Stoff unterhalb des rechten Ellenbogens um den Arm binden. Und jedesmal, wenn er ein Haus oder eine Hütte im Ras betrete oder verlasse, solle er mit diesem Stück Stoff über die Schwelle streichen, so daß er keinen Schmutz hineintrage oder zurücklasse. Auf diese Weise, sagte er, könnten sie sehen, wer auf ihrer Seite sei und wer nicht, und diesen ihren Kampf in alle Häuser tragen.

Danach entstand ein solcher Lärm und es gab so viele Jubelrufe und so viel Gelächter, daß selbst Zindi zusammenfuhr. Dann sah ich Abu Fahl aufstehen und, die Hände in den Taschen, zu Alu gehen. Er zog die Hände heraus und leerte seine Hosentaschen auf die Plattform. Alu versuchte ihn aufzuhalten, aber das Geld lag schon neben ihm, und Abu Fahl wollte es nicht mehr anrühren. Wie man sich vorstellen kann, war Professor Samuel irritiert über diese unbedachte Dummheit. Aber dann rief er nach Bleistift und Papier, zählte das Geld und schrieb den

Betrag auf. Danach kamen andere. Zuerst die Leute aus Zindis Haus: Zaghloul, obwohl man hätte meinen sollen, daß es nie einen verständigeren Jungen gegeben hat; Chunni, die Frau, die, als Gegenleistung für etwas, über das ich keine Spekulationen anstellen will, das meiste von Professor Samuels Ersparnissen bekommt; der schmächtige Rakesh und nach ihm die ganze Menge, Hunderte von Leuten, bis ein Berg von Geld auf der Plattform lag und Samuel das Papier ausgegangen war. Mittlerweile herrschte ein vollkommenes Durcheinander, und ich war froh, im sicheren Schutz von Zindis Arm zu sein: die Frauen sangen, die Leute tanzten und schrien. Und mitten in diesem Trubel war Hajj Fahmys Familie emsig damit beschäftigt, ein Tablett mit Tee nach dem anderen hinauszutragen (natürlich wurde, für Professor Samuels Verzeichnis, Buch darüber geführt). Dann schrie Zindi auf, und einen Augenblick lang dachte ich, ich würde geköpft, denn sie hatte ihren Arm um meinen Hals gelegt, der, wie Sie ja sehen, nicht gerade dick wie ein Baumstamm ist, und zugedrückt.

Weit vor uns, in der Nähe der Plattform, war Karthamma aufgestanden, und in den Händen hielt sie eine alte, blaue Keksdose.

Zindi warf sich in die Menge. Einen Arm hatte sie schützend um das Kind gelegt, den anderen schwang sie wie einen Dreschflegel. Und während sie versuchte, sich einen Weg zu bahnen, schrie sie: Gib mir mein Geld zurück, du Diebin, du Hure! Und noch andere Dinge dieser Art.

Aber Karthamma zögerte keinen Augenblick. Sie lachte, zeigte ihre strahlend weißen Zähne und sagte in ihrem gebrochenen Hindi: Das ist nicht dein Geld, es hat nichts bei dir zu suchen. Es ist der Lohn für *unseren* Schweiß, für *unsere* Arbeit. Und damit hob sie den Deckel von der Dose und schüttete das Geld auf den Berg, der auf der Plattform lag. Zindi heulte auf, und ihr freier Arm arbeitete wie ein Preßlufthammer. Aber sie war machtlos – die Menge hatte sie eingekeilt.

Ein Dutzend Männer hielten sie fest, so daß sie hilflos war, und Karthamma sah sie verächtlich an und sagte: Gib mir mein Kind zurück.

Da hörte Zindi auf zu kämpfen und drückte den Jungen an ihre Brust. Rings um sie her ertönte Gelächter, obwohl manche Leute sehr wütend auf sie waren. Man konnte Rufe hören wic: Schickt sie weg, werft sie hinaus, was hat sie überhaupt hier zu suchen?

Die Kampflust hatte Zindi verlassen. Schweigend, den Jungen auf dem Arm, ließ sie sich zur Tür stoßen. Als sie neben mir stand, sah ich, daß sie weinte. Die Tränen flossen ihr über die Wangen, und sie murmelte: Was sollen wir nur tun? Er wird uns alle noch umbringen. Wir sind ruiniert. Jahrelang haben wir uns abgemüht, und nun ist alles umsonst, für nichts weiter als ein paar Tage allgemeiner Verrücktheit.

Ich nahm ihren Arm und führte sie unter den höhnischen Rufen der Menge hinaus auf die Gasse. Auf dem ganzen Rückweg bis zu ihrem Haus sagte sie kein einziges Wort.

Jeevanbhai hielt abrupt inne. Er hob den Blick zur Decke, wiegte sich hin und her und schien in eine Art Trance zu verfallen. Das, der vornübergebeugt dagesessen und der Erzählung aufmerksam gelauscht hatte, meinte zu fallen wie eine Marionette, die man plötzlich losgelassen hat. Verwundert sah er sich um. Jai Lal hatte die Augen geschlossen, als habe Jeevanbhais monotoner Bericht ihn sanft eingelullt. Das beugte sich zu ihm und schüttelte ihn. Sofort sagte Lal laut: Sehr interessant, Jeevanbhai, sehr interessant. Und wo ist der Mann jetzt?

Jeevanbhai tastete auf dem Tisch nach der Whiskyflasche und schenkte sich noch ein Glas ein. Er war offensichtlich sehr müde, stützte den Kopf auf und sah sie abwechselnd an.

Er wohnt jetzt in Hajj Fahmys Haus, sagte er erschöpft. Er webt viel, glaube ich, und ich bin sicher, daß Hajj Fahmys Gastfreundschaft sich auszahlt. Dieser Mann, sagt man, ist ein guter Weber, und für handgewebte Stoffe zahlen die Ausländer viel Geld.

Was wird als nächstes geschehen, Patel-sahb?

Wer kann das sagen? seufzte Jeevanbhai. Ich weiß genausowenig wie Sie.

Ich verstehe das nicht, unterbrach ihn Das. Ich verstehe das überhaupt nicht.

Lal schnaubte verächtlich. Was verstehen Sie nicht? Er hat sich irgendeinen neuen Trick ausgedacht, mit dem er Geld machen kann. Das ist alles, was es dabei zu verstehen gibt. Es hat etwas mit Geld zu tun.

Er sah Jeevanbhai an, als wolle er ihn bitten, seine Schlußfolgerung zu bestätigen. Höflich neigte Jeevanbhai den Kopf.

Aber was sollen wir jetzt tun, Jai? fragte Das. Was für Möglichkeiten haben wir? Was können wir unternehmen?

Nichts, antwortete Lal trocken. Wir können nichts unternehmen. Die Situation ist sehr prekär. Wir können die ghazirischen Behörden nicht alarmieren. Es wäre ein Katastrophe, wenn sie herausfänden, daß Inder in diese Sache verwickelt sind. Wahrscheinlich würden sie indischen Arbeitern keine Visa mehr ausstellen. Das wäre nicht das erste Mal. Sie könnten sogar die Arbeiter ausweisen, die schon hier sind. Damit wäre der Devisenfluß unterbrochen, und die Devisenreserven zu Hause würden schrumpfen und so weiter und so fort. Wenn irgend etwas Derartiges passieren sollte, würde man die Hälfte des Botschaftspersonals heimbeordern und ihnen alle Zulagen streichen. Das können wir nicht riskieren. Wir müssen einfach versuchen, über die ganze Angelegenheit Stillschweigen zu bewahren, und sehen, was wir tun können. Vielleicht haben wir Glück und finden eine Möglichkeit, Ihren Mann hier herauszuschaffen und nach Indien zurückzubringen.

Lal sah Jeevanbhai verzweifelt an. Ist es nicht so, Patelsahb?

Ja, sagte Jeevanbhai. Seine Augen suchten den Boden ab, bis sein Blick auf den schweren Aktenkoffer aus Leder fiel, den Lal mitgebracht hatte. Er sah Lal erwartungsvoll an.

Lal nahm den Koffer auf den Schoß und öffnete ihn. Aber Sie werden uns doch auf dem laufenden halten, Patel-sahb, oder? fragte er.

Ja, natürlich, natürlich.

Lal entnahm dem Koffer zwei Flaschen Scotch. Jeevanbhai streckte schon die Hand danach aus, aber in diesem Moment beugte sich Das zu Lal und tippte ihm auf die Schulter.

Jai, sagte er, ich möchte in den Ras gehen und mir das Ganze ein bißchen ansehen. Wenn es möglich ist, möchte ich diesen Mann sehen, wie er lebt und so weiter. Auf die Weise würde ich ein realistischeres Bild bekommen, und ich hätte in den Berichten, die ich nach Hause schicken muß, wenigstens etwas zu schreiben. Was halten Sie davon?

Lal lehnte sich, die Flaschen in den Händen, zurück und sah Jeevanbhai fragend an. Ich bin sicher, daß Sie das arrangieren können, nicht wahr, Patel-sahb?

Jeevanbhai schnalzte verärgert mit der Zunge. Nein. Ich wüßte nicht, wie ich das machen sollte. Es ist unmöglich, einen absolut Fremden dorthin zu führen. Die Leute würden sofort Verdacht schöpfen. Ich könnte nicht für seine Sicherheit garantieren, erst recht nicht, wenn man herausfindet, für wen er arbeitet.

Lal stellte die Flaschen neben seinen Stuhl auf den Boden. Denken Sie nach, Patel-sahb, sagte er befehlend. Ich bin sicher, Ihnen fällt etwas ein.

Jeevanbhai wischte sich mit dem Ärmel über die Stirn. Es gibt eine Möglichkeit, sagte er zögernd. Ich kann ihn selbstverständlich nicht mitnehmen, weil die Leute mir ohnehin nicht trauen. Aber es könnte sein, daß es mir gelingt, Zindi at-Tiffaha zu überreden, ihn mitzunehmen. Aber das wird einige Zeit dauern, und solange muß er sich gedulden.

Lal nickte. Einverstanden, sagte er. Lassen Sie es mich wissen, wenn alles bereit ist. Er hielt Jeevanbhai die Flaschen hin und lächelte. Das ist guter Whisky, Patel-sahb. Hier müßten Sie für so eine Flasche Hunderte von Dirhams bezahlen.

Jeevanbhai riß ihm die Flaschen fast aus den Händen und verschloß sie im Schreibtisch. Lal erhob sich. Patel-sahb, sagte er ernst, wir werden in den nächsten Wochen all Ihre Hilfe brauchen.

Jeevanbhai nickte. Dann sagte er leise, fast schüchtern: Und was ist mit dem anderen, Mr. Lal?

Dem anderen? fragte Lal überrascht. Was meinen Sie?

Erinnern Sie sich nicht mehr? sagte Jeevanbhai. Ich habe Sie doch neulich gebeten...

Ach *das*, sagte Lal. Ja, ja. Wir werden uns etwas einfallen lassen.

Jeevanbhai schlug die Augen nieder und begleitete sie durch den Laden bis zur Tür. Dort blieb Lal stehen. Sagen Sie, Patelsahb ..., Sie kennen doch diese Leute und diesen Mann. Was für ein Spiel, glauben Sie, spielen die?

Ist es ein Spiel?

Etwa nicht?

Dann müssen Sie es mir erklären. Jeevanbhai schenkte ihnen ein sehr freundliches Lächeln und hielt ihnen mit einer Verbeugung die Tür auf.

Später saßen sie, umgeben von Palmen und Farnen in Töpfen, auf dem Balkon von Lals Wohnung im fünften Stock eines erst kürzlich fertiggestellten Gebäudes in einem ruhigen Vorort von al-Ghazira, tranken Bier und betrachteten die aufgereihten Lichter der Tanker draußen auf dem Meer. Das war sehr müde, aber seltsam erregt: Es war, als habe man ihm innerhalb eines Tages die ruhige Kraft und die Einsicht eines Mannes in mittleren Jahren übergestülpt.

Lustlos unterhielt er sich mit Lal über ihre Kollegen in Indien, während Lals schlanke, hübsche Frau ihnen Schalen mit Cashewnüssen und gebackenen, gewürzten Linsen anbot. Als sie von einem Dienstmädchen in die Küche gerufen wurde, gähnte Lal und schloß die Augen. Mein Gott, sagte er, er hat wirklich geredet und geredet. Ich dachte schon, er würde nie mehr aufhören.

Das nickte. Sie schwiegen müde. Nach einer Weile sagte Lal träge: Sagen Sie, was halten Sie eigentlich von unserem Freund Jeevanbhai?

Das richtete sich auf und dachte einen Augenblick nach. Ich glaube, sagte er langsam, ich habe noch nie jemanden so wunderschön erzählen hören wie ihn heute abend.

Wirklich?

Ja, antwortete Das leise und verlegen. Aber glauben Sie, daß er zuverlässig ist?

Oh, ja, ich glaube schon. Außerdem muß er einfach zuverlässig sein, denn sonst sitzt er bald auf dem trockenen. Warum?

Ach, nur so. Es ist nur..., obwohl er versucht, sich wie ein Geschäftsmann und so zu benehmen, macht er, wenn er redet, eher den Eindruck eines Schlafwandlers – eines Mannes, der in einer Traumwelt lebt. Ich würde mich nicht auf ihn verlassen, nicht weil er unehrlich ist – obwohl das natürlich sein könnte –, sondern weil er überhaupt nicht in dieser Welt zu leben scheint.

Lal lachte. Gleich werden Sie mir noch erzählen, daß er ein Paradiesvogel ist.

Das verzog verlegen das Gesicht. Ist ja auch egal, sagte er. Aber was war das ganz zum Schluß, dieses ‹andere›, von dem die Rede war?

Ach, das. Er trägt sich mit dem Gedanken, nach Indien zu gehen, sich dort in einer kleinen Stadt niederzulassen und einen Laden aufzumachen. Er will die indische Staatsbürgerschaft, und er will, daß wir ihm helfen, das Land zu verlassen. Er glaubt nämlich, daß sie ihn vielleicht nicht hinauslassen. Das Problem ist, daß wir ihn hier brauchen – hier ist er für uns von viel größerem Nutzen.

Lal reckte sich und stand auf. Jetzt lassen Sie uns mal die Arbeit für eine Weile vergessen, sagte er. Kommen Sie, ich zeige Ihnen ein interessantes Spiel.

Er führte Das ins Wohnzimmer. An einem Ende des Raums stand ein schnittiges, stahlblaues Fernsehgerät und daneben, auf einem Hocker, ein kleines, blitzendes, verchromtes Gerät mit zahllosen Schaltern und Knöpfen.

Lal schaltete es an. Auf dem Bildschirm erschienen geometrische Muster und das Wort ‹play›. Er betrachtete Das' verdutztes Gesicht mit sichtlichem Vergnügen.

Es ist ein Video-Spiel, sagte er. Ich habe zwei Monate dafür sparen müssen. Nicht mal der Botschafter hat so eins.

Natürlich ist es eigentlich etwas für Kinder, fügte er eilig hinzu. Ich habe es für Sunil, meinen Sohn, gekauft. Aber auch wir haben manchmal unseren Spaß daran.

Er drückte Jyoti Das einen Joystick in die Hand. Sie müssen mich abschießen, sagte er und drückte auf einen Knopf. Die Bilder auf dem Bildschirm begannen sich verwirrend im Kreis zu drehen. Jyoti Das versuchte ohne Erfolg, einen Sinn darin zu erkennen.

Tut mir leid, sagte er und gab den Joystick zurück. Ich glaube nicht, daß ich das besonders gut kann.

Lal lachte. Sie wollen kneifen, *yar*. Warten Sie, ich zeige Ihnen, wie das geht.

Er ging zur Tür und rief: Sunil! Sunil *beta*, komm, wir machen ein Video-Spiel. Er mußte noch dreimal rufen, bis ein kleiner Junge mit großen Augen und kurzen Hosen von einem Dienstmädchen ins Zimmer geschoben wurde. Er blieb an der Tür stehen und lutschte am Daumen.

Komm, *beta*, lockte Lal. Komm und zeig diesem netten Onkel, wie man das spielt. Er hat noch nie ein Video-Spiel gesehen.

Der Junge rührte sich nicht vom Fleck und lutschte weiter am Daumen. Er mag das nicht besonders, sagte Lal entschuldigend, aber er muß es lernen.

Er ging zu dem Jungen und sagte streng: Komm, *beta*. Komm und spiel mit deinem Video-Spiel. Es hat viel Geld gekostet.

Dann zog er ihm den Daumen aus dem Mund und drückte ihm den Joystick in die Hand. Der Junge drückte einen falschen Knopf, und die Bilder auf dem Schirm wurden blasser und verschwanden.

Was machst du denn da, *beta*? rief Lal verärgert.

Das, der den Jungen beobachtete, sah, daß ihm Schweißperlen auf der Stirn standen und seine Hände angefangen hatten zu zittern. Plötzlich war der Raum von einem durchdringenden, beißenden Geruch erfüllt.

Verwundert sah Das sich um. Dann fiel sein Blick auf den Jungen. Auf dessen kurzer Hose breitete sich ein dunkler Fleck aus, und eine gelbe Flüssigkeit rann ihm die Beine hinunter. Er hatte den Daumen wieder in den Mund gesteckt.

Beta! schrie Lal. Er hielt inne und atmete tief durch. Dann nahm er Jyoti am Arm, zog ihn aus dem Zimmer, warf die Tür hinter sich zu und rief in die Richtung der Küche: Babs, geh und kümmere dich um Sunil. Er hat es schon wieder gemacht.

Eilig schob er Jyoti Das auf den Balkon. Eine Haarsträhne war ihm in die Stirn gefallen, und seine Hände zitterten, als er neuen Whisky einschenkte. Das stand wie versteinert in einer Ecke.

Alles geht schief, sagte Lal. Nichts ist mehr so, wie es sein sollte. Es ist alles ein einziges Chaos. Das macht mir Sorgen. Das macht mir große Sorgen.

14
Belagerung

Zehn Tage lang zählte Zindi die Stunden, bevor sie es sich gestattete, Forid Mian von neuem zu suchen. Am Morgen des zehnten Tages, um zehn Uhr – spät genug, um ihren Ausflug wie einen ganz normalen Einkaufsbummel aussehen zu lassen –, nahm sie Boss auf den Arm und machte sich auf den Weg zum Souq. An der Haustür fiel ihr plötzlich die Plastiktüte wieder ein, die Professor Samuel ihr morgens dagelassen hatte. Sie ging in ihr Zimmer, um sie zu holen. Es war eine große, auf beiden Seiten mit einer farbenfrohen Zigarettenreklame bedruckte ausgebeulte Tüte. Sie war sehr schwer, denn sie enthielt zweiundvierzig Zitronenpressen aus Aluminium.

Eilig ging Zindi durch den Ras zur Dammstraße. Sie ignorierte die Leute, die ihr unterwegs begegneten und auffällig in eine andere Richtung sahen. Als sie den Damm hinaufkletterte, schien die Plastiktüte immer schwerer und schwerer zu werden, bis Zindi sie nur noch hinter sich herzerrte wie ein Schiff, das seinen Anker nachzieht. Sie verfluchte die Zitronenpressen, verfluchte Professor Samuel, verfluchte Alu und den ganzen Ras. Als sie an der Straße oben auf der Dammkrone stand, wußte sie, daß sie es nicht schaffen würde, zu Fuß zum Souq zu gehen, wie sie es vorgehabt hatte, und so hockte sie sich in den Kies am Straßenrand und wartete auf ein Gemeinschaftstaxi. Es herrschte sehr wenig Verkehr auf der Straße: Bis auf ein paar Lastwagen, die zu schnell fuhren, kam kein einziges Auto vorbei. Die Sonne stieg höher, die Straße begann in der Hitze zu flimmern, und bald war der schwere Stoff ihres schwarzen Gewandes schweißnaß. Sie machte sich Sorgen um Boss, der sich im prallen Sonnenlicht ruhig räkelte. Nach einer Weile band sie ihr Kopftuch ab, wodurch ihr schütteres Haar der Sonne ausgesetzt wurde, und breitete es über ihn. Ein gelb und schwarz lackiertes Taxi tauchte wie eine Luftspiegelung im flimmernden Dunst über der Straße auf, und sie sprang auf, um es anzuhalten. Es zischte an ihr vorbei, ließ eine gellende Mehrtonfanfare erklingen und verschwand. Fluchend kehrte Zindi an den Straßenrand zurück. Hundesöhne, Scheißkerle...! Sie war jetzt zu ungeduldig, um sich wieder hinzuhocken, und sah mit zusammengekniffenen Augen die Straße hinunter, wobei sie Boss mal auf den einen, mal auf den anderen Arm nahm. Zehn Tage waren keine lange Zeit, aber manche zehn Tage waren schlimmer als andere, und die vergangenen waren so schlimm gewesen, wie sie sie sich nur hatte vorstellen können, ja sogar noch schlimmer, denn die Qual des Wartens hatte ihre Vorstellungskraft überstiegen. Jeden Tag hatte sie sich im Haus einschließen müssen, um sich davon abzuhalten, auf dem schnellsten Weg in den Souq zu Forid Mian zu gehen. Der Souq war ihre Hoffnung. Darum hatte sie sich diesen Weg auch so viele Tage versagt – damit sie ihn, wenn es dann soweit war, um so mehr genießen konnte. Das war natürlich nicht der einzige Grund gewesen. Jedesmal wenn die Versuchung zu groß zu werden drohte, hatte sie sich all die Gründe für ihren Entschluß, nicht mehr und nicht weniger als zehn Tage zu warten, ins Gedächtnis zurückgerufen. Zehn Tage waren genau richtig: lang genug, um den Eindruck zu erwecken, sie, Zindi, sei gar nicht wirklich interessiert; genug auch, um Forid Mian Zeit zu geben, nachzudenken und sich Sorgen zu machen; aber nicht so lang, daß er sich an ihr Gespräch nicht mehr würde erinnern können. Zehn Tage waren genau richtig.

Jetzt kam ein zweites Taxi, ein großes diesmal, ein alter Mercedes-Benz. Sie stellte sich mit ausgestreckten Armen wie ein Verkehrspolizist mitten auf die Straße, und der Wagen hielt an. Als das Taxi am Maidan al Jami'i hielt, brauchte sie einige Zeit und etwas Hilfe, um auszusteigen. Wieviel? fragte sie den jungen Fahrer mit den gelockten Haaren, während sie unter ihrem Gewand nach dem Geldbeutel angelte, den sie sich an einer Schnur um den Hals gehängt hatte.

Einen Dirham, sagte er.

Was? rief sie. Du Sohn einer...

Er lachte. Ja, Mama?

Sie mußte ihm verzeihen – das war so schlau, daß er ein Ägypter hätte sein können, auch wenn sein Akzent nicht darauf hindeutete. Sie lachte in sich hinein, drehte sich um, sah auf der anderen Seite des Platzes das Bab al-Asli, das Tor zum Hort ihrer Hoffnungen, und mit einem Schlag dachte sie nur noch an das, was sie hierhergeführt hatte. Sie vergaß, daß sie ursprünglich vorgehabt hatte, zuerst die Zitronenpressen loszuwerden, bezahlte das Taxi, überquerte schnell den Platz, ging durch das Tor und bog in die erste Seitengasse ein. Da war es, das Durban Tailoring House, und stach durch seine Unansehnlichkeit aus der Reihe der anderen blitzenden und funkelnden Geschäfte hervor.

Forid Mian war also in seinem Geschäft – daran, daß sie ihn vielleicht nicht antreffen würde (eine Sorge, die sie während der vergangenen zehn Tage immer wieder gequält hatte), hatte sie heute morgen gar nicht gedacht. Eine Minute lang blieb sie auf der Gasse stehen, musterte den Laden noch einmal mit kritischem Blick, schätzte seine Länge und Breite ab und versuchte, die sich hier bietenden Möglichkeiten abzuwägen. Entgegen ihren Befürchtungen war sie nicht enttäuscht.

Bemüht, einen beschäftigten Eindruck zu machen, trat sie ein. Ah, Forid Mian! sagte sie und stellte die Plastiktüte ab. Wie geht es dir?

Er saß an seiner Nähmaschine. Danke, und dir? antwortete er höflich.

Sie hob Boss mit beiden Händen hoch und legte ihn auf einen Stoffballen, der auf der Verkaufstheke lag.

Nicht, Zindi! rief Forid Mian besorgt. Er wird den Stoff...

Keine Sorge, beruhigte sie ihn. Auf fremden Stoff pinkelt er nicht. Er ist nicht wie andere Kinder.

Forid Mian sah sie skeptisch an und wandte sich wieder der Nähmaschine zu. Zindi setzte sich auf einen Hocker und lehnte sich an die Theke. Lange sagte sie nichts. Während sie sich im Laden umsah und ihre Aufmerksamkeit auch den kleinen Details widmete, wie zum Beispiel den freiliegenden Leitungen neben dem Lichtschalter, vergaß sie die Eröffnungen, die sie sich so sorgfältig zurechtgelegt hatte. Irgendwo in den hinteren Regionen ihres Gehirns versuchte sie auszurechnen, was es wohl kosten würde, diesen Laden zu einem respektablen Geschäft zu machen. Unvermittelt fiel ihr Forid Mian wieder ein. Sie sah ihn an und ertappte ihn dabei, wie er ihr einen verstohlenen Seitenblick zuwarf.

Also, Zindi, sagte er schnell, was führt dich in den Souq?

Ach, ich wollte nur ein bißchen einkaufen, sagte Zindi. Ich kam hier vorbei und dachte mir: Geh doch mal rein und sieh, wie es Forid Mian geht.

Forid Mian lehnte sich an die Wand und sah sie an. Seine stumpf glänzenden Augen verrieten nichts. In letzter Zeit machst du dir viel Gedanken um mich, Zindi, sagte er.

Natürlich, antwortete Zindi höflich. Ich denke immer viel an alte Freunde.

Und was hast du gedacht? fragte Forid Mian.

Ach, alles mögliche. Ich dachte an die komische Bemerkung, die du neulich abend gemacht hast. Wie verbringst du inzwischen deine Nächte? Reibst du dich immer noch kräftig an trokkenen Laken und hoffst, sie würden Feuer fangen?

Zindi warf den Kopf in den Nacken und lachte.

Forid Mian schlug die Augen nieder und musterte die prallvolle Plastiktüte auf dem Boden. Was ist da drin? sagte er und deutete mit seinem krummen, bleistiftdünnen Finger darauf.

Ach das, sagte Zindi, noch immer vom Lachen geschüttelt. Das sind Zitronenpressen. Zweiundvierzig Zitronenpressen.

Forid Mian schnappte nach Luft. Zweiundvierzig Zitronenpressen! Was willst du mit zweiundvierzig Zitronenpressen? Einen Saftstand aufmachen?

Nein, nein. Zindi schüttelte den Kopf. Sie fragte sich, warum sie jetzt über Zitronenpressen sprachen. Die sind nicht für mich, sagte sie schnell. Ich brauchte heute morgen Geld, und im Ras gab es kein Geld, daher hat Professor Samuel mir diese Pressen gegeben – irgend jemand, der in einem Laden oder einer Fabrik arbeitet, hat sie mitgehen lassen und sie ihm gegeben. Wenn ich etwas kaufen will, muß ich die Dinger erst verkaufen.

Verkaufen? Für Geld? Forid Mian sah sie verblüfft an.

Ja, sagte sie erbittert. Das war so: Gestern war Donnerstag, der letzte Arbeitstag der Woche. Normalerweise geben mir die Leute das Geld für die Woche am Donnerstag. Aber jetzt ist Geld im Ras abgeschafft – Geld gibt es nur noch in den Büchern und Aufzeichnungen. In Banken und Professor Samuels Verzeichnissen. Jedenfalls haben sie mir kein Geld gegeben. Samuel hat gesagt, daß er alles unter meinem Namen eingetragen hat und so weiter. Aber ich wollte Geld. Geld. Was soll ich mit Zahlen? Also habe ich gesagt: Ich will Geld, du gottverdammtes Arschloch. Bargeld. Aber er rief die anderen zusammen, und selbst Abu Fahl war gegen mich. Ich sagte: Ich will Geld. Was habe ich von einem Rechnungsbuch? Kann ich mir damit etwa einen Fahrschein für den Bus kaufen? Seit mehr als einer Woche bin ich nicht mehr aus dem Ras herausgekommen, und morgen will ich in den Souq. Ich brauche Geld. Und dann sagt dieses Flittchen Karthamma: Was willst du denn da eigentlich? Du arbeitest doch nicht. *Wir* arbeiten – du solltest hierbleiben und das Haus in Ordnung halten. Und das mir! Also sage ich: Wenn du nur noch einen Tag länger versuchst, mich daran zu hindern, kratze ich dir die Augen aus, du undankbares Flittchen. Und dann schrie sie mich an, und ich schrie zurück. Schließlich sagte ich zu Samuel: Warum gibst du mir nicht auch einen von diesen Umschlägen mit Geld, die all die anderen kriegen, wenn sie in die Stadt gehen? Und er sagte, er hätte schon alle Umschläge für den nächsten Tag verteilt. Und später sagte er, er hätte diese ... diese Zitronenpressen, und so habe ich die genommen. Gut, daß ich noch etwas Bargeld in meinem Geldbeutel hatte, und Kulfi hat mir noch ein bißchen gegeben.

Zindi hielt inne. Ihre Brust hob und senkte sich, und ihre Augen waren blutunterlaufen. Warum fragst du danach? fragte sie. Wenn du nicht so zurückgezogen wie eine Schnecke hier im Souq leben würdest, wüßtest du längst Bescheid.

Plötzlich kam ihr ein Gedanke. Gespannt sah sie ihn an. Willst du welche kaufen? Sie nahm eine Zitronenpresse aus der Tüte und hielt sie ihm hin. Er spielte mit den Handgriffen und öffnete und schloß sie wie eine Schere.

Wieviel? fragte er.

Zwei Dirhams? antwortete sie zaghaft.

Nein. Er schüttelte den Kopf.

Eins fünfzig?

Eigentlich will ich sie gar nicht, sagte er und gab ihr die Zitronenpresse zurück.

Nein. Zindi lachte. Das hatte ich ganz vergessen. Du willst ja etwas ganz anderes drücken, stimmt's?

Was meinst du damit, Zindi?

Na ja... zum Beispiel eine Frau.

Forid Mian gab keine Antwort. Zindi beugte sich zu ihm vor. Erinnerst du dich nicht? Wir haben doch neulich abend über eine Heirat gesprochen.

Forid Mian erhob sich abrupt von seinem Hocker. Mir scheint, Zindi, sagte er, daß du mehr über meine Heirat nachdenkst als ich.

Zindi lachte und bemühte sich um einen gleichgültigen Gesichtsausdruck. Natürlich denke ich an deine Heirat, sagte sie. Wenn ich es nicht tue, wer dann? Weißt du nicht mehr, daß du an dem Abend gesagt hast, du würdest gern heiraten, in dein Chatgan ziehen und all das hier hinter dir lassen? Weißt du das nicht mehr? Ich glaube, es gäbe eine Möglichkeit, eine kleine Möglichkeit, das zu arrangieren.

Forid Mian machte sich daran, eines der Regale hinter der Verkaufstheke aufzuräumen. Ich weiß gar nicht mehr, was ich da alles geredet habe, sagte er. Ich muß verrückt gewesen sein. Warum sollte ich wohl nach Chatgan zurückgehen wollen, wenn ganz Chatgan am liebsten hier wäre?

Verständnislos und ungläubig starrte Zindi ihn an. Aber, fing sie an, du hast doch gesagt...

Ach, das war nur so dahergeredet.

Mit Tränen der Verzweiflung in den Augen sah Zindi sich im Laden um. Geistesabwesend kratzte sie an ihrem Muttermal. Aber, sagte sie, es muß doch etwas geben...

Warum bist du so interessiert daran, daß ich heirate, Zindi? fragte Forid Mian laut.

Zindi ignorierte ihn ungeduldig. Hör zu, sagte sie. Wie wäre es, wenn wir dich *hier* verheiraten würden?

Hier? Forid Mian drehte sich um und starrte sie an. Mit wem?

Mit jemandem eben. Zindi preßte die Lippen aufeinander und rang sich ein Lächeln ab. Sag mir erst, was du von der Idee hältst.

Wie kann ich das, wenn ich nicht weiß, um wen es geht?

Um Kulfi-didi, sagte Zindi und sah mit Genugtuung, wie seine Augen sich verengten. Kennst du sie? Sie lebt in meinem Haus.

Laß mich nachdenken, sagte Forid Mian und strich sich über seinen schütteren weißen Bart. Erzähl mir ein bißchen von ihr.

Sie hat helle Haut, sehr helle Haut. Und eine gute Figur – sie ist nicht direkt dick, aber auch nicht dünn. Sie ist Witwe und sehr nett. Du wirst sie mögen.

Forid Mian nickte. Ja, sagte er, ich glaube, ich habe sie schon einmal im Souq gesehen.

Was hältst du von der Idee?

Forid Mian zuckte die Schultern und versuchte, einen gleichgültigen Eindruck zu machen, aber Zindi hatte bereits den lüsternen Zug bemerkt, der plötzlich um seinen Mund spielte. Glaubst du denn, sie wäre einverstanden? fragte er. Sie muß doch hinduistischen Glaubens sein.

Mal sehen, antwortete Zindi, mal sehen. Sie hielt inne und musterte ihn mit einem scharfen Blick. Aber da ist noch etwas,

Forid Mian, fuhr sie leise fort. Und zwar folgendes: wenn alles geregelt ist, mußt du zu mir ziehen, und du mußt bei Jeevanbhai kündigen und für mich arbeiten.

Forid Mian war plötzlich sehr ängstlich. Nein, Zindi, sagte er und biß sich auf die Knöchel. Nein, das kann ich nicht. Wie soll ich das Jeevanbhai beibringen? Was würde er dazu sagen? Nein, nein, Zindi, das kann ich nicht.

Zindi stand auf und klopfte ihm auf die Schulter. Sei unbesorgt, Forid, sagte sie. Ich weiß, daß du Angst vor ihm hast, aber ich habe keine. Überlaß ihn mir – ich werde schon mit ihm fertig werden. Und denk daran: nur keine Angst. Er kann dir überhaupt nichts anhaben.

Forid Mian hatte angefangen zu schwitzen. Nein, Zindi, sagte er und wischte sich übers Gesicht, ich kann nicht. Aber als er sie ansah, glomm in seinen verängstigten Augen ein Hoffnungsfunke.

Wieder klopfte Zindi ihm auf die Schulter. Überlaß Jeevanbhai mir. Ich werde ihn mir vornehmen. Wenn möglich heute noch.

Sie lächelte, und es kostete sie Mühe, sich nichts anmerken zu lassen. Sie hätte schreien mögen vor Freude. Die Lösung war immer so einfach und doch so schwer zu finden.

Der Ruf des Muezzins zum Mittagsgebet ertönte aus den Lautsprechern im Souq. Zerstreut sah Forid Mian sich nach seinem Gebetsteppich und seinem Stein um.

Ich werde mich jetzt wieder auf den Weg machen, sagte Zindi zu ihm. Aber morgen oder übermorgen werde ich wiederkommen. Und mach dir keine Sorgen.

Es dauerte lange, bis Zindi die Zitronenpressen verkauft hatte, und sie brachten nur die Hälfte des Preises, den Zindi gefordert hatte. Das war so gut wie verschenkt, aber sie hatte keine andere Wahl – sie mußte sich beeilen, denn sie sah, daß Boss hungrig war, auch wenn er nicht schrie (er schrie nie).

Als sie wieder zu Hause war und Boss gefüttert und schlafen gelegt hatte, blieb ihr nichts anderes übrig, als auf Kulfi oder

Jeevanbhai zu warten. Außer ihr und Boss war niemand im Haus. Das war neuerdings fast immer so, denn Abu Fahl, Chunni, Rakesh und alle anderen verbrachten nach der Arbeit ihre ganze Zeit bei Alu in Hajj Fahmys Haus. Was machten sie da? Zindi wollte es eigentlich gar nicht wissen. Oft kamen sie erst spät in der Nacht heim. Manchmal aßen sie sogar dort zu Abend – Professor Samuel hatte dafür gesorgt, daß die Ausgaben Hajj Fahmys Konto gutgeschrieben wurden. Nur Kulfi kam manchmal früh nach Hause. Kulfi war ein gutes Mädchen. Es ist gar nichts, sagte sie Zindi. Nichts spielt sich dort ab. Sie sitzen nur herum, lachen und reden und trinken Tee, und Hajj Fahmy erzählt Geschichten, und sie sehen Alu beim Weben zu. Bis spät in die Nacht hinein – reden, reden, reden und weben, weben, weben. So was Langweiliges. Was soll ich da? Wenn die Filme nicht wären, würde ich gar nicht hingehen. Jetzt wollen sie ein Videogerät besorgen und jeden Tag einen neuen Film zeigen.

Vielleicht würde Kulfi heute früh heimkommen. Aber in letzter Zeit hieß früh bei Kulfi meist recht spät in der Nacht. Sie hatte eine Stelle als Köchin bei einer anderen Ghaziri-Familie gefunden, und die aß, wegen der Hitze, erst spät abends, im Freien, auf der Terrasse. Vielleicht würde Jeevanbhai früh heimkommen. Aber wenn er sich eine neue Flasche gekauft und sich in sein Hinterzimmer im Durban Tailoring House zurückgezogen hatte, war auch das fraglich. Ihr blieb nichts anderes übrig, als zu warten.

Warten. Zaghloul und Rakesh kamen von der Arbeit nach Hause, um sich zu waschen und umzuziehen, aber eine halbe Stunde später gingen sie wieder aus. Im Haus war es sehr ruhig. Zindi stieg auf das Dach. Von dort aus konnte sie die Lichter in Hajj Fahmys Haus sehen. Sie meinte fast, die Gespräche und das Gelächter zu hören. Schließlich ging sie in den Hof, um die Enten und Gänse zu füttern. Ihr Blick fiel auf die Tür zu Jeevanbhais Zimmer. Sie besah sich das Schloß. Es war aus Messing und wirkte sehr stabil. Sie wog es in der Hand. Es war nicht so groß und schwer, wie es aussah. Vielleicht war es ja auch gar nicht so stabil. Sie zog ein bißchen daran, und irgend etwas darin schien nachzugeben. Sie stellte die Schüssel mit Maiskörnern, die sie in der Hand hatte, ab und packte das Schloß mit beiden Händen. Dann zerrte sie daran, aber das Schloß hielt. Plötzlich wurde sie sehr wütend. Es war keineswegs so, daß sie irgend etwas aus diesem Zimmer an sich nehmen wollte – sie wußte gar nicht, was sie tun würde, wenn sie das Schloß geöffnet hatte –, aber warum sollte in ihrem eigenen Haus eine Tür vor ihr verschlossen sein? Sie stellte sich breitbeinig hin, packte das Schloß mit beiden Händen und zog mit aller Kraft. Die Tür ächzte in den Angeln, aber das Schloß gab nicht nach.

Hinter ihr ließ sich ein leises Hüsteln vernehmen. Sie hörte es nicht, denn das Blut rauschte ihr in den Ohren. Wieder zog sie. An den Türangeln krachte das Holz, aber das Schloß hielt immer noch. Eine Hand schob sich heran und klopfte ihr auf die Schulter.

Zindi fuhr herum und sah Jeevanbhai. Sie starrte erst ihn und dann das Schloß in ihren Händen an, ihr Zorn verflog und Schweißperlen erschienen auf ihrem Gesicht. Sie ließ die Hände sinken. Jeevanbhai, stammelte sie, ich... ich weiß auch nicht...

Jeevanbhai nickte höflich; er war so nüchtern wie ein Fels in der Wüste. Du hättest mich nur um den Schlüssel zu bitten brauchen, Zindi, sagte er.

Nein, nein, sagte Zindi verwirrt, das war es gar nicht. Ich wollte nur sichergehen, daß du nicht vergessen hast abzuschließen.

Und bist du jetzt sicher? Jeevanbhai lächelte und schob seinen Schlüssel ins Schloß. Komm herein und sieh dich um. Hier ist nichts.

Das weiß ich doch, Jeevanbhai, sagte Zindi in flehendem Ton und trat ein. Es war ein enges, schmales Zimmer mit nur einem kleinen Fenster in der Wand gegenüber der Tür. In einer Ecke stand ein Feldbett und daneben ein Tisch und ein Stuhl aus rohem Holz. Neben dem Tisch lag ein ordentlich aufgestapelter Stoß Akten auf dem Boden.

Jeevanbhai betätigte einen Schalter, und in einer Ecke begann ein Ventilator auf einem hohen Fuß sich langsam zu drehen und feuchtwarme Windstöße durch das Zimmer zu schicken. Er nahm auf dem Stuhl Platz und deutete auf das Bett. Setz dich, Zindi.

Wirklich, Jeevanbhai, glaub mir, ich wollte gar nichts Schlimmes tun, sagte Zindi und ließ sich auf das Bett sinken. Es ächzte unter ihrem Gewicht. Über ihrem Kopf hing eine Glühbirne von der Decke herab und verbreitete ein trübes Licht.

Ich weiß, Zindi, sagte Jeevanbhai, ich weiß. Du wolltest gar nichts Schlimmes tun. Aber irgend etwas bereitet dir Sorgen, stimmt's?

Es verging eine lange Minute, während der Zindi versuchte, die Bedeutung dieser Frage zu ergründen. Was meinst du damit? fragte sie schließlich mit belegter Stimme.

Nun – Jeevanbhai betrachtete seine Finger –, du machst dir zum Beispiel Gedanken über Forid Mians Heirat, nicht wahr?

Zindi spürte, wie ihr die Luft wegblieb. Sie starrte in Jeevanbhais ungerührtes Gesicht. Was meinst du damit?

Ich nehme an, sagte Jeevanbhai ruhig, es wäre gut für dich, wenn er Kulfi heiraten, hierherziehen und für dich arbeiten würde, nicht? Er wäre zuverlässig, nicht so wie die anderen. Ist es nicht so?

Zindi glotzte ihn an. Ihr Gesicht entspannte sich und nahm einen dümmlichen Ausdruck an, und der Mund stand ihr offen.

Zindi, Zindi, sagte er mit leisem Vorwurf in der Stimme und schüttelte den Kopf. Wie konntest du nur so dumm sein, dich mit Forid Mian gegen *mich* zu verschwören? Bist du so alt und verzweifelt, daß du nicht mehr klar denken kannst?

Hast du denn wirklich geglaubt, ich würde nichts davon erfahren? Weißt du denn nicht, daß Forid Mian vor mir keine Geheimnisse hat? Das kann er gar nicht. Weißt du, wie er nach al-Ghazira gekommen ist? Er hat auf einem Schiff gearbeitet, auf dem im Pilgermonat Leute aus Singapur, Chittagong, Bombay und allen möglichen anderen Städten auf Pilgerfahrt gingen. Es hat auf dem Weg nach Dschidda meistens hier angelegt. So habe ich

Forid Mian kennengelernt; er hat manchmal Sachen für mich mitgenommen. In einem Jahr war er dann bei der Ankunft des Schiffes im Laderaum eingesperrt. Er hatte eine achtzigjährige Frau getötet, eine Pilgerin. Sie hatten ihn unter der Plane in einem Rettungsboot entdeckt, als er gerade versuchte, die Goldzähne der toten Frau abzufeilen. Wenn es mir nicht gelungen wäre, ihn freizukaufen, hätten sie ihn in Chittagong wegen Mordes gehängt. Die Unterlagen habe ich natürlich behalten. Du siehst also, daß Forid Mian es sich nicht leisten kann, irgendwelche Geheimnisse vor mir zu haben. Hast du wirklich geglaubt, du könntest *ihn* als Verbündeten gewinnen? Zindi ließ ihre gewaltigen Schultern hängen und saß lange zusammengesunken und in düsteres Schweigen vertieft da. Dann gab sie sich einen Ruck und erhob sich mühsam vom Bett. Sie ging zum Stuhl und stellte sich hinter Jeevanbhai. Sie ließ ihre Finger über sein Gesicht, über seine Nase, seine Lippen und seine rot verfärbten Zähne gleiten.

Erinnerst du dich noch, Jeevanbhai? sagte sie. Wie du dich in dieses Haus geschleppt hast, bedeckt mit Angstschweiß und blauen Flecken. Weißt du noch, wie ich dich bei den Gänsen versteckt und mit Öl eingerieben habe?

Ganz vorsichtig knöpfte sie den obersten Knopf von Jeevanbhais Hemd auf und schob ihre Hand hinein. Sie spielte mit den drahtigen Brusthaaren, schob ihre Hand unter sein Unterhemd und strich liebkosend mit ihrem Daumen über seine Brustwarzen. Sie spürte, wie sie hart wurden. Jeevanbhais Atem ging eine Spur schwerer. Weißt du noch? Ihre Hand wanderte weiter hinab, an seinem Bauchnabel vorbei, bis sie den Zug seiner Unterhose erreicht hatte. Sie beugte sich vor und saugte an seinem Ohrläppchen. Jeevanbhai zitterte. Weißt du noch? Sie zog die Hand aus seinem Hemd und rieb über seinen Hosenschlitz. Jeevanbhai keuchte. Sie öffnete die Knöpfe und schob einen Finger hinein.

Jeevanbhai packte ihr Handgelenk mit beiden Händen und versuchte, ihre Hand wegzuschieben, aber sie hatte in einem Handgelenk so viel Kraft wie er in beiden Armen. Zindi, keuchte er, hör auf, du bist verrückt. Er drehte sich seitwärts, und es gelang ihm, auf die Beine zu kommen. Er duckte sich, nahm all seine Kraft zusammen und warf sich gegen ihren Bauch. Sie taumelte zurück, dorthin, wo das Bett stand. Einen Augenblick lang blieb sie schwankend stehen und starrte in sein gerötetes Gesicht, dann schlug sie die Hände vors Gesicht und ließ sich auf das Bett sinken. Sie weinte in kurzen, trockenen Schluchzern, die das Bett erbeben ließen.

Zindi, Zindi, sagte Jeevanbhai, was ist denn los? Was ist passiert? Er verriegelte die Tür und ging zum Bett. Unbeholfen legte er ihr den Arm um die Schultern.

Zindi, sagte er, was ist passiert? Was haben sie getan? Sag es mir.

Ungeschickt strich er ihr mit der Hand über die Wange. Erzähl es mir, sagte er. Ich kann dir helfen. Das weißt du. Ich weiß, daß du den Laden willst. Warum hast du mich nicht einfach gefragt? Warum mußtest du erst dieses ganze Drama inszenieren?

Er nahm ihr das schwarze Kopftuch ab, faltete es sorgfältig zusammen und legte es neben sich auf das Bett. Dann streichelte er sanft ihr schütteres, ergrauendes Haar, ihren Hals und ihre Arme. Als seine Hand dabei über ihre wogenden Brüste strich, fuhr er peinlich berührt zurück. Zindi, flüsterte er, erzähl es mir. Was haben sie dir getan? Ist es etwas so Furchtbares?

Furchtbar? Was konnte ein Wort wie ‹furchtbar› für eine Frau bedeuten, die täglich mitansehen mußte, wie ihr eigener Haushalt ihr aus der Hand glitt, wie er sich gegen sie wandte, sich gegen seine Bestimmung auflehnte wie ein Pferd, das dem Reiter nicht mehr gehorcht? Was bedeutete ‹furchtbar› für eine Frau, die mitansehen mußte, wie die Menschen, denen sie Obdach gegeben hatte, wie ihre eigenen Kinder die Welt auseinandernahmen, auf den Dächern stehend das Chaos heraufbeschworen und ihre eigene Vernichtung ins Werk setzten? Was ist furchtbar? Ist es furchtbar, wenn man merkt, daß man auf einem Strudel des Wahnsinns treibt, wenn man rings um sich her das Wasser tosen sieht und nichts weiter tun kann, als hilflos auf die letzte Welle zu warten, die den Untergang bringt.

Manchmal braucht es gar keine Schmerzen und gebrochene

Knochen, um etwas furchtbar zu machen – ein Zuschauer zu sein, ist furchtbar genug.

Anfangs war es nicht so schlimm gewesen; es hatte so ausgesehen, als würde nichts dabei herauskommen. Jeder, der lange genug im Ras gelebt hatte, hatte gesehen, wie die Leute dort von Anfällen von Verrücktheit gepackt worden waren. Einmal hatte jemand Geschichten über den Kartoffelschnaps verbreitet, der am Strand verkauft wurde, und die Männer waren vollkommen verzweifelt gewesen, weil sie gedacht hatten, ihre Eier würden wieder in ihre Bauchhöhle wandern, und in einem anderen Jahr hatten die Leute einen ganzen Monat lang jede Nacht im Freien verbracht und auf das Erdbeben gewartet.

Diesmal war es anders; es ging immer weiter und weiter und weiter. Es nahm einfach kein Ende.

Als ersten nahmen sie sich Romy Abu Tolba vor. Abu Fahl und Professor Samuel gingen zu ihm (Alu ging nie irgendwohin; er saß immer nur in Hajj Fahmys Hof und webte und webte und webte). Sie gingen also mit einer riesigen Meute zu Romy und sagten: Dein Laden verbreitet Schmutz im Ras. Wir werden das nicht länger dulden. Endweder du schließt dich uns an, und wir führen ihn gemeinsam wie alles andere, oder du wirst deinen Laden verlieren.

Romy ist einer von den Leuten, die sich nur um ihre eigenen Angelegenheiten kümmern und sich nicht die Mühe machen, den Dingen auf den Grund zu gehen. Das ist der reine Wahnsinn, wenn man Ladenbesitzer ist; jeder gute Geschäftsmann muß die Neuigkeiten kennen, bevor sie sich herumgesprochen haben. Romy aber wußte nicht, was im Ras vor sich ging. Als sie ihm also sagten, was sie ihm zu sagen hatten, war er so verblüfft, daß ihm keine Antwort einfiel. Nach einer ganzen Weile lachte er und sagte: Seid ihr verrückt? Es ist ja ganz in Ordnung, einen Schluck zu trinken, aber Betrunkene sollten nicht herumlaufen und ehrbare Leute belästigen.

Na gut, du wirst schon sehen, sagten sie und gingen. Sie waren die letzten, die noch einen Fuß in Romy Abu Tolbas Laden gesetzt hatten.

Am nächsten Tag machte Romy morgens seinen Laden auf, setzte sich hin, um die Zeitung zu lesen, und wartete auf Kunden. Er wartete und wartete, aber niemand kam. Er rief die Leute an, die vorbeigingen, aber sie wandten das Gesicht ab und gingen weiter. Er hatte an jenem Tag Wassermelonen eingekauft, und die begannen jetzt zu faulen. Und immer noch kam niemand, den ganzen Tag über kein einziger Kunde.

Macht nichts, sagte er am nächsten Tag zu seinem Sohn Tolba. Sie werden schon etwas brauchen; die Vorräte werden ihnen ausgehen.

Aber Abu Fahl und Zaghloul und die anderen hatten bereits einen von Hajj Fahmys Lastwagen genommen und im Souq jede Menge Zucker, Öl und Tee und alles mögliche andere gekauft, und diese Lebensmittel begannen sie nun in Hajj Fahmys Hof zu verteilen, während Samuel dabeisaß und alles in seinen Büchern aufschrieb.

Es war alles reichlich vorhanden, und an jenem Abend fingen die Eier in Romys Laden an, unangenehm zu riechen.

Am nächsten Tag setzte Romy seine Preise herunter. Immer noch kam niemand in seinen Laden. An jenem Abend versammelten sich fast alle Bewohner des Ras bei Hajj Fahmys Haus, und man redete bis spät in die Nacht über den schrecklichen Schmutz, den Geschäfte verbreiten.

Am nächsten Morgen bettelte Romy die Leute an, in seinen Laden zu kommen. Er brauchte jetzt Geld. Aber es kam nicht einmal mehr jemand vorbei; die Leute machten furchtsam einen Bogen um ihn, als sei sein Laden die Brutstätte einer schrecklichen Krankheit. Sie hatten Angst – Angst vor dem Schmutz und den Keimen. Keime! Im Laden von Romy Abu Tolba aus dem Fayyum, wo jeder Gott weiß wie viele Jahre lang alles eingekauft hatte!

Gegen Ende dieses Tages wußte Romy, daß er geschlagen war. Was ist ein Laden ohne Kunden? Am Abend ging er zu Hajj Fahmy und sagte: Macht mit meinem Laden, was ihr wollt.

Es heißt, Hajj Fahmy habe ihn auf beide Wangen geküßt und ihn umarmt wie einen Bruder.

Am folgenden Tag gingen sie in den Laden und schrubbten jeden Quadratzentimeter mit Karbolsäure. Sie schrubbten die Regale, den Boden, die Wände, die Verkaufstheke, ja sogar die Straße vor dem Laden. Sie nahmen Romys alte Eisenkassette mit und ersetzten sie durch ihre Bücher und Verzeichnisse.

Abends am Strand verbrannten sie die Kassette und tanzten um das Feuer.

Jetzt wird alles in dem Laden an die Leute ausgegeben, und der Kaufpreis wird unter ihrem Namen in die Verzeichnisse eingetragen. Profite gibt es nicht mehr. Romy ist in seinem eigenen Laden nur noch ein Angestellter. Er verbringt den Tag damit, in den Büchern aufzuschreiben, wer was gekauft hat. Dafür zahlen sie ihm einen Lohn. Es ist kein schlechter Lohn, aber man sieht bereits, wie der Tod ihm die Augenlider schwer macht. Wer will schon ein Angestellter in seinem eigenen Laden sein?

Und das war nur der Anfang. Danach kam die Karbolsäure. Jeden Tag schicken sie Gruppen von Männern aus, die Eimer mit Karbolsäure dabeihaben. Sie gehen durch den ganzen Ras und schrubben Straßen und Häuser, wie es ihnen paßt. Sie sind auch hierhergekommen, aber die Tür war verriegelt, und Abu Fahl hat sie, aus Gründen, die nur er kennt, weitergeführt. Aber sie werden wiederkommen, und wer soll sie das nächste Mal aufhalten? Sie werden wieder und wieder und wieder kommen, bis sie es irgendwie schaffen werden, hier einzudringen. Und was dann? Wie soll man den Gestank von diesem Zeug aushalten?

Demnächst, so sagen sie, werden sie mit den Schmutzigsten der Schmutzigen aufräumen, mit den *mugaddams*, den Arbeitsvermittlern. Bald, sagen sie, wird keiner im Ras mehr für einen *mugaddam* arbeiten. Und dann? Und dann – da habe ich gar keinen Zweifel – werden sie die Häuser wollen. Häuser, die jahrelang mit Schweiß und Liebe zusammengehalten worden sind. Die werden sie auch noch wollen.

Inzwischen machen alle mit. Es ist unglaublich, wieviel Geld sie haben, und trotzdem behaupten sie, es gäbe nirgendwo im Ras mehr einen Geldschein oder eine Münze. Das Geld existiert nur in ihren Büchern und Verzeichnissen. Jeden Tag bekommt jeder, der draußen arbeitet, einen Umschlag mit dem Geld, das er für den Tag braucht, und abends verbrennen sie die Umschläge. Jede Woche bringen sie dem Professor (er hat jetzt eine Art Büro in einer Hütte in der Nähe von Hajj Fahmys Haus) Umschläge mit ihrem Lohn. Er schreibt den Betrag in seine Bücher und bringt das Geld zur Bank. Am Ende jeder Woche geht er zur Post und schickt das Geld an die Adressen, die er aufgeschrieben hat. Sie sagen, daß in den Hütten im Ras jetzt lauter Leute wohnen, die zu Hause, in ihren Dörfern, so reich wie Könige sind. Sie schicken dreimal, viermal, fünfmal mehr Geld als früher nach Hause, weil sie hier, im Gegensatz zu früher, nichts mehr auszugeben brauchen. Aber es sind so viele, und in diesen Büchern ist so viel Geld, daß immer noch genug übrig ist, um es auf den Kopf zu hauen. Zu Anfang haben sie an jedem zweiten Abend am Strand Filme gezeigt. Jetzt haben sie Videogeräte und jeden Tag einen neuen Film. Sie wollen Busse mieten und Urlaub an den heißen Quellen machen. Und sie fliegen auch nicht mehr mit normalen Flugzeugen nach Hause. Nein, sie wollen ganze Flugzeuge chartern, und alle, die nach Ägypten oder Indien oder was weiß ich wohin wollen, werden gemeinsam dorthin fliegen. Auf diese Weise, sagen sie, sparen sie die Hälfte des Geldes.

Und jetzt beschränkt sich das auch nicht mehr bloß auf den Ras. Die Leute draußen haben davon gehört und kommen auch her. Letzte Woche sind die Baluchis gekommen, die sonst nachts auf den Straßen der Neustadt, die sie tagsüber gekehrt haben, geschlafen haben, und jeder von ihnen hat einen Platz zum Wohnen bekommen.

Es wird mit jedem Tag schlimmer. Keiner will mehr mit mir reden oder mich in sein Haus oder seine Hütte lassen, weil ich nicht so dumm bin, mir ihr Staubtuch um den Arm zu binden. Sie sagen, ich schleppe Keime ein. Stell dir das vor! Zindi at-Tiffaha, ohne deren Einwilligung früher einmal keine Hütte im Ras gebaut werden durfte, schleppt jetzt Keime ein!

Was auch passiert – es wird mein Ende sein: Entweder kriegen sie das Haus, oder die Polizei kriegt es. Es ist nur noch eine Frage der Zeit, bis die Polizei oder die Amirs davon Wind bekommen.

Bis jetzt ist noch keiner zu ihnen gegangen, weil das etwas ist, was man im Ras einfach nicht tut. Aber irgendwann demnächst wird es schon jemand tun, und das wird das Ende des Ras sein, das Ende unserer Häuser, das Ende unseres Friedens, das Ende unseres Glücks und der guten Zeiten.

Und wo soll ich dann hin?

Jeevanbhai Patel hatte seine Hände zwischen den Knien gefaltet und starrte auf den Boden. Es dauerte lange, bis er sprach. Zindi, du brauchst nicht sehr weit zu gehen, sagte er. Was ist mit dem Laden?

Zindi, die noch immer hin und wieder aufschluchzte, hörte auf, sich die Tränen abzuwischen. Was für ein Laden?

Mein Laden. Das Durban Tailoring House. Willst du ihn nicht?

Zindi sah in mißtrauisch an. Doch. Warum?

Jeevanbhai lächelte und klopfte ihr auf die Schulter. Sag mir, Zindi: Warum willst du den Laden unbedingt haben?

Warum ich ihn unbedingt haben will? Verstehst du das denn nicht? Wenn ich ihn hätte, könnte ich weg von hier, bevor es zu spät ist. Und wer weiß? Wenn Gott will, gelingt es mir vielleicht, ein paar von ihnen mitzunehmen. Vielleicht würden sie auf mich hören, wenn ich ihnen etwas anzubieten hätte, irgendeine Alternative. Jetzt wollen sie ja nicht auf mich hören, aber mit dem Laden... wer weiß? Und wenn ich ihn bekomme, haben ein paar von ihnen, wenn das Ende kommt, wenigstens einen Ort, wo sie sich verstecken können.

Jeevanbhai fuhr sich mit der Zunge über die Zähne. Zindi, sagte er, ich habe es dir schon einmal gesagt, aber du hast nicht zugehört: Du kannst den Laden haben.

Zindi erhob sich vom Bett und ging zur Tür. Na gut, Jeevanbhai, sagte sie energisch. Entweder du sagst mir jetzt, was du vorhast, oder ich gehe. Ich weiß, daß du nicht der Mann bist, der einen Laden für Liebe und gute Worte hergibt. Also sag mir die Wahrheit. Schließlich bin ich kein Kind mehr.

Nein, antwortete Jeevanbhai ruhig, du hast recht: Ich bin nicht der Mann, der einen Laden für nichts hergibt. Aber das habe ich auch nicht vor. Du wirst mir die Hälfte dessen bezahlen, was er auf dem freien Markt wert ist. Ich weiß, daß du irgendwo genug Geld versteckt hast. Über den Preis können wir später reden. Die andere Hälfte wird mein Anteil sein. Wir können die Gewinne teilen. Der Laden braucht ohnehin Veränderung; es bringt kein Glück, wenn er zu lange bleibt, wie er ist. Ich habe selbst schon daran gedacht.

Zindi sah ihn scharf an und sagte: Aber das ist doch noch nicht alles, oder?

Jeevanbhai lächelte. Nein, Zindi, sagte er. Das stimmt. Das ist noch nicht alles. Ich will noch etwas von dir. Aber es ist eine Kleinigkeit und nicht sehr wichtig.

Dann sag es mir schnell, und laß uns nicht weiter herumreden. Du weißt, daß du haben kannst, was ich dir geben kann, aber *das* willst du nicht. Was willst du also?

Sie beugte sich vor und sah ihn an. Kulfi etwa? keuchte sie erstaunt. Doch nicht etwa sie?

Jeevanbhai brach in Gelächter aus. Eine alte Hure ist wie ein alter Reißverschluß: Ihr Hirn klemmt. Kannst du denn an gar nichts anderes denken? Nein, ich habe es weder auf sie noch auf irgend etwas in dieser Richtung abgesehen. Du kannst sie immer noch an Forid Mian verheiraten, wenn du willst – vorausgesetzt, er hat die Kraft, die Brautwerbung zu unterschreiben. Nein, was ich will, ist eine winzige Kleinigkeit. Du sollt mir nur hin und wieder erzählen, was hier passiert. Du weißt, daß ich inzwischen nicht mehr so viel erfahre wie früher, und du hast ja selbst gesagt, daß man es sich heutzutage nicht leisten kann, nicht auf dem laufenden zu sein. Und möglicherweise sollst du ab und zu das eine oder andere für mich erledigen.

Was meinst du damit?

Kleinigkeiten. Ich habe zum Beispiel ein paar Freunde – Inder, nette Leute. Einer hat von Alu gehört und will ihn kennenlernen. Vielleicht könntest du ihn morgen zu ihm bringen.

Zindi lehnte den Kopf an die Tür und dachte eine Weile angestrengt nach. Dann sagte sie mit einem schnellen, bedauernden Kopfschütteln: Polizei, nehme ich an? Nein, das kann ich nicht.

Du weißt, daß ich ihnen alles antun kann, aber nicht das. Was auch in Zukunft passieren wird – sie haben alle einmal Brot und Salz bei mir gegessen. Sie sind ein Teil von mir geworden. Du hättest das nicht sagen sollen, Jeevanbhai. Ich kann es nicht, und das weißt du.

Zindi, Zindi, sei kein Dummkopf. Glaubst du, ich würde dich darum bitten, wenn sie von der Polizei wären? Dazu kenne ich dich doch viel zu gut. Sie sind nicht von der Polizei – es sind ganz normale Leute, die ich in Indien kennengelernt habe. Ganz normale Leute. Wenn du den Mann erst einmal gesehen hast, wirst du das auch sagen. Glaub mir.

Zindi zögerte einen Augenblick. Dann schüttelte sie den Kopf. Nein, sagte sie, du weißt, ich kann das nicht.

Und was ist dann mit dem Laden?

Zindi drehte sich abrupt auf dem Absatz um und schob den Riegel zurück.

Hastig redete Jeevanbhai auf ihren Rücken ein: Hör zu, Zindi. Gott wollte nicht, daß du dich benimmst wie ein Dummkopf. Hör mir zu. Ich werde mit meinem Freund reden und ihm sagen, daß er auf der Straße gegenüber von meinem Büro in der Nähe des Hafens auf dich warten soll. Komm nicht in mein Büro. Bring ihn auf dem kürzesten Weg hierher und nimm ihn mit zu Hajj Fahmys Haus. Binde dir ein Tuch um den Arm, nur dieses eine Mal. Und gib ihm auch eins, denn ohne das werden sie ihn nicht hineinlassen. Laß ihn mit Alu sprechen, falls er das will. Vielleicht möchte er sogar ein paar Fotos machen. Danach führst du ihn aus dem Ras, setzt ihn in ein Taxi und schickst ihn nach Hause. Aber ich möchte, daß du mir erzählst, was er gesagt und getan hat. Also komm am nächsten Tag – übermorgen – in den Souq. Komm um neun zum Durban Tailoring House. Ich werde da sein. Dort können wir unbelauscht reden. Und schon am Morgen danach kannst du den Laden übernehmen. Hast du mich gehört? Zindi?

Zindi riß die Tür auf und rannte über den Hof. Es war wieder Zeit, Boss zu füttern.

15
Spiegelbilder

Zindi wußte, daß sie heute den ganzen Weg zum Souq würde laufen müssen. Nach Einbruch der Dunkelheit kamen nur sehr wenige Gemeinschaftstaxis oder Busse am Ras vorbei, und von denen hielt keiner dort an.

Um Viertel nach acht ging sie aus dem Haus, denn sie wußte, daß sie mit Boss auf dem Arm eine Dreiviertelstunde für den Weg brauchen würde, vielleicht sogar noch länger. Aber wenigstens mußte sie heute keine Zitronenpressen schleppen. Im letzten Augenblick fiel ihr noch ein, daß sie ihre Taschenlampe mitnehmen mußte; nachts war es im Ras sehr dunkel, und selbst jemand, der wie sie die Gassen wie die Linien seiner Hand kannte, lief Gefahr, über einen schlafenden Hund zu fallen oder in eine neuerrichtete Hütte zu stolpern. Nach kurzem Zögern beschloß sie, auch einen Stock mitzunehmen – es war bekannt, daß viele der herumstreunenden Hunde im Ras nachts gefährlich waren.

Es dauerte länger, als sie gedacht hatte, bis sie am Maidan al-Jami'i war. Zweimal mußte sie eine Pause einlegen: Boss wurde mit jedem Tag schwerer. Es war fast halb zehn, als sie im Souq war. Die meisten der Juwelier- und Elektronikläden hatten schon geschlossen, aber einige der Stoffgeschäfte waren noch geöffnet. Sie rechnete nicht damit, daß im Durban Tailoring House noch Licht war. Sie wußte, daß Jeevanbhai in dem kleinen Hinterzimmer sitzen würde. Wahrscheinlich trank er wieder. Sollte er warten – das würde ihm guttun, und er würde um so betrunkener sein. Vielleicht würde er sich zu Tode trinken.

Zindi ging in eines der Stoffgeschäfte und sah sich darin um. Ein kurzer Blick genügte ihr, um zu sehen, daß es ganz falsch eingerichtet war: Manche Regale waren zu vollgestopft, andere zu leer, und auf der Theke lagen zu wenig Musterbroschüren. Sie nickte zufrieden und ging wieder hinaus. Sie wußte, daß sie es besser machen würde.

Wie sie erwartet hatte, lag das Durban Tailoring House im Dunkel, aber durch den Spalt unter der Tür zum Hinterzimmer sah sie einen Lichtschimmer. Sie rüttelte an dem mit einem schweren Vorhängeschloß versehenen Scherengitter des Ladens. Sofort ging die Tür zum Hinterzimmer auf, und sie sah Jeevanbhais Silhouette, die sich vom Rechteck des trüben Lichtes abhob. Er blieb einen Augenblick stehen und kramte nach seinen Schlüsseln. Seine Schultern hingen etwas nach vorn, sein Haar war wie immer ordentlich gekämmt, und seine Zähne waren ein schimmernder roter Streifen in der Dunkelheit. Als sie ihm zusah, wie er das Gitter aufschloß, stieg ihr die verzweifelte, unbestimmte Wut, die sie zwei Nächte lang wach gehalten hatte, plötzlich zu Kopf und pochte in ihren Schläfen.

Wie geht es dir, Zindi? fragte er und lächelte höflich, während er das Gitter in der Führung zurückschob.

Zindi schob sich an ihm vorbei in den Laden und stieß ihn mit der Schulter beiseite. Warum ist es hier so dunkel? fragte sie barsch. Sie fuhr herum und schlug mit der Handkante auf die Lichtschalter. Flackernd gingen die Neonröhren an und tauchten den Laden in ihr silbriges Licht.

Was machst du denn da, Zindi? protestierte Jeevanbhai, schirmte seine Augen ab und tastete nach den Lichtschaltern.

Zindi streckte den Arm aus und versperrte ihm den Weg. Was ist los? sagte sie. Warum versteckst du dich immer wie eine Kakerlake vor dem Licht?

Sie beugte sich über die Theke und zog einen Ballen Stoff aus dem Regal. Mit ruckartigen Handbewegungen breitete sie ihn mehrere Lagen dick auf der Theke aus. Dann legte sie Boss sehr sanft und vorsichtig auf dieses improvisierte Bett.

Nun mach, Boss, flüsterte sie laut. Du kannst pinkeln und scheißen und tun, wozu du Lust hast. Das ist jetzt unser Stoff, deiner und meiner. Morgen kaufen wir ihn.

Zindi, Zindi, murmelte Jeevanbhai mit leisem Vorwurf in der Stimme. Kannst du dir das alles nicht für später aufheben? Ich habe auf dich gewartet. Komm in das andere Zimmer und sag mir...

Hör zu, fauchte sie ihn an, und ein Sprühregen ging auf seinem Gesicht nieder. Ich habe getan, was du gesagt hast, aber aus *meinen* Gründen. Aus *meinen*, nicht aus deinen. Ich bin kein gekaufter Sklave wie Forid Mian. Gib mir also keine Befehle. Ich werde tun, was ich will, und ich werde dir berichten, wann ich es will. Sie griff in die Seitentasche ihres *fustan* und holte ein Bandmaß heraus. Sie legte das eine Ende in der Ecke des Ladens hinter dem Scherengitter an und maß die Seitenwand des Ladens ab. Dasselbe wiederholte sie an der anderen Ecke, um die Breite des Raumes zu messen.

Nur drei mal vier Meter, sagte sie zu Jeevanbhai. Der Laden ist sehr klein – viel kleiner, als er aussieht.

Er ist groß genug, erwiderte Jeevanbhai.

Hast du die Papiere fertig?

Alles zu seiner Zeit, Zindi, antwortete er wachsam. Alles zu seiner Zeit.

‹Zu seiner Zeit› bedeutet morgen früh, jedenfalls hast du das vorgestern gesagt. Vergiß das nicht, wenn du willst, daß deine Knochen heil bleiben.

Sie hob Boss zusammen mit seinem improvisierten Bett hoch und legte ihn in einer Ecke auf den Boden. Dann stemmte sie sich mit Händen und Schultern gegen den Ladentisch und schob mit aller Kraft. Das Quietschen, mit dem die Theke über den Boden glitt, ging durch Mark und Bein.

Zindi, schrie Jeevanbhai gegen das Kreischen an, was machst du da?

Zindi klopfte sich die Hände ab und trat zurück, um sich die

Theke zu besehen. Sie stand jetzt parallel zu der Wand, die der Tür gegenüber lag. So sieht es besser aus, sagte sie. Und praktischer ist es auch. Morgen werde ich sie hübsch anstreichen lassen.

Dort, wo die Theke gestanden hatte, war jetzt ein verstaubtes Rechteck vor den Regalen. Zindi hob einen toten Skorpion auf und warf ihn durch das Scherengitter hinaus. Sieh dir diesen Dreck an! sagte sie. Ich werde hier morgen erst einmal richtig saubermachen lassen müssen.

So, sagte sie knapp und sah sich um. Und jetzt die Regale.

Kannst du das nicht morgen machen, Zindi? fragte Jeevanbhai. Komm jetzt, und erzähl mir, was passiert ist.

Zindi lächelte grimmig bei dem ungewohnten Anblick, den Jeevanbhai bot, wenn er bettelte. Aber erst, verlangte sie, wirst du mir sagen, wann ich morgen hier sein soll.

Jederzeit.

Nein, ich will eine genaue Uhrzeit. Ich werde morgens kommen, um halb neun, bevor die anderen Geschäfte aufmachen. Ich will das Schild herunternehmen und den Laden schließen, solange ich mit dem Umbau, der Bestellung der neuen Ware und so weiter beschäftigt bin.

Angewidert spuckte Jeevanbhai durch das Scherengitter auf die Gasse. Na gut, sagte er, komm um halb neun, komm um sieben, bleib über Nacht, mach, was du willst. Können wir das nicht später besprechen?

Nein, erst die wichtigen Sachen. Du wirst also um halb neun hier sein, mit den Papieren?

Wozu brauchen wir Papiere? Können wir uns nicht einfach so einigen, unter Freunden?

Ja, das könnten wir – wenn wir Freunde wären. Aber seit deine Frau tot ist, hast du keinen Freund mehr. Also hör zu, du Wichser. Wenn du morgen die Papiere nicht hier hast, schneide ich dir den Schwanz ab und schiebe ihn dir mit einem Preßluftbohrer in den Arsch. Hast du mich verstanden?

Jeevanbhai wich vor ihr zurück und fuhr sich mit der Zunge über die Zähne. Ja, sagte er, ich werde die Papiere mitbringen.

Gut, sagte sie und schob ihn zum Hinterzimmer. Dann laß uns jetzt reingehen.

Bevor sie ins Hinterzimmer gingen, löschte Jeevanbhai alle Lichter im Laden, und Zindi legte Boss wieder auf die Theke. Die einzige Lichtquelle in dem winzigen Zimmer war eine zur Wand gedrehte Tischlampe. Jeevanbhai räumte Akten und Unterlagen von einem stählernen Klappstuhl und bot Zindi Platz an. Auf dem Tisch standen eine halbvolle Whiskyflasche und ein paar Gläser, die als Beschwerer für das Durcheinander von raschelndem Papier dienten. Jeevanbhai schwenkte die Flasche. Willst du einen Schluck?

Zindi verzog das Gesicht. Nur einen Schluck.

Also... was ist gestern passiert? fragte Jeevanbhai, schenkte zwei Gläser ein und gab Zindi eines davon. Sie starrte einen Augenblick auf die bernsteinfarbene Flüssigkeit, warf dann den Kopf zurück und trank das Glas aus.

Noch ein bißchen?

Ein bißchen.

Also, was ist gestern passiert? fragte Jeevanbhai noch einmal und schenkte nach.

Nicht besonders viel, antwortete sie. Sie nahm das Glas, hielt es mit beiden Händen und sah hinein. Dann hielt sie sich die Nase zu und stürzte den Whisky hinunter.

Ich habe ihn genau dort getroffen, wo du es mir gesagt hast, begann sie. Er stand auf der Straße vor deinem Büro, und ich ging direkt auf ihn zu und sprach ihn auf Hindi an.

Er war völlig perplex. Wer weiß, was er erwartet hatte? Er sperrte den Mund auf, und seine Augenbrauen kletterten hinauf bis fast zum Haaransatz. Er sah aus, als wäre er am liebsten quer über die Straße wieder in dein Büro gerannt. Vielleicht hielt er das Ganze für eine Art Irrtum und dachte, daß ich die falsche Frau war. Und als er begriff, daß es kein Irrtum war, fing er an, sich wie ein Schuljunge zu benehmen, der mit einer Zigarette im Mund der Direktorin in die Arme gelaufen ist. Im Taxi drückte er sich in die Ecke, als hätte er Angst, ich würde ihn schlagen, und fing an, von Vögeln zu erzählen.

Vögel!

Er machte den Eindruck, als wäre er nicht ganz richtig im Kopf. Und es wurde noch schlimmer, als er versuchte, mir zu erklären, womit er seinen Lebensunterhalt verdient. Er schien an seiner Zunge zu ersticken. Schließlich sagte er: Ich bin Journalist – aber er sah nicht einen Augenblick lang so aus, als ob er damit rechnete, daß ich ihm glaube.

Je näher das Taxi dem Ras kam, desto schwieriger schien die ganze Sache zu werden. Wie sollte man diesen wie aus dem Ei gepellten *babu* in den Ras bringen, ohne daß die Leute schon auf den ersten Blick merkten, was er in Wirklichkeit war?

Aber dann löste der Ras selbst dieses Problem.

Schon von weitem konnte man sehen, daß an der Dammstraße etwas Ungewöhnliches vor sich ging. Auch der Taxifahrer sah das und bremste ab. Am Fuß des Dammes stand eine Menschenmenge. Selbst aus dieser Entfernung konnte man im Taxi Schreie und einen ungeheuren Lärm hören. Dann löste sich ein großer Teil von der Menge, überquerte die Dammstraße und verschwand im Ras.

Die drei im Taxi bemerkten die Ursache dieses Auflaufs: einen Wagen, der auf der Seite lag. Der Taxifahrer hielt an. Er war Ghaziri und sagte, er versuche stets, sich vom Ras fernzuhalten, wenn die Möglichkeit bestand, daß es dort Ärger gab. Also mußten Zindi und Jyoti Das das letzte Stück zu Fuß gehen.

Es herrschte eine solche Aufregung, daß niemand sie weiter beachtete. Sie tauchten in der Menge unter und arbeiteten sich (nachdem sie ihn an die Hand genommen hatte) den Damm hinunter bis zu dem Wagen vor. Es war ein nagelneuer Peugeot. Ein Rad drehte sich noch, und eine Tür ragte in die Luft wie eine Falltür. Auf einer Seite der Windschutzscheibe gähnte ein ausgezacktes Loch, und der Rest der Scheibe war milchig weiß und von unzähligen feinen Sprüngen durchzogen.

Da muß es Verletzte gegeben haben, sagte sie zu jemandem.

Nein, antwortete der, wer immer es war, verletzt ist keiner. Das mag stimmen, dachte sie bei sich. Es ist nirgendwo Blut zu sehen.

Und wie ist das passiert?

Es hatte etwas mit den *mugaddams*, den Arbeitsvermittlern, zu tun.

Adil al-Azraq, der Blaue Marokkaner, und sein Vetter waren an jenem Abend, wie so oft schon, mit ihrem Wagen zum Ras gekommen. Auf der Dammstraße hatten sie angehalten, sich Zigaretten angesteckt und kurz gehupt, und dann hatten sie sich in den Sitzen zurückgelehnt und darauf gewartet, daß die Leute wie gewöhnlich herbeigerannt kamen.

Aber diesmal sollten sie eine Überraschung erleben. Sie warteten volle fünf Minuten, was noch nie vorgekommen war, und weit und breit war niemand zu sehen. Sie hupten noch einmal, diesmal ein bißchen drängender. Das Ergebnis war dasselbe. Sie hupten noch einmal und noch einmal, bis sich Adil der Blaue schließlich nach zwanzig Minuten, als die untergehende Sonne den Wagen in einen Backofen verwandelt hatte, mit beiden Ellenbogen auf den Hupring stützte. Sie dachten noch immer nicht daran, auszusteigen und in den Ras zu gehen – das war unter ihrer Würde.

Dann erschienen die Männer. Sie kamen nicht gerannt, sondern gemessenen Schrittes und in einer geschlossenen Gruppe. Es waren eine ganze Menge – etwa dreißig, unter ihnen auch Rakesh und Zaghloul. Abu Fahl führte sie an. Sie hatten ihn zu ihrem Sprecher bestimmt.

Abu Fahl verschwendete keine Zeit mit Begrüßungen. Er trat ohne Umschweife auf die beiden zu und sagte: Hört zu – ich habe euch etwas zu sagen. Wir hier im Ras haben uns eine Menge Gedanken über Schmutz und Keime und Geld gemacht. Wir haben es geschafft, fast den gesamten Geldverkehr im Ras abzuschaffen. Das große Problem seid ihr *mugaddams*. Für euch gibt es nur Geld, Geld, Geld: Ihr bekommt Geld, ihr verteilt Geld, ihr nehmt Geld. Das ist ein schmutziges System; es verbreitet Keime wie ein Tintenfisch Tinte. Wir haben beschlossen, es abzuschaffen. Von jetzt an werden wir selbst, wir alle, zu den Bauunternehmern und Architekten gehen, und wir werden selbst die Bedingungen aushandeln und das Geld, das wir verdienen, sicher in Briefumschlägen auf die Bank bringen. Ihr könnt mitmachen, wenn ihr wollt – ihr könnt kommen und mit uns zusammenarbeiten. Aber – beim Barte des Propheten – niemand hier wird noch einmal für einen *mugaddam* arbeiten.

Adil der Blaue und sein Vetter kochten vor Wut, besonders Adil, dessen verbrannte blaue Wangen sich dunkelrot gefärbt hatten. Er hätte Abu Fahl am liebsten auf der Stelle überfahren, aber sein Vetter hielt ihn zurück. Er sah Zaghloul und die achtundzwanzig anderen Männer rings um den Wagen stehen, packte Adil am Ellenbogen, damit der nichts Unüberlegtes tat, lächelte Abu Fahl an und sagte: Abu Fahl, warum schickst du nicht all diese Leute weg? Sie sollen unten am Damm warten, dann können wir alles in Ruhe besprechen.

Abu Fahl sah nichts, was dagegen sprach, und so sagte er Zaghloul, er solle mit den anderen hinuntergehen, und dann stellte er sich an den Straßenrand und sah ihnen zu, wie sie den Damm hinunterstiegen.

Als die anderen weg waren, startete Adil der Blaue den Wagen und raste von hinten auf Abu Fahl zu.

Schnell wie der Blitz drehte Abu Fahl sich um, aber der Wagen war nur noch Zentimeter von ihm entfernt. Darum machte er, anstatt zur Seite zu springen, einen Satz auf die Kühlerhaube und rollte sich über den Wagen ab. Er sprang auf, rannte zur Böschung und suchte nach etwas zum Werfen, fand aber nichts außer ein paar Kieselsteinen. Also machte er seine Armbanduhr ab – eine schwere, alte Automatikuhr, nicht eins von diesen dünnen Quarzdingern – und verbarg sie in seiner Hand.

Adil der Blaue blickte sich um und war verblüfft, als er sah, daß Abu Fahl noch immer auf der Dammstraße stand und auf ihn wartete. Er riß den Wagen herum und fuhr mit voller Absicht direkt auf ihn zu. Abu Fahl wartete fast bis zum letzten Moment, und dann warf er die Uhr in die Windschutzscheibe und sprang gleichzeitig zur Seite.

Er hatte die Uhr mit solcher Kraft geworfen, daß die Windschutzscheibe förmlich zerbarst. Adil verlor die Kontrolle über das Fahrzeug, und der Wagen schoß den Damm hinunter.

Die anderen waren schon dabeigewesen, die Böschung hinaufzuklettern, und jetzt folgten sie Abu Fahl zum Wagen. Adil und sein Vetter hatten kleine Glasstückchen im Haar, aber weiter war ihnen nichts passiert. Sie hatten sich schnell von ihrem Schreck erholt und kamen durch die Tür herausgeklettert.

Abu Fahl hätte sie am liebsten gleich verprügelt, aber Zaghloul und Rakesh fielen ihm in den Arm. Nein, Abu Fahl, sagten sie, wir sollten ihnen nichts tun. Wir werden sie zu Hajj Fahmy bringen und sehen, was er dazu zu sagen hat. Und so führten sie die beiden über die Dammstraße und in den Ras.

Ein paar Minuten später hielt der Taxifahrer seinen Wagen an und sagte Zindi und Jyoti Das, daß sie den Rest des Weges würden laufen müssen.

Irgendwie war das das Beste, was ihnen passieren konnte. Bei all der Aufregung und dem Durcheinander war es kein Wunder, daß niemand darauf achtete, wer ein Tuch um den Arm trug und wer nicht. Also beschloß Zindi, keine Zeit zu vertun, und führte den Vogelmann auf dem kürzesten Weg zu Hajj Fahmys Haus.

Dort hatte sich bereits eine riesige Menschenmenge eingefunden. Die Nachricht hatte sich überall herumgesprochen: Adil al-Azraq hatte versucht, Abu Fahl umzubringen, aber Abu Fahl war zu schnell für ihn gewesen, und man hatte Adil und seinen Vetter gefangen und zu Hajj Fahmy gebracht, damit der ein Urteil sprach.

Nur unter Einsatz all ihrer Kraft gelang es Zindi, sich und ihrem Begleiter einen Weg durch die Menge zu bahnen. Sie hielt seinen Arm die ganze Zeit über gepackt, damit er nicht hinfiel und zu Tode getrampelt wurde. Nur einmal fragte sie sich, wie dieser junge Vogelfreund die Menge und den Ras und die Aufregung eigentlich fand und ob er verängstigt oder nervös war.

Aber das war er nicht. Der Arm, den sie festhielt, zitterte kein bißchen, auch wenn er schweißnaß war. Ihr Begleiter schien hauptsächlich neugierig zu sein: Er sah sich in der Menge um, warf hier und da einen Blick in eine Hütte, beobachtete die

Leute und betrachtete die farbenfrohen Tücher, die sie sich um den Arm gebunden hatten. Er benahm sich, als sehe er sich einen Film an.

Sie schob, sie stieß, sie zwängte sich zwischen den Leuten hindurch, und so gelang es den beiden, sich bis zum Tor zu Hajj Fahmys Hof vorzuarbeiten. Nachdem Zindi ein paar hochgewachsene Baluchis, die im Tor gestanden hatten, beiseite gedrängt hatte, konnten sie den Hof ungehindert einsehen. Dort hatten die Leute einen riesigen Kreis gebildet, in dessen Zentrum einsam und allein Adil der Blaue und sein Vetter hockten. Jemand hatte ihnen ein paar Zigaretten gegeben, und die rauchten sie jetzt wutentbrannt. Aber das reichte ihnen noch nicht. Sie wollten auch noch Tee haben. Hajj Fahmy schickte jemanden ins Haus, Professor Samuel machte sich einen Vermerk in seinem Notizbuch, und kurz darauf wurde ein Tablett mit zwei Gläsern gebracht.

Zindi schob den Vogelmann vor sich und drückte sich an ihn, so daß sie ihm ins Ohr flüstern konnte, ohne daß die anderen sie verstanden. Und dann zeigte sie ihm alle. Dort war Abu Fahl. Sein eines Auge war rot vor Wut, und er trug ein Tuch um die Taille, mit dem er, wie früher, wenn er zur Reisernte in die Felder gegangen war, seine *jallabeyya* hochgebunden hatte. Dort war Zaghloul und lachte so wie früher, als er damit den Mädchen in seinem Dorf den Kopf verdreht hatte, und dort war Rakesh, der gerade seine Frisur in Ordnung brachte und sich sein Hemd glattstrich. Dort drüben war Professor Samuel, der ein besorgtes Gesicht machte und nervös an dem Taschenrechner in der Brusttasche seines Hemdes herumfingerte. Und dort, am Rand des Kreises, hockte Chunni und neben ihr Karthamma, die ihren Spaß hatte, während Kulfi sich zu Hause um Boss kümmerte. Und dann natürlich da drüben Hajj Fahmy selbst, der ernst im Schneidersitz neben dem Webstuhl auf der Plattform saß, würdevoll seine Gebetsperlen zählte und aussah wie ein Sippenältester, der einen Familienstreit zu schlichten hat.

Und Alu?

Sie zeigte auf ihn, wie er da am Webstuhl saß und webte. Er

hatte seinen großen Kopf von der Menge abgewandt und ignorierte den Lärm. Und als der Vogelmann ihn sah, starrte er ihn lange Zeit an wie ein ängstlicher Falke, der eine ungewöhnliche, furchterregende Beute einzuschätzen versucht.

Hajj Fahmy forderte Abu Fahl auf, als erster zu sprechen, denn schließlich war er es gewesen, dem Unrecht widerfahren war. Abu Fahl trat in den Kreis und begann zu erzählen wie ein Märchenerzähler auf einem Jahrmarkt. Er schilderte in allen Einzelheiten, was vorgefallen war: was er gesagt hatte und was sie geantwortet hatten und wie sie auf ihn zugefahren waren und wie er ihre Windschutzscheibe zerschmettert hatte. Es war meisterhaft – alle lauschten ihm wie gebannt. Als er geendet hatte, schrien und klatschten sie und stampften mit den Füßen auf. Abu Fahl war natürlich so zufrieden wie ein junger Mann am Tag seiner Hochzeit: Er lächelte und grinste, daß man hätte meinen können, er wäre nur zu gern bereit, Adil al-Azraq zu vergeben, nur weil dieser ihm Gelegenheit gegeben hatte, diese Geschichte zu erzählen.

Währenddessen hatten Adil al-Azraq und sein Vetter mit finsteren Mienen in der Mitte des Kreises gehockt, ihre Zigaretten geraucht und Tee getrunken. Als Hajj Fahmy ihnen schließlich das Wort erteilte, knirschte Adil so laut mit den Zähnen, daß es sich anhörte, als würden Steine in einer Quetsche zerkleinert.

Hajj Fahmy rief sie zur Plattform und sagte: Was habt ihr zu eurer Verteidigung zu sagen?

Die Zigarette in der Hand, erhob sich Adil und baute sich vor Hajj Fahmy auf. Er blies dem Hajj eine Rauchwolke ins Gesicht und sagte: Du wirst schon sehen, was ich dazu zu sagen habe, du Hurensohn. Und zwar, wenn meine Männer morgen herkommen und dir deine verfaulten Zähne ausschlagen.

Hajj Fahmy blieb ganz ruhig, aber ein Raunen ging durch den Hof. Abu Fahl stürzte sich auf Adil und warf ihn der Länge nach zu Boden. Er hätte ihn auf der Stelle windelweich geprügelt, wenn Hajj Fahmy den anderen nicht einen Wink gegeben hätte, ihn festzuhalten.

Der Hajj war sehr ungehalten. Er zeigte mit dem Finger auf

Abu Fahl und sagte: Wer glaubst du eigentlich, wer du bist? Wer hat dir das Recht gegeben, in meinem Hof eine Schlägerei anzufangen? Meinst du vielleicht, das hier ist ein Marktplatz? Ich dulde keine Schlägerei in meinem Haus.

Auch Abu Fahl war äußerst wütend. Mindestens sechs Männer hielten ihn fest, und man konnte sehen, daß er es ihnen nicht leicht machte. Er schrie Hajj Fahmy an: An der Dammstraße habe ich ihnen nichts getan, obwohl sie versucht haben, mich umzubringen. Die anderen haben gesagt, wir sollten sie herbringen, und da habe ich mich gefügt. Aber glaubst du vielleicht, jetzt, wo sie hier sind, lasse ich es zu, daß sie uns drohen? Glaubst du, ich werde sie einfach so gehen lassen?

Hajj Fahmy bedachte ihn mit einem sehr kühlen Blick und sagte: Da du dich offenbar nicht beherrschen kannst, solltest du diese Entscheidung anderen überlassen.

Er hob die Hand und sah in die Runde. Niemand sagte etwas. Der Hajj fuhr fort: Wir werden nicht zulassen, daß jemand geschlagen oder verprügelt wird. Aber: Diese Männer sind schmutzig. Sie haben so lange im Schmutz gewühlt, daß man richtig sehen kann, wie er all ihre Poren verstopft. Schläge und Prügel werden bei ihnen nichts nützen. Was sie brauchen, ist ein Bad.

Ein Bad? riefen alle.

Ja, sagte Hajj Fahmy, ein Bad. Ein gutes, ordentliches Bad, mit einer Menge Desinfektionsmittel, damit der an ihnen klebende Schmutz abgeht. Sie werden sich waschen, und wir werden nichts weiter tun als ihnen schweigend zusehen, und dann können sie gehen.

Er schickte jemanden ins Haus zu seiner Frau, und kurz darauf wurden vier Eimer in den Hof gebracht. Sie waren mit Wasser gefüllt, das von Desinfektionsmitteln milchig weiß war. Jemand trug die Eimer und zwei Krüge in den Mittelpunkt des Kreises und stellte sie vor Adil und seinem Vetter ab. Und dann wich die Menge zurück.

Adil der Blaue und sein Vetter standen jetzt ganz allein in der Mitte des Kreises, und jeder hatte zwei Eimer und einen Krug vor sich. Es war so still im Hof, daß man weit entfernt das Rauschen der Brandung hören konnte.

Und Alu?

Alu? Alu hatte zwar aufgehört zu weben, aber er sah nicht zu den beiden hin. Er starrte völlig verwirrt ins Leere. Man brauchte ihn nur anzusehen, um zu wissen, daß er nichts mehr von alledem begriff. Er verstand nicht mehr, was er da in Bewegung gesetzt hatte.

Anfangs starrten Adil und sein Vetter in ungläubigem Staunen erst die Eimer und dann Hajj Fahmy an. Dann brach Adil in lautes, höhnisches Gelächter aus und rief: Glaubt ihr etwa, Adil al-Azraq, der euch fünfzehn Jahre lang Arbeit verschafft hat, ist plötzlich wieder ein Kind geworden, daß ihr ihn zwingen könnt, sich vor aller Augen zu waschen?

Ohne mit der Wimper zu zucken und ohne ein Wort zu sagen sah Hajj Fahmy ihm in die Augen. Adil und sein Vetter wandten sich hierhin und dorthin und lachten wieder, als wollten sie die Menge zum Mitlachen auffordern. Hört mal, sagten sie, er ist ein verrückter alter Mann – er hat den Verstand verloren.

Aber das Gelächter kam als Echo zu ihnen zurück, es brach sich an dieser Mauer des Schweigens.

Da wandten sie sich nach allen Seiten, an alle Umstehenden. Das ist doch verrückt, riefen sie. Was habt ihr denn davon, wenn ihr uns zuseht, wie wir uns waschen? Wir werden euch lieber Geld geben. Es stimmt: Wir hätten nicht versuchen sollen, Abu Fahl zu überfahren. Aber das ist doch keine große Sache, wenn es nur das ist, können wir uns schnell einigen. Wieviel wollt ihr?

Keiner wandte den Blick von ihnen, und keiner antwortete ihnen. Wie in einer Streichholzschachtel gefangene Insekten rannten sie jetzt von einem Ende des Hofes zum anderen, griffen nach den Händen der Leute, ja gar nach Abu Fahls Händen, und baten und bettelten.

Keiner rührte sich, keiner sagte etwas.

Gefangen im Auge dieses Sturms des Schweigens gingen sie langsam zum Mittelpunkt des Kreises. Ihre gehetzten Blicke in die Runde glichen denen gefangener Füchse. Nach und nach begannen sie das Ausmaß ihrer Erniedrigung zu begreifen, und die Ungläubigkeit und der Spott auf ihren Gesichtern wichen nackter Angst. Die Stille bedrückte sie, und sie sanken auf die Knie. Dann hoben sie mit einem Mal die Eimer hoch und übergossen einander mit dem Desinfektionsmittel.

Und dies war der Augenblick, in dem sich der junge Vogelfreund losriß und sich einen Weg durch die Menge bahnte. Als er auf der Gasse war, begann er zu rennen. Er verlief sich zwischen den Hütten, aber er rannte weiter, immer im Kreis, bis er schließlich irgendwie die Dammstraße erreichte. Dort blieb er stehen, zum einen, weil er verschnaufen mußte, zum anderen aber, weil er endlich begriff, daß er sich verlaufen hatte.

Warum ist er davongerannt? fragte Jeevanbhai ungläubig. Sein Blick war glasig geworden, und er saß zusammengesunken hinter seinem mit Papieren übersäten Tisch und umklammerte sein Glas mit einer Hand.

Warum ist er davongelaufen? Hatte er Angst?

Nein, antwortete Zindi und nahm noch einen Schluck Whisky. Angst hatte er eigentlich nicht. Er stand unter einem Schock – es war, als habe die Welt plötzlich angefangen, sich rückwärts zu drehen.

Was hast du dann gemacht?

Zindi merkte, daß sie auf dem Stuhl hin und her schwankte, und hielt sich an der Schreibtischkante fest. Ich bin in der Nähe der Dammstraße wieder auf ihn gestoßen, sagte sie, und dann habe ich ihn begleitet, bis wir ein Taxi fanden. Und die ganze Zeit hat er mich über Vögel ausgefragt – wie ein Kind, das hinter ein Geheimnis kommen will.

Vögel! schnaubte Jeevanbhai und verzog verächtlich den Mund. Das ist das einzige, was sie im Kopf haben: Vögel und ihre Beförderungen und ihre Posten. Es hat keinen Sinn, irgend etwas von ihnen zu erwarten. Wenn man etwas erreichen will, muß man es selbst in die Hand nehmen.

Also, sagte Zindi und streckte die Hand mit dem leeren Glas aus, ich werde morgen früh um halb neun wiederkommen. Und ich rate dir, die Papiere fertig zu haben, Jeevanbhai.

Warte, rief Jeevanbhai mit der Ungeduld des Betrunkenen. Das ist noch nicht alles. Du mußt mir noch mehr erzählen. Was geschieht jetzt weiter?

Was meinst du damit? fragte Zindi. Ich werde morgen um halb neun wiederkommen, dann unterschreiben wir die Verträge, und danach mache ich mich an die Arbeit. Hast du es Forid Mian eigentlich schon gesagt?

Nein, nein, das habe ich nicht gemeint. Jeevanbhai machte eine ungeduldige Handbewegung. Was ich wissen will, ist: Was haben *sie* jetzt vor?

Langsam und drohend wiederholte Zindi: Hast du es Forid Mian schon gesagt? Wann wirst du es ihm sagen?

Mach dir keine Sorgen – ich werde es ihm morgen sagen. Du brauchst dir überhaupt keine Sorgen zu machen. Aber jetzt sag mir: Was haben sie als nächstes vor?

Zindi goß sich einen Fingerbreit Whisky ein und lehnte sich zurück. Nicht viel, sagte sie. Sie waren so zufrieden mit ihrer Bestrafung der *mugaddams*, daß sie beschlossen haben zu feiern. Morgen abend werden sie alle, der halbe Ras, zum Stern gehen.

Der Raum verschwamm plötzlich vor Jeevanbhais Augen. Er schüttelte den Kopf, um den Nebel zu vertreiben. Sie wollen zum Stern gehen? fragte er heiser.

Ja, antwortete Zindi. Morgen wollen sie alle zum Stern gehen. Du mußt wissen, daß die Polizei letzte Woche abgezogen worden ist, und darum kann sie jetzt nichts mehr daran hindern, dorthin zu gehen. Sie wollen sich das Kellergeschoß ansehen, in dem Alu verschüttet war. Wenn sie die beiden Nähmaschinen finden, die ihm das Leben gerettet haben, wollen sie sie herausholen und ihm schenken. Und die Mawali-Frauen wollen Obst, Brot und Kekse am Grab ihres Scheichs niederlegen, falls sie es in diesem Durcheinander finden. Und danach haben sie vor, einen Einkaufsbummel auf der Hurreyya Avenue zu machen – in all den ausländischen Läden. Professor Samuel wird einen Aktenkoffer voll Geld mitnehmen.

Jeevanbhai klammerte sich am Schreibtisch fest und stand langsam auf. Er blieb einen Augenblick reglos stehen und prüfte die Standfestigkeit seiner Beine. Dann ging er schwankend zu Zindis Stuhl und lehnte sich an ihren Rücken.

Ich bin auch einmal dort gewesen, sagte er mit belegter Stimme und hielt sich an ihren Schultern fest. Nur daß es damals noch keinen Stern gab und ich mit einem Boot fahren mußte. Weißt du das noch, Zindi?

Ich weiß es noch, antwortete Zindi finster und schob seine Hände weg. Aber gleich darauf waren sie wieder da und tasteten sich unsicher über ihre Schultern und ihren Hals.

Weißt du noch? Weißt du noch, wie ich in dein Haus kam? Jabal und die Pathanen waren hinter uns her. Abusa hat uns auf ein Pferd geholfen, und wir rasten davon. Aber dann bin ich heruntergefallen, auf dem Fußweg, da, wo jetzt die Dammstraße ist. Irgendwie habe ich es geschafft, bis zu deinem Haus zu kriechen. Weißt du noch?

Er beugte sich hinunter und küßte sie auf den Kopf, dort wo ihr Haar am schüttersten war. Wütend rammte sie ihm ihren Ellbogen in den Magen. Er taumelte zurück, ließ sich dann neben ihr auf die Knie fallen und umfaßte ihren Arm.

Weißt du noch, wie du dich um mich gekümmert hast, Zindi? Weißt du noch das eine Mal, als du nachts zu mir kamst und ich mich vor Schmerzen gewunden habe?

Zindi stieß ihn zurück. Hör auf mit diesem Unsinn!

In seinen Augen standen jetzt Tränen, und sein Gesicht war so runzlig wie nasses Papier. Er nahm ihre Hand und legte sie an seine Wange.

Damals haben wir die Schlacht verloren, Zindi, sagte er. Den ganzen Krieg haben wir verloren. Warum nur?

Mit einem Ruck zog Zindi ihre Hand zurück. Herrgott, Jeevanbhai, fauchte sie ihn an, benimm dich doch wie ein erwachsener Mann.

Jeevanbhai strich sich mit der Hand über die Augen. Dann legte er so eng es ging den Arm um sie und ließ seinen Kopf auf ihren Schoß sinken.

Glaubst du, ich könnte jetzt gewinnen, Zindi, wenn ich es versuchen würde? fragte er.

Zindi antwortete nicht und machte keinen Versuch, seinen Kopf wegzuschieben. Er sah zu ihr auf. Glaubst du, ich könnte gewinnen, nur dieses eine Mal?

Zindi schüttelte den Kopf. Hör jetzt auf damit, Jeevanbhai, sagte sie müde. Es gibt nichts mehr zu gewinnen.

Jeevanbhai hob seine Hand und zog ihren Kopf zu sich herunter. Zindi, flüsterte er ihr ins Ohr. Nur noch einmal. Bitte, nur noch ein einziges Mal, wie das letzte Mal.

Verwundert richtete Zindi sich auf. Aber wo? rief sie.

Jeevanbhai deutete auf die Unterlagen über die vermittlungsbereiten Heiratswilligen. Die könnte ich auf den Boden legen, sagte er eifrig.

Zindi lachte. Für so etwas sind wir zu alt, Jeevanbhai.

Zindi, bettelte er, nur noch ein einziges Mal.

Sie blickte ihn an und sah durch den Nebel der Niederlagen den Hoffnungsfunken in seinen Augen, und ohne es zu wollen, zog sie sein Gesicht zu sich heran und küßte ihn sanft auf die feuchte Stirn. Dann schob sie ihn von sich. Dafür ist es jetzt zu spät, Jeevanbhai.

Er nahm ihre Hand und hockte sich auf die Fersen. Wie du willst, Zindi, sagte er. Aber darf ich dir etwas sagen? Ich kann es dir jetzt sagen, weil wir beide betrunken sind und weil die Zeit bis morgen so kurz ist. Auf meine Art habe ich dich immer geliebt – so sehr ich lieben kann und mit all der Liebe, die, abgesehen von der für meine Frau, in mir war.

Zindi fuhr mit der Hand über seine papierene Wange. Nein, Jeevanbhai, sagte sie traurig. Du bist wie alle Männer: Was du geliebt hast, war das Spiegelbild deiner selbst, das du in meinen Augen gesehen hast.

Sie stand auf und stellte ihr Glas energisch auf den Tisch. Ich muß jetzt gehen, sagte sie. Es ist schon sehr spät, und Boss muß schlafen.

Jeevanbhai rannte in eine Ecke des Zimmers und begann, in einem Stapel Akten zu wühlen. Warte, rief er ihr nach. Ich muß hier irgendwo noch eine volle Flasche haben.

Zindi ging in den Laden und zog das Scherengitter auf. In der engen Gasse war es stockdunkel. Sie nahm Boss auf den Arm und drückte ihn an die Brust.

Hör zu, rief sie, zum Hinterzimmer gewandt, ich werde morgen früh um halb neun hier sein. Ich rate dir, die Papiere fertig zu haben.

Es kam keine Antwort. Vor sich hinknurrend verließ sie den Laden und ging durch die enge Gasse, wobei sie versuchte, gleichmäßige Schritte zu machen.

Zindi! hallte seine Stimme durch die Gasse. Sie blieb stehen, zog ihre Taschenlampe hervor und richtete den Strahl auf den Laden. Jeevanbhai lehnte am Scherengitter und hielt eine volle Whiskyflasche in der ausgestreckten Hand. Sie drehte sich wieder um und ging mit eiligen Schritten in Richtung des Bab al-Asli.

Aber seine Stimme verfolgte sie: Zindi! Sag ihnen, ich werde sie am Stern treffen. Sag ihnen, sie sollen sich keine Sorgen machen. Diesmal werden wir gewinnen.

16
Träume

Um sechs Uhr morgens riß das Telefon Jyoti Das aus seinem zweiunddreißigstündigen Schlaf. Der Apparat stand auf einem niedrigen Tischchen neben seinem Bett. Er versuchte, die Augen zu öffnen, mußte aber feststellen, daß sie zugeklebt waren. Er warf sich herum und tastete blind umher, bis seine Finger das kalte Plastik des glatten Digital-Telefons berührten und den richtigen Knopf fanden. Das elektronische Schnarren verstummte. Er hatte keine Ahnung, wie lange das Telefon schon geklingelt hatte; das Geräusch schien aus seinem Schlaf gekommen zu sein.

Hallo? sagte er in die Plastikklappe. Seine Kehle fühlte sich an wie nasser Sand.

Hallo? Das? Er erkannte Jai Lals Stimme. Sie überschlug sich vor Dringlichkeit.

Ja, sagte er. Er schob die Augenlider mit den Fingern hoch. Die schweren Vorhänge, die er gestern vor die Spiegelglasfenster gezogen hatte, leuchteten im ersten Licht der aufgehenden Sonne.

Das? sagte Lal. Hören Sie zu.

Ja? sagte Das.

Ich habe in der Nähe Ihres Hotels etwas Dringendes zu erledigen. Es ist wichtig. Ich werde auf dem Weg dorthin bei Ihnen im Hotel vorbeischauen. Vielleicht interessiert es auch Sie.

Gut, antwortete Das. Bevor er noch etwas sagen konnte, hatte Jai Lal schon aufgelegt.

Als er den Arm ausstreckte, um den Hörer wieder aufzulegen, spürte er die fast schmerzhafte Steifheit in seinen Gelenken. Während der letzten eineinhalb Tage hatten die zerknitterten Laken sich in seine Haut gedrückt; sein Arm war so mit Falten übersät, daß er geradezu marmoriert aussah. Natürlich hatte er nicht zweiunddreißig Stunden durchgeschlafen. Zweimal war er gestern hinunter ins Hotelrestaurant gegangen. Er hatte sogar mit dem Gedanken gespielt, einen Spaziergang zu machen, aber als er vor der gläsernen Drehtür stand, die die heiße Luft von al-Ghazira draußen hielt, hatte ihn seine Entschlußkraft verlassen. Er hatte hinausgesehen auf das schwindelerregende Verkehrsgetümmel, auf die Eingeweide der noch nicht fertiggestellten, die Skyline schmückenden Gebäude, auf den Strom von Menschen rätselhafter Herkunft und plötzlich nichts mehr gewollt, als ins Bett zu gehen und in friedlichen, geordneten Schlaf zu fallen. Er hatte vorgehabt, Jai Lal anzurufen, war aber nicht mehr dazu gekommen: Der Schlaf war schneller gewesen. Außerdem hatte Jai Lal ihm klargemacht, daß er beschäftigt war und keine Zeit haben würde, weiter Kindermädchen für ihn zu spielen.

Aber jetzt mußte er sich beeilen, um fertig zu sein, wenn Jai Lal kam. Er wankte ins Badezimmer.

Als Jai Lal klopfte, hatte er sich rasiert, angezogen und sogar ein Frühstück bestellt. Jai Lal machte ein grimmiges Gesicht, setzte jedoch ein gezwungenes Lächeln auf, als er die Tür öffnete.

Hallo, Jai, hallo, sagte Das. Kommen Sie herein und setzen Sie sich. Ich habe gerade das Frühstück bestellt – wollen Sie auch etwas?

Frühstück? Jai Lal starrte ihn entgeistert an. *Yar*, diese Sache ist dringend. Ich bin nicht hergekommen, um zu frühstücken.

Das verzog das Gesicht. Tut mir leid, sagte er, war nur eine Frage. Was ist los?

Jai Lal sah sich im Zimmer um. Haben Sie hier ein Radio oder so was? fragte er.

Das deutete auf einen Knopf in einer mit Löchern versehenen Wandverkleidung neben dem Bett. Jai Lal drehte daran, und aus der Verkleidung erklang Musik von der hoteleigenen Anlage.

Entschuldigung, sagte Lal. Eigentlich ist das gar nicht nötig – ist nur so eine Angewohnheit von mir. Manchmal mache ich das sogar zu Hause.

Am Fenster standen zwei niedrige, mit Kunstleder bezogene Sessel. Das nahm in einem davon Platz und machte eine einladende Handbewegung.

Was ist los? fragte er. Was gibt es so Dringendes?

Lal blieb stehen. Ich kann mich jetzt nicht setzen, sagte er. Ich bin nur gekommen, um Ihnen etwas zu sagen: Jeevanbhai Patel ist vom hiesigen Geheimdienst verhaftet worden, und zwar heute in den frühen Morgenstunden, oder besser: sehr spät gestern nacht. Ich weiß nicht genau, was passiert ist, aber vielleicht kann ich es bald herausfinden. Einer von ihren Leuten, ein Pakistani, den ich ein bißchen kenne, hat mich heute morgen angerufen. Er hat mir nicht viel erzählt, außer daß Jeevanbhai im Verhör gesagt hat, ich würde vielleicht eine Kaution für ihn stellen. Ich weiß weder, wie er auf diese Idee kommt, noch, was er sonst gesagt hat. Das könnte eine ziemlich heikle Sache werden. Er will, daß ich so bald wie möglich komme. Natürlich hat die Kaution überhaupt nichts damit zu tun – er kann kaum irgend etwas getan haben, das eine Kaution lohnen würde. Jedenfalls fahre ich jetzt hin, um Genaueres herauszufinden. Ich dachte, es wäre besser, Sie auf dem laufenden zu halten, denn ich glaube – ich bin nicht sicher, aber ich glaube –, daß die ganze Sache etwas mit Ihrem Freund, dem Verdächtigen, zu tun hat. So, wie er sich ausgedrückt hat, wäre das möglich.

Das nickte gedankenvoll. Glauben Sie also, fragte er, daß ihr Geheimdienst inzwischen über die ganze Sache im Bilde ist?

Lal zuckte die Schultern. Ich weiß es nicht. Vielleicht. Ich hatte eigentlich vor, Sie mitzunehmen, aber die Sache ist die, daß ich diesen Burschen kenne und er mir vielleicht das eine oder andere verrät. Das würde er nicht tun, wenn jemand dabei ist, den er nicht kennt. Aber ich werde auf jeden Fall wiederkommen und Ihnen alles erzählen.

Gut, ich warte hier.

Jai Lal ging zur Tür und öffnete sie. Ich werde so bald wie möglich wieder hier sein, sagte er und eilte davon.

Das setzte sich und wartete. Nach kurzer Zeit erschien ein Kellner und brachte ihm das Frühstück. Das musterte ihn neugierig; er schien Inder zu sein. Es war ein junger Mann mit sandfarbener Haut und sehr dunklem Haar.

Sind Sie aus Indien? fragte Das ihn auf Hindi.

Der Kellner lächelte schüchtern und kratzte sich am Kopf. Ja, sahb, sagte er.

Von wo genau?

Aus Sundernagar.

Sundernagar? Wo ist das?

Der Kellner war überrascht. Sie wissen nicht, wo Sundernagar ist, sahb? Wie ist das möglich? Sundernagar ist eine Kreisstadt in Himachal, am Fuß der Dhauladhar-Berge.

Das biß sich auf die Lippe. Sein Unwissen war ihm peinlich. Es muß kalt sein dort oben in den Bergen, sagte er.

Oh ja, sahb, sagte der Kellner. Sehr kalt. Auf dem Dhauladhar liegt immer Schnee. Die größten Flüsse der Welt entspringen dort: der Beas, der Suketi. Sie sollten sie einmal sehen – die könnten eine Stadt wie diese hier einfach wegschwemmen.

Tatsächlich? sagte Das. Und wo leben Sie? Hier im Hotel?

Nein, ich teile mir ein Zimmer mit ein paar Freunden – sie sind Elektromechaniker, alle aus Sundernagar.

Im Ras al-Maqtu'? hakte Das nach.

Nein, sahb. Er war regelrecht entrüstet. Wir wohnen weit davon entfernt.

Das war seltsam erleichtert. Als der Kellner schon fast zur Tür hinaus war, rief er ihn noch einmal zurück und gab ihm einen halben Dirham.

Nach dem Frühstück versuchte er eine Zeitschrift zu lesen, aber seine Füße schlugen von ganz allein den Weg zum Bett ein, und er legte sich hin. Jai Lal würde wahrscheinlich länger brauchen, als er zunächst angenommen hatte, dachte er und schloß die Augen.

Nur Augenblicke später, so schien es ihm, wurde er durch ein Klopfen an der Tür geweckt. In Wirklichkeit aber war es beinah Mittag, und er hatte mehr als vier Stunden geschlafen.

Jai Lals Kleider waren zerknittert, und unter den Armen hatte er große dunkle Schweißflecke. Haben Sie geschlafen oder was? fragte er barsch, als Jyoti Das öffnete. Seine Liebenswürdigkeit hatte etwas nachgelassen. Seit fünf Minuten stehe ich hier und klopfe.

Entschuldigung, sagte Das. Um ein Haar hätte er noch ein ‹Sir› hinzugefügt.

Warum ist es hier drinnen so dunkel? sagte Jai Lal. Er ging zum Fenster und zog den Vorhang zurück. Das kniff in dem gleißenden Licht die Augen zusammen, aber Jai Lal bemerkte das nicht. Er ließ sich in einen der Sessel am Fenster fallen und wischte sich das Gesicht mit seinem Taschentuch ab.

Das stellte die Musik wieder an. Und? fragte er. Was war nun?

Jai Lal verzog das Gesicht. Mein Gott, ist das eine Hitze da draußen! Zum Schluß war ich wirklich fix und fertig. Es würde zu lange dauern, Ihnen alles zu erzählen. Ich werde nur das Wichtigste zusammenfassen. Es sieht so aus, als hätten sie Jeevanbhai Patel schon eine ganze Zeitlang überwacht. Der Grund dafür ist, daß er ziemlich enge Kontakte zur früheren Regierung hatte. Mit anderen Worten: Er stand auf recht vertrautem Fuß mit dem alten Malik von al-Ghazira. Als die jetzige Regierung an die Macht kam, verbot man ihm den Zutritt zum Alten Fort, wo der Malik lebt. Aber offenbar hat Jeevanbhai es geschafft, hin und wieder dort hineinzukommen – wie er das angestellt hat, weiß niemand. Die Geheimdienstleute wußten durch einen Informanten aus seiner näheren Umgebung mehr oder weniger über ihn Bescheid. Gestern spät in der Nacht also, gegen drei oder vier Uhr morgens, erhielten sie die Nachricht von ihrem Informanten, daß Jeevanbhai wieder auf dem Weg dorthin sei. Ihr Informant meinte, diesmal sei es etwas Ernstes.

Sie nahmen Jeevanbhai in der Nähe eines alten, nicht mehr benutzten Zugangs an der Rückseite des Forts fest, um den sie sich all die Jahre nie groß gekümmert hatten. Jeevanbhai war sternhagelvoll, praktisch im Delirium – er muß meinen Whisky geleert haben. Sie haben ihn gleich gestern nacht ein bißchen verhört, und heute morgen noch einmal. Offenbar phantasierte er die ganze Zeit weiter. Sie wurden nicht aus allem schlau, was er sagte, aber der Kern der Sache ist folgender: Morgen abend – nein heute abend – wird ein großer Demonstrationszug, angeführt von Ihrem alten Freund, den Ras verlassen. Vielleicht werden die Leute sogar bewaffnet sein. Sie wollen zum Stern marschieren. Sie erinnern sich: Der Stern ist das Gebäude, das eingestürzt ist und Ihren Verdächtigen unter sich begraben hat. Die Geheimdienstleute wissen nicht genau, was die da eigentlich wollen; vielleicht haben sie vor, dort eine Kundgebung abzuhalten. Aber das spielt keine Rolle – die Sache selbst ist schon eine sehr ernste Angelegenheit. Demonstrationen und Kundgebungen sind hier so verboten wie nur irgend etwas, und zwar seit die jetzige Regierung an der Macht ist. Aber es sieht so aus, als hätte Jeevanbhai noch ehrgeizigere Pläne gehabt. Er hatte die verrückte Idee, den alten Malik dazu zu bringen, sich diese Demonstration zunutze zu machen und seine Stärke unter Beweis zu stellen. Vielleicht wollte er sogar...

Einen Staatsstreich?

Vielleicht ist das nicht das richtige Wort, aber ich glaube, ihm schwebte irgend etwas Derartiges vor. Manche Leute hier stehen noch immer zu dem alten Malik, müssen Sie wissen. Aber natürlich war die ganze Idee völlig idiotisch. Der Malik ist krank und bettlägerig. Er hätte Jeevanbhai wahrscheinlich hinausgeworfen oder ihn selbst den Geheimdienstleuten übergeben. Jeevanbhai muß sehr, sehr betrunken gewesen sein, um sich so etwas auszudenken.

Vielleicht auch nicht, sagte Das. Ich habe es Ihnen doch gesagt – dieser Mann lebt in einer Traumwelt. Unmöglich zu sagen, zu was er fähig ist.

Vielleicht hatten Sie recht, sagte Jai Lal.

Und was geschieht jetzt weiter?

Na ja, die nehmen das sehr ernst. Eine Demonstration von Gastarbeitern könnte sehr gefährlich werden. Sie werden mit aller Härte dagegen vorgehen.

Sie meinen, daß sie in den Ras al-Maqtu' gehen und alle festnehmen werden?

Nein, dazu wären zu viele Vorbereitungen nötig, und dafür ist jetzt keine Zeit mehr. Außerdem ist die Gegend das reinste Labyrinth – die Polizei wäre noch eine Meile entfernt, da hätte sich schon die Hälfte der Leute aus dem Staub gemacht. Nein, sie werden in der Nähe des Sterns auf sie warten, und dann werden sie die ganze Meute festnehmen.

Aha, sagte Das. Und was passiert mit unserem Verdächtigen?

Jai Lal hüstelte in seine Faust. Tja, sagte er, es ist mir gelungen, eine kleine Vereinbarung zu treffen. Wir haben großes Glück, daß ich diesen Burschen vom Geheimdienst kenne. Sie sind bereit, uns als Beobachter mitzunehmen. Sobald sie ihn haben, werden sie Ihnen Ihren Verdächtigen übergeben, und dann können Sie ihn mitnehmen. Sie haben natürlich kein Interesse daran, ihn zu behalten, aber das ist trotzdem sehr großzügig von ihnen, denn zwischen al-Ghazira und Indien gibt es kein Auslieferungsabkommen. Aber wie auch immer – halten Sie sich heute um vier Uhr bereit. Ich werde Sie abholen.

Jai Lal lehnte sich zurück und zündete sich eine Zigarette an. Persönliche Kontakte sind eine große Hilfe, sagte er. Ohne die kommt man nicht weiter. Das ist das einzige Talent, das ein guter Offizier braucht, sage ich immer.

Aber werden Sie nicht die Genehmigung Ihres Botschafters einholen müssen?

Nein, nicht unbedingt. Was ich tue oder lasse, fällt strenggenommen nicht in seine Zuständigkeit. Es ist lediglich eine Frage der Höflichkeit. Aber ich habe mir gedacht, daß es früher oder später so weit kommen würde, und darum habe ich ihm erst letzte Woche ein Memorandum geschickt. Es kam zurück mit der Randbemerkung: ‹Empfehle weitestgehende Zusammenarbeit› oder so etwas in der Art. Von dieser Seite gibt es also keine Schwierigkeiten.

Er sah seinen Kollegen erwartungsvoll an. Das neigte den Kopf. Das war sehr weitsichtig, sagte er. Gute Arbeit. Dafür werden Sie wahrscheinlich befördert werden, Jai. Oder jedenfalls eine Gehaltserhöhung kriegen.

Jai Lal schüttelte den Kopf. Ach, damit rechne ich nicht. Dafür ist es auch noch viel zu früh. Wir wollen erst mal sehen, wie sich die Dinge entwickeln und was in den Berichten steht. Aber für Sie ist es gut gelaufen, oder? Sie bekommen Ihren Freund säuberlich verpackt und können heimfahren. Ich werde ein Telex schicken, damit die zu Hause wissen, daß Sie kommen.

Mein Gott, ja, sagte Das, ich bin froh, wenn ich wieder zu Hause bin.

Jai Lal brach auf. Jyoti Das sah hinunter auf die Straße vor dem Hotel und ließ den Blick dann über die weiße Weite der Wüste jenseits der Stadt schweifen. Unvermittelt drehte er sich um. Hören Sie, sagte er aus einem plötzlichen Impuls heraus, könnten wir nicht noch einmal mit Jeevanbhai Patel sprechen, bevor ich fahre? Ich würde ihm gern ein paar Fragen stellen – rein persönliche Sachen. Wie er hier gelandet ist, was er gemacht hat und so. Die Begegnung mit ihm war für mich das einzig Lohnenswerte auf dieser Reise. Ließe sich das machen?

Nein.

Aber Sie könnten doch Ihren Freund fragen, wenn Sie ihn so gut kennen. Oder wir könnten Jeevanbhai wie ganz normale Besucher im Gefängnis besuchen.

Lal trat unbehaglich von einem Fuß auf den anderen. Nein, sagte er, das geht nicht. Sehen Sie... Jeevanbhai hat sich heute morgen erhängt. Mit seinem Gürtel. Er war schon tot, als ich dort ankam. Er muß es getan haben, kaum daß er wieder nüchtern war. Darum hat es auch so lange gedauert. Sie brauchten mich, um die Leiche zu identifizieren und die Papiere zu unterschreiben und all das. Er hatte keine Verwandten.

17
Ein letzter Blick

In dieser Nacht fand Zindi keinen Schlaf. Als sie wieder zu Hause war, legte sie sich mit Boss neben sich auf ihre Matratze und versuchte, die Augen zu schließen und ihr rasendes Herz zu beruhigen. Aber es hatte keinen Zweck; die metallische Schärfe ihrer Erregung reizte ihre Zunge wie ein Messingsplitter. Schließlich gab sie es auf, drehte sich auf den Rücken, starrte an die Decke und erfüllte, begleitet vom Klang des Schnarchens im Nachbarzimmer, die Dunkelheit mit den Plänen, die sie mit dem Durban Tailoring House hatte.

Aufgeschreckt vom Geräusch der Gänse im Hof, stand sie kurz vor Tagesanbruch auf. Sie wußte, daß dies die Zeit war, in der die Leute am tiefsten schliefen; sie hätte eine Mauer einreißen können, ohne daß irgend jemand im Haus aufgewacht wäre. Dennoch gebot ihr der Instinkt, vorsichtig zu sein. Sie nahm ihre Taschenlampe, kauerte sich auf den Boden und räumte in einer Ecke des Zimmers leise einen Stapel Matten, Matratzen und Kochtöpfe beiseite. Dabei entglitt ihr ein Blechtablett. Sie erstarrte, als das Klappern durch das Haus hallte, aber der stete Rhythmus des Schnarchens im Nebenzimmer wurde nicht unterbrochen. Sie biß sich fest auf die Lippe und setzte ihre Arbeit fort.

Als sie den Boden freigelegt hatte, maß sie vier Handspannen von der Ecke in Richtung der Raummitte ab und markierte die Stelle mit einem Streichholz. Dann setzte sie sich zurück, kniff ein Auge zu und prüfte nochmals den Winkel. Er mußte genau stimmen. Als sie sicher war, entfernte sie ganz vorsichtig einen Teil der dünnen, rissigen Zementschicht des Fußbodens. Darunter lagen Ziegelsteine. Sie beleuchtete sie mit ihrer Taschenlampe und suchte mit zusammengekniffenen Augen, bis sie den richtigen gefunden hatte: Er hatte in einer Ecke einen winzigen weißen Farbspritzer. An einer Seite war eine fast unsichtbare Delle, so daß man den Stein mit den Fingerspitzen fassen konnte. Die Ziegel lagen jedoch dicht an dicht, und es kostete sie viel Zeit und einen Fingernagel, diesen Stein herauszuziehen. Dann aber ließen sich die vier Steine, die um die so entstandene Lücke herum verlegt waren, mit Leichtigkeit entfernen. Unter ihnen kam ein großes Stück lockere Erde zum Vorschein.

Zindi beugte sich hinab und grub ihre Hände in die Erde. Kurze Zeit wühlte sie darin, und dann zog sie mit einem tiefen Seufzer einen großen Kochtopf aus Aluminium hervor. In ihm befand sich eine schwere, in Zellophan eingewickelte und mit einem riesigen Vorhängeschloß gesicherte Eisenkassette. Sie zog ihren mit einem Taschentuch umwickelten Schlüsselbund hervor, den sie an einer Schnur um den Hals hängen hatte, fand den passenden Schlüssel und schloß die Kassette auf.

Es war alles da, all das Geld, das sie in den Jahrzehnten in al-Ghazira gespart hatte – dieses Geld war der Maßstab, den sie an ihr Leben anlegte. Es war eine Menge Geld: Dirhams und Dollars und englische Pfunde in vergilbten Banknoten. Genug, um den Laden zu bezahlen und obendrein ein ganz neues Warenlager anzulegen.

Sie schloß die Augen und sprach in Gedanken den Namen Gottes, des Gnädigen, des Barmherzigen.

Sie brauchte nur ein paar Minuten, um das Geld unter ihrem Gewand zu verstecken, die leere Kassette an ihren Platz zurückzulegen und wieder unter Ziegelsteinen, Zement, Matten und Matratzen zu verbergen. Dann trat sie zurück und musterte die

Stelle zufrieden; sogar sie selbst hätte nicht sagen können, ob irgend etwas verändert worden war.

Die Sonne ging jetzt auf, und die Geldbündel, die auf Zindis Haut raschelten, erfüllten sie mit einer schier unerträglichen Ungeduld. Aber bevor sie sich auf den Weg machte, mußte sie mit Kulfi sprechen, und die schlief noch im Frauenzimmer. Wenn sie sie aufweckte, würden die anderen vielleicht auch aufwachen. Also beschloß Zindi, im Hof zu warten, denn Kulfi stand jeden Morgen als erste auf.

Als sie im Hof hockte und dem Zischen der Gänse zuhörte, mußte Zindi plötzlich an jenen Tag vor so vielen langen Monaten zurückdenken, als ein anderer bei Tagesanbruch auf Kulfi gewartet hatte, und sie lächelte in sich hinein. Mast Ram war jetzt endlich besiegt. Sie hatte ihn besiegt. Wenn der Laden ihr gehörte, würde sie als erstes Rakesh auf ihre Seite ziehen, vielleicht indem sie ihm Kleider versprach. Und dann Zaghloul. Kulfi hielt ohnehin zu ihr und war bloß zu ängstlich, es zuzugeben. Abu Fahl würde den anderen folgen, und dann würden sie alle kommen und in ihrem Haus Zuflucht suchen. Alle würden sie kommen und sie mit hängenden Köpfen anflehen...

Es dauerte nicht lange, bis Kulfi gähnend aus dem Zimmer trat. Zindi machte ihr schnell ein Zeichen, still zu sein, und nahm sie am Arm. Geh heute nicht aus dem Haus, flüsterte sie ihr ins Ohr. Warte hier auf mich. Ich werde dich nachher brauchen – es wird Arbeit geben. Ich kann jetzt nichts sagen, aber ich werde dir alles später erklären. Boss ist im anderen Zimmer. Kümmere dich um ihn. Geh nicht weg, bleib hier. Bleib hier und warte auf mich.

Aber wo willst du denn so früh am Morgen hin? fragte Kulfi erstaunt.

In den Souq, zischte Zindi, zu Jeevanbhais Laden.

Jetzt? fragte Kulfi zweifelnd. Sie drehte sich um und sah zu Jeevanbhais Tür. Am Riegel hing ein Vorhängeschloß. Aber er ist ja gar nicht da, rief sie. Wo ist er?

Zindi kniff sie in den Arm, und Kulfi jaulte auf. Sei still, fuhr Zindi sie an. Was hat das schon zu sagen? Du weißt doch, wie oft er sich einfach irgendwo schlafen legt, wenn er getrunken hat. Er erwartet mich in seinem Laden. Aber du vergiß nicht: Geh nicht aus dem Haus – warte hier auf mich!

Zindi gab ihr einen letzten warnenden Klaps auf den Arm, drehte sich um und eilte aus dem Haus.

Es war noch nicht sieben, als sie den Maidan al-Jami'i erreicht hatte, und alle Geschäfte und Cafés waren noch geschlossen. Ein Mann schrubbte den Gehsteig vor der Moschee und sang dabei vor sich hin, und ein paar Gestalten lagen auf den steinernen Bänken. Hastig ging Zindi an ihnen vorbei auf das Bab al-Asli zu. Dort hielt sie einen Augenblick inne, und zum ersten Mal an diesem Morgen überkamen sie Zweifel. Ob er sie wirklich erwartete? Sie schüttelte den Kopf, durchschritt rasch das Tor und schlüpfte in das alles einhüllende Dunkel dahinter.

Bis ihre Augen sich an die plötzliche Finsternis gewöhnt hatten, mußte sie sich langsam vortasten. Als sie versuchte, schneller zu gehen, geriet sie sogleich ins Stolpern. Unwillig vor sich hinmurmelnd verlangsamte sie ihre Schritte wieder, obwohl Ungeduld und Sorge ihr jetzt im Nacken saßen.

Sie bog in die erste Gasse ab, und ein gewaltiger Seufzer der Erleichterung entrang sich ihr. Das Scherengitter des Durban Tailoring House war geöffnet, und die Neonlichter leuchteten im Dunkel der Gasse wie Signalfeuer. Sie blieb stehen und befühlte sorgfältig die Geldbündel, die sich an ihren Hals und ihre Taille schmiegten. Dann sah sie wieder auf, und genau in diesem Augenblick erschien eine Gestalt im Eingang des Ladens, schneuzte sich und verschwand wieder.

Das war nicht Jeevanbhai. Obwohl sie ihn nur so kurz hatte sehen können, hatte sie ganz deutlich eine spitze Kappe und den Kragen einer schwarzen Uniform erkannt.

Ihr Mund wurde trocken, und sie zitterte derart am ganzen Körper, daß sie sich an eine Mauer lehnen mußte. Als sie nach einer Weile ihre Knie wieder ruhig halten konnte, drückte sie sich an die Wand und schob sich Zentimeter um Zentimeter auf das Durban Tailoring House zu. Sie war dankbar, daß die Schwärze ihres *fustans* ihr Schutz bot.

Es schien eine Ewigkeit vergangen zu sein, bis sie die Hälfte der Strecke zurückgelegt hatte. Die Gestalt erschien nicht noch einmal, aber sie konnte jetzt gedämpfte Stimmen hören, die, während sie sich langsam vorarbeitete, lauter wurden. Doch außer den Fenstern des Ladens war nichts zu erkennen. Als sie fast gegenüber dem Durban Tailoring House war, ließ sie sich auf die Knie nieder und bewegte sich halb kriechend weiter, bis sie ins Innere sehen konnte. Drei Männer in schwarzen Uniformen saßen auf Hockern, lachten und unterhielten sich gutgelaunt. Überall auf dem Boden des Ladens lagen Stöße von Akten und Papieren. Zindi erschauerte und kroch rückwärts bis zu den Plakaten eines Reisebüros. Die Männer im Laden brauchten nur den Kopf zu wenden, um sie zu entdecken.

Einer der Männer rief ins Hinterzimmer: Wo bleibt der Tee, *ya 'ammi*? Einen Augenblick später ging die Tür zum Hinterzimmer auf und Forid Mian trat mit einem Kessel in der Hand ein. Er stellte ihn auf die Verkaufstheke, hob den Kopf und sah quer über die Gasse direkt in Zindis Augen.

Einen endlosen Augenblick lang starrten sie einander an. Dann hob Zindi den Saum ihres Gewandes bis zu den Knien und taumelte so schnell sie konnte die Gasse hinunter.

Zindi! Forid Mians Stimme hallte ihr nach. Zindi stolperte verbissen weiter und sah sich nicht um. Durch das krampfhafte Pfeifen ihres Atems hörte sie undeutlich andere Schritte auf der Gasse und dann wieder Forid Mians Stimme, die ihr schrill nachrief: Zindi! Bleib stehen! Warum läufst du denn weg?

Sie preßte eine Hand auf die Geldbündel an ihrem Hals und hangelte sich um die Ecke. Durch das Bab al-Asli fielen blendend hell die ersten Strahlen der aufgehenden Sonne. Sie holte tief Luft und stürzte sich auf den Lichtfleck. Als sie kaum mehr einen Meter davon entfernt war, packten Forid Mians Hände sie am Ellenbogen und hielten sie fest. Sie machte einen halbherzigen Versuch, sich loszureißen, aber all ihre Kraft war dahin.

Zitternd und atemringend ließ sie sich fallen.

Warum bist du davongelaufen, Zindi? keuchte Forid Mian. Wozu das?

Zindi warf einen ängstlichen Blick an ihm vorbei in die Gasse.

Warum hast du Angst? fragte Forid Mian gekränkt. Sie verfolgen dich nicht. Du bist ihnen ganz egal. Sie wollen gar nichts von dir. Sie sind bloß gekommen, um seine Papiere mitzunehmen.

Was für Papiere? Zindi sah ihn fragend an. Warum?

Forid Mian warf einen kurzen Blick über die Schulter und ließ sich neben ihr auf die Knie nieder. Weißt du es denn nicht? sagte er vertraulich und mit leuchtenden Augen. Sie haben Jeevanbhai letzte Nacht verhaftet und ins Gefängnis gesteckt. Heute morgen ist er gestorben.

Zitternd starrte Zindi ihn an. Er strich über seinen Bart und preßte seine dünnen, aufgesprungenen Lippen zusammen. Sein Mund zuckte, seine Augen flackerten, und dann erschien plötzlich ein breites, jungenhaftes Lächeln auf seinem Gesicht.

Zindi! rief er und rüttelte sie an den Schultern. Ich habe es getan. Endlich habe ich es getan. Ich habe gesehen, wie er ausging, und ich wußte, daß er auf dem Weg zum Alten Fort war, und dann habe ich sie angerufen, wie sie es mir aufgetragen haben, und ich habe es ihnen gesagt, ich habe es ihnen gesagt, und sie haben ihn verhaftet und in einen schwarzen Wagen gesteckt, mit Handschellen und allem, und dann haben sie ihn direkt in das große Gefängnis gebracht und eingesperrt. Eingesperrt haben sie ihn. Und da ist er gestorben – er hat sich umgebracht.

Er ließ die Hände sinken und starrte auf den Boden. Er ist tot, flüsterte er, als könne er es noch gar nicht fassen. Endlich ist er tot. Und jetzt gehört der Laden mir. Sie werden ihn mir geben.

Er schlang die Arme um sie, drückte sie an sich und wimmerte vor Freude und ungläubigem Staunen. Er war ein schlechter Mensch, sagte er. Er war ein schlechter, gewissenloser Mensch.

Zindi schob ihn von sich und strich über ihr Gewand, um sich davon zu überzeugen, daß die Geldbündel nicht verrutscht waren. Er war ein schlechter Mensch, flüsterte Forid Mian noch einmal und schüttelte den Kopf. Ein durch und durch schlechter Mensch.

Er war besser, als du je sein wirst, Forid Mian, sagte Zindi. Trotz all seiner Fehler. Tausendmal besser. Wenigstens war er lebendig, als er noch lebte.

Forid Mian lachte. Du hast ihn nicht gekannt, Zindi, sagte er. Ich sage dir, er war ein schlechter Mensch.

Zindi klopfte den Staub von ihrem Gewand und wandte sich zum Gehen. Forid Mian hielt sie am Arm fest. Warte, Zindi. Warum hast du es so eilig?

Zindi blieb stehen. Er schlug die Augen nieder und warf ihr von unten einen schüchternen Blick zu. Vielleicht fühle ich mich jetzt einsam, Zindi, sagte er. Vielleicht hast du neulich recht gehabt, und ich sollte mir eine Frau suchen, die sich um mich kümmert. Jetzt, wo ich den Laden habe, kann ich es mir leisten.

Er sah bescheiden zu Boden und trat von einem Fuß auf den anderen. Der schüttere weiße Bart paßte plötzlich nicht mehr zu seinem vor Aufregung gerötetem Gesicht; er sah mit einem Mal zwanzig Jahre jünger aus. Sag mir, Zindi: Hast du mit Kulfi gesprochen?

Zindi wollte etwas sagen, aber ihr fehlten die Worte. Sie stieß ihn beiseite und sah die düstere Gasse hinunter ins Herz des Souqs. Dann füllten sich ihre Augen mit Tränen. Sie drehte sich abrupt um und ging mit schnellen Schritten durch das Bab al-Asli.

Am Maidan nahm Zindi sich ein Taxi, und so war sie eine halbe Stunde später bei Hajj Fahmys Haus. Sie stand vor der Mauer, die den Hof umgab, und rief: Hajj Fahmy, bist du da? Komm heraus.

Ein Mädchen öffnete die Tür einen Spalt breit, spähte hinaus und schloß sie wieder. Zindi hörte eilige Schritte und schrille Rufe im Haus: Es ist Zindi, Zindi at-Tiffaha.

Wieder rief sie: Hajj Fahmy, bist du da? Die Tür flog auf, und Hajj Fahmy stand vor ihr und strahlte sie an. Komm herein, Zindi, komm herein, wie geht es dir, tritt ein, tritt ein, du bringst Segen in mein Haus, tritt ein.

Zögernd trat Zindi über die Schwelle und blieb mit dem Rükken zur Tür stehen. Am anderen Ende des Hofes saß Alu am Webstuhl. Er blickte hoch und lächelte ihr zu. Hinter einer halboffenen Tür standen zwei kleine Mädchen und sahen sie neugierig an.

Komm herein, sagte Hajj Fahmy. Es freut mich, daß du gekommen bist, Zindi. Ich hoffe, daß du dich uns nun doch endlich anschließen wirst. Ich wußte, daß du das früher oder später tun würdest, und das habe ich auch den anderen gesagt. Komm, setz dich in die *mandara* und trink einen Tee.

Nein, nein, sagte sie bestimmt und schüttelte den Kopf. Dafür ist keine Zeit.

Keine Zeit? Er lächelte sie freundlich an. Keine Zeit für eine Tasse Tee?

Nein, Hajj, keine Zeit. Hör zu: Man hat Jeevanbhai verhaftet und ins Gefängnis gebracht. Ich glaube, er hat sich dort umgebracht.

Der Hajj erstarrte, und ein Schatten fiel über sein Gesicht. Gott sei ihm gnädig, sagte er und legte die rechte Hand auf sein Herz.

Aber das ist noch nicht alles, rief Zindi.

Das ist sehr traurig, fuhr Hajj Fahmy fort. Er schien mehr mit sich selbst als mit ihr zu sprechen. Aber es mußte ja so kommen. Das war immer schon der Ärger mit ihm – er hatte seine Finger in zu vielen Sachen.

Zindi faßte ihn am Arm. Hör zu, sagte sie. Hör mir jetzt einfach nur zu. Es ist keine Zeit zu verlieren. Er wußte, daß ihr alle heute zum Stern gehen wollt. Ich habe es ihm gestern nacht erzählt. Ich glaube, das war der Grund, warum man ihn verhaftet hat. Ich weiß zwar nicht genau, wie es passiert ist, aber ich bin sicher, daß das der Grund war. Er führte irgend etwas im Schilde. Sie haben ihn auf dem Weg zum Alten Fort verhaftet.

Der Hajj sah sie verwundert an. Wegen unserem Ausflug zum Stern? fragte er. Wovon redest du? Wir wollen einen Einkaufsbummel machen und auf dem Weg einen kleinen Abstecher zum Stern, nur für ein paar Minuten, um zu sehen, ob wir Alus Nähmaschinen finden können. Das ist jetzt erlaubt – es gibt keine Polizeiabsperrung mehr. Warum hätten sie Jeevanbhai deswegen ins Gefängnis werfen sollen? Er hatte doch gar nichts damit zu tun.

Ich weiß es nicht, sagte sie, aber ich glaube, das war der Grund.

Sie merkte, daß er sie mit einem leicht ironischen Lächeln ansah, und all die Dinge, die sie hatte sagen wollen, all ihre Argumente und Beschwörungen verwandelten sich in ihrem Kopf in ein heilloses Durcheinander.

Wie kommst du auf diese Idee, Zindi? fragte er. Hast du das aus einer ganz sicheren Quelle?

Nein, stammelte Zindi. Sie dachte verzweifelt nach. Aber ich glaube...

Hajj Fahmy runzelte die Stirn. Ist das einer von deinen kleinen Tricks, Zindi? sagte er leise.

Hilflos schüttelte Zindi den Kopf. Sie beschloß, einen letzten Versuch zu machen. Du mußt mir einfach glauben, beschwor sie ihn. Geht heute nicht in die Stadt. Verlaßt euch auf mein Wort – ich habe dabei nichts zu gewinnen. Als ich das mit Jeevanbhai gehört habe, bin ich sofort hergekommen, um euch zu warnen. Ich mußte einfach. Ich habe mir zwar gedacht, daß du mir nicht glauben würdest, und ich sehe jetzt, daß du mir nicht glaubst, aber ich mußte es einfach versuchen. Darum bin ich hergekommen. Mein ganzes Haus wird mit euch gehen, und eine Frau kann nicht untätig dabeisitzen und zusehen, wie ihre Kinder in ihr Verderben rennen. Bleibt hier, um Himmels willen, bleibt hier. Ihr dürft dieses Risiko nicht eingehen.

Hajj Fahmy kratzte sich an der Wange. Aber wir machen doch nur einen Einkaufsbummel, Zindi, sagte er. Was soll dabei schon passieren? Warum sollte sich die Polizei dafür interessieren? Wenn sie das täte, müßte sie jeden Tag ganz al-Ghazira einsperren.

Glaub mir, Hajj, sagte sie. Bei Gott, das ist kein Trick. Geht nicht in die Stadt. Tu es nicht nur für mich und meine Leute, denk auch an den Ras. Angenommen, nur mal angenommen, irgend etwas passiert, und die Polizei ist da und verhaftet euch alle, dann wird das das Ende des Ras sein. Sie werden keinen Stein auf dem anderen lassen – es wird das Ende sein.

Hajj Fahmy mußte lächeln. Zindi, sagte er heiter, du hast wieder einmal schlecht geträumt.

Sie ließ verzweifelt die Hände sinken. Ihr werdet also gehen?

Er klopfte ihr auf den Rücken und lachte. Komm und trink eine Tasse Tee mit mir. Er ist zwar nicht so gut wie deiner, aber auch nicht gerade schlecht.

Zindi wandte sich von ihm ab und ging mit schnellen Schritten über den Hof zu Alu. Sie reckte sich hinauf, hielt die Schützenschnur fest und sagte sehr schnell auf Hindi: Geh nicht, Alu. Laß die anderen heute nicht gehen. Du kannst sie aufhalten, wenn du es nur versuchst. Wenn ihnen etwas passiert, wirst du schuld sein.

Alu schüttelte langsam den Kopf. Ich kann nichts tun, sagte er. Das weißt du. Ich will ja selbst nicht gehen. Ich habe die Sache nicht mehr in der Hand.

Hajj Fahmy kam dazu und stellte sich neben Zindi. Hör doch auf, so aufgeregt herumzurennen, Zindi, sagte er. Komm und trink einen Tee und reg dich ein bißchen ab.

Zindi ließ Alus Schützenschnur los und drehte sich langsam zu Hajj Fahmy um. Sie nahm seine Hand, und bevor er sie zurückziehen konnte, beugte sie sich hinunter und küßte sie feierlich.

Gott schütze dich, Hajj Fahmy, sagte sie. Du bist ein guter Mann.

Und dann eilte sie davon, denn es gab viel zu tun, und ihr blieb nur wenig Zeit. Durch eine glückliche Fügung hatte sie irgendwo gehört, daß noch in derselben Nacht eine Sambuk namens *Zeynab* mit Kurs auf das Rote Meer auslaufen sollte.

18

Tänze

Als Abu Fahl in Hajj Fahmys Hof trat, konnte jeder dort auf Anhieb sehen, daß er unter seiner *jallabeyya* eine Flasche versteckt hatte. Allein schon sein fröhliches Verschwörerlächeln ließ das erkennen – man brauchte eigentlich gar nicht auf die Ausbeulung unter seinem Arm zu sehen, um zu wissen, was los war.

Obwohl es erst vier Uhr war, warteten schon ein Dutzend Männer in dem Streifen Schatten am gegenüberliegenden Ende des Hofes. Auf der anderen Seite saß Alu am Webstuhl, und neben ihm hockte Zaghloul, stellte ihm Fragen, lachte über die Antworten und tat so, als verstehe er nichts. Zaghloul war der erste, der Abu Fahl sah, und so wußte er noch vor den anderen Bescheid. Er sprang auf und rief entzückt: Hierher, *ya akhi*, schnell, bevor die anderen sie in die Finger kriegen. Aber sofort ertönte es im Chor von der gegenüberliegenden Seite: Was hast du denn da, Abu Fahl? Zeig es uns.

Abu Fahl stolzierte über den Hof, versuchte, sein Grinsen zu unterdrücken, und spielte den Unschuldigen: Nichts, überhaupt nichts.

Na komm, Abu Fahl, riefen sie. Was ist es? Kartoffelschnaps? Arrak? Whisky? Irgend etwas Gutes?

Nichts, wirklich, gar nichts, antwortete Abu Fahl und strich schamhaft über die Beule unter seinem Arm. Er sah sich rasch um und warf dann einen Blick auf das Haus. Wo ist Hajj Fahmy?

Alles lachte. Man konnte ihn verstehen: Auch sie wären an seiner Stelle nervös gewesen. Kein Tropfen Alkohol hatte je Hajj Fahmys Lippen benetzt, und wenn er erfahren sollte, daß jemand eine Flasche Schnaps in seinen Hof gebracht hatte, dann hätte er diesem Mann mit Sicherheit den Zutritt zu seinem Haus für alle Zeiten verboten. Keine Angst, sagte einer, die Luft ist rein. Er ist drinnen und schläft. Aber beeil dich.

Erleichtert zwinkerte Abu Fahl Zaghloul zu und begann sich von den anderen zu entfernen. Ein paar von ihnen sprangen entrüstet auf und riefen: Was soll das? Wo willst du denn hin? Meinst du, wir lassen dich das ganz allein trinken?

Nur einen Moment, sagte Abu Fahl und bat sie mit einer Handbewegung um Geduld. Ich muß Zaghloul etwas erzählen. Keine Angst, ihr bekommt schon noch etwas ab. Es ist genug da.

Unter den mißtrauischen Blicken der anderen ging er langsam zum Webstuhl. Dort drehte er sich blitzschnell um, so daß er ihnen den Rücken zukehrte, zog eine grüne Flasche aus dem Halsausschnitt seiner *jallabeyya* und gab sie Zaghloul. Der riß den Verschluß ab und nahm erst einen, und dann noch einen tiefen Schluck. Der Kartoffelschnaps war weiß und unverdünnt und brannte in seiner Kehle wie glühende Kohlen. Die anderen sprangen alle auf und erhoben lautstark Einspruch. Abu Fahl wirbelte herum und krempelte sich drohend die Ärmel seiner *jallabeyya* auf. Sie zögerten einen Augenblick. Zaghloul reichte die Flasche an Alu weiter, der ebenfalls einen Schluck nahm. Dann riß Abu Fahl sie ihm aus der Hand und legte den Kopf in den Nacken, und jetzt kamen die anderen über den Hof gerannt.

Als sie ihm die Flasche endlich entwunden hatten, war sie bereits zu einem Drittel geleert, und Abu Fahl war vom vielen Lachen ganz schwach. Hereingelegt, ihr Dummköpfe, rief er.

Und dann, als die Flasche ausgetrunken und weggeworfen worden war, beschwerten sich wieder einmal alle: Es war nicht genug gewesen, was hatte man schon an einer Flasche, und dann auch noch zweitklassiges Zeug aus Goa, was brachte das schon? Sie hatten noch eine Stunde totzuschlagen, bevor sie sich auf den Weg zum Stern machten, und alle hatten genug davon, sich darüber zu unterhalten, was sie sich nachher kaufen würden, und so holte jemand eines von Hajj Fahmys Transistorradios und fand einen Sender, der Warda-Musik brachte. Aber keiner war in der Stimmung, einfach nur dazusitzen und ruhig zuzuhören, denn der Kartoffelschnaps, der sich wie stets als stärker erwies, als es zunächst den Anschein gehabt hatte, blubberte angenehm in ihren Bäuchen. Abu Fahl begann als erster zu klatschen, und zwar sehr laut, mit gewölbten Händen. Bald fiel Zaghloul in das Klatschen ein. Plötzlich klatschten alle, und manche stampften auch mit den Füßen auf und wirbelten kleine Staubwolken auf. Die Frauen in Hajj Fahmys Haus, seine Frau, seine Töchter sowie die Frauen seiner Söhne und deren Töchter, kamen in den Hof geströmt, standen an den Türen und lachten hinter vorgehaltenen Händen und Tüchern – alle außer Hajj Fahmys Frau, die so alt war, daß es sie, obwohl sie schwarze Zähne hatte, nicht kümmerte, ob man sie lachen sah.

Immer mehr Leute kamen jetzt herbei, und auch sie klatschten, und bald waren der allgemeine Lärm, das Geschrei und das Gelächter so laut geworden, daß man das Radio gar nicht mehr hören konnte. Also schaltete Abu Fahl es aus und rief: Warum sitzen wir alle nur herum, wenn wir doch tanzen können? – und er hatte den Satz noch nicht ausgesprochen, als die Leute schon aufsprangen.

Man bildete einen Kreis in der Mitte des Hofes. Jemand drückte Zaghloul einen *disht*, eine große runde Waschschüssel, in die Hand. Er stellte sich am Rand des Kreises auf, lehnte die Schüssel gegen sein Knie und begann, mit dem Löffel einen scheppernden, ohrenbetäubenden Rhythmus zu schlagen.

Los, Abu Fahl, riefen die anderen, los – du stehst in der Mitte.

Abu Fahl blickte sich um, als sei er gerade aus einer Trance erwacht, und sah, daß er tatsächlich im Zentrum des Kreises stand, und der Schreck fuhr ihm so in die Glieder, daß sein Grinsen wie weggefegt war, und er versuchte, die Kette zu durchbrechen, und rief flehentlich: Nein, ich kann nicht – ihr wißt, daß ich das nicht kann. Aber man ließ ihn nicht durch und schob ihn immer wieder in die Mitte. Los, du mußt tanzen, wir wollen sehen, was du kannst. Zaghloul hatte Mitleid mit ihm und fing an, ein schnelles, kriegerisches Lied zu singen, denn er wußte, daß die Darstellung eines Kampfes das Beste war, was Abu Fahl zustande brachte, wenn er tanzen sollte. ‹Wir haben sie aus dem Haus ihres Vaters entführt›, sang er. ‹Und mit verdrossenem Gesicht saß ihr Vater da›, antworteten die anderen. Und dann wieder Zaghloul: ‹Wir nahmen sie mit unserem schärfsten Schwert›, und wieder die anderen: ‹Weil ihr Vater nicht nachgeben wollte›.

Und dennoch, trotz aller Anstrengungen, die Zaghloul unternahm, war es zwar komisch, aber auch erbarmungswürdig, denn kein Lied konnte aus Abu Fahl einen Tänzer machen. Er gab sich alle Mühe, aber seine Schultern waren zu breit, seine Beine zu schwer und muskulös, seine Taille so verspannt, daß sein ganzer Oberkörper, wenn er die Hüften bewegte, hin und her zuckte, als liege er im Fieber. Der zweite Refrain löste sich in Gelächter auf, und Abu Fahl zog sich dankbar aus dem Kreis zurück und wischte sich mit einem einfältigen, verlegenen Lächeln den Schweiß von seinem hochroten Gesicht.

Jetzt war Zaghloul an der Reihe. Zaghloul war ein echter Tänzer: schlank und geschmeidig wie eine Katze. Er wickelte das graue Tuch ab, das er gewöhnlich um seine Kappe gewunden hatte, und band es sich fest um die Taille. Jemand schlug jetzt, zunächst ganz langsam, einen schwierigen Rhythmus auf dem *disht*. Dann erklang die erste Zeile eines Liedes – ‹Bring den Beweis, Bräutigam› –, und es erhob sich ein Schrei der Zustimmung, denn für Zaghloul mit seiner Jugend und seinem feingeschnittenen, strahlenden Gesicht konnte es gar kein besseres Lied geben als eines, daß von den Wonnen eines Bräutigams erzählt.

Zaghloul begann langsam und drehte sich, die Arme hoch über den Kopf erhoben, mit kleinen, schnellen Schritten im Zentrum des Kreises. Nach und nach steigerte sich das Tempo, und

Zaghlouls Hüften begannen, sich genau im Rhythmus zu bewegen. Gespannt rückte die Menge näher, und das Schlurfen so vieler Füße wirbelte eine Staubwolke auf, die über dem Kreis hing und Zaghloul mit einem goldenen Heiligenschein versah. Die Zuschauer ließen sich immer mehr von seinem Tanz mitreißen, und das Klatschen kam jetzt in kurzen, harten Stößen. Wie als Antwort darauf wurden auch die ruckartigen, zuckenden Bewegungen von Zaghlouls Hüften schneller, während sein Oberkörper, als Kontrapunkt dazu, immer starrer und unbeweglicher ruhte, so daß die gespannte Feder seines Rumpfes gleichsam die Bewegungen seiner Taille erst erzeugte. Das Scheppern des *disht* war jetzt ohrenbetäubend, die Schläge steigerten sich zu einem einzigen pulsierenden, vibrierenden Wirbel. Und Zaghloul tanzte immer schneller, mit vollkommen ernstem, versteinertem Gesicht und hocherhobenen Armen, reglosem Oberkörper und hämmernden, rhythmisch hin und her schwingenden Hüften. Seine Bewegungen waren ebenso ausschließlich erotisch wie abstrakt, ein Sinnbild sowohl der Liebe als auch der Geometrie. Angetrieben vom Klatschen tanzte er immer schneller und schneller, bis der Gesang mit einem letzten, explosionsartigen Schlag auf den *disht* erstarb und Zaghloul sich lachend zu Boden fallen ließ.

Von irgendwoher erklang das gellende Heulen der Frauen, als sei dies eine echte Hochzeit, die sich ihrem Höhepunkt näherte.

Dann entdeckte einer Rakesh, der ganz für sich in einer Ecke des Hofes saß, und ein Ruf erhob sich – Und jetzt Rakesh! –, und er wurde, trotz seines Protestgeschreis, in den Kreis geschleppt. Aber Abu Fahl sah, daß er den Tränen nahe war, weil seine sorgfältig gebügelten Hosen aus weichem Baumwollstoff ganz staubig wurden, und so ging er hin, befreite ihn und schickte ihn mit einem Klaps auf den Rücken wieder in seine Ecke. Statt dessen schob sich Hajj Fahmys Frau in den Kreis, und ohne eine Schamhaftigkeit vorzutäuschen, die sie in ihrem Alter ohnehin nicht mehr besaß, führte sie einen merkwürdigen kleinen Tanz vor, bei dem sie Zaghloul nachahmte. Er endete damit, daß sie den Jungen in die Wangen kniff und ihre Finger küßte. Während alle in Gelächter und Rufe der Begeisterung ausbrachen, kam Abu Fahl ein Gedanke, und er rief: Wo ist Isma'il? Er tanzt doch so gerne!

Keiner der umstehenden Männer hatte Isma'il gesehen, und so fragte er eine von Hajj Fahmys Enkelinnen: He, du da, Kleine, wo ist dein Onkel Isma'il?

Schüchtern verhüllte das Mädchen sein Gesicht mit dem Ärmel und murmelte: Drinnen.

Drinnen? Warum?

Er sitzt auf seinem Bett. Er will nicht aufstehen.

Im Bett! rief Abu Fahl erstaunt. Am hellichten Tag! Was macht er da im Bett?

Manchmal hat er eben Lust dazu, sagte das Mädchen schulterzuckend und drehte sich um. Es schämte sich für seinen Onkel.

Abu Fahl rannte ins Haus und fand Isma'il im Zimmer seiner Mutter, wo er auf einem hohen Bett hockte. Hajj Fahmy saß am anderen Ende des Bettes. Die beiden sahen sich einen Ringkampf im Fernsehen an.

Was ist los, Isma'il? rief Abu Fahl verwundert und streckte die Hand aus. Was machst du hier? Alle anderen sind draußen.

Isma'il lächelte freundlich und schüttelte ihm die Hand, ohne sich vom Bett zu rühren. Ich sehe fern, sagte er.

Sag Isma'il, er soll herauskommen – wir alle warten auf ihn, sagte Abu Fahl und streckte Hajj Fahmy die Hand hin. Und was ist mit dir, Hajj? Warum bist du noch nicht draußen?

Hajj Fahmy lächelte. Mir ist es draußen zu laut, und Isma'il will nicht. Ich werde später kommen. Seine Augen verengten sich, und er schnupperte mißtrauisch. Was hast du getrunken? fragte er.

Abu Fahl machte einen Schritt zurück. Nichts, gar nichts, sagte er und entrang sich ein Lächeln.

Das will ich hoffen, sagte Hajj Fahmy und wandte sich wieder dem Fernseher zu.

Komm, Isma'il, sagte Abu Fahl aufmunternd. Du kannst doch nicht den ganzen Tag hier herumsitzen. Komm mit nach draußen. Willst du denn nicht mitkommen zum Stern?

Nein. Isma'il schüttelte den Kopf. Ich kann nicht.

Warum denn nicht, um Himmels willen?

Weil die Keime heute überall sind. Überall um das Bett herum. Ich kann nicht aufstehen.

Abu Fahl sperrte den Mund auf. Keime rund um das Bett?

Ja, sagte Isma'il. Heute sind überall Keime. Auf dem ganzen Boden. Siehst du das denn nicht?

Abu Fahl sah Hajj Fahmy bedeutungsvoll an, aber der konzentrierte sich ganz auf das Fernsehprogramm. Abu Fahl versuchte es mit Vernunft. Isma'il, sagte er mit sanftem Nachdruck, auf dem Boden ist nichts, gar nichts. Siehst du das denn nicht? Ich stehe doch auch hier. Da ist nichts.

Sie sind überall auf dem Boden, sagte Isma'il störrisch. Sie warten nur darauf, zuzubeißen. Ich stehe nicht auf. Dir macht das nichts – deine Haut ist zu dick, da würden sie sich die Zähne ausbeißen. Aber bei mir ist das anders.

Sag du doch etwas, wandte sich Abu Fahl an Hajj Fahmy.

Laß ihn, antwortete der Hajj. Laß ihn doch hier sitzen, wenn er will. Was macht das schon?

Und was ist mit dir? fragte Abu Fahl. Kommst du nicht mit? Zum Stern und einkaufen und so? Es sind schon alle da.

Ich komme, sobald der Lärm aufgehört hat, sagte Hajj Fahmy. Er sah auf seine Uhr. Geh hinaus und sag ihnen, daß sie sich beeilen sollen. Wir müssen bald aufbrechen.

Sei vorsichtig, rief Isma'il Abu Fahl nach, als dieser sich zum Gehen wandte, und prustete vor Lachen. Heute sind sie überall. Selbst du mit deiner dicken Haut solltest dich vorsehen. Vielleicht erwischen sie dich an den Weichteilen.

Der erste, den Abu Fahl sah, als er wieder in den Hof trat, war Professor Samuel. Er saß neben dem Webstuhl auf der Plattform. Er hatte seinen aufgeklappten Aktenkoffer auf den Knien und zählte mit sorgenvollem Gesicht ein dickes Bündel weißer Briefumschläge. Abu Fahl ging zu ihm und klopfte ihm auf den Rükken, daß es nur so krachte. Wenigstens du bist hier, sagte er. Und da du hier bist, müssen wir dich tanzen sehen.

Hör auf damit! fuhr der Professor ihn wütend an. Siehst du

denn nicht, daß ich beschäftigt bin? Ich habe zu tun. Ich muß die Leute hier zählen, ich muß die Umschläge ausgeben, es muß noch alles mögliche erledigt werden...

Immer bist du beschäftigt, Professor, sagte Abu Fahl. Aber heute wollen wir dich tanzen sehen.

Sei still, Abu Fahl, sagte der Professor scharf. Geh und tu etwas Sinnvolles, anstatt mich von der Arbeit abzuhalten. Hast du schon das Werkzeug und die Seile und das alles ausgegeben?

Aber Abu Fahl drehte sich nur um und rief den anderen zu: Kommt her. Der Professor wird für uns tanzen. Helft mir.

Im nächsten Augenblick wurde der Professor auf ein halbes Dutzend Schultern gehoben und, obwohl er schimpfte und um sich trat, zur Mitte des Hofes getragen. Die Männer bildeten einen Kreis um ihn. Los, Professor, tanz ein bißchen, sagte Zaghloul und schlug auf den *disht*. Nur so zum Spaß.

Aber ich kann nicht, rief Samuel. Ich habe das noch nie gemacht.

Los, los, nur so zum Spaß, drängten sie ihn, und selbst Chunni stimmte mit ein: Los, Samuel, was ist denn schon dabei? Mach einfach irgendwas – irgendwas, was du kannst.

Der Professor sah sich grimmig um. Na gut, sagte er. Er schleuderte seine Sandalen von den Füßen, sprang hoch, holte mit dem rechten Arm aus, ballte die Faust und schwang sie durch die Luft. Immer wieder sprang er, und der anfängliche begeisterte Beifall wurde leiser und verstummte. Alle sahen ihm befremdet zu. Samuel sprang jetzt im Kreis umher, drehte sich in der Luft und schwang den rechten Arm über seinem Kopf. Zaghloul versuchte, den richtigen Rhythmus auf dem *disht* zu finden, gab es aber schließlich verwirrt auf. Wieder sprang der Professor, schneller jetzt, und noch einmal. Sein Gesicht war gerötet, und der Schweiß spritzte ihm von der Stirn. Das anfängliche Gelächter erstarb, und ehrfürchtiges Schweigen senkte sich herab, während Professor Samuel immer wieder in die Luft sprang und seine stocksteifen Arme mit ausladenden, kraftvollen Bewegungen über seinen Kopf schwang.

Was macht er denn nur? sagte jemand. So tanzen sie da unten, antwortete einer. Siehst du denn keine Filme?

Chunni war entsetzt. Das sind die Schlangen, schrie sie. Halt ihn fest, Abu Fahl! Irgend etwas stimmt nicht mit ihm. Er kann nicht aufhören – die Schlangen haben ihn wieder gepackt. Aber statt dessen wichen die anderen ehrfürchtig vor dem durch die Luft springenden und wirbelnden Professor zurück.

Schließlich blieb er außer Atem stehen, stemmte die Hände in die Seiten und sah sich im Kreis der weit aufgerissenen Augen und erstarrten Gesichter um. Was ist mit dir, Samuel? fragte Chunni besorgt. Einen Augenblick lang sah er sie so streng an, daß sie zurückwich. Dann krümmte er sich zusammen und bekam einen Lachanfall. Die Brille rutschte ihm von der Nase.

Was ist mit dir, Professor? Was ist los?

Professor Samuel hielt sich die Seiten. Sein Gesicht war hochrot, und die Tränen liefen ihm über die Wangen. Es ist nichts, stieß er hervor. Ich habe nur meine Federball-Schmetterschläge trainiert. Nicht schlecht, was?

Danach herrschte allgemeines Durcheinander, denn es war fast Zeit aufzubrechen. Jeder zerbrach sich den Kopf darüber, was er nachher kaufen würde, und alle rannten auf dem Hof herum. Die Neuankömmlinge fragten die Erfahreneren um Rat und sammelten Informationen über den ungefähren Preis verschiedener Marken von Taschenrechnern, die sie ihren Brüdern, die zu Hause aufs College gingen, kaufen wollten; über tragbare Fernsehgeräte, die sie ihren Eltern und Schwestern mitbringen wollten, weil die nicht aus ihren Dörfern herauskamen; über die Kleidungsstücke, die sie sich selbst kaufen wollten (und hier drängte sich alles um Rakesh, denn was amerikanische Jeansmarken und koreanische Hemden betraf, gab es nichts, das er nicht wußte). Es brach eine kleine Panik aus, als jemand behauptete, er habe gehört, daß Professor Samuel nicht genug Geld für alle mitgebracht habe, und der Professor wurde sofort von allen Seiten mit besorgten Fragen bestürmt. Die konnte er jedoch nicht beantworten, denn, wie er sagte: Wie soll ich wissen, ob ich genug mitgebracht habe? Zuerst muß ich zählen, wie viele Leute überhaupt hier sind, und wie kann ich das, wenn ihr nicht stillsteht? Das verschlimmerte die Panik nur noch – Er sagt selbst, daß er nicht genug Geld hat; ja, das hat er gesagt –, und alle rannten noch mehr durcheinander, und das erschwerte das Zählen noch mehr. Und dann erschien, mitten in diesem allgemeinen Chaos, Hajj Fahmy und rief, es sei Zeit, sich zum Aufbruch fertig zu machen und die Tücher umzubinden, denn es sei nur noch eine Stunde bis zum Sonnenuntergang, und wenn sie erst nach Einbruch der Dunkelheit am Stern ankämen, hätte sich der ganze Weg nicht gelohnt. Das erinnerte den Professor an etwas ganz anderes, und er vergaß das Zählen und schob sich durch den Hof, bis er Abu Fahl gefunden hatte. Besorgt rief er: Hör zu, Abu Fahl – was machen wir, wenn wir diese Nähmaschinen im Stern gefunden haben? Wie sollen wir die herbringen? Wir können sie doch nicht gut mitnehmen in all diese ausländischen Geschäfte in Hurreyya. Was sollen wir tun? Aber Abu Fahl hatte jetzt andere Sorgen, denn er versuchte, die Seile und Brechstangen und die anderen Werkzeuge zu finden, die er während der letzten Tage für ihren Ausflug zum Stern gesammelt hatte, und so zuckte er bloß die Schultern und sagte: Wie soll ich das wissen? Warum fragst du nicht Alu? Wir haben bloß versprochen, ihm die Nähmaschinen zu schenken. Er wird sich selbst überlegen müssen, wie er sie hierherschafft. Aber damit gab sich der Professor nicht zufrieden. Er schnalzte ärgerlich mit der Zunge und eilte davon, um Hajj Fahmy zu suchen. Der Hajj versuchte, ihn zu beruhigen: Keine Sorge, Samuel, das wird schon nicht so schwierig werden – wenn es gar nicht anders geht, laden wir sie eben in ein Taxi. Aber, wandte der Professor ein, an dem Ende der Uferpromenade gibt es gar keine Taxis. Doch der Hajj schob ihn beiseite und sagte: Keine Sorge – das kriegen wir schon hin.

Dem Professor blieb nichts anderes übrig, als sich wieder ans Zählen zu machen, und während er dabei war, kam Karthamma verschwitzt und mit schreckgeweiteten Augen in den Hof gerannt. Ich kann Boss nicht finden, rief sie jedem zu, der es hören wollte. Ich war gerade im Haus, und es war niemand da. Zindis

Sachen sind alle weg, und Kulfi ist auch weg, und von Boss keine Spur. Aber auf dem Hof war es zu laut, und alle waren beschäftigt, und so hatte keiner Zeit, ihr zuzuhören. Außer sich vor Angst lief Karthamma zu Chunni und schrie ihr alles ins Ohr, aber Chunni lachte nur und sagte: Warum machst du dir solche Sorgen? Wo sollen sie denn schon hingegangen sein? Du wirst sehen – wenn wir heute abend zurückkommen, sind sie wieder zu Hause. Wo sollen sie denn hin? Du brauchst dir gar keine Sorgen zu machen. Da faßte Karthamma wieder Mut, denn es gibt nichts Beruhigenderes, als zu sehen, daß andere über die Ängste, die einen plagen, lachen, und sie dachte wieder darüber nach, was für einen Kinderwagen sie Boss kaufen würde.

Kurz darauf hatte der Professor es endlich geschafft, alle zu zählen, und stellte fest, daß im Hof weniger Leute waren, als er gedacht hatte – nur zweiunddreißig, wo er mit fünfundvierzig gerechnet hatte –, so daß für jeden genug Geld da war. Er versuchte, allen diese gute Nachricht kundzutun, aber seine Stimme war zu leise, und inzwischen hatten ihn die Leute ohnehin schon wieder vergessen, so daß er Abu Fahl darum bitten mußte. Selbst Abu Fahl hatte indessen einige Mühe, den allgemeinen Lärm zu übertönen, und als ihm das schließlich gelungen war, verschlimmerte er das Durcheinander irgendwie nur noch, denn die Leute brachen in lautes Jubelgeschrei aus und rannten aus dem Hof auf die Straße, und Abu Fahl mußte hinterherrennen und sie zurückholen, denn er hatte das Werkzeug noch nicht ausgeteilt. Viel war es nicht – ein paar Brecheisen, einige Sägen, ein paar Seile und ein Flaschenzug, Schaufeln, Spitzhacken, ein uralter Wagenheber und drei starke Handlampen –, aber wegen des Durcheinanders dauerte es eine ganze Weile, bis alles verteilt war.

Als das Werkzeug endlich ausgegeben und alles mehr oder weniger fertig war, fiel Abu Fahl plötzlich Alu ein, der, den Kopf in die Hände gestützt, am Webstuhl saß. Es erzürnte Abu Fahl, ihn so dasitzen zu sehen. Komm runter, Alu, rief er, wir gehen jetzt. Aber Alu zögerte, und da er seinen Widerwillen spürte, ging Abu Fahl zur Plattform und zog ihn herunter. Was glaubst du eigentlich? sagte er und drückte ihm ein Seil in die Hand. Meinst du vielleicht, du kannst hier den ganzen Tag so herumsitzen, während wir die ganze Arbeit machen und dir deine Nähmaschinen holen?

Die anderen waren schon, angeführt von Hajj Fahmy und Professor Samuel, auf die Straße gegangen. Abu Fahl wartete mit Alu und Zaghloul, bis alle hinaus waren. Dann, nachdem er sich davon überzeugt hatte, daß nur noch die Frauen von Hajj Fahmys Haushalt im Hof waren, machten auch sie sich auf den Weg durch den Ras. Als sie die Dammstraße erreicht hatten, hing die Sonne bereits tief über der Stadt, und die anderen gingen in einer langen Reihe voraus. Weit vorne konnten sie Rakesh, Karthamma und Chunni sehen. Sie blieben einen Augenblick stehen, um zu verschnaufen, und als sie sich wieder in Bewegung setzten, schlug Abu Fahl Alu auf die Schulter. So, sagte er, jetzt kriegst du endlich deine Nähmaschinen.

19
Sand

Hinter dem Ras führte die glatte, schwarze Straße auf der Dammkrone etwa einen Kilometer weit durch unbewohntes, sandiges Gelände. Dann neigte sie sich sanft, bis sie auf ebenem Grund verlief. Ein Stücken weiter tauchten zu beiden Seiten vereinzelte Häuser aus Lehmziegeln auf. Und dann rückten die Häuser mit jedem Schritt dichter an die Straße heran, die sich bald mit einer schmaleren und viel älteren, an der Bucht entlang führenden Durchgangsstraße vereinigte. Von hier an herrschte ein dichtes Gewimmel von Menschen. In dieser Menge hätten fünfzig oder sogar hundert Männer, ganz gleich, was sie trugen, mit derselben Leichtigkeit untertauchen können wie Tauben auf einer Piazza.

Zur einen Seite der Straße drängten sich gekachelte persische Kebab-Buden, südindische *dosa*-Stände, lange, schmale libanesische Restaurants, von Ägyptern aus dem Sa'id betriebene Fruchtsaftstände, jemenitische Cafés, deren Tische mit Messingfüßen den ganzen Gehsteig einnahmen, Straßenhändler, die auf ihren Handkarren Buletten aus Bohnenmehl und Gewürzen brieten – es war, als seien die Lieblingslokale der halben Welt in verkleinerter Form an die Fassaden einer einzigen Straßenseite gemalt worden.

Die andere Seite der Straße war weniger belebt, denn sie war der Bucht zugekehrt, und dort waren keine Geschäfte oder Stände erlaubt. Hierher kamen abends die Leute aus der Altstadt mit ihren Freunden und Bräuten, um spazierenzugehen, zu essen und die leuchtenden Segel der Schiffe in der Bucht zu betrachten.

Das gegenüberliegende Ufer der Bucht ragte steil aus dem Wasser auf und war gekrönt von Hotels und Bürogebäuden aus Glas und Beton.

Ein Stück weiter, bei den hölzernen Pieren und den windschiefen Lagerhäusern des alten Hafens, wurde die Straße noch enger und das Gedränge noch größer. Dort lagen nur wenige Meter zwischen ihr und dem schmutzigen, stinkenden Wasser der Bucht, und hier und da schienen die spitzen Lateinsegel der Sambuks unmittelbar aus dem Asphalt aufzuragen.

Hier, in einem kleinen Zimmer über einem Café, hatte Jeevanbhai Patel sein Büro gehabt.

Danach wand sich die Straße um die Bucht, mitten durch das Gewirr der Häuser, weiter durch die Sandebene dahinter zu der breiten, im Bogen verlaufenden Landzunge. Dort wurde sie breiter und schwärzer und verwandelte sich in die Uferpromenade.

Kurz nach den letzten Häusern stieg die Uferpromenade langsam an, und an der Stelle, wo zum erstenmal links das Meer zu sehen war, verlief sie ein gutes Stück über dem Strand und stieg immer noch an. Das Gelände rechts der Straße dagegen wies nur ein schwaches Gefälle auf, und hier lagen die Eingeweide der Hochhäuser, mit deren Bau man gerade erst begonnen hatte, verstreut umher wie eine lange Spur von Skeletten. Kurz danach machte die Straße eine Kurve und führte näher an das Meer heran, und dabei stieg sie nochmals an, bis sie etwa drei Meter über dem Strand verlief. Am Scheitelpunkt der Kurve führte die Straße so nah am Meer vorbei, daß der Asphalt meist naß war von der Gischt. Hier stand das riesige, fast fertiggestellte Bürogebäude einer Fluggesellschaft. Es war wegen der herrlichen Aussicht an dieser Stelle errichtet worden und reichte bis dicht an die Straße, die hier einen scharfen Knick um das Gebäude beschrieb, so daß man vom einen Ende der Kurve das andere nicht sehen konnte. Ab hier verlief die Uferpromenade ein Stück weit etwas landeinwärts, bis sie sich, auf den Weg zum Stern, wieder dem Meer zuwandte.

Als Zindi das Bürogebäude der Fluggesellschaft sah, waren Hajj Fahmy, Professor Samuel und eine Gruppe von Leuten direkt hinter ihnen nicht mehr weit von ihm entfernt und legten ein zügiges Tempo vor. Die anderen folgten ihnen in ungeordneter Reihe. Die Tücher an ihrem Arm leuchteten im trüben Grau der Dämmerung. Hin und wieder, wenn die Straße eine Biegung machte, konnte Zindi ihre Silhouetten sehen; die Umrisse der Brecheisen und Äxte über den gebeugten Schultern hoben sich deutlich vom Sand und vom Abendhimmel ab.

Abu Fahl, Zaghloul und Alu, die immer noch die Nachhut bildeten, gingen nur etwa hundert Schritte vor ihr. Das war Glück, denn das hatte sie nicht planen können. Auch alles andere war genau so gelaufen, wie sie es gehofft hatte. Sie hatte sich im Hafen mit Kulfi und Boss in dem kleinen Boot versteckt, das sie zur *Zeynab* bringen sollte, und gewartet. Trotz des Gewimmels hatte sie Hajj Fahmy und Professor Samuel gleich gesehen, denn die Tücher an ihrem Arm leuchteten wie helle Lichter. Sie hatte gewartet, bis alle vorbei waren, und dann war sie ihnen in sicherer Entfernung nachgeeilt, um von ihrer auseinandergefallenen Hausgemeinschaft zu retten, was zu retten war.

Es war ein langer Weg gewesen, und jetzt war sie völlig entkräftet. Ihre Füße schmerzten, und das Bewußtsein, daß hinter jeder Biegung eine Katastrophe lauern konnte, hatte ihre Geduld erschöpft. Aber es war nichts passiert. Vielleicht hatte sie sich doch geirrt, und Hajj Fahmy hatte recht gehabt. Sie blieb stehen, um sich den Schweiß vom Gesicht zu wischen. Weit vorn sah sie die schattenhaften Gestalten von Hajj Fahmy und Professor Samuel. Sie waren jetzt ganz kurz vor dem Gebäude der Fluggesellschaft und der unübersichtlichen Kurve. Sie schloß die Augen, wandte sich dem Seewind zu und ließ ihn über ihr Gesicht streichen. Sie spreizte den Ausschnitt ihres Gewandes mit den Fingern und genoß die Kühle der Brise auf ihrer Brust.

Und während sie mit geschlossenen Augen dort stand und der

Wind ihren Körper umschmeichelte, wußte sie plötzlich, daß es passiert war, denn sie hörte etwas, das wie ein Schrei klang, und als sie sich umdrehte, waren Hajj Fahmy und Professor Samuel bereits in einer Wolke aus aufgewirbeltem Sand verborgen.

Während sie noch dastand und starrte, erhob sich ein Hubschrauber in den grauen Himmel hinter dem Gebäude und stieß hinab auf die Straße. Sie hatte ihn an diesem Abend schon zweimal gesehen. Er war in der anderen Richtung über sie hinweggeflogen und verschwunden. Sie hatte sich nichts dabei gedacht – reiche junge Ghaziris flogen mit ihren Flugzeugen und Hubschraubern andauernd in geringer Höhe über den Straßen. Aber diesmal strich er sehr langsam und tief über die Straße. Jetzt war er mit einem hohen, abgehackten, trommelnden Knattern über ihr, und der von den Rotoren erzeugte Sturmwind schüttelte sie wie Axthiebe und zerrte an ihren Kleidern. Rings um sie her stieg der Sand zu beiden Seiten der Straße wie eine feste Mauer senkrecht auf und hüllte den Hubschrauber ein. Als er nur ein paar Meter über ihrem Kopf vorüberflog, sah sie einen Arm, der auf etwas zeigte, einen Gewehrlauf und eine schwarze Uniform.

Da wußte sie, daß dieser Hubschrauber keinem jungen Ghaziri gehörte, der eine Spritztour machte, sondern Teil einer Maschinerie war, von der sie gewußt hatte, daß sie auf der Lauer lag.

Überall war jetzt Sand, wie in der Wüste, wenn der Khamsin weht. Er hüllte sie in Lagen ein und drang ihr in Mund und Augen. Sie war in einem Nebel aus Sand gefangen und konnte kaum noch die Straße unter ihren Füßen sehen. Sie vernahm entfernte Schreie und seltsam gedämpfte knallende Geräusche. Dann hörte sie wieder den Hubschrauber und rannte in panischem Schrecken blindlings zum Straßenrand. Er flog tief über sie hinweg, und sie warf sich zu Boden und rollte die Böschung hinunter. Als sie unsicher aufstand, spürte sie etwas merkwürdig Klebriges auf ihren Augenlidern. Sie wischte sich mit der Hand übers Gesicht und sah, daß Blut daran klebte. Sie schrie auf, aber ihr Schrei ging unter, denn überall gellten jetzt Rufe und Schreie, unheimlich schrille Schreie, die aus der sandigen, goldenen Wolke drangen. Ein leichter Geruch nach Tränengas stieg ihr in die Nase.

Sie weinte vor Angst, nahm ihr Kopftuch ab und band es sich so um, daß es ihre Nase bedeckte und nur einen Schlitz für die Augen freiließ. Sie rannte los, fiel aber hin und schlug mit dem Kopf auf die Böschung. Wieder stand sie auf und rannte los, diesmal in die andere Richtung, aber sie konnte nur ein paar Meter weit sehen, und plötzlich wurde ihr zu ihrem Schrecken bewußt, daß sie in die Richtung rannte, aus der die Schreie kamen. Zutiefst verwirrt und verängstigt blieb sie stehen, und dann hörte sie ganz in der Nähe einen Schrei. Sie hob den Kopf und sah, daß zwei Gestalten an den Straßenrand taumelten und brüllend auf sie zurollten. Einen Augenblick später folgte ihnen eine weitere Gestalt.

Erst als er sie fast erreicht hatte, erkannte sie Abu Fahl. Kaum einen halben Meter vor ihr brach er zusammen und blieb, vom Schock überwältigt, wimmernd liegen. Aus einer Platzwunde an seinem Kopf floß Blut. Ein Stück hinter ihm lagen Alu und Zaghloul und krallten in blankem Entsetzen die Finger in den Sand.

Plötzlich war Zindis Kopf wieder klar. Sie zog an Abu Fahls Arm und rief: Steh auf, steh auf! – aber er blieb reglos im Sand liegen. Sie schüttelte ihn, und dann holte sie weit aus und schlug ihn hart ins Gesicht. Die Wucht des Schlages riß seinen Kopf herum, und langsam verriet sein Blick, daß er sie erkannte. Sie zog ihn hoch und schrie ihm ins Ohr: Was ist mit dem Rest, mit all den anderen, mit Samuel, Karthamma, Chunni, Hajj Fahmy?

Er konnte nur benommen den Kopf schütteln. Sie drehte ihn um und schob ihn auf Zaghloul und Alu zu. Nimm sie mit! rief sie und zeigte auf die Bucht. Diese Richtung! Beeilt euch, es ist noch Zeit zu fliehen – sie haben uns noch nicht gesehen, und es sind nicht so viele auf dieser Seite der Straße. Sie waren alle auf der anderen Seite, damit wir den Hinterhalt nicht sehen würden.

Sie gab ihm noch einen Stoß – Lauf! –, aber er klammerte sich hilflos an ihren Arm und rief: Und du?

Ich werde nachkommen, sagte sie. Aber erst muß ich nachsehen, was mit den anderen ist. Sie schob ihn vorwärts, und diesmal stolperte er davon. Dann raffte sie ihr Gewand und kletterte die Böschung hinauf.

Sobald ihr Kopf auf der Höhe der Straße war, begann das Tränengas in ihrer Nase und ihren Augen zu brennen. Einen Augenblick lang konnte sie nichts erkennen. Dann sah sie durch den grau-goldenen Schleier ganz verschwommen die Kette der behelmten Männer in schwarzen Uniformen mit Plexiglasschilden und Gummiknüppeln auf die verwirrte Menge zustürmen. Sie sah Hajj Fahmy auf dem Boden liegen und hörte ihn unter den Schlägen eines Gummiknüppels schreien; sie sah Professor Samuel und Rakesh, die an den Füßen von der Straße geschleift wurden, und dann konnte sie nichts mehr sehen, denn ihre Augen schmerzten wie eine Wunde, in die man Salz gestreut hat. Blindlings tastete sie sich zur Böschung zurück, und gerade als sie wieder hinunterklettern wollte, hörte sie eine vertraute Stimme von der anderen Seite der Straße schreien.

Sie kratzte mit den Fingernägeln über ihre Augen und zwang sich, sie zu öffnen. Dann rannte sie über die Straße. Es war Chunni, die auf dem Boden kniete, sich die Haare ausriß und hysterisch kreischte, als wolle sie sich die Lunge aus dem Leib schreien. Zindi duckte sich neben sie und hielt ihre Hand fest. Verschwommen sah sie Karthamma neben Chunni liegen, nahm auch ihre Hand, zerrte daran und rief: Kommt mit, schnell! Aber Chunni riß sich los, und bevor Zindi sie daran hindern konnte, war sie mühsam aufgestanden und lief schreiend geradewegs auf die Männer in den schwarzen Uniformen zu. Karthammas Kopf rollte kraftlos zur Seite, und jetzt schrie auch Zindi auf, denn sie merkte, daß Karthamma tot war. Sie war auf eine Spitzhacke gefallen, deren spitzes Ende in ihren Rücken eingedrungen und blutverschmiert an ihrem Nabel wieder ausgetreten war.

Zindi hob den Leichnam auf, drehte sich um, rannte über die Straße und warf sich die Böschung hinunter. Sie rollte bis zum Fuß des Damms. Ihre Röcke waren blutverschmiert und hingen in Fetzen herab. Als sie wieder auf die Beine gekommen war, sah sie drei Gestalten, kaum mehr als Schatten, im Dunst verschwinden. Sie rannte ihnen nach und holte sie ein, und im Schutz der

Dunkelheit eilten sie gemeinsam zur Bucht, wo das Motorboot auf sie wartete.

Und obwohl sie selbst weinte, tröstete sie die anderen und half ihnen und legte ihnen ihre Arme um die Schultern und bewahrte sie vor dem Hinfallen, denn sie stolperten oft auf diesem unebenen Strand – es war noch nicht lange her, daß die Männer in den schwarzen Uniformen mit ihren Jeeps über eben diesen Strand gefahren waren und Salz und tiefe Furchen zurückgelassen hatten.

Dritter Teil

TAMAS: TOD

20

Im Takt

Und so begab es sich eines Tages, daß Dr. Uma Verma, als sie die sandverwehte, staubige Avenue Mohamed Khemisti in der kleinen Stadt El Oued am nordöstlichen Rand der algerischen Sahara hinunterging, in einem Café an der Straße einer merkwürdigen kleinen Gruppe begegnete.

Sie war auf dem Weg zu einer ihrer Berber-Patientinnen, einer älteren Frau vom Stamm der Acheche, die ihr ein halbes Dutzend Eier ihrer eigenen Hühner versprochen hatte. Sie ging sehr zügig und energisch, und zwar nicht, weil sie in Eile war – ihre Patientin hatte gelächelt, bis die Tätowierungen auf ihrem Gesicht in den Falten verschwunden waren, und ihr versichert, daß es in ihrem Haus *stets* Eier für die ‹indische Ärztin› geben würde –, sondern zum Teil, weil das in allem ihre Art war. Das war eine der ersten Lektionen gewesen, die sie von ihrem Vater gelernt hatte. Bevor sie morgens zur Schule ging, hatte er oft zu ihr gesagt: Wenn du etwas tust, dann tu es, als wolltest du es auch zu Ende bringen, und bring es dann auch gut zu Ende. Das ist es, was in diesem Land schiefgelaufen ist – niemand hat es für der Mühe wert gehalten, irgend etwas zu Ende zu bringen. Sieh dir diese Radschputen-Könige und die Mogule an, die in Delhi herumgesessen und alles immer nur *angefangen* haben – aber eben nur angefangen... Sie sah ihn jetzt vor sich, den alten *masterji*

Hem Narain Mathur, mit seinen bebrillten, leuchtenden Augen in dem hageren, hohlwangigen Gesicht, wie er lächelte, an seinen Zähnen saugte und sich, als wolle er sich für einen Fotografen in Positur werfen, neben dem kostbarsten seiner wenigen Besitztümer, seinem ersten Bücherregal, aufbaute – ein paar alte, zusammengenagelte Bretter, die er während seiner Wanderjahre überallhin mitgenommen hatte, drei Bretter, auf denen diejenigen Bücher aus seiner Collegezeit standen, welche er am meisten liebte, eben jenes Bücherregal, das jetzt in einer Ecke ihres Salons in El Oued herumspukte wie ein geduldiger, verstaubter, auf Gott weiß was wartender Geist. Und sie sah sich vor ihrem geistigen Auge mit ihrer steifen, gestärkten Schuluniform und ihrem geölten Zopf dastehen, ihn ansehen und ihn aus dem Haus ziehen – es ist Zeit zu gehen, Ba –, hinaus in die kühle Luft des Morgens in Dehra Dun, die fast an den Himalaja erinnerte; sie sah, wie sie an seiner Hand durch die Straße vor ihrem Haus und am Uhrenturm vorbeiging und das energische Rascheln seines abgetragenen alten Baumwollhemdes und seiner weißen Hosen neben sich hörte, wie sie versuchte, mit ihm Schritt zu halten und sich fragte, wie es kam, daß er, der so energisch ging und so oft davon redete, wie wichtig es sei, etwas nicht nur anzufangen, sondern auch zu Ende zu bringen, selbst nie etwas zu Ende gebracht hatte.

Aber da stand er wieder vor seinem Bücherregal und lächelte. Sie sah sein Lächeln jetzt klarer denn je vor sich, und heute, da sie den bitteren Geschmack des Scheiterns bereits auf der Zunge spürte, tat es ihr weh, wenn sie sah, daß er über sie lächelte, auch wenn sein Lächeln nicht spöttisch, sondern melancholisch war.

Und da ihre Sorgen erneut derart über sie herfielen, beschleunigte Mrs. Verma ihre Schritte.

Unmittelbar bevor sie aus dem Haus gegangen war, hatte sie mit einem Bekannten gesprochen, einem indischen Arzt im Krankenhaus von Ghardaia, einem Ort weit im Südwesten, tief in der Sahara. Er, oder besser: seine Frau, war mehr oder weniger ihre letzte Hoffnung gewesen. All ihre anderen indischen Bekannten in den verschiedenen Krankenhäusern in Algerien hatten abgelehnt, manche höflich, andere schroff. Der junge Arzt war der letzte auf ihrer Liste gewesen, und nun hatte auch er nein gesagt. Eigentlich konnte sie ihm keinen Vorwurf machen, denn Ghardaia war weit entfernt, und überhaupt war die Verbindung so schlecht gewesen, daß er das, worum sie ihn hatte bitten wollen, kaum hatte verstehen können. Am Ende ihrer langen Erklärung hatte er geschrien: Sie wollen eine junge Inderin? Warum? Sie hatte wieder von vorn angefangen, aber in der Leitung hatte es ohrenbetäubend gekracht, und sie hatte nicht die leiseste Ahnung, was er verstanden hatte, denn plötzlich hatte er höchst erbost geschrien: Nein, wir haben keine Hausangestellte, und wenn Sie eine suchen, Mrs. Verma, dann sollten Sie lieber nach Indien gehen, anstatt diese Stelle meiner Frau anzubieten.

Und damit hatte er den Hörer auf die Gabel geknallt.

Und so war sie jetzt, trotz des unglaublichen Glücks, das sie vor drei Tagen gehabt hatte, wieder genau da, wo sie angefangen hatte. Es sah aus, als sei alle Mühe vergebens gewesen.

Mrs. Verma zog den Zipfel ihres Saris stramm über den Kopf und ging zielstrebig weiter. Sie achtete immer sorgfältig darauf, daß ihr Kopf bedeckt war, wenn sie in El Oued auf die Straße ging. In diesem Land, in dem jeder riesige Kapuzen trug, schien das irgendwie angemessen und züchtig zu sein.

Dennoch fiel sie auf, als sie die Avenue hinunterging, und zwar nicht nur, weil sie von so vielen ihrer eigenen Patienten und denen ihres Mannes mit tiefen Verbeugungen und auf das Herz gelegten Händen gegrüßt wurde, sondern auch, weil ihr Sari leuchtend orange war. Im übrigen war gar nichts Besonderes an dieser kleinen, angenehm rundlichen Frau Mitte Dreißig mit einer honigfarbenen Haut, die mit energischen Schritten eine staubige Straße in einer kleinen Stadt hinunterging. Wenn etwas sie von den Tausenden ähnlicher Frauen unterschied, die in diesem Augenblick in Tausenden anderen kleinen Städten wahrscheinlich dasselbe taten, dann war es etwas, das mit ihr gar nichts zu tun hatte. Es war die erhabene, sichelförmige Majestät der riesigen goldenen Sanddünen, die hinter der Avenue aufragten.

Und so eilte Mrs. Verma die Avenue Mohamed Khemisti hinunter, so beeindruckend auffällig wie eine eben erst aufgeblühte Anemone an einem Sandstrand. Und sie ging jetzt noch schneller, denn wieder sah sie ihren Vater vor sich, wie er sich über sein Bücherregal beugte, lächelte und auf seine sanfte, bestimmte Art sagte: Hör auf, dir darüber den Kopf zu zerbrechen – das ändert nichts. Es hat keinen Zweck. Merkst du denn nicht, daß dies ein *politisches* Problem ist? Wie oft habe ich dir das schon gesagt? Du machst denselben Fehler, den die Rationalisten gemacht haben.

Kulfi, die am Fenster saß, bemerkte sie zuerst. Ihr gegenüber starrte Alu in sein Glas mit starkem Pfefferminztee, und zwischen ihnen hatte Zindi Boss auf ihrem Schoß, hielt ihm immer wieder den Handrücken an die Stirn und versuchte, sich darüber klarzuwerden, ob er Fieber hatte oder nicht.

Kulfi sah den orangen Sari schon, als Mrs. Verma noch ein ganzes Stück entfernt war. Ganz langsam, als habe sie Angst, ihren Augen zu trauen, erstarrte ihr schmales, müdes Gesicht, und dann richtete sie sich plötzlich und ruckartig auf ihrem harten Stahlstuhl auf und schlug mit den Fäusten auf die blecherne Tischplatte.

Zindi blickte auf, und als sie Kulfi mit fiebrig glänzenden Augen stocksteif auf ihrem Stuhl sitzen und die Tischkante umklammern sah, überkam sie die Müdigkeit wie eine gewaltige Welle. Sie kannte die Symptome nur zu gut – wie sollte sie auch nicht. Während der vergangenen zwei Monate hatte sie mehr als ein dutzendmal die Vorzeichen von Kulfis Anfällen von Brustschmerzen beobachtet. Sie hatte immer getan, was sie konnte, um ihr zu helfen, aber jetzt, da Boss krank war und sie in einer fremden Stadt mitten in der Wüste festsaßen, wo man den ganzen Tag über nichts anderes tun konnte, als zwischen den Dünen umherzugehen, verspürte sie den fast unbezähmbaren Wunsch, sich einfach gehenzulassen und aufzugeben wie die anderen.

Statt dessen beugte sie sich vor und sagte instinktiv: Kulfi, möchtest du dich hinlegen?

Kulfi gab keine Antwort, sondern fuhr mit funkelnden Augen

herum, hob den Arm und deutete mit starr ausgestrecktem Zeigefinger aus dem Fenster.

Da sah auch Zindi sie: eine kleine Frau in einem leuchtend orangen Sari, mit einem angenehmen, hausbackenen Gesicht und einer vorstehenden Oberlippe, die mit flinken Schritten die Straße hinunter auf sie zukam und den Passanten lächelnd zunickte.

Die Männer an den anderen Tischen, die mißbilligend die Stirn gerunzelt hatten, als die beiden Frauen in das Café gekommen waren, starrten jetzt herüber. Zindi fühlte sich plötzlich unbehaglich; sie zog Kulfis Hand herunter und knurrte: Sei still, Kulfi – die Leute beobachten uns. Laß mich nachdenken. Kulfi riß sich los, sprang auf und stand über den Tisch gebeugt da wie ein Vogel, der im nächsten Augenblick davonfliegen wird. Zindi streckte wieder die Hand aus, packte Kulfi aber diesmal an ihrem Sari und zog sie mit einem Ruck herunter. Schnaufend ließ Kulfi sich auf ihren Stuhl fallen. Was machst du denn? fuhr sie Zindi an. Verstehst du denn nicht? Sie könnte uns helfen.

Warte, ich muß nachdenken, begann Zindi, aber die Worte drangen nicht aus ihrer Kehle, und dann vergaß sie Kulfi ganz und gar, denn die Knoten der Angst in ihrem Magen, die sie seit Tagen drückten, lösten sich auf, und etwas schien wie ein warmer Strahl ihr Rückgrat hinaufzuschießen und sie mit einem angenehmen, warmen Schauer der Erleichterung zu übergießen. Sie hob Boss' Kopf an ihre Wange, küßte ihn und flüsterte: Gott sei Dank! Jetzt bist du gerettet, mitten in der Wüste gerettet. Das sind Landsleute von dir – sie müssen einfach etwas für dich tun.

Ja, sagte Kulfi und wiegte sich auf ihrem Stuhl hin und her, das stimmt. Ich wußte, daß heute etwas passieren würde. Ich habe es in meinem Herzen gespürt. Heute morgen habe ich zu Bhagwan Shri Krishna gebetet, und er hat es mir gesagt. Er sagte: Heute wird etwas passieren. Es wird nicht mehr so weitergehen wie bisher.

Kulfi beugte sich vor und spähte mit zusammengekniffenen

Augen hinaus in das helle Sonnenlicht. Sie sieht sehr rechtschaffen aus, sagte sie besorgt. Gute Familie. Sie strich sich das Haar zurück, fuhr mit den Händen über die Falten ihres Saris, stand auf und murmelte zu sich selbst: Was wird sie von mir denken? Verfilztes Haar, kein Puder, gar nichts... und das auch noch mitten in der Wüste.

Warte, Kulfi, sagte Zindi schnell. So kannst du nicht gehen. Was willst du ihr sagen? Sie sieht aus wie die Frau eines anständigen *babu*. Sie wird dir alle möglichen Fragen stellen, darauf kannst du dich verlassen: Wer bist du? Was machst du hier? Und all das.

Na und? antwortete Kulfi. Ich werde ihr eben irgendwas erzählen.

Ja, sagte Zindi scharf, aber was?

Ich könnte ihr zum Beispiel sagen, daß wir aus dem Bus gestiegen sind...

Nein. Zindi schüttelte den Kopf. Du wirst ihr folgendes sagen. Du wirst ihr sagen, daß ihr Touristen seid, daß Boss euer Sohn ist und daß du mit Alu verheiratet bist.

Was? Kulfi verzog den Mund. Mit *ihm* verheiratet? sagte sie, und ihre Stimme war hart vor Verachtung. Mit diesem daumenlosen Schwachkopf verheiratet? Das hat keinen Zweck – sie wird es nicht glauben. Nicht wenn sie ihn und seine verkümmerten Daumen sieht.

Alu ließ den Kopf sinken, und seine Hände verschwanden ganz von selbst zwischen seinen Beinen.

Zindi stieß heftig mit dem Zeigefinger gegen Kulfis Oberschenkel. Hör zu, sagte sie, du wirst genau tun, was ich dir sage, oder du kannst sehen, wie du allein zurechtkommst. Du wirst ihr sagen, daß Alu dein Mann ist. Seine Daumen sind egal – er kann sie ja in seinen Taschen verstecken. Du wirst ihr sagen, daß er für eine Ölfirma in al-Ghazira arbeitet. Das wird ihr gefallen. Die Frauen von *babus* mögen Leute, die für Ölfirmen arbeiten. Sag ihr, daß ich eure *ayah* bin und daß ihr mich mitgenommen habt, damit ich mich um Boss kümmere. Sag ihr, daß ihr Sehenswürdigkeiten besichtigen wolltet und daß wir durch einen Irrtum hier gelandet sind und daß Boss plötzlich krank geworden ist und wir für ein oder zwei Nächte eine Bleibe suchen. Das sollte sie eigentlich zufriedenstellen.

Sie wird mir nicht glauben, sagte Kulfi. In dem Augenblick, wo sie mich sieht, wird sie wissen, daß ich nicht verheiratet bin. Ich habe kein *sindur* auf der Stirn, und ich trage keine Armreifen. Sie wird sofort Bescheid wissen.

Erzähl ihr irgendwas, erzähl ihr, daß deine Sachen verlorengegangen sind – irgendwas, ganz gleich was.

Als Kulfi aufstehen wollte, packte Zindi sie am Arm. Und paß auf, zischte sie. Kein Wort über den Vogelmann, der uns verfolgt. Hast du verstanden?

Kulfi sah sie wütend an. Glaubst du, ich bin nicht ganz richtig im Kopf?

Der orange Sari ging jetzt am Fenster vorbei. Zindi gab Kulfi einen Schubs – Los, geh zu ihr! – und sah ihr nach, wie sie zur Tür hinauseilte. Dann hob sie den Blick zum Horizont. Endlich schien der endlose weiße Himmel ihr zuzulächeln, und sie lächelte zurück. Aber gleich darauf entdeckte sie einen winzigen Fleck, der wie ein Staubkorn dort oben im Sonnenlicht schwebte, und betrachtete ihn mit wachsendem Unbehagen.

Bald war ihr Lächeln verschwunden, denn sie sah, daß es ein Geier war.

In Wirklichkeit hatte Mrs. Verma sie schon gesehen, bevor Kulfi auch nur die Tür erreicht hatte. Sie warf immer einen Blick in das Café, wenn sie daran vorbeikam, denn sie hatte bei der Frau des Besitzers einmal eine Reihe von Blutuntersuchungen gemacht, und von da an war er immer hinausgekommen, um sie zu begrüßen, wenn sie vorbeiging.

Als sie diesmal ins Café sah, bemerkte sie im Dunkel dort drinnen einen ungewohnten Gelbton. Irgend etwas Ungewöhnliches, irgend etwas vage Vertrautes an der Art, wie der Stoff fiel, drang in ihr Bewußtsein und ließ sie erstaunt anhalten. Sie sah noch einmal hin, und nun konnte es keinen Zweifel mehr geben: Es war eine Frau in einem Sari.

Kopfschüttelnd setzte sie ihren Weg fort. Wahrscheinlich war das Miss Krishnaswamy, die Krankenschwester – aber nein, die hatte sie ja gefragt, ob sie nicht mitkommen wolle, und Miss K. hatte gesagt, nein, sie müsse bleiben und das Mittagessen kochen. Und Mrs. Mishra konnte es auch nicht sein, denn die war auch zu Hause; sie hatte sie morgens gesehen, auf der anderen Seite des Platzes.

Außerdem besaßen beide keinen Sari, der genau diese Farbe hatte, und überhaupt würden sie nicht in einem Café sitzen. Mrs. Verma blieb abermals stehen und sah verwundert zurück. Sie konnte es nicht glauben, es konnte einfach nicht sein: Es wäre wirklich ein zu großes Geschenk des Himmels, ein übergroßes Glück. Kein Mensch konnte ein *solches* Glück haben.

Einen Augenblick später kam Kulfi aus dem Café gerannt, und Mrs. Verma sah, daß sie sich tatsächlich nicht getäuscht hatte: Es war wirklich eine Frau in einem Sari, und auch noch recht jung – eigentlich genau im richtigen Alter.

Als Kulfi sie eingeholt hatte, war Mrs. Verma schon so begeistert und so überwältigt von Überraschung, daß sie von Kulfis hastig hervorgestoßenen Erklärungen gar nichts hörte.

In den zwei Jahren, die Mrs. Verma nun schon in El Oued lebte, hatten sich die einzigen Gelegenheiten, mit anderen Indern zusammenzukommen, ergeben, wenn sie selbst und ihr Mann oder Dr. Mishra und seine Frau einige ihrer Freunde oder Bekannten, die in den Krankenhäusern in Ouargla oder Ghardaia oder sogar weit im Süden, in Tamanrasset, arbeiteten, eingeladen hatten, ihre Ferien bei ihnen zu verbringen. Diese Besuche mußten Monate im voraus geplant werden: Man mußte Vorräte horten, Parties organisieren und Urlaub beantragen. Soviel sie wußte, waren das die einzigen Inder, die je nach El Oued gekommen waren.

Natürlich kamen andere Ausländer, hauptsächlich Touristen, jedes Jahr durch El Oued – ein dünnes Rinnsal, das, wie die Höhe des Grundwasserspiegels, geringfügig dem Einfluß der Jahreszeiten unterlag. Es waren hauptsächlich Franzosen, aber auch ein paar Deutsche und eine Handvoll Italiener. Manchmal trafen sie mit dem Bus ein, trugen Rucksäcke und waren mit Wasserflaschen ausgerüstet, in die man einen ganzen See hätte füllen können. Oder sie fuhren speziell ausgerüstete Jeeps oder Transporter, die nur so strotzten von Kompassen, mit deren Hilfe sie den Weg nach Süden, in den Mzab und den Ahaggar – in das Herz der Sahara, wie sie sich ausdrückten – finden wollten. Oft kamen sie dann mit Magenbeschwerden oder Sonnenbrand ins Krankenhaus und erzählten ihr in stockendem Englisch von den Legenden der Fremdenlegionäre und *Mécharistes* und den Tuareg-Männern, deren Gesichter verschleiert waren, von ihren Kindheitsträumen von der Wüste und der Verheißung von Gefahren und Hunger und Strapazen, die sie hierhergelockt hatten. Während ihres ersten Jahres hatte sie ihnen voller Verwunderung zugehört und heftig widersprochen, denn sie hatte an die brettebenen Straßen und schnellen Busse gedacht, an die klimatisierten Hotels und randvollen Swimmingpools, an die Hochspannungsleitungen und Ölfördertürme, die sie auf ihren Reisen in den Süden überall gesehen hatte, aber bald hatte sie beschlossen, lieber zu schweigen, als ihnen ihren Urlaub zu verderben.

Nicht daß alle bloß auf der Durchreise waren; viele kamen auch nur, um El Oued zu besuchen. Und es konnte ja kein Zweifel daran bestehen, daß es tatsächlich ein ungewöhnlicher Ort war. Zuerst hatte sie gar nichts Besonderes daran gefunden, aber irgendwann hatte jemand sie und ihren Mann auf das Minarett von Sidi Salem geführt.

Der Anblick hatte ihr den Atem geraubt.

Wenn man von diesem Minarett oder dem neuen Aussichtsturm, der zum Hotel du Souf gehörte, auf El Oued – das heißt: auf die Altstadt – hinabsah, erblickte man einen herrlichen Teppich aus Tausenden und Abertausenden von kleinen gelblichweißen Kuppeln, der von einem Meer riesiger goldener Dünen umgeben war. Die Häuser erstreckten sich bis zu jenem goldenen Horizont wie bei großen Festen dargebotene Platten voller Konfekt. Jedes Haus besaß nicht eine, sondern Dutzende winziger Kuppeln, die von Mauern gestützt wurden, welche in wundersamen Winkeln geneigt waren. Wenn man durch die Gassen der Altstadt ging, mußte man alle paar Schritte stehenbleiben und die leuchtend blauen Randbemalungen der Kalksteinmauern, die kleinen Sandrosen, mit denen die Häuser verziert waren, und das satte, kräftige Grün der Türen bewundern. Und dann, hinter dem dichtgeknüpften Teppich aus Kuppeln, kamen die Dattelpalmen, riesige Haine versunkener, staubiger Dattelpalmen, von denen nur noch die Wipfel aus dem Sand ragten und die sich verbissen den wandernden Dünen entgegenstemmten.

Aber sie wußte, daß sie, wenn sie eines Tages wieder von hier weggegangen war, vor ihrem geistigen Auge nicht die Kuppeln oder die Palmen oder irgend etwas Derartiges sehen würde. Nein, sie würde die Dünen sehen. Selbst jetzt noch, nach zwei Jahren, fühlte sie sich bei ihrem Anblick immer wieder verspottet und gedemütigt, ganz wie beim ersten Mal.

Dies waren keine gewöhnlichen Dünen. Es waren die gewaltigen, hochaufragenden Sicheln der Großen Sandwüste. Wenn man sah, wie sie sich auftürmten, wie ihre gigantischen, bogenförmigen Sicheln sich bis zum Horizont erstreckten, konnte man nur schweigen. Sie waren außerhalb des menschlichen Vorstellungsvermögens – eine Naturgewalt, die Gestalt angenommen hatte, ein Wirbelsturm, ein Erdbeben, das permanent und greifbar geworden ist.

El Oued hatte noch eine Menge mehr zu bieten – etwa die Feinheiten der Architektur, der Archäologie und der Anthropologie. Belesene, vorübergehend infolge von Durchfall oder Ruhr angeschlagene Besucher erzählten ihr oft von diesen Dingen. Sie hörte ihnen zu und reichte sie dann an Dr. Mishra weiter. Der interessierte sich für solche Sachen.

Was sie selbst betraf, so bevorzugte sie Menschen.

Mrs. Verma versuchte der abgezehrten, blassen Frau zuzuhören, die aufgeregt auf sie einschnatterte: ... und dann gibt die Firma ihm eine Urlaubsgratifikation, also dachten wir uns: Warum nicht? Alle Welt kauft Videorecorder und Fernseher, aber das haben wir ja alles schon, und darum haben wir uns gedacht, wir wollen auch was sehen von der Welt, nicht wahr, besonders wo wir doch eine *ayah* und alles haben. Natürlich war das ein Problem, nicht wahr, weil unser Haus doch so riesig ist und ich nicht wußte, *wer* darauf aufpassen soll, wo das Personal heutzutage doch so unzuverlässig ist, aber wenn man anfängt, sich darüber den Kopf zu zerbrechen, kommt man ja *nie* zu etwas...

Der einzige Gedanke jedoch, den Mrs. Verma hatte, war: Zwei Jahre, *zwei Jahre*, und die ganze Zeit nicht einmal eine Spur von indischen Touristen, und jetzt, innerhalb von drei kurzen Tagen, *genau* dann, wenn wir sie brauchen...

Sie sah den alten Hem Narain Mathur neben seinem Bücherregal stehen und lächeln, und diesmal lächelte sie triumphierend zurück.

Mrs. Verma stellte sich auf die Zehenspitzen, warf einen verstohlenen Blick über Kulfis Schulter und ließ sich sogleich wieder sinken. Eine unbeschreiblich unförmige, in eine Art riesiges schwarzes Zelt eingehüllte Frau steuerte wie ein wanderndes Beduinenlager auf sie zu. Sie trug ein Baby auf dem Arm, und dicht hinter ihr, die Hände auf dem Rücken verschränkt, ging ein Mann mit einem seltsam angeschwollenen Kopf und riesigen, aufmerksamen, starrenden Augen.

Mrs. Verma fiel ein, daß dies der Mann sein mußte, von dem die blasse Frau die ganze Zeit gesprochen hatte. Ihre erste Reaktion war sanfte Erleichterung: Sobald sie von dem Ehemann gehört hatte, war ein entlegener Teil ihres Gehirns darangegangen, sich mit der Frage zu beschäftigen, ob dieser neue Faktor eine noch einschneidendere Umbesetzung erfordern würde als die, welche sie im Geiste bereits vorgenommen hatte, als die Frau in dem Sari zum ersten Mal in ihr Blickfeld getreten war. Aber in dem Augenblick, in dem sie ihn sah, wußte sie, daß sie sich keine Sorgen zu machen brauchte: Ihre erste Besetzung war vielleicht nicht ideal, aber dieser Ehemann war gewiß kein Konkurrent, wenn es um die Rolle des mythischen Helden ging.

Sie merkte, daß sie die ganze Zeit fast nichts gesagt hatte, schalt sich für diese Gedankenlosigkeit, nahm Kulfis Hand und lächelte. Angesichts der Herzlichkeit dieses Lächelns hielt Kulfi mitten im Satz inne. Ich kann Ihnen gar nicht sagen, wie sehr es mich freut, Sie kennenzulernen, sagte Mrs. Verma leise. Mein Name ist Uma Verma, Dr. Uma Verma. Mein Mann und ich arbeiten am hiesigen Krankenhaus. Er ist Hals-Nasen-Ohrenarzt, und ich bin Mikrobiologin.

Sie unterbrach sich, denn Kulfi fuhr sich mit der Hand über die Augen und machte nicht den Eindruck, als habe sie viel verstanden. Ich mache auch ein bißchen Gynäkologie, fügte Mrs. Verma schnell hinzu, obwohl das eigentlich nicht im Vertrag steht.

Aber auch das schien nicht richtig durchzudringen, und so sagte sie einfach: Sie sind sehr herzlich willkommen.

Im nächsten Augenblick stand Zindi vor ihr. Ihr Gesicht mit den schweren Hängebacken strahlte vor Hoffnung. Sie sind Ärztin? rief sie in ihrem gutturalen Hindi. Eine richtige Ärztin? Gott sei gedankt!

Sie legte Boss in Mrs. Vermas Arme. Was ist mit ihm, Doktor? sagte sie, und ihre Stimme hatte infolge der tagelang stumm ertragenen Sorgen einen schrillen Klang. Was ist mit ihm, Doktor? Sagen Sie mir, was mit ihm ist!

Mrs. Verma legte dem Kind den Handrücken auf die Stirn. Ich bin keine Kinderärztin, sagte sie entschuldigend, aber ich glaube nicht, daß es etwas Ernstes ist. Vielleicht ein Fieber. Hat er das schon lange?

Seit zehn Tagen, Doktor, sagte Zindi. Seit zehn vollen Tagen.

Zehn Tage! Mrs. Verma war entsetzt. Sie sah Kulfi an. Warum sind Sie nicht schon früher mit ihm zu einem Arzt gegangen?

Dazu war einfach keine Zeit, Doktor, rief Zindi. Die Worte sprudelten in einem klagenden, gedankenlosen Schwall aus ihr hervor. Es war einfach keine Zeit. Zuerst waren wir auf dem Schiff, und dort konnten wir ihn nicht zum Arzt bringen, aber ich habe ihm ein paar Pillen gegeben, dann mußten wir in Tunis von Bord gehen. Ich dachte, wir würden dort einen Arzt finden, und tatsächlich waren wir auch schon unterwegs zu einem, aber dann passierte plötzlich etwas, und wir mußten in aller Eile wieder weiter, und das hat es nur noch schlimmer gemacht. Und in Kairouan dachte ich, ich könnte ihn zu einem Arzt bringen, aber dann mußten wir wieder ganz schnell weiter, und von da an war alles nur noch ein einziges Durcheinander, und unsere einzige Sorge war, wie wir zur Grenze kommen könnten...

Kulfi brachte sie zum Schweigen, indem sie ihr Gewicht seitwärts verlagerte und ihr einen Rippenstoß gab. Aber jetzt ist alles in Ordnung, sagte sie und lächelte Mrs. Verma freundlich an. Gott hat uns zu einem Arzt geführt.

Mrs. Verma beachtete sie nicht. Für mich, murmelte sie stirnrunzelnd, hört sich das eher so an, als wären Sie vor etwas davongelaufen.

Einen unerträglich langen Moment musterte sie ihre Gesichter.

Zindi hielt den Atem an – diese Ärztin sah aus, als habe sie in ihren Gesichtern etwas entdeckt. Wie war das möglich? Hatten die Fänge des Vogelmannes dort Narben hinterlassen, die sie als Gejagte markierten?

Aber dann zuckte Mrs. Verma die Schultern und sagte energisch: Jedenfalls wird es ihm bald besser gehen. Ich glaube nicht, daß es irgend etwas Ernstes ist. Wahrscheinlich braucht er nur ein bißchen Ruhe und ein Stärkungsmittel.

Ja, Doktor, sagte Zindi eifrig, das habe ich mir auch gedacht – nur ein bißchen Ruhe.

Sie können selbstverständlich bei uns bleiben, sagte Mrs. Verma zu Kulfi, ohne Zindi weiter zu beachten. Wir haben genug Platz, obwohl es vielleicht etwas eng werden wird bei so vielen Leuten. Es wird aber keine Umstände machen. Wir könnten gleich nach Hause gehen, aber es ist wohl besser, den Kleinen nicht durch diese Hitze zu tragen. Ich werde Driss fragen, ob Sie sich hier im Café ein wenig ausruhen können. Inzwischen werde ich heimgehen und sehen, ob wir Sie nicht mit dem Landrover des Krankenhauses abholen können.

Sie bahnte sich einen Weg durch die Neugierigen, die sich mittlerweile eingefunden hatten, ging ins Café und redete in ihrer Mischung aus Französisch und Arabisch auf den Besitzer ein.

Als die anderen ihr folgten, lächelte sie und sagte: Das wäre also geklärt. Der Besitzer setzte sie an einen Tisch neben einem Ventilator und holte eine Matratze für Boss.

Ich werde jetzt lieber gehen, sagte Mrs. Verma. Möchten Sie mich begleiten, Mrs. . . . , Mrs. . . . ?

Bose. Mrs. Bose.

Oh! rief Mrs. Verma überrascht. Dann sind Sie also auch aus Bengalen? Sie sprechen sehr gut Hindi.

Kulfi lachte hell. *Er* ist aus Bengalen, antwortete sie. Ich bin aus . . . aus Jamshedpur. Verwirrt hielt sie inne. Wie meinen Sie das – *auch* aus Bengalen?

Ach, wir haben noch einen anderen Besucher, sagte Mrs. Verma, aber das macht nichts. Sie wandte sich an Alu. Sie sind also aus Bengalen?

Er nickte.

Ich verstehe, sagte sie. Nun, Sie könnten mir vielleicht ein wenig helfen.

Wie? fragte Alu nervös.

Das werde ich Ihnen später erklären, antwortete sie. Es handelt sich nur um eine Kleinigkeit, eine Übersetzung. Plötzlich kam ihr ein Gedanke, und sie nahm Kulfis Hand. Ich hoffe, Sie können ein Weilchen bleiben, sagte sie besorgt. Sie sind doch nicht in Eile oder so? Sie müssen schon eine Woche bleiben. Mindestens. Früher lasse ich Sie nicht wieder weg.

Ja, ich bin sicher, daß wir eine Woche bleiben können, sagte Kulfi verwundert.

Gut, sagte Mrs. Verma und tätschelte ihre Hand. Sehr gut. Sie dachte daran, was Dr. Mishra sagen würde, wenn er das erfuhr, und plötzlich breitete sich ein strahlendes Lächeln auf ihrem Gesicht aus, und zum ersten Mal schmeckte sie den Geschmack des Triumphs, der jetzt zum Greifen nahe war.

So, seufzte Zindi, es sieht so aus, als wären wir endlich in Sicherheit vor dem Vogelmann.

Es gibt nur eine Möglichkeit, da ganz sicher zu sein, sagte Alu.

Und die wäre?

Sag nie wieder: ‹Wir gehen nach Westen.›

So schnell sie konnte hielt Zindi ihm mit der Hand den Mund zu. Aber es war bereits zu spät. Jetzt ist es passiert, du hast es gesagt, flüsterte sie zitternd. Ihre Augen suchten die Schatten und Winkel des Cafés ab. Außer ihnen schien niemand hier zu sein, aber das hatte nichts zu sagen. Jetzt ist es passiert, flüsterte sie wieder. Jetzt ist es nur noch eine Frage der Zeit.

Das war nicht weniger als eine Gewißheit; wie der Zauberspruch eines Magiers vermochten diese Worte eine bestimmte Person aus dem Nichts heraufzubeschwören.

Als sie sie zum ersten Mal gesprochen hatte, hatte sie sich nicht vorstellen können, daß Worte eine Spur hinterlassen können, die so deutlich sichtbar ist wie die Fährte eines Tieres. Und hätte sie es gekonnt, dann hätte sie damals doch nichts anderes sagen können: Es gab keine andere Richtung, die sie hätten einschlagen können. An jenem Tag nämlich hatten sie ihr Heimatdorf erreicht, und die Frauen ihrer Brüder hatten die Türen vor ihr verrammelt und geschrien, bis das Dach des mit Zindis Geld erbauten Hauses erbebte: Die Hure ist aus al-Ghazira zurück – Fatheyya, die Hure, die sich einen Hurennamen zugelegt hat. Sie ist gekommen, um unsere Töchter in ihr Bordell mitzunehmen.

Es war mehr ein Weiler als ein Dorf – eine kleine Siedlung am Ufer eines von Keulenbäumen gesäumten Kanals in der Nähe von Damanhour –, nichts weiter als ein paar Behausungen aus Lehmziegeln und ein großes Haus: das Haus, das Zindis Brüder mit den in al-Ghazira verdienten Dirhams ihrer Schwester gebaut hatten. Der Weg dorthin schien nur aus Staub, ausgedörrten Baumwollfeldern und bellenden Hunden zu bestehen, aber als sie dort ankamen, brachen sie – Zindi, Abu Fahl, Zaghloul, Kulfi und Alu – in Freudengeheul aus wie Kinder, wenn die Zirkusvorstellung endlich anfängt. Denn dies war kein gewöhnlicher Weiler – es war der Traum, der sie auf ihrem mühsamen Weg über Ozeane und Meere und durch halb Ägypten am Leben erhalten hatte, es war die Verheißung einer Errettung, einer Zuflucht, eines neuen Lebens. Als sie in ihrem gemieteten Lieferwagen in den Weiler einfuhren, jubelten sie so laut, daß es lange dauerte, bis sie die gespenstisch leeren Straßen, die verrammelten Türen und den kreischenden Chor der Frauen bemerkten.

Als sie diese Stimmen schließlich hörte, musterte Zindi die im Licht der Morgensonne tückisch aufleuchtenden Lehmziegelmauern rechts und links der Straße und wußte, daß sie, wenn sie in dieser von allen Seiten mit Haß erfüllten Enge leben sollte, das nächste Jahr nicht mehr erleben würde.

Und damit war alles vorbei.

Aber sie nahm Rache. Abu Fahl trat die Tür ein, und dann beluden sie den Lieferwagen mit Möbeln, Schmuck, Ballen eben erst geernteter Baumwolle – mit allen beweglichen Wertgegenständen, die sie finden konnten. Nur waren das letztlich wertlose Dinge; für eine Frau, die ihre Neffen und Nichten, ihr Land, ja selbst den Zauber des Namens verloren hatte, den sie sich (Gott weiß wieso) ausgesucht hatte, waren sie ohne Bedeutung. Sie war jetzt eine andere Zindi: Entblößt, nichts anderes mehr als Fatheyya, die unscheinbare alte Fatheyya, Mutter von niemandem, die arme, einfache, unfruchtbare Fatheyya, die einst ein Mann, der sich nichts sehnlicher wünschte als Kinder, in Alexandria verlassen hatte. Nichts von dem, was sie mitnahm, konnte ihre Ohren vor dem Schreien der Frauen ihrer Brüder verschließen, vor jenem Gebrüll, das die verdorrten Baumwollbüsche auf den Feldern erbeben ließ und die Frösche in den Kanälen zum Quaken brachte: Gott sei Dank, Fatheyya die Hure ist endlich weg!

Das war der Augenblick, in dem sie zähneknirschend und mit rollenden Augen zum Fahrer des Lieferwagens sagte: Wir fahren nach Westen.

Zuerst hatte sie nicht weiter als bis Alexandria gewollt. Sie verbrachte den ersten Teil der Fahrt auf holprigen Straßen damit, Pläne zu schmieden – sie hatte noch immer Geld übrig, und mit dieser Wagenladung würde es bald noch mehr werden. Damit konnte man alles mögliche kaufen: Ein neues Haus, ein Geschäft, ja sogar eine Fabrik. Aber an der Kreuzung in der Nähe von ad-Dilinjat sahen Abu Fahl und Zaghloul die schönen zweistöckigen Häuser, die ihre Väter und Abusas Vater mit dem in al-Ghazira verdienten Geld gebaut hatten. Sie warfen die Straße hinunter einen Blick auf das weit entfernte, schwierige Alexandria und dann auf ihre Felder und die Häuser mit den zinnenbewehrten Taubenschlägen; vor ihrem geistigen Auge sahen sie ihr Land wachsen, ihre Frauen lächeln und ihre Kinder nackt in den Kanälen spielen, wie sie selbst es früher getan hatten. Und dann konnte nichts mehr sie aufhalten.

Von da an erzählte Zindi dem halbleeren Datsun ihre Pläne nicht mehr deshalb, weil sie noch an sie glaubte, sondern weil sie die Stille nicht ertragen konnte.

Am selben Abend in Alexandria passierte es. Zindi und Alu sahen ihn, als Kulfi sich in einem Laden am Tahrir-Platz gerade einen Kamm kaufte. Er stand an der Uferpromenade, lehnte mit dem Rücken zu ihnen an der Brüstung und sah den Möwen zu, die den Hafen nach etwas Eßbarem absuchten.

Zwei Tage darauf hörten sie, daß ein Inder sich nach einer dicken Frau namens Zindi und einem Inder mit einem Kopf wie eine Kartoffel erkundigt hatte. Zindi kam zu dem Schluß, daß sie in Alexandria nicht mehr sicher waren. Am nächsten Morgen nahm sie die Pässe, die sie für sich und die anderen in al-Ghazira hatte machen lassen, ging zu einem Freund im Viertel Muharram Bey, der mit Devisen und Visa handelte, und ließ sich Stempel für alle Länder geben, die ihr einfielen.

Wo willst du hin, Zindi? fragte er. Und sie antwortete: Nach Westen, wo die Nähmaschinen sind.

Und wieder passierte es. Diesmal war Alu allein, als er ihn sah. Zindi war zum Hafen geeilt, weil sie ein Gerücht gehört hatte, Virat Singh, der große *pehlwan* von Bareilly, sei Seemann geworden und auf einem griechischen Frachter nach Alexandria gekommen. Und Alu hatte, da er ständig von Kulfi angeknurrt wurde und es weiter nichts zu tun gab, einen Spaziergang zum Viertel Mohattat ar-Raml gemacht, und dort war, gerade als er über die Straße zur Straßenbahnhaltestelle gehen wollte, die Tür eines griechischen Restaurants aufgegangen, und der Vogelmann hatte ihm gegenübergestanden und ihm ins Gesicht gesehen. Alu war davongerannt und hatte es, wenn auch nur mit knapper Not, geschafft, ihn abzuschütteln, indem er in der Menge in der Safia-Zaghloul-Straße untergetaucht war und auf der Nabi-Danial-Straße einen Haken geschlagen hatte.

Später fand er heraus, daß Virat Singh Zindi in eben diesem Augenblick gefragt hatte: Und wohin wollt ihr als nächstes? Und Zindi hatte geantwortet: Nach Westen.

Aber es ging alles gut, denn zufällig fuhr Virat Singhs Schiff ebenfalls gen Westen, nämlich nach Lissabon. Und so beschloß er natürlich, sie mitzunehmen – Scheiß auf den Kapitän!

Also, eine einfache Überfahrt mit dem Schiff, und die vier saßen gut versteckt und in Sicherheit unter Deck, bis Alu fragte: Und was machen wir, wenn wir in Lissabon sind, Zindi? Geistesabwesend (denn sie kümmerte sich gerade um Kulfi, die einen Anfall von Brustschmerzen hatte) antwortete sie: Weiter nach Westen, wo die Nähmaschine untergeht.

Und natürlich kam am nächsten Tag gegen Sonnenuntergang, als das Schiff in Tunis angelegt hatte und kurz nachdem Zindi gemerkt hatte, daß Boss krank war, Virat Singh zu ihnen in den Laderaum gekrochen, um ihnen zu erzählen, daß ein Inder, irgendein Polizist, auf der Brücke sei und darauf bestehe, daß das Schiff nach blinden Passagieren durchsucht wurde.

Mit etwas Geld und der Hilfe einiger Freunde gelang es Virat Singh, sie von Bord und aus dem Hafen hinaus zu schmuggeln und zur Place d'Afrique zu bringen, die so groß war wie ein Fußballplatz. Und wohin geht ihr jetzt, Zindi? fragte er, bevor er zum Schiff zurückkehrte.

Zindi schlug die Hände vors Gesicht und schluchzte: Nach Westen, wohin sonst!

Es brach ihm das große *pehlwan*-Herz, sie so zu sehen. Er legte ihr seinen gewaltigen, muskulösen Arm um die Schultern, zwirbelte entschlossen seinen Schnurrbart und donnerte: Ich muß jetzt gehen, sonst fällt es auf, daß ich nicht da bin. Aber ich werde wiederkommen. In genau drei Wochen wird mein Schiff auf dem Weg nach Port Said und Bombay in Tanger anlegen. Kommt dorthin, wenn ihr Hilfe braucht.

Es war geradezu unausweichlich, daß sie dem Vogelmann an

diesem Tag wieder begegneten. Das geschah, als Zindi und Alu durch die Avenue de France gingen und einen Arzt für Boss suchten. Sie hasteten über die Avenue, und er war so dicht hinter ihnen, daß seine Fänge sich um ein Haar in ihre Schultern gebohrt hätten. Sie schafften es, ihn im Gewirr der Gassen der Medina abzuschütteln, und danach schleppten sie sich irgendwie in den Souq al-Attarine, wo Kulfi Parfum kaufte. Damit war ihr Aufenthalt in Tunis beendet. Aber in Kairouan war der Vogelmann wieder da. Diesmal war er es, der Alu und Zindi entdeckte, als sie an einem Taxistand feilschten, und er jagte sie an der Stadtmauer entlang und rief ihnen etwas nach.

Was hat er denn eigentlich gerufen? fragte Zindi Alu später.

Alu sagte: ‹Kommt zurück, ich will nur mit euch reden.›

Ja, schnaubte Zindi, kommt zurück, damit ich euch eine ordentliche Portion Tränengas verpassen kann.

Von da an ging Zindi kein Risiko mehr ein und ließ keinen Grund zum Anhalten mehr gelten – kein Fieber, keine Brustschmerzen, nichts mehr außer dem Tod. Aber mysteriöserweise begann der Zufall ausgerechnet zu diesem Zeitpunkt, sein Spiel mit ihnen zu spielen: Züge fuhren ab, Minuten bevor die drei den Bahnhof erreichten, Busse waren besetzt, Taxis hatten Reifenpannen... Und die ganze Zeit war weit und breit nichts vom Vogelmann zu sehen. Wo war er? Wartete er auf sie? Oder war er endlich davongeflogen?

Nie mehr, schwor sich Zindi, würde sie diese Worte sagen, diese verderbenbringenden, giftigen, gottverdammten Worte. Für sie gab es jetzt nur noch eine Hoffnung: die Grenze. Sie mußten über die Grenze; auf der anderen Seite, in der gewaltigen Leere der Sahara, würden sie in Sicherheit sein.

Und da waren sie nun, zehn Tage nachdem sie Virat Singh verlassen hatten, und saßen in einem Café in der Wüste. Und jetzt?

Und jetzt, sagte Zindi, hast du es wieder gesagt.

Sie sah auf zum Himmel, und ein Hoffnungsschimmer trat in ihre Augen. Vielleicht, sagte sie, sind wir wirklich in Sicherheit. In der Wüste gibt es keine Vögel.

Aber einen Augenblick später sah sie wieder den Geier, der über ihnen geduldig seine Kreise zog.

Als sie die Avenue hinuntergingen, fragte sich die von düsteren Vorahnungen erfüllte Kulfi immer noch, was genau Mrs. Verma eigentlich gemeint hatte mit der Bemerkung: Es hört sich eher so an, als wären Sie vor etwas davongelaufen. Sie mußte ihr einfach immer wieder einen verstohlenen Seitenblick zuwerfen.

Mrs. Verma merkte, daß Kulfi sie ansah, und instinktiv hob sie die Hand, um ihre vorstehende Oberlippe zu verdecken. Sie wußte, wie sie im Profil aussah. Sie überlegte, was sie sagen könnte, aber es fiel ihr nichts ein. So war es immer: Seit ihrer Kindheit hatte sie nie genug Selbstbewußtsein besessen, um mit diesen Blicken zurechtzukommen.

Es wäre alles anders gewesen, wenn ihr Vater damals, als sie noch zur Schule ging, auf sie gehört hätte. Damals hätte man noch etwas ändern können. Sie wußte das, weil es, als sie zwölf war, zwei Mädchen in ihrer Klasse gab, die sich von dem persischen Zahnarzt, dessen Praxis in der Nähe des Odeons lag, Zahnspangen hatten machen lassen. Und bei denen war es noch schlimmer gewesen als bei ihr: Ihre Zähne fielen wie bleischwere Vorhänge über ihre Unterlippen. Aber sechs Monate nachdem sie ihre Zahnspangen bekommen hatten, sah man schon einen Unterschied, und nach einem Jahr konnte man kaum mehr erkennen, daß sie jemals eine gebraucht hatten.

Sie sprach immer wieder mit ihrem Vater darüber, machte Andeutungen und hoffte. Auch er hatte vorstehende Zähne, und ihre hatte sie von ihm geerbt. Das gab ihr das Recht zu hoffen, daß er sie verstehen würde; immerhin war er während seiner ganzen College-Zeit mit dem Spitznamen ‹Dantu› aufgezogen worden, und gewiß hatte er einst auch Ähnliches durchmachen müssen wie sie, wenn die Lehrerin ihr sagte, sie solle aufhören, Löcher in die Luft zu starren, und ihre Zähne bedecken, und die ganze Klasse dazu losprustete. Es lag nicht am Geld, das wußte sie. Es kostete gar nicht viel – er hätte das Geld aufgebracht, wenn er nur gewollt hätte. Das Problem bestand nur darin, ihm die Sache verständlich zu machen. Er hatte sich immer ernst und aufmerksam alles angehört, was sie zu sagen hatte, aber wenn sie dieses Thema anschnitt, schien er es gar nicht zu bemerken.

In Wirklichkeit bemerkte er es natürlich sehr wohl. Er bemerkte es die ganze Zeit. Das entdeckte sie, als sie es eines Tages nicht mehr aushielt und weinend zu ihm sagte: Ba, wenn du nicht mit mir zu diesem Zahnarzt gehst, werde ich sterben. Das weiß ich. Und wenn ich nicht jetzt gleich sterbe, dann wird mich keiner heiraten, und dann sterbe ich, sobald ich erwachsen bin.

Sie hatte schon damals eine ausgeprägte praktische Veranlagung, und daher fügte sie hinzu: Und denk nur an den ganzen Ärger, den du haben wirst, bis du endlich einen Mann für mich gefunden hast.

Da nahm er sie auf den Schoß und trocknete die Tränen auf ihren Wangen mit dem Saum seiner *kurta*. Mein Liebling, sagte er, glaubst du vielleicht, ich wüßte nicht, wie das ist?

Dann geh mit mir zum Zahnarzt, schluchzte sie.

Das kann ich nicht, antwortete er hilflos. Ich kann nicht – nicht wegen so etwas. Verstehst du das nicht: Es ist nicht wichtig. Wenn es irgend etwas mit deiner Gesundheit zu tun hätte, würde ich auf der Stelle mit dir zum Arzt gehen. Aber das hier ist ja nur etwas Äußerliches.

Aber für *mich* ist das wichtig. Und außerdem wäre es so einfach.

Nein, mein Liebes, es wäre ganz und gar nicht einfach. Was ändert sich schon, wenn du dein Gesicht veränderst? Das sind bloß Äußerlichkeiten; wenn wir so etwas wollten, wo würden wir dann die Grenze ziehen – bei Schmuck, Autos, Geld, Häusern? So habe ich nie gelebt, und ich will auch nicht, daß du so lebst. Und was das Heiraten betrifft: Wenn keiner dich haben will, na, dann bist du eben frei. Auf jeden Fall wirst du Mikrobiologin, Wissenschaftlerin werden, und du wirst zu sehr mit deinen Experimenten beschäftigt sein, um dir über solche Dinge Gedanken zu machen.

Aber ich *werde* mir darüber Gedanken machen, schrie sie. Ich denke jetzt schon fortwährend daran – in der Schule, auf dem Heimweg, überall. Ich denke an nichts anderes.

Dann, sagte er, ist das der beste Grund dafür, in dieser Sache nichts zu unternehmen. Je älter du wirst, desto weniger wird es dir ausmachen. Du wirst schon sehen. Und an dem Tag, an dem es dir gar nichts mehr ausmacht, wirst du wissen, daß du endlich eine Frau bist.

Eingeschüchtert durch die Endgültigkeit in seinem Tonfall sank sie in sich zusammen. Dann schluckte sie ihre Tränen hinunter und schlug mit den Fäusten auf seine Brust. Es wird mir immer etwas ausmachen, rief sie, es wird mir immer etwas ausmachen. Was weißt du denn schon davon? Du mußt ja nicht damit leben.

Er hielt ihre Hände fest und küßte sie. Ich werde dir etwas zeigen, sagte er. Er drehte sich um und zog ein Buch aus seinem alten Bücherregal. Ich werde dir etwas übersetzen. Wenn ich es dir vorlese, wirst du sehen, daß diese Dinge überhaupt nicht wichtig sind.

Sie sprang wütend von seinem Schoß und sprach eine Woche lang nicht mehr mit ihm. Eine Übersetzung. Was sollte eine Übersetzung schon daran ändern, daß sie in der Klasse ausgelacht wurde?

Aber in einem Punkt hatte ihr Vater recht gehabt: Fast unmerklich nahm jedes Jahr, das verging, den ihr zugeworfenen Blicken die Schärfe. Heute brauchte sie nur noch ein paar Minuten, um sich davon zu erholen.

Und so wandte sie sich nach einer Weile fast heiter wieder Kulfi zu. Es ist eine kleine Stadt, nicht? sagte sie. Ich werde mal mit Ihnen auf das Minarett gehen, dann können Sie sie sich von oben ansehen. Übrigens sind wir selber erst seit zwei Jahren hier. Wir werden bald wieder zurückfahren. Unsere Kinder wollen nicht, daß wir länger hierbleiben. Sie sind in Dehra Dun zu Hause.

Oh, sagte Kulfi, die froh war, daß das Schweigen gebrochen war. Dann sind Sie also nur mit Ihrem Mann hergekommen? Andere Inder leben hier wohl nicht?

Aber nein. Mrs. Verma lachte. Wir sind hier zu fünft. Da ist einmal Miss Krishnaswamy – sie ist Krankenschwester. Und dann Dr. Mishra, unser Dienstältester. Er ist Chirurg, ein sehr guter Chirurg; manche sagen, er sei brillant. Man sieht es ihm auch an – das werden Sie merken, wenn Sie ihm vorgestellt werden. Seine Frau ist auch hier, aber sie ist keine Ärztin. Sie sind beide aus Lucknow.

Das muß schwer für Sie gewesen sein, sagte Kulfi nachdenklich, in ein fremdes Land zu kommen und mit Leuten zusammenzuarbeiten, die Sie nicht kannten. Wissen Sie, in al-Ghazira, muß ich sagen, habe ich mich am Anfang, trotz all der indischen Kollegen meines Mannes, wirklich...

Leute, die ich nicht kannte? unterbrach Mrs. Verma sie. Sie meinen Dr. Mishra? Ja, ich nehme an, man könnte zwar sagen, daß wir ihn nicht kannten, aber eigentlich hatte ich nicht das Gefühl. Ich hatte jahrelang immer wieder von ihm gehört, müssen Sie wissen. Mein Vater kannte seinen Vater früher einmal sehr gut, und er erzählte sehr viel von ihnen. Als wir ihn dann bei Einstellungsgesprächen in Delhi trafen, war es also irgendwie, als würde ich jemanden treffen, den ich schon lange kannte. Außerdem redet er eine ganze Menge...

Sie ließ den Satz unvollendet. Na, Sie werden schon sehen, fügte sie schwunglos hinzu. Sie werden ihn heute abend kennenlernen. Ich werde ihn bitten, herüberzukommen, damit wir Arrangements treffen können für...

Sie blieb stehen und sah Kulfi gespannt an. Kulfi blieb ebenfalls stehen.

Sagen Sie mir, Mrs. Bose, sagte Mrs. Verma, können Sie schauspielern?

Vielleicht, sagte Zindi zögernd, könnte sie auch etwas für deine Hände tun. Immerhin ist sie ja Ärztin.

Alus Kopf zuckte nach rechts und links, und seine Hände verschwanden hinter der Stuhllehne. Viel später sah sie ihn mit den Händen im Schoß dasitzen und seine Finger anstarren. Die Daumen waren steif, und über den Knochen war die Haut eingefallen, so daß sie aussah wie ein Leichentuch über einem Skelett. Er versuchte, seine Daumen zu bewegen, konnte es aber nicht. Die Knochen waren so steif wie ein Leichnam; sie erwartete halb, daß sie klappern würden wie Würfel. In diesem Augenblick merkte Alu, daß sie ihn ansah, und sofort verschwanden seine Hände unter seinen Oberschenkeln, und er starrte wieder mit leerem Blick vor sich hin.

Das war das einzige Mal, daß sie eine Bemerkung über seine Daumen machte. Lange nachdem sie an den zerklüfteten Bergen von Perim, durch den Bab al-Mandab und in das Rote Meer gefahren waren, hatte sie sie zum ersten Mal bemerkt. Es war ihr so vorgekommen, als seien sie schon Monate unterwegs und als lägen noch Monate vor ihnen.

Irgendwann im Verlauf dieser Reise, kurz nachdem die *Zeynab* im Roten Meer einen weiten Bogen beschrieben hatte und zwischen Dhofar und Makalla nahe an der Küste entlangkreuzte, war ein sehr alter Mann auf dem Schiff erschienen. Niemand hatte ihn kommen sehen – er war einfach eines Tages da. Es machte sich auch niemand Gedanken darüber, denn an diesem Abschnitt der Küste kamen sehr häufig Boote längsseits, wenn auch immer im Schutz der Dunkelheit. Er war ein kleiner Mann mit einem entschlossenen, eingefallenen Gesicht. Er trug ein Netzunterhemd, einen Hut, wie man ihn aus amerikanischen Filmen kannte, und Khaki-Hosen, die ihm ein paar Nummern zu groß waren (es gab in dieser Gegend viele englische Soldaten, und manche von ihnen starben). Keiner kannte seinen Namen, denn er konnte nicht sprechen. Man hatte ihm die Zunge herausgerissen; er zeigte den Stumpf jedem, der ihn sehen wollte. Man brauchte nicht zu fragen, wie es dazu gekommen war: An dieser Küste gab es mehr Kriege als Dörfer.

Fikry, der dunkelhäutige, riesige Kapitän der *Zeynab*, wußte angeblich alles über ihn. Aber obwohl Zindi sich alle Mühe gab, etwas in Erfahrung zu bringen, verriet er nichts, nicht einmal den Namen des Mannes.

Schließlich wurde der alte Mann von dem halben Dutzend Jungen verschiedenen Alters getauft, die die Mannschaft der *Zeynab* bildeten. Sein einziger Besitz war ein japanischer Regenschirm, ein Ding von großer mechanischer Schönheit, das sich auf einen Knopfdruck aus einem etwa einen Fuß langen Stumpf in einen riesigen Baldachin verwandelte, der so viel Schatten spendete wie ein Banyanbaum. Dieses Ding hieß natürlich bald das Japanische Wunder und gab ihm seinen Namen: Abu Karamat il-Yabani.

Er, der Vater des Japanischen Wunders, hörte während all der Tage, als sie Makalla hinter sich gelassen und wieder Kurs auf das offene Meer genommen hatten und die Fässer mit Trinkwasser sich als leer erwiesen, nie auf zu lächeln; das tat er auch später nicht, als ihnen irgendwo im Roten Meer, vor der eritreischen Küste, der Proviant ausging, und nicht einmal dann, als nicht ein einziges der Boote, auf die Fikry an drei verschiedenen Stellen wartete, erschien. Selbst da lächelte er noch, obwohl es für alle anderen nichts anderes als eine Folter war, die Feuer in den Fischerdörfern an der Küste zu sehen und mit leerem Magen den köstlichen Geruch des Rauches von Feuern zu riechen, die mit Kuhfladen in Gang gehalten wurden.

Bald darauf nahmen sie wieder Proviant auf, aber nun wartete eine andere Folter auf sie. Eines Abends kam Fikry zu dem Schluß, daß ihnen die Küstenwache oder irgendein anderer Wichtigtuer auf die Spur gekommen war, und so verschwand die *Zeynab* mit einem mächtigen Aufheulen ihrer Maschinen (die aus einem Centurion-Panzer irgendwo im Irak stammten) im Basaltgewirr des Dahlak-Archipels. Während der nächsten Tage mußten sie sich vorsichtig einen Weg durch die Hölle tasten. Während zwei Jungen über dem Bug hingen, die Färbung des Wassers beobachteten und dem am Ruder stehenden Fikry ihre Anweisungen zuriefen, waren die anderen dazu verurteilt, reglos dazusitzen und zuzusehen, wie sich diese scharfkantigen, gezackten Felsblöcke gegen die Seiten des Bootes warfen und die herrlichen, gedämpften Farben der Korallenriffe ohne Warnung vom Meeresgrund aufsprangen, um am Kiel der *Zeynab* entlangzukratzen.

Irgendwo hier war es auch, daß sich der *Zeynab* ein Rudel Haie anschloß. Keiner wußte, was sie angelockt hatte – vielleicht war es der Anblick dieser beiden Jungen gewesen, die so dicht über dem Wasser hingen. Die kärglichen Überreste ihrer aus Reis und Linsen bestehenden Mahlzeiten konnten es jedenfalls nicht gewesen sein.

Nein, sagte Fikry, sie bleiben in der Nähe, weil sie den Geruch von menschlicher Scheiße so mögen. Und richtig: Gewöhnlich schwammen sie mit aufgerissenen Rachen unter den Löchern am Heck und warteten auf neue Brocken.

Die ganze Zeit über hörte der alte Mann nie auf zu lächeln. Er und Alu fühlten sich durch ihr Schweigen zueinander hingezogen, und bald verbrachten sie die Tage auf einem kleinen Bänkchen in der Nähe des Hecks, wo sie im Banyan-Schatten des Japanischen Wunders schweigend meditierten.

Die Situation entschärfte sich etwas, als sie den Dahlak-Archipel hinter sich gelassen hatten, aber sie kamen immer noch langsam voran, denn Fikry, der sehr darauf bedacht war, sich von den Hauptschiffahrtsrouten fernzuhalten, blieb dicht an der mit Mangroven bewachsenen Küste, wo unberechenbare Sandbänke lauerten. Zwischen Trinkitat und Suakin fuhren sie wieder auf der Hauptschiffahrtsroute, um Port Sudan zu umgehen, und irgendwo hier geschah es, daß Fikry eines Morgens schnüffelnd die Nase in den Wind reckte und sagte: Ich rieche große Schiffe voraus. Er lachte über die Besorgnis, die seine Ankündigung hervorrief, und sagte: Kein Grund zur Aufregung – diese Fische sind zu groß, um sich um so kleine Krabben wie uns zu kümmern.

Bald kam das erste Schiff in Sicht. Es sah aus wie eine Stadt auf dem Ozean, so riesig, daß es volle dreißig Minuten dauerte, bis es nach und nach, schichtweise, über den Horizont gestiegen war. Selbst auf diese Entfernung wirkte es wie ein schwimmender Wolkenkratzer, der die kleine Flotte von Zerstörern, die ihm folgte zwergenhaft erscheinen ließ. Während es auf sie zusteuerte, wurde es immer gewaltiger. Sie konnten jetzt die Flugzeuge auf dem flachen Deck sehen und winzige Männer in Uniform, die Beobachtungs- und Geschütztürme bemannt hatten.

Das sind Gewehre, sagte Fikry. Das ist etwas anderes als diese Wasserpistolen, mit denen wir handeln.

Alle drängten sich jetzt an der Reling der *Zeynab* und betrachteten das riesige Schiff in stummer Ehrfurcht. Als es näher kam, wurde das flache Deck zu einem Teil des Himmels über ihnen, und sie sahen nur noch den geschwungenen schwarzen Stahl des Rumpfes. Selbst die Bugwelle war höher als der höchste Mast der *Zeynab*. Als das Schiff fast auf einer Höhe mit ihnen war, stieß Abu Fahl einen lauten Schrei aus, und Zaghloul riß sich sein Kopftuch herunter und winkte damit. Im nächsten Augenblick brachen alle auf der *Zeynab* in Schreie, Pfeifen und Jubelrufe aus.

Auch der mit dem Japanischen Wunder beobachtete den Flugzeugträger, aber er hatte sich auf das Deck gekauert und sah mit zu Schlitzen verengten Augen über die Reling, und sein Gesicht war verkniffen wie das eines wütenden kleinen Jungen. Plötzlich sprang er auf, stieß grunzend und schnaufend unzusammenhängende, brüllende Laute aus und schwenkte das Japanische Wunder hin und her. Als der Flugzeugträger auf gleicher Höhe mit der *Zeynab* war, steigerte sich sein Gurgeln zur Raserei. Bevor man ihn davon abhalten konnte, schwang er ein Bein über die Reling, holte mit einem Arm aus und schleuderte das Japanische Wunder auf das riesige Schiff.

Und genau in diesem Augenblick, als seine Hände noch in der Luft herumfuchtelten und sein Bein gefährlich über die Seite des Schiffes hing, erreichte dic Bugwelle des Flugzeugträgers die *Zeynab* und warf sie hoch. Der alte Mann schwankte und versuchte verzweifelt, sich an der Reling festzuhalten. Aber das Holz war naß, seine Hände glitten ab, und mit einem letzten entsetzten Grunzen fiel er ins Meer.

Noch bevor er das Wasser berührte, brachten die Flossen der Haie es zum Brodeln.

Alu, der am nächsten gestanden hatte, schrie: Er ist über Bord! Er fuhr herum und griff nach einem Seil, aber kaum hatte er es aufgehoben, als es auch schon wieder zu Boden fiel. Er versuchte es noch einmal, und wieder glitt ihm das Seil wie Wasser aus den Händen. Wie erstarrt stand er da und sah mit hilfloser Bestürzung seine Hände an.

Tu doch etwas! schrie Kulfi. Wirf ihm das Seil zu.

Er sah auf und sagte: Ich kann nicht.

Und so war es Abu Fahl, der hinzusprang und dem Alten das Seil zuwarf. Sie konnten ihn noch sehen, obwohl das Wasser um ihn bereits blutig war. Ein Hai rammte ihn und tauchte unter, wurde jedoch einen Augenblick später von einem anderen in der Mitte durchgebissen, und der abgetrennte Kopf, zwischen dessen Kiefern noch das mit Khakistoff bekleidete Bein steckte, schwamm auf der Wasseroberfläche und bot einen grotesken Anblick.

Der alte Mann hielt seinen Kopf noch über Wasser, seine vor Angst verdrehten Augen schrien um Hilfe. Abu Fahl warf ihm das Seil zu, und der Alte griff mit letzter Kraft danach, aber es wurde von einer Welle abgetrieben. Wieder warf Abu Fahl es ihm zu, und diesmal landete es direkt bei ihm. Sie sahen, wie seine Finger sich darum schlossen. Abu Fahl zog, und auch Zaghloul packte das Seil, und gemeinsam holten sie es so schnell sie konnten ein. Seine Hände, sein Kopf, seine Schultern, hoben sich ihnen entgegen. Dann schossen zwei scharfe Flossen durch das Wasser, und als der Schaum sich verzogen hatte, waren der Kopf, der Rumpf und die Schultern verschwunden, und nur die Hände und Arme, blutige, zerfetzte Stümpfe, klammerten sich noch an das Seil, als habe der alte Mann es ihnen noch im Tode mit aller Willenskraft befohlen.

Abu Fahl und Zaghloul bedeckten ihre Gesichter und beteten.

Später ging Kulfi zu Alu und zischte ihn vor allen anderen an: Warum hast *du* nichts getan?

Statt einer Antwort hob er die Hände, und alle sahen, daß seine Daumen steif waren und daß die Haut über ihnen eingesunken war wie der Flaum von Aprikosen, die vom Baum gefallen sind.

Kulfi spuckte aus und hielt seine Hand hoch, damit alle sie sehen konnten. Seht her, sagte sie, hier ist das Nutzloseste, was es auf der Welt gibt: ein Weber ohne Daumen.

Sie holte mit seiner Hand aus und schlug ihn damit ins Gesicht. Sieh sie dir gut an, sagte sie. Sie werden dich daran erinnern, daß du nie mehr etwas *tun* kannst. Alles, was dir geblieben ist, sind deine Augen.

So war es dazu gekommen.

Dr. Mishra hatte das Thema als erster aufgebracht und Mrs. Verma damit einen anfänglichen taktischen Vorteil verschafft.

Verma, sagte er und wandte sich, wie immer, wenn er ihr etwas Wichtiges mitzuteilen hatte, an ihren dünnen, blassen Mann, haben Sie schon eine Idee für diese Feier, die Sie im Krankenhaus veranstalten wollen?

Mrs. Verma zuckte zusammen und hätte fast den *dal* verschüttet, den sie gerade auf Mrs. Mishras Teller gab (denn Mrs. Mishra aß kein Fleischcurry – ihre vegetarische Ernährungsweise war der einzige Bereich, in dem sie es je gewagt hatte, sich den erklärten Wünschen ihres Mannes zu widersetzen).

Nicht daß Mrs. Verma übermäßig überrascht gewesen wäre: Einige ihrer algerischen Kollegen hatten ihr gegenüber bereits ein paar Bemerkungen über die Feier gemacht. Sie hatte damit gerechnet, denn letztes Jahr um dieselbe Zeit hatten sie ein kleines Fest veranstaltet, um den zweiten Jahrestag ihrer Ankunft in El Oued zu begehen. Da sie in einigen Monaten heimfahren wollten, hatte sie es für selbstverständlich gehalten, daß sie auch dieses Jahr irgend etwas Derartiges organisieren würden, natürlich in einem größeren Maßstab. Sie hatte jedoch sorgfältig darauf geachtet, die Angelegenheit nicht in Dr. Mishras Anwesenheit zur Sprache zu bringen, denn sie wußte, daß es ein zäher Kampf werden würde, und sie hatte nicht die Absicht, sich Steine in den Weg zu legen, indem sie den ersten Schritt unternahm. Und jetzt hatte Dr. Mishra ihr einen Vorteil verschafft.

Wie sie es ihm eingeschärft hatte, gab ihr Mann keine Antwort. Statt dessen sagte Mrs. Verma mit Bedacht: Nun, Mishrasahb, dann sagen Sie uns doch, was *Ihnen* vorschwebt.

Sie wußte natürlich genau, was ihm vorschwebte: eine Wiederholung der Feier vom letzten Jahr.

Letztes Jahr hatten sich alle Ärzte, Krankenschwestern und sogar ein paar Patienten in einem großen Raum des Krankenhauses versammelt. Zuerst hatten ein paar ihrer algerischen Kollegen ein paar höfliche Worte von sich gegeben. Und dann hatte Dr. Mishra mit Hilfe eines Dolmetschers eine Rede gehalten.

Er begann ganz sachlich mit der Feststellung, er selbst und alle anderen indischen Ärzte seien sehr froh darüber, daß man ihnen Gelegenheit bot, eine Zeitlang in Algerien zu leben und zu arbeiten – und, wie er nebenbei hinzufügte, eine Menge Geld zu verdienen. (Das brachte ihm einige Lacher ein.) Er fuhr fort mit seiner Bemerkung darüber, wie vernünftig die Politik der algerischen Regierung sei, die Hälfte des Gehalts in Devisen nach Indien zu überweisen. Dies zeigte, sagte er, ein echtes Verständnis für die Bedürfnisse der Entwicklungsländer. (Taktvollerweise erwähnte er nicht, daß die französischen Ärzte in Algerien wesentlich besser bezahlt wurden, und zwar nur deswegen, weil sie Franzosen waren.) Aber andererseits, sagte er, überrasche das kaum, denn sie alle hätten ja selbst gesehen, daß Algerien, praktisch als einziges der ölproduzierenden Länder, der Zurschaustellung seines Reichtums abgeschworen und sich entschlossen habe, sich der Verbesserung des Schicksals der einfachen Leute zu widmen; außerdem begegne man in Algerien, in deutlichem Gegensatz zu einigen Nachbarländern, die er nennen könne, überall einer energischen Zielstrebigkeit, einem Glauben an die Zukunft.

Erst danach, als er begann, über die algerische Revolution zu sprechen, verriet seine Stimme echte Emotionen. Er erzählte, wie er in den fünfziger und sechziger Jahren alle Ereignisse im Verlauf der revolutionären Umwälzungen aufmerksam verfolgt habe, und gab auch seiner großen Bewunderung für den 1965 durch einen Militärputsch gestürzten Ben Bella Ausdruck (womit er bei seinen peinlich berührten Zuhörern heftiges Füßescharren auslöste). Mit sanfter, vertrauensvoller Verwunderung, die bei einem Mann, der sonst einen so schneidenden Zynismus an den Tag legte, höchst seltsam wirkte, schilderte er ihnen, wie bewegend es sei, in einem Land zu arbeiten, das buchstäblich aus der Asche auferstanden war; wie sehr es ihn immer noch erschüttere, wenn er daran denke, daß eben dieses Land einen der schrecklichsten Kriege dieses Jahrhunderts überstanden und all die entsetzlichen von der Technik ins Leben gerufenen und durch die Franzosen über es gebrachten Schrecken – Konzentrationslager, organisierten Völkermord und dergleichen – überlebt habe. Es sei nichts weniger als ein Zeugnis der Stärke des menschlichen Geistes, sagte er, daß ein Volk, das von bloß sechzehn Millionen Menschen eine ganze Million verloren habe, dennoch imstande sei, sich den Anforderungen der Zukunft ohne Bitterkeit zu stellen.

Als Sozialisten, schloß er mit brechender Stimme, erfülle es ihn mit Stolz, in einem solchen Land zu arbeiten.

Seine Rührung war keineswegs gespielt gewesen. Er hatte jedes Wort so gemeint, wie er es gesagt hatte, und trotz der holprigen Übersetzung waren seine Zuhörer tief bewegt gewesen. Noch Monate später sprachen alle, mit denen sie zusammentrafen, von Dr. Mishras Rede.

Nicht daß Mrs. Verma irgendwelche Einwände gehabt hätte gegen das, was er gesagt hatte, denn das stimmte natürlich alles. Dennoch hatte sie gegen Ende seiner Rede ein Lachen unterdrücken müssen.

Maithili Sharan Mishra ein Sozialist! Er hatte den Satz noch nicht zu Ende gesprochen, da hatte sie schon die Stimme des alten Hem Narain Mathur im Ohr, der ihr erzählte, wie der intelligente junge Murali Charan Mishra in den dreißiger Jahren nach Lucknow zurückgekehrt war, ein Abschlußzeugnis der London School of Economics in der Tasche, die indischen Massen auf den Lippen und eine schottische Pfeife zwischen den Zähnen. So eine Art Sozialist war er gewesen.

Und sein Sohn ebenfalls, denn ganz Lucknow hatte gewußt, daß es der ganze Ehrgeiz des jungen Maithili Sharan gewesen war, seinem Vater in die Politik zu folgen. Nur war der alte Murali Charan inzwischen klüger geworden, und auch wenn ihm seine gekonnte Beinarbeit in den verschiedenen Gesetzgebenden Körperschaften mehr Geld eingebracht hatte, als sich die Leute auch nur annähernd vorstellen konnten, hatte er seinen Sohn schließlich gezwungen, sich für die Sicherheit des ärztlichen Standes zu entscheiden.

Nicht daß Mrs. Verma politisch selbstgerecht gewesen wäre; ihr Vater hatte ihr oft von der Gnadenlosigkeit der Nahkämpfe unter Sozialisten erzählt. Aber wenn jemand das Recht hatte, mit dem Finger auf Murali Sharan Mishra zu zeigen, dann war das ganz gewiß der alte Hem Narain Mathur. Denn er war ein *echter* Sozialist gewesen, so echt wie frisch gepflügte Erde, und er war unbeachtet und vergessen gestorben, als Murali Charan Mishra sich noch mit Ministerposten mästete. Das war eine Schuld, die eines Tages bezahlt werden mußte.

1933, einige verwirrte Monate nachdem er das Presidency College verlassen hatte, gab Hem Narain Mathur eine gute Stelle bei einer Teegesellschaft auf, stellte sich in die Dienste der wieder ins Leben gerufenen Kisan-Sabha-Bewegung und reiste mit Swami Sahajanand durch die Dörfer von Bihar. Es war ein oft verzweifeltes, einsames Leben: In den Dörfern versuchte er vergebens, seine Theorien, die Herrlichkeit der Wissenschaft und seine Vision der Zukunft (die er selbst nur halb verstand) zu erklären, und auf den unzähligen Parteikonferenzen und Kongressen kämpfte er nicht weniger vergeblich darum, Murali Charan Mishra und den Parteitheoretikern begreiflich zu machen, daß Menschen keine Atome waren, denen man mit Formeln beikommen konnte.

Und während er unterwegs war und diese oder jene Bewegung organisierte und an dieser oder jener Konferenz teilnahm, war die Partei immer dabei, sich zu spalten und aufzusplittern. Im Zentrum dieser Spaltungen stand stets Murali Charan Mishra, der seine Pfeife hinter seinen verschiedenen Volkstribunsmasken verbarg und seine Entwicklungsthesen vortrug – zuerst die These von der ungleichen Entwicklung der Wirtschaft, dann die These vom progressiven bürgerlichen Nationalismus und schließlich die These vom Bedürfnis nach einer führenden Hand, das in bestimmten Stadien der Geschichte auftritt, und der absoluten Notwendigkeit einer sofortigen taktischen Allianz mit den Klassen und Parteien, die sich an der Macht befanden.

Und während Murali Charan Mishra auf dem Scherbenhaufen der niedergehenden sozialistischen Bewegung die politische Leiter hinaufstieg, alterte Hem Narain Mathur vor der Zeit und wurde zwischen Gewißheit und Geschichte zerrissen. Tiefe Verwirrung, diese unbekannteste aller Krankheiten, zehrte an ihm, und er siechte dahin, während er zusah, wie die Welt sich seinem Zugriff entzog, indes alte Kameraden, kaum daß sie auch nur ein bißchen Macht in den Händen hatten, schurkische Parteifreunde an Niedertracht übertrafen und gerade erst gegründete Landarbeitergewerkschaften unerklärlicherweise dahinwelkten oder sich einfach in Nichts auflösten, weil die Mitglieder von den Landbesitzern bei lebendigem Leibe geröstet wurden. In den fünfziger Jahren, als Ram Manohar Lohia den letzten Hoffnungsfunken unter den Sozialisten entfachte, bekam Hem Narain Mathur noch einmal einen Energieschub. Aber da war er bereits zu krank und zu müde, um noch lange weiterzumachen, da sehnte er sich eigentlich nur noch nach dem Trost, den sein Bücherregal für ihn bereithielt, nach J. C. Bose und Huxley, nach Tagore und Darwin, nach Hazlitt und Science Today und natürlich nach jenem hell leuchtenden Stern, der noch immer die wackligen Bretter dieses Regals beleuchtete: *Pasteurs Leben*. Als seine Frau plötzlich an Gehirnhautentzündung starb und ihn mit seiner Tochter zurückließ, die er nun allein großziehen mußte, war sein Entschluß gefaßt. Damals nahm er eine Stelle in einer kleinen staatlichen Schule in Dehra Dun an. Und dort verbrachte er den Rest seines Lebens – ein müder alter Mann, dem, wie er oft sagte, nur noch eine einzige lohnende Aufgabe geblieben war, und das war, die beiden Erfüller seines Vermächtnisses, sein altes Bücherregal und seine heranwachsende Tochter, miteinander bekannt zu machen.

Aber bis zum Ende seines Lebens war er Sozialist geblieben; nicht ein einziges Mal hatte er sich in Versuchung führen lassen, den einfältigen Reizen des Zynismus zu erliegen. Noch auf dem Totenbett, als man ihm schon einen Löffel mit heiligem Wasser aus dem Ganges an die Lippen hielt, hatte er die Kraft gefunden, die Hand seiner Tochter auf das Bücherregal zu legen und zu sagen: Mein Liebes, laß mein Versagen den Beginn deiner Hoffnungen sein.

Falls irgend jemand das Recht hatte, Einspruch zu erheben, wenn Murali Charan Mishras Sohn sich als Sozialist bezeichnete, dann war es die Tochter ihres Vaters.

Um ehrlich zu sein, sagte Dr. Mishra, finde ich, daß das Fest letztes Jahr ganz zufriedenstellend verlaufen ist. Er war ein kleiner, stämmiger Mann Anfang Fünfzig mit einem runden Gesicht und einem buschigen, ungepflegten Schnurrbart. Abgesehen von einem schmalen Streifen lockigen Haars, der von seinem Nacken bis zu einer Stelle über seinen Ohren reichte, war sein Kopf vollkommen kahl. Er war immer in Bewegung – eine knisternde, rastlose Energie durchpulste ihn unaufhörlich, sprühte Funken aus seinen hellen, bebrillten Augen und machte es ihm unmöglich, die Hände still zu halten.

Noch etwas Fleisch, Mishra-sahb? sagte Mrs. Verma und tat noch einen Löffelvoll auf seinen Teller.

Also, Verma, was meinen Sie? fragte Dr. Mishra etwas zu laut. Ich sehe keine Veranlassung für einen anderen Ablauf. Sollen wir dieses Jahr nicht einfach wieder dasselbe machen?

Dr. Verma sah nicht von seinem Teller auf und zeigte auch sonst keine Reaktion, die auch nur entfernt hätte erkennen lassen, daß die Frage an ihn gerichtet gewesen war. Mrs. Verma widmete sich dem Reis. Jetzt galt es, vorsichtig zu sein; es war offensichtlich, daß er bereits etwas gemerkt hatte und versuchte, sie aus der Reserve zu locken. Sie lachte kurz und sagte: Es war nett letztes Jahr, Mishra-sahb, wirklich sehr nett. Und natürlich, wenn Sie unbedingt wollen...

Gemäß der Strategie, die sie sich zurechtgelegt hatte, ließ sie den Satz unvollendet und wandte sich an Mrs. Mishra: Möchten Sie keinen Reis mehr, Manda-bahen? Dann probieren Sie doch einmal meinen Feigenkaktuspudding – die Früchte sind von unserem eigenen Kaktus. Schmeckt eigentlich fast wie Mango, wenn man sich nicht durch den Geruch irritieren läßt.

Dr. Mishra riß sein *chapati* in winzige Stücke. Dann haben Sie also tatsächlich eine andere Idee, Verma, sagte er barsch.

Eigentlich ist es keine Idee, sagte Mrs. Verma ruhig, aber, ja, es stimmt, ich habe mir wirklich gedacht, daß wir dieses Jahr etwas geistig weniger Anspruchsvolles veranstalten könnten..., etwas Lebendigeres... Natürlich müssen Sie Ihre Rede halten – ohne das geht es auf gar keinen Fall. Aber wenn wir außerdem vielleicht etwas auf der Bühne machen könnten, nur eine kleine Vorführung, damit die Leute einen Eindruck von unserem Land und unserer Kultur, unserem dörflichen Leben bekommen...

Also an *so etwas* haben Sie gedacht, Verma? schnaubte Dr. Mishra.

Dr. Verma wischte seinen Teller verträumt mit seinem *chapati* ab.

Sie wollen also, daß sie einen Eindruck von ‹unserer Kultur› bekommen, stimmt's? sagte Dr. Mishra. Was genau schwebt Ihnen da eigentlich vor, Verma, wenn ich fragen darf? Ein Aufmarsch junger Frauen in indischen Hochzeitskleidern vielleicht, wie ihn die Bürokraten in Delhi für ausländische Gäste veranstalten? Wir könnten unsere ältliche Miss K. und unsere eigenen schüchternen kleinen Bräute verkleiden, und Sie und ich könnten die hübschen jungen Bräutigame sein. Na, wie wäre das?

Das hat niemand vorgeschlagen, Dr. Mishra, sagte Mrs. Verma scharf. Sie spürte, wie Unmut in ihr aufstieg.

O nein, das haben Sie nicht vorgeschlagen, gab Dr. Mishra zurück. Was haben Sie denn dann vorgeschlagen, Verma?

Dr. Verma sammelte schweigend ein paar Teller ein und ging in die Küche.

Könnte *ich* dann vielleicht einen Vorschlag machen? fuhr Dr. Mishra, an den leeren Stuhl gewandt, fort. Warum geben wir ihnen nicht ein realistischeres Bild von unserer Kultur? Warum zeigen wir ihnen nicht, wie all diese hübsch herausgeputzten Bräute mit Kerosin übergossen und bei lebendigem Leibe gebraten werden, wenn ihre Mitgift nicht groß genug ist? Warum führen wir ihnen nicht vor, wie reiche Landbesitzer jeden zweiten Tag Unberührbare massakrieren und ihre Dörfer in Schutt und Asche legen? Oder wie Moslems regelmäßig von Hindu-Fanatikern in kleine Stücke gehackt werden? Oder vielleicht könnten wir ihnen auch ein paar hübsche Farbfotos zeigen, auf denen die Opfer von Greueltaten der Polizei zu sehen sind? Das ist es doch, was ‹unsere Kultur› in Wirklichkeit ausmacht, oder, Verma? Warum sollten wir uns dessen schämen?

Typisch! Mrs. Verma explodierte. Absolut typisch! Genau wie 1936.

1936? Mit verwundertem Gesicht wandte Dr. Mishra sich endlich ihr zu. Wieso 1936? Da waren Sie doch noch gar nicht geboren.

Na und? Das heißt doch nicht, daß ich nicht darüber Bescheid weiß.

Über was?

Mrs. Vermas Gesicht war gerötet. Sie schlug mit der Faust auf den Tisch. Lügen Sie nicht, rief sie. Sie wissen genau, was ich meine: 1936 – die zweite sozialistische Konferenz in Meerut. Glauben Sie nicht, daß wir das vergessen haben. Wir haben es nicht vergessen. Wissen Sie noch, was Ihre kleine Gruppe da getan hat? Wissen Sie noch, wie Sie uns einen Vortrag gehalten haben über revolutionäre Theorie und Klassenkampf, über historische Notwendigkeiten und leninistische Parteiorganisation? Wissen Sie noch, wie Sie von Technologie und wissenschaftlicher Veranlagung und dem Aufbau einer neuen, rationalen Welt durch die Zerstörung des Aberglaubens der Landbevölkerung geredet haben? Und als wir einwandten, daß am Sozialismus doch wohl einiges mehr dran ist als das und daß wir in den Dörfern vom Sozialismus als einer neuen Hoffnung sprachen – wissen Sie noch, wie Sie da lachten? Sie lachten und sagten: Laßt eure Dörfer für eine Weile Dörfer sein, Genossen; Bauern können keine Bauern führen – also geht und studiert eure Theorie. Und als das alles vorbei war, wo waren Sie dann, als die große Zerschlagung kam? Wer konnte es 1947 gar nicht erwarten, in die Congress-Partei einzutreten, damit man so schnell wie möglich an das Geld herankam, das die Unabhängigkeit gebracht hatte? Wer hat die Sozialistische Praja-Partei zugrunde gerichtet, als die echten Sozialisten ihren Kampf in die Dörfer trugen? Wer hat Ram Manohar Lohias Bemühungen sabotiert? Glauben Sie nicht, daß wir irgend etwas vergessen haben. Wir haben nichts vergessen. Wir kennen euch in- und auswendig, durch und durch. Wir haben eure süßen Reden gehört, *und* wir haben die Schlangen gesehen, die ihr in euren Ärmeln versteckt hattet; wir haben gesehen, wie ihr euch, die hehre Theorie auf den Lippen, mit der Congress-Partei im Dreck gesuhlt habt; wir haben gehört, wie ihr euch über das Elend der Massen ausgelassen habt, während ihr ihnen gleichzeitig das Geld aus der Tasche zogt; wir haben euch beobachtet, als ihr mit euren Komplizen von der Congress-Partei um Bestechungsgelder gekämpft habt, und darum wissen wir genau, woher euer Zynismus kommt. Er kommt von eurer inneren Fäulnis: Wer mit Pech übergossen worden ist, sieht alles nur noch schwarz. Also halten Sie *mir* bitte keine Vorträge über Indien und die indische Gesellschaft, Dr. Murali Charan Mishra, denn mein Vater hat mich über Sie und Ihresgleichen aufgeklärt, als ich noch ein Schulmädchen war.

Dr. Mishra lachte. Das Beängstigende an ihm war, daß er, obwohl er oft kurz vor einem Wutausbruch zu sein schien, doch nie die Beherrschung verlor.

Murali Charan Mishra war mein Vater, sagte er.

Was macht das schon für einen Unterschied? gab sie kurz angebunden zurück. Sie atmete heftig.

Dr. Mishra lächelte. Jedenfalls ist mir jetzt alles viel klarer, sagte er. In Wirklichkeit wollen Sie auf die Dünen klettern und den Algeriern von Ihrem Vater und seinem Lohiaschen Sozialismus erzählen. Aber um auf das Thema zurückzukommen: Was wollen Sie denn nun für unsere kleine Party organisieren? Irgendein Dorffest vielleicht, da Sie ja so verliebt sind in den ländlichen Sozialismus? Oder vielleicht so ein Sing- und Tanzspiel über Götter und Dämonen und mythische Helden?

Mrs. Verma schüttelte den Kopf.

Denken Sie aber bitte daran, fuhr Dr. Mishra fort, daß das Publikum aus Ihren algerischen Kollegen bestehen wird, rational orientierten, wissenschaftlich ausgebildeten Leuten. Ich jedenfalls würde ihnen nur ungern den Eindruck vermitteln, daß *ganz* Indien noch im Mittelalter und in ständiger Furcht vor Geistern, Ghulen und Dämonen lebt. Mich würde es freuen, wenn sie wüßten, daß wenigstens einige von uns den Anschluß an die moderne Zeit gefunden haben.

Mrs. Verma lächelte heimlich Hem Narain Mathurs altem, verstaubtem Bücherregal zu. Sie hatte ihre Antwort bereits im Kopf.

Mrs. Verma lehnte sich auf ihrem Stuhl zurück und legte ihre Fingerspitzen geziert auf den Tellerrand. Bitte entschuldigen Sie, Doktor-sahb. Ich hätte Sie nicht so anschreien sollen.

Er sah sie mißtrauisch an. Ja?

Um die Wahrheit zu sagen..., fuhr sie fort und senkte den Blick auf ihre Fingernägel, ich habe tatsächlich einen Plan.

Wunderbar! rief Dr. Mishra. Er zerbrach ein Streichholz und begann, nervös in seinen Zähnen zu stochern. Eine Dorfmaskerade, nehme ich an. Irgendeine Art von Ram Lila. Tja, wir können natürlich eine Bühne mit ein paar Götterbildern auf irgendeiner Düne aufbauen und ihnen eine richtiggehende *puja* mit singenden Brahmanen, Mantras und allem Drum und Dran vorführen. Ich bin sicher, Ihre ländlichen Mitsozialisten werden von einer farbenfrohen, geschmacklosen, auf einer Bühne präsentierten Zurschaustellung mittelalterlichen Aberglaubens regelrecht begeistert sein. Aber wie Sie wollen, Mrs. Verma – es bleibt Ihnen unbenommen, im Sand herumzutanzen und heiliges Wasser auf Dattelpalmen zu schütten, aber bitten Sie bloß nicht mich, dabei mitzumachen. Für derlei Dinge bin ich zu alt.

An so etwas hatte ich eigentlich nicht gedacht, Mishra-sahb, sagte sie. Mir schwebt etwas anderes vor.

Und was? Plötzlich war er auf der Hut.

Tja..., begann sie und hielt einen Augenblick inne. Was halten Sie von Tagore? Ich weiß wohl, daß Sie für Landbewohner, die noch im Mittelalter leben, nicht viel übrig haben, aber gegen Rabindranath Tagore werden Sie doch wohl nichts einwenden, oder? Abgesehen von allem anderen hat er ja schließlich in den modernsten Städten Literaturpreise bekommen.

Dr. Mishra lachte. Sehr gut, Mrs. Verma, Sie lernen dazu. Fahren Sie fort.

Nun, die Leute hier fragen mich manchmal nach Tagore. Es wäre doch sicher passend, ihnen einen kleinen Einblick in sein

Werk zu geben, meine ich. Dagegen könnten Sie doch nichts haben, oder?

Und an was genau hatten Sie gedacht?

An *Chitrangada*. Mrs. Verma gestattete sich ein Lächeln. Mein Vater hat es aus dem Bengali übersetzt. Ich habe das Buch noch.

Dr. Mishra steckte die Hand in die Tasche, obwohl er sie sich nach dem Essen noch nicht gewaschen hatte, und zog seine Pfeife hervor. *Chitrangada*? sagte er und drehte am Mundstück. Könnten Sie mir noch einmal kurz sagen, um was es da geht?

Es ist ein Tanzspiel.

Das ist schön, sagte Dr. Mishra. Ein Tanzspiel. Natürlich haben wir hier keinen Mangel an jungen Frauen, die tanzen können – da sind Sie und die alte Miss K. und meine eigene blühende junge Frau. Aber bitte, fahren Sie fort.

Um ehrlich zu sein..., ich kann mich im Augenblick selbst nicht mehr genau daran erinnern. Mein Vater hat es mir vorgelesen, als ich noch ein kleines Mädchen war. Ich glaube, es basiert auf einer Legende aus dem *Mahabharata*. Chitrangada ist die Tochter des Königs von Manipur; sie wird erzogen wie ein Mann und ist eine große Jägerin und Kriegerin und so, aber sie ist nicht... sie ist nicht sehr schön. Eines Tages kommt Arjuna nach Manipur, und sie sieht ihn – er ist ein gutaussehender Mann, ein großer Held und Krieger –, und natürlich verliebt sie sich in ihn. Sie geht zu ihm und erklärt ihm ihre Liebe, aber er weist sie ab. Daraufhin wird sie sehr deprimiert, denn sie denkt, daß er unmöglich eine Frau lieben kann, die so aussieht wie sie – sie ist ja so häßlich. Also geht sie zu den Göttern und bittet sie, ihr für ein Jahr Schönheit zu verleihen. Das tun sie, und Arjuna verliebt sich in sie, und ich glaube, sie heiraten, aber sie sagt ihm nicht, wer sie ist. Und im Lauf dieses Jahres hört Arjuna immer mehr von Chitrangadas Heldenmut, und er sehnt sich danach, sie kennenzulernen, und hat sich schon halb in sie verliebt, obwohl er gar nicht weiß, wer sie eigentlich ist. Chitrangada merkt das und sieht endlich ein, daß Äußerlichkeiten unwichtig sind, und als ihre Schönheit am Ende des Jahres dahin ist, stellt sie sich vor Arjuna hin und sagt ungefähr folgendes: Ich bin keine schöne

Blume, ich bin nicht vollkommen, meine Kleider sind zerrissen und meine Füße sind zerschunden und so weiter, aber was ich dir geben kann, ist das Herz einer treuen Frau. Und dann erkennt auch Arjuna, daß Schönheit nur Täuschung ist, eine Illusion, die unsere Sinne uns vorgaukeln.

Tja, sagte Dr. Mishra sardonisch, jetzt verstehe ich alles viel besser. Nun ist mir auch klar, warum Sie die Chitrangada spielen wollen – aber wer, meinen Sie soll die Rolle des Arjuna übernehmen? Verma vielleicht? Glauben Sie wirklich, daß es zu ihm passen würde, sich mit einer Art Mini-*dhoti* als Held zu verkleiden und mit Pfeil und Bogen herumzutanzen? Sie wissen doch, daß er kurzsichtig ist; er könnte Chitrangada mit einem dieser Pfeile treffen.

Mit einer schnellen Bewegung wandte Mrs. Verma sich ab. Sie errötete vor Wut. Natürlich wollte ich nicht die Chitrangada spielen, sagte sie. Aber wir könnten ein paar der jüngeren Ärzte aus Ouargla oder Chardaia bitten, mit ihren Frauen zu kommen.

Sie musterte ihn abschätzend. Eigentlich, sagte sie, gibt es sogar eine Rolle, die Ihnen geradezu auf den Leib geschrieben ist, Mishra-sahb.

Und welche wäre das?

Madana, der Gott der Liebe. Ich sehe Sie schon vor mir, wie Sie über den Dünen schweben und die Sahara mit Liebe überschütten.

Dr. Mishra erhob sich und ging, während sie ihm gespannt zusah, auf und ab. Na gut, Mrs. Verma, sagte er schließlich. Ich nehme Ihre Herausforderung an. Ich werde Madana spielen, wenn Sie es schaffen, die anderen Rollen zu besetzen. Aber nur unter einer Bedingung: Da wir diese ganze Sache für unsere algerischen Kollegen inszenieren, müssen Sie lauter Inder für die Rollen finden.

Mrs. Verma nickte.

Und haben Sie schon an die anderen Probleme gedacht? Wer wird singen? Und wer soll tanzen? Woher wollen Sie die Musik bekommen? Und außerdem muß es doch ein sehr langes Stück sein – wollen Sie es ungekürzt aufführen?

Das ist einfach, antwortete Mrs. Verma. Wir werden es nicht ganz aufführen, sondern nur ein paar Szenen. Und keine Sorge wegen der Musik – da haben wir bei diesem Stück einen echten Vorteil. Mein Vater hat mir vor Jahren eine Platte gegeben. Die werden wir einfach abspielen, dann brauchen wir nicht einmal zu sprechen. Und tanzen müssen wir auch nicht – wir werden einfach die Szenen nachspielen. Die Handlung können wir vorher durch einen Dolmetscher erklären lassen. Ich bin sicher, daß Miss K. und Mrs. Mishra mir bei den Kostümen helfen werden. Und Sie könnten auch etwas tun: Sie könnten mir helfen, die richtigen Szenen auszuwählen. Ich werde ihnen das Buch geben.

Sie meinen die Übersetzung ins Hindi, die Ihr Vater angefertigt hat?

Ja, antwortete sie. Ich werde Ihnen das Buch leihen, aber Sie müssen sehr gut darauf achtgeben. Für mich ist es eines der kostbarsten Dinge, die er mir hinterlassen hat.

Sagen Sie mir, Mrs. Verma, sagte Dr. Mishra neugierig, wie hat Ihr Vater Bengali gelernt?

Ach, das war, als er in Kalkutta aufs College ging. Er hat Tagores Dichtung geliebt.

Dr. Mishra gab seiner Frau ein Zeichen, aufzustehen. Als sie an der Tür waren, drehte er sich grimmig lächelnd zu Mrs. Verma um. Also gut, sagte er, die Wette gilt. Wenn Sie es irgendwie schaffen, diese Sache auf die Beine zu stellen, dann gebe ich mich geschlagen, und Sie können an meiner Stelle eine Rede halten. Aber wenn Sie es *nicht* schaffen, müssen Sie sich öffentlich für alles entschuldigen, was Sie heute abend gesagt haben.

Gut, ich nehme an, sagte Mrs. Verma, ohne zu zögern, und sah ihm in die Augen. Ich habe nichts zu befürchten.

Aber bald beschlichen sie doch die schlimmsten Befürchtungen: Es sah so aus, als würde sie nie alle Rollen besetzen können. Und jeden Morgen im Krankenhaus begegnete sie Dr. Mishra, der sich besorgt erkundigte, wie sie vorankam, und dabei grinste wie ein Rüpel in der Schule, der sich darüber freute, daß eine feindliche Bande zerschlagen ist. Sie war dem Entschluß, ihre Niederlage zuzugeben, schon gefährlich nahe gekommen – und sei es auch nur, um endlich Ruhe vor diesem Grinsen und diesen Fragen zu haben.

Und dann eines Morgens lag Arjuna völlig unheldenhaft in einem Krankenhausbett und zog seine seltsam unregelmäßig geschwungenen Augenbrauen überrascht und fragend hoch.

Das war ermutigend genug, um eine Probe abzuhalten und mit den Kostümen anzufangen. Aber, hatte Dr. Mishra gesagt, während sie seine Maße für den Heiligenschein nahm, ohne eine Chitrangada hat das alles keinen Zweck.

Darauf hatte sie keine Antwort gewußt.

Und dann, wie ein Geschenk von Madana...

Also, was meinen Sie, fragte Mrs. Verma Kulfi gespannt. Können Sie die Chitrangada spielen? Es ist wirklich nichts dabei – Sie brauchen nur einen schönen Sari anzuziehen und auf der Bühne zu posieren. Sie werden gar nichts sagen müssen, denn hinter der Bühne werden wir die Platte spielen. Das Ganze wird eigentlich nur eine Reihe von nachgestellten Bildern sein.

Sie bogen nach links ab, und die Straße weitete sich zu einem breiten Platz, der, von flachen Bungalows umstanden, in der stauberfüllten Luft vor ihnen lag.

Kulfi warf ihren Kopf mit einem Ruck herum und sagte: Ach, das wird sicher ganz einfach sein. Ich habe mich zwar noch nie als Schauspielerin versucht, aber ich sehe mir eine Menge Filme an, und ich muß sagen, ich weiß zwar nicht warum, aber in al-Ghazira haben die Kollegen meines Mannes auf jeder Party zu mir gesagt: Meine Güte, Sie sehen genau aus wie die Schauspielerin Hema Malini, Mrs. Bose. Und ich habe ihnen immer gesagt: Ich weiß nicht, wie Sie darauf kommen...

Und zum Glück, sagte Mrs. Verma, haben wir einen sehr netten Arjuna.

Das will ich hoffen, sagte Kulfi stirnrunzelnd. Wer ist es?

Sie werden ihn gleich kennenlernen.

Mrs. Verma stieß ein eisernes Vorgartentor auf. Das ist unser Haus, sagte sie und zeigte stolz auf einen Bungalow mit dicken Mauern, der noch aus der Kolonialzeit stammte und von hartnäkkigen Flecken grünen Pflanzenbewuchses umgeben war. Sie führte Kulfi auf einem mit Ziegelsteinen eingefaßten Weg, vorbei an staubbedeckten Keulenbäumen und entschlossen blühenden Bougainvillea-Büschen, zu einem flachen Vorbau, der in tiefem Schatten lag. In diesem Augenblick sah sie, daß die Wäscheleine am anderen Ende des Gartens gerissen war, und mit einem Schrei rannte sie los, um die frisch gewaschenen Kleidungsstücke aus dem Staub zu retten.

Kulfi warf einen Blick auf die Veranda, die zum Vorbau führte, und in die dunklen Räume des Hauses und sah sofort, daß Mrs. Verma eine gute Hausfrau war: Auf der Veranda war kein Stäubchen, die Vorhänge in den Fenstern waren sauber und frisch, und an allen Wänden hingen Kalender. Sie tat einen Schritt auf die Veranda zu und hörte irgendwo im Haus eine gedämpfte Stimme. Sie beugte sich vor und spähte mit zusammengekniffenen Augen ins Dunkel der Schatten.

Im Dunkel bewegte sich etwas, und einen Augenblick später sprang Kulfi kreischend zurück. Ein kleiner, stämmiger Mann in einem scharlachroten, knielangen *dhoti* war auf der Veranda erschienen. An seiner Brust klebten kurze Lamettafäden, und in die heilige Schnur, die ihn als Brahmanen auswies, war eine weiße Blume geflochten. Darüber leuchtete, wie ein regennasser Fels vor der untergehenden Sonne, sein kahler Kopf vor einem sich geräuschvoll drehenden Heiligenschein, der dem Nacken des Mannes zu entwachsen schien.

Bereit, sich zur Flucht zu wenden, warf Kulfi ihm einen zweiten kurzen Blick zu. Er starrte in kurzsichtiger Verwirrung zurück. Dicke Brillengläser vergrößerten seine zusammengekniffenen Augen ins Riesige. Mit Mühe unterdrückte Kulfi einen weiteren Schrei.

Er legte die Hände aneinander und neigte den Kopf, und sofort kam der Heiligenschein ins Rutschen und glitt über seine glänzende Kopfhaut. *Namaste*, sagte er, verzog das Gesicht und schob den Heiligenschein eilig wieder zurecht. Denken Sie sich nichts dabei – er zeigte mit einer abfälligen Handbewegung auf seine Kleider –, das ist nur, weil ich Madana bin.

Madana? flüsterte Kulfi heiser.

Ja, sagte er, schürzte seinen *dhoti* und trat auf sie zu, der Gott der Liebe. Und Sie?

Kulfi wich hastig vor ihm zurück und ließ ihn nicht aus den Augen. Dann war, zu ihrer Erleichterung, Mrs. Verma neben ihr. Sie hatte die Arme voller Kleider. Also hat Madana Chitrangada schon gefunden? sagte sie und lachte. Dieser alte Vorhang steht Ihnen wirklich hervorragend, Dr. Mishra. Sie sollten so etwas öfter tragen.

Dr. Mishra fühlte sich plötzlich sehr unbehaglich. Lassen wir das, knurrte er und verschränkte die Arme über der lamettabehängten Brust.

Was? fragte Mrs. Verma. Ich habe Sie nicht verstanden.

Würden Sie mich bitte dieser Dame vorstellen? rief Dr. Mishra, um das Sirren seines Heiligenscheins zu übertönen.

Mrs. Verma lächelte und wies mit einer ausladenden Handbewegung auf Kulfi. Dies, sagte sie, ist meine Chitrangada.

Dr. Mishra starrte Kulfi, die schüchtern den Kopf senkte, verdutzt an. Haben Sie sie aus dem Nichts erschaffen, Mrs. Verma? fragte er. Oder hat Madana sie vom Himmel fallen lassen?

Nein, sagte Mrs. Verma, in Wirklichkeit kam sie aus Driss' Café. Sie und ihr Mann sind auf der Durchreise – sie sind Touristen.

Ich verstehe, sagte Dr. Mishra und musterte Kulfi argwöhnisch. Nun, ich finde, wir sollten unsere durchreisende Chitrangada ins Haus führen und ihrem Arjuna vorstellen.

Angeführt von Dr. Mishra traten sie in einen großen, kühlen Raum, dessen Doppelfunktion unmißverständlich durch einen Eßtisch am einen und eine Sitzgruppe am anderen Ende erkennbar wurde. Im übrigen war er, abgesehen, von ein paar Kalendern und einem Taj Mahal aus Pappmaché, vollkommen kahl. Es war jedoch eben diese Kahlheit, die wie ein Scheinwerfer eine Ecke an der gegenüberliegenden Wand hervorzuheben schien, wo ein mitgenommenes altes Bücherregal stand und irgendwie, trotz der wackligen Regalbretter und der eingerissenen Schutzumschläge, alle anderen Gegenstände im Raum beherrschte.

Als sie eintraten, winkte Dr. Mishra einem jungen Mann zu, der sich linkisch von einem Sofa erhob. Nun, Arjuna, sagte er trocken, hier ist Ihre Chitrangada.

Er drehte sich auf dem Absatz um und sagte mit weit ausgebreiteten Armen: Darf ich Sie unserer höchstpersönlichen Verkörperung von Arjuna vorstellen? Mr. Jyoti Das.

Jyoti Das hatte sie noch nicht gesehen, aber er hatte seine Hände bereits aneinandergelegt und lächelte in höflicher Erwartung. Sein Blick fiel auf Kulfi, und das Lächeln verschwand aus seinem Gesicht. Er schluckte und griff sich an die Kehle.

Mrs. Verma warf die Kleider auf einen Stuhl und stürzte zu ihm. Wie fühlen Sie sich jetzt? fragte sie ihn besorgt. In dem vergeblichen Bemühen, seinen Blick von Kulfi abzuwenden, schüttelte er den Kopf und ließ sich wortlos wieder auf das Sofa sinken.

Es geht ihm nicht besonders gut, müssen Sie wissen, sagte Mrs. Verma in vertraulichem Ton zu Kulfi. Wir haben ihn ganz zufällig vor ein paar Tagen kennengelernt, als er mit einem leichten Hitzschlag ins Krankenhaus gebracht wurde. Er war ein paar Tage vorher hier angekommen und hat offenbar die ganze Zeit entweder an der Busstation verbracht, wo er die von der Grenze hier ankommenden Busse beobachtet hat, oder in den Dünen, wo er nach einem Geier Ausschau hielt. Stellen Sie sich das mal vor – ein Geier! Sind Sie etwa ein Toter, habe ich zu ihm gesagt, daß Sie in dieser glühenden Hitze nach einem Geier Ausschau halten?

Jyoti Das fuhr sich mechanisch mit der Zunge über die Lippen und sagte, ohne seinen Blick von Kulfi abzuwenden: Es war nicht irgendein Geier, Mrs. Verma. Ich dachte, ich hätte einen Bartgeier gesehen, und ich mußte ihn einfach finden – es wäre seit Jahrzehnten das erste Mal, daß in diesen Breiten einer nachgewiesen würde.

Mrs. Verma zuckte die Schultern. Ein Geier ist ein Geier, sagte sie, ganz gleich, ob er einen Bart hat oder nicht. Aber wie auch immer – Sie sollten jetzt besser aufstehen; schließlich müssen Sie ja zum Essen zu Miss K.

Aber Jyoti Das blieb, wo er war, und ließ Kulfi nicht aus den Augen.

Kulfi warf den Kopf herum und ging mit schwingenden Hüften an Mrs. Verma vorbei zum Bücherregal. Sie sah, wie er sich umwandte und sie mit seinen Blicken verfolgte. Sein junges, jungenhaftes Gesicht war verzerrt von der unbeholfenen, schmerzlichen Sehnsucht des unberührten Jünglings, der sich zu spät gegen das über ihn verhängte Schicksal auflehnt. Sie neigte ein wenig den Kopf, schenkte ihm ein knappes kleines Lächeln, und blätterte, während sein Blick durstig an ihrem Rücken hing, gemächlich in einem Kalender.

Ich sehe Erfreuliches, sagte Dr. Mishra, der den beiden vom anderen Ende des Raumes aufmerksam zugesehen hatte. Es sieht aus, als hätte Madana schließlich doch noch Erfolg.

Während Mrs. Verma mit dem Krankenhaus telefonierte, nahm ihr Mann Dr. Mishra den batteriebetriebenen Heiligenschein ab.

Kann man den nicht ein bißchen leiser einstellen? fragte Dr. Mishra. Wenn das so weitergeht, werden sie noch denken, Madana sei so eine Art Hubschrauber.

Mrs. Verma legte den Hörer auf und klatschte in die Hände. Also gut, sagte sie. Wir werden uns alle beeilen müssen. Heute ist eine Menge zu tun.

Was? sagte Dr. Mishra.

Mrs. Verma nickte Jyoti Das zu und sagte: Sie und Mr. Das werden zu Miss K. zum Mittagessen gehen. Sie erwartet Sie. Sie hat einen ganzen Blumenkohl aufgehoben, und heute morgen hat sie sich von mir eine Dose Ananas ausgeborgt. Und danach kommen Sie bitte wieder her zur Probe. Jetzt, wo wir unsere Chitrangada haben, können wir eine richtige Probe abhalten mit Kostümen und allem.

Glauben Sie vielleicht, knurrte Dr. Mishra, ich hätte an einem Feiertag nichts Besseres zu tun, als die ganze Zeit in einem alten Vorhang herumzulaufen?

Mrs. Verma lachte. Ja, das ist wirklich zu dumm, Dr. Mishra, aber Sie werden wohl kommen müssen – Feiertag oder nicht. Es war eine faire Wette, und jetzt, wo mein Sieg zum Greifen nahe ist, können Sie mich nicht im Stich lassen.

Sie gab Kulfi einen Wink. Kommen Sie, ich zeige Ihnen Ihr Zimmer, sagte sie und ging voran zu einem Raum weiter hinten im Haus.

Als sie zurückkamen, stand Jyoti Das stocksteif neben der Tür und wartete. Mrs. Verma ging geschäftig an ihm vorbei, ohne ihn weiter zu beachten, aber Kulfi blieb zurück. Als sie durch die Tür trat, stolperte sie und fiel seitwärts. Ihre Hände streiften die Vorderseite seiner Hose und zuckten zurück, als hätten sie etwas Heißes berührt.

Ungeschickt und zitternd vor Nervosität gelang es Jyoti Das, sie aufzufangen. Mit niedergeschlagenen Augen lehnte sie sich an seine Schulter. Ich hoffe, ich habe Ihnen nicht weh getan, sagte sie.

Er starrte sie sprachlos an. Der Schweiß trat ihm auf die Stirn. Sie spürte seinen Unterleib an ihrem Oberschenkel beben. Sie schwankte, und ihre Brust streifte seinen Arm. Ein Zucken schien durch ihn zu gehen, und er klammerte sich hilflos an ihre Bluse. Sein Mund war an ihrem Hals. O Gott, flüsterte er heiser, o Gott...

Es raschelte im Gang, als Mrs. Verma zurückgeeilt kam, und Kulfi befreite sich aus seinen Armen. Wo bleiben Sie denn, Mrs. Bose? rief Mrs. Verma. Sie sah von Kulfi, die ihren Blick züchtig gesenkt hatte, zu Jyoti Das, der erstarrt neben ihr stand, und ein leiser Verdacht regte sich in ihr.

Der Landrover ist da, sagte sie zu Kulfi. Sollen wir zum Café fahren?

Sie sah, daß Kulfi Jyoti Das einen Blick zuwarf, und sagte zu ihm gewandt mit Nachdruck: Sie müssen jetzt zum Essen gehen, Mr. Das. Dr. Mishra wartet auf Sie. Verlieren Sie keine Zeit.

Jyoti Das ging schnell in das andere Zimmer.

Also, Mrs. Bose? sagte sie. Sollen wir dann gehen? Wenn Sie *sehr* müde sind, können Sie natürlich auch hierbleiben und sich ausruhen.

Zu ihrer Überraschung nickte Kulfi eifrig. Ja, sagte sie und legte ihre Hände an die Schläfen. Ich bin sehr müde, und ich habe Kopfschmerzen. Ich glaube, ich werde mich ein wenig ausruhen.

Ich verstehe, sagte Mrs. Verma mit Zweifel in der Stimme. Aber bevor sie das Haus verließ, ging sie noch einmal zurück und gab Kulfi einen karminroten Sari und eine Schatulle, die sie von ihrem Frisiertisch nahm. Bis wir wieder zurück sind, sagte sie, können Sie ja schon mal Ihr Kostüm anprobieren.

Später, im Landrover, sagte sie zu ihrem Mann: Diese Leute sind so... so merkwürdig. Glaubst du, daß man ihnen trauen kann?

Ihr Mann gab keine Antwort.

Diese Mrs. Bose macht mir überhaupt nicht den Eindruck einer verheirateten Frau, fuhr sie fort. Und ich muß sagen, gerade vorhin erst hat sie sich sehr seltsam benommen. Und auch Mr. Das...

Mrs. Verma verstummte und starrte geistesabwesend auf einen Lebensmittelladen.

Sie sind ganz anders als alle Leute, die ich kenne: Ihr Mann und diese *ayah* – so seltsame Menschen. Ich werde einfach nicht schlau aus ihnen. Wieder verstummte sie. Aber kurz bevor sie vor dem Café hielten, fügte sie hinzu: Trotzdem, ich glaube, sie ist eine gute Besetzung für die Chitrangada.

Auf dem Rückweg untersuchten ihr Mann und sie abwechselnd Boss, während Zindi sie mit Beschreibungen seiner Krankheitssymptome eindeckte.

Das wird schon wieder, sagte Mrs. Verma und legte ihn wieder in Zindis Arme. Wenn wir zu Hause sind, gebe ich Ihnen etwas für ihn. Sie warf einen kurzen Blick auf Alu und überlegte, ob sie ein Gespräch anfangen sollte, aber er saß mit hochgezogenen Schultern auf seinen Händen und machte ein so verdrießliches Gesicht, daß sie den Gedanken wieder aufgab und wieder nach vorne sah.

Als der Wagen angehalten hatte, sprang sie, erleichtert, wieder zu Hause zu sein, hinaus und führte ihre Gäste schnell ins Haus. Kommen Sie, sagte sie, ich zeige Ihnen den Weg. Aber als sie die

Tür zum Zimmer öffnete, stellte sie fest, daß nur Zindi ihr gefolgt war. Alu war verschwunden.

Sie fand ihn in ihrem Salon, wo er auf dem Boden hockte und in sprachloser Verwirrung Hem Narain Mathurs altes Bücherregal anstarrte.

Was machen Sie denn hier, Mr. Bose? sagte sie verwundert. Kommen Sie und sehen Sie sich Ihre Frau an. Sie werden sie nicht wiedererkennen – sie ist jetzt Chitrangada.

Sobald er ihre Stimme hörte, sprang Alu auf. Er sah sie unsicher an, trat von einem Fuß auf den anderen und verbarg die Hände hinter seinem Rücken.

Kommen Sie, sagte sie energisch, kommen Sie mit.

Aber an der Tür blieb sie verwirrt stehen und sah zwischen ihm und dem Bücherregal hin und her. Wissen Sie, Mr. Bose, sagte sie schließlich, als ich hereinkam, haben Sie das alte Bücherregal meines Vaters angesehen, als hätte es gerade mit Ihnen geredet.

Kulfi! schrie Zindi. Was machst du denn mit deinem Gesicht? Hör auf damit! Du kannst dir hier, mitten in der Wüste, keine Freier suchen – das hast du doch aufgegeben, als du Indien verlassen hast.

In einem straßbesetzten Sari, eingeschnürt in golddurchwirkten Stoff, saß Kulfi kerzengerade vor einem Spiegel und puderte ihr bereits kalkweißes Gesicht. Zindi riß ihr die Puderquaste aus der Hand. Hör sofort auf damit, Kulfi, schrie sie. Was soll das denn?

Weißt du es denn noch nicht? Kulfi sah sie mit einem strahlenden Lächeln an. Heute bin ich eine Prinzessin – ich bin Chitrangada.

Chitra... was? keuchte Zindi. Hör zu, du Flittchen. Du bist heute kein bißchen anders als damals, als ich dich zum ersten Mal gesehen habe. Du bist Kulfi, das billige Callgirl, dessen Akademiker-Ehemann sie auf den Strich geschickt hat, nachdem er seinen guten Job verloren hatte; du bist die blasse, arbeitslose Kulfi, die in Bangalore zu mir kam und sagte: Nimm mich mit nach al-Ghazira und gib mir eine anständige Arbeit.

Nein, zischte Kulfi. Ihre Stimme bewegte sich am Rand der Hysterie. Heute bin ich Chitrangada, Prinzessin von Manipur.

Zindi sperrte den Mund auf. Prinzessin von wo? Du willst eine Prinzessin sein, du billige Hure?

Jetzt hör sich einer das an! Kulfi brach in Gelächter aus, und die Armreifen, die ihren Arm wie eine Schutzschiene aus Plastik bedeckten, klirrten wie zur Untermalung. *Ich* bin eine Hure? Das wagst *du* mir zu sagen, wo du doch die reinste Autobahn zwischen deinen Beinen hast, und das auch noch ohne Mautstation? Sie lachte noch immer, tauchte ihre Fingerspitzen in einen kleinen Topf mit *sindur* und strich sich die leuchtend rote Farbe auf den Scheitel. Heute, sagte sie und lächelte ihrem Spiegelbild zu, bin ich Chitrangada, Prinzessin von Manipur. Geh nur und frag Mrs. Verma, wenn du Lust hast. Sie ist eine gebildete Frau wie ich, keine Schlampe wie du. Sie wird es dir bestätigen. Ich bin Chitrangada, und ich werde Arjuna, den größten aller Helden, heiraten.

Zindi kniff die Augen zusammen. *Wen* wirst du heiraten?

Arjuna. Er hat sich wegen meiner Schönheit in mich verliebt.

Zindi warf Alu einen besorgten Blick zu. Dann legte sie Boss auf das Bett und baute sich hinter Kulfi auf. Hör zu, Kulfi, sagte sie ruhig, wenn du nicht auf der Stelle aufhörst, diesen Unsinn von dir zu geben, schlage ich dir die Zähne ein. Also, raus mit der Sprache: Wer ist dieser Arjuna?

Ein Mann, der hier zu Besuch ist, antwortete Kulfi. Er ist Arjuna, und ich bin Chitrangada.

Zindi packte ihre Schultern und schüttelte sie, bis die Armreifen klirrten. Wer ist er, Kulfi? sagte sie. Sag es mir, schnell!

Wütend schlug Kulfi nach Zindis Händen. Laß mich los, sagte sie. Ich habe dir gesagt, was ich weiß. Warum gehst du nicht selbst und fragst ihn, wenn du so neugierig bist?

Zindi biß sich auf die Knöchel und ließ sich auf das Bett sinken. Kulfi, sagte sie und holte pfeifend tief Luft. Ist er etwa der Vogelmann?

Kulfi, die gerade dabei war, sich ein Blechdiadem aufzusetzen, erstarrte. Der Vogelmann? flüsterte sie. Ich weiß nicht. Ich habe deinen Vogelmann ja noch nie gesehen. Ich bin die einzige, die ihn nicht kennt. Und er hat mich auch noch nie gesehen.

Ihr fiel ein, wie er sie angesehen hatte, als sie ins Zimmer gekommen war, und wie sein Blick ihr gefolgt war, und sie brach in ein entzücktes, mädchenhaftes Lachen aus und setzte sich das Diadem auf. Keine Sorge, sagte sie. Ich werde schon mit ihm fertig, selbst wenn er der Vogelmann ist. Ihr habt nichts zu befürchten.

Wie sah er aus? Sag es mir, schnell, rief Zindi.

Kulfi hatte den ersten Satz noch nicht zu Ende gesprochen, da wußte Zindi bereits Bescheid. Er ist es, jammerte sie, er ist es. Jetzt hat er uns.

Ja, er ist es wirklich, sagte Kulfi. Jetzt erinnere ich mich: Er sagte, er habe nach einem Geier Ausschau gehalten.

Nach einem Geier? flüsterte Zindi. Ist er mit einem Geier gekommen?

Hör auf zu jammern, fuhr Kulfi sie an. Habe ich dir nicht gesagt, daß alles in Ordnung ist? Hörst du mir denn überhaupt nicht zu?

Als sie aufstand, um zu gehen, packte Zindi sie am Arm. Du kannst nicht hinaus, solange er da draußen ist. Ich lasse dich nicht.

Kulfi schnaubte verächtlich. Versuch doch, mich aufzuhalten. Ihr Blick fiel auf Alu, der an der Tür stand. Sie blieb stehen. Und du, fauchte sie, wenn du auch nur in die Nähe des Bettes kommst, reiße ich dir deine verfaulten Daumen ab. Sie zog die Überdecke vom Bett und warf sie in eine Ecke. Da kannst du es dir gemütlich machen, sagte sie und stürmte aus dem Zimmer.

Alu zögerte und ging dann langsam auf die Tür zu.

Wo willst du denn hin? herrschte Zindi ihn an.

Ich will mir die Bücher ansehen, antwortete Alu.

Bücher? Ist das etwa der Augenblick, sich Bücher anzusehen? rief Zindi. Komm sofort zurück. Es ist alles nur deine Schuld. Du hast ihn hierhergebracht – du hast es ausgesprochen.

Aber er war doch schon hier, bevor ich irgend etwas gesagt habe, rechtfertigte er sich. Wie konnte er das wissen, Zindi? Wie ist er uns hierher gefolgt?

Gott strafe mich mit Blindheit, daß ich nicht gleich daran gedacht habe, sagte sie. Es muß die einfachste Sache von der Welt gewesen sein. Nachdem er uns in Kairouan gesehen hatte, brauchte er nur einen Blick auf die Wegweiser zu werfen, um zu wissen, daß wir in diese Richtung fahren würden. Wohin hätten wir auch sonst gehen sollen? Er muß gewußt haben, daß wir mit solchen Pässen, wie wir sie haben, nur an den entlegensten Grenzstationen über die Grenze kommen. Und wenn man erst einmal über die Grenze ist, führt der einzige Weg nach Westen über El Oued. Er weiß das alles. Er ist wie ein Vogel – jedesmal, wenn wir sagen, daß wir nach Westen gehen, hört er uns.

Vielleicht, sagte Alu, will er nur selbst nach Westen.

Meinst du? sagte Zindi eifrig. Plötzlich schöpfte sie neue Hoffnung. Glaubst du, das wäre möglich?

Wenn er uns wirklich etwas tun wollte, sagte Alu, dann hätte er es schon getan. Er muß hier irgendwo sein.

Möglich wäre es, murmelte sie, aber aus ihrer Stimme war die schwache Hoffnung bereits wieder verschwunden. Aber das spielt keine Rolle, sagte sie. Dieser Mann bringt den Tod mit sich. Er kann nichts dafür – es ist in seinen Augen. Denk nur an das, was mit Jeevanbhai geschehen ist, denk an Karthamma und all die anderen. Und diesmal ist er mit einem Geier gekommen.

Eine Zeitlang starrte sie mit leerem Blick an die Wand. Wir hätten nie herkommen dürfen, sagte sie schließlich. Wir hätten Ägypten nie verlassen dürfen. Ich rieche den Tod in diesem Haus. Es ist, als wäre es schwarz auf weiß geschrieben: Einer von uns wird dieses Haus nicht lebend verlassen.

Sie nahm Boss zärtlich in die Arme und küßte ihn, als wolle sie von ihm Abschied nehmen.

Solange es nur nicht er ist, flüsterte sie. Lieber ich, aber nicht Boss. Bitte nicht er...

Sobald er konnte, schlich Alu wieder in den Salon. Der Raum war leer, und es war seltsam still. Durch die Kahlheit der Wände hatte Alu noch mehr als zuvor das Gefühl, daß das Bücherregal ihn ansprang. Lange Zeit stand er reglos da, betrachtete es und fragte sich, warum seine Haut prickelte, als erkenne er etwas wieder. Dann ging er langsam, auf seine Fingernägel beißend, darauf zu, um die verstaubten Schutzumschläge aus braunem Papier nach einem sichtbaren Zeichen abzusuchen.

Er hatte den Raum noch nicht zur Hälfte durchquert, als Mrs. Verma energisch eintrat. Schuldbewußt blieb er stehen und wich dann langsam zurück. Ah, da sind Sie ja, sagte sie. Ich habe Ihrer *ayah* gerade etwas für Ihren Sohn gegeben. Es wird ihm bald besser gehen.

Er nickte, sah weg und steckte die Hände in die Taschen. Mrs. Verma räusperte sich. Mr. Bose, sagte sie zögernd, Sie erinnern sich doch sicher, daß ich zu Ihnen gesagt habe, ich könnte Ihre Hilfe brauchen? Wie Ihre Frau Ihnen wahrscheinlich schon erzählt hat, haben wir vor, *Chitrangada* – das kennen Sie ja sicher – für unsere Kollegen aufzuführen. Glücklicherweise habe ich die Platte, so daß wir nicht zu singen brauchen. Wir werden aber die Szenen, die wir aufführen, mit Hilfe eines Dolmetschers erklären müssen. Ich habe nun versucht, ein paar Notizen zu machen, aber leider bin ich dabei auf einige Schwierigkeiten gestoßen, und deswegen brauche ich Ihre Hilfe. Ich habe eine Hindi-Übersetzung des Originals, müssen Sie wissen, die mein Vater angefertigt hat, aber es gibt ein paar Stellen, wo ich seine Handschrift nicht entziffern kann. Er hat das Original zusammen mit der Übersetzung aufgeschrieben, aber ich kann kein Bengali lesen. Mr. Das hat mir ein bißchen geholfen, aber es gibt ein paar Stellen, die auch er nicht lesen konnte. Wenn Sie mir also...

Widerwillig nickte Alu. Mrs. Verma setzte sich auf ein Sofa, das neben dem Bücherregal stand, und begann, nach dem Buch zu suchen. Als sie sah, daß Alu sich über sie beugte und gespannt auf das Bücherregal sah, klopfte sie auf das Sofa und sagte: Setzen Sie sich doch, Mr. Bose. Er ließ sich neben ihr nieder, wobei er sich auf seine Hände setzte, wandte seinen Blick aber nicht von den Büchern.

Sie fand das Buch, nach dem sie gesucht hatte, und zog es heraus: Es war eine mitgenommene, liebevoll in braunes Papier eingebundene Kladde. Sie blätterte darin, zeigte ihm die unleserlichen Passagen und schrieb mit Hilfe seiner Erläuterungen die passenden Wörter in Hindi auf. Nach einer halben Stunde klappte sie die Kladde zu. Ich bin Ihnen sehr dankbar, sagte sie. Ich glaube, das war's. Sie stellte das Buch ordentlich wieder an seinen Platz und richtete die Reihe mit ihrem Handrücken aus.

Und dann sah Alu es.

Der Titel war nicht zu erkennen, denn das Buch war, wie die anderen, in braunes Papier eingebunden. Aber in dem Moment, als sein Blick darauf fiel, wußte er es. Er versuchte, sich zu beherrschen, versuchte, eine höfliche Bemerkung zu machen, aber die Worte blieben ihm im Hals stecken, und er fiel auf die Knie und riß das Buch aus dem Regal.

Er brauchte die Titelseite gar nicht anzusehen. Der verblaßte Druck lächelte ihn an wie ein allzu vertrautes Gesicht. Tränen traten ihm in die Augen.

Es ist *Pasteurs Leben*, sagte er leise und sah Mrs. Verma an.

Sie hatte ihm ein wenig beunruhigt zugesehen, aber als er das sagte, lachte sie. Ja, sagte sie. Kennen Sie es denn?

Er nickte stumm.

Das war eines der Lieblingsbücher meines Vaters, fuhr sie fort. Er hat es geliebt. Ein guter Freund hat es ihm geschenkt, als er auf dem Presidency-College war.

Wer? Wie hat er geheißen? Alu blätterte schon, auf der Suche nach der Titelseite, in den steifen, raschelnden Seiten des Buches. Irgendwie rutschte sie ihm immer wieder durch die Finger. Der Schweiß brach ihm aus, und er hielt inne, schloß das Buch mit beiden Händen und schlug es wieder, ruhiger diesmal, auf.

Schräg über die untere Ecke der ersten Seite stand mit roter Tinte in Balarams Handschrift: Für Hem Narain Mathur, Rationalist und Freund, von Balaram Bose; Medical College Hospital, Kalkutta, 1932. Darunter stand, in einer anderen Schrift: Zur Erinnerung an die Vernunft.

Er konnte den Anblick nicht ertragen. Er klappte das Buch zu und drückte es an die Brust.

Sie scheinen dieses Buch ja sehr zu mögen, Mr. Bose, sagte Mrs. Verma erstaunt.

Mrs. Verma, sagte Alu, dieses Buch ist der einzige wirkliche Bruder, den ich je gehabt habe. Ich habe ihn verloren, und jetzt habe ich ihn wiedergefunden – ausgerechnet hier, in der Wüste, in Ihrem Haus.

Mrs. Verma hörte mit ernstem Gesicht zu und zupfte an einigen Fäden, die aus dem Saum ihres Saris hingen. Dann sagte sie: Das ist sehr traurig.

Traurig! rief Alu. Wie kommen Sie darauf?

Ich sehe, daß Sie dieses Buch lieben, Mr. Bose, und das ist sehr traurig, denn man kann zwar ein Buch lieben, aber ein Buch kann diese Liebe nicht erwidern. Das habe ich schon meinem Vater immer gesagt, aber er hat es nie verstanden. Er sah die Welt, die geschäftige Welt rings um sich her, und dann sah er seine Bücher, und wenn sie ihm verschiedene Geschichten erzählten, dann wußte er, wie ein Mann zwischen streitenden Freunden, nicht, für wen er Partei ergreifen sollte. Aber schließlich waren die Bücher stärker, auch wenn das bedeutete, daß er sich der Welt verschließen mußte. Sie beherrschten ihn: Für ihn besaß dieses Bücherregal eine Ordnung, die die Welt nicht hatte. Ich dachte immer, das sei Liebe, aber jetzt weiß ich es besser. Er hatte Angst, Angst vor der Macht der Wissenschaft und diesen Büchern. Er hatte Angst, daß sie ihn zerstören würden, wenn er sich von ihnen abkehren sollte.

Das kann nicht sein, rief Alu. Was könnte ein Buch wie dieses hier ihm denn schon tun? Sie irren sich, Sie müssen sich irren.

Sie lächelte. Vielleicht haben Sie recht – ich irre mich oft. Sie nahm ihm das Buch aus der Hand, hielt es ein wenig von sich weg und blätterte es ungeschickt durch. Wissen Sie auch, sagte sie und betrachtete es voller Verwunderung, daß ich nur wegen dieses Buches Mikrobiologin geworden bin? Mein Vater hat mir gesagt, die Mikrobiologie sei Pasteurs Vermächtnis, und ich müsse dafür sorgen, daß dieses Vermächtnis nicht in Vergessenheit gerät.

Sie holte tief Luft und hielt ihm das Buch hin. Nehmen Sie es, sagte sie. Ich wollte es schon immer loswerden, ich habe mich nur nie getraut – dazu bin ich zu sehr die Tochter meines Vaters.

Alu zögerte. Wie könnte ich das? Es hat Ihrem Vater gehört...

Nehmen Sie es, drängte sie ihn fast wütend. Jetzt, wo ich den Mut gefunden habe, es zu verschenken, will ich es nicht mehr. Behalten Sie es. Gehen Sie damit in die Dünen, wenn Sie wollen, und lesen Sie es dort in Ruhe.

Ja, sagte er eifrig und streckte die Hand aus. Genau das werde ich tun. Ich kann es ja immer noch zurückbringen.

Sie drückte ihm das Buch in die Hand. Er drehte es ungeschickt hin und her, und es entglitt ihm und fiel zu Boden. Es blieb aufgeschlagen liegen, und ein mit dickem rotem Stift unterstrichener Absatz fiel ihnen ins Auge.

Lesen Sie es vor, sagte sie schnell. Was steht da? Es hat immer etwas zu bedeuten, wenn ein Buch sich selbst aufklappt.

Es geht um den Tod, sagte Alu. Da steht, daß ohne Keime ‹das Leben unmöglich wäre, weil der Tod nicht vollständig wäre›.

Mrs. Verma sah sich im Raum um und lächelte nervös. Ich frage mich nur, wer damit wohl gemeint ist, sagte sie.

Als Dr. Mishra und Jyoti Das kurz vor Sonnenuntergang zurückkehrten, hatte Mrs. Verma im Salon bereits Platz geschaffen für die Probe und war mit Kulfi dabei, Arjunas Blumenkranz – der, da sie keinen Jasmin hatten, aus Bougainvilleas bestand – zu flechten. Es war eine stumpfsinnige Arbeit, und Mrs. Verma hätte sich gefreut, wenn sie noch eine weitere Hilfe gehabt hätte, aber Zindi hatte sich mit Boss, der von den Medikamenten ganz benebelt war, eingeschlossen und wachte über seinen Schlaf, Alu saß immer noch irgendwo in den Dünen, und was ihren Mann betraf, so wußte sie aus Erfahrung, daß Blumen in seinen Händen sogleich zerfielen.

In dem Augenblick, in dem Jyoti Das eintrat, überfiel Mrs. Verma ein ungutes Gefühl. Seine Augen glänzten fiebrig, sein Gesicht war angespannt und verriet unterdrückte Erregung. Sie ahnte Böses, als sie sah, wie seine Augen den Raum absuchten und sein Blick gierig an Kulfis gesenktem Kopf hängenblieb.

Kommen Sie, Mr. Das, sagte sie schnell. Kommen Sie, Mishra-sahb. Ziehen Sie sich ihre Kostüme an, dann können wir gleich anfangen. Sie trieb die beiden vor sich her, und als Jyoti Das zurückbleiben wollte, schob sie ihn unnachgiebig weiter und sagte: Kommen Sie, kommen Sie...

Jyoti Das, angetan in *dhoti* und *kurta*, kehrte als erster zurück. Er ging gebeugt, mit schmerzhaft hochgezogenen Schultern, denn die *kurta* gehörte Mr. Verma und war ihm daher zwei Nummern zu klein. Die gestärkten Nähte schnitten unangenehm in seine Achselhöhlen. Mit spitzen Fingern hielt er einen kleinen Bambusbogen, als handle es sich um eine tote Ratte.

Mrs. Verma hatte kaum ein Lachen unterdrückt, als sie merkte, daß seine Augen flehend auf Kulfi gerichtet waren. Sie sah, daß Kulfi ihn mit einem anerkennenden Blick belohnte. Sogleich klopfte Mrs. Verma auf einen Stuhl neben sich und rief: Kommen Sie und setzen Sie sich, Mr. Das – Sie müssen jetzt Ihre Rolle lernen.

Nun erschien, von der Hüfte abwärts scharlachrot, darüber glitzernd vor Lametta, Dr. Mishra, der lautlos vor sich hin fluchte. Ist Ihnen das noch nicht lächerlich genug? sagte er zu ihr. Muß ich Vermas Apparat wirklich auch noch aufsetzen?

Ja, antwortete sie, mit einem Heiligenschein sehen Sie viel besser aus. Und ich habe noch etwas für Sie.

Und das wäre? fragte er mißtrauisch. Sie hielt einen Kegel aus Pappe und Goldpapier hoch. Es ist eine Krone, rief sie. Sie soll Ihre Herrschaft über das Reich der Liebe symbolisieren.

Lügen Sie nicht, sagte er und sah sie verächtlich an. Das Ding soll doch nur meine Glatze verdecken.

Unbeeindruckt setzte Mrs. Verma ihm die Krone auf. So, sagte sie, das wird sie auch vor einer Erkältung bewahren. Als aber ihr Mann den Heiligenschein befestigte und ihn probeweise einschaltete, flog die Krone von Dr. Mishras glatter Kopfhaut und fiel zu Boden. Mrs. Verma richtete die Spitze wieder auf und versuchte die Krone wieder zu befestigen, diesmal mit einem Gummiband. Als sie halb damit fertig war, sah sie zufällig auf. Im nächsten Augenblick fiel ihr die Krone aus den Händen, und Dr. Mishra heulte auf, denn das Gummiband schnappte zurück und traf seine Nasenspitze.

Kulfi beugte sich, die Blumenkette aus Bougainvilleas in der Hand, über Jyoti Das und lächelte ihm mit mädchenhafter, koketter Bescheidenheit zu. Mrs. Verma wollte hinzueilen, aber bevor sie bei ihnen war, hatte Kulfi ihm die Kette bereits umgehängt und tänzelte davon.

Schwer atmend und mit weit aufgerissenen Augen stand Jyoti Das auf, aber bevor er auch nur einen Schritt tun konnte, hatte Mrs. Verma sich schon vor ihm aufgebaut. Nein, nein, Mr. Das, sagte sie scharf und stieß ihn wieder auf den Stuhl. Schluß damit jetzt – setzen Sie sich.

Von da an sah sie, während sie Dr. Mishra die Krone aufsetzte, alle zwei Sekunden auf, um sich davon zu überzeugen, daß die beiden sich nicht vom Fleck gerührt hatten. Dr. Mishra amüsierte sich großartig. Ein Liebesspiel für Madana, summte er vor sich hin. Ein dreifaches Hipphipphurra auf den ländlichen Sozialismus.

Kurz darauf war Mrs. Verma bereit anzufangen. Ein kurzer Blick auf Jyoti Das' gerötetes Gesicht ließ es ihr geraten erscheinen, mit einer Szene zu beginnen, bei der nur Chitrangada und Madana gebraucht wurden.

Der erste Teil dieser Szene, bei der Kulfi lediglich vor Dr. Mishra zu knien und ihren Gesichtsausdruck dem flehenden Gesang aus den Lautsprechern anzupassen hatte, ging reibungslos über die Bühne. Als Dr. Mishra sie jedoch, wie es die Rolle erforderte, aufhob, erfaßte ein Windstoß von seinem surrenden Heiligenschein Kulfis Diadem und blies es ihr vom Kopf. Kulfis Hände schossen nach oben. Mit wachsendem Zorn tastete sie ihren Kopf ab und bedachte Dr. Mishra dann mit einem funkelnden Blick voll so unverhüllter Wut, daß er angstvoll zurückwich.

Mrs. Verma mußte zwischen sie treten. Ich glaube, diese Szene sitzt, sagte sie hastig. Wir wollen jetzt mit einer anderen fortfahren.

Sie nahm ein Tuch und legte es Kulfi um die Schultern. Dieses Tuch, erklärte sie, symbolisiert das Unscheinbare an Chitrangadas tatsächlicher Erscheinung. Sie müssen es tragen, denn wir werden jetzt die Szene proben, in der Chitrangada Arjuna ihr eigentliches Selbst enthüllt und er voller Verwunderung *Dhanya! Dhanya! Dhanya!* ruft.

Sie führte Kulfi und Jyoti Das zu der freigeräumten Stelle am Ende des Raumes und erklärte ihnen ihre Rollen. Während sie ihre Posen einnahmen – Chitrangada stand vor dem sprachlos verwunderten Arjuna und hatte mit einer dramatischen Geste die Arme ausgebreitet –, blieb sie neben ihnen stehen und ließ sie nicht aus den Augen, um sicherzugehen, daß sie einen schicklichen Abstand bewahrten. Es dauerte jedoch eine ganze Weile, bis sie zufrieden war. Schließlich ging sie zögernd zurück und stellte den Plattenspieler an.

Ami Chitrangada, trällerte es leise, *ami rajendronondini* ...

Langsam schob Jyoti Das sich näher an Kulfi heran. Bitte lauter, rief er Mrs. Verma zu. Wir können hier kaum etwas hören.

Widerwillig stellte Mrs. Verma die Musik lauter und setzte die Nadel wieder an den Anfang der Rille. Volltönend klang die Stimme aus den Lautsprechern: *Ich bin Chitrangada, Tochter von Königen* ...

Jyoti Das warf einen verstohlenen Blick auf Mrs. Verma und die anderen. Was er und Kulfi sagten, würden sie jetzt nicht mehr hören, denn der dicke Klangteppich deckte alles zu. Er beugte sich vor, als Kulfi mit gleitenden, graziösen Handbewegungen auf ihr Tuch deutete.

Ich bin Chitrangada ...

Bist du die, flüsterte er, die man Kulfi-didi nennt?

An dem plötzlichen Zucken ihres Kopfes erkannte Jyoti Das, daß sie ihn verstanden hatte. Er sah kurz zu Mrs. Verma hinüber. Sie saß vorgebeugt in ihrem Stuhl und sah ihnen gespannt zu.

Ich bin Chitrangada.

Kulfi wirbelte herum und kniete nieder. Auch er fiel, wie man es ihm gesagt hatte, auf die Knie.

Ich bin keine Göttin ...

Ich weiß, wer du bist, flüsterte er und bemühte sich, die Lippen nicht zu bewegen. Ich bitte dich, hab keine Angst vor mir.

Ich weiß, daß du Kulfi-didi bist. Ich weiß auch, wer die anderen sind. Ihr habt nichts zu befürchten, und ihr braucht euch nicht zu verstecken. Ich werde weder dir noch ihnen etwas tun. Hör mich an, Kulfi, bitte...

Und ich bin auch keine gewöhnliche Frau...

Kulfi, bitte...

Der Schweiß rann ihm jetzt über das Gesicht, aber sein Mund war seltsam trocken. Sein Bauch und seine Lenden wurden durch ein unsichtbares, unerträgliches Korsett eingeschnürt.

Kulfi, bitte...

Sie hob ihren gesenkten Kopf. Ihre Augenlider flatterten, und sie schenkte ihm ein kurzes Lächeln.

Ihm schwindelte, als sei er betrunken. Oh, Kulfi..., stöhnte er.

Wenn du mich an deiner Seite bleiben läßt...

Er beugte sich vor und schirmte sein Gesicht mit dem Bogen ab. Kulfi, sagte er, ich weiß, daß du nicht verheiratet bist. Ich weiß, daß er nicht dein Mann ist. Ich weiß alles über ihn. Ich weiß, daß du eine freie Frau bist. Kulfi, bitte, ich bitte dich, wir können hier nicht reden. Ich bitte dich, komm heute nacht in den Garten – nachher, wenn alle anderen schlafen.

Sie sah ihn unvermittelt an. Er las den Tadel in ihren sich weitenden Augen und bebenden Lippen und hielt inne.

Nein, nein, Kulfi, sagte er und schluckte krampfhaft. Nicht das, was du denkst, wirklich. Ich schwöre es. Ich verspreche es dir. Ich werde dich nicht anrühren. Ich schwöre es. Ich will nur mit dir reden – es ist unmöglich, hier zu reden. Bitte, Kulfi, bitte...

Ihre Augen blitzten. Unsicher stand sie auf.

Wenn du mich an deinen Prüfungen teilhaben läßt...

Ich werde alles tun, was du von mir verlangst, Kulfi, sagte er und erhob sich ebenfalls.

Plötzlich richtete sie sich steif auf und sah ihm ins Gesicht.

Alles, was ich dir heute bieten kann...

Es war ihm jetzt gleichgültig, ob ihn jemand sah oder hörte. Kulfi, rief er, ich halte es nicht mehr aus. Ich werde dich heiraten, wenn du heute nacht, nur dieses eine Mal... Du mußt wissen, ich habe nie...

Alles, was ich dir bieten kann...

Ihre Augen waren jetzt riesig groß. Sie erschauerte und griff sich an die Brust. Eine ungeheure Seligkeit ergriff ihn, und er wollte auf sie zuspringen. Aber aus dem Augenwinkel sah er Mrs. Verma, die ihn mit gerunzelter Stirn beobachtete, und er beherrschte sich. Sag jetzt nichts, Kulfi, flüsterte er hastig und zeigte mit dem Daumen auf Mrs. Verma. Sie könnten dich hören.

Kulfis feuchte Lippen zitterten. Sie stöhnte und streckte flehend, beschwörend die Arme nach ihm aus.

Alles was ich dir bieten kann, ist Chitrangada, Tochter von Königen...

Nicht jetzt, Kulfi, flüsterte er eindringlich. Warte noch etwas, nur bis heute nacht noch. Wozu die Eile?

Dhanya! Dhanya! Dhanya!

Die Hände an ihr Herz gepreßt, sank Kulfi zu Boden. Wie in Trance sah Jyoti Das, wie sie zusammenbrach.

Der erste, der herbeieilte, war Dr. Verma. Er stieß Jyoti Das beiseite, knöpfte Kulfis Bluse auf und fühlte nach ihrem Herzen.

Jyoti Das schlug die Hände vor das Gesicht, und versuchte, das Gleichgewicht zu bewahren. Als er die Hände sinken ließ, sah er sich Alu gegenüber. Einen endlosen Augenblick lang starrten sie einander über Kulfi hinweg an. Dann stand Dr. Verma zwischen ihnen auf.

Sie ist entrückt, sagte er auf englisch, ganz und gar entrückt.

Ihre Väter haben sie zu sich in ihr himmlisches Reich geholt.

21
Vorhang

Ganz behutsam drückte Mrs. Verma Kulfi die Augen zu. Einen Augenblick lang sah sie in das blasse, ausdruckslose Gesicht, und dann begannen ihre Lippen zu zittern, und sie mußte den Kopf neigen, um die Tränen zurückzuhalten. Drei Ärzte, sagte sie, drei Ärzte waren hier mit ihr in einem Raum, und trotzdem konnten wir nichts für sie tun. Nichts.

Wir haben uns nichts vorzuwerfen, Mrs. Verma, sagte Dr. Mishra schroff. Wir konnten nichts für sie tun. Zumal ihr Mann sich nicht die Mühe gemacht hat, uns zu sagen, daß sie ein schwaches Herz hatte.

Mrs. Verma strich mit ihrer Hand tröstend über Alus Rücken. Der arme Mann – es ist nicht seine Schuld. Was hätte er schon tun können? Sie war so versessen darauf, die Rolle zu spielen. Er konnte ja nicht ahnen, daß das alles sie so mitnehmen würde.

Sie sah Jyoti Das, der hinter ihr auf dem Boden hockte, vorwurfsvoll an. Aber Mr. Das hätte sich vielleicht etwas mehr Zurückhaltung auferlegen können, bemerkte sie. Mehr will ich dazu nicht sagen.

Jyoti Das zuckte zusammen und legte den Kopf auf die Knie.

Jedenfalls, fuhr Mrs. Verma fort, gibt es jetzt nur noch eines, was wir für die arme Frau tun können.

Sie ging in die Küche und kehrte mit einer Messingschale und einem Löffel zurück. Sie kniete neben dem Leichnam nieder und sagte: Hier, Mr. Bose. Auch wenn es jetzt zu spät ist, sollten Sie ihre Lippen benetzen.

Sie hielt Alu die Schale hin. Ein kurzes, schnell unterdrücktes Lachen ließ sie innehalten. Verwundert sah sie auf. Was ist mit Ihnen, Dr. Mishra?

Entschuldigung, murmelte er zerknirscht und schlug seine Hand vor den Mund. Die plötzliche Bewegung setzte seinen Heiligenschein wieder in Gang. Ohne weiter darauf zu achten, sagte er laut: Ich finde es merkwürdig, was Sie da machen, Mrs. Verma.

Was? sagte sie. Ich kann Sie nicht verstehen.

Verdammt! fluchte er und griff nach seinem Heiligenschein. Im nächsten Augenblick schrie er auf und zog seine Hand zurück, denn die wirbelnden Flügel hatten ihm die Haut an den Knöcheln abgeschürft. Verdammt und ...! Entschuldigung. Verma, brüllte er, können Sie mich nicht von diesem Ding befreien? Dr. Verma kam herbeigerannt, um ihm behilflich zu sein.

Was wollten Sie gerade sagen, Mishra-sahb? fragte Mrs. Verma.

Ich wollte gerade fragen, erwiderte er, ob es Ihnen gelungen ist, Ihren Wasserhahn an den Ganges anzuschließen? Oder haben Sie einen kleinen privaten Vorrat für solche Gelegenheiten?

Wie meinen Sie das? fragte sie verwirrt.

Für den Fall, daß Sie es noch nicht wissen, sollte ich Ihnen vielleicht erklären, daß das Wasser in dieser Schale den Gangotri oder den Schnee auf dem Himalaja nie auch nur von weitem gesehen hat. Es stammt aus einer Millionen Jahre alten Grundwasserschicht unter der Sahara. Es ist nie an Rudraprayag oder Hardwar oder Benares oder irgendeiner anderen heiligen Stadt vorbeigeflossen. Genaugenommen ist es nie irgendwohin geflossen. Es ist mit Hilfe eines artesischen Brunnens heraufgepumpt worden.

Verwirrt sah Mrs. Verma von Dr. Mishra zu Alu und wieder zu Dr. Mishra. Na und? sagte sie.

Mit einem Wort: Es ist kein Gangeswasser. Sie können es ihr nicht geben.

Sie schüttelte ungeduldig den Kopf und wandte ihm den Rükken zu. Bitte, Mr. Bose, sagte sie und stieß Alu an. Geben Sie es ihr.

Warten Sie! rief Dr. Mishra. Das können Sie nicht tun.

Aber woher sollen wir denn hier, in der Sahara, Gangeswasser nehmen, Dr. Mishra? sagte sie. Etwas anderes als dieses Wasser haben wir nicht. Es hat also gar keinen Sinn, sich darüber zu streiten.

Es hat eben wohl einen Sinn. Erstens finde ich, daß Sie sich fragen sollten, ob Sie als eine rational denkende, gebildete Frau jemanden in dem Glauben bestärken sollten, daß ein bißchen trübes Wasser aus einem schmutzigen Fluß einem Menschen, der bereits tot ist, von irgendeinem Nutzen sein kann.

Das ist wohl kaum der richtige Zeitpunkt für eine Diskussion, sagte Mrs. Verma. Wir können nur tun, was wir für richtig halten. Also bitte, Mr. Bose.

Einen Augenblick! Dr. Mishra sprang auf. Wenn Sie das schon tun, dann tun Sie es bitte auch richtig. Sie können ihr nicht einfach Wasser aus einem artesischen Brunnen in den Mund gießen und so tun, als wäre es Gangeswasser. Das können Sie nicht. Immerhin gibt es gewisse Regeln.

Machen Sie sich über die Regeln keine Gedanken, sagte Mrs. Verma. Wir werden einfach tun, was wir können.

Sie drückte Alu den Löffel in die Hand und half ihm, einige Tropfen Wasser auf Kulfis leblose Lippen zu träufeln.

Als sie den Leichnam sah, sank Zindi langsam wie die Kruste eines Brotes, das man gerade aus dem Ofen geholt hat, zu Boden. Sie richtete Kulfis ausgestreckte Arme aus und begann dann plötzlich zu weinen und sich hin- und herzuwiegen wie ein ausgeschimpftes Kind. Sie hat auf mich gezeigt, schluchzte sie. Habt ihr es nicht gesehen? Sie glaubt, daß es meine Schuld war.

Alu legte seinen Arm um sie. Zindi, flüsterte er, damit die Ärzte auf der anderen Seite des Raumes ihn nicht hören konnten. Zindi, es ist nicht deine Schuld. Du konntest nichts daran ändern.

Woher willst du das wissen? flüsterte Zindi zurück. Du hast ihren Tod ja nicht auf dem Gewissen. Seit wir al-Ghazira verlassen haben, hast du nichts weiter getan, als deine Daumen anzustarren. *Ich* bin es gewesen, die alle Entscheidungen getroffen hat, *ich* habe sie in dieses Todeshaus gebracht, und *ich* werde am Tag des Gerichts dafür zu büßen haben.

Aber warum denn, Zindi? Sie ist doch aus freiem Willen mitgekommen.

Aber ich habe es zugelassen, daß sie hierblieb, auch als ich spürte, daß der Tod hier lauert. Wenn ich getan hätte, was ich hätte tun müssen, wenn wir weitergefahren wären, dann würde sie jetzt noch leben.

Aber du weißt doch, daß wir nicht von hier weggekonnt hätten, sagte Alu. Boss ist krank, und wohin hätten wir schon gehen sollen?

Sie schob ihn zornig von sich. Ich will deine Umarmungen und Erklärungen nicht, zischte sie. Ich werde das, was heute passiert ist, bis an mein Lebensende mit mir herumtragen. Laß mich in Frieden. Was weißt du schon davon?

Eine Hand berührte ihre Schulter, und sie fuhr herum. Es war Jyoti Das. Seine Augen waren gerötet und zugeschwollen, und sein Mund stand offen. Er versuchte etwas zu sagen.

Der Geier! schrie sie.

Es ist meine Schuld, stammelte er. Er bückte sich, um ihre Füße zu berühren. Zindi zog ihre Beine zurück. Rühr mich nicht an, fauchte sie. Rühr mich nicht an mit deinen mörderischen Klauen, sonst bringst du mich auch noch um.

Jyoti Das sah verzweifelt seine Hände an. Was hätte ich tun sollen? sagte er. Sie kam wie eine Luftspiegelung aus der Wüste herein, und ich...

Bring ihn raus, Alu, schluchzte Zindi. Bring ihn weg. Laß nicht zu, daß er mich mit seinen Krallen berührt...

Sie schluchzte immer noch, als sie einander aufhalfen und wie ein Paar trauernder Krüppel aus dem Raum humpelten.

Was sollen wir jetzt tun? sagte Mrs. Verma

Gar nichts, antwortete Dr. Mishra. Abgesehen davon, daß das alles in Ihrem Haus passiert ist, haben Sie mit dieser ganzen Sache nichts zu tun. Was Sie jetzt tun sollten, ist, im Krankenhaus und bei der Polizei anzurufen. Es wird jemand kommen und den Leichnam mitnehmen, und dann sind Sie davon erlöst. Möglicherweise wird man eine Autopsie vornehmen – das ist vielleicht erforderlich für den Totenschein.

Und dann?

Wie meinen Sie das: ‹Und dann›?

Ich meine, sagte Mrs. Verma, was machen sie dann mit der Leiche? Sie können sie doch nicht ewig im Leichenschauhaus behalten.

Dr. Mishra zuckte die Schultern. Vermutlich, was sie unter diesen Umständen immer tun. Ich nehme an, sie werden sie den nächsten Verwandten übergeben. Aber das ist völlig gleichgültig und hat mit Ihnen oder mir oder irgendeinem anderen hier überhaupt nichts zu tun.

Mrs. Verma stützte ihr Kinn in die Hand und dachte angestrengt nach. Das heißt also, sagte sie, daß sie den Leichnam Mr. Bose übergeben werden. Aber was wird *er* damit tun?

Was haben *Sie* damit zu schaffen? sagte Dr. Mishra brüsk. Er kann damit machen, was er will. Das geht Sie nichts an. Sie kennen diese Leute ja nicht einmal. Sie sind heute hier aufgetaucht, und Sie haben sie aufgenommen. Was wissen Sie denn schon über sie? Es könnten ja international gesuchte Verbrecher oder so was sein. Ich finde, Sie sollten sehr, sehr vorsichtig sein. Lassen Sie die Finger von dieser Sache.

Mal sehen, sagte Mrs. Verma und zählte die Möglichkeiten an ihren Fingern ab. Er könnte den Leichnam nach Algier bringen – aber wie und wozu? Oder er könnte damit zurück nach Indien fliegen – aber wie? Dazu müßte er ihn erst zum Flugzeug in Hassi Messaoud bringen, und wer weiß, ob morgen ein Flugzeug geht – und überhaupt würde der Leichnam ja schon anfangen zu verwesen. Oder er könnte ihn den Behörden überlassen, damit sie ihn... loswerden.

Ihre Augen weiteten sich, als sie daran dachte, was das bedeutete. Was glauben Sie, was die Behörden damit tun würden? fragte sie. Unwillkürlich ballte sie die Faust und preßte sie an den Mund. Was glauben Sie, was sie damit tun würden?

Dr. Mishra lachte leise. Warum zerbrechen Sie sich den Kopf über eine Leiche, Mrs. Verma? Auf der Universität müssen Sie doch jeden Tag Dutzende davon gesehen haben. Sie haben sie aufgeschnitten, Speiseröhren entfernt und Herzen in Alkohol eingelegt. Finden Sie nicht auch, daß es ein bißchen spät ist, über einen Haufen toten Gewebes Tränen zu vergießen?

Es ist einfach nicht dasselbe, wenn es im eigenen Haus passiert, sagte sie verwirrt.

Doch, es ist genau dasselbe, antwortete er und klopfte mit seiner Pfeife auf den Tisch. Das brauche ich Ihnen doch wohl nicht zu erzählen. An dieser Leiche ist nichts, was Sie nicht in jedem Leichenschauhaus, in jedem Lehrbuch finden würden.

Aber es ist erst ein paar Stunden her, daß ich ihr ein Zimmer in meinem Haus angeboten habe, weil sie keine Bleibe hatte. Schulden wir ihr nicht etwas – jetzt, wo sie tot ist?

Nein, wir schulden ihr nichts, sagte er scharf. Wir haben sie nicht einmal gekannt.

Aber was wird ihr Mann tun? Wo soll er denn hin mit ihr?

Er kann sie ja wieder dahin mitnehmen, wo er hergekommen ist, sagte Dr. Mishra heiter.

Mrs. Verma legte entschlossen die Hände aneinander und stand auf. Es gibt jetzt nur eins, sagte sie. Wir müssen sie selbst verbrennen, und zwar richtig, irgendwo in den Dünen.

Niedergeschmettert sank Dr. Mishra in sich zusammen. Nach einer Weile murmelte er mit vor Entsetzen ganz heiserer Stimme: Wie sollten wir das denn wohl machen? Es gibt hier kein Krematorium. Was werden die Behörden dazu sagen? Das können wir nicht. Für so etwas gibt es doch ein übliches Verfahren.

Das können wir leicht in Erfahrung bringen, sagte Mrs. Verma und räumte den Tisch ab. Immerhin kennen uns die Behörden, und wir kennen sie. Wir können die Umstände erklären. Ich bin sicher, daß sie uns keine Schwierigkeiten machen werden.

Mrs. Verma, sagte Dr. Mishra, der seine Fassung langsam wiedergewann, leise, was meinen Sie eigentlich mit ‹eine richtige Verbrennung›?

Nun, ich nehme an, so etwas, wie wir es gesehen haben, als unsere Väter und Mütter gestorben sind.

Nur keine Angst, Mrs. Verma, sprechen Sie es ruhig aus. Was Sie meinen, ist eine Einäscherung nach hinduistischem Ritual.

Sie können es nennen, wie Sie wollen.

Mit der ganzen Selbstsicherheit eines Schachspielers, der ein Matt ansagt, beugte Dr. Mishra sich vor. Aber, sagte er lächelnd, woher wissen Sie, daß sie einer anständigen Einäscherung *würdig* ist?

Wie sollte Jyoti Das erklären – besonders jetzt, da Alus Blick erwartungsvoll und unverwandt auf ihn gerichtet war –, wie sie ausgesehen hatte, als sie zum ersten Mal das Zimmer betreten hatte – wie er sie da gesehen hatte? Sie war wie eine Erscheinung mit einer zu langen Vergangenheit gewesen; sie war so plötzlich dagewesen – wie das letzte Foto in einem hastig durchgeblätterten Album, das durch den Nebel, den all die Seiten mit unscharfen Bildern geschaffen hatten, klar hervortrat.

Da war zum Beispiel die letzte Unterredung mit dem Botschafter in al-Ghazira, bei der dieser mit einem Sarkasmus, der Seide hätte schneiden können, gesagt hatte: Sagen Sie, Mr. Das, stimmt es eigentlich, daß Sie gerade einen Einkaufsbummel gemacht haben, als Ihre sogenannten ‹Extremisten› geflohen sind? Und bevor er das hatte verneinen können, war der Botschafter mit anzüglichen Schilderungen der Unfähigkeit aller Mantel-und-Degen-Männer, die er je kennengelernt hatte, fortgefahren, hatte den Groll beschrieben, den sie gegen die ganze Welt hegten, weil sie sich bei den Prüfungen nicht für die angeseheneren Dienste qualifiziert hatten, und sich über die ‹Extremisten› ausgelassen, die sie erfanden, um auf Regierungskosten ins Ausland reisen zu können.

Mr. Das, hatte er zum Schluß leise gesagt, glauben Sie eigentlich wirklich, daß wir Ihnen diese Sache mit den ‹Extremisten› abgekauft haben? Wir wissen sehr gut, warum man Leute wie Sie hin und wieder zu den Botschaften schickt: Sie sollen *uns* überwachen.

Und dann war da Jai Lal, der neben ihm saß und ihm erzählte, wie ein Erster Botschaftssekretär ihm anvertraut hatte, daß schon ein kleiner Teil des Berichts, den der Botschafter an die Zentrale geschickt hatte, genügen würde, um Jyotis Karriere zu beenden wie eine nur halb gerauchte Zigarette. Und dann wieder Jai Lal, der ihm sagte, es gebe für ihn nur eine einzige Möglichkeit, ein Stück seiner einstmals leuchtenden Zukunft zu retten, und zwar, indem er den Verdächtigen aufspürte.

Dann folgten graue, bittere Tage, in denen er auf die Genehmigung wartete, in Richtung Kairo weiterreisen zu dürfen. Und weitere graue Tage, nachdem er die Genehmigung erhalten hatte, denn in der Botschaft in Kairo wollte ihn niemand empfangen. Sein Kontaktmann sagte: Die Nachricht hat sich schnell herumgesprochen – inzwischen sind alle auf dem laufenden über diese Sache in al-Ghazira und Ihr, Ihr...

Versagen? schlug Jyoti Das vor.

Ihr Unvermögen, Ihren Auftrag zu erledigen, berichtigte ihn sein Kontaktmann. Damit will keiner etwas zu tun haben.

Aber in Ägypten gab es auch zwei Lichtblicke: einer war die Begegnung in Alexandria, bei der er, wie er wußte, den Fluchtweg des Gesuchten richtig vorausgesehen hatte, und der andere war ein Brief aus Düsseldorf von seinem Onkel, dem Ingenieur, in dem dieser ihm nicht nur einen Scheck über ein paar hundert Dollar schickte, sondern auch Andeutungen bezüglich eines Jobs für ihn in Deutschland machte.

Mit dem Geld kaufte er sich eine Fahrkarte nach Tunis, aber als er dort angekommen war, verlor sich wieder alles im dunkeln. Er rief die Botschaft an, und eine Stimme fragte ihn nach seinem Namen, seiner Dienststelle, seinem Rang und seinem Auftrag und setzte ihn dann schadenfroh davon in Kenntnis, daß man ein Telex vom Ministerium erhalten habe, in dem ein gewisser Shri Jyoti Das gebeten wurde, Gründe anzuführen, die dagegen sprachen, daß man ihn wegen Pflichtversäumnis suspendierte.

Glücklicherweise warteten noch ein paar hundert Dollar aus Düsseldorf postlagernd auf ihn. Was blieb ihm anderes übrig, als sie einzustecken und sich auf die Suche nach den einzigen Leuten zu machen, die er auf diesem Kontinent kannte?

Und da war er nun, mitten in der Wüste, und lag auf einem Sofa. Die Zukunft bereitete ihm Angst, eine Vergangenheit besaß er nicht, und das einzige, das in sein Bewußtsein drang, waren die Stiche in seinem schmerzhaft jungfräulichen Fleisch – und da stand plötzlich Kulfi in der Tür.

Da war ich nun, sagte er zu Alu, lag auf einem Sofa und dachte an einen Geier, und dann sah ich auf, und da stand sie in ihrem gelben Sari, eingerahmt vom Türrahmen, wie eine Goldamsel auf einer Miniatur aus der Mogul-Zeit.

Sie kann keine richtige Einäscherung bekommen, Mrs. Verma – Ihre eigenen heiligen Schriften lassen das nicht zu.

Wieso? wollte sie wissen.

Nun, sagte Dr. Mishra, da fallen mir zwei erstklassige Gründe ein. Zum einen glaube ich, jeden, der danach fragen sollte, davon überzeugen zu können, daß es sich bei ihrem Tod alles in allem um einen Unglücksfall gehandelt hat – plötzlicher Schock und so weiter. Meinen Sie nicht auch?

Mrs. Verma nickte unsicher. Aber was spielt das für eine Rolle?

Na bitte, rief er. Sehen Sie jetzt ein, daß Sie einen Preis bezahlen müssen für Ihre wohlmeinende Unwissenheit? Wissen Sie denn nicht, daß, genaugenommen, jemand, der sein Leben durch einen Unfall verloren hat, gar nicht richtig verbrannt werden darf? Wenn Sie mir nicht glauben, dann schlagen Sie es doch im *Baudhayana Dharmasutra* nach, da können Sie es schwarz auf weiß lesen. Das wird, wenn ich mich recht entsinne, damit begründet, daß jemand, der durch einen Unfall ums Leben gekommen ist, ohnehin nicht die Seligkeit erlangen kann – also, warum sich die Mühe machen? Ich weiß es aus dem Stegreif nicht mehr so genau, aber ich glaube, daß man früher die Leichname von Leuten, die durch einen Unfall gestorben sind, in einen Fluß warf oder im Wald liegenließ. Das wäre ja immerhin ein kleiner Tip, nur daß es hier, wie Ihnen ein Blick aus dem Fenster bestätigen wird, nicht sehr viele Wälder und Flüsse gibt, und es scheint mir immerhin denkbar, daß die Algerier ein klein wenig ungehalten wären, wenn wir die Leiche in einen artesischen Brunnen werfen würden. Vielleicht sollten wir sie also einfach auf eine Düne legen und ein paar von Mr. Das' Geiern zu einer guten Mahlzeit verhelfen. Was meinen Sie?

Dr. Mishra brach in Gelächter aus. Arme Mrs. Bose, sagte er. Sie hat wirklich alles falsch gemacht. Wußte sie denn nicht, daß sie, bevor sie starb, erst einem Brahmanen eine Kuh hätte schenken müssen? Und das wäre ja auch ganz leicht gewesen. Sie hätte es mir nur zu sagen brauchen – ich wollte immer schon eine Kuh haben. Aber nun wird sie sich für dieses Versäumnis verantworten müssen, das arme Ding. Sie wird am Ufer des Vaitarani stehen, und keine Kuh wird sie in die Unterwelt geleiten.

Mishra-sahb, sagte Mrs. Verma, finden Sie, daß dies der rechte Augenblick ist für Ihre Witze?

Wenn Sie meinen, ich mache Witze, antwortete er ruhig, dann sehen Sie doch selber in den Smritis nach. Das Dumme daran ist bloß, daß das natürlich nicht geht, denn Sie können ja kein Sanskrit.

Wo haben *Sie* es denn gelernt? fragte Mrs. Verma neugierig.

Von meinem Großvater, antwortete er. Was glauben Sie wohl, was ich in all den Jahren, in denen mein Vater in England war, getan habe? Mein Großvater war ein echter *pandit* der alten Schule; er hat mich bis zu seinem Tod in den heiligen Schriften unterwiesen. Aber um auf das Thema zurückzukommen – es gibt noch einen anderen Grund, warum sie Mrs. Bose nicht verbrennen dürfen: Ich glaube, Sie haben ebenso wie ich bemerkt, daß sie dabei war, in Kürze einen Ehebruch zu begehen. Und das wird nicht das erste Mal gewesen sein. Sie sollten einmal nachlesen, was Manu, der Verfasser dieser Gesetze, über das Verbrennen von Ehebrecherinnen und unzüchtigen Frauen geschrieben hat.

Mrs. Verma sah ihn verwundert an und sagte: Glauben Sie wirklich an all das, Mishra-sahb?

An all was?

An Manu und die Smritis und das alles?

Natürlich glaube ich nicht daran. Das wissen Sie auch ganz genau – ich glaube kein Wort davon. Dr. Mishra zeigte mit dem Finger auf sie. Aber *Sie* scheinen es zu glauben, und darum sollten Sie auch wissen, was das mit sich bringt. Ich finde, es ist an der Zeit, Mrs. Verma, daß jemand Ihnen zeigt, daß Unwissen eine schlechte Grundlage für einen Glauben ist.

Die Mühe hätten Sie sich sparen können. Ich weiß sehr gut, wie unwissend ich bin.

Darum geht es nicht. Ich glaube, daß Sie alt genug sind, um zu lernen, daß man nicht einfach tun kann, was man will. Es gibt gewisse Regeln.

Regeln, Regeln, sagte sie leise. Sie reden immer nur von Regeln. Auf die Weise haben Sie und Ihresgleichen alles zerstört – die Wissenschaft, die Religion, den Sozialismus –, Sie mit Ihren Regeln und Dogmen. Das ist der Unterschied zwischen Ihnen und mir. Sie machen sich Gedanken über Regeln, und ich mache mir Gedanken über Menschlichkeit.

Alu interessierte sich wenig für Jyoti Das' Visionen von Vögeln. Lassen wir das, sagte er. Ich würde lieber wissen, was aus den anderen geworden ist.

Den anderen?

Hajj Fahmy, Professor Samuel, Chunni, Rakesh und all die anderen. Was ist mit ihnen geschehen, nachdem ihr uns am Stern aufgelauert habt?

Jyoti Das mußte erst überlegen, bis ihm die Gesichter einfielen, die zu den Namen gehörten. Sie sind verhört worden, sagte er mit schamrotem Gesicht. Die Polizei wollte hauptsächlich Informationen über dich und Zindi at-Tiffaha und all die anderen, die entkommen konnten. Ich war nicht dabei – sie haben mich nicht bleiben lassen. Ich habe sie erst einen Tag später wieder gesehen. Sie wurden gleich am nächsten Morgen zum Flughafen gebracht und zurückgeschickt nach Indien oder Ägypten oder woher sie eben gekommen waren. Ich habe sie nur aus einiger

Entfernung gesehen. Sie waren von Polizisten in Zivil abgeschirmt, und die haben niemanden an sie herangelassen. Viele von ihnen sahen ziemlich mitgenommen aus. Nur Professor Samuel schien ganz ruhig zu sein. Ich hatte sogar den Eindruck, daß er versuchte, die anderen zu beruhigen. Als sie aus dem Flughafengebäude zum Flugzeug gebracht wurden, drehte er sich um und sah mich. Ich glaube, er hat mich erkannt, aber sicher bin ich nicht. Aber wie auch immer – er drehte sich um und rief: Das ist nicht das Ende, das ist erst der Anfang. Warum? rief ich zurück. Mir fiel nichts anderes ein. Die Polizisten in Zivil wollten ihn weiterschieben, aber er schaffte es, noch einen Augenblick stehenzubleiben. Er lächelte mich an und rief noch lauter als zuvor: Wie viele Leute wollen Sie wegschicken? Die Schlange der Hoffnung ist länger als die Unendlichkeit.

Es verging eine Weile, bis Alu das Schweigen brach. Und was geschieht jetzt mit ihnen? fragte er.

Ich weiß es nicht, sagte Jyoti Das. Vielleicht werden sie vor Gericht gestellt, vielleicht läßt man sie auch gleich nach Hause gehen. Jedenfalls wird ihnen nichts Schlimmes passieren – keiner zerbricht sich allzusehr den Kopf über Dinge, die irgendwo weit entfernt geschehen sind. Und außerdem sucht man ja dich, nicht sie.

Und was ist mit Hajj Fahmy passiert?

Er starb noch am selben Tag, sagte Jyoti Das. Infolge des Schocks, behaupteten die Ghaziris.

Nach einer kurzen Pause fügte er hinzu: Als sie Hajj Fahmys Leichnam am nächsten Tag zu seinem Haus brachten, stellten sie fest, daß seine Familie bereits Bescheid wußte. Sie trug Trauerkleidung und wartete auf ihn. Seine Witwe sagte, in dem Moment, in dem er gestorben sei, habe ihr Sohn Isma'il es ihr gesagt.

Also, was werden sie jetzt tun, Mrs. Verma? fragte Dr. Mishra. Werden Sie den Leichnam für die Einäscherung reinigen? Wissen Sie, wie man das macht?

Nach kurzem Zögern nickte Mrs. Verma. Für eine Ärztin sollte das nicht allzu schwierig sein, sagte sie.

Aber zwischen ihnen und den echten Schmerzen standen immer die Krankenschwestern, Mrs. Verma. Natürlich fühlt ein Toter keinen Schmerz mehr. Aber was haben Sie schon mit Leichen gemacht, außer sie aufzuschneiden? Keine Leiche hat Sie je vor Probleme gestellt, die nicht in Grays *Lehrbuch der Anatomie* standen. Aber hier liegt der Fall etwas anders, meinen Sie nicht?

Ich werde schon zurechtkommen, sagte Mrs. Verma.

Das ist nicht so einfach, wie Sie denken. Sie müssen die Därme aufschneiden und den Kot herausholen, führte Dr. Mishra genüßlich aus. Danach müssen Sie den Mastdarm und den Anus auskratzen, damit beides ganz sauber ist und das heilige Feuer nicht durch die kleinste Spur sterblicher Scheiße entweiht wird. Sind Sie sicher, daß eine so wohlbehütet aufgewachsene Frau wie Sie dazu in der Lage ist, Mrs. Verma? Ich bin es nicht.

Mrs. Verma warf einen kurzen, unsicheren Blick auf den Leichnam und wischte sich mit einem Zipfel ihres Saris über die Stirn. Ich weiß nicht, sagte sie.

Sehen Sie? fragte Dr. Mishra. Es ist nicht so einfach, wie Sie denken.

Zindi stand auf und schlurfte langsam zu Mrs. Vermas Stuhl. Sie legte ihr eine Hand auf die Schulter und sah Dr. Mishra über den Tisch hinweg finster an. Keine Sorge, sagte sie. Ihre Zunge stolperte aufgebracht über die ungewohnten Hindi-Laute. Ich werde Ihnen helfen. Wir werden das gemeinsam machen. Für mich ist das nicht das erste Mal – auch wir reinigen die Körper unserer Toten.

Einen Augenblick lang war Dr. Mishra verlegen. Er neigte den Kopf. Wunderbar, sagte er kaum hörbar. Dann feiern wir also ein internationales Fest der Liebe über dieser ehebrecherischen Leiche.

Mrs. Verma stand auf und nahm Zindi am Arm. Kommen Sie, sagte sie, wir fangen am besten gleich an.

Nicht so eilig, Mrs. Verma, rief Dr. Mishra. Sie können jetzt noch nichts unternehmen. Erst müssen Sie sich mit den Behörden in Verbindung setzen. Möglicherweise werden sie auf einer Autopsie bestehen.

Mrs. Verma blieb abrupt stehen. Ja, so ist es, fuhr Dr. Mishra lächelnd fort. Und bis das geklärt ist, können Sie nichts weiter tun, als den Leichnam richtig aufzubahren. Wie man das macht, wissen Sie wahrscheinlich ebenfalls nicht, oder? Nun, ich werde es Ihnen sagen. Zuerst müssen Sie eine saubere Stelle irgendwo auf dem Boden finden und mit Gangeswasser reinigen. Wenn ich mich recht erinnere, müssen Sie die Stelle dann mit Kuhfladen bedecken. Aber da Sie in den Dünen nicht viele Kuhfladen finden werden, nehme ich an, daß Sie auch Kameldung nehmen und ein paar Bußgebete sprechen können, wenn Sie wieder in Indien sind. Ich halte es jedoch für meine Pflicht, Ihnen den dringenden Rat zu geben, auf diesen Teil ganz zu verzichten. Sodann legen Sie den Leichnam auf den Rücken, und zwar so, daß der Kopf nach Süden und die Füße nach Norden zeigen.

Mrs. Verma klopfte sich energisch die Hände ab. Wir können sie auf der Veranda aufbahren, sagte sie zu Zindi. Das ist der beste Platz. Aber vorher müssen wir ihn ordentlich reinigen.

Sie ging ins Bad und kehrte mit Eimern und Krügen zurück. Als sie einige Krüge auf der Veranda geleert hatte, begann Dr. Mishra mißtrauisch zu schnuppern. Gleich darauf warf er den Kopf in den Nacken und brach in Gelächter aus. Mrs. Verma, sagte er und schnappte nach Luft, ist das Zeug in den Eimern etwa Karbolsäure?

Ja, natürlich, antwortete Mrs. Verma.

Er nickte schwach. Der Kreis der Welt hat sich geschlossen, stöhnte er. Aus heiligem Wasser ist Karbolsäure geworden.

Mrs. Verma stellte den Eimer ab, ging zu einem Stuhl und baute sich mit verschränkten Armen vor ihm auf. Was spielt das schon für eine Rolle? rief sie. Was spielt es für eine Rolle, ob es Gangeswasser oder Karbolsäure ist? Es geht doch nur darum, die Stelle zu reinigen, oder? Früher dachten die Leute, Gangeswasser sei sauber, und heute denken sie, Karbolsäure sei sauber. Was für einen Unterschied macht das für einen Toten, Dr. Mishra?

Für eine Mikrobiologin, sagte Dr. Mishra und rieb sich die Augen, ist Ihre Denkweise aber nicht besonders rational, Mrs. Verma.

Mrs. Verma zog den Sari fester um ihre Hüften. Soll ich Ihnen mal was sagen? Ich hasse die Mikrobiologie. Ich hasse sie.

Unterscheidet sich eine Mikrobiologin, der man ein bißchen Urin oder Eiter gibt, damit sie ihn untersucht, wirklich so sehr von einem Mechaniker, der eine Kurbelwelle oder eine Zündkerze aus einem Auto ausbaut und nachsieht, ob damit alles in Ordnung ist, ob der Stahl rostig ist oder das Porzellan einen Sprung hat oder ob irgendwo Staub oder Schmutz im Motor ist?

Du bekommst deine Probe in kleinen Fläschchen, die kleine Etiketten mit Namen oder Nummern tragen und nichts anderes sind als verrußte Zündkerzen. Es ist nicht einmal so, als wäre man Chirurg: Ein Chirurg sieht wenigstens die ganze Maschine, auch wenn sie zugedeckt und chloroformiert ist, auch wenn das Gesicht unter einem Tuch verborgen ist und die weinenden Mütter nicht zu sehen sind, auch wenn man über alles, was darauf hindeutet, daß dies ein Mensch ist, eine Decke gebreitet hat. Die Mikrobiologin hat nur ihre Reagenzgläser. Der Chirurg kann wenigstens sehen, wie die Teile zusammenwirken, wie die Kurbelwelle mit dem Getriebe verbunden ist. Und schließlich, wenn er alles geölt, alle Schrauben angezogen, alle Ersatzteile eingebaut hat, kann er, wenn er will (und er will natürlich nicht), hingehen und sich den ganzen Apparat ansehen, der tot im Leichenschauhaus oder ordnungsgemäß funktionierend in seinem Zimmer liegt. Und was macht die Mikrobiologin? Wohin soll sie gehen, wenn sie wissen will, ob es den Spendern der Urinproben, die ihre Regale füllen, besser geht oder ob sie im Sterben liegen?

Und wenn der Befund in einer Probe positiv ist, mußt du dich dann nicht manchmal fragen, woher all diese Mikroben und Bakterien und Viren eigentlich kommen und ob sie tatsächlich, wie wir es uns vorstellen, von außen in den Organismus gelangen?

Und gerade wenn du dich fragst, ob sie manchmal nichts weiter als eine Metapher des Körpers für menschlichen Schmerz und Kummer und vielleicht auch Freude sind, rufst du dich zur Ordnung, denn wieder einmal dämmert es dir, daß dies die eine Frage ist, die du seit Pasteur nicht mehr stellen darfst.

Und dann fühlst du dich genau wie damals, als du bei einem praktischen Arzt ausgeholfen hast und den ganzen Tag über Leute kamen, denen gar nichts fehlte – jedenfalls nichts, was ein Mechaniker hätte reparieren können – und die trotzdem klagten: Ich habe hier Schmerzen, Frau Doktor, und ich habe dort Schmerzen, Frau Doktor, und ich glaube, hier und dort stimmt dies und jenes nicht. Auch damals hättest du fast etwas gesagt, aber dann wurde dir wieder einmal klar, daß die Selbstherrlichkeit deiner despotischen Wissenschaft es dir verbot, ihnen die Wahrheit zu sagen – das einzige, das es wert gewesen wäre, gesagt zu werden, und das war: Mit Ihrem Körper ist alles in Ordnung – um sich zu heilen, müssen Sie sich nur Mühe geben, ein besserer Mensch zu sein.

Eine Stunde, nachdem die Polizei gekommen und wieder gegangen war, klingelte das Telefon. Mrs. Verma und Zindi waren fast fertig mit der Reinigung des Leichnams.

Dr. Mishra war als erster am Apparat. Es ist die Polizei, flüsterte er Mrs. Verma zu und legte die Hand auf die Sprechmuschel. Sie werden sehen – die werden Ihnen nie erlauben, sie zu verbrennen. Ich habe es Ihnen ja gleich gesagt. Es hatte gar keinen Sinn, Ihre Zeit mit Erklärungen zu verschwenden. Warum sollten sie es erlauben? Was kümmert es sie, ob irgendein durchreisender indischer Tourist zufällig hier stirbt? Warum sollten sie damit einverstanden sein, daß die Regeln nicht eingehalten werden?

Mrs. Verma lächelte. Warum hören Sie sich nicht erst einmal an, was sie sagen?

Sie drängten sich um Dr. Mishra und sahen ihm zu, wie er der Stimme am anderen Ende der Leitung lauschte. Außer einem gelegentlichen *oui* und einem verwirrten *mais peut-être* sagte er nichts. Langsam wurde sein Gesicht immer länger, und als er auflegte, hatte es sich in eine halb wütende, halb klägliche Grimasse verwandelt.

Was haben sie gesagt? wollte Mrs. Verma wissen.

Ich kann es nicht glauben, sagte er kopfschüttelnd. Sie sind verrückt. Sie haben einen Fehler gemacht.

Sagen Sie uns doch, was sie *gesagt* haben, rief Mrs. Verma.

Sie haben gesagt, daß sie nichts dagegen haben. Sie werden ein Auge zudrücken. Allerdings nur unter der Bedingung, daß wir sie schnell und ohne großes Aufsehen irgendwo in den Dünen verbrennen.

Mrs. Verma unterdrückte einen Schrei der Begeisterung. Sehen Sie, sagte sie, *die* wissen, wie wichtig es ist, richtig zu sterben. Haben Sie nicht gehört, daß die Franzosen im Unabhängigkeitskrieg die Leichen von Algeriern in die Luft gesprengt haben, um die Guerillakämpfer zu demoralisieren? Sie wußten nämlich, wie wichtig es für Moslems ist, daß ihr Leichnam unversehrt und würdig bestattet wird. Ich wußte, daß die Algerier das verstehen würden. Wenn die Menschen etwas aus der Vergangenheit lernen, dann das, daß jeder zur Vollendung gebrachte Tod ein neuer Anfang ist.

Und das Holz? rief Dr. Mishra unvermittelt, als Mr. Verma gerade aus dem Haus gehen wollte, um einen Landrover vom Krankenhaus zu holen.

Woher wollen Sie das Holz nehmen? Wenn Sie sie verbrennen wollen, brauchen Sie Holz. Oder glauben Sie vielleicht, daß ihr Körper jetzt so rein ist, daß er wie ein Stück Phlogiston in Flammen aufgeht, sobald Sie ein Streichholz daranhalten?

Mrs. Verma ließ sich auf einen Stuhl sinken. Das stimmt, sagte sie und biß sich auf die Lippe. Das wird ein Problem.

Entzückt rief Dr. Mishra ihrem Mann nach: Warten Sie, Sie brauchen nicht zu gehen. Es ist alles abgeblasen.

Aber Mrs. Verma winkte ihm, er solle sich auf den Weg machen. Unsinn, sagte sie. Wenn wir uns anstrengen, werden wir natürlich auch Holz auftreiben. Los, hol den Landrover. Wir werden schon irgendwie für Holz sorgen.

Na gut, und wie wollen Sie das machen, Mrs. Verma? fragte Dr. Mishra. Wollen Sie uns losschicken, damit wir ein paar Dattelpalmen fällen?

Mrs. Verma lachte. Nein, nein, Dr. Mishra, Sie werden gar nichts tun müssen. Ich brauche nur Mr. Das und Mr. Bose. Es ist ganz einfach: Da ist zum Beispiel der alte Tisch in der Küche –

die Platte ist aus Sperrholz, aber die Beine sind aus gutem, massivem Holz. Und dann haben wir noch dieses riesige, kistenartige Ding, in dem der Kühlschrank eingepackt war. Außerdem werde ich Manda-bahen anrufen – bei Ihnen zu Hause müssen jede Menge Holzkisten herumliegen. Schließlich kaufen Sie ja immer alle möglichen teuren Sachen. Und ich weiß, daß Miss K. ein paar termitenzerfressene alte Kisten hat, die sie loswerden will.

Dr. Mishra fuchtelte mit seinem erhobenen Zeigefinger vor ihrem Gesicht herum. Das können Sie nicht machen, rief er. Das können Sie nicht machen. Ich werde es nicht zulassen. Sie können diese arme Frau nicht auf ein Lagerfeuer legen, in dem Termiten herumwimmeln, und es dann anstecken. Das ist keine Einäscherung. Das ist, als wollten Sie ein Hühnchen grillen.

Ich verstehe nicht, was daran falsch sein sollte.

Alles ist falsch daran. So können Sie das nicht machen. Sie müssen das richtige Holz nehmen.

Was für Holz?

Ich weiß nicht, rief Dr. Mishra barsch und hob ungeduldig die Hände. Es muß Sandelholz dabeisein, das weiß ich noch.

Sandelholz? sagte Mrs. Verma. Kommen Sie mit.

Sie ging durch den Salon, kniete vor Hem Narain Mathurs altem Bücherregal nieder, griff in den Hohlraum hinter den Büchern und zog zwei arg mitgenommene, aus Holz geschnitzte Buchstützen in Form von Elefanten hervor. Der eine hatte keinen Rüssel, dem anderen fehlte ein Bein.

Da sich diese Dinger wohl kaum noch zur Verschönerung der Wohnung eignen, sagte sie, können wir sie ja ruhig auf den Scheiterhaufen legen.

Ohne noch ein Wort zu sagen, stürmte Dr. Mishra aus dem Zimmer.

Mrs. Verma rief Mrs. Mishra und Miss Krishnaswamy an und schickte Jyoti Das und Alu zu ihnen. Im Verlauf der folgenden Stunden schleppten die beiden Männer etliche Kisten und einige alte Möbelstücke in Mrs. Vermas Garten und zerhackten sie. Als Mrs. Verma später in den Garten kam, lag ein ansehnlicher Haufen Brennholz bereit.

Das wird reichen. Mehr werden wir gar nicht in den Landrover bekommen. Sie bemerkte, daß Alu neben ihr stand und unbehaglich von einem Bein auf das andere trat. Ja, Mr. Bose? sagte sie.

Er begann zu sprechen, aber seine Stimme sank zu einem unhörbaren Murmeln herab. Was ist denn? fragte sie ein wenig ungeduldig. Wollen Sie mir etwas sagen?

Ich will Ihr Buch nicht, sagte er schnell und hielt es ihr hin. *Pasteurs Leben* ...

Oh, sagte sie und schob es zurück. Das ist ein Problem. Ich will es nämlich auch nicht. Was sollen wir also damit machen?

Ich weiß nicht, sagte Alu.

Sie nahm das Buch und drehte und wendete es in ihren Händen. Dann gab sie es ihm zurück.

Vielleicht sollten wir es auch bestatten, sagte sie.

Während er sie stumm anstarrte, ging sie zurück ins Haus. Nach einer geraumen Weile hob er das Buch mit beiden Händen über den Kopf und legte es ehrfurchtsvoll auf den Scheiterhaufen.

Kurz nachdem seine Frau und Miss Krishnaswamy gekommen waren, um Mrs. Verma bei den Vorbereitungen für die Einäscherung zu helfen, beschloß Dr. Mishra, seinen letzten Trumpf auszuspielen.

Gut, Mrs. Verma, sagte er. Bis jetzt haben Sie alles recht gut gemacht. Aber eines scheinen Sie vergessen zu haben.

Sie spürte die freudige Erregung in seiner ruhigen Stimme und war sogleich auf der Hut. Und das wäre?

Das *ghee*. Was ist mit dem *ghee*?

Mrs. Verma sah ihn ausdruckslos an. Das *ghee*?

Ja, das *ghee*. Für eine Einäscherung brauchen Sie *ghee*. Sie müssen es über das Holz gießen, damit es Feuer fängt. Sie können nicht gut Kerosin dafür nehmen.

Mrs. Verma legte die Stirn in nachdenkliche Falten und flüsterte: Wenn ich nur etwas Butter hätte, könnte ich leicht *ghee* daraus machen. Aber die letzte Butter haben wir vorige Woche aufgebraucht.

Ihr Gesicht hellte sich auf. Wie wäre es mit einem guten Sojabohnenöl, das ich in Algiers gekauft habe? rief sie.

Sojabohnenöl? fragte Dr. Mishra leise.

Es war sehr teuer.

Mrs. Verma, sagte er, ich denke, Sie wollen sie einäschern und nicht einlegen.

Sie stützte den Kopf in die Hände. Wo bekomme ich jetzt bloß *ghee* her? sagte sie.

Das wär's dann also, sagte Dr. Mishra und stand triumphierend auf. Jetzt können wir die Sache abblasen. Ich werde es Mr. Bose sagen.

Warten Sie! Mrs. Verma nahm Mrs. Mishras Hand. Manda... Mandodari-bahen, sagte sie flehend, haben Sie noch etwas Butter?

Wie ein verängstigter Vogel legte Mrs. Mishra ihren Kopf schräg und sah ihren Mann an. Mrs. Verma fuhr sich mit der Hand zornig über die Augen, in denen jetzt Tränen standen. Um Himmels willen, Mandodari, sagte sie, Sie werden sich doch von ihm nicht vorschreiben lassen, was in einer Situation wie dieser zu tun ist! Sehen Sie denn nicht, wie wichtig es ist?

Mrs. Mishra schluckte und sagte, nachdem sie ihrem Mann, der stirnrunzelnd neben ihr stand, einen weiteren Blick zugeworfen hatte: Ja, ich kann Ihnen zwei Kilo Butter geben. Ich habe sie letzten Monat auf Vorrat gekauft.

Mrs. Verma umfaßte ihre Hände und küßte sie auf ihr ergrauendes Haar. Also, Mishra-sahb, was sagen Sie jetzt?

Sie sind also tatsächlich entschlossen? fragte er. Sie wollen sie tatsächlich über einem Feuer aus verfaultem Holz braten und mit ranziger Butter übergießen? Es ist eine Schande. Es ist eine Travestie. Sehen Sie das nicht ein?

Die Zeiten sind nun mal so, sagte Mrs. Verma traurig. Nichts ist mehr ganz. Wenn wir warten wollen, bis alles wieder richtig ist, werden wir ewig warten müssen, und unterdessen zerfällt die Welt in Stücke. Unsere einzige Hoffnung liegt darin, uns mit dem zu behelfen, was wir haben.

Es fehlt jetzt nur noch eine Kleinigkeit, sagte Mrs. Verma zu Alu, und das ist, daß Sie sich waschen und den Kopf rasieren müssen. Ich werde Ihnen etwas Wasser warm machen, wenn Sie wollen. Und ich habe meinem Mann gesagt, daß er Ihnen den Kopf rasieren soll. Er hat einen alten Rasierapparat – damit ist es kein Problem. Natürlich würde Miss K. es viel besser machen, aber ich dachte, es ist Ihnen lieber...

Aber warum muß ich das tun? fragte Alu.

Weil Sie ihr Mann sind natürlich. Sie müssen die letzten Riten vollziehen – das *kapalakriya*, das Entzünden des Scheiterhaufens und all das. Wer sollte das sonst tun? Ihr Sohn ist wohl kaum dazu in der Lage. Und dazu müssen Sie Ihren Kopf rasieren.

Das kann ich nicht, sagte er. Eine plötzliche Angst krampfte ihm den Magen zusammen. Ich werde es nicht schaffen.

Sie müssen aber, sagte Mrs. Verma bestimmt. Das sagt selbst Dr. Mishra. Es ist wirklich keine große Sache, Mr. Bose. Den Kopf rasiert zu bekommen, tut überhaupt nicht weh.

Nein, nein, sagte er. Sie verstehen mich nicht. Selbstverständlich werde ich mir den Kopf rasieren. Aber ich kann den Scheiterhaufen nicht entzünden. Ich kann es einfach nicht.

Warum nicht? fragte Mrs. Verma.

Weil... Die Worte brannten wie Galle in seiner Kehle: Es ist wegen meiner Hände, wegen meiner Daumen.

Stimmt denn irgend etwas mit Ihren Daumen nicht?

Alu holte tief Luft, schloß die Augen und hielt ihr seine Hände hin. Sehen Sie selbst.

Ja, und? sagte Mrs. Verma freundlich. Was ist damit?

Sehen Sie doch, wiederholte er. Ich kann es nicht. Ich kann meine Daumen nicht bewegen.

Sie lachte. Aber das haben Sie doch gerade getan.

Er öffnete die Augen und starrte ausdruckslos auf seine Hände.

Sie haben eine leichte Muskelatrophie, sagte Mrs. Verma, aber das ist nichts Ernstes. Immerhin haben Sie doch das ganze Holz gehackt. Ihren Daumen fehlt nichts, Mr. Bose, wirklich. Sie können alles damit machen, solange Sie nur wollen.

Zindi erkannte Alu kaum wieder, als sie ihn mit kahlgeschorenem Kopf sah. Er war verändert, verkleinert. Es war, als hätten sich Wolken von einem ständig umwölkten Berggipfel verzogen; ohne Haare wirkte sein Kopf unscheinbar, gewöhnlich, ja sogar glatt.

Du bist ein ganz anderer Mann, sagte sie. So habe ich dich noch nie gesehen.

Aber seine Gedanken waren woanders. Ich habe Angst, Zindi, sagte er und rang die Hände. Ich muß den Scheiterhaufen anstecken, und ich weiß nicht, ob ich das kann.

Kurz vor Sonnenaufgang, als die Dünen vom ersten bernsteinfarbenen Licht am östlichen Himmel erleuchtet wurden, fuhren sie los. Zindi stand mit Boss auf den Armen auf der Veranda und sah ihnen nach. Obwohl Miss Krishnaswamy und Mrs. Mishra beschlossen hatten, nicht mitzukommen, und sie nur zu fünft waren, mußten sie, wegen des Feuerholzes, mit zwei Landrovern fahren.

Als sie die Wagen nicht mehr hören konnte, ging Zindi wieder in ihr Zimmer und begann, ihren kleinen Koffer zu packen. Es schienen Stunden zu vergehen, bis sie die anderen zurückkehren hörte. Sie klappte den Koffer zu und eilte auf die Veranda.

Als sie Alu aus dem Landrover steigen und auf sich zukommen sah, wußte sie, daß alles gutgegangen war. Sie brauchte ihn nicht zu fragen – sie sah es an seinem Gang.

Er war es, der sagte: Ich habe es getan, Zindi. Dann zeigte er ihr eine verschlossene Schatulle aus Messing.

Was ist das?

Ein bißchen von ihrer Asche.

Zindi wich hastig zurück. Komm mir damit nicht zu nahe, sagte sie. Wir glauben nicht daran, daß wir dem Tag des Gerichts entgehen können, indem wir unsere Leichen verbrennen. Du kannst ihre Asche behalten. Was wirst du damit tun?

Alu drehte die Schatulle langsam in den Händen und betrachtete die alten Scharniere. Er sagte: Mrs. Verma hat sie mir gegeben, damit ich sie nach Hause bringe. Sie hat gesagt, das wäre ein guter Grund, um heimzukehren.

Dr. Mishra rückte seine Brille zurecht, wühlte in den Taschen, trat von einem Fuß auf den anderen, und da er noch immer nicht wußte, was er sagen sollte, hüstelte er leise.

Mrs. Verma sah auf ihre Uhr. Es ist sehr spät, sagte sie und sah ihren Mann bedeutsam an. Sie dachte an all die Dinge, die sie noch zu erledigen hatten, bevor sie sich auf den Weg zum Krankenhaus machen mußten. Aber Dr. Mishra stand immer noch vor ihr und zappelte ein wenig, als wolle er etwas sagen und wisse nur nicht wie.

Jetzt ist alles ja doch gutgegangen, sagte sie freundlich, um ihm zu helfen. Finden Sie nicht auch, Dr. Mishra? Nun können wir das Ganze vergessen.

Er trat nach einem Stein und sah ihm nach, bis er in einem Bougainvillea-Busch verschwunden war.

Wieviel Uhr mag es wohl sein? sagte Mrs. Verma etwas lauter.

Nun, Verma, sagte Dr. Mishra schließlich, ohne die Augen von dem Bougainvillea-Busch abzuwenden, es sieht so aus, als würde aus Ihrer *Chitrangada* jetzt nichts mehr werden.

Nein, antwortete Mrs. Verma, um ihrem Mann ein Stichwort zu geben. Damit ist es wohl vorbei. Wir werden dieses Jahr dasselbe machen wie letztes Jahr.

Aber dieses Jahr ist nicht letztes Jahr, oder, Verma?

Wie meinen Sie das, Dr. Mishra? fragte sie. Ihr Mann betrachtete melancholisch einen Kaktus.

Dieses Jahr werden Sie die Rede halten müssen, sagte Dr. Mishra zu ihr gewandt.

Warum ich?

Dr. Mishra versuchte zu lächeln, brachte aber nur eine verlegene Grimasse zustande. Weil Sie gewonnen haben, Mrs. Verma, sagte er. Sie haben den alten Murali Charan Mishra schließlich doch noch geschlagen.

Alu sah von Zindis gepacktem Koffer zu seiner eigenen Tasche, die in einer Ecke lag und aus der Kleidungsstücke hervorsahen.

Was ist los, Zindi? fragte er überrascht. Warum...?

Sie wiegte Boss in ihren Armen und gab keine Antwort.

Zindi? sagte er noch einmal.

Sie drückte ihr Gesicht in Boss' Haar. Ich weiß nicht, Alu, sagte sie. Wir sind so weit zusammen gereist. Es kommt mir so vor, als wäre es noch gar nicht lange her, daß wir auf der *Mariamma* gesessen haben und ich mir Sorgen um Karthamma und Boss gemacht habe... Und du mit all deinen Furunkeln und deiner Angel... Wer hätte gedacht...?

Da verstand er, was der gepackte Koffer zu bedeuten hatte. Aber er wollte ganz sicher sein, und darum setzte er sich neben sie und nahm ihre Hand. Was ist los, Zindi?

Sie sah ihn nicht an. Ich bin alt, Alu, sagte sie, und mit jedem Tag werde ich älter und älter. Ich werde nicht mehr lange leben – mir bleiben nur noch ein paar Jahre. Und heute, als ihr Kulfi – Gott sei ihrer Seele gnädig! – weggebracht habt, habe ich mich gefragt... Ich habe mich gefragt, was wohl mit mir geschehen würde, wenn ich in einem fremden Land, in einer Wüste sterben würde, ohne ein Haus oder Freunde, die mir beistehen. Ich glaube nicht, daß ich eine Mrs. Verma finden würde, Alu – denn nicht jeder hat so viel Glück wie Kulfi –, und was würde dann aus mir werden?

Wie ein Stein, der einen mit Bergwerksstollen übersäten Abhang hinunterrollt, rann eine Träne über ihre zerfurchte Wange. Mit mir ist es bald vorbei, Alu, sagte sie. Ich bin zu alt, und Boss ist zu jung.

Alu nickte langsam. Und was willst du jetzt machen, Zindi?

Dir geht es jetzt wieder gut, Alu, fuhr sie fort. Du wirst schon zurechtkommen. Du wirst irgendwie für dich selber sorgen. Du brauchst mich nicht mehr, und darum wirst du mir bald verzeihen. Boss geht es jetzt auch gut. Für mich gibt es also keinen Grund, noch länger hierzubleiben.

Was ist los, Zindi? rief er. Sag mir doch, was los ist.

Er spürte die Wärme ihrer Hand auf seinem geschorenen, geschrumpften Kopf. Sie sagte: Boss und ich werden heimkehren, Alu. Boss wird mir eines Tages ein Haus bauen.

Jyoti Das stand etwas abseits und sah zu, wie Alu Zindis Koffer und seine Tasche auf die Veranda trug. Er hörte, wie Zindi Mrs. Verma überschwenglich und tränenreich Dank sagte, wie auch Alu sich murmelnd bedankte und wie Mrs. Verma sich (nach einem Blick auf ihre Uhr, denn sie war bereits sehr, sehr spät dran) von ihnen verabschiedete.

Am Gartentor holte er sie ein. Wohin geht ihr? fragte er Alu.

Wir fahren nach Hause, sagte Alu.

Wie?

Mit dem Schiff. Darum müssen wir zuerst nach Tanger.

Tanger? Jyoti Das ließ das Wort auf der Zunge zergehen. Gegenüber von Gibraltar?

Alu nickte.

Jyoti Das sah auf zum Himmel und sagte: Dort ist jetzt Herbst!

An ihnen vorbei sah er auf zu den großen, schweigenden Dünen, und plötzlich blickte er in einen Himmel, der nur so wimmelte von Gelbschnabel-Sturmtauchern und Wespenbussarden, weißen Störchen und Steppenadlern, Wiesenweihen und Sperbern, die im Aufwind kreisten; wie durch einen Trichter gepreßt zogen all diese Vögel, gleich Wolken, die sich durch einen Bergpaß zwängen, dorthin, wo nur ein schmaler Streifen Wasser zwischen Europa und Afrika liegt wie ein gezogenes Schwert.

Mein Gott! Der ganze Himmel über Tanger wird jetzt voller Zugvögel sein.

Er bemerkte, daß Mißtrauen wie ein Schatten über Zindis Gesicht fiel, und darum fügte er hinzu: Ich ziehe auch weiter – nach Düsseldorf. Ich kann nirgendwoanders hin. Darf ich mit euch kommen?

22

Tamám-shud

Es bleibt nicht viel zu erzählen.

Sie mußten mit Rücksicht auf Boss langsam reisen und kamen erst neun Tage später in Tanger an. Dort fanden sie eine billige Pension in der Rue des Postes und nahmen zwei Zimmer im zweiten Stock. Wenn sie sich aus dem Fenster lehnten, konnten sie einen Blick auf das Gewimmel des Petit Socco werfen. Am folgenden Tag rief Jyoti Das seinen Onkel in Düsseldorf an und kaufte später ein Ticket für das Fährboot nach Algeciras.

Am nächsten Morgen gingen sie die Avenue d'Espagne hinunter, und während Jyoti Das die Scharen der schnellen Vögel am Himmel beobachtete, blickten Zindi und Alu über das glitzernde blaue Meer, wo man in der Entfernung undeutlich die spanische Küste schimmern sehen konnte. Als es Zeit war, begleiteten sie Jyoti Das, bis er zum Kai abbiegen mußte. Sie winkten ihm und der kleinen Reisetasche, die über seinem Rücken hing, nach.

Als er durch das Tor gegangen war, schien ihm noch etwas einzufallen. Er drehte sich plötzlich um und kam zurückgerannt.

Alu, rief er durch das Gitter. Was ist? rief Alu zurück.

Jyoti Das legte die Hände um den Mund. Mach dir keine Gedanken um die Nähmaschine – die sind zu Hause inzwischen viel besser.

Er lachte. Alu winkte, und er winkte zurück. Jyoti Das'

Gesicht leuchtete und strahlte, als trage er ein Licht in sich. Er winkte noch einmal und ging mit schwungvollen Schritten auf das Schiff zu.

Als die schnittige spanische Fähre ablegte und das Hafenwasser zum Brodeln brachte, stand Jyoti Das bereits an der Reling und winkte. Er war sich sicher, daß er sie unter den Bäumen an der Avenue d'Espagne stehen sah, und so winkte er, bis die herrliche weiße Stadt, die sich an den Berghang schmiegte, im Dunst verschwamm. Dann blickte er hinunter und sah einen buckligen Rücken, der durch das Wasser schoß. Da war noch einer und noch einer und noch einer, und plötzlich tummelte sich rings um das Schiff eine ganze Schule Delphine. Sie sprangen und tanzten und richteten sich auf ihren Schwänzen auf. Er sah auf zum blauen Himmel und genoß den Anblick der dahingleitenden Vögel, das Sonnenlicht, die Schärfe der reinen Seeluft und die Aussicht auf den immer größer werdenden riesigen Felsen in der Entfernung.

Das alles war sehr schön, und er war im Frieden mit sich.

Als das Schiff in eine Bucht fuhr, vom Felsen von Gibraltar abdrehte und Kurs auf die schimmernden Öltanks von Algeciras nahm, wandte sich Jyoti Das um und winkte ein letztes Mal. Aber er sah nur den schmutziggrauen Dunst, der über dem Horizont hing, ihn verhöhnte und Kontinente der Niederlage anzeigte – Niederlagen im eigenen Land, Niederlagen in der Welt –, und er schloß die Augen, denn dies hatte er zu viele Jahre lang gesehen, und er konnte diesen Anblick nicht länger ertragen.

Und so wandte er sich dem Land zu, das vor ihm lag und jetzt so wirklich geworden war, und schwindlig vor Erregung bereitete er sich darauf vor, seinen ersten Schritt in eine neue Welt zu tun.

Alu und Zindi, die Boss auf dem Arm trug, gingen durch die steilen, schmalen Gassen der Medina auf die hohen Festungsmauern der Kasbah zu. Von dort aus konnten sie das Fährschiff deutlich sehen, wie es rasch die Straße von Gibraltar überquerte und Kurs auf das Mittelmeer nahm. Boss jedoch sah in die andere

Richtung, zum Atlantik, und bald richteten auch sie ihre Blicke dorthin und suchten den Ozean ab. Außer träge dahinkriechenden Öltankern sahen sie nichts. Und so setzten sie sich schläfrig und durchwärmt von der Sonne und warteten auf Virat Singh und das Schiff, das sie nach Hause bringen sollte.

Am Anfang steht die Hoffnung.

Glossar

Abrawan: sehr dünner, durchsichtiger Stoff, wörtl.: «fließendes Wasser»
Anna: kleine indische Münze; 1/16 Rupie
Allah il-'azim: «Gott ist groß!»
Amir: Herr, auch als Anrede
Arrak: Reis- oder Kokosbranntwein
ayah: Amme, Kindermädchen
Ayurveda: Naturheilkunde, die auf die heiligen Vedas zurückgeht
babu; -babu: (zuweilen spöttische) Anrede für einen gelehrten, westlich orientierten Inder
bahen: Schwester
Baluchi: Bewohner des pakistanisch-iranischen Grenzgebietes
bania: Händler, Kaufmann, Krämer
beyt: Haus
beta: Sohn
Bhagwan: religiöser Ehrentitel
bhajan: religiöses Lied
bhangra: wilder, ausgelassener Tanz, etwa: Veitstanz
bidi: kleine indische Zigarette
Bihari: Bewohner des nordindischen Bundesstaates Bihar
Brahmanen: höchste Kaste, aus der sich u. a. die Priester rekrutieren
burqa: langer Frauenschleier

buti: kleines, eingewebtes Muster
chapati: dünnes Fladenbrot
dada; -da: älterer Bruder oder jemand, zu dem man das gleiche Verhältnis hat (Anredepartikel)
dal: Linsengericht
Dantu: Zahn; als Spitzname etwa «Langzahn», «Raffgebiß»
-debi: wörtl. «Göttin», aber auch respektvolle Anrede für verheiratete Frauen
dhoti: pluderhosenartiges Beinkleid der Männer aus einem langen Stück Stoff, das mehrmals um die Hüften gewickelt und dessen Ende zwischen den Beinen hindurchgezogen und in den Bund gesteckt wird
-didi: Schwester
dosa: dünner, knuspriger Pfannkuchen
dush-shala: «übler Schwager»; «Schwager» («shala») ist in Indien ein Schimpfwort
Fayyum: Oasengebiet in Ägypten
fustan: Kleid, Gewand
gamcha: kleines Tuch, Serviette
Gangotri: Ganges
ghat: Verbrennungsplatz an einem Fluß, von dem Stufen zum Wasser führen
ghee: geklärte Butter
Ghul: böser Geist
goonda: Schläger, Raufbold
gulab-jamun: Bonbons in Sirup
Himachal: Himachal Pradesh; nordindischer Bundesstaat am Fuß des Himalaja
jallabeyya: weiter Umhang (mit Kapuze) der arabischen Männer
jamdani: feines Tuch mit gewebtem Blumenmuster
-ji: respektvolle Anrede für ältere Personen
kahan-se: «Woher?»
Kaliyug: das letzte, vom Niedergang bestimmte Erdzeitalter im Hinduismus
kapalakriya: die Zeremonie des Zerbrechens des Schädels des Verstorbenen, bevor der Scheiterhaufen angezündet wird;

ausgeführt vom ältesten Sohn des Verstorbenen, bzw. dem nächsten Verwandten
khichri: Gericht aus gekochtem Reis und vielen anderen Zutaten, «Eintopf»
Kisan-Sabah: Bauernpartei
Krishna: im Hinduismus der Offenbarer göttlicher Weisheiten; Inkarnation des Gottes Wischnu
Kulfi: Eiscreme
kurta: weites, dünnes Hemd
lakh: eine Menge von 100 000
Lakshmi: hinduistische Göttin des materiellen Wohlstands
lungi: langes, um die Hüften gewickeltes Tuch
-ma; -mashi: «Mutter», respektvolle Anrede für eine verheiratete Frau
Ma Durga: im Hinduismus die «Göttin schlechthin»; Gattin des Shiva, der Stellung nach etwa vergleichbar der Hera in der griechischen Mythologie
Mahabharata: indisches Epos
Ma Kali: anderer Name für Durga
Ma Saraswati: Göttin der Literatur, der Rede und der Gelehrsamkeit
mahajan: hoher Herr, heute etwa: Industrieller
mandara: Empfangsraum für männliche Besucher
Mantra: Meditationsformel
masterji: respektvolle Anrede für einen Lehrer
muruka: gerösteter, mit Sirup überzogener Reis
namaste: Begrüßungsformel
neem: Indischer Zedrach; das Holz dieses Baumes ist besonders faserig, weswegen man die Zweige zum Zähneputzen benutzt
nomoshkar: «Guten Tag»
Paisa: kleine indische Münze; 100 Paisa = 1 Rupie
pan: Betelnuß
Pandit: Schriftkundiger, Gelehrter
Pathane: Angehöriger eines kriegerischen Volkes an der pakistanisch-afghanischen Grenze
pehlwan: Ringer

Puja: religiöse Zeremonie
Raga: Melodiemodell der klassischen indischen Musik; Ragas werden bestimmte Gefühle, Tages- und Jahreszeiten zugeordnet
Ram Lila: «Spiel des Gottes Rama»; Bühnenspiel oder dörfliches Theater (mit Gesang und Tanz) über die Taten Ramas
Rishi: heiliger Mann, Asket
rosogolla: süße Quarkbällchen
saar-ey: «Sir»
Sahb; -shaheb: Sahib, «hoher Herr»
sadhu: wandernder Bettelmönch, heiliger Mann und Lehrer
samosa: mit Fleisch oder Gemüse gefüllte kleine Teigtaschen, die in Öl ausgebacken werden
Sardar: Häuptling, Führer, heldenmütiger Krieger
shabnam: «Tautropfen», feinster Musselin
Shivas Ganges: In der Mythologie hat der Gott Shiva einmal den ganzen Fluß Ganges im «Turban» seiner Haare versteckt
Sindh: Provinz im Südosten Pakistans
sindur: rote Paste, die Frauen auf dem Scheitelansatz auftragen, wenn sie glücklich verheiratet sind (d. h. vor allem – besonders männliche – Kinder zur Welt gebracht haben)
Smritis: die Schriften, die die traditionellen Rechtsnormen der Hindugesellschaft enthalten
Tamám-shud: «Es ist vollbracht»
taqeyya: weißes Käppchen aus Baumwolle
tarha: Kopftuch
Vaitarani: der Fluß zur Unterwelt
wallahi: «Mein Gott» (Ausruf der Verwunderung)
ya akhi: «Bruder»; allgemeine Anrede für jeden etwa Gleichaltrigen
yar: «Kamerad», «Kollege»
ya satir: «Bei Gott!»
ya shaikha: respektvolle Anrede für eine ältere Frau